연세 한국어 5

연세대학교 한국어학당 편

연세대학교 대학출판문화원

前言

　　在韓國享譽盛名的延世大學韓國語學堂，擁有韓國語教育 50 年的優良傳統，曾為韓語教學編著許多優質的教材。近來，由於全世界人民對韓國和韓國文化的關心程度不斷提高，致力於學習韓語的海外人士也大幅增加，於此同時，學生對於韓語教材的要求也不斷變得更多元化。因此延世大學韓國語學堂針對多樣化的學生，出版本系列教材，不僅可以培養韓語能力，同時也可以了解韓國文化。

　　延世大學語言研究院韓國語學堂出版的此教材共有六冊，分別是為了韓語初學者而設計的「最權威的延世大學韓國語 1、2」，為了中級韓語學習者設計的「最權威的延世大學韓國語 3、4」，以及為了高級韓語學習者設計的「最權威的延世大學韓國語 5、6」。每本教材的內容皆依據學習者們在不同階段的韓語能力，幫助學習者集中提升各種類型的溝通能力。

　　《最權威的延世大學韓國語》教材的內容，不僅包括以不同韓語學習階段所要求的內容為主題的會話，以及對語彙和文法的系統性訓練，更包括為實踐聽、說、讀、寫能力之培養發展而編寫的多樣練習題、情境活動等，是一套多元、綜合性的教材。本系列教材以學生為學習中心，以其感興趣的主題和情境為基礎，完成各種語言溝通的任務，進而精熟韓語。

　　希望《最權威的延世大學韓國語》對於所有致力於正確了解並使用韓語的學生都能有所幫助。

延世大學韓國語學堂
教材編輯委員會

일러두기

- 연세 한국어 5…는 한국어를 배우려는 외국인과 교포 성인 학습자들을 위한 고급 단계의 책으로 총 10개의 과로 이루어져 있으며, 각 과는 3개의 항으로 이루어져 있다.…연세 한국어 5…는 고급 수준의 한국어 숙달도를 지닌 학습자가 꼭 알아야 할 주제를 중심으로 구성되었으며 이와 함께 필수적인 어휘와 문법, 문화를 소개함으로써 한국어 능력을 향상시키고 아울러 한국에 대한 이해를 넓히고자 하였다.

- 각 과의 앞에는 해당 과의 제목 아래에, 각 항의 제목과 과제, 어휘, 문법, 문화를 제시하여 각 과에서 다룰 내용을 한 눈에 알아보기 쉽게 하였다. 그리고 매 과의 마지막 항은 복습 항으로 그 과에서 다룬 내용을 종합적으로 복습할 수 있도록 하였다. 문화 부분은 각 과의 주제와 관련된 내용을 선정하여 다루었다.

- 각 과의 제목은 주제에 해당하는 명사로 제시하였으며, 각 항의 제목도 소주제에 해당하는 명사로 제시하였다.

- 각 항은 제목, 학습 목표, 사진과 질문, 시각 자료와 질문, 본문 대화와 질문, 어휘, 문법, 과제의 순서로 구성되어 있다.

- 학습 목표에는 학습자들이 학습해야 할 의사소통적 과제와 어휘, 문법을 제시하였다.

- 사진과 질문은 1단계 도입으로 학습자를 본문 대화의 상황으로 자연스럽게 끌어들일 수 있도록 본문 대화의 상황을 쉽게 연상시킬 수 있는 사진과 함께 관련 질문을 제시하였다.

- 시각 자료와 질문은 강화된 도입 단계로 학습자가 주제에 대한 흥미와 호기심을 가질 수 있도록 그래프, 기사 제목, 사진이나 그림 등의 다양한 시각 자료와 함께 질문을 제시하였다.

- 본문 대화는 각 과의 주제와 관련된 가장 전형적이고 대표적인 대화 상황을 8명의 주요 인물 중심으로 설정하였고 필요한 경우 기타 인물도 설정하였다. 본문 대화는 보통 3~4개의 대화 쌍으로 구성하였으며 내용 이해 질문과 대화의 내용과 관련된 말하기 짝활동을 포함시켰다. 본문에 나오는 새 어휘는 대화 아래에 따로 제시하였다.

- 어휘는 각 과의 주제와 관련된 어휘 목록을 선정하여 그 의미나 쓰임새에 따라 범주화 하여 제시하였고 담화 맥락 속에서 연습이 이루어지도록 하였으며 마지막으로 연습한 어휘를 학습자가 직접 사용해 볼 수 있게 하는 활동을 포함시켰다.

- 문법은 각 과에서 다루어야 할 핵심 문법 사항을 각 항마다 2개씩 추출하여 담화 맥락 속에서 문법이 유기적으로 연결되어 나타나는 모범 예시문을 통해 제시하였다. 두 개의 문법을 각각 연습한 후에는 두 문법을 연결하여 사용해서 담화 차원의 생산을 유도하는 활동을 포함시켰다.

- 과제는 학습 목표에서 제시한 의사소통 기능에 부합되는 것으로 각 항마다 2개를 제시하였으며 주제 관련 통합 과제로서 듣기나 읽기로 시작하여 말하기나 쓰기로 마무리하도록 구성하였다.

- 각 과의 마지막 부분에는 문화와 문법 설명을 제시하였다.

- 문화는 각 과의 주제와 관련된 한국 문화를 선정하여 정보나 지식을 설명하는 방식으로 기술하였다. 아울러 학습자로 하여금 자국의 문화와 비교, 분석해 보게 하는 등 비교문화적인 관점을 바탕으로 언어 학습 활동과 연계하도록 구성하여 그 내용이 문화적 지식에 그치지 않고 한국어 능력과 통합적으로 학습될 수 있도록 하였다.

- 문법 설명은 각 과에서 다루는 문법에 대한 설명과 함께 각각 4개의 예문을 제시하였다.

- 색인에서는 각 과에서 다룬 문법과 어휘를 가나다 순으로 정리하였으며 해당 본문의 과와 항을 함께 제시하였다.

內容介紹

- 《最權威的延世大學韓國語 5》是為學習韓語的僑胞和外國人所設計的高級階段教材。內容共有 10 課，每課各有 4 個小單元。以具有高級水準韓語熟練度的學習者必須掌握的主題為中心編寫，並介紹該階段必需的語彙及文法、文化，以提升學習者的韓語能力，並增廣對韓國的了解。

- 每一課開頭的標題為該課主題，標題下方列出每個小單元的標題、語彙、文法、練習題和文化內容，使每一課進行的內容一目了然。每一課的最後為「閱讀」部分，在文化部分，選定與該課主題相關之內容。

- 每一課的標題使用與主題相關的名詞，各個小單元的標題也使用與小主題相關的名詞。

- 每個小單元以標題、學習目標、照片與提問、影像資料與提問、課文對話與提問、語彙、文法、練習題為順序組成。

- 於學習目標中列出學習者們必須掌握的溝通課題、語彙及文法。

- 以照片及提問作為第一階段的導入，安排容易聯想到課文對話情境的照片及相關提問，自然地引導學習者進入課文對話的情境中。

- 以影像資料及為提問作為加強用的導入階段，安排圖表、報導標題、照片或插圖等各種視覺資料，並提出疑問，引起學習者對主題的興趣與好奇心。

- 課文對話部分，以 8 名主要人物為中心，設定與各課主題相關之最典型、最具代表性的對話情境，必要時也會有其他人物登場。課文對話通常以 3~4 組對話構成，包含內容理解提問及與對話內容相關之對話練習活動。課文中出現的新語彙另行列在對話下方。

- 語彙部分，選定與各課主題相關之語彙，根據其意義或用途進行分類，使其得以在談話內容中進行練習，最後讓學習者可以在教材設計的活動中，直接使用練習過的語彙。。

- 文法部分，從每個小單元中各抽出 2 個必須使用在各課中的核心文法，在對話內容中與文法進行連結，並示範在範文中。在練習完兩個文法後，安排活動將兩個文法連結起來使用，引導練習談話。

- 練習題中將練習學習目標中言及之溝通能力，每個小單元均有 2 個練習題，為與主題相關的綜合練習題，以聽力或閱讀為始，最後以口說或寫作練習做結尾。

- 每一課後面均有文化及文法說明。

- 文化部分，選擇與每一課主題相關的韓國文化，描述說明其資訊或知識，並讓學習者與自己國家的文化進行比較、分析等，以比較文化的觀點為基礎，與語言學習活動相連結，使其內容不僅止於文化上的知識，更能在韓語能力上進行綜合學習。

- 文法說明部分，對每課當中使用的文法加以說明，並各舉出 4 個例句。

- 索引部分，以韓文字母順序排列每一課出現的文法及語彙，並標明所屬章節。

차례

目錄

Y O N S E I   K O R E A N 5

課程大綱

	主題	小單元名稱	課程目標	語彙	文法	文化
01	語言與生活	韓語學習	撰寫與學習經驗相關的訪談報導	韓語學習	–을 거라고는 생각조차 못했다	決定韓語之稱呼或敬語法的要因
			學習方法建議		–을수록 –어지고는 있지만	
		雖然困難但卻也簡單的韓語	使用適當的敬語	韓語學習	–오/–소/–구려 (하오체)	
			比較說明母語及韓語的稱呼		–네/–나?/–게/–세 (하게체)	
		讀書的樂趣				
02	職業與職場	職業觀	調查並發表價值觀與職業	性向、個性、價值觀	–음에도 불구하고	職業風俗
			發表企業想要的人才樣貌		–도 –거니와	
		在職場上	閱讀公司公告並停出想法	職場部門與業務	–에다가 –까지	
			對職場生活的困難提出建議		–을 때 –어야 –지	
		生活中的科學				
03	日常生活與休閒文化	韓國人的現代日常生活	討論現代日常文化的價值	現代人的飲食生活	–긴 –나 보다	過去的公休日
			分析韓國人的日常文化		–길래	
		現代人的休閒文化	討論正確的休閒文化	休閒	–기는 커녕	
			對休閒及其他主題進行問卷調查		–을뿐더러	
		經濟與生活				
04	科學與技術	網路與人類	在網路新聞下留言	網路	–데요	資訊化世代的文字 -韓文-
			聆聽談訪後說明網路空間		–더라고요	
		科學與未來	撰寫科學技術發達及其影響之報導	科學、醫學	–되	
			討論尖端科學時代的價值觀		–는 한	
		在路上遇見歷史				
05	生活與經濟	消費生活	發表對消費生活進行的問卷調查結果	現代人的消費生活	–어서 –을래야 –을 수가 없다	開城商人
			對合理消費的建議		–을까 말까 생각 중이다	
		個人經濟活動	發表各種理財方式	理財	–는다고	
			撰寫信件描述值得期望的經濟活動		–더라도	
		文化的差異				

	主題	小單元名稱	課程目標	語彙	文法	文化
06	大眾文化與藝術	韓國的大眾文化	發表大眾文化現象	大眾藝術	–는다고도 할 수 있다	高麗青瓷
			比較並發表各國影像文化的特徵		–는 듯싶다	
		韓國的傳統藝術	討論國樂的大眾化	傳統藝術	–으니 어쩌니 해도/–이니 뭐니 해도	
			說明韓國風俗畫		–은들 –겠어요?	
		語言與溝通				
07	傳統與變化	家族的變化	討論家族型態	家族的型態與其變化	–는다기보다는	三年喪與四十九齋
			討論因家族變化帶來的社會現象		—자니 –고 –자니 –고 해서	
		韓國的禮儀	發表現代結婚儀式的風俗	婚喪喜慶	–같아선	
			討論生老病死等人生必經過程的意義		–을 것 까지는 없겠지만	
		分享想法的對話				
08	生活與學習	韓國人的教育學	撰寫信件描述值得期望的教育	撰寫信件描述值得期望的教育	–으랴 –으랴	學習與書生
			討論體罰相關內容		–다 보니 그로 인해	
		終身學習	調查並發表終生學習課程計畫	調查並發表終生學習課程計畫	–는 만큼	
			發表終生學習計畫		–지 않고서는	
		時代中的人物				
09	自然與環境	人類與自然	介紹值得一看的自然	自然	–으리라 생각하던/이야기하던/말하던	韓國的土地-韓半島-
			調查並發表有滅絕危機的生物		–을 수 없으리 만치	
		環境保護	聆聽訪談並發表環境保護的案例	環境破壞與保護	–을 줄만 알았지	
			討論環境問題的解決方法		–을 게 아니라	
		詩與歌曲				
10	個人與共同體	鄰居與我	撰寫志願服務與捐贈相關標語	志願服務	–다시피 하다	真正的富者-慶洲崔姓富人-
			說明志願服務與捐贈相關問卷調查之結果		–이라도 –을까 보다	
		世界中的我	發表國際志願服務的方法	國家機構與其活動	–을 통해	
			撰寫文章描述值得期待的世界化實踐方案		–음으로써	
		閱讀小說與治癒				

톰슨 제임스
미국 기자

제임스의 하숙집 친구

요시다 리에
일본 은행원

제임스의 하숙집 친구

츠베토바 마리아
러시아 대학생

제임스의 반 친구

왕 웨이
대만 회사원 (연세 무역)

제임스의 반 친구

김미선
한국 대학원생

마리아의 방 친구 / 민철의 여자 친구

정민철
한국 여행사 직원

미선의 남자 친구

이영수
한국 대학생

제임스와 리에의 하숙집 친구

오정희
한국 회사원 (연세무역)

웨이의 회사 동료

제1과 언어와 생활

1-1 한국어 배우기

학습 목표 ● 과제 학습 경험에 대한 인터뷰 기사 쓰기, 학습 방법 조언하기
● 문법 −을 거라고는 생각조차 못했다, −을수록 −어지고 있지만 ● 어휘 한국어 학습

여러분은 어디에서 한국말을 배웠습니까?

왜 한국말을 배웁니까?

한국어 교육 기관의 국적별 한국어 학습 목적

| 국적 | 한국어 학습 목적 | | | | | | 계(%) |
	한국에 대한 관심	대학(원) 진학	한국인이기 때문에	직장/업무 관계로	취업하기 위해	기타	
영어권	0.5	0.8	1.3	0.5	0	0	3.4
일본	23.7	2.6	2.9	3.2	4.5	4.0	40.9
중국	3.7	6.9	0.3	2.1	2.4	1.6	16.9
한국	3.2	0.8	11.3	0.0	1.6	1.6	18.58
기타	4.3	2.4	2.9	3.2	3.4	4.2	20.3
계	35.7	13.5	18.7	9.0	12.1	11.3	100.0

위 표를 보고 한국어를 배우는 목적에 대해 이야기해 봅시다.

어휘

🔊 01~02

웨이	제임스 씨는 신문 기자라는 직업상 필요해서 한국어를 배우게 되셨다고 하셨지요?
제임스	네, 아시다시피 갑자기 한국 지사로 파견되는 바람에 한국어가 당장 필요했거든요.
웨이	저도 그래요. 저도 우리 회사 일 때문에 한국어를 배우는 거예요.
	일하면서 배우려니 공부할 시간은 없고 갈수록 문법은 복잡해지고. 그래서 걱정이에요.
제임스	그렇지요. 처음 가나다라를 배울 때만 해도 좋았지요? 그때는 이렇게 문법이 어려울 거라고는 생각조차 못했잖아요. 참, 리에 씨는 한국말을 배우는 특별한 이유가 없다고 하셨지요?
리에	네, 저는 한국 문화를 접하고 싶어서 한국에 왔어요.
	사실 요즘 갈수록 문법이 복잡해지고는 있지만 한국어로 말하는 게 점점 재미있어져서, 저는 요즘 정말 즐거워요.
웨이	정말 부럽네요. 리에 씨는 즐기면서 배우고 계시네요.

01 다음 사람들과 각기 한국어를 배우는 이유를 맞게 연결하십시오.

제임스 ●　　　　　　　　　●한국 문화

웨이 ●　　　　　　　　　●회사 일

리에 ●　　　　　　　　　●지사 파견

02 위 대화에서 웨이 씨가 리에 씨를 부러워하는 이유는 무엇입니까?

03 한국어를 배우게 된 동기에 대해서 친구와 이야기해 봅시다.

[보기] 가 : 어떻게 한국어를 배우게 되셨어요?

나 : 글쎄요, 한국 노래를 좋아해서 자주 듣다보니 한국말을 배우고 싶어졌어요.

알다시피 如您所知　　　지사 n. (支社) 分公司　　　파견 n. (派遣) 外派　　　당장 adv. (當場) 立刻、馬上
접하다 v. (接 -) 接觸、相接

01 다음 표현을 익히고 빈칸에 알맞은 말을 골라 쓰십시오.

말하기	토론, 토의, 면접, 인터뷰, 발표, 연설, 강의
듣기	인터뷰, 뉴스, 강의, 설교
읽기	신문 기사, 칼럼, 사설, 전공 서적, 논문, 평론, 문학 작품
쓰기	개요, 소개서, 감상문, 설명문, 논설문

1) 이제부터 두 팀으로 나누어 이 문제에 대해 찬반 (   )을/를 하도록 하겠습니다.

2) 입사 시험에 한국어 (   )이/가 있어서 예상 질문을 만들어 연습하고 있어요.

3) 아나운서들의 말하는 속도가 빨라서 (   )을/를 듣고 이해하기가 쉽지 않아요.

4) 우리 대학교에서 제일 인기 있는 (   )이라서/라서 그런지 수강생이 너무 많아요.

5) 이제 신문에서 여러 분야의 전문가가 쓴 (   )은/는 어렵지 않게 읽을 수 있지만 당시의
   시사적인 문제를 다루고 있는 (   )은/는 정말 아직도 이해하기가 어렵더군요.

02 여러분은 5급에서 무엇을 배우고 싶습니까? 다음 표에 표시하고 배우고 싶은 것을 메모한 후에
보기와 같이 이야기해 봅시다.

		✔	
말하기	발음 토론 인터뷰 발표		받침 발음
듣기	방송 뉴스 강의		
읽기	신문 기사 전공 서적 문학 작품		
쓰기	개요 소개서 감상문 논설문		

[보기] 저는 정확하게 발음하는 방법을 알고 싶어요. 여전히 받침 ㄴ, ㅁ, ㅇ을 구별해서 발음
하기가 쉽지 않거든요.

문법

01 다음 글을 읽고 문법 및 표현을 익혀봅시다.

나는 처음에는 신문 기자라는 직업상 필요해서 한국말을 배우기 시작했다. 사실 1년 전 한국 지사에 파견되기 전까지 한국이라는 나라는 내게는 아주 먼 나라였다. 당연히 이렇게 내가 한국말을 배우게 **될 거라고는 생각조차 못했었다**. 지금은 한국말을 배우는 게 아주 즐겁다. **갈수록 조금씩 어려워지고는 있지만** 도전을 좋아하는 나에게는 그게 매력적이기도 하다. 어서 빨리 한국말을 잘 하고 한국에 대해서도 더 깊이 알게 됐으면 좋겠다.

–을 거라고는 생각조차 못했다

1) 빈 곳에 알맞게 쓰십시오.

한국어를 배운 후 외국어 책이 재미있음을 알게 되었다
한국말을 배우기 전까지 외국어 책이 이렇게 재미있을 거라고는 생각조차 못했다.

음치이던 내가 외국 노래를 즐겨 부르게 되었다.
음치이던 내가 ....

5급인데도 맞춤법이 틀린다.
....

액션 영화가 그렇게 지루하다니!
....

더운 날씨 때문이 아니라 입에 안 맞는 음식 때문에 고생이 심했다.
....

–을수록 –어지고는 있지만

2) 다음을 연결하고 보기와 같이 이야기해 봅시다.

친구가 많아지다 •　　　　　　문법이 복잡하다　　　　　　• 말하기는 점점
　　　　　　　　　　　　　　　　　　　　　　　　　　　　재미있어진다.

단어를 배우다 •　　　　　　• 외울 단어가 많다　　　　• 외국어 공부는 재미있다.

한국어를 공부하다 •　　　• 한국생활이 즐겁다　　　• 애기는 뒤죽박죽이
　　　　　　　　　　　　　　　　　　　　　　　　　　되어 가고 있다.

이야기를 하다 •　　　• 함께 있는 시간이 길다　　• 공부할 시간을
　　　　　　　　　　　　　　　　　　　　　　　　　내기가 어렵다.

　　　　　　　　　　　　　　　　　　　　　　　　열정은 처음 같지
사귀다 •　　　　　　• 목소리가 크다　　　• 않아 틈틈이 시계를
　　　　　　　　　　　　　　　　　　　　　　힐끔거리곤 했다.

[보기] 한국어를 공부할수록 문법이 복잡해지고는 있지만 외국어 공부는 재미있다.

02 다음 표를 채우고 '–을수록 –어지고는 있지만, 었으면 좋겠다' 를 사용해 위 글과 같이 써 봅시다.

	위글	자신의 경우
한국어를 배우는 동기	직업 상 필요해서	
외국어를 배우는 과정	갈수록 조금씩 어려워지고 있지만 도전이 즐겁다	
외국어를 배워서 하고 싶은 것	한국이라는 나라를 깊이 알게 되었으면……	

과제 1　읽고 쓰기

다음 글을 읽고 질문에 답하십시오.

한국인보다 한글 더 잘 쓰는 시민기자 '데니스 하트'

정말 미국인 맞나? 어떻게 그렇게 한국말을 잘하나?

"미국인 맞습니다. 1952년 플로리다의 잭슨빌이란 도시에서 태어났습니다. 세 살 때 부모님이 나한테 묻지도 않고 뉴욕 주의 시라큐즈로 이사를 하셔서 그곳에서 쭉 살았습니다. 지금은 오하이오주 애크런시에 살고 있고, 켄트주립대학교에서 정치학과 부교수로 재직하고 있습니다. 전 평범한 중산층 가정의 미국인입니다."

날 때부터 미국에 살았는데 어떻게 그렇게 한국어를 잘 하나? 혹시 한국어가 제2의 모국어 아닌가?

"제2 모국어? 아닙니다. 제2 외국어가 맞습니다. 한국어는 그저 제2 외국어에 불과합니다. 그래서 배우는 데 정말 고생 많이 했습니다. 해군에 입대해서 처음 한국어를 접했습니다. 예전에 한때 미국도 징병제를 한 적이 있었습니다. 기본 훈련을 받은 후 국방 언어 학교에 입학 신청을 했는데, 한국어 반에 배정됐습니다. 군대에서 시키면 시키는 대로 해야 하니까요. 그래서 난생 처음 한국어를 배우게 되었습니다. 해군 시절, 한국의 시골에서 2년 반 정도 근무를 했습니다. 그리고 전공이 '한국 정치학'이라 자연히 한국어를 열심히 공부했고, 박사 학위 논문을 쓸 때는 연구차 한국에서 3년 정도 살았습니다. 그래서 기사는 쓸 정도로 한국어를 할 수 있게 된 겁니다. 지금도 누가 나에게 '아유, 한국어 잘 하시네요.' 하시면 '쥐꼬리만큼 한다'고 대답합니다. 정말 아직 멀었습니다."

데니스 하트 교수는 '쥐꼬리만큼' 하는 한국어로 기사를 쓰고 매번 독자들에게 좋은 반응을 얻고 있다.

혹시 대학에서 한국어도 가르치나?

"내가 한국어를 가르쳤다가는 여러 사람 망칩니다. (웃음) 내 전공은 한국 정치학입니다. 다만 동양학이나 한국학 관련 강의를 할 때 한글과 한국어에 대한 부분을 조금은 이야기합니다. 동양학 개론 시간이라도 인사하는 법이나 단어 몇 가지, 한국 문화에 대해서 조금은 알아야 한다고 생각하니까요. 그렇지만 난 한국어 네이티브 스피커가 아니기 때문에 발음도 안 좋고 문법도 정확하지 못해 한국어를 가르칠 수준이 못 됩니다."

어려운 한국어 발음이 있나?

"아직도 정확하게 발음을 못하는 한국어 모음이 한두 개 있는데 그 중 하나가 'ㅚ' 입니다. 내가 '뇌' 라고 하면 한국 사람들은 '네' 라든지, 아니면 '노예'나 '누에' 라고 하는 줄 압니다. 그래서 '뇌' 란 말을 하고 싶으면 '아, 그 왜 해골 속에 들어 있는 생각하게 하는 기관 있잖아.' 라고 해야 합니다.

놀려 먹고 싶은 미국인 친구가 있으면 '뇌'를 발음해 보라고 해 보세요. 아마 바닥에 구르면서 웃게 될 겁니다. 그리고 'ㅢ' 발음도 어렵습니다. '의자', '의사' 같은 말은 처음 배울 때 힘든 말이었습니다. 그 밖에도 '어려워요', '간지러워요', '미끄러워요' 등 다른 모음이 연속되는 말도 발음하기 쉽지 않습니다."

[2007-08-22, "한국말 잘한다고요? 겨우 쥐꼬리만큼 합니다"
「뉴스게릴라를 찾아서 18」김귀현 (kimkui), 일부 발췌]

재직하다 v. (在職 -) 在職　　중산층 n. (中產層) 中產階層　　불과하다 a. (不過 -) 只不過是
징병제 n. (徵兵制) 徵兵制　　배정되다 v. (配定 -) 被安排　　망치다 v. 搞砸、弄糟
구르다 v. 滾動　　연속되다 v. (連續 -) 連續

01 위 인터뷰는 누구에게 무엇을 질문하고 있습니까? 간단히 대답하십시오.

누구 :

무엇 :

02 위 사람이 한국어를 배운 과정입니다. 빈칸에 알맞은 말을 쓰십시오.

(　　　　) → 한국 시골 근무 → (　　　　) 전공 → 박사 학위 논문 준비로 한국 3년 거주

03 이 사람이 어려워하는 것은 무엇입니까?

04 한국어를 배우는 친구에게 인터뷰할 질문을 보기와 같이 정리하고 인터뷰를 한 후, 앞 쪽의 글과 같이 인터뷰 기사를 써 봅시다.

[보기] 어느 나라 사람입니까?

어떻게 지금처럼 한국말을 잘 합니까?

한국어가 제2 외국어입니까?

한국어를 가르칠 예정입니까?

한국어 학습에서 어려운 점이 무엇입니까?

어느 나라 사람인가

년　월　일

과제 2   읽고 말하기 ●

01 다음 어휘를 평가표의 빈 곳에 알맞게 넣으십시오.

학습 기간   출석 시간   정규 과정   평점   표현 능력   이해 능력   전체 평가

정규과정

.... : 2008 년 3 월 31 일부터 2008 년 6 월 11 일까지

이름 : 마이크 존슨

.... : 196/200   .... : 87

....

말하기 : A   듣기 : B   세부 내용을 정확하게

쓰기 :   읽기 : A   들어야 함

---

02 전체 평가'의 내용이 다음과 같은 초급 학생들이 있습니다. 그 중에서 한 사람을 골라 [보기]와 같이 평가 결과를 설명히고 적절한 조언을 해 봅시다.

학생 1   말을 할 때 사용하는 표현이 다양하지 못함.
학생 2   맞춤법이 부정확함.
학생 3   받침 발음을 정확하게 해야 함.
학생 4   연결 어미 '어서, 니까'를 정확하게 구별하여 써야 함.
학생 5   기초 문법이 부정확함.
학생 6   세부 내용을 정확하게 듣기 바람.
학생 7   글의 흐름을 이해하며 읽기 바람.
학생 8   어휘력이 부족함.

[보기]   **학생 1에게**
"말할 때 자신감이 부족하고 내용이 간단하고 짧다는 거예요.
그러니까 좀 더 길게, 잘 할 수 있다고 생각하면서 얘기해 보세요."

03 여러분의 한국어 학습의 문제점을 이야기하고 서로 조언해 봅시다.
효과적인 외국어 학습법을 이야기해 봅시다.

1-2 어렵고도 쉬운 한국말

학습 목표 ● 과제 적절한 높임말 사용하기, 모국어와 한국어의 호칭 비교하여 설명하기
● 문법 -오/-소/-구려(하오체), -네/-나?/-게/-세(하게체) ● 어휘 등급에 따른 호칭

두 사람은 어떤 사이일까요?
어떤 대화를 나누고 있는 것 같습니까?

위 그림의 인물들은 각각 어떤 대화를 나누고 있을까요? 상대방을 어떻게 부르는지, 어느 정도의
높임말로 대화하는지 이야기해 봅시다.

대화

🔊 03~04

다나까   선생님, 안녕하십니까? 어제 전화 드린 다나까 마사오입니다.

김영식   오랜만이네, 어서 오게, 그래 무슨 일로 날 보자 했나?

다나까   저…… 다름이 아니라 일본어와 한국어 모두 능통한 경영학 전공자를 인턴사원으로 모집한다는 채용 공고가 나서 제가 지원을 할까 하는데요. 선생님, 번거롭게 해 드려 죄송한데 추천서를 좀 부탁 드리려고 왔습니다.

김영식   그래, 내가 써주지, 그런데 말이야, 자네를 볼 때마다 느끼는 건데 어떻게 그렇게 한국말을 잘 하나? 자네, 이름을 얘기 안 하면 밖에서들 한국 사람인줄 알지?

다나까   아닙니다. 아직 부족한 점이 많습니다.

김영식   자넨 참 겸손하기도 하군 그래. 추천서 써 가지고 과 사무실에 맡겨 놓을 테니 내일 모레쯤 찾아가게.

다나까   선생님. 고맙습니다. 다시 찾아뵙겠습니다. 안녕히 계십시오.

김영식   언제 식사나 한번 하세. 좋은 소식 전해 주게.

01   두 사람은 어떤 사이일까요?

❶ 교수와 학생   ❷ 상사와 부하

❸ 선배와 후배   ❹ 사무실 직원과 손님

02   다나까 씨는 왜 이곳을 찾아왔습니까?

03   몇 주 후에 다나까 씨가 다시 이곳을 찾아와 두 사람이 대화를 나눕니다. 각각의 입장이 되어 [보기]와 같이 이야기해 봅시다.

[보기] 김영식 : 어, 다나까 군, 어서 오게, 그래 어떻게 됐나?

다나까 : 네, 합격했습니다. 선생님 추천서 덕분인 것 같습니다. 조금 전에 연락 받고 바로 말씀 드리고 싶어서 이렇게 왔습니다.

능통하다 v. (能通 -) 通曉、精通   모집하다 v. (募集 -) 招募   지원하다 v. (志願 -) 應徵
번거롭다 a. 繁瑣的、雜亂麻煩的   겸손하다 a. (謙遜 -) 謙虛的

어휘 등급에 따른 호칭

01 다음 호칭을 익히고 김영수 씨의 호칭에 이어지는 말을 알맞게
연결하십시오. 누가 하는 말인지 쓰십시오.

관계	호칭
가족 및 친척	아버지/어머니 아빠/엄마 형/누나/언니/오빠 아버님/어머님 큰아버지/삼촌/고모/이모 여보
직장 내 관계	과장님 김대리 김영수 씨 김 선생님
사적인 관계	여보게 김영수 씨 영수 씨 영수야
잘 모르는 경우`	아주머니 아저씨 아가씨 학생 저기요

1) 과장님,   •   • 다음 주말에 동창회를 하려고 하는데 시간 괜찮아?   (   )

2) 김 과장,   •   • 오늘 야근을 해서라도 이 보고서 끝내게.   (   )

3) 형,   •   • 다음 주초까지 결재 서류 올리겠습니다.   (부하 직원)

4) 삼촌,   •   • 우리 신혼여행은 어디로 가요?   (   )

5) 여보게,   •   • 결혼하면 작은 아버지라고 불러야 돼요?   (   )

6) 영수 씨,   •   • 자네 우리 딸 고생시키면 안 되네.   (   )

7) 영수야,   •   • 연세대학교 가려면 어느 출구로 나가야 돼요?   (   )

8) 아저씨,   •   • 주말에 누나하고 매형이 집에 온대.   (   )

02 위의 경우 중 하나를 골라 보기와 같이 대화를 계속해 봅시다.

[보기] 1)을 고른 경우

대리 : 과장님, 다음 주초까지 결재 서류 올리겠습니다.

과장 : 너무 늦지 않습니까? 이번 주 안으로 내도록 하시죠.

대리 : 네, 시간이 좀 촉박하긴 하지만…… 최선을 다하겠습니다.

과장 : 이번 일이 아주 중요합니다. 이거 끝나면 같이 저녁이나 합시다.

문법

01 다음을 읽고 문법 및 표현을 익혀 봅시다.

이곳에 쓰레기를 버리지 **마시오**.

다음을 읽고 사형 제도에 대해 찬반 입장을 정한 후 자신의 의견을 500자 내외로 **쓰시오**.

가 : **오랜만이네**, 자네 요즘 어떻게 **지내나**?
나 : 얼마 전에 우리 딸이 첫 아이를 낳아서 요즘 손자 보느라고 정신이 없다네.
가 : 자네가 벌써 할아버지가 됐군 그래, 누굴 닮았나?
나 : 제 아비랑 붕어빵이라네. 언제 한번 우리 손자 보러 집에 **오게**.
가 : **그러세**.

-오, -소, -구려 (하오체)

1) 다음과 같은 경우의 주의 사항이나 지시문을 만들어 봅시다.

야외 전시장	작품에 손대지 마시오.
국립 공원 입구	
바닥이 마루로 되어 있는 공연장	신발을 벗고 들어가시오.
많은 사람들이 모이는 공공장소	
대학 입학 논술 문제	

-네, -나?, -게, -세 (하게체)

2) 다음 두 젊은 친구의 대화를 중년 남성의 대화로 바꿔 봅시다.

가 : 너 이번 주말에 별일 없니? 나 : 별일 없어. 그런데 왜 그래? 가 : 우리 집에 와서 저녁이나 같이 하자. 나 : 무슨 날이야? 가 : 아니, 그냥…… 그날 우리 집에 꼭 와.	가 : 자네 이번 주말에 별일 없나? 나 : 가 : 나 : 가 :

02 다음 그림 중 하나를 골라 그림 속의 안내문을 써 보고 두 사람의 대화를 만들어 이야기해 봅시다.

1) 안내문 쓰기

....

....

....

....

2) 대화 만들기

　　가 :

　　나 :

　　가 :

　　나 :

　　가 :

　　나 :

다음을 읽고 질문에 답하십시오.

　　한국어는 다른 어떤 언어보다도 높임법이 잘 발달된 언어로 높임의 대상에 따라 상대 높임법, 주체 높임법, 객체 높임법으로 나뉜다. 이중 가장 잘 발달되어 있는 것은 말하는 이가 듣는 이를 높이거나 낮추어 말하는 상대 높임법으로서 종결어미를 통해 표현된다. 친구나 동생에게 말할 때는 "나 학교에 간다." 또는 "나 학교에 가." 라고 말하지만 윗사람에게는 "저 학교에 갑니다." 또는 "저 학교에 가요." 로 말하는 것이 그 예이다.

　　주체 높임법은 문장의 주어를 높이는 것으로 "선생님께서 오신다." 에서처럼 서술어에 어미 '-(으)시-' 가 붙어 표현된다.

　　객체 높임법은 서술의 객체를 높이는 것으로서 "부모님께 선물을 드렸다.", "고마운 분을 찾아뵙고……" 에서처럼 특수 어휘, 보통 특수한 동사를 사용한다.

　　이렇게 복잡한 높임법의 체계에서 간혹 한국 사람들조차 높임말을 잘못 사용하는 경우가 있는데 다음을 살펴보자.

[사례 1]　　아들이 "할아버지, 아침 식사 하세요." 라고 말하는데 맞는 말인지 모르겠다.

[사례 2]　　사정상 먼저 퇴근하는 부하 직원이 직장 상사인 부장에게 "부장님, 수고하십시오." 라고 인사하는 게 어쩐지 이상하게 들렸다.

[사례 3]　　딸이 "할머니께서 책을 읽으시고 계시는데요." 라고 하는데 어색하게 들렸다.

[사례 4]　　회사에서 행사가 진행되는데 식순 소개 중 "다음은 사장님 말씀이 계시겠습니다." 라고 하는 것이 옳은지 모르겠다.

[사례 5]　　부장님이 나에게 과장님이 어디 가셨는지 물었다. "은행에 갔습니다." 라고 해야 할지, "은행에 가셨습니다." 라고 해야 할지 곤란했다. 부장님보다 과장님이 아랫사람이니 '-(으)시-' 를 넣지 말아야 할 것도 같았으나, 그래도 내 윗사람인 과장님에 대해서 '갔습니다.' 라고 말하자니 꺼림칙했다.

[사례 6]　　아버지에 대해서 물으시는 할아버지께 "할아버지, 아버지는 나갔어요." 라고 해야 할지, "할아버지, 아버지는 나가셨어요." 라고 해야 할지 잘 모르겠다.

01　　다음 말에 나타나는 높임법은 무엇입니까? 각각 무엇을 높였습니까? 연결하십시오.

"사장님께서 직접 말씀하신대."　　　　•　　　　• 상대

"날씨가 참 춥습니다."　　　　•　　　　• 객체

"영수가 할머니를 모시고 시내에 나갔어."　•　　　　• 주체(주어)

주체 n. (主體) 主詞　　객체 n. (客體) 受詞　　체계 n. (體系) 體系　　간혹 adv. (間或) 有時、偶爾
꺼림칙하다 a. 歉疚不安的

02 사례에 대해 맞는 설명을 골라 연결한 후, 잘못된 부분을 맞게 고쳐 봅시다.

사례1 •　　　• 동사나 형용사가 여러 개 나타날 경우 대체로 문장의 마지막 표현에 '-(으)시-'를 쓴다.

사례2 •　　　• 특정한 어휘는 윗사람에게 사용하는 것이 결례가 된다.

사례3 •　　　• 직장에서 자기보다 높은 사람은 보통 높여 말한다.

사례4 •　　　• 윗사람에게 말할 때 같은 뜻의 높임말 어휘로 바꾸어 말해야 하는 경우가 있다.

사례5 •　　　• 가정 내에서 윗사람에 대해서 그보다 더 높은 사람에게 말할 때는 높이지 않는 것이 원칙이나 요즘에는 높이는 것도 허용한다.

사례6 •　　　• 주어를 직접 높일 때와 주어 관련 대상을 높일 때 쓰임이 다르다.

사례	잘못된 부분	맞는 문장
사례 1	할아버지, 아침 식사 하세요.	할아버지, 아침/진지 잡수세요.
사례 2	부장님, 수고하십시오.	부장님, 먼저 가 보겠습니다./내일 뵙겠습니다./먼저 실례하겠습니다.
사례 3	할머니께서 책을 읽으시고 계시는데요.	
사례 4	다음은 사장님 말씀이 계시겠습니다.	
사례 5	과장은 은행에 갔습니다.	

03 위 사례 중 하나를 골라 짝과 함께 보기와 같이 대화를 만들고 역할극을 해 봅시다.

[보기] 엄마 : 영수야, 저녁 준비 다 됐으니까 할아버지 오시라고 해라.
영수 : 네. 할아버지, 식사 하세요.
엄마 : 영수야, 어른한테는 '식사 하세요.' 보다 '진지 잡수세요/드세요.' 이렇게 말해야 하는 거란다.
영수 : 네. 할아버지, 진지 잡수세요.

04 한국어로 말할 때 높임말 때문에 특히 어려웠던 경험이 있습니까? 이야기해 봅시다.

과제 2　듣고 말하기　[🔊 05]

다음을 듣고 질문에 답하십시오.

01 무엇에 대해 조사한 결과입니까?

❶ 부부 사이의 호칭　　　　　　　❷ 이성 친구 사이의 호칭

❸ 형제 자매 사이의 호칭　　　　　❹ 부모와 자녀 사이의 호칭

02 남편과 아내는 어떻게 다릅니까? 다음 표를 채우십시오.

표1) 남편이 아내를 부르는 호칭

상황　　　순위	1위	2위	3위	4위	5위
둘만 있을 때			여보	○○ 엄마	애칭
부모님과 있을 때			여보	○○ 씨	자기(야)
장인/장모와 있을 때		○○ 엄마	여보	자기(야)	○○ 씨
전화 통화할 때		자기(야)	여보(야)	○○ 엄마	애칭
자녀와 있을 때			여보	자기(야)	자녀 이름

표2) 아내가 남편을 부르는 호칭

상황　　　순위	1위	2위	3위	4위	5위
둘만 있을 때			○○야	여보	○○ 씨
시부모님과 있을 때		○○ 아빠	○○ 씨	여보	자기(야)
친정부모님과 있을 때		○○ 아빠	자기(야)	○○ 씨	○○ 야
전화 통화할 때		자기(야)	○○씨	여보	
자녀와 있을 때			자기(야)	여보	애칭

03 여기에서 말하는 '사회적 통념'이란 무엇입니까? 여러분은 이에 대해 어떻게 생각합니까?

04 여러분 나라의 경우 부부간의 호칭이 어떻습니까?

짐작하다 v. 估計、揣測　　미루다 v. 往後推、延後　　측면 n. (側面) 方面　　통념 n. (通念) 一般概念、常理

1-3 정리해 봅시다

I. 어휘

01 빈칸에 알맞은 말을 골라 쓰십시오.

알다시피   지사   파견   당장

　모두가 (　　　　) 외국어를 배울 때 꼭 뚜렷한 동기가 있어야 하는 것은 아니다. 요즘같이 외국 영화나 노래를 접할 기회가 많은 시대에 재미있는 외국 영화를 보거나 노래를 따라 흥얼거리다가 문득 한 번 배워 보자 생각하고 외국어 교재를 살 수도 있지 않은가. 물론 이런 경우 외국어가 (　　　　) 필요하지 않으므로 교재가 무용지물이 되기 쉽다는 게 문제이다. 그러나 어느 날 아침 회사에 갔더니 외국 (　　　　)으로/로 (　　　　) 근무 나가게 됐다며 학원에 등록하라고 해서 갑자기 외국어를 배우러 다니게 된 회사원에 비하면 행복한 게 아닐지? 그러니 우리 지금이라도 무용지물이 되어 어딘가에 처박혀 있는 교재를 찾아 외국어 학습을 여유롭게 시작해 보자.

02 다음을 연결하고 [보기]와 같이 문장을 만드십시오.

1) 외국어   ●⋯⋯⋯⋯⋯⋯⋯⋯⋯⋯⋯⋯● 능통하다

2) 인재   ●   ● 번거롭다

3) 봉사활동 ●   ● 겸손하다

4) 절차   ●   ● 모집하다

5) 태도   ●   ● 접하다

6) 소식   ●   ● 지원하다

[보기] 1) 여행 가이드라면 외국어에 능통해야겠지요?
　　　⋯⋯⋯⋯⋯⋯⋯⋯⋯⋯⋯⋯⋯⋯⋯⋯⋯⋯⋯⋯⋯⋯⋯⋯⋯⋯
　　　2)
　　　3)
　　　4)
　　　5)
　　　6)

03 다음에서 틀린 곳을 바르게 고치고 무엇이 문제인지 보기와 같이 이야기해 봅시다.

[보기] 친구들아 반갑다. 이번 12월에도 ~~신년~~ 모임 ~~있은~~ 거 알지? 동창 카페에서 일시, 장소
　　　　　　　　　　　　　송년　　　　있는
확인하고 ~~얼렁~~ 참가 신청해주기 바란다. 자리가 다 차 ~~가시거든!!~~
　　　　　얼른　　　　　　　　　　　　　　　　　가거든

→ 어휘와 문법, 맞춤법, 존대법 사용이 틀렸습니다.

1) 김 과장, 이번 홍보 문안 작성을 위한 소비사람 대상 조사 작업은 누구 누구에게 어떤 일을 하라고 하신 건지요? 저희 직원들끼리 의견이 분분하여 정할 수가 어려우니 일을 좀 나눠 주시면 합니다.

→ ....

2) 할아버지! 아버님이 직접 전화로 말씀 드릴라고 했는데 전화가 안 된다고 저더러 연락하셨는데요. 고모네 식구가 내일 오후 4시에 한국에 온다고 공항에 배웅가시재요.

→ ....

3) 이 교수님, 지난 번 학회에서 당신 제자를 만났는데 요즘 건강이 좀 안 좋다며? 어디가 아플 건가? 중년기 건강 문제 전문가로 유명한 이가 바로 우리 동기 정 박사 아닌가. 근무처가 이 근처에 있으니 어디 우리 날 잡아 같이 진찰을 받도록 하세.

→ ....

II. 문법

01 빈칸을 채우고 1~10번을 적절하게 고쳐 쓰십시오.

.... 에게

그동안 어떻게 잘 지냈소?

부모님이랑 아이들도 모두 잘 있는지 궁금하다오.

가) 처음 왔을 때 이렇게 오래 있을 거라고는 생각조차 못해서인지 점점 돌아가고 싶은 생각만 간절하오.

나) 물론 시간이 갈수록 이곳 생활도 익숙해지고 아는 사람도 많아져서 재미있어지고는 있지만 아이들과 당신이 있는 곳에 비길 수는 없지 싶소.

그래도 내가 맡은 일이 있으니 그에 몰두하여 자잘한 외로움을 잊으려 1)합니다. 당신도 알다시피 자꾸 임기가 연장되는 게 문제인데 이번 계약이 잘 성사될 조짐이 보이고 회사 사정도 좋아지고 있으니 이번 연말에는 꼭 돌아갈 수 있지 2)않겠습니까?

당신 혼자 아이들이랑 부모님 신경 쓰며 애쓰고 있을 모습을 생각하면 미안하고 마음이 3)아프답니다. 지난 번 편지에 감기 기운 있다고 했는데 좀 나아졌는지 4)모르겠습니다. 힘들다 싶을 때는 무리하지 말고 푹 쉬구려.

이제 아이들도 고등학생이니 엄마 아플 때는 엄마를 돌볼 수도 있는 5)나이랍니다. 공부를 열심히 해야지 하며 만사 받들어 키우는 게 능사는 6)아닐 겁니다. 안 그래도 혜경이에게는 지난 번 통화하며 이야기했더니 아빠 말이 맞는다며 공부하느라 엄마에게 무심했던 스스로가 죄송하다고 합다. 그 유명한 한국의 고3인데도 의젓하게 엄마를 걱정하는 모습이 당신 그대로인 듯해서 7)기뻤습니다.

정말 얼마나 당신이랑 아이들이 보고 싶은지 8)모른답니다.

만날 날을 손 꼽아 기다리며 이 곳 생활을 견디려 9)합니다.

부디 잘 지내고 건강 10)조심하십시오.

2008년 11월 21일

미국에서 .... 이/가

1)   2)

3)   4)

5)   6)

7)   8)

9)   10)

02 가)에서 이야기한 내용으로 맞는 것은?

❶ 처음에는 집에 돌아가고 싶어서 아무 생각도 할 수가 없었다.
❷ 이렇게 외국생활을 할 수 있다는 게 꿈만 같고 신기하다.
❸ 계획했던 대로 돌아갈 예정인데도 점점 견디기가 힘들다.
❹ 뜻밖에 일정이 길어져서 마음이 별로 편안하지가 않다.

03 나)와 같으면 ○, 다르면 × 하십시오.

1) 시간이 꽤 지났는데도 외국 생활이 낯설고 쉽지가 않다.   (   )
2) 가족이 없는 게 무척 아쉽지만 소소한 재미는 있는 편이다.   (   )

III. 과제

다음 게임을 해 봅시다.

01 다음과 같은 경우 가운데 하나를 골라 안부 카드를 쓴 후 어떤 경우인시 맞춰 봅시다.

1) 스승이 나이 많은 제자에게
2) 부장이 과장에게
3) 10대 아들 아이가 엄마에게
4) 동생이 누나에게
5) 학교 선배가 후배에게

02 한국의 친족 호칭을 각자 다섯 개씩 쓰고 돌아가며 발표해 봅시다.
(발표를 들으며 자기가 쓴 호칭이 나오면 지웁니다. 빨리 지우는 사람이 이깁니다.)

1)
2)
3)
4)
5)

1-4 책 읽기의 즐거움

1. 다음은 책을 읽는 방법에 관한 명언입니다. 여러분은 어떻게 생각합니까?

- 어떤 책은 맛만 볼 것이고, 어떤 책은 통째로 삼켜버릴 것이며, 또 어떤 책은 씹어서 소화시켜야 할 것이다. – 프랜시스 베이컨 –

- 좋은 책을 처음 읽을 때는 새 벗을 얻는 것과 같고, 전에 정독한 책을 다시 읽을 때에는 옛 친구를 만나는 것과 같다. – 아담 스미스 –

2. 여러분은 글을 읽다가 모르는 단어가 나오면 어떻게 합니까?

🔊 06

사전을 찾아가며 읽는 즐거움

이순원

　중학교 1학년 때의 일이다. 대관령[1] 아래 산촌에서 자라 강릉 시내의 중학교에 막 입학했을 때, 내 키는 반에서 둘째로 작았다. 그러나 꿈만은 야무져서 어떤 식으로든 선생님이나 급우들한테 내 자신의 존재를 알리려 애썼다. '키가 작고, 시골에서 왔다고 만만히 보지 마라.'하는 생각으로 뭔가 크게 한번 잘난 척을 해 보고 싶은데 좀처럼 기회가 오지 않는 것이었다.

　그러던 어느 날, 국어 시간에 드디어 그 기회가 왔다. 옛날 교육과 요즘 교육의 차이점을 설명하시던 선생님께서 갑자기 우리를 향해 물으셨다.

　"그런데 이 반에는 문교부[2] 장관[3]이 누구인지 아는 사람이 있나?"

　솔직히 어른이 된 지금도 그것을 모르고 살 때가 많은데, 이제 갓 중학교에 들어산 놈들이 그걸 알 턱이 없었다. 모두들 꿀 먹은 벙어리처럼 선생님의 얼굴만 쳐다보자, 선생님이 국어책을 이리저리 살피며 혼잣소리로 말씀하시는 것이었다.

　"너희들이 배우는 책엔 장관 이름이 안 나오나?"

　저 혼자만 약고 똑똑한 줄 알았던 나는 그 말을 선생님께서 우리에게 던지시는 힌트로 알아듣고는 선생님을 따라 국어책의 맨 뒷장을 펼쳐 보았다. 펴낸이만 '문교부'로 나와 있을 뿐, 장관의 이름은 나와 있지 않았다. "그렇다면 다른 책엔 혹시?"하는 마음으로 나는 얼른 가방 속을 뒤져 다른 책을 꺼냈다. 그 책은 다음 시간에 배울 과학책이었는데, 거기에 바로 장관 이름이 나와 있는 것이었다. 겉장 제일 꼭대기 오른쪽에 '문교부 장관 검정필'하고.

　'검'씨라는 성이 조금 이상하긴 했지만, 우리 반에도 '감'씨와 '견'씨 성을 가진 아이가 있는데 '검'씨라는 성은 또 왜 없으랴 싶었다. 나는 기운차게 손을 들고 대답했다.

　"네. 우리나라 문교부 장관의 이름은 검정필입니다."

　"검정필?"

---

1 대관령 : 강원도 강릉시와 평창군의 경계에 있는 고개.

2 문교부 : '교육과학기술부'의 옛날 이름.

3 장관 : 국무를 나누어 맡아 처리하는 행정 각부의 우두머리.

"네. 여기에 나와 있습니다."

의기양양하게[4] 책까지 들어 보이자, 아이들은 '역시'하는 얼굴로 나를 바라보거나 내가 꺼낸 책을 찾기 위해 성급하게 가방을 뒤졌고, 선생님께서는 그 자리에서 포복절도하셨다.[5] 선생님께서 왜 웃으시는지 나도 몰랐고, 아이들도 몰랐다.

5 　"으허 으허, 그건 문교부 장관의 이름이 아니라 그 책이 문교부의 검정[6]을 받았다는 뜻이다. 으허, 살다가 이렇게 배꼽 빠지게 웃는 날도, 으허, 있네."

그제서야 반 아이들도 '와!'하고 책상을 치며 웃었다. 아이들 앞에서 잘난 척 한번 해 보려다가 '문교부 장관 검정필'[7]이라는 엉뚱한 별명만 얻은 것이다.

그 날 나는 집으로 돌아와 중학생이 된 다음 처음으로 국어사전을 뒤져 '검정필'을 찾

10 아보았다. '검정필'은 나와 있지 않고 '검정'과 '검정 교과서'에 대한 설명이 나와 있었다. 덕분에 '문교부 장관 검정필'이라는 벼슬만 높지 명예와는 거리가 먼 별명을 얻기는 했었다. 그리고 그 때부터 나는 조금이라도 그 뜻에 의문이 생기는 말이 있으면 버릇처럼 사전을 찾아보곤 했다.

　　〈중략〉

15 　나는 사전을 자주 이용한다. 그러나 꼭 소설가 라는 직업 때문에 자주 사전을 뒤져 보는 것은 아 니다. 아주 오래 전 중1 시절의 '검정필' 사건 이후 에 생긴 버릇이긴 하지만, 새로운 말과 새로운 지 식을 찾아 읽는 즐거움은 무엇에도 비할 수가 없

20 다. 그것은 미지의 세계로 여행을 떠나는 것만큼 가슴 설레고 즐거운 일이다.

그리고 '구슬이 서 말이라도 꿰어야 보배'[8]라는 말처럼 사전이 아무리 가까이 있다 한 들 그것을 찾아보지 않으면 사전 속의 지식은 남의 머릿속에 든 지식일 뿐이다. 아무리 크고 마르지 않는 샘물이라 할지라도 그 샘물을 먹지 않고 바라보기만 한다면 목을 축일

25 수가 있겠는가? 목동이 말을 물가까지 끌고 갈 수는 있으나 그 물가에서 목을 축이는 일

---

4 의기양양하다 : 바라던 대로 되어 기상이 씩씩하고 아주 자랑스럽게 행동하다.

5 포복절도하다 : 몹시 웃다. 아주 우스워하다.

6 검정 : 자격을 검사하여 인정하는 일.

7 검정필 : 검정을 마침.

8 구슬이 서 말이라도 꿰어야 보배 : 아무리 훌륭하고 좋은 것이라도 다듬고 정리하여 쓸모 있게 만들 어 놓아야 값어치가 있다.

은 말 스스로가 해야 하는 법이다.

사전을 찾아보는 일 역시 그러하다. 우리 주변에 아무리 많은 사전이 있다 한들 그것을 들추어 보는 수고를 아낀다면, 아무리 귀중한 지식이라 할지라도 나의 것이 될 수 없다. 사전 안의 지식도 한 번 두 번 그것을 찾아 읽는 가운데 내 머릿속의 지식으로 들어오는 것이다. 지금 다들 사전을 열어 '계륵'⁹이란 낱말을 한번 찾아보라. 어떤 말과 그 말이 나오게 된 유래까지 읽고 났을 때 '아, 바로 이런 것이 사전을 찾아 읽는 재미구나!' 하고 깨닫게 될 것이다.

5

모든 일이 다 그러하지만, 책을 읽으며 사전을 찾아보는 일 역시 습관이 중요하다. 그리고 그런 습관이야말로 우리 인류가 이제까지 쌓아 온 '지식의 보고' 안으로 들어가 그 속을 살펴보는 열쇠인 것이다. 그 열쇠만 가지고 있다면 예전의 누구처럼 "네, 우리나라 문교부 장관의 이름은 검정필입니다." 하는 망신은 당하지 않을 것이다.

---

9 계륵 : 닭의 갈비라는 뜻으로, 그다지 큰 소용은 없으나 버리기에는 아까운 것을 이르는 말.

● 글쓴이 소개

이순원 (1957년~)

강원 강릉 출생, 강원대 경영학과 졸업. 소설가. 1988년 문학사상에 '낮달'이 당선되어 등단했다. 이순원은 한국전쟁과 같은 사회문제를 새로운 이야기 전개 기법을 사용하여 다루고 있다. 또 그가 작품 속에서 그리고 있는 인물은 겉으로 보기에는 약한 듯 하지만 그 내부에 의지와 용기, 그리고 지혜를 감추고 있는 인간이다. 1996년 「수색, 그 물빛 무늬」로 동인문학상 수상, 1997년 「은비령」으로 이상문학상을 수상했다. 그 외 주요작품으로는 「그 여름의 꽃게」, 「압구정동엔 비상구가 없다」, 「말을 찾아서」, 「그대, 정동진에 가면」 등이 있다.

📖 더 읽어보기

정독의 시간

하성란

　연말 즈음, 한 출판사에서 보내준 탁상 달력을 들춰보다가 밑에 쓰인 정가 9,500원이라는 글씨를 보고 너무 비싸다는 생각을 했다. 며칠 뒤 마침 그 출판사의 사장님을 만났기에 탁상 달력 가격이 너무 비싼 것 아니냐고 말을 건넸다. 사장님은 한 번에 말을 알아듣지 못
5　했다. 그러더니 어이가 없는 듯 웃었다. 그 탁상 달력은 책을 사면 딸려오는 사은품이었고 책의 정가가 9,500원이었던 것이다. 돌아와서 다시 달력을 살펴보니 정가 앞에 내가 한 번도 읽지 않았던 글귀가 적혀 있었다.

10　'책을 사면 달력을 드립니다.'

　나는 내 멋대로 글자들을 바꿔 읽을 뿐만 아니라 건성건성 글자들을 대하고 있었던 것이다. 그런 습관은 짧은 시간에 되도록 많은 책을 읽으려는 욕심에서 시작되었을 것이다. 그러다 보니 읽은 책은 많았어도 의미를 되새길 시간은 아예 갖지 않았을 수도 있었을 것이다. 순간 먹어도 먹어도 배부르지 않는 뻥튀기가 떠올랐다. 와삭, 와사삭.
15　뻥튀기 먹듯 책을 읽고 있는 내 모습도 그려졌다. 뻥튀기 가루처럼 책에서 떨어진 활자들이 내 옷에 떨어진다.

　『연애소설 읽는 노인』에서 안토니오 호세 볼리바르는 연애소설을 읽는다. 그에게 연애소설을 읽는 시간이란 세상의 야만성을 잊게 해주는 시간이다. 노인은 떠듬떠듬 천천히 책을 읽는다. '뜨거운 키스'라는 글귀에서 주춤거린다. 대체 뜨거운 키스란 무엇일까, 어떻게 해야 키스를 뜨겁게 할 수 있는 것일까. 그는 한 번도 그의 아내와 뜨

거운 키스란 것을 해 본 적이 없다. 그리고 책에 쓰인 '곤돌라'라는 것도 본 적이 없다. 노인과 더불어 맹수 사냥에 나선 수색대의 사내들은 곤돌라와 곤돌라를 움직이는 사공, 그리고 뜨거운 키스에 대해 장장 두 시간 동안 대화를 나눈다.

텔레비전에서 책을 빨리 읽는 소년을 보았다. 해맑은 얼굴에 두 눈빛 또한 잘 닦인 창처럼 반짝였다. 그 프로그램의 담당자는 소년을 서점으로 데리고 간다. 시간을 정한 뒤에 그 시간 동안 얼마나 많은 책을 읽는지 시간을 잰다. 얼핏 보기에 책을 읽는 것이 아니라 소년은 그냥 장난스럽게 책장을 넘기는 듯하다. 정한 시간이 지난 뒤에 소년 앞에는 책이 수북이 쌓였다.

어릴 적 잠깐 속독이 유행했다. 시선을 대각선으로 움직이면서 한 줄의 문장을 한 번에 '읽는' 것이 아니라 '보는' 것이다. 어린 나도 그 유행에 잠깐 휩쓸렸다. 혹시 그때 잘못 배운 속독의 습관이 남아있는 것은 아닐까. 그 동안 나는 얼마나 많은 문장을 오독했을까.

연초 계획은 책꽂이에 꽂힌 책들을 다시 읽는 것으로 정했다. 어느 어른에게서 월급의 십일조만큼 책을 사라는 충고를 듣고 실행에 옮긴 적이 있었다. 그 책들 중 대부분은 책장도 들춰보지 않은 채로 누렇게 색이 바랬다. 그 책들부터 읽어나갈 것이다. 천천히 조금씩 조급해하지 않으면서 한 문장 한 문장 읽어나갈 계획이다. 다시 정독의 시간이다.

27

문화

한국어의 호칭이나 경어법을 결정하는 요인

한국어의 호칭이나 경어법을 결정하는 요인들은 무엇이며 그 영향력의 순위는 어떨까? 그 요인은 일단 서열과 친분으로 압축해 볼 수 있다. 연령, 직위, 항렬 등은 세분하면 모두 중요한 요인들이지만 이들은 결국 서열로 통합되는 요인들이기 때문이다.

한국어에서는 서열과 친분 두 요인 중에서 역시 서열이 앞이라고 판단된다. 우리는 아버지나 어머니는 물론 형이나 누나도 '너'라고 부를 수 없으며 고등학교 1년 선배도 '너'라고 부를 수 없다. 친분보다는 서열이 훨씬 막강한 힘을 발휘하고 있는 것이다. 형의 친구나 언니의 친구도 '너'라는 호칭을 쓸 수 없을 뿐만 아니라 반말을 쓰기도 어렵다. 친분이 서열에 압도당하기도 한다. 친구 사이에서 한 사람이 직장 상사가 되면 적어도 남들 앞에서는 상호 평교 관계를 깨야 한다. 친구 사이에서 한 사람이 오빠 부인이 되었을 경우에도 같은 현상이 벌어진다. 그만큼 한국어에서는 서열이 친분보다 훨씬 강력한 요인이 된다.

서열이 친분보다 경어법 선택에서 우선적으로 적용되는 것은 분명하지만 서열의 하위 요인들 사이의 우선순위는 어떠할까? 예를 들어 한 직장에서 나이 어린 상사와 연상의 부하 직원 사이에서 직위와 나이 중 어느 것이 힘이 더 센 것일까? 직위가 앞선다고 생각된다. 상사는 연하라도 존대를 해야 한다. 물론 부하 직원도 연상이면 존대할 수 있으나, 그것은 의무 사항이라기보다는 일종의 지혜라고 보아야 할 것이다. 그러면 항렬과 연령이 갈등을 일으킬 때는 어떨까? 예를 들어 20년 연하의 아저씨와 20년 연상의 조카의 경우는 어떨까? 이 경우 항렬이 우선이라고 생각된다. 아무리 나이가 어려도 아저씨뻘이라면 존대를 하는 경우가 많다. 한편 친족 안에서의 서열과 직장 안에서의 서열이 갈등을 일으켰을 때는 어떨까? 예를 들어 조카가 사장이고 삼촌이 과장이라면 어떨까? 이 경우는 친족 안에서의 서열이 우선이라고 생각된다. 같은 직장에 다니고 직위가 낮아도 삼촌을 하대하지는 않기 때문이다. 직위의 권세가 친족 서열에서의 권세를 앞지를 수는 없다.

1. 한국어 경어법에 영향력을 행사하는 다음 요인들을 우선순위 순으로 정리해 봅시다.

친분, 직장 서열(직위), 친족 서열(항렬), 연령 서열(나이)

2. 여러분 나라에서는 어떤지 이야기해 봅시다.

01 -조차

'-조차'는 명사에 붙어 그 명사의 내용이 포함되고 그 상황 이상의 것이 더해짐을 나타낸다. 일반적으로 말하는 사람이 기대하지 못하거나 예상하기 어려운 극단의 경우까지 포함함을 나타내는데 주로 부정문에 잘 어울린다. 여기에서는 자신이 상상하기 어려웠던 극단의 상황을 앞에 두어 이러한 상황을 전혀 생각해 보지도 못했다는 의미를 나타낸다.

'조차' 接在名詞後面，指包含該名詞之內容在內，並再加上該情況以上之內容。通常包含話者未曾期待，或難以預想到的極端情況在內，主要適用於否定句。此處將自己難以想像的極端情況放在前方，表示這種情況連想都未曾想過。

- 그 미국 친구가 한국말을 그렇게 잘 할 거라고는 생각조차 못했다.
- 한국에 오기 전에는 내가 외국에서 살 거라고는 생각조차 못했다.
- 이런 영화가 인기가 있을 거라고는 생각조차 못했다.
- 단 둘이 있는 게 이렇게 행복할 거라고는 생각조차 못했다.

02 -을수록/ㄹ수록 -어지다/아지다/여지다

'-을수록/ㄹ수록'은 앞 문장의 상황이나 정도가 더 심해질 경우 뒤 문장의 결과나 상황도 그에 비례하여 더하거나 덜하게 됨을 나타낸다. '-어지다/아지다/여지다'는 동사에 붙어 어떠한 행위를 하게 되거나 어떤 동작이 저절로 일어나 그러한 상태로 됨을 나타내고 형용사에 붙어 점점 어떤 상태로 되어 감을 나타낸다.

「-을 수록/ㄹ 수록」指前句之情況或程度加劇時，後句的結果或情況也會隨之成比例增加或減少。「-어지다/아지다/여지다」接在動詞後，指變得要進行某種行為，或某動作自然而然地產生，而演變成該狀態；接在形容詞後面則指漸漸變成某狀態。

- 한국말을 공부할수록 말하기가 쉬워지고는 있지만 아직도 당황할 때가 많다.
- 시간이 지날수록 이곳에 익숙해지고는 있지만 명절 때가 되면 고향집 식구들이 눈에 선하다.
- 시간이 갈수록 따뜻해지고는 있지만 여전히 밤에는 난로가 필요하다.
- 만날수록 친해지고는 있지만 가끔 서먹서먹할 때가 있다.

03 상대높임법

체 體	등급 等級	종결어미 終結語尾
격식 格式體	합쇼체	으십시오 습니다 습니까 읍시다
	하오체	오 소 구려
	하게체	게 네 나 세
	해라체	어/아라 는다 느/으냐 으니 자 는구나
비격식 非格式體	해요체	어/아요 이에요 지요 는군요
	해체	어아 이야 지 는군

상대높임법은 일반적으로 아주높임, 예사높임, 예사낮춤, 아주낮춤의 네 등급으로 분류된다. 이들은 각각 명령형 종결어미를 따라 합쇼체, 하오체, 하게체, 해라체라고 불리기도 한다.

아주높임체(합쇼체)는 처음 만난 사람, 손님과 같이 예의를 갖추어 말해야 하는 사람에게 자주 사용되며 회의나 연설, 발표, 토론, 보고 등과 같은 공식적인 자리에서 주로 상대를 높이기 위해 사용된다. 예사높임체(하오체)와 예사낮춤체(하게체)는 일상적인 대화에서 거의 사용되지 않으나 나이가 많은 사람들 사이에서 가끔 사용되기도 한다.

예사높임체(하오체)는 듣는 사람이 말하는 사람과 나이가 비슷하거나 아랫사람인 경우, 그 사람을 약간 높여 표현하는 경우에 사용한다. 예사낮춤체(하게체)는 듣는 사람이 말하는 사람과 나이가 비슷하거나 아랫사람인 경우 이들을 약간 낮춰 표현하는 방법으로 나이 든 친구 사이에서 사용한다. 그리고 나이 많은 선생이 제자를, 혹은 장인이나 장모가 사위를 아주 낮춰 표현하지 않는 경우에 사용한다.

아주낮춤체(해라체)는 친구나 어린 사람을 아주 낮춰서 말할 때 사용된다. 이와 같이 예의와 격식을 차려서 말해야 하는 상황에서 이러한 어미들을 사용하는 것을 격식체라 한다. 격식체와는 달리 친한 선후배나 동료, 친구, 그 밖의 아주 친한 사이, 즉, 격식을 차리지 않아도 될 만큼 가깝거나 친한 사이에서 서로를 높이거나 낮추기 위한 방법을 비격식체라 한다.

비격식적인 안 높임의 등분명칭을 '해체'라고 하고 높임의 등분명칭을 '해요체'라고 한다. 요즘은 비격식체의 '해요체'가 아주높임과 예사높임을 사용해야 하는 상황에도 두루 쓰이고 '해체'는 예사낮춤과 아주낮춤을 사용해야 하는 상황에도 두루 쓰이고 있다.

격식체는 공공장소나 직장 등의 공식적인 이야기 상황에서 주로 사용되며 객관적이고 단정적인 표현이다. 비격식체는 일상생활이나 개인적인 이야기 상황에서 주로 사용되며 주관적이고 부드러운 표현이다.

相對敬語通常分為四個等級：極尊待法(아주높임)、普通尊待法
(예사높임)、普通下待法(예사낮춤)、極下待法(아주낮춤)。也會依據各種
命令型終結語尾，分別稱之為합쇼체、하오체、하게체、해라체。

極尊待法 아주높임체(합쇼체)：
主要為了尊待對方而使用，經常使用在初次見面者、客人等需要有禮貌地
說話之對象上，並使用在會議或演講、發表、討論、報告等正式場合中。
普通尊待法(하오체)與普通下待法(하게체)幾乎不使用在日常生活對話
中，但年紀較大的長者間偶爾會使用。

普通尊待法 예사높임체(하오체)：
聽者與話者年紀相仿或為其晚輩時，在稍微表現出尊待對方時使用。

普通下待法 예사낮춤체(하게체)：
聽者與話者年紀相仿或為其晚輩時，稍微下待對方之表現方式，使用在有
年紀的朋友之間。並在表達未極度下待時使用，如年紀大的老師對弟子，
或丈人、丈母娘對女婿。

極下待法 아주낮춤체(해라체)：
極為降低下待朋友或年幼者時使用。

如上述，須講究禮儀與格式進行談話之情形中，使用的語尾稱為格式體。
與格式體不同，親近的前後輩或同事、朋友、此外其他極親近之關係，也
就是即使不講究格式也行的親近熟稔關係中，使用互相尊待或下待的方法
即為非格式體。

在非格式體中，不尊待的等分名稱為「해체」，尊待的等分名稱為
「해요체」。最近常非格式體的「해요체」也經常被使用在必須使用極尊
待法與普通尊待法的情況上，「해체」也廣泛地使用在必須使用普通下待
法、極下待法的情況中。
格式體主要使用在公共場所或職場等需要正式談話的場合，為客觀、斷定
的表現。非格式體主要使用在日常生活或個人談話時，為主觀且柔和的表
現。

제2과 직업과 직장

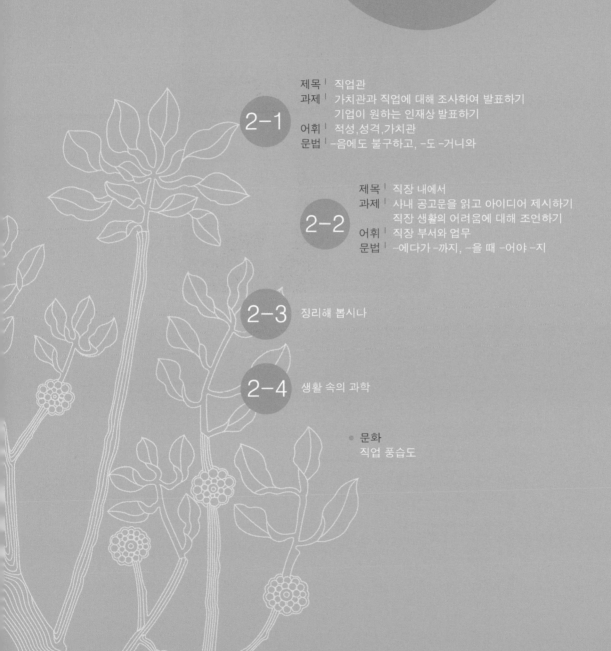

2-1 직업관

학습 목표 ● 과제 가치관과 직업에 대해 조사하여 발표하기, 기업이 원하는 인재상 발표하기
● 문법 –음에도 불구하고, –도 –거니와 ● 어휘 적성, 성격, 가치관

<사진 제공 : 안철수연구소>

▶ 어렸을 때의 꿈은 무엇이었습니까?

자신에게 어떤 일이 맞는다고 생각합니까?

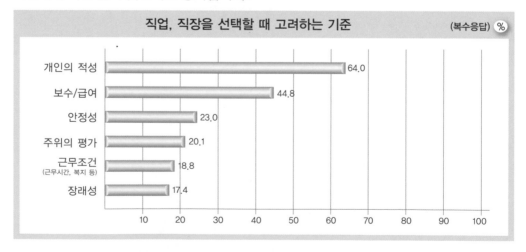

직업, 직장을 선택할 때 고려하는 기준 (복수응답) %

기준	%
개인의 적성	64.0
보수/급여	44.8
안정성	23.0
주위의 평가	20.1
근무조건 (근무시간, 복지 등)	18.8
장래성	17.4

▶ 위 그래프는 대학생들이 직업·직장 선택 시 중요하게 생각하는 사항들입니다. 여러분이 가장 중요하게 고려하는 것은 무엇입니까? 순서대로 말해 보십시오.

대화

🔊 07~08

영수   졸업 후에 어떤 일을 해야 할지 고민이에요.

제임스 무엇보다 자신에게 맞는 일, 자신이 하고 싶은 일을 찾아야 하지 않을까요? 통계청 조사에 따르면 청년 취업자의 반 이상이 17개월 안에 첫 직장을 그만둔다는데요.

영수   정말 그런 것 같아요. 4년 째 직장 생활을 하고 있는 선배가 있는데, 요즘도 일이 적성에 안 맞는다며 많이 힘들어하던데요. 사실 직장을 옮기는 것도 쉽지 않고, 주위에서도 웬만하면 그냥 다니라고들 하니까요.

제임스 수십 대 일의 경쟁을 뚫고 어렵게 입사하고도 얼마 지나지 않아 그만두는 직장인이 많다는 건, 사람들이 직업에 대한 구체적인 정보도 잘 알아보지 않거니와 흥미와 적성을 신중히 고려하지 않기 때문은 아닐까요?

영수   글쎄 말이에요. 어쩌면 보수와 장래성이 아니라 자신의 성격과 가치관이 제일 중요한 건지도 모르겠네요.

제임스 왜, 영수 씨도 아시죠? 안철수 같은 분도 어려운 과정을 거쳐 의사가 되었음에도 불구하고 진정 하고 싶은 일을 하겠다는 의지로 컴퓨터 소프트웨어 업계에 뛰어들어 성공했다는 거요.

영수   아, 저도 그 기사를 읽었어요. 소신을 가지고 자신이 하고 싶은 일을 하며 보람을 느낄 수 있는 사람이 행복한 사람이라고 하시더군요.

01 두 사람은 무엇에 대해 말하고 있습니까?

❶ 졸업 후의 취직 여부   ❷ 직업 선택의 기준

❸ 입사 시험의 높은 경쟁률   ❹ 직업에 대한 정보 부족

02 영수의 선배는 왜 힘들어합니까? 그 문제의 해결책을 찾기 어려운 이유는 무엇입니까?

03 위 대화의 내용에 대해서 보기와 같이 이야기해 봅시다.

[보기] 가 : 첫 직장의 이직률이 높은 이유가 뭘까요?

나 : 직업에 대한 구체적인 정보도 잘 알아보지 않을뿐더러 자신의 흥미와 적성을 신중하게 고려하지 않고 취업하는 사람이 많기 때문이에요.

통계청 n. (統計廳) 統計局	적성 n. (適性) 性向	경쟁 n. (競爭) 競爭	뚫다 v. 打穿、突破
고려하다 v. (考慮 -) 考慮	가치관 n. (價値觀) 價值觀	소신 n. (所信) 信念	보람 n. 意義、價值

어휘 | 적성, 성격, 가치관

01 다음 표현을 익히고 빈칸에 알맞은 말을 골라 쓰십시오.

적성	성격 유형	가치관 유형
언어 능력 수리 능력 공간 지각 능력 운동 조절 능력	사고형, 행동형, 고독형, 사교형, 냉정형, 흥분형, 순종형, 지배형, 안정형, 독립형	이론형 경제형 심미형 사회사업형 권력형 종교형

[출처: 진로정보센터, 경기도 교육정보연구원 www.kerinet.re.kr]

1) 적성이란 자신이 가지고 있는 소질이나 잘 할 수 있는 능력이므로, 일이 적성에 맞지 않는다면 성공은 물론 흥미를 느끼기 어렵다. 직업 선택이나 전공 분야를 선택할 때 중요하게 고려해야 할 요소인 적성에는 문자의 뜻을 이해하고 의사소통을 위한 표현 능력인 (　　　　　　), 정확하고 빠르게 계산하는 능력인 (　　　　　　), 입체적 공간 관계를 이해하고 상상하는 능력인 (　　　　　　), 눈과 손 또는 손가락을 같이 움직여 빠르고 정확하게 반응하는 능력인 (　　　　　　) 등이 있다.

2) 성격 역시 직업 선택 시 고려해야 하는 중요한 요인이다. 대체로 이론적이고 문제를 논리적으로 신중하게 처리하는 (　　　　　　)은/는 학자나 연구원 같은 직업이 어울리고, 매사에 적극적이고 사교적이며 환경에 적응을 잘 하는 (　　　　　　)은/는 외교관, 사업가, 상담가와 같이 친근하게 사람을 접할 수 있는 직업이 적합하다. 남으로부터 지시 받기를 싫어하고 남을 이끄는 것을 좋아하는 (　　　　　　)은/는 정치인, 군인, 연예인, 사업가 등의 직업이, 새로움이나 모험을 즐기기보다 안정적이고 변화가 크게 없는 일을 좋아하는 (　　　　　　)은/는 은행원, 공무원, 회계사와 같이 변화가 크게 없는 직업이 적합하다.

3) 직업 선택 시 가치관 유형도 중요하다. 일과 관련하여, 사물의 진리를 탐구하고 연구하며 가르치는 일에 보람과 긍지를 느끼는 (　　　　　　), 돈을 벌어 부자가 되어야 한다는 경제적 활동에 큰 비중을 두는 (　　　　　　), 미에 대한 가치 추구가 다른 어떤 분야보다 가치가 있다고 인정하는 (　　　　　　), 남을 위한 봉사와 사회 복지를 위한 헌신을 최고의 가치로 삼는 (　　　　　　), 남을 지배하고 권력을 갖는 것을 최고의 가치로 삼는 (　　　　　　), 종교적 가치를 추구하며 초자연적인 것을 숭배하는 (　　　　　　)으로/로 분류될 수 있다.

02 1) 여러분은 어떤 직업을 가지고 싶습니까?

2) 희망하는 직업에는 어떤 적성과 성격, 가치관이 맞을 거라고 생각합니까? 빈칸을 채우고 이야기해 봅시다.

	적성	
희망하는 직업에 맞는	성격 유형	
	가치관 유형	

3) 여러분의 적성과 성격, 가치관이 그 직업에 맞는지 이야기해 봅시다.

01 다음 글을 읽고 문법 및 표현을 익혀 봅시다.

　　한국 대학에서 법학을 전공하고 검사가 되기를 희망하던 김철수(32세) 씨는 7년간이나 사법시험을 **준비했음에도 불구하고** 뜻을 이루지 못하고 A사에 입사를 했다. 그러나 한 달에 서너 번씩 있는 회식 자리도 **부담스럽거니와** 동료들과의 업무 마찰로 인한 심적 후유증도 심해 회사 생활에 적응하지 못하고 무척 힘들어하고 있다. 김 씨는 이대로 회사에 다녀야 할지, 아니면 옮겨야 할지 심각하게 고민 중이다.

-음에도 불구하고

1) 다음을 연결하고 보기와 같이 이야기해 봅시다.

높은 경쟁률을 뚫고 입사했다 ●	● 너무 위험해서 지원자가 거의 없었다.
뛰어난 업무 능력이 있다 ●	● 그만두는 직장인이 많다.
보수와 장래성이 높은 일이다 ●	● 동료들과의 관계가 원만하지 않아서 일하기 힘든 사람도 있다.
평소보다 20분 일찍 나왔다 ●	● 너무 당황해서 대답을 한 마디도 못했다.
면접 예상 문제를 뽑아 연습했다 ●	● 지각을 하고 말았다.

[보기] 높은 경쟁률을 뚫고 입사했음에도 불구하고 얼마 지나지 않아 그만두는 직장인이 많다.

-도 -거니와

2) 빈칸을 채우고 [보기]와 같이 이야기해 봅시다.

	필요한 사실 1	필요한 사실 2
직장 생활	업무의 내용이 중요하다.	근무 환경도 매우 중요하다.
면접		지원 회사나 지원 부서에 대한 지식도 충분히 가져야 한다.
직업 선택	자기 자신에 대한 객관적인 이해가 필요하다.	
유학 생활		그 나라의 문화도 이해해야 한다.
초등학교 선생님		

[보기] 만족스러운 직장 생활을 위해서는 업무의 내용도 중요하거니와 근무 환경도 매우 중요하다.

02 다음 표를 채우고 '-음에도 불구하고', '(-도) -거니와' 를 사용해 보기와 같이 이야기해 봅시다.

상황	결과	
	사실 1	사실 2
서울에서 2년이나 살았다	구경 가 본 데가 거의 없다	
	청계천에 가 보지 못했다	남산에 가 보지 못했다
월급이 그리 많지 않다	회사 생활이 아주 만족스럽다	
	출퇴근 시간이 자유롭다	사무실 분위기가 좋다
결혼을 해서 가족이 있다		

[보기] 나는 서울에서 2년이나 살았음에도 불구하고 구경 가 본 데가 별로 없다. 청계천에도 가 보지 못했거니와 남산에도 가 보지 못했다.

과제 1 읽고 말하기

다음을 읽고 질문에 답하십시오.

01 자신에게 어떤 직업이 어울릴까요? 각 문항의 내용을 잘 읽고 [채점표]를 채운 후, 세로로 합산하십시오.

거의 항상 그렇다	자주 그렇다	보통 그렇다	가끔 그렇다	거의 그렇지 않다
5	4	3	2	`1

1) 지식을 갖는다는 것이 중요하다.　　　　　　　　　　　　　　　　5 4 3 2 1

2) 값비싼 차를 갖고 싶다.　　　　　　　　　　　　　　　　　　　5 4 3 2 1

3) 아름다운 물건을 보면 나도 모르게 눈이 간다.　　　　　　　　　5 4 3 2 1

4) 아픈 사람들을 돌보는 것을 좋아한다.　　　　　　　　　　　　　5 4 3 2 1

5) 대통령이 되고 싶다.　　　　　　　　　　　　　　　　　　　　5 4 3 2 1

6) 우주의 원리나 신의 존재와 같은 것들이 중요하다.　　　　　　　5 4 3 2 1

7) 새로운 정보가 담긴 책을 좋아한다.　　　　　　　　　　　　　　5 4 3 2 1

8) 성격에 맞는 배우자보다는 돈 많은 배우자를 택하고 싶다.　　　　5 4 3 2 1

9) 음악이나 미술에 대한 안목이 있어야 한다고 생각한다.　　　　　5 4 3 2 1

10) 슬픈 글이나 TV, 영화에서 슬픈 장면을 보면 마음이 아파서 눈물이 난다.　5 4 3 2 1

11) 가능하다면 높은 지위에 오르고 싶다.　　　　　　　　　　　　5 4 3 2 1

12) 다른 사람들을 올바로 살도록 인도하고 싶다.　　　　　　　　　5 4 3 2 1

13) 매일 새로운 것들을 배우는 것이 좋다.　　　　　　　　　　　　5 4 3 2 1

14) 예술 작품을 갖기보다는 크고 화려한 집을 갖고 싶다.　　　　　5 4 3 2 1

15) 집안에 예술 작품들을 걸어두거나 배치해 두는 것을 좋아한다.　5 4 3 2 1

16) 사람들을 돕는 직업을 갖고 싶다.　　　　　　　　　　　　　　5 4 3 2 1

17) 변호사보다는 판사가 되는 편이 좋다.　　　　　　　　　　　　5 4 3 2 1

18) 영혼의 세계를 믿는다.　　　　　　　　　　　　　　　　　　5 4 3 2 1

19) 유식한 사람이 되고 싶다.　　　　　　　　　　　　　　　　　5 4 3 2 1

20) 행복하려면 경제적으로 여유가 있어야 한다고 생각한다.　　　　5 4 3 2 1

21) 아름다운 것이 없다면 세상은 끔찍한 곳이 될 것이다.　　　　　5 4 3 2 1

22) 사람들에게 도움이 되는 책을 쓰고 싶다.　　　　　　　　　　　5 4 3 2 1

23) 모임의 일원이 되기보다 모임의 회장이 되고 싶다.　　　　　　　5 4 3 2 1

24) 사람들이 죄를 지으면 반드시 벌을 받는다고 생각한다.　　　　　5 4 3 2 1

25) 인간의 행동을 이해할 수 있는 책을 좋아한다.　　　　　　　　　5 4 3 2 1

26) 영화배우가 되면 우선 부자가 된다는 점이 마음에 든다.　　　　5 4 3 2 1

27) 아름다운 풍경을 보는 것을 즐긴다.　　　　　　　　　　　　　5 4 3 2 1

인도하다 v. (引導 -) 引導　　배치하다 v. (配置 -) 配置、安排　　유식하다 a. (有識 -) 有知識的
끔찍하다 a. 驚悚可怕的　　진리 n. (真理) 真理　　탐구하다 v. (- 探求) 探求　　긍지 n. (矜持) 自豪
비중 n. (比重) 比重　　추구하다 v. (追求 -) 追求　　헌신하다 v. (- 獻身) 投身　　숭배하다 v. (崇拜 -) 崇拜

28) 문제를 가지고 있는 친구를 보면 도와주고 싶다.   5 4 3 2 1
29) 리더십이 있다고 생각한다.   5 4 3 2 1
30) 기도하기를 좋아한다.   5 4 3 2 1

[채점표]

1	2	3	4	5	6
7	8	9	10	11	12
13	14	15	16	17	18
19	20	21	22	23	24
25	26	27	28	29	30
가형	나형	다형	라형	마형	바형

02 다음 해석표에서 자신의 가치관 유형과 어울리는 직업을 확인해 보십시오.

[해석표]
가치관 유형과 직업

가치관 유형	특징	관련 직업
가형 이론형	사물의 진리를 탐구하고 연구하며 가르치는 일에 보람과 긍지를 느낌	교사, 교수, 연구원, 학자, 과학자, 소설가, 평론가, 수학자, 교육가 등
나형 경제형	가치 기준을 자본 형성, 즉 돈을 벌어 부자가 되어야 한다는 것에 큰 비중을 둠	소매·도매상인, 유통업 종사자, 중소기업인, 대기업인, 무역인, 사장, 회장 등
다형 심미형	미에 대한 가치를 추구하는 것이 다른 어떤 분야보다 가치가 있다고 생각함	음악가, 체육인, 무용가, 음악평론가, 화가, 소설가, 스포츠 해설가 등
라형 사회 사업형	남을 위해 봉사하고 돕는 사람으로 타인을 사랑하고 사회 복지를 위해 헌신하는 것을 최고의 가치로 삼음	사회사업가, 서비스업 종사자, 상담 교사, 재활 상담원, 간호사, 사회 봉사자 등
마형 정치형	남을 지배할 수 있는 권력을 갖는 것을 최고의 가치로 삼음	정당인, 정치가, 국회의원, 장관, 행정 관료, 시·도의원 등
바형 종교형	종교적 가치를 추구하며 신비적이고 초자연적인 것을 숭배함	목사, 승려, 종교인, 신부, 수도사 등

[자료 출처: 진학 진로 정보센터, 서울시 교육정보연구원]

03 위 결과를 발표해 봅시다.

YONSEI KOREAN 5

과제 2 읽고 쓰기

다음은 한국 기업들이 자사 홈페이지에서 밝히고 있는 인재상입니다. 읽고 질문에 답하십시오.

A기업
- 창의적 도전 정신과 바른 가치, 조직 친화력을 가진 인재
- 자신의 생각보다 먼저 조직이 요구하는 성과를 거둘 수 있는 사람
- 원만한 인간관계를 중시하며 협동심을 지닌 사람

B기업
- 창의적이고 말보다 행동이 앞서며 도전 정신을 갖춘 인재
- 끈질긴 승부 근성과 실행력으로 어려움을 해결할 수 있는 인재
- 새로운 변화에 잘 대처하며 자질과 실력을 갖춘 글로벌 인재

C기업
- 국제적인 안목을 갖추고 적극적으로 도전할 수 있는 인재
- 글로벌 비즈니스 수행에 필요한 외국어 구사 능력을 갖춘 인재
- 어학 실력과 컴퓨터 활용 능력을 갖추고 변화를 주도할 수 있는 인재

D기업
- 고객 만족을 추구할 수 있는 영업 서비스 정신을 갖춘 인재
- 창의적인 사고와 행동으로 변화를 선도하며 고객 가치를 향상시키는 금융인
- 고객 지향적인 마인드를 갖춘 정직하고 성실한 인재

01 위에서 기업별 인재상을 표현하는 핵심 단어들 중 공통 단어가 있으면 찾아서 써 보십시오.

02 1번에서 찾은 공통 단어를 이용하여 한국 기업들이 공통적으로 선호하는 인재에 대해 이야기해 봅시다.

03 자신에게 가장 적합한 기업을 선택하고 그 이유도 함께 이야기해 봅시다.

창의적 (創意的) 創意的　　친화력 n. (親和力) 親和力　　성과 n. (成果) 成果　　끈질기다 a. 堅韌的
근성 n. (根性) 本性　　대처하다 v. (對處 -) 對付、應付　　자질 n. (資質) 資質　　수행 n. (遂行) 執行
주도하다 v. (主導 -) 主導　　선도하다 v. (先導 -) 前導

04 다음은 2007년 기업이 선호하고 있는 인재가 갖춰야 할 자격 요건들을 그래프로 정리한 것입니다. 여러분이 경영자가 된다면 사원 채용 시에 어떤 것을 중요하게 생각할지 간단히 쓰고 이야기해 봅시다.

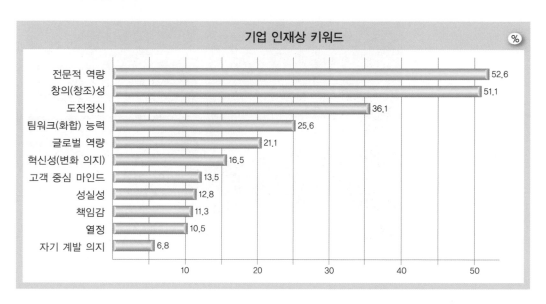

기업 인재상 키워드 (%)

키워드	%
전문적 역량	52.6
창의(창조)성	51.1
도전정신	36.1
팀워크(화합) 능력	25.6
글로벌 역량	21.1
혁신성(변화 의지)	16.5
고객 중심 마인드	13.5
성실성	12.8
책임감	11.3
열정	10.5
자기 계발 의지	6.8

회사명 :

업종 및 사업 특성 :

인재상

-
-
-

2-2 직장 내에서

여러분은 어떤 분위기의 직장에서 일하고 싶습니까?

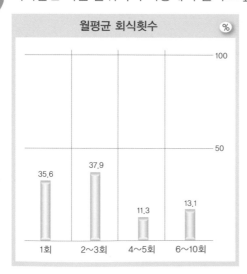

위 도표를 보고 직장 내 회식 문화에 대해 이야기해 봅시다.

대화

🔊 09~10

김 과장 지난번에 지시하신 소비자 동향 분석 결과입니다.
직접 현장에 나가 현재 판매 중인 상품에 대한 시장 조사를 하고 신제품 개발에
대한 소비자 요구를 조사했습니다.

조 부장 수고 많았네. 그래, 현장 조사는 어떻게 진행했나?

김 과장 대형 할인점과 백화점, 전문 매장으로 나눠서 소비자들의 반응을 조사했습니다.
설문에 응해 준 소비자들에게는 회계과에서 받은 비용으로 자그마한 사은품을
증정했고요.

조 부장 역시 김 과장이야. 매사에 빈틈없이 꼼꼼하게 일 처리를 하고.

김 과장 별 말씀을요! 당연히 제가 해야 할 일인데요.

조 부장 아, 그리고 우리 부서 단합 대회 한 번 해야지. 이럴 때 한잔해야 또 일할 맛 나지.
김 과장이 다른 직원들이랑 상의해서 날 잡아 봐요. 2차는 내가 책임질 테니까.

김 과장 알겠습니다. 그렇지 않아도 모두들 요 며칠 야근에다가 주말 근무까지 하느라 힘
들었거든요.

01 김 과장은 부장에게 무엇에 대한 이야기를 하고 있습니까?
❶ 신제품 개발 ❷ 소비자 설문 조사
❸ 소비자 증정용 사은품 ❹ 현장 판매 조사

02 조 부장은 김 과장을 왜 칭찬했습니까?

03 위 대화를 보기와 같이 이어서 사무실 내 직원들이 단합 대회 시간과 장소를 정하는 대화를 해
봅시다.

[보기] 김 과장 : 박 대리, 부장님이 단합 대회 한 번 하자는데 언제가 좋겠어?
박 대리 : 이번 금요일 어때요? 다음날이 연휴니까 늦게까지 마셔도 부담없고...
이 대리 : 그러지 말고 이번 토요일에 등산 같은 거 가는 게 어때요?
건강에도 좋잖아요?

동향 분석 n. (動向 分析) 動向分析　　대형 할인점 n. (大型割引店) 大型折扣商店
전문 매장 n. (專門 賣場) 專賣店　　- 에 응하다 v. (應 -) 回答　　사은품 n. (謝恩品) 贈品
증정하다 v. (贈呈 -) 贈送　　빈틈없다 a. 無疏漏的、嚴密的　　일 처리 n. 辦事
단합 대회 n. (團合 大會) 團結大會　　날을 잡다 決定日期

어휘 직장 부서와 업무

01 다음 표현을 익히고 빈칸에 알맞은 말을 골라 쓰십시오.

부서 이름	업무 내용
총무부	행사 준비, 비품 구입, 통신 설치 등 전반적인 업무
기획부	회사의 전반적인 경영 전략 기획 업무
인사부	인력 양성, 평가, 급여 등 인사 관련 업무
영업부	제품 판매 관련 업무
자재부	제품 생산 자재 관련 업무
경리 회계부	각종 비용 처리 업무
홍보부	회사 광고 및 상품 광고 업무

1) (   )에서 정한 기준에 따라 우리 부서원에 대한 평가를 했다.

2) (   )의 부장이 내놓은 신제품 판매 영업 전략은 말 그대로 박리다매였다.

3) (   )에서는 사내 화합을 위한 새로운 경영 전략을 위해 전 직원들의 아이디어
를 공모했다.

4) 이번에 다녀온 출장 경비 영수증을 (   )에 제출했다.

5) (   )에서 내가 하는 일은 신상품을 위해 홍보 책자를 만드는 일이다.

6) 생산에 필요한 원자재 수입이 갑자기 연기돼 우리 공장 생산 라인의 가동이 일시 중단되고
(   )직원들은 비상이 걸렸다.

02 다음 질문 중 하나를 골라 이야기해 봅시다.

1) 여러분은 어느 부서에서 무슨 일을 해 보았습니까?
일하기가 어땠습니까? 그 부서에 어떤 상사가 있었습니까?

2) 어느 부서에서 일해 보고 싶습니까? 그 이유는 무엇입니까?

문법

01 다음 글을 읽고 문법 및 표현을 익혀 봅시다.

　　요즘 마누라 보기가 무섭다. 야근이나 각종 모임 때문에 툭 하면 밤늦게 퇴근해 들어오는 나를 도끼눈을 하고 바라볼 때면 심장이 얼어붙는 것 같다. 어제도 부장님이 오늘 "내가 술 한잔 살게. 이야기 좀 하지." 하시며 붙잡는 바람에 내 귀가 시간은 12시를 넘기고 말았다. 그렇지만 누가 술이 좋아서 마시나? 이렇게 만나서 직장 문제 얘기도 하고 해결책도 고민하는 거라고 말해도 마누라는 이제 들은 척도 안 한다. 요즘 회사는 **판매 부진에다가 자금난까지** 겹쳐 사무실 분위기가 말이 아니다.

　　어쨌거나 오늘은 마누라 생일인데 일찍 가서 마누라 비위도 맞추고 좀 쉬어야겠다. 지금 **젊을 때 잘해 줘야** 늙어서 **안 쫓겨나지.** 화가 나면 마누라는 늙어서 보자고 언제나 겁을 준다.

　　그런데 주머니 안에서 휴대폰이 시끄럽게 울어댔다. 아, 동창 녀석 어머님이 돌아가셨다는 연락이다.

-에다가 -까지

1) 빈 곳에 알맞게 쓰십시오.

이미정 씨는 미모가 아주 뛰어납니다. 그리고 외국어 실력도 아주 우수한 재원입니다.
이미정 씨는 뛰어난 미모에다가 외국어 실력까지 갖춘 재원입니다.

우리 회사는 다양한 복지 혜택과 자기 계발의 기회를 충분히 제공해 줍니다.

────────────────

올해에는 우리 부서에서 신제품 개발 전략과 새로운 판매 전략을 모두 세워야 합니다.

────────────────

이번 겨울에는 폭설과 한파가 겹쳐 비닐하우스를 하는 농가에 큰 피해를 끼쳤다.

────────────────

인종 차별이라는 국민 여론과 국제 사회의 비난이 일어 정부는 결국 그 법을 폐지했다.

────────────────

-을 때 -어야 -지

2) 다음을 연결하고 보기와 같이 이야기해 봅시다.

젊다 •┄┄┄┄┄┄• 노후 대책을 세워 놓다 •┄┄┄┄┄• 자신감이 생기다.

직장에 다니다 • • 경험을 많이 해 보다 •┄┄ • 진정한 친구다.

친구가 힘들다 • • 도와 주다 • • 늙어서 편하다.

생각났다 • • 빨리 적어 놓다 • • 후회를 안 하다.

기회라고 생각되다 • • 빨리 붙잡다 • • 나중에 신경 안 쓰다.

[보기] 젊을 때 경험을 많이 해 봐야 자신감이 생기지.

02 다음 상황의 사람에게 '-을 때 -어야 -지' '-에다가 -까지'를 사용해 보기와 같이 충고의 말을 하십시오.

충고자	문제 상황	충고 내용 1	충고 내용 2
선배	후배 선수가 타고난 운동감각은 있으나 연습을 게을리 한다	지금 시간과 기회가 있으니까 열심히 연습하면 실력이 좋아질 수 있다	성공하려면 타고난 운동감각도 있어야 하고 피나는 연습과 노력도 함께 있어야 한다
선생님	투자가가 되려는 학생이 경제에 관심은 많으나 책을 읽지 않는다	어려서부터 관련 분야의 책을 많이 읽어야 성공할 수 있다	투자가가 되려면 경제에 관심이 있어야 하고 관련 분야의 전문 지식도 있어야 한다
상담 전문가	그 식당은 음식 맛은 좋은 편이나 주인이 무뚝뚝하고 서비스도 거의 없다	손님이 오면 항상 친절하게 대해야 다음에 다시 온다	장사를 잘하려면 음식 맛도 좋고 가족을 대하는 듯한 자상함과 좋은 서비스가 있어야 한다

[보기] 선배 : 내가 보기에 넌 연습량이 많이 부족해. 지금처럼 시간과 기회가 있을 때 열심히 연습해야 실력이 좋아지지. 성공하려면 타고난 운동 감각에다가 피나는 노력까지 있어야 하지 않겠어?

과제 4 읽고 말하기 ●

다음을 읽고 질문에 답하십시오.

최근 들어 '나만 잘하는 형(型)'보다 '더불어 일하는 형(型)'이 주가 올라

대기업 H사(社)에 다니는 김모(34)씨. 입사 성적 1등에다 3년 차에 팀장을 맡을 만큼 업무 실적도 뛰어나지만 동료들 사이에선 '기피 대상 1호'다. 자기 말이 모두 옳고 남의 말은 무시하기 일쑤여서 동료들이 "그와 대화하면 하루 종일 우울하다"고 할 정도다. 처음엔 "똑똑하고 추진력 있다"고 좋아했던 상사들도 생각을 바꿨다. 김 씨 한 명의 태도가 다른 직원들의 사기에 악영향을 미치고 조직 화합을 해쳐 결국 생산성을 떨어뜨린다고 판단한 것이다. 끝내 김 씨는 얼마 전 팀장 자리를 내놓고 다른 팀에 배치됐다.

'튀는 직장인'들이 요즘 일터에서 환영받지 못하는 분위기가 확산되고 있다. 반면 더불어 일하는 분위기를 만드는 '인화(人和)형' 직장인의 주가가 오른다. 최근 직장 내 경쟁이 치열해지고 대화가 줄어들면서 '튀는 형'은 많아졌지만 '인화형'은 감소하고 있기 때문이다. 기업들은 인화형 인재를 키우는 프로그램을 속속 도입하고 있다.

로버트 서튼의 저서 '또라이 제로 조직'에 따르면 최근 영국에서는 "남을 존중하지 않는 직원들이 회사에 끼치는 손실을 비용으로 계산하면 기업 당 연간 75만 달러에 이른다."는 연구 결과가 나왔다. 또한 2005년 광운대 산업심리학과 대학원생 한지현 씨가 한국 심리학회지에 발표한 논문은 "기업 직원 316명과 간부 50명을 대상으로 조사한 결과 직장 상사와 부하 간 돈독한 관계가 직원의 스트레스와 이직(離職) 의도를 현저히 감소시키는 것으로 나타났다"고 밝혔다.

01 이 기사에서 제기하고 있는 문제와 기업들의 해결책입니다. 다음 빈칸을 채우십시오.

기업들은 ....의 증가로 인한 회사의 ....을/를 줄이기 위해 ....인재를 ....기 위한 ....을/를 도입하고 있다.

실적 n. (實績) 實際業績　　기피 n. (忌避) 迴避　　추진력 n. (推進力) 推力　　사기 n. (士氣) 士氣、幹勁
해치다 v. (害 -) 危害　　배치되다 v. (配置 -) 被安排　　튀다 v. 突出、飛濺　　확산되다 v. (擴散 -) 擴散
도입하다 v. (導入 -) 引進　　손실 n. (損失) 損失　　연간 n. (年間) 年度　　돈독하다 a. (敦篤 -) 深厚的
현저히 adv. (顯著 -) 明顯地

02 다음에서 튀는 형의 태도라고 생각하면 '튀', 인화형이라고 생각하면 '인'을 ( )에 쓰십시오.

- 똑똑하고 경쟁의식이 강함　　　　　　　　(　　)
- 동료의 일도 내 일처럼 생각　　　　　　　(　　)
- 매사에 합리성을 내세움　　　　　　　　　(　　)
- 동료와 어울리기보다 일이 우선　　　　　　(　　)
- 동료의 기분을 파악하고 행동　　　　　　　(　　)
- 수단·방법 총 동원해 신속한 업무 해결　　　(　　)
- 친한 동료에게도 예의를 지킴　　　　　　　(　　)
- 일만큼 화합을 중요하게 생각　　　　　　　(　　)

03 여러분 자신은 어느 유형에 속하는 것 같습니까? 자신이 고쳐야 할 태도나 좀 더 보완해야 할 점이 있다면 무엇입니까? 메모하고 이야기해 봅시다.

유형	보완할 태도

04 다음은 이 기사에서 제기한 문제점을 해결하기 위한 사내 공고문입니다. 읽고 이야기해 봅시다.

공 고

우리 회사의 발전과 직원 간 화합을 위해 사원 여러분의 아이디어를 모집합니다.

- 모집 내용 : 각 부서 내에서 직원과 상사간의 의사소통을 원활히 할 수 있는 방안
  애사심을 키우고 작업 능률을 올릴 수 있는 전 직원의 단합을 위한 방안

- 제출기한 : 2007 .10. 1~10. 30

- 포상 내역 : 1등(1명) - 3박 4일 제주도 호텔 숙박권 (가족 4인)
  2등(2명) - 디지털 카메라 한 대
  3등(3명) - 자전거 한 대

기획부

1) 이 공고문은 무엇을 모집하기 위한 것입니까?

2) 이 공고문에서 모집하는 아이디어를 구상해 보십시오. 그 아이디어를 어떻게 실행하면 좋을지 구체적인 방안을 제시해 봅시다.

부서 내 직원과 상사 간의 의사소통을 위한 방안	전 직원의 단합을 위한 방안

과제 2 듣고 말하기 [🔊 11]

▶ 다음은 직장 생활의 고충을 상담하는 내용입니다. 듣고 질문에 답하십시오.

01 이 사람과 부장의 직장 생활과 업무 처리 방식은 어떻게 다릅니까?

• 부장 :

• 이 사람 :

02 부장이 이 사람을 뭐라고 비난합니까?

03 상담원이 제시해 준 해결방법은 무엇입니까?

1)

2)

3)

04 여러분이 상담원이라면 어떻게 조언하겠습니까?

일사천리 n. (一瀉千里) 一瀉千里、一氣呵成   수시로 adv. (隨時 -) 隨時   요청하다 v. (要請 -) 請求
잡담 n. (雜談) 閒聊   부쩍 adv. 突然、猛地   트집을 잡다 找碴   질시하다 v. (嫉視 -) 憎惡
거부감 n. (拒否感) 反感   반발 n. (反撥) 反抗   사석 n. (私席) 私下   치켜 세우다 v. 誇耀吹捧

05 다음에 제시된 문제 상황을 읽고 하나를 골라 적절한 해결책을 조언해 보십시오.

1) 전 7년 정도의 경력을 가진 30대 초반 여성 직장인입니다. 그동안 열심히 일한 덕에 얼마 전에 팀장직까지 맡게 됐습니다. 그런데 요즘 고민이 있습니다. 저의 팀원 중의 새로 들어온 남자 신입 사원 때문인데 저보다 세 살이 어립니다. 그 친구가 제 책상에 꽃도 갖다 놓고 잡다한 일들을 시시콜콜 물어보고 심지어 퇴근 후 집까지 전화를 하는 겁니다. 처음에는 일을 잘 몰라서 그런가 하고 도와주는 마음으로 같이 밥도 먹고 했는데 언젠가부터 저를 이성으로 대하는 것입니다. 이 불편한 관계를 어떻게 풀 수 있을까요?

2) 같은 부서에서 일하는 후배 여직원 때문에 스트레스를 많이 받고 있습니다. 업무 처리 과정에서 여우 같다고나 할까요? 선배인 제가 매번 당하는 기분이 듭니다. 처음에 그 후배가 입사했을 때 굉장히 사교성 있어 보이고 인사성도 밝아서 좋다고 생각했습니다. 그런데 저와 같이 일하라는 업무가 주어지면 "선배님이 잘 아시니까 선배님이 알아서 처리해 주세요." 하고 자기는 꽁무니를 싹 뺍니다. 또 어떤 때 과장님한테서 왜 일을 끝내지 않았냐는 야단을 들으면 김 선배님이 바쁘다고 가르쳐 주지 않으셔 그렇다고 제 핑계를 댑니다. 이런 후배가 자꾸 밉상으로 보이는 건 제가 살못된 건가요?

2-3 정리해 봅시다

I. 어휘

01 빈칸에 알맞은 조사를 쓴 후 보기와 같이 문장을 만드십시오.

1) 경쟁(   ) 뚫다

2) 적성(   ) 고려하다

3) 사은품(   ) 증정하다

4) 일처리(   ) 빈틈없다

5) 단합 대회(   ) 날을 잡다

6) 설문 조사(   ) 응하다

[보기]

1) 100 : 1이라는 치열한 경쟁을 뚫고 그는 입사 시험에 당당히 합격했다.

2)

3)

4)

5)

6)

02 빈칸에 알맞은 말을 골라 쓰십시오.

통계청   대형 할인점   전문 매장   동향 분석   소신   보람   가치관

1) 부장님은 그에게 올 한해 물가 변동에 대한 (   )을/를 하라고 지시했다.

2) (   )의 저렴한 가격 공세로 소형 슈퍼마켓들은 큰 타격을 받고 있다.

3) 돈, 명예와 권력, 미적 탐구, 종교적인 삶 등 무엇을 중시하는가 하는 삶에 대한 (   ) 은/는 사람마다 다르다.

4) 금년도 대졸자를 대상으로 (   )에서 실시한 조사에 따르면 취업률은 겨우 50%를 넘 었다.

5) 백화점들은 소비자들의 욕구를 만족시키기 위해서 성별, 세대별로 기호를 파악해 컴퓨터, 커피, 주류 등의 (   )을/를 갖춰 놓았다.

6) 옳다고 생각하는 일이라면 힘들어도 (   )을/를 가지고 끝까지 해냈을 때 진정한
(   )을/를 느낄 것이다.

03 아래의 직업과 직장 부서에 어울린다고 생각하는 적성과 성격을 연결해 보십시오. 그리고
자신의 적성과 희망하는 직업(현재의 직업)에 대해 이야기해 봅시다.

적성 : 언어 능력   수리 능력   공간 지각 능력   운동 조절 능력
성격 : 고독형   사교형   흥분형   냉정형   사고형
　　　행동형   지배형   순종형   독립형   안정형

직업	적성	성격
기자		
은행원		
운동선수		
영업 사원		
카피라이터		
최고 경영자		

II. 문법

다음 상황에 알맞게 대화를 완성하십시오.

상황 1

남들이 부러워하는 유명 대학을 졸업하고 외국 박사 학위까지 있는 젊은 과학자 부부가 치열한 경쟁과 시간에 쫓기는 직장생활에 회의를 느껴 보다 여유로운 삶을 찾아 시골로 내려갔다고 한다. 이들 부부는 명성과 최고의 직장을 다 버리고 농사를 짓기로 했다고 한다.

영수 젊은 박사 부부가 남들이 부러워하는 .... 음에도/ㅁ에도 불구하고 모든 걸 다 버리고 시골로 내려갔다는 뉴스 들었지? 정말 대단하지 않아?

민호 난 공감이 되는데. 어차피 대도시의 직장생활은 .... 거니와 .... 는/은/ㄴ 부정적인 면도 있잖아.

영수 그렇지만 힘들게 얻은 .... 에다가 .... 까지 그렇게 다 버리는 건 쉽지 않은 일이야.

민호 그래도 이 사람들처럼 자신이 옳다고 판단했을 때 .... 어야/아야/여야 좀 더 멋진 삶을 살 수 있지. 나도 할 수만 있다면 그렇게 하고 싶어.

상황 2

그 정치인은 문란한 사생활과 탈세 혐의로 도덕성에 대해 비난을 받았지만 당국의 처벌은 받지 않았다. 게다가 이번 선거에서 아주 당당하게 국회 의원 후보자로 나서고 있다.

영수 그 후보는 .... 에다가 .... 까지 있는데도 어떻게 처벌을 안 받았지?

민호 .... 음에도/ㅁ에도 불구하고 어떻게 저렇게 당당하게 .... 을/ㄹ 수 있을까?

영수 국회 의원이 되려면 .... 어야/아야/여야 국민들로부터 신뢰와 지지를 얻을 수 있을 텐데 말이야.

민호 맞아. .... 거니와 탈세 같은 불법적인 일은 우리 사회에 있어서는 절대로 안 될 일이지.

III. 과제

다음 제목 중에서 하나를 골라 작문을 하십시오.

1) 나의 직업관 / 일과 보람

2) 현대인의 생활과 직장

3) 적성과 직업

01 쓰고자 하는 제목에 필요하다고 생각하는 어휘를 생각나는 대로 쓰십시오.

02 쓰고 싶은 3~4개의 중심 내용을 생각해 3~4개의 문장으로 간단히 쓰십시오.

1)

2)

3)

4)

⇒

03 중심 내용에 덧붙일 예시나 실제 사례를 간단히 메모하십시오.

04 자신이 생각하는 결론적인 의견을 정리해 간단히 쓰십시오.

⇒

⇒

05 1-4단계에서 이루어진 내용들을 잘 조합하여 한 편의 완성된 글을 써 보십시오. (800자 내외)

제목 :

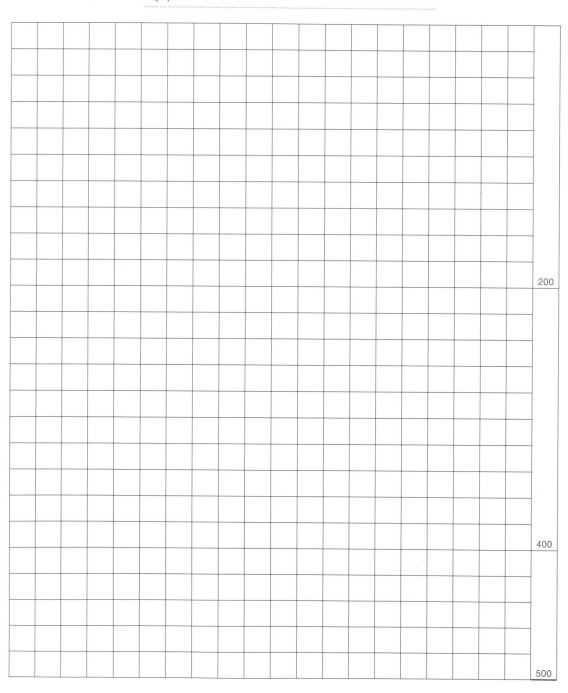

200

400

500

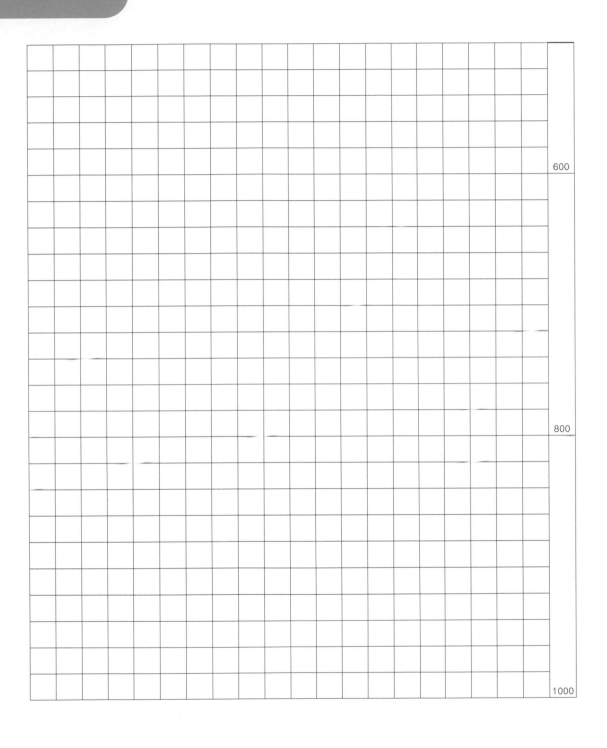

600

800

1000

2-4 생활 속의 과학

1. 여러분도 다음과 같은 경험을 해 본 적이 있습니까?

- 큰마음 먹고 세차를 하면 꼭 비가 온다.
- 미팅에 나가 '저 사람만 안 걸렸으면'하는 사람이 꼭 짝이 된다.
- 선생님이 내가 아는 것은 안 묻고 모르는 것만 질문한다.
- 내가 공부한 게 시험에 나온다.
- 지하철을 탔는데 내 앞에 앉아 있던 사람이 내가 타자마자 내린다.
- 경품 행사에 응모했는데 당첨된다.

2. 다음 단어를 사용하여 여러분의 경험을 이야기해 봅시다.

- 하필이면 　　－　　마침
- 재수가 없다 　　－　　운이 좋다
- 일이 잘못되다 　　－　　일이 잘 풀리다

머피의 법칙
일상생활 속의 법칙, 과학으로 증명하다

정재승

살다보면 되는 일도 있고 안 되는 일도 있다지만, 곰곰이 따져보면 안 되는 일이 더 많다. 슈퍼마켓에서 줄을 서면 꼭 다른 줄이 먼저 줄어들고, 중요한 미팅날엔 옷에 커피를 쏟거나, 버스를 놓쳐 지각하기 일쑤다. 소풍날이면 어김없이 봄비가 내리고, 수능 시험[1]을 보는 날엔 해마다 한파[2]가 몰아친다. "하필이면 그때…" 혹은 "일이 안 되려니까…" 같은 말들을 우리는 얼마나 자주 사용하는가! 그럴 때마다 생각나는 법칙이 있으니 이름하여 '머피의 법칙(Murphy's law)'. 수많은 구체적인 항목들로 이루어진 머피의 법칙을 한마디로 요약하자면 '잘될 수도 있고 잘못될 수도 있는 일은 반드시 잘못된다'는 것이다. 세상이 우리에게 얼마나 가혹한지[3] 정리해 놓은 이 법칙은 불행하게도 중요한 순간엔 어김없이 들어맞는다. 나는 왜 이렇게 재수가 없는 걸까 하고 낙담마시라. 다른 사람들도 당신만큼 재수가 없으니까.

머피의 법칙에 대해 과학자들은 그동안 별다른 관심을 보이지 않았다. 그들은 머피의 법칙은 단지 우스갯소리[4]일 뿐, 종종 들이맞는다는 사실조차 우연이나 착각으로 여겨왔다. 머피의 법칙을 반박할 때 그들이 즐겨 사용하는 용어는 '선택적 기억'이라는 것이다. 우리들의 일상은 갖가지 사건과 경험들로 가득 채워져 있지만, 대부분 스쳐 지나가는 경험으로 일일이 기억의 형태로 머릿속에 남진 않는다. 그러나 공교롭게도[5] 일이 잘 안 풀린 경우나 아

> **2009.11.16**
> ### 올해도 수능한파 … 대부분 영하권
> 2010학년도 대학수학능력시험이 실시되는 16일 중부지방 아침 최저기온이 대부분 영하로 떨어져 '수능 한파'가 기승을 부릴 것으로 보인다.
> 기상청은 15일 "낮부터 기압골이 물러가고 찬 대륙성 고기압이 확장하면서 기온이 떨어진다"면서 "중부지방은 오전 한때 비나 눈이 오고, 남부지방은 오전 한때 비가 오는 곳이 있겠다"고 밝혔다.
> 16일 아침 기온은 ■서울 영하 2도 ■춘천 영하 4도 ■대전 영하 1도 ■인천 영하 1도 ■수원 영하 3도 ■광주 3도 ■울산 2도 ■부산 5도 등이 되겠다.
> 기상청은 "15일 강하게 불던 바람이 수능일엔 잦아들어 체감온도는 그리 떨어지지 않을 것"이라면서도 "기온이 영하임을 감안해 수험생들은 옷을 든든히 입고 시험장에 갈 것"을 당부했다.
> 홍길동 기자 yonsei@news.co.kr

주 재수가 없다고 느끼는 일들은 아주 또렷하게 기억에 남는다. 결국 시간이 지나고

---

1 수능 시험 : 대학수학능력시험, 1994년부터 실시된 대학입학 시험.

2 한파 : 겨울철에 갑자기 기온이 내려가는 현상. 갑자기 닥치는 매서운 추위.

3 가혹하다 : 말이나 행동이 몹시 모질고 혹독하다.

4 우스갯소리 : 남을 웃기려고 하는 말.

5 공교롭게도 : 뜻밖의 우연한 일이어서 이상하고 놀랍게도.

나면 머릿속엔 재수가 없었던 기억들이 상대적으로 많아진다는 것이다. 소풍 때마다 비가 오고 수능시험날이면 어김없이 추위가 기승[6]을 부리는 것도 이상한 일이 아니다. 봄비가 한창인 4월 무렵에 소풍날을 잡고, 안 추우면 이상한 12월 중순에 수능시험 날짜를 정해 놓고, 비가 안 오고 날씨가 따뜻하기를 바라는 심보[7]는 또 뭔가!

5 　그러나 이 정도 설명으로는 어째선지 만족할 수 없다. '왜 하필이면'을 연발케 하는 재수 더럽게 없는 사건들이 과연 모두 '선택적 기억'이라는 우리들의 착각일까? 초등학교 6년 동안 한 해도 거르지 않고, 전날까지 멀쩡하던[8] 날씨가 어떻게 소풍 당일이면 어김없이 비가 올 수 있을까? 오죽하면 내가 다니던 학교에선 귀신 소문까지 돌았을까. 아무래도 뭔가가 있는 것 같은데 말이다.

10 　이런 우리의 찜찜한[9] 기분을 시원하게 긁어준 과학자가 있다. 신문 칼럼니스트이자 영국 애쉬톤 대학 정보공학과에서 방문 연구원으로 일하고 있는 로버트 매튜스는 선택적 기억만으로는 설명하기 어려운, 머피의 법칙이 그토록 잘 들어맞는 이유를 과학적으로 하나씩 증명해서 화제가 되고 있다.

　그가 처음 증명했던 머피의 법칙은 '버터 바른 토스트'에 관한 것이었다. 아침에

15 출근 준비로 부산[10]을 떨며 토스트에 버터를 발라 허둥대며[11] 먹다보면 빵을 떨어뜨리기가 쉽다. 그런데 공교로운 것은 하필이면 버터나 잼을 바른 쪽이 꼭 바닥으로 떨어진다는 사실이다. 그러면 그 빵을 다시 주워 먹기도 곤란할 뿐더러 바쁜 와중에 바닥

20 도 닦아야 하는 골칫거리[12]가 생긴다. 젠장할![13]

　1991년 영국 BBC방송의 유명한 과학 프로그램에서는 '버터 바른 토스트'에 관한 머피의 법칙을 반증하기 위해 사람들로 하여금 토스트를 공중에 던지게 하는 실험을

25 했다. 300번을 던진 결과, 버터를 바른 쪽이 바닥으로 떨어진 경우는 152번, 버터를

---

6 기승 : 누그러들지 않는 세찬 기운이나 힘.

7 심보 : (주로 좋지 못한) 마음씨.

8 멀쩡하다 : 흠이나 탈이 없이 아주 온전하다. 정신이 맑고 또렷하다.

9 찜찜하다 : 꺼림칙한 느낌이 든다.

10 부산 : 여러 가지 일로 어수선하고 바쁨.

11 허둥대다 : 자꾸 갈팡질팡하며 정신없이 서두르다.

12 골칫거리 : 귀찮고 어려운 일. 다루기 힘들고 성가신 사람.

13 젠장 : 마땅찮아서 혼자 내뱉듯이 하는 말.

바른 쪽이 위를 향하는 경우는 148번으로 나왔다. 그들은 '확률적으로 별 차이가 없다'는 것을 보여줌으로써 머피의 법칙은 결국 우리들의 착각이었다는 결론을 내렸었다. 호기심 해결!

그러나 과연 그럴까? 일상에서 벌어지는 실제 상황은 토스트를 위로 던지는 경우가 아니라 대부분 식탁에서 떨어뜨리거나 사람이 들고 있다가 떨어뜨리는 경우다. 이런 경우에도 결과는 위 실험과 같게 나올까? 버터를 바른 면이 위쪽을 향해 있던 토스트가 식탁에서 떨어지는 경우, 어떤 면이 바닥을 향할 것이냐 하는 문제는 떨어지는 동안 토스트를 회전시키는 스핀[14]에 의해 결정된다. 토스트를 회전시키는 힘을 물리학자들은 토크[15]라고 부르는데 이 경우 중력[16]이 그 역할을 하게 된다. 로버트 매튜스는 보통의 식탁 높이나 사람의 손 높이에서 토스트를 떨어뜨릴 경우 토스트가 충분히 한 바퀴를 회전할 만큼 지구의 중력이 강하지 않다는 것을 간단한 계산으로 증명했다. 대부분 반 바퀴 정도를 돌고 바닥에 닿기 때문에 버터를 바른 면이 반드시 바닥을 향해 떨어진다는 것이다. 물리적으로 계산을 해보면, 공기의 저항[17]이나 얇은 버터층의 무게는 토스트의 회전에 거의 영향을 미치지 않는다고 한다.

<중략>

슈퍼마켓에서 혹은 현금 자동 인출기 앞에 길게 늘어선 줄들을 보고 '어느 줄에 설까'를 고민해 보지 않은 사람은 없을 것이다. 순간적인 눈 굴림[18]과 쪼잔한[19] 잔머리를 동반해 '사소한 일에 목숨 거는' 고민 끝에 제일 빨리 줄어들 것 같은 줄 뒤에 서지만, 늘 다른 줄들이 먼저 줄어든다. 도대체 그 이유는 무엇일까? 다른 줄에 섰으면 지금쯤 계산이 끝났을 텐데 말이다. 젠장할!

이 문제는 조금만 생각해 보면 당연한 결과라는 것을 알 수 있다. 만약 슈퍼마켓에 열두 개의 계산대가 있다고 가정해 보자. 공교롭게도 내가 선 줄의 계산대가 말썽을 일으킨다거나 사람들이 물건을 많이 사서 유독 계산이 느리게 진행될 수도 있겠지만, 평균적으로는 다른 줄과 별 차이가 없다고 가정할 수 있다. 다른 줄에서도 그런 일이 벌어질 가능성은 얼마든지 있으니까. 사람들은 늘 가장 짧은 줄 뒤에 서려고 할 것이므로 줄의 길이도 대개 비슷할 것이다. 그렇다면 이 경우 평균적으로 내가 선 줄이 가장 먼저 줄어들

---

14 스핀(spin) : 회전, (물리학에서) 입자의 고유한 각운동량(角運動量).

15 토크(torque) : 주어진 회전축을 중심으로 회전시키는 능력.

16 중력 : 지구 위의 물체에 작용하는, 지구의 잡아당기는 힘.

17 저항 : (물리학에서) 물체의 운동과 반대 방향으로 작용하는 힘.

18 눈 굴림 : 눈동자를 이리 돌렸다 저리 돌렸다 하는 것.

19 쪼잔하다 : 사람의 마음 쓰는 폭이 좁다.

확률은 얼마일까? 그것은 당연히 12분의 1이 될 것이다. 다시 말하면, 다른 줄이 먼저 줄어들 확률이 12분의 11이나 된다는 애기다. 아주 운이 좋지 않다면, 어떤 줄을 선택하든 결국 나는 다른 줄이 줄어드는 것을 지켜볼 수밖에 없다.

＜중략＞

로버트 매튜스가 약간의 수학으로 증명했던 머피의 법칙들은 우리에게 무슨 이야기를 들려주고 있는 걸까? 세상에는 되는 일보다 생각대로 안 되는 일이 훨씬 더 많다. 더 나은 상황이란 언제든지 있기 마련이니까. 일이 안 될 때마다 우리는 머피의 법칙을 떠올리며 '나는 굉장히 재수가 없구나'라고 생각하지만, 로버트의 계산은 그것이 '재수의 문제'가 아니라는 것을 말해준다. 어쩌면 우리가 그동안 바라왔던 것들이 이 세상에게는 상당히 무리한 요구였는지도 모른다.

우리는 그동안 열두 줄이나 길게 늘어선 계산대 앞에서 내 줄이 가장 먼저 줄어들기를 바랐고, 변덕[20]이 죽 끓듯 하는 날씨를 상대로 하는 일기 예보에게 100%의 정확도를 기대했고, 식탁 높이에서 토스트를 떨어뜨렸으면서도 토스트가 멋지게 한 바퀴를 돌아 버터 바른 면을 위로 하고 10점 만점으로 착지하길[21] 바랐던 것이다. 머피의 법칙은 세상이 우리에게 얼마나 가혹한가를 말해주는 법칙이 아니라, 우리가 그동안 세상에게 얼마나 많은 것을 무리하게 요구했는가를 지적하는 법칙이었던 것이다.

---

20 변덕 : 이랬다저랬다 잘 변하는 태도나 성질.

21 착지하다 : 운동에서 동작을 마치고 땅이나 마루에 내려서는 동작을 하다.

● 글쓴이 소개

정재승(1972~   )

한국과학기술원에서 물리학 전공, 현재 한국과학기술원 학제학부 바이오시스템학과 교수. 영화 속 상상력을 과학의 눈으로 보는 『물리학자는 과학에서 영화를 본다』, 복잡한 사회 현상의 뒷면에 감춰진 흥미로운 과학 이야기를 담은 『과학콘서트』, 『도전 무한지식』 등의 저서를 통해 과학을 쉽고 친근하게 소개하고 있다.

더 읽어보기

누구든 천재처럼 될 수 있다

이인식

서울대 정도 다니면 우리 사회에서는 수재 소리를 듣는다. 2002년 3월부터 영재교육진흥법이 시행되면 국가에서 길러낸 영재들이 쏟아져 나올 판이다. 수재나 영재 대접을 받지 못하는 보통 사람들이 열등감에 사로잡힐 개연성이 적지 않지만 누구나 노력만 하면 천재들처럼 창조적인 인간이 될 수 있다는 사실을 망각하지 않았으면 좋겠다. 파스칼, 다빈치, 미켈란젤로, 모차르트, 피카소, 뉴턴, 다윈, 에디슨, 아인슈타인. 인류의 문명과 문화를 발전시킨 천재가 어디 이들뿐이랴.

알버트 아인슈타인

리처드 파인만

천재와 범인의 차이는 지능지수에서 찾는 게 상식이다. 그러나 1965년 노벨 물리학상을 받았으며 기발한 아이디어로 명성을 날린 리처드 파인만의 지능지수는 122에 불과했다. 요컨대 천재란 지능지수가 200에 가깝거나 7세에 14개 국어를 정복한 사람이 아니다. 한마디로 천재는 창조성이 뛰어난 사람들이다.

심리학자들은 인간의 창조성이 지능과 반드시 비례하는 것은 아니라는 결론을 내렸다. 지능이 모자라도 창조적인 사람이 있을 수 있는 반면에 창조성은 뒤떨어지지만 시험 성적은 항상 좋은 학생들을 우리 주변에서 얼마든지 볼 수 있다. 아인슈타인처럼 학교 성적이 좋지 않았던 천재가 한 둘이 아니다.

어린 시절부터 창조적 재능을 꽃피운 완벽한 천재로 맨 먼저 손꼽히는 인물은 모차르트이다. 18세기 후반 유럽을 뒤흔든 신동이다. 네 살 적부터 연주를 시작한 그는 여섯 살

때 미뉴에트를 작곡하고 아홉 살에 교향곡, 열한 살에 오라토리오, 열두 살에 오페라를 썼다. 그는 한 곡을 쓰면서 동시에 다른 곡을 생각해 낼 수 있었으며 악보에 옮기기 전에 이미 곡 전체를 작곡했다고 전해진다.

그러나 모차르트가 단숨에 작곡했다는 소문과 달리 그의 초고에는 고친 흔적이 적지 않았으며 심지어 도중에 포기한 작품도 있었다. 게다가 그의 작품 멜로디의 80% 정도가 당대의 다른 작곡가들 작품에 사용됐던 것으로 밝혀졌다. 또한 초기 작품의 질이 나중 작품보다 뛰어나지 못한 것으로 평가됐다. 요컨대 모차르트는 신동의 명성을 유지하기 위해 남다른 노력을 했다는 것이다. 물론 이러한 사례들 때문에 모차르트 작품의 천재성이 훼손될 수는 없다. 단지 인류 역사상 천재 중의 천재로 여겨지는 모차르트조차 다른 사람들보다 더 노력했다는 사실을 강조하고 싶을 따름이다.

모차르트를 통해서 천재들이란 보통 사람들이 갖지 못한 신비스러운 재능만으로 창조적 작품을 쏟아낸다는 통념이 옳지 않음을 확인하게 된다. 인지심리학자들의 연구결과도 이를 뒷받침한다. 천재의 뇌 속에서 둔재의 머리 안에 없는 특별한 조직이 발견되지 않았을 뿐더러 천재나

볼프강 아마데우스 모차르트

범인 모두 문제해결 방식이 동일한 과정을 밟는 것으로 밝혀졌기 때문이다.

다시 말해서 천재와 보통사람 사이의 지적 능력 차이는 질보다 양에서 나타났다. 지적 능력의 질에서는 차이가 덜 발견됐지만 양에서 많은 차이가 나타났다는 의미이다. 이를테면 천재들이 우리가 갖지 못한 그 무엇을 갖고 있다기보다는 우리 모두가 갖고 있는 것을 약간 많이 갖고 있을 따름이라는 것이다. 인지과학자들에 따르면 천재들은 우리들도 갖고 있는 능력을 훨씬 더 효과적으로 사용하기 때문에 양적인 차이임에도 불구하고 질적인 차이로 비쳐져서 천재들을 우리들과 완전히 다른 두뇌의 소유자로 보게 된다는 것이다.

　　이런 맥락에서 천재들의 사고방식을 본뜰 수 있다면 개인차는 있겠지만 누구나 창조적인 사고를 할 수 있다는 결론에 도달한다. 천재들의 사고방식에는 몇 가지 특징이 있다. 무엇보다 여러 각도에서 남과 다르게 문제에 접근한다. 셰익스피어나 모차르트처럼 많은 양의 작품을 발표한다. 개중에는 조잡한 작품들도 물론 섞여 있다.

　　천재들의 창조적인 사고방식을 본뜰 수 있다는 사례도 확인됐다. 노벨 물리학상을 받은 닐스 보어(1922년 수상)와 엔리코 페르미(1938년 수상)의 경우 함께 연구한 제자들이 노벨상을 탔기 때문이다. 보어는 4명, 페르미는 6명의 문하생이 스승 덕분에 노벨상 수상의 영예를 누린 것으로 알려져 있다.

5

문화

직업 풍속도

한국의 직업 풍속도는 한국 사회의 급속한 변화와 긴밀히 연결되어 있다.

1960~1970년대까지는 농업, 임업, 어업과 같은 1차 산업 부문의 종사자가 여전히 많은 수를 차지하고 있지만 1970년대 중반부터는 뚜렷한 감소 추세를 보인다. 다른 한편, 산업화와 도시화에 따른 근대적 산업 생산직과 사무직, 판매·서비스직은 꾸준히 증가해 왔다. 또한 1982년 1월 6일 통행금지가 해제된 이후, 밤이나 새벽에 일하는 판매 종사자, 서비스 종사자들과 같은 직업이 증가함으로써 일하는 시간이 늘어났다.

이러한 변화는 일의 능률과 효과를 급속히 증대시켰지만 부작용도 있었다. 대표적인 사례로 일중독증을 들 수 있다. 이는 경제 성장을 향한 국가 차원의 노력과 함께 가난을 벗어나려는 부모 세대의 필사적인 노력이 혼합된 것이었다. 빵을 위한 노동이 일상을 전면적으로 지배하는 형태라고 할 수 있다.

하지만 1990년대 이후 소비주의와 디지털 문화에 익숙한 오늘날 신세대의 직업 의식과 직업 선택 기준은 부모 세대와 뚜렷한 차이를 이룬다. 특히 영상문화와 인터넷 수용에 적극적인 10대의 경우, 백댄서·연예인 코디네이터·멀티미디어 PD, 웹마스터·홈쇼핑 모델 등은 이들이 꼭 한 번 도전해 보고 싶어하는 인기 직종으로 꼽힌다. 그리고 직장에서 은퇴할 때까지 일하던 부모 세대와는 달리 신세대에게는 평생 직업은 있되 평생직장은 없으며 '사'자로 집약되던 권위적, 학력 지향적 직업보다는 취미와 적성에 따라 직업을 선택하려는 경향이 나타나고 있다. 대학 졸업 후 노점상 좌판으로 개인 사업을 한다든지 '웃 기는 게 취미라서 직업으로 하고 싶다'는 행정 고시 출신 개그맨의 예는 사회적 위세가 아니라 자신의 관심과 소질에 따라 직업을 선택하는 사례라고 할 수 있다.

* 직업 풍속도 : 그 시대의 직업 세태

1. 한국에서 시대 변화에 따라 직업은 어떻게 변화되었습니까?

   1) 1960년대 :

   2) 1970년대 :

   3) 1980년대 :

2. 1990년대 이후 신세대의 직업의식과 직업 선택 기준은 부모 세대와 어떤 차이를 보입니까?

3. 여러분 나라의 경우는 어떻습니까?

01 -에도 불구하고

명사나 명사 구실을 하는 표현에 붙어 앞의 행위나 상태의 결과에서 기대할 수 있
는 것과 다르거나 반대의 사실이 결과적으로 뒤에 올 때 쓴다.
接在名詞或名詞性的表現後，在前方行為或狀態之結果中，出現與期待之事
物不同或相反情況時使用。

● 마음이 따뜻한 사람임에도 불구하고 말을 잘 하지 않아 냉정해 보일 때가 있다.

● 많은 노력에도 불구하고 결과는 만족스럽지 않았다.

● 허위 광고로 드러났음에도 불구하고 공식적인 사과를 하지 않고 있다.

● 여러 번 실패했음에도 불구하고 그때마다 실패의 원인을 찾아내어 새로운 시도를
  해 왔다.

02 -거니와

앞의 내용을 인정하면서 뒤의 사실을 덧붙임을 나타낸다. 앞의 사실에 더해 뒤의
사실까지 있어서 더 어떠하다는 것을 말할 때 주로 쓴다. 이미 끝나거나 지난 일에
대해 이야기할 때는 '-었거니와/았거니와/였거니와형태를 사용하고 미래나 의지
를 나타내고자 할 때는 '-겠거니와를 사용한다.
認定前方內容，同時補充後方之事實。主要使用在表達「除了前述情形外，
還要再加上後方情形，因此更加如何如何」。在談到已經結束或過去的事時
使用「-었거니와/았거니와/였거니와」，欲表達未來或意志時使用「-겠거니
와」

● 상사는 부하를 인격적으로 대해야 하거니와 업무 수행에 대해서는 정당한 평가를 해
  주어야 한다.

● 동시통역사가 되려면 분석력, 종합력도 중요하거니와 체력과 원만한 성격도 중요하
  다.

● 예전에는 결혼하라는 부모님의 성화도 심했거니와 설령 취직한다고 해도 승진이 쉽
  지 않았기 때문에 취직을 하지 않는 여성들이 많았다.

● 바람직한 직장 생활을 위해서는 원만한 대인 관계도 필요하거니와 일과 가정생활과
  의 조화도 필수적이다.

03 −에다(가)

어떤 것에 다른 것이 더하여짐을 나타내는데 '−에다가 −까지' 의 꼴로 쓰인다.
在某項東西上加上其他東西，使用「−에다가 −까지」的形式。

● 집들이 잔치에 친척들에다가 친구들까지 와서 앉을 자리가 없네요.
● 직장 생활하면서 아르바이트에다 공부까지 하다니 대단하세요.
● 그 기업은 수출부진에다 자금난까지 겹쳐 도산 위기에 처했다.
● 그 분은 뛰어난 외국어 실력에다가 지도력과 겸손함까지 겸비한 인재입니다.

04 −어야/아야/여야 −지.

'−어야/아야/여야' 는 앞선 행위나 상태가 뒤 상황에 대한 필수적인 조건임을 나타내며 '−지.' 는 듣는 사람이 어떤 사실을 알고 있다고 말하는 사람이 전제하며 말하거나 말하는 사람 자신에 관한 이야기나 자신의 생각을 친근하게 말할 때 쓴다. '−지.' 는 친구 관계나 그 밖에 아주 친한 사이에서 또는 말하는 사람보다 아랫사람에게 일반적으로 쓴다.
「−어야/아야/여야」指前面行為或狀態為後方情況之必要條件，「−지」是話者以聽者知道某些事實為前提，或是話者親密地講述與自身相關的故事、自己想法時使用。通常「−지」使用在朋友關係、此外極為親近之關係，或對比話者輩分地位低的人上。

● 젊을 때 열심히 일해야 돈을 모으지.
● 윗물이 맑아야 아랫물이 맑지.
● 어릴 때 외국어를 배워야 발음이 좋지.
● 힘들 때 도와줘야 고맙다고 생각하지.

3-1 한국인의 현대 일상생활

학습 목표 ● 과제 현대 일상 문화의 가치에 대해 토의하기
● 문법 -긴 -나 보다, -길래 ● 어휘 현대인의 식생활

▶ 한국의 출퇴근 풍경은 어떻습니까?

▶ 이것은 어느 회사원의 하루 계획표입니다. 여러분의 일상은 어떻습니까?

대화

🔊 13~14

제임스 아, 민철 씨. 지금 출근하세요?

민철 네. 제임스 씨, 아직 이른 시간인데 오늘은 일찍 출근하시네요. 그런데 들고 계신 샌드위치는 아침이에요?

제임스 네. 일찍 온 김에 지하철역 근처의 샌드위치 가게에서 한 번 사 봤어요. 민철 씨는 식사하셨어요?

민철 아직요. 교통 체증을 피하느라고 일찍 나오다보니 집에서는 아침을 먹기가 힘들어요.

제임스 저도 그렇지만 요즘 사람들이 바쁘긴 바쁜가 봐요. 빵 한 조각으로 때울 시간이 없어서 아침을 거르기가 일쑤인 걸 보면요. 식사를 제대로 해야 건강도 잃지 않을 텐데 말이에요.

민철 그래서 저는 어떻게든 아침을 챙겨 먹으려고 하는 편이에요. 아침식사를 배달하는 업체가 있길래 얼마 전부터 거기에 주문해서 먹고 있어요. 사무실까지 배달도 해 주니까 여러 모로 편리하고 무엇보다 시간이 절약되어서 좋아요.

제임스 어, 그거 좋은 방법이군요. 통근 시간도 단축되고 교통 체증에도 시달리지 않고 제대로 된 아침식사도 하고, 일석삼조군요.

01 두 사람은 무엇에 대해 이야기하고 있습니까?
❶ 현대인의 직장 업무   ❷ 현대인의 입맛
❸ 현대인의 바쁜 일상   ❹ 현대인과 스트레스

02 민철 씨와 제임스 씨는 각각 아침을 어떻게 해결하고 있습니까?

03 위 대화를 보기와 같이 이어서 이야기해 봅시다.

[보기] 민철 : 그럼요. 제임스 씨도 해 보시는 게 어때요? 생각보다 좋은 점이 많더라고요.
제임스: 네. 정말 그렇겠어요. 아침에는 잠을 조금이라도 더 자고 싶고 또 아침을 차려서 먹기도 귀찮으니까요. 그나저나 배달 업체 전화 번호 좀 가르쳐 주시겠어요?

| 때우다 v. 充當 | 거르다 v. 略過、濾過 | 일쑤이다 總是 | 챙기다 v. 準備好 | 업체 n. (業體) 企業 |
| 절약되다 v. (節約-) 節省 | 통근 n. (通勤) 通勤 | 단축되다 v. (短縮-) 縮短 | 시달리다 v. 受折磨 |

어휘   현대인의 식생활

01 다음 표를 채우고 빈칸에 알맞은 말을 골라 쓰십시오.

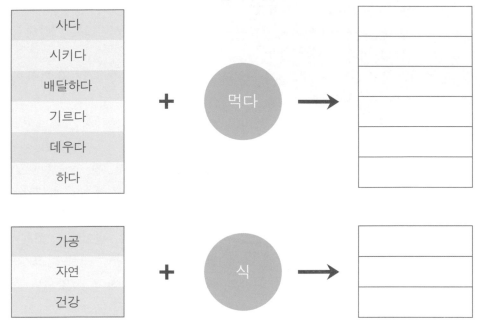

요즘에는 간단하게 먹을 수 있게 가공되어 나오는 (　　　　)이/가 있지만 나는 그런 식품에는 믿음이 가지 않아 베란다에서 채소를 직접 (　　　　)고 있다. 그 덕분에 언제나 신선한 채소를 먹을 수 있어서 좋다. 그리고 될 수 있는대로 밖에서 음식을 (　　　　)지 않으려고 한다. 피곤하고 귀찮아도 집에서 (　　　　)는/은/ㄴ 편이다. 직접 요리하지 않고 전화로 음식을 (　　　　)거나 인스턴트 음식 같은 것을 사서 그저 전자레인지에 (　　　　)기만 한다면 시간을 절약하려다가 소중한 건강을 잃게 될 것이기 때문이다.

02 위 어휘를 사용해 여러분의 식생활에 대해서 보기와 같이 이야기해 봅시다.

[보기]   예전에는 집에서 콩나물이나 상추를 직접 길러 먹곤 했다. 자라는 것을 보는 재미도 있을 뿐만 아니라 농약을 치지 않으니 자연식을 할 수 있기 때문이었다. 그러나 요즘에는 대부분 사 먹고 있다. 유기농 채소가 많이 나와서 직접 기르는 수고를 할 필요가 없어졌기 때문이다. 그런데 이제는 사러 가는 것도 귀찮아져서 전화나 인터넷으로 배달시켜 먹고 있다. 참 편리한 세상이다.

문법

01 다음 글을 읽고 문법 및 표현을 익혀 봅시다.

오랜만에 하루 휴가를 냈다. 회사 생활만 하다 보니 집과 사무실만 왔다 갔다 하는 내가 마치 쳇바퀴 속을 돌고 있는 다람쥐와 같다고 느껴졌기 때문이다. 그동안 피곤이 많이 **쌓이긴 쌓였나 보다**.

그런데 막상 집에서 나가려고 하니 어디에서 시간을 보낼지 막막했다. 근교에 나가 바람이나 쐴까 하다가 명동에 나갔다. 항상 일 때문에 바쁘게 오가던 곳을 여유 있게 거닐고 싶었기 때문이다. 한 손에는 핸드폰, 한 손에는 커피를 들고서 바삐 걸어가는 사람의 모습은 전형적인 도시인의 모습, 바로 어제의 나의 모습이었다. 지나가는 사람이 들고 있는 커피의 향기가 **좋길래** 나도 한 잔 할까 하고 커피숍으로 향했다.

-긴 -나 보다

1) 다음의 대화를 [보기]와 같이 완성하십시오.

[보기] 가 : 저 식당 앞에 줄 선 것 좀 봐.
　　　　나 : 저 식당 유명하잖아. 손님이 끊이질 않아.
　　　　가 : 그래? 음식이 맛있긴 맛있나 보다.

가 : 야, 저 중학생들 키 좀 봐. 정말 크다.
나 : 요즘 아이들 평균 키가 우리 세대에 비해 10센티 이상 크대.
가 : 요즘 아이들의 키가 ....

가 : 핸드폰이 없으면 너도 불안하니?
나 : 응, 나도 요전에 핸드폰을 집에 두고 나왔다가 정말 하루 종일 안절부절
　　 못했지 뭐야.
가 : 우리가 요즘 핸드폰에 너무 ....

가 : 너도 이 옷 샀구나. 요새 이 옷 눈에 많이 띄더라.
나 : 난 그냥 예뻐서 샀는데?
가 : 패션에 관심 없던 너까지 사 입은 걸 보니 이 옷이 ....

가 : 저 사람들은 만날 싸우면서도 왜 안 헤어져?
나 : 정 때문에 헤어지기가 그리 쉽겠어?
가 : 정이 ....

-길래

2) 빈칸을 채우고 보기와 같이 이야기해 봅시다.

발견한 사실	그 후의 나의 행동
친구가 고기만 골라 먹다	골고루 먹는 게 몸에 좋다고 잔소리를 했다.
선식을 해 보니 몸에 좋다	
친구가 부르는 노래가 마음에 들다	제목이 뭐냐고 물어 봤다.
꽃집에서 파는 꽃의 향기가 너무 향기롭다	
길에 사람들이 모여 있다	

[보기] 친구가 고기만 골라 먹길래 골고루 먹는 게 몸에 좋다고 잔소리를 했다.

02 다음 표의 빈칸을 채우고 '-길래', '-긴 -나 보다' 를 사용해 보기와 같이 이야기해 봅시다.

새로운 사실	그 후의 자신의 행동	판단	판단의 근거
요즘 파일로 음악을 듣는 사람이 많다.	CD를 mp3파일로 바꿨다.	이렇게 하는 사람이 많다.	여기저기에서 이어폰을 꽂고 다니는 사람들을 볼 수 있다.
아침 운동이 건강에 매우 좋다는 신문 기사를 읽었다.	아침 운동을 시작했다.	운동이 좋다.	피곤함이 덜하다.
친구가 요가 교실에 다닌다.		요가가 인기가 있다.	등록하기가 어려울 정도로 회원들이 많았다.

[보기] 요즘 파일로 음악을 듣는 사람이 많길래 나도 CD를 mp3파일로 바꿨다. 정말 이렇게 하는 사람이 많긴 많은가 보다. 여기저기에서 이어폰을 꽂고 다니는 사람들을 볼 수 있으니까 말이다.

과제 1 듣고 말하기 [🔊 15~17]

다음을 듣고 질문에 답하십시오.

01 세 사람의 생활을 정리해 봅시다.

이름			
일과	• 기상 : • 오전 : • 오후 :	• 기상 : • 낮 : • 밤 :	• 기상 : • 낮 : • 밤 :
경제 형편			
힘든 일			
행복			

02 세 사람은 어떤 사람입니까? 다음을 연결하고 이야기해 봅시다.

이경훈 •   • 가정 중심의 삶을 지향하는 귀농자

정연세 •   • 일 중심의 생활을 하는 회사원

김무상 •   • 자유를 지향하는 아르바이트족

03 요즘 여러분 나라에는 어떤 유형의 사람들이 많습니까? 만약 한 가지 유형이 많다면 그 이유는 무엇인지 이야기해 봅시다.

04 일상에서 여러분이 느끼는 가치 있는 순간은 언제입니까? 여러분은 어떤 인생이 가치가 있다고 생각하는지 이야기해 봅시다.

귀농하다 v. (歸農 -) 回鄉務農   축사 n. (畜舍) 畜舍   확장하다 v. (擴張 -) 擴張   여물 n. 草料
뿌듯하다 a. 心滿意足的   동참하다 v. (同參 -) 共同參與   든든하다 a. 堅實穩固的
지원군 n. (支援軍) 支援軍   불어나다 v. 增多   자산 n. (資產) 資產   누리다 v. 享受
일정하다 a. (一定 -) 固定的   나름대로 adv. 自有自地

다음 글을 읽고 질문에 답하십시오.

한국 직장인들은 술 모임이 잦은 편이다. 그들은 왜 술을 마시는 걸까?

엘리아데에 의하면 인간은 질서 정연한 코스모스의 세계와 카오스라는 혼돈의 세계를 오가며 살고 있다고 한다.

카오스의 시간인 카니발이라는 축제에서는 남녀의 역할이 바뀌고 신분의 상하 구조가 바뀌는 연극이나 춤을 추는 문화적인 현상이 나타나는데, 이렇게 일상생활의 질서가 뒤바뀐 카오스의 세계는 카니발이라는 기간이 끝나면 다시 질서 정연한 일상의 사회 구조로 돌아간다. 이런 카니발은 꽉 짜여진 사회 질서의 긴장감을 잠시나마 해소하는 기능과 함께 한편으로 일상적인 위계질서를 벗어난 시간의 경험을 통해 기존의 사회적 질서를 한층 더 확립하게 하는 기능도 가지고 있다.

인간이 카오스의 세계를 경험하려는 것은 영원히 카오스의 세계에서 살기 위함이 아니라 새로운 코스모스의 세계로 돌아가기 위함이다. 이러한 과정을 통해서 보면, 인간은 질서–무질서–질서, 또는 일상–비일상–일상을 반복하면서 살아가는 존재라고 할 수 있다.

일상은 길고 카오스 즉, 일탈의 시간은 짧기 때문에 사람들은 일탈의 시간이 보다 심화되고 파격적이기를 원하는데, 한국인의 술판이 때로 난장판의 상태에 이르는 것도 바로 이 때문이라고 할 수 있다. 그리고 술판에서 일상생활과는 다른 일탈적인 인간의 모습을 볼 수 있는 것도 이러한 이유 때문인 것이다.

01 인간이 카오스의 세계를 경험하는 이유는 무엇인지 위 글에서 찾아 쓰십시오.

새로운 ☐☐☐☐ 의 세계로 돌아가기 위해서

02 위 글을 읽고 '카니발'에 대해 정리해 봅시다.

카니발에 나타나는 문화적인 현상	1) 2)
카니발의 기능	1) 2)

혼돈 n. (混沌 , 渾沌) 渾沌   뒤바뀌다 v. 顚倒   질서 정연하다 a. (秩序 井然 -) 井然有序的
해소하다 v. (解消 -) 消除   위계질서 n. (位階秩序) 上下秩序   벗어나다 v. 擺脫   확립하다 v. (確立 -) 確立
심화하다 v. (深化 -) 加深   파격적이다 a. (破格的 -) 破格的   난장판 n. (亂場 -) 混亂

03 위 글에서는 한국인의 술판이 때로 난장판의 상태에 이르는 이유가 무엇이라고 말합니까?

04 여러분의 생활을 일상과 일탈로 구분하여 간단히 써 보고 일탈이 어떤 기능을 하는지 이야기해 봅시다.

매일의 일상	가끔의 일탈

05 여러분 주위에서 볼 수 있는'일상적인 생활과는 다른 일탈적인 인간의 모습에 대해 이야기해 봅시다.

3-2 현대인의 여가 문화

학습 목표 ● 과제 올바른 여가 문화에 대해 토의하기, 여가 및 기타 주제에 대해 설문 조사하기
● 문법 –기는커녕, –을뿐더러 ● 어휘 여가

위의 사진은 다양한 여가 활동을 즐기는 한국인의 모습입니다.
여러분은 어떤 여가 활동을 즐깁니까?

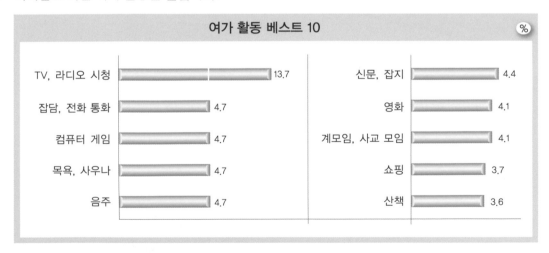

여가 활동 베스트 10 %

TV, 라디오 시청	13.7	신문, 잡지	4.4
잡담, 전화 통화	4.7	영화	4.1
컴퓨터 게임	4.7	계모임, 사교 모임	4.1
목욕, 사우나	4.7	쇼핑	3.7
음주	4.7	산책	3.6

위 그래프는 한국인의 여가 활동 중 가장 큰 부분을 차지하고 있는 10가지입니다. 여러분 나라는
어떻습니까?

🔊 18~19

김 부장 아니, 웨이 씨. 주말에 무슨 일이 있었습니까? 월요일 오전부터 책상 앞에서
꾸벅꾸벅 졸고 있으니… 주 5일 근무제라 주말에 편히 쉴 수 있잖아요.

웨이 죄송합니다. 근데 전 편히 쉬기는커녕 주말에도 술 약속이 생겨서 월요일
아침이 더 힘드네요.

김 부장 하긴 신문을 보니까 늘어난 여가 시간에 뭘 해야 좋을지 모르는 사람들이
많다더군요. 그렇지만 그 시간을 잘 활용하는 사람도 있지요. 거 왜
영업부의 박 대리는 주말마다 사진을 찍으러 가고, 총무부의 윤지현 씨는
재즈 댄스를 배우나 보던데.

웨이 저라고 왜 그러고 싶지 않겠어요. 근데 친구들이 주말마다 한잔하자는 바람에
계속 술을 마시게 되네요.

김 부장 웨이 씨도 뭔가 여가 시간을 알차게 보낼 방법을 찾아 보세요. 나는 주말마다
가족들과 등산을 했더니 기분전환도 될뿐더러 아들과 함께 보낼 수 있는
시간도 생기고 해서 좋던데요. 사실 바빠서 얼굴 보기도 힘들었거든요.

웨이 그래야지요. 안 그래도 이번 주말부터는 보고 싶던 연극이나 뮤지컬 관람을
할까 해요. 귀한 여가 시간인데 좀 더 보람 있게 생산적으로 보내야겠지요.
그러면 한 주 동안 일에 지친 몸이 재충전도 될 테고.

01 위 대화의 사람들은 여가 시간에 무엇을 합니까?

웨이	
김 부장	
박 대리	
윤지현	

02 김 부장은 웨이 씨의 문제가 무엇이라고 생각합니까?

03 여러분도 어떻게 하면 주말을 알차게 보낼 수 있을지 보기와 같이 이야기해 봅시다.

[보기] 가 : 주말을 잘 보낼 수 있는 방법 뭐 없을까? 토요일에 쉬니까 더 게을러지는 것 같아.
하루 종일 TV만 보고 잠만 자니까…
나 : 요가를 한번 해 보는 게 어때? 사내 동호회에 가입해서 다른 동료들과 함께 말이야.

주 5일 근무제 n. (週 5 日勤務制) n. 每週上班或在校學習 5 天 (每週 40 小時) 之制度
하긴 adv. 確實、的確   여가 n. (餘暇) 空閒   활용하다 v. (活用 -) 活用   알차다 a. 充實的

어휘　여가

01　다음 표현을 익히고 빈칸에 알맞은 말을 골라 쓰십시오.

주 5일 근무제 격주 휴무 징검다리 휴일 월차 휴가	동호회 동호인 동아리 클럽	삶의 활력소가 되다 생활에 활기를 불어 넣다 재충전을 하다 활기차다 원기를 되찾다

　나는 초등학교 4학년 아들을 둔 전업주부이다. 남편은 무역 회사에 다니고 있다. 회사 일 때문에 남편은 매일 늦게 들어오고 주말에도 출근을 하니, 우리 아이는 학교에 가지 않는 토요일에도 아빠 얼굴 보기가 힘들었다. 그런데 두 달 전부터 실시된 (　　　　　) 덕분에 우리 가족은 아이가 학교에 가지 않는 주말에는 가족 모두 함께 등산을 간다. 한 달에 한 번 겨우 쉬는 (　　　　　) 때면 하루 종일 잠만 자던 남편이 원기를 되찾았고, 또 한 주 열심히 일할 수 있도록 (　　　　　)을/ㄹ 기회를 갖게 되었다. 대학 때 남들 다 하는 (　　　　　) 활동도 못해 봤는데 남편과 등산 (　　　　　)에 가입하고 나서는 (　　　　　)게 한 주를 시작할 수 있게 되었다. 아직 남편이 다니는 회사는 주 5일제를 시작한지 얼마 안 돼서 한 주 걸러 쉬는 (　　　　　)만 하기 때문에 매주 가지는 못하지만 그래도 가족들이 함께 할 수 있는 시간이 생겨서 얼마나 좋은지 모른다.

02　여러분의 여가 생활은 어떻습니까? 위 어휘를 사용해 보기와 같이 이야기해 봅시다.

[보기] 저는 요리 동호회 사람들과 2주에 한 번 만나서 새롭게 개발한 음식을 만드는 모임을 갖고 있어요. 동호인들과 함께 음식을 만들고 맛있는 요리를 먹으면서 이야기를 하다 보면 스트레스도 풀리고 재충전도 되는 것 같아요.

문법

01 다음 글을 읽고 문법 및 표현을 익혀 봅시다.

지난 주말에는 친구와 대학로에 다녀왔다. 대학 다닐 때 그렇게 좋아했는데 회사에 들어와서는 볼 생각도 못하던 연극을 보고 온 것이다. 사실 난 주 5일 근무제가 시작된 지 반 년이나 됐는데도 남는 시간을 **즐기기는커녕** 주말마다 술에 찌들어 살았었다. 근데 월요일 아침부터 꾸벅꾸벅 졸다가, "여가 시간을 알차게 보낼 방법을 찾아 보시죠."하는 부장님 말씀을 듣고 보니 안 되겠다 싶어서 연극 관람을 실행에 옮겼다. 역시 연극은 사람들에게 재미와 감동을 **줄뿐더러** 메말라가는 감성을 되살아나게 해 주는 무엇이 있는 것 같다. 이제부터는 술 약속은 줄이고 공연 관람을 더 자주 해야겠다.

–기는커녕

1) 다음을 연결하고 [보기]와 같이 이야기해 봅시다.

주말에 푹 쉬었는데도 월요일에 활기차다 •   • 더 도와주지 않는다고 불평을 한다.

다른 회사는 주 5일 근무제라던데
우리는 토요일에 쉬다   •   • 오히려 예전 것만도 못하다.

남편은 일요일에 가족들과 시간을 보내다 •   • 야근까지 해야 한다.

그렇게까지 도와주었는데도 고마워하다 •   • 예전보다 더 피곤한 것 같다.

신 제 품 이 라 고   해 서   샀 는 데   기 능 이
좋아지다   •   • 하루 종일 잠만 잔다.

[보기] 주말에 푹 쉬었는데도 월요일에 활기차기는커녕 예전보다 더 피곤한 것 같다.

–을뿐더러

2) 빈칸을 채우고 보기와 같이 이야기해 봅시다.

주 5일 근무제	나에게 쉴 여유를 주었다.	가족들과 함께 할 시간도 마련해 주었다.
사진 찍기	재미가 있다.	
배낭여행		자신을 돌아볼 수 있는 기회를 준다.
음주 운전	내 생명을 위험하게 한다.`	
친구 _____		

[보기] 주 5일 근무제는 나에게 쉴 여유를 주었을뿐더러 가족들과 함께 할 시간도 마련해 주었다.

02 다음의 상황에서 기대와 달리 나쁜 결과가 나왔던 이야기를 듣고 그에 대한 대안과 그 장점을 아래의 표에 정리한 후 '–기는커녕', '–을/ㄹ뿐더러' 를 사용해 보기와 같이 대화를 만들어 봅시다.

	기대했던 것	나쁜 결과	대안 제시	장점
교과서 문장 외우기	문법 이해가 쉬워질 것이다.	이해도 잘 안 되고 머리만 아프다.	무조건 외울 것이 아니라 직접 문장을 만들어 가면서 외워라.	문법이 이해가 된다. 단어도 복습 할 수 있다.
새 컴퓨터 구입	일들을 빠르게 할 수 있을 것이다.	어떻게 다루는지도 모르겠다.	설명서를 찬찬히 읽어 봐라.	새 컴퓨터 사용법을 알 수 있다. 예전에 모르던 것도 알 수 있다.
아이 야단 안 치고 칭찬하기	기가 살아서 적극적인 성격으로 변할 것이다.	버릇만 나빠졌다.	하면 안 되는 것도 분명하게 가르쳐라.	성격이 변한다. 예절도 가르칠 수 있다.

[보기] 가 : 한국어 문법은 너무 어려워. 교과서에 있는 문장을 다 외우면 문법 이해가 쉬워질 줄 알았거든. 그런데 문법이 이해되기는커녕 머리만 아파.

나 : 아이구, 무조건 외우기만 하면 어떻게 해. 무조건 외우지 말고 직접 문장을 만들어 가면서 외워 봐. 그러면 문법도 이해가 잘 될뿐더러 전에 배운 단어를 복습할 수도 있으니까.

다음 글을 읽고 질문에 답하십시오.

여가 생활도 배워야 즐긴다…경제 아닌 복지 차원 접근해야

　　은행원 K(45·경기도 고양시)씨는 주말이면 주로 TV 시청으로 시간을 보낸다. 물론 가끔 가족들과 집 가까운 호수공원을 산책하거나 북한산 등반을 하는 경우도 있지만 집안에서 보내는 시간이 가장 마음 편하다. K씨와 같이 1970년대 초·중·고등학교를 다닌 중년층은 여가가 있어도 즐기는 방법을 모른다. 대학까지 공교육을 마치는 동안 학과 공부 외에'노는 공부'를 한 적이 없기 때문이다. 노는 방법을 배우는 것을 공부라고 생각해 본 적이 없는 세대다.

　　2004년 모 방송사 여가 설문 조사에서'주말에 뭘 할 것인가'를 묻는 질문에'뭘 하고 놀지 모르겠다'는 항목이 1위를 차지한 것은 여가 교육의 필요성을 단적으로 증명해준다. 이에 대해 전문가들은 그동안 사교육에만 전적으로 내맡겨온 여가 교육을 공교육에서 일부 떠안아야 한다고 주장한다.

　　여가 문화가 제대로 형성되기 위해서는 여가 시설과 여가 활동 프로그램, 그리고 여가 전문가가 있어야 한다. 그러나 주 5일 근무제 실시로 늘어난 여가를 즐기기엔 저렴하게 이용할 수 있는 공공 부문의 여가 인프라가 턱없이 부족하다.

　　지난해 정부가 실시한 2006 국민 여가 조사에서도 응답자들이 문제점으로 꼽은 것 중 저렴하게 이용할 수 있는 여가 시설이나 프로그램 부족 (48.5%) 이 압도적이었다. 반면 찜질방, 비디오방, 노래방, PC방, 영화관 등 레저시설과 스키장, 골프장 등 스포츠 시설 같은 상업적 여가 시설은 웰빙 붐을 타고 팽창일로에 있다. 여가 생활을 복지 및 삶의 질 차원에서 접근하는 선진국과 달리 우리나라는 여가 산업이 아직 시장 경제에 맡겨져 있다.

　　통계청이 2005년 발표한 사회통계조사 보고서에 따르면 국민들은 여가 활동에 불만족을 느끼는 가장 큰 이유로 경제적 부담 (52.4%) 을 꼽았다. 여가를 즐길 시간은 있지만 비싼 비용 때문에 망설인다는 것이다. 비싼 비용 문제는 여가 양극화와 여가 소외라는 또 다른 문제를 야기한다. 여가 양극화를 해결하기 위해서는 저렴하게 이용할 수 있는 여가 시설의 확충이 무엇보다 필요하다.

접근하다 v. (接近 -) 靠近　　단적으로 (端的 -) 坦率地、直接了當地　　증명하다 v. (證明 -) 證明
전적으로 (全的 -) 完全地　　떠안다 v. 包攬　　저렴하다 a. (低廉 -) 低廉的
인프라 n. (infrastructure) 基礎建設　　턱없이 adv. 遠遠不～、出人意料地 ~(後加否定詞彙)
압도적이다 a. (壓倒的 -) 壓倒性的　　팽창일로 n. (膨脹一路) 水漲船高　　양극화 n. (兩極化) 兩極化
야기하다 v. (惹起 -) 導致

01 위 글의 중심 내용은 무엇입니까?

❶ 주 5일 근무제   ❷ 문화 센터 프로그램에 참가할 필요성

❸ 여가 교육과 여가 시설 확충의 필요성   ❹ 여가 생활의 양극화 현상

02 K 씨와 같은 사람들이 여가를 즐기지 못하는 이유는 무엇입니까?

03 한국 여가 문화의 현실과 여러분 나라를 서로 비교하여 이야기해 보고 표에 정리해 봅시다. 혹시 문제점이 있다면 해결 방안에 대해 이야기해 보고 정리해 봅시다. 한국의 경우는 위 글을 참고하십시오.

	한국의 문제	해결 방안	_____의 문제	해결 방안
여가 교육	'노는 교육을 받아 본 적이 없어 무엇을 할지 모름.	여가 교육이 필요함.		
여가 시설	공공 여가시설은 매우 부족하고, 상업적 여가 시설은 크게 늘어남.	공공 여가 시설의 확충		
여가 비용	비쌈.			
여가 산업 정책	시장 경제에 맡겨져 있음.			

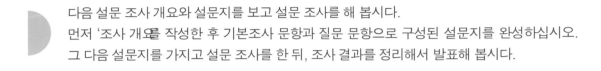

다음 설문 조사 개요와 설문지를 보고 설문 조사를 해 봅시다.
먼저 '조사 개요'를 작성한 후 기본조사 문항과 질문 문항으로 구성된 설문지를 완성하십시오.
그 다음 설문지를 가지고 설문 조사를 한 뒤, 조사 결과를 정리해서 발표해 봅시다.

01 다음은 <2006 국민 여가 조사>의 개요입니다.

> 1. 조사명 : 『2006 국민 여가 조사』
> 2. 조사 목적 : 여가 목적별 여가 활동 조사
> 3. 조사 기간 : 2006년 5월 18일 ~ 6월 5일
> 4. 자료 수집 방법 : 설문지를 이용한 1 : 1 개별 면접
> 5. 조사 지역 : 전국 15개 시도(제주도 제외)
>   −서울, 부산, 대구, 인천, 광주, 대전, 울산, 경기, 강원, 충북, 충남, 전북, 전남, 경북, 경남
> 6. 조사 대상 : 만 10세 이상 남녀

위의 조사 개요를 보고 다음의 주제 중에서 하나를 골라 설문 조사 계획을 세워 보십시오.

한국어 학습 실태　　　　　한국인의 존대어 사용　　　　　한국인의 직업관
직장 내의 인간관계　　　　여가 생활의 시간/공간/경제적 환경과 만족도

> 1. 조사명 :
> 2. 조사 목적 :
> 3. 조사 기간 :　　년　　월　　일 ~　　월　　일
> 4. 자료 수집 방법 :
> 5. 조사 지역 :
> 6. 조사 대상 :

02 [보기]의 기본 조사와 질문 문항에 간단히 답한 후, [보기]처럼 설문지를 만들어 봅시다.

[보기]

I. 기본 조사

1. 귀하의 성별은?　　　□남　　　□여
2. 귀하의 연령은?　　　□10대　　□20대　□30대　□40대　□50대□60대 이상
3. 귀하의 결혼 여부는? □미혼　　　□기혼
4. 귀하의 최종 학력은? □중졸 이하 □고졸 □대졸 □대학원졸 이상
5. 귀하의 가족 전체의 월 평균 수입은 얼마나 됩니까?
　　　　　　　　　　　□100만원 이하　　　□100-200만원 □200-300만원
　　　　　　　　　　　□300-400만원 □400만원-500만원 □500만 이상
6. 귀하의 직업은?　　　□농업, 어업 □자영업 □판매, 서비스 □기능, 생산직□학생
　　　　　　　　　　　□사무, 관리직 □전문 자유직 □가정주부□공무원 □기타

II. 여가 활동의 목적과 참여 실태

7. 다음 중 지난 1년간 참여해본 적이 있는 여가 활동에 모두 v표를 하십시오.

문화 예술 관람		요트/윈드서핑/수상 스키		취미 오락	
문학 행사 참여		행글라이딩/패러글라이딩		수집 활동(스크랩 포함)	
미술 전시회 감상		스케이트보드/인라인		노래방 가기	
클래식/오페라 관람		번지 점프/래프팅		독서/만화책 보기	
전통 예술 공연 관람		스키/스노보드		고스톱/카드놀이/마작	
연극/무용/영화 관람		격투기(태권도/유도..)		당구/포켓볼	
연예 공연 관람		승마		게임	
문화 예술 참여		사냥/사격		인터넷 서핑/채팅/미니 홈피	
문예 창작/독서 토론		스포츠 관람		네일 아트/피부 관리	
그림/조각/도예/서예		스포츠 경기 관람		외식	
악기/노래/춤		격투기 관람		음악 감상	
사진 촬영		관광		등산	
스포츠 참여		국내 숙박 여행		쇼핑	
마라톤/조깅/속보		해외여행		휴식 및 봉사	
줄넘기/맨손 체조		배낭여행		찜질방	
헬스		온천/삼림욕		낮잠	
요가		테마파크/놀이 공원		목욕/사우나	
배드민턴/테니스/스쿼시		명승지 방문		TV시청	
골프		자연 학습		신문, 잡지 보기	
구기(축구/농구/야구)		맛집 기행		종교 활동	
수영		드라이브		사회봉사	
		소풍/야유회		계모임/동창회/사교 모임	
				잡담/통화하기	

8. 여가의 목적은 무엇이라고 생각하십니까? 해당되는 것에 모두 v표시를 해 주십시오.

  □ 개인적인 즐거움 □ 스트레스 해소 □ 건강 □ 대인 관계 및 교제 □ 일의 능률 향상

  □ 자기 계발 □ 자아실현 □ 시간 때우기

9. 질문 7의 표에 v표를 한 항목 중, 가장 자주 하는 것을 고르고, 그 여가 활동을 하는 목적을 고르십시오. _____

  ① 개인적인 즐거움 ② 스트레스 해소 ③ 건강 ④ 대인 관계 및 교제

  ⑤ 일의 능률 향상 ⑥ 자기 발전/자기 계발 ⑦ 자아실현/자아 만족 ⑧ 시간 때우기

10. 위의 여가 활동은 얼마나 자주 하고 계십니까?

비정기적	매일	주2~3회	월3~4회	월1~2회	년3~4회	년1~2회

11. 위의 여가 활동이 이루어지는 장소는 주로 어디입니까?

□ 집 □ 실내 공간 □ 야외 공간 □ 사이버/모바일 공간

I. 기본 조사

1.

II. _____

1.

03 완성된 설문지를 이용해 설문 조사를 한 후, 그 결과를 다음과 같이 정리하고 발표해 봅시다.

세대별 여가 활동 특성

세대	특성
10~20대	온라인 활동 중심(게임)
30대	다양한 여가 생활 경험
40~50대	관계 중심 여가(사교 모임)
60대 이상	건강 기능성 여가(산책)

성별에 따른 여가 활동 특성

성별	특성
남자	단절적 여가-요일 차이 특성
여자	관계 중심 여가

지난 1년간 주로 경험한 여가 활동에 있어서 연령별로 차이가 나타났다. 정보화 세대인 10대와 20대는 '게임'과 '영화보기', '인터넷 서핑/채팅'이 다른 연령대에 비해 많고, 30대는 다양한 여가 활동에 참여하는 경향이 있다. 40대 이상은 온라인보다는 오프라인 상의 '계 모임/동창회/사교 모임'의 비율이 높아지며, 60대 이상은 건강을 위한 목욕/사우나, 낮잠, 산책, 그리고 사교를 위한 계 모임/동창회/사교 모임, 산책 등에 참여하는 비율이 높아진다.

여가 활동의 성별 차이도 보인다. 남자들은 음주, 게임, 신문/잡지 보기 등의 여가 활동에 많이 참여하는 경향이 있고, 여자들은 잡담/통화하기, 쇼핑, 목욕/사우나 등의 활동에 더 많이 참여했다.

이러한 결과는 남자와 여자의 여가 활동에서 뚜렷한 차이를 나타냈다. 남자들의 여가 활동은 주중에는 스트레스 해소를 위한 음주가 많으며, 휴일에는 게임이나 신문/잡지 보기 등 개인적인 활동이 중심이 된다. 여기에서 평일과 휴일의 여가 활동이 단절되어 있음을 알 수 있다. 반면, 여자들은 여가 활동이 개인적이기보다는 관계를 중심으로 이루어지는 것을 볼 수 있다.

<결과 분석 및 정리>

인터넷 서핑 (internet surfing) 上網　계 모임 n. (契 -) 幫會聚會　사교모임 n. (社交 -) 社交聚會
뚜렷하다 a. 明顯的　단절되다 v. (斷絕 -) 斷絕

3-3 정리해 봅시다

I. 어휘

01 빈칸에 알맞은 조사를 쓴 후 보기와 같이 문장을 만드십시오.

| 챙기다 | 일쑤이다 | 업체 | 알차다 | 주 5일 근무제 | 때우다 |
| 절약되다 | 하긴 | 단축되다 | 거르다 | 활용하다 | 여가 | 시달리다 |

1) 그는 아침잠이 많아서 지각을 하기 (   )었다/았다/였다.

2) 돈이 없으면 몸으로라도 (   )어야지/아야지/여야지.

3) 그 시절에는 생활 형편이 어려워서 끼니를 (   )는/은/ㄴ 일이 많았다.

4) 혼자 사는데 밥은 잘 (   )어/아/여 먹고 다니는지 걱정이 된다.

5) 오토바이를 타고 통근을 하면 교통비도 (   )고 시간도 (   )으니/니 일석이조다.

6) 내가 거래하는 (   )의 사장님은 약속을 잘 지키는 편이다.

7) 방학을 (   )고 보람 있게 보낼 계획을 세워 봐.

8) 나의 (   )생활에서 빼놓을 수 없는 것이 영화 관람이다.

9) 버리려고 했던 플라스틱 상자를 (   )어서/아서/여서 서류함을 만들었다.

10) (   )이/가 시행된 이후 주말에 1박 2일로 여행가는 사람들이 늘었다.

11) 그렇게 어린데 유학을 보낸다고? (   ) 영어가 중요하기는 하지.

12) 졸업 여행 내내 차멀미에 (   )어서 /아서/여서 체중이 2kg이나 빠졌어요.

02 빈칸에 알맞은 말을 골라 쓰십시오.

| 자연식 | 데워 먹다 | 동호회 | 월차 휴가 | 활기차다 |

　　주 5일제 근무로 주말마다 전시관이나 공연장은 사람들로 붐빈다. 그래서 평일에 가려고 (   )을/를 냈다. 아침으로 어제 끓인 국을 (   )고 미술관으로 향했다. 생각과 달리 미술관 안에 사람들이 꽤 있었다. (   ) 회원들이 함께 그림을 보러 온 것 같았다. 전문가가 각각의 그림에 대해 상세하게 설명도 해 주었다.

　　그림을 보고 나오는데 (   ) 전문점이 있었다. 거기에서 유기농 채소로 만든 신선한 샐러드를 먹었다. 하루를 이렇게 잘 쉬었으니 내일은 더욱 (   )게 시작할 수 있을 것 같다.

II. 문법

01 다음의 문형을 이용하여 대화를 완성하십시오.

- 길래 　　 -을뿐더러 　　 -는커녕 오히려 　　 -긴 -나 보다

1) 핸드폰을 사러 온 고객에게 판매원이 새 핸드폰의 여러 최신 기능에 대해 설명한다.

고객 :

판매원 :

2) 아내는 귀가가 늦은 남편에게 늦은 이유를 물어본다. 남편은 집으로 오는 길에 차에서 이상한 소리가 들려서 카센터에 가서 수리를 받고 오느라 늦었다고 변명을 한다.

아내 :

남편 :

3) 영수는 친구 승욱이가 과감하게 주식 투자를 해서 돈을 많이 벌었다는 소문을 듣고 물어본다. 친구 승욱이는 돈을 벌지도 못하고 투자한 돈보다 더 많은 손해를 보았다고 말한다.

영수 :

승욱 :

4) 친구 현식은 장사가 너무 잘 되어서 밥 먹을 시간조차 없다고 말한다. 친구 진호는 현식의 사업이 잘 되고 있다는 사실을 새삼 확인하게 된다.

현식 :

진호 :

02 다음의 문장에서 틀린 곳을 찾아 바르게 고치시오.

1) 누가 내 이름을 부르길래 친구가 뒤돌아보았다.

2) 내가 이렇게 바쁜 이유는 회사일뿐더러 집안일도 해야 하기 때문이에요.

3) 승진을 해서 좋기는커녕 기뻐서 날아갈 것 같아요.

4) 다들 시험 점수가 좋은 걸 보니 문제가 쉬웠긴 쉽나 봐요.

III. 과제

다음 그래프를 보고 보기와 같이 정리하여 발표해 봅시다.

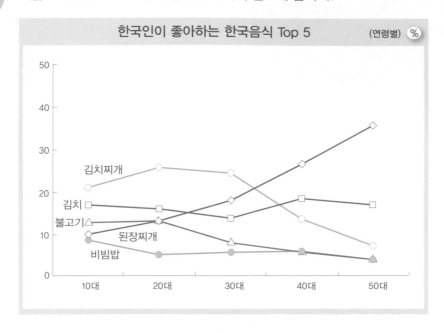

[보기]

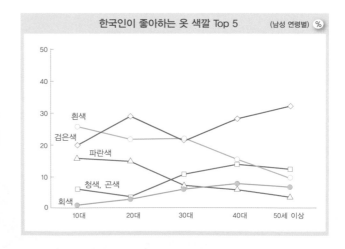

　지금부터 한국인이 좋아하는 옷 색깔에 대해 발표를 하겠습니다. 이것은 2007년 12월 10일부터 17일까지 일주일 동안 연령대별로 10명씩 50명을 대상으로 신촌에서 인터뷰를 한 결과입니다.

　이 인터뷰 결과 10대 남성의 27% 정도가 흰색을, 10대 여성의 22%가 핑크색을 좋아하는 것으로 나타났습니다. 그리고 20대 남성은 검은색을 제일 좋아하는 반면 20대 여성은 흰색을 좋아하는 것으로 조사되었습니다. 30대 남성이 좋아하는 색은 검은색과 근소한 차이로 흰색이 차지 했습니다.

30대 여성은 20대와는 달리 검은색을 좋아하는 것으로 나타났습니다. 여성은 나이가 들수록 밝고 선명한 색을 좋아하여 50대를 넘어서면서 10대에 좋아 했던 분홍색을 다시 선호하고 있었습니다. 그리고 남성의 무채색 계열에 대한 선호도는 변함이 없는 것으로 나타나 여성과는 대조적인 취향을 보이고 있습니다.

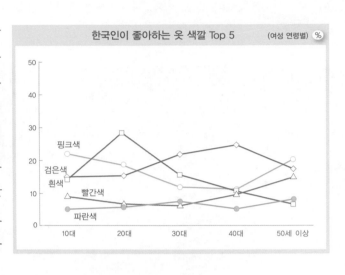

3-4 경제와 삶

1. 현대 소비생활의 문제점을 이야기해 봅시다.

2. '지름신'이란 말을 들어본 적이 있습니까? 이야기해 봅시다.

지름신의 시대

🔊 20

안치용

모든 신 가운데 가장 젊은 신은 누구일까.

정답은 '지름신'이다. 행복을 주는 신이면서 동시에 파멸로 인도하는 사악한 신이다. 혹시 신의 이름을 모른다면 다행이다. 그러나 가끔 신의 이름을 모르면서 지름신의 신도인 예가 적지 않기 때문에 방심은 금물이다.

지름신은 소비의 신으로, 상품의 효용이나 그 대금을 감당할 능력과 무관하게 무엇에 5 씐[1] 듯 상품을 사도록 역사하는[2] 신이라고 할 수 있다. 아버지는 자본주의이고, 어머니는 시장이며, 주거는 부정[3]이다. 지름신은 주로 여자를 신도로 거느리지만, 남자들 가운데서도 적잖은 수가 그를 숭배한다.

'지르다'[4]와 '신'을 합한 새로운 조어가 지름신이다. 대량소비사회의 정신적 지주라고 할 수 있다. 네티즌은 지름신이 '내리다, 강림하다'란 표현을 쓴다. 활동무대는 세계 10 전역이지만 선진국에서 자주 목격되며, 나라마다 이름이 다르다. 한국에서는 지름신이라고 부른다. 술이나 담배처럼 강한 중독성이 있어, 쇼핑을 못하면 술·담배를 끊었을 때와 마찬가지로 심각한 금단 증상으로 고통을 겪는다. 정보기술 발달로 편재하는[5] 특성을 갖게 됐다. 물론 옛날에도 지름신과 비슷한 아류 신이 있었다. 그러나 아무리 지름신에 강하게 씌어도 '지를 곳'을 찾지 못하면 신앙을 실천할 수 없다. 15

지금의 지름신이 타임머신을 타고 멀리도 아니고 조선 시대 말기로 거슬러 올라갔다고 가정해 보자. 5일마다 장이 서는 데다 마을에서 10여 리나 떨어져 있다. 어쩌다 지나가는 보부상[6]이나 뜨내기[7] 장사치가 마을에 들르지만, 아주 드문 일일뿐더러 갖고 온 물건 가운데 신통한 게 없다. 지름신은 서둘러 현대로 20 돌아오는 수밖에 다른 방도가 없을 것이다.

---

1 씌다 : 귀신 따위에 접하게 되다.

2 역사하다 : 주로 기독교에서 많이 쓰는 말로 '신이 일하여 그 뜻을 이루다'라는 의미가 있다.

3 부정 : 일정하지 않음.

4 지르다 : '내기에서 돈이나 물건을 걸다'와 같은 의미가 있으며 현대 소비 양상의 변화에 따라 어떤 계획되지 않은 소비행위를 저지른다는 확장된 의미를 갖게 되었다.

5 편재하다 : 널리 퍼져 있다.

6 보부상 : 옛날에 봇짐이나 등짐을 지고 여기 저기를 다니며 물건을 파는 사람.

7 뜨내기 : 사는 곳이 일정하지 않고 이리저리 떠돌아다니는 사람.

지금은 한때 과소비의 상징이었던 백화점만 피한다고 되는 것이 아니다. 바로 안방까지 홈쇼핑과 인터넷 쇼핑몰이 들어와 있어 지름신이 내리기에 매우 좋은 환경이 조성됐다. 시쳇말[8]로 유비쿼터스한[9] 신인 셈이다. 이러한 편재성 때문에 남녀노소, 빈부의 구별 없이 매일 매일 수많은 현대인이 지름신에게 귀의하고 있다.

당연히 소득 규모에 맞춰 필요의 우선 순위를 따지는 '합리적인 소비'는 점차 설 자리를 잃고 있다. 이러한 지름신의 득세[10]는 사회가 지속적으로 상품소비 욕망을 부추기기 때문이다. 홈쇼핑업계에서 오전 9~11시와 오후 5~7시는 전략 시간대다. 전체 홈쇼핑 매출의 28퍼센트 가량이 이 두 시간대에 발생한다. 남편과 자녀가 집을 비운 오전과 가족이 집으로 돌아오기 직전에 주부들이 쇼핑에 열중하기 때문이란 분석이다.

홈쇼핑업체는 이러한 주부들의 구매행태를 반영해 프로그램을 편성한다. 예컨대 부엌일을 마치고 TV를 켜는 오전에는 다리미나 그릇세트 등 살림살이와 직접 관련된 제품을 판매한다. 녹용이나 삼계탕, 비타민제 등 건강식품은 오후 5시 전후에 집중 편성한다. 귀가하는 가족을 생각하는 주부의 마음을 파고든 것이다. 홈쇼핑과 달리 인터넷 쇼핑몰은 늦은 밤에 매출이 많이 오른다.

쇼핑이 대뇌에 구체적인 반응을 일으킨다는 사실은 여러 연구 결과에서 공통적으로 확인됐다. 쇼핑은 대뇌 신경전달물질인 도파민[11]이 일시적으로 더 많이 생기도록 하는 것으로 알려졌다. 따라서 쇼핑을 통해 안락감과 행복을 느끼게 되는 것이다. 스트레스를 받는 상황이라면 도파민에 대한 욕구가 더 커질 수 있다. 지속적으로 스트레스를 받는 사람이라면 인터넷 쇼핑 등을 통해 반복적으로 쇼핑에 빠져들 가능성이 있다.

쇼핑이 즐거움만 야기하는 게 아니라는 연구도 있다. 기쁨과 함께 불쾌감을 끌어내는 뇌의 부위가 동시에 활성화된다는 것이다. 기쁨은 앞서 설명한 대로이고, 불쾌감

---

8 시쳇말로 : 유행하는 말로, 흔히 하는 말로.

9 유비쿼터스(Ubiquitous) : '물이나 공기처럼 언제 어디서나 존재하다' 라는 뜻의 라틴어.

10 득세 : (정치적, 경제적) 세력을 얻는 것.

11 도파민(dopamine) : 호르몬 조절이나 감정 등에 영향을 미치는 신경전달물질로 쾌감을 유발한다.

은 쇼핑을 통해 금전 손실이 생기는 것에 대한 반응으로 풀이된다. 지름신에 잘 감응하는[12] 체질은 쇼핑할 때 불쾌감보다는 기쁨을 더 잘 느끼는 사람이겠다. 신이 내리기에 좋은 기질이 있는 것이나 마찬가지다. 스트레스 해소 또는 자신의 기쁨을 위해 쇼핑하는 사람은 그나마 주체적이라고 자위할 수도 있겠다.

널리 알려진 대로 현대사회에서는 이미지를 소비한다. 세계의 공장 중국에서 쏟아져 나오는 값싼 생필품을 비롯해 지구촌에는 물산이 풍족하다. 생산력 수준은 이미 전 인류의 필요를 감당[13]하고도 남을 정도다. 그러나 세계경제가 기본적으로 갖고 있는 시스템의 한계로 아프리카에서 굶어 죽는 사람들은 계속 그렇게 살 수밖에 없어 보인다.

한국 등 차고 넘치는 상태에 이른 나라들에서는 적정하고 합리적인 상태의 수요로는 공급초과 상태인 기업들을 만족시킬 수 없다. 기업은 지름신의 도움을 받아 이미지를 위한 소비, 소비를 위한 소비를 부추긴다. 실제로 몇 년 전 한국소비자원[14] 조사에 따르면 조사 대상자의 35.4퍼센트가 "꼭 필요하지 않아도 가격 할인이나 사은품 때문에 물건을 산다."라고 응답했다.

홈쇼핑TV에서는 늘 긴박한 분위기가 연출된다. 언제나 "이런 가격에 이렇게 다양한 구성[15]은 오늘이 마지막이라 주문이 쇄도하고[16] 있으니 서두르지 않으면 기회를 놓친다."라는 쇼핑호스트의 협박에 마음이 흔들리게 된다. 항상 하는 말인 줄 뻔히[17] 알면서도, 막상 평소 구매의사가 약간이라도 있었던 상품일 때는 슬그머니 상술에 넘어가기 십상이다.

'한정판매', '매진임박[18]', '주문쇄도', '마지막', '단 한 번' 등은 지름신교의 주문[19]이나 마찬가지다. 어떤 조사에 따르면 홈쇼핑TV 시청자의 60퍼센트가 충동구매를 했다고 한다. 인터넷 쇼핑몰은 홈쇼핑TV처럼 다그치지는 않지만, 개별적으로 쇼핑이 이뤄지고 있다는 게 문제점으로 지적된다. 특히 청소년이 주요 피해자가 될 수 있다는 점에서 우려가 크다.

---

12 감응하다 : 어떤 사물에 느낌을 받아 마음이 움직이다.

13 감당 : 어떤 일을 맡아 자기 능력으로 해내는 것.

14 한국소비자원 : 소비자의 권익을 증진학고 소비생활의 향상을 도모하기 위해 국가에서 세운 전문 기관.

15 구성 : 홈쇼핑업체에서 물건을 잘 팔기 위해 몇가지 상품을 임의로 골라 하나로 묶어 판매하는 것.

16 쇄도하다 : 한꺼번에 빨리 세차게 몰려들다.

17 뻔히 : (자세히 따져보지 않아도 될 만큼) 확실히. 분명하게.

18 임박 : 어떤 시기나 사건이 가까이 닥쳐오는 것.

19 주문 : 술법을 부리거나 귀신을 쫓으려고 할 때 중얼거리며 외는 글귀.

<중략>

지름신의 시대는 얼마나 계속될까. 모르긴 몰라도 아직 전성기가 시작되지 않은 것 같다. 소비사회에는 두 가지 노예밖에 없다는 얘기가 있다. 하나는 중독의 포로[20]이고, 다른 하나는 선망[21]의 포로다.

5   제 3의 길은 없는 것일까. 21세기의 예측할 수 있는 상당 기간, 지구촌을 하나로 묶을 수 있는 신이 지름신 외에는 잘 보이지 않는다. 사회는 지름신과 평화롭게 살아 가는 법을 배우는 수밖에 대안이 없다. 그러나 피할 수 없다면 즐기자는 식의 태도는 곤란하다. 해답이 없더라도 해답을 찾으려는 노력을 포기해서는 안 된다. 지름신은 구원을 주는 유일신이 아니다!

---

20 포로 : 마음이 무엇에 매이거나 정신이 무엇에 팔려 자기 마음대로 할 수 없는 사람.
21 선망 : 남을 부러워하여 그렇게 되기를 바라는 것, 또는 그런 마음.

● 글쓴이 소개

안치용(1965~   )

연세대학교 문과대학을 졸업하고, 1991년 경향신문에 입사해 경제, 산업, 국제, 문화, 사회부 등을 거쳤다. 경향신문에서 설립한 '지속가능사회를 위한 경제연구소(ERISS)' 소장이며 지은 책에 『블루오션의 거상』, 『10년 후 당신에게』, 옮긴 책에 『한국전쟁과 미국의 세균전』이 있다.

더읽어보기

돈보다 더 중요한 것이 있다

이준구

　이스라엘의 한 탁아소는 약속한 시간에 맡겨 놓은 아이들을 데려가지 않는 부모들 때문에 골치를 앓고 있었다. 생각 끝에 탁아소 측은 늦게 나타나는 부모들에게 벌금을 부과하기로 결정했다. 그런데 벌금을 부과하기 시작하자 뜻밖의 일이 벌어졌다. 늦게 나타나는 부모가 줄어들 것으로 기대했는데, 실제로는 오히려 더 늘어났던 것이다. 탁아소 측이 사람들의 심리를 잘못 읽은 데서 빚어진 촌극이었다.

　이 세상에 벌금 내기 좋아하는 사람은 아무도 없다. 그러니까 벌금이 부과되기 시작하면 가능한 한 일찍 탁아소로 와 아이를 데려갈 것이라고 예상할 수 있다. 전통적 경제 이론의 관점에서 보면 매우 그럴듯한 추론이다. 사실 우리가 보는 거의 모든 정책이 이와 같은 논리에 그 기초를 두고 있다. 즉 경제적 유인을 제공해 사람들의 행동을 일정한 방향으로 몰아갈 수 있다는 생각이 기초를 이루고 있는 것이다.

　그렇다면 그 부모들은 왜 벌금을 부과하기 시작한 후 오히려 예전보다 더 늦게 나타난 것일까? 그 배경을 알아내는 것은 그리 어렵지 않다. 벌금을 내기만 하면 얼마든지 늦어도 된다는 생각을 했기 때문임이 분명하다. 예전에는 늦게 나타날 때 탁아소 직원들에게 엄청나게 미안함을 느꼈을 것이다. 자기 때문에 퇴근하지 못하고 기다리는 그들에게 몇 번씩이나 허리를 굽혀 사죄하는 광경을 쉽게 상상할 수 있다.

　그런데 벌금제도가 도입된 후에는 그런 죄책감을 느낄 필요가 없다. 자신의 잘못은 벌금으로 이미 그 대가가 치러진 셈이다. 그러므로 인간적인 차원에서 사과를 할 필요까지는 없다고 생각하게 된다. 벌금제도가 도입된 후에는 더욱 홀가분한 마음으로 탁아소에 늦게 나타날 수 있는 것이다. 지금 보는 예처럼 경제적 유인이 엉뚱한 방향으로 작용하는 사례가 생각 밖으로 많다.

　전통적 경제이론에서는 사람들이 단 한 푼의 돈에도 벌벌 떠는 것으로 상정한다. 그러나 사람들의 심리는 그렇게 단순하지 않다. 금전적 이득이나 손해에만 연연하는 것이 아니라, 그 이외의 측면도 아주 중요하게 생각한다. 현실적으로 체면, 자존심 혹은 죄책감 같은 비경제적 측면이 그들의 행동에 훨씬 더 큰 영향을 줄 가능성이 있다.

　이런 관점에서 지금 우리 사회의 화두가 되고 있는 신자유주의적 개혁을 재평가해 볼 필요가 있다. 앞에서 예로 든 탁아소의 벌금 부과 결정은 신자유주의적 개혁과 같은 맥락의 조처라고 볼 수 있다. 경제적 유인에 반응하는 인간의 속성을 이용해 그들의 행동을 일정한 방향으로 유도한다는 점에서 말이다. 게을리 일하는 사람을 벌주는 한편 열심히 일하는 사람에게 상을 주는 성과급제도가 그 좋은 예다.

　그렇지만 성과급제도가 도입된 후 생산성이 반드시 향상된다는 보장은 없다. 서투른 방법으로 이를 실시하면 오히려 생산성 저하의 역풍을 맞을 수도 있다. 사람들로 하여금 신이 나서 일하게 만들어야 생산성이 높아질 수 있다. 그런데 열심히 일하면 더 많은 보수를 주겠다는 약속만으로 사람들을 신나게 만들 수는 없다. 오히려 성과급 제도의 도입이 탁아소의 벌금 부과와 비슷한 효과를 만들어낼 가능성이 크다.

　또한 성과급제도의 도입은 공정성의 문제를 일으켜 사기 저하의 원인이 될 수도 있다. 본문에서 자신이 공정하게 대접받고 있다고 생각해야 열심히 일하려는 태도가 나온다는 점을 설명한 바 있다. 그런데 사람들이 공정하다고 생각하는 임금은 자기와 비슷한 처지에 있는 사람들이 받는 임금이다. 입사 동기생이 받는 보수가 자신의 두 배나 된다는 사실을 알게 된 사람이 신나게 일할 리 만무하다.

　행태경제이론은 우리로 하여금 신자유주의적 개혁에 대해 많은 것을 생각하게 만든다. 사람들은 경제적 동물이라는 단순논리로 접근하는 것이 얼마나 위험한 것인지 새삼 깨닫게 된다. 문제의 핵심은 어떻게 하면 자신이 하는 일에 보람을 느끼면서 신나게 일할 수 있도록 만들어 주느냐에 있다. 이 점에서 보면 몇 푼의 돈보다는 공정한 대접을 받고 있다는 느낌이 훨씬 더 중요하다. 또한 자존심을 가질 수 있도록 만들어 주는 것 역시 중요한 일이다.

문화

옛날의 공휴일

옛날에도 일요일이 있었을까? 일요일제는 갑오개혁이 있던 1894년에 시작됐으며 그 이전에는 일요일이 없었다. 그렇다고 그 이전 사람들이 일 년 내내 하루도 쉬지 않고 일만 한 것은 아니다. 고려, 조선 시대에도 오늘날과 비슷하게 한 달에 다섯 번 정기 휴일이 있었다. 음력으로 매달 1일, 8일, 15일, 23일, 그리고 달을 가르는 절기가 드는 날, 이렇게 다섯 번의 휴일이 있었다.

달을 가르는 절기란 24절기 중 입춘(봄이 시작됨), 경칩(개구리가 깨어남), 청명(농사를 준비함), 입하(여름이 시작됨), 망종(곡식의 씨를 뿌림), 소서(더위가 시작됨), 입추(가을이 시작됨), 백로(이슬이 내림), 한로(찬 이슬이 내림), 입동(겨울이 시작됨), 대설(눈이 많이 내림), 소한(가장 추움)을 말한다. 이 절기는 태양력으로 계산되기 때문에 음력 공휴일과 이어져 연휴가 되기도 하고 음력 공휴일과 겹치기도 하여 관리들은 새해가 되면 왕립 천문 연구소인 관상감에 몰려가 그 해에 연휴가 며칠이나 되나 세어 보기도 했다고 한다. 중요한 명절은 오늘날과 같이 연휴가 있었는데 설날은 7일 연휴로 가장 길었으며 대보름, 단오, 연등회는 각각 3일 연휴였으나 추석은 오늘날과 달리 하루만 쉬었다.

특이한 것은 일식과 월식이 있으면 그 날은 부정을 탄다 하여 공무를 보지 않았다는 것이다. 일식, 월식 계산은 관상감에서 계산해서 미리 알려 주었다.

옛날에도 출퇴근 시간이 있었을까? 옛날 관리들은 오전 5시에서 7시 사이인 묘시까지 출근을 했으며 퇴근은 오후 5시에서 7시 사이인 유시에 했다. 요즈음 시각으로는 대략 오전 6시에 출근하여 오후 6시에 퇴근하는 것으로 하루에 열두 시간 정도 근무한 셈이다. 그러나 날이 짧은 겨울에는 그만큼 근무 시간도 단축되었다. 출근은 묘시에서 진시로 늦추어지고 퇴근은 유시에서 신시로 당겨져 겨울철의 근무 시간은 여덟 시간이었다.

1. 일요일제가 시작되기 전에 한국 사람들은 언제 쉬었습니까?

2. 여러분 나라에는 어떤 공휴일이 있습니까?

문법 설명

01 -길래

앞 내용은 뒤 내용의 원인이나 이유를 나타낸다. 말하는 이가 의도적으로 한 행동에 대하여 이유의 의미를 나타내기도 하는데 이때는 '-는 것을 보고' 의 뜻이다. 말하는 사람이 다른 것의 사실 또는 다른 사람의 행동이나 상태를 보고 그것 때문에 뒤의 내용과 같은 행동을 하게 되었다는 의미를 나타낸다.

前方內容為後方內容之原因或理由。也用來說明話者有意圖地行動的理由、意義，此時為「-는 것을 보고」之意。表示話者因為其他事情，或看到其他人的行動或狀態，因此才進行後方的行動。

- 자명종 소리를 듣고도 안 일어나길래 흔들어 깨웠다.
- 아무리 설명해도 모르길래 외우라고 단어장을 만들어 주었어요.
- 아이가 울길래 달래 주었습니다.
- 뒤에서 누가 내 이름을 부르길래 뒤를 돌아보았다.

02 -긴 -나/은가/ㄴ가 보다

어떤 사실이나 상황으로 미루어 그런 것 같다고 추측하는 의미를 나타낸다. 이 때 말하는 사람의 추측을 나타내므로 '나' 나 '우리' 가 주어로 쓰이면 잘못된 문장이 된다. '-긴' 을 사용하여 동사를 반복함으로써 의미가 강화되는 효과가 있다.

由某件事實或情況來看，推測似乎是如此。此時因表現出話者的推測，所以不可使用「나」、「우리」作為主詞，否則為錯誤的句子。使用「-긴」表動詞反覆進行，有強化意義的效果。

- 요새 전화 한 통 안하는 것을 보니까 바쁘긴 바쁜가 봐요.
- 며칠을 밤을 새워서 일해도 못 끝냈다니 일이 많긴 많은가 봐요.
- 한 달에 책을 스무 권이나 읽는다니 책을 좋아하긴 좋아하나 봐요.
- 별장까지 있는 걸 보니 부자이긴 부자인가 봐요.

03 –은커녕/–는커녕

앞의 것은 말할 필요도 없이 당연히 불가능하거나 어렵고 그것보다 더 실현 가능한 뒤의 경우조차 이루기 어려움을 나타낸다. 주로 부정적인 상황에 쓰이며 긍정적인 상황에는 쓸 수 없다.

前面的內容不用說一定是不可能的，或是是十分困難，因此甚至連比其更有實現可能的後方情況都難以達成。主要使用在否定情況，不可使用在肯定情況。

- 아무리 술을 마셔도 스트레스가 풀리기는커녕 더 우울해지기만 한다.
- 새로운 학습법이라고 해서 시도해 봤는데 성적이 오르기는커녕 오히려 더 떨어졌다.
- 지름길로 갔는데 빨리 가기는커녕 정체가 심해서 오도 가도 못했다.
- 첫눈이 올 거라는 일기 예보에 잠도 안 자고 기다렸건만 눈은커녕 비도 안 온다.

04 –을/ㄹ뿐더러

어떤 사실, 상황에 더하여 다른 사실, 상황이 있음을 나타낸다. 보통 뒤의 상황이 더 심각하거나 정도가 더한 경우가 많다.‘–을/ㄹ 뿐만 아니라’ 와 의미가 유사하나 ‘–뿐만 아니라’ 가 명사 뒤에 쓸 수 있는 것과 달리‘–뿐더러’ 는 명사 뒤에 쓸 수 없다.

在某件事實、情況上添有其他事實、情況。通常後面的情況更加嚴重，或程度更高。與「 -을/ㄹ 뿐만 아니라 」的意義相似，但「 -을/ㄹ 뿐만 아니라 」可以使用在名詞後面，「 -을/ㄹ뿐더러 」不能使用在名詞後面。

- 어제 간 식당은 음식이 깔끔하고 맛있을뿐더러 가게 인테리어도 좋았다.
- 이 가방은 값이 저렴할뿐더러 유명 브랜드의 제품과 비교해서 품질도 손색이 없다.
- 그 사람은 성격이 까다로울뿐더러 이기적이다.
- 신제품이 나왔다고 해서 가 봤더니 별로 달라진 것도 없을뿐더러 값만 비싸져서 안 사기로 했어요.

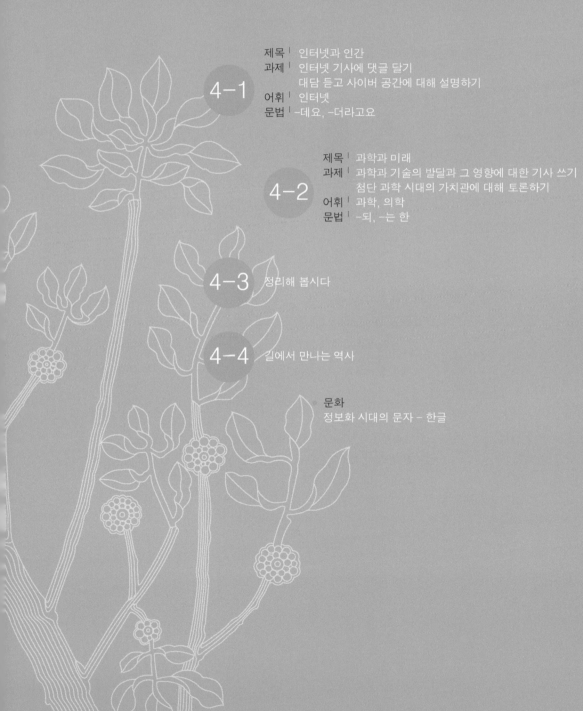

제4과 과학과 기술

4-1 인터넷과 인간

사이트에 로그인하거나 메신저를 할 때 어떤 아이디와 네임을 사용합니까?

<10대들의 온라인 대화명 분석 결과>

기호 남발형	'∑♣곰돌 ♂(ㅅ)♂★』''내 •ㅣ름은 Ω 큐ㅌ¡큐ㅌ'
한자형	'絕世佳人''親穆'쥬디마스터 光輝'
영어형	'choco candy♡' 'ⓒⓤⓣⓔ막내,현이❀'
이모티콘 감정 표현형	'[씹고싶은ㄷДㄷ]레몬까' '깜찍이 >_< ♥'
이해 불능형	'∑ㄲ点ㅆ点∅ㅋㅋ ♡' '▶Pζo팸장'림뿌。'

위와 같은 대화명을 본 적이 있습니까? 여러분의 대화명은 어떻습니까?

대화

🔊 21~22

웨이   제임스 씨, 인터넷에서 쓰는 이름이 특이하면서도 친근하데요.

제임스   아, 지난 번 제 홈페이지에 들렀다가 보셨군요.

처음에 한국 친구들이 재미로 부르던 별명이었는데 어느새인지 친숙해지더라고요.

웨이   네, 아주 반가웠었어요. 저같이 007 영화를 즐겨보는 사람에게는.

근데 아주 잠깐 진짜 한국인 본명은 어느 나라 사람일까 생각했어요.

제임스   아니, 그런 생각을 하시다니요? 그냥 가볍게 한국 친구들과 인터넷으로 만날 때 쓰는 이름인걸요.

웨이   그러셨군요. 저도 회사 메일 아이디, 개인 메일 아이디, 친구들 사이트용 아이디 등 아이디만 해도 서너 개가 있지만, 대충 숫자랑 문자를 조합해서 만들었어요.

제임스   맞아요, 저도 보통은 그런데, 제 홈피에서만은 좀 특별한 이름을 쓰고 싶었답니다.

01 제임스의 인터넷 아이디는 웨이에게 어떻게 느껴집니까?

❶ 평범하다   ❷ 반갑다

❸ 낯설다   ❹ 세련되다

02 제임스의 홈페이지에서 쓰는 이름은 무엇입니까? 어떻게 해서 그런 이름을 갖게 되었습니까?

03 위 대화를 보기와 같이 이어서 이야기해 봅시다.

[보기] 웨 이 : 그러셨군요. 근데 친구들은 그 이름 보고 뭐라고들 안 하던가요?

제임스 : 네, 한국 사람들이고 007 영화도 즐기는 친구들이라서 그런지 아주 재미있어 하던데요.

특이하다 a. (特異 -) 特殊的   친근하다 a. (親近 -) 親近的   조합하다 v. (組合 -) 組合   홈피 n. (homepage) 主頁

01 다음 표현을 익히고 빈칸에 알맞은 말을 골라 쓰십시오.

인터넷을 사용하다 인터넷에 접속하다	이메일 아이디 사이트 아이디	홈페이지를 만들다/꾸미다/방문하다 블로그를 만들다/꾸미다/방문하다
인터넷이 연결되다 끊어지다 접속이 원활하다 제한되다	홈페이지용 아이디 블로그용 아이디 대화명, 닉네임	글을 남기다/달다/올리다 글(그림, 사진)을 퍼가다

1) 기술의 발달로 무선 인터넷을 (   )는/은/ㄴ 인구가 늘고 있지
   만 아직도 인터넷에 (   )기가 쉽지 않은 경우가 있다. 특히 접속이
   (   )지 않은 경우에 인터넷이 겨우 (   )어도/아도/여도
   화면이 뜨는 속도가 느리거나 금방 (   )곤 한다.

2) 10대들의 온라인 (   )을/를 분석한 커뮤니티 사이트 운영팀에 따르면 10
   대들의 (   )은/는 성인 세대와 확연히 다른 양상을 보인다고 한다.

3) 사이버 공간에 나만의 공간인 (   )이나/나 (   )을/를 만
   드는 건 어렵지 않은데 지속적으로 글을 올리고 꾸미며 관리하는 일은 쉽지 않다.

02 친구와 이야기해 봅시다.

1) 인터넷을 자주 사용합니까?
   사용하는 인터넷은 접속이 잘 됩니까?

2) 여러분은 어떤 아이디가 있습니까?

3) 다른 사람의 홈페이지나 블로그를 방문한 적이 있습니까? 어땠습니까?

문법

01 다음 글을 읽고 문법 및 표현을 익혀 봅시다.

얼마 전까지만 해도 메일이나 겨우 하던 나는 블로그나 홈피 운영에는 아예 관심이 없었지요. 그런데 어느 날 친구 집에 갔다가 친구가 켜 놓은 컴퓨터 모니터에서 친구가 만든 블로그의 사진과 글을 우연히 보게 되었답니다. 정말 신기하고, 음악까지 나오는 것이 **멋있데요.** 어느새인지 마우스를 클릭하며 친구가 쓴 지난 글까지도 제가 **뒤지고 있더라고요.** 친구의 솜씨! 정말 멋졌고 게다가 제가 모르던 친구의 여러 가지 모습이 속속들이 드러나더군요. 바로 그날 저도 이런 블로그를 운영해 보겠다 결심을 했답니다. 그리고 3개월이 지난 지금 저는 날마다 일정 시간 인터넷에 접속하여 다채로운 세계를 마음껏 즐기고 있답니다.

–데요

1) 다음 중 알맞은 표현을 골라 빈 곳에 쓰십시오.

[보기] 볼 만한 사진이 많다   감동적이다   정말 웃기다
        오랫동안 잊을 수가 없다   나무가 많고 쉴 곳이 많아서 아주 쾌적하다

가: 어제 방문한 블로그는 어떠셨어요?

나: 볼 만한 사진이 엄청 **많데요.**

가: 이번에 대학에 수석 합격한 소녀 가장이 자신의 홈페이지에 남긴 글 보셨어요?

나: 네, 정말 ....

가: 첫사랑이라서 더욱 오래 잊지 못했구나.

나: 응, 그 해맑게 웃던 모습을 정말 ....

가: 그 친구가 올린 동영상이 재미있던가요?

나: 네, ...

가: 이번에 새로 생긴 공원이 어때?

나: ....

-더라고요

2) 빈 곳에 알맞게 쓰십시오.

가   요새 젊은 친구들은 정말 인터넷을 많이 사용하는 거 같지요?

나   네, 대부분 시간만 나면 컴퓨터를 켜고 인터넷에 **접속하더라고요.**
    어제는 지하철에서 인터넷을 하는 친구를 봤어요.

가   그렇죠. 그런 친구들은 인터넷이 없으면 뭘 하고 사나 싶을 정도예요. 그래서인
    지 어쩌다 인터넷이 끊어지면 ....

나   네, 인터넷이 안 되니까 공황 상태에 빠지는 것 같다고 하던데요. 모르는 게 있어
    도 백과 사전이 아니라 인터넷을 ....

가   정말 그래요. 요즘에는 인터넷 검색하는 게 생활이라니까요.

나   맞아요. 저도 어제 회사에서 젊은 친구에게 길을 물었더니 인터넷을 검색해
    ....

가   참 편하기는 한데 이러다가 우리 기억력은 점점 떨어지는 거 아닐까요?
    요즘은 젊다고 다 기억력이 좋은 게 아니던데요. 다들 건망증이 ....

나   네, 정말 제 주위 젊은 친구들도 다 깜빡깜빡 잊곤 하는데 혹시 너무 생활이 바
    빠서 그런 건 아닐까요?

02 다음 질문에 '-데요', '-더라고요'를 사용해 답하고 이야기해 봅시다.

1) 인터넷 게임(잡지, 쇼핑)을 처음 접했을 때 어땠어요?
이제는 익숙해져서 인터넷게임(잡지, 쇼핑)을 다양하게 즐기세요? 언제부터 어떻게 그렇게
되셨어요?

2) 사랑, 결혼, 이별, 독립 등 중요한 변화가 있을 때 어땠어요?
시간이 지나면서 어떻게 달라졌어요?

과제 1　읽고 댓글 달기 ●

다음을 읽고 질문에 답하십시오.

　서이종 서울대 사회학과 교수는 15일 한국 사회학회가 개최한 2006년 전기 사회학 대회에서 '공론의 장으로서 인터넷 게시판, 무엇이 문제인가' 라는 주제로 발표했다.

　서 교수가 살펴본 인터넷 게시판은 '언제, 어디서나, 누구나' 참여할 수 있는 공간이 아니었다. 온라인 문화의 특징으로 알려진 '개방과 평등' 의 미덕은 찾기 힘들었다. 오히려 소수의 참여자들이 여론을 주도하고 있었다.

　서 교수는 이처럼 소수의 참여자들이 여론을 주도하는 것을 막으려면 게시판에서 다루어지는 주제가 다양해야 한다고 주장했다. 하나의 게시판에서 한 주제에 대해 다양한 쟁점이 뒤엉켜 제기되면 다수의 소극적인 네티즌들은 참여를 꺼리게 된다는 것이다.

　그리고 서 교수는 인터넷 게시판의 논의를 이끌어가는 소수의 적극적인 참여자들을 여러 유형으로 나눠 설명했다. 자신은 댓글을 쓰지 않지만 많은 댓글을 받는 카리스마 형, 반대로 댓글을 거의 받지 않으면서 다른 이들의 글에 열심히 댓글을 다는 하이에나 형, 댓글을 적극적으로 주고받으며 여론을 이끄는 논의 주도형 등이 그것이다.

참여 정도		댓글을 받는 경우	
		낮다	높다
댓글을 쓴 정도	낮다	고립자 형	카리스마 형
	높다	하이에나 형	논의주도 형

01 위 글은 무엇에 대한 글입니까?

❶ 인터넷 게시판의 유용성　　　❷ 인터넷 여론의 독자성

❸ 온라인 문화의 폭력성　　　　❹ 네티즌의 게시판 참여 양상

02 위 글에서 문제 삼고 있는 점은 무엇입니까?

❶ 온라인 댓글의 저질성　　　　❷ 게시판 여론의 비민주성

❸ 네티즌의 공격성　　　　　　❹ 게시판 의견의 비도덕성

03 다음은 윗글에서 얘기하는 유형 가운데 어느 유형일까요?

1) 종종 게시판에 글을 올리는데 보통 순식간에 댓글이 10개 이상 뜨곤 해요.　　（　　）

2) 저는 게시판을 옮겨 다니며 댓글을 다는 재미로 살아요.　　（　　）

3) 댓글을 달 시간이 어디 있어요. 본문도 다 읽을 시간이 없는데요.　　（　　）

4) 댓글을 통해서 의견을 주고받는 걸 즐겨요.　　（　　）

공론 n. (公論) 公論　　개방 n. (開放) 開放　　미덕 n. (美德) 美德　　여론 n. (輿論) 輿論
주도하다 v. (主導 -) 主導　　주장하다 v. (主張 -) 主張　　쟁점 n. (爭點) 爭論焦點
뒤엉키다 v. 交織　　제기되다 v. (提起 -) 提出　　꺼리다 v. 忌諱

04 여러분은 어떤 유형입니까? 왜 그렇습니까?

05 최근 문제가 되고 있는 쟁점에 대해 보기와 같은 댓글을 찾아서 발표해 봅시다. 또는 직접 댓글을 달고 발표해 봅시다.

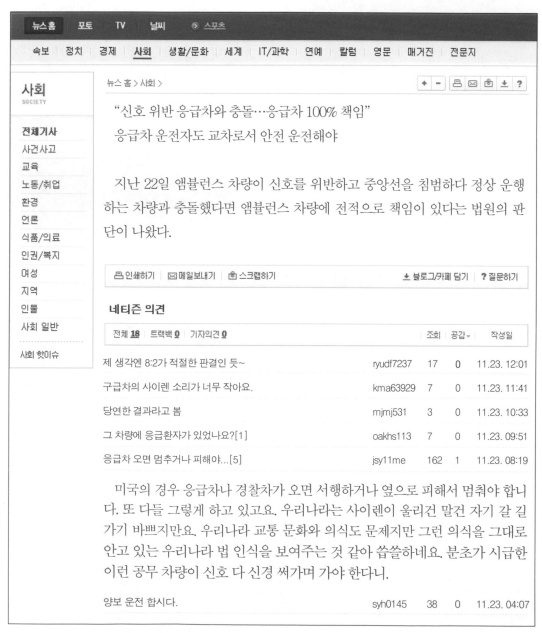

뉴스 홈	포토	TV	날씨	◈ 스포츠

속보 | 정치 | 경제 | **사회** | 생활/문화 | 세계 | IT/과학 | 연예 | 칼럼 | 영문 | 매거진 | 전문지

사회
SOCIETY

전체기사
사건사고
교육
노동/취업
환경
언론
식품/의료
인권/복지
여성
지역
인물
사회 일반

사회 핫이슈

뉴스 홈 > 사회 >

＋ － 🖨 ✉ 📋 ⬇ ?

"신호 위반 응급차와 충돌…응급차 100% 책임"
응급차 운전자도 교차로서 안전 운전해야

지난 22일 앰뷸런스 차량이 신호를 위반하고 중앙선을 침범하다 정상 운행하는 차량과 충돌했다면 앰뷸런스 차량에 전적으로 책임이 있다는 법원의 판단이 나왔다.

🖨 인쇄하기 | ✉ 메일보내기 | 📋 스크랩하기 　　　 ⬇ 블로그/카페 담기 | ? 질문하기

네티즌 의견

전체 **18** | 트랙백 **0** | 기자의견 **0**		조회	공감▾	작성일
제 생각엔 8:2가 적절한 판결인 듯~	ryudf7237	17	0	11.23. 12:01
구급차의 사이렌 소리가 너무 작아요.	kma63929	7	0	11.23. 11:41
당연한 결과라고 봄	mjmj531	3	0	11.23. 10:33
그 차량에 응급환자가 있었나요?[1]	oakhs113	7	0	11.23. 09:51
응급차 오면 멈추거나 피해야...[5]	jsy11me	162	1	11.23. 08:19

　　미국의 경우 응급차나 경찰차가 오면 서행하거나 옆으로 피해서 멈춰야 합니다. 또 다들 그렇게 하고 있고요. 우리나라는 사이렌이 울리건 말건 자기 갈 길 가기 바쁘지만요. 우리나라 교통 문화와 의식도 문제지만 그런 의식을 그대로 안고 있는 우리나라 법 인식을 보여주는 것 같아 씁쓸하네요. 분초가 시급한 이런 공무 차량이 신호 다 신경 써가며 가야 한다니.

| 양보 운전 합시다. | syh0145 | 38 | 0 | 11.23. 04:07 |

과제 2   듣고 말하기 [🔊 23] ●

다음은 교수와 학생이 나눈 대담의 일부입니다. 듣고 질문에 답하십시오.

01   두 사람은 무엇에 대해 이야기를 하고 있습니까?
❶ 사이버 공간의 공격성   ❷ 사이버 공간과 캐릭터의 종류
❸ 사이버 공간과 자아 정체성   ❹ 사이버 공간의 중요성

02   두 사람은 지금 어디에서 무엇을 하고 나서 대담을 합니까?

03   교수가 우려하는 것은 무엇입니까?
❶ 요즘 사이버 공간의 임의적이고 우발적으로 조작된 자아 때문에 정신 질환이 증가하는 것 같다.
❷ 사이버 공간의 삶에 익숙해져서 현실에 만족하지 못하고 자살하는 사람이 늘고 있다.
❸ 인터넷 게임 인구가 증가하면서 인간의 공격적인 본성의 노출이 일상화되고 있다.
❹ 사이버 공간에서의 다양한 역할 변화의 영향으로 무책임하게 생활하는 사람이 늘 것 같다.

04   '사이버 공간의 다중적 자아와 자기 정체성'에 대해 학생은 어떻게 생각합니까?

❶ 정체성이 붕괴된다.   ❷ 자기 동일성 유지가 가능하다.
❸ 다양한 역할에 빠진다.   ❹ 아무 혼란 없이 수용이 가능하다.

05   인터넷 게임이나 카페 등 사이버 공간에서 다른 모습(역할)을 가진 적이 있습니까?
왜 그런 모습을 갖게 되었습니까?
그런 경험이 없다면 '사이버 패밀리', '세컨드 라이프' 등 사이버 공간의 가족 형성 및 생활에
대해서 이야기해 봅시다.

시시각각 n./adv. (時時刻刻) 時時刻刻   진화시키다 v. (進化 -) 使進化   생사 n. (生死) 生死
전사 n. (戰士) 戰士   사뭇 adv. 完全   뿌리박다 v. 紮根   임의적 (任意的) 任意的
우발적 (偶發的) 偶然的   팔아치우다 v. 清倉甩賣   다중적 (多重的) 多重的
연속성 (連續性) 連續性   동일성 (同一性) 一致性

4-2 과학과 미래

학습 목표 ● 과제 과학과 기술의 발달과 그 영향에 대한 기사 쓰기, 첨단 과학 시대의 가치관에 대해 토론하기
● 문법 -되, -는한 ● 어휘 과학, 의학

인간 복제가 가능하다면 여러분은 누구를 복제하고 싶습니까?

종이

1위 인쇄술

2위 피임약

전구

비행기

페니실린

위 그림은 노벨상 수상자와 여러 분야의 대가들 100여 명이 지난 2,000년의 역사에서 가장 중요한 발명이라고 대답한 결과입니다. 이런 발명이 인류에게 끼친 영향에 대해서 이야기해 봅시다.

대화

🔊 24~25

제임스 요즘은 과학의 발달로 예전에는 상상조차 못했던 일들이 가능해지고 있어요.

웨이 그렇지요? 앞으로는 생명 과학의 발달로 원하는 유전 인자만을 선택해 맞춤형 아이를 낳고 인간의 복제도 가능해지는 세상이 올 거라고들 해요.

제임스 양이나 소는 이미 오래 전에 복제에 성공한 사례가 있지요? 복제 기술이 좀 더 발전하게 된다면 인류는 어떻게 될까요?

웨이 복제 기술을 이용한 장기 이식이 가능해져 불치병도 쉽게 고치고 수명도 길어지겠지요? 살기 좋은 세상이 될 거예요.

제임스 그렇지만 그런 일은 자연의 이치에 어긋나는 일이 아닐까요? 과학과 기술의 발달이 인간에게 가져다주는 혜택은 누리되 그 부작용도 생각해야 한다고 봅니다. 옳고 그름을 따질 수 있는 정확한 기준을 마련하지 않는 한 크나큰 문제를 일으킬 수도 있을 테니까요.

웨이 그렇게 부정적으로만 생각할 필요는 없다고 봅니다. 저는 과학과 기술의 발달이 인간의 생활에 미치는 긍정적인 영향이 훨씬 더 크다고 보는데요.

01 제임스와 웨이는 무엇에 대해 이야기하고 있습니까?
❶ 맞춤형 아이 ❷ 인간의 수명
❸ 과학의 발달 ❹ 인간의 노화

02 제임스와 웨이의 생각은 어떻게 다른지 이야기해 봅시다.

03 위 대화를 보기와 같이 이어서 이야기해 봅시다.

[보기] 제임스 : 저도 웨이 씨 생각에 어느 정도 동의합니다. 그렇지만 인간 복제를 예로 들어 생각해 봅시다. 복제된 인간을 장기 이식의 수단으로만 여긴다든지, 노예처럼 부린다든지 하는 문제도 생길 수 있는 것 아닐까요?

웨 이 : 물론 충분히 일어날 수 있는 문제지요. 그렇지만 저는 그 단계에 이르기 전에 우리가 현명하게 대처할 수 있을 거라고 봅니다.

생명 과학 n. (生命科學) 生命科學   유전 인자 n. (遺傳因子) 遺傳基因   복제 n. (複製) 複製
사례 n. (事例) 事例   장기 이식 n. (臟器移植) 臟器移植   불치병 n. (不治病) 不治之症
이치 n. (理致) 道理   혜택 n. (惠澤) 優惠   부작용 n. (副作用) 副作用

어휘　　과학, 의학

01　다음 표현을 익히고 빈칸에 알맞은 말을 골라 쓰십시오.

유전 공학	장기 이식
염색체	수명 연장
유전자	동물 실험
조작	신약 개발
복제	부작용

1) 인간은 모두 23쌍 46개의 염색체를 갖고 있다. 염색체 속에 존재하는 (　　　　　　)
에 의해 어버이에게서 자손에게로 어떤 형질이 유전된다. 문제가 있는 유전자를
(　　　　　　)하여 질병을 고칠 수도 있다. 이렇게 (　　　　　　)은/는 유전학적 방
법으로 인류의 복지를 증진시킨다.

2) 세상에 태어나 늙고 병들어 죽는 것, 즉 생로병사가 인간의 운명이다. 유전 공학의 발달로
인간은 동물 (　　　　　　)에 성공하였고 이를 인간에게 적용시키는 것은 기술적으로
는 별 어려움이 없으나 윤리적인 문제가 남아 있다. 복제 기술을 이용하여 장기를 인공적으
로 생산해 낼 수 있고 (　　　　　　)도 가능하다. 더 오래 살고자 하는 (　　　　　　)
의 욕구, 나아가 영원히 살고자 하는 인간의 꿈이 실현될지도 모른다.

3) 질병 치료를 위해 많은 제약 회사가 (　　　　　　)에 시간과 노력을 기울이고 있다. 신
약개발에서 중요한 것은 (　　　　　　)을/를 최소화시키는 것이다. 인간을 대상으로 직
접 실험을 할 수 없으므로 대부분의 경우 (　　　　　　)을/를 한다.

02　위 어휘를 사용해 다음 중 하나를 골라 이야기해 봅시다.

1) 맞춤형 아이가 가능하다면 여러분의 2세가 어떻게 태어났으면 좋겠습니까?

2) 인간 복제가 허용된다면 어떤 일들이 일어날까요?

문법

01 다음 글을 읽고 문법 및 표현을 익혀 봅시다.

　　1953년 유전자 구조(DNA의 이중 나선 구조)가 발견된 이후 생명 공학은 비약적으로 발전해 오고 있다. 물론 과학과 기술의 발달에는 어느 정도의 부작용도 따른다. 이러한 부정적인 면을 **고려하되** 이로 인해 과학 연구가 위축되어서는 안 된다고 생각한다. 왜냐하면 과학과 기술이 우리 인간에게 가져다줄 수 있는 혜택이 무궁무진하기 때문이다. 우리가 인간으로서 존엄성과 윤리적 가치관을 **유지하는 한** 과학과 기술의 발달은 우리 인간에게 행복하고 풍요로운 삶을 가져다 줄 것이다.

-되

1) 다음과 같은 대상에게 보기와 같이 이야기해 봅시다.

컴퓨터 게임에 빠진 자녀	컴퓨터 게임을 하다	시간을 정해서 그 시간 동안만 해라.
약에만 의존하려는 환자	약을 복용하되	식이 요법과 운동도 병행하십시오.
자기 자신을 복제하려는 천재 과학사		
나도 필요한 책을 빌리러 온 친구		이번 주 안으로 꼭 돌려줘야 된다.
성형 수술을 하려고 하는 친구		

[보기] 컴퓨터 게임을 하되 시간을 정해서 그 시간 동안만 해라.

-는 한

2) 다음 중 알맞은 표현을 골라 빈 곳을 채우고 보기와 같이 이야기해 봅시다.

양측이 대화를 하려고 노력하지 않다   과학은 끊임없이 발전하다
경제 발전에 맞춰 정치도 발전하지 않다   외국어 실력과 정보화 마인드를 갖추지 않다
컴퓨터와 인터넷의 발달은 인간에게 해로울 수도 있다

* 자신을 통제할 수 있는 의지력을 갖고 있지 않는 한 ....
* 미지의 세계에 대한 인간의 호기심이 그치지 않는 한 ....
* .... 노사 문제를 해결할 수 있는 방법이 없습니다.
* .... 현대 사회의 경쟁에서 살아남을 수 없습니다.
* .... 선진국으로 발돋움하기 어렵습니다.

[보기] 자신을 통제할 수 있는 의지력을 갖고 있지 않는 한 컴퓨터와 인터넷의 발달은 인간
에게 해로울 수도 있다.

02 다음을 보고 –되, –는 한을 사용해 보기와 같이 이야기해 봅시다.

'가'	'나' 의 생각 ('가' 의 말을 어느 정도는 인정함)
"저는 무모한 도전은 하고 싶지 않아요."	실패를 두려워하면 발전을 못한다.
"수술 후 일주일이 지났으니 일을 시작해도 되겠지요?"	건강을 지키지 못하면 아무 일도 할 수 없다.
"신제품을 개발할 때 무엇보다도 디자인을 중요하게 생각해야 합니다."	제품의 질이 앞서지 않으면 경쟁력이 없다.
"유전 공학의 발전을 위해 인간 배아를 실험할 수 있어야 합니다."	인간이 자신의 행동을 통제할 윤리관을 갖추지 않으면 과학은 재앙을 가져올 수 있다.

[보기] 가 : 무모한 도전은 하고 싶지 않아요.
        나 : 무모한 도전은 피하되 도전 정신을 잃지는 마십시오. 실패를 두려워하는 한 큰 발
              전을 못합니다.

과제 1 듣고 기사 쓰기 [🔊 26] ●━━━━━━━━━━━━●

▶ 다음 뉴스를 듣고 질문에 답하십시오.

01 뉴스에서 말하는 보고서는 어떤 보고서입니까?

02 들은 내용에 따라 다음 표를 완성하십시오.

연도	개발되는 기술	가능해지는 것
2012년	• 신체 상황 인식 기술	• 가족의 건강 상태 감지해 집안의 .... • 응급 환자의 신분을 홍채로 인식해 병원 기록 확인
	• 가상 현실 시스템 기술	• 실제와 동일한 과학 실험 • .... 을/를 가상 공간에서 복원하여 관람
2014년	• 입체 영상 기술	• 외출 전에 ....
2015년	• 후각 전달 기술 •	• 인터넷을 통해 .... • 시력, 청력을 향상시키고 색깔이 변하는 군복 착용
2018년	• 의료용 마이크로 로봇 기술	• 마이크로 로봇이 ....

03 IT 융합 기술력이 부족한 분야는 어느 곳입니까?

04 여러분은 어떤 기술이나 제품이 개발되기를 바랍니까? 자유롭게 이야기해 보고 다음 표를 작성해 봅시다.

기술/제품	
가능 연도	
기능	
효과	
주의할 점	

감지하다 v. (感知 -) 察覺   홍채 n. (虹彩) 虹膜   인식하다 v. (認識 -) 辨識
소실되다 v. (消失 -) 消失   복원하다 v. (復原 -) 復原   입체 n. (立體) 立體   융합 n. (融合) 融合

05 4의 내용에 따라 기자의 입장이 되어 보기와 같이 기사를 써서 발표해 봅시다.

[보기]

하늘 나는 차 2년 내 나온다
수직 이착륙... 3700m 상승, 시속 250km로 2시간 비행

'하늘을 나는 자동차'의 실용화가 멀지 않았다고 로이터 통신이 1일 보도했다. 로이터는 이스라엘의 한 회사가 하늘을 날아다니며 수색, 침투, 구난 등 각종 특수 임무를 수행할 수 있는 비행 자동차를 개발 중이라고 전했다.

이 자동차는 강력한 팬을 설치, 활주로 없이 수직 이착륙이 가능하다. 현재는 지상 90㎝까지 날아오르는 수준이지만 앞으로 최고 3700m까지 상승하고 시속 250㎞로 두 시간 정도 비행할 수 있도록 성능을 향상시키는 것이 개발팀의 목표다. 이 회사 대표는 "앞으로 2년 내에 시제품을 완성하고 그로부터 5년 안에 상용화할 계획"이라고 말했다. 비행 자동차는 헬기가 접근하기 힘든 곳에 주로 투입될 것으로 보인다.

김영수 기자

실용화 n. (實用化) 實用化   수색 n. (搜索) 搜索   침투 n. (滲透) 滲透   구난 n. (救難) 救難
활주로 n. (滑走路) 跑道   성능 n. (性能) 性能   향상시키다 v. (向上 -) 提升
시제품 n. (試製品) 試作品   상용화 n. (商用化) 商用化   투입되다 v. (投入 -) 投入

과제 2   읽고 토론하기 ●

다음을 읽고 질문에 답하십시오.

2050년쯤이면 몸은 죽어도 정신은 영생?
英박사 "사람의 두뇌 다운로드해 저장"

오는 2050년이면 사람의 몸은 죽어도 정신은 죽지 않는 '불멸의 시대'가 도래할 것이라고 영국 최대 통신 그룹 브리티시 텔레콤(BT)의 미래학 팀장인 이언 피어슨(44) 박사가 예측했다.

22일 영국 가디언지의 일요판 옵서버는 "45년 안에 사람의 '두뇌'를 기계에 다운로드할 수 있게 된다"고 주장한 피어슨 박사의 예측을 보도했다. 그의 주장에 따르면, 사람이 죽더라도 두뇌 속 정보와 정서는 수퍼 컴퓨터에 저장돼 영원히 살아남게 된다.

피어슨 박사는 "부자라면 2050년쯤 수혜자가 될 수 있고, 가난한 사람이라면 이 기술이 널리 보편화될 2075년이나 2080년까지 기다리면 된다"고 내다봤다. 그는 "우리 연구팀은 매우 진지하게 이 예측을 내놓는 것"이라며 "45년은 이 정도의 발전을 이뤄내기에 충분한 시간"이라고 말했다. 그는 이러한 발전 속도의 예로 한 게임기를 들었다. "일본 소니사가 지난주 내놓은 '플레이 스테이션 3'은 인간 두뇌의 1%에 해당하는 능력을 갖고 있다"며 "플레이 스테이션 5가 나올 때쯤엔 인간 두뇌와 거의 맞먹는 능력을 갖추고 있을 것"이라고 말했다.

'감정'을 느끼는 컴퓨터는 15년 안에 나온다. 비행기 조종을 맡은 컴퓨터에 '두려움'을 입력시키면, 이 컴퓨터는 추락하기 무서워서 안전 운행을 위해 사력을 다하게 된다.

피어슨 박사는 "과연 인류가 인간의 지능을 가진 기계를 만들어야 하는지에 대해선 아직 회의적"이라며 "급속한 기술 발전에 대해서 전 지구적 차원의 토론이 필요하다"고 말했다.

김영수 기자

영생 n. (永生) 永生   불명 n. (不明) 不明   도래하다 v. (到來-) 到來   수혜자 n. (受惠者) 受惠者
보편화되다 v. (普遍化-) 普及   내다보다 v. 展望   맞먹다 v. 相當   사력을 다하다 v. 拚盡全力
회의적 (懷疑的) 懷疑的

01 이 기사에서 말하는 '불멸의 시대'란 어떤 시대를 말합니까?

02 이러한 방법으로 영원히 사는 것이 가능하다면 여러분은 어떤 선택을 하겠습니까?

03 인간의 두뇌뿐만 아니라 감정까지도 느낄 수 있는 로봇이 등장한다면 인간의 삶에 어떤 변화가 일어날까요? 여러분은 이러한 로봇이 필요하다고 생각합니까? 왜 그렇게 생각합니까? 다음 빈칸을 간단히 채우고 자유롭게 이야기 해 봅시다.

긍정적인 효과	부정적인 측면
• • • • •	• • • • •

04 과학과 기술의 발달로 인간의 삶은 더 행복해진다고 생각합니까? 그렇다면(혹은 그렇지 않다면) 그 이유는 무엇입니까? 첨단 과학 시대에 인간이 지녀야 하는 태도와 가치관에 대해서 토론해 봅시다.

4-3 정리해 봅시다

I. 어휘

01 다음을 연결하고 보기와 같이 쓰십시오.

1) 미성년자   •
2) 인기 있는 사이트   •
3) 깊은 산간 지역   •
4) 대화명/아이디   •
5) 비밀번호/패스워드   •
6) 홈피/블로그   •
7) 글   •

• 특이하다/친근하다
• 방문하다/꾸미다
• 접속이 원활하지 못하다
• 접속이 제한되다
• 퍼가다/남기다
• 대충 조합하다 (영문이나 숫자를)
• 인터넷이 연결되기 어렵다

[보기]

1) 미성년자에게는 접속이 제한되는 사이트가 있습니다.

2) ....

3) ....

4) ....

5) ....

6) ....

7) ....

02 에 알맞은 말을 골라 쓰십시오.

장기 이식   유전자   동물 실험   사례   복제   불치병   부작용   혜택

    유전 공학의 발달을 보여주는 (　　　　　)은/는 많다. 얼마 전 외국의 한 대학에서 (　　　　) 을/를 조작하여 고양이를 보고도 무서워하지 않는 쥐를 만들어 냈다.

    영국에서 최초로 돌리라는 (　　　　　　)양을 탄생시킨 이후 발전해 온 복제 기술은 인 간이 영원히 살 수 있는 길을 열어 줄지도 모른다. 복제 기술을 이용해 장기를 대량 생산함으 로써 (　　　　　)이/가 가능해지면 다양한 (　　　　　　)이/가 치료될 수 있을 것이기 때문

이다. 이 때 많이 이용되는 동물은 인간의 장기와 크기가 가장 비슷한 돼지라고 한다.

　어찌 보면 유전 공학의 발달에 가장 큰 공헌을 하는 것은 (　　　　　)에 사용되는 각종 동물들이다.　새로운 기술을 실험해 보고 그 (　　　　　)을/를 최소화시키며 비용 절감을 위해 또 다른 생명인 동물을 이용하는 것은 과연 자연의 이치에 맞는 일인지… 인간이 생명 공학의 (　　　　　)을/를 누리기 위해 다른 생명체의 생존권을 빼앗는 일은 과연 옳은 일인지… 생각해 볼 문제이다.

II. 문법

알맞은 문법을 골라 상황에 맞게 대화를 완성해 보십시오.

-되　　　　-데요　　　　-는 한　　　　-더라고요

상황 1

영수는 옆 집 아이를 보고 참 버릇이 없다고 느꼈으며 그 엄마 또한 예의가 없다고 생각한다. 미선은 자식을 사랑하고 기를 살리는 것은 좋지만 버릇없이 키우면 안 되며, 또한 부모가 먼저 모범을 보이지 않으면 아이를 제대로 교육시키기가 어렵다고 생각한다.

미신　　옆십에 새로 이사 온 가족 봤어요? 아이도 하나 있던데요.

영수　　네, 그런데 ....

미선　　요즘 많은 아이들이 그렇지요. 자식을 너무 귀하게 키워서 그런가 봐요.
　　　　.. 버릇없이 키우면 안 되지요.

영수　　그 아이만 그런 게 아니라 ....

미선　　저런, 윗물이 맑아야 아랫물이 맑다는 옛말이 틀리지 않네요.
　　　　.. 아이 교육 잘 시키기가 어렵지요.

상황 2

영수는 인터넷 중독 현상이 심각하다는 것과 파일을 불법적으로 다운 받는 경우도 많다는 것을 알게 되었다. 미선은 문명의 이기를 이용하고 즐기는 것은 좋지만 심하게 빠지면 안 되며 불법 다운로드의 경우에 엄격하게 다스리지 않으면 뿌리 뽑기 어려울 것이라고 본다.

미선   인터넷이 대중화되면서 그에 따른 부작용이나 범죄가 증가하고 있지요?

영수   네, 얼마 전에 우리나라 청소년들을 대상으로 실시한 설문조사를 보니 ....

        ....

미선   맞아요. 얼마 전에 한 젊은이가 PC방에서 수십 시간 동안 쉬지 않고 온라인 게임을 하다가

        사망한 사고도 있었잖아요?

        .... 정신적으로나 신체적으로 문제가 생길 정도로 빠지면 안 되

        는데요.

영수   조사 결과를 보면 인터넷에서 ....

미선   그것도 큰 문제지요. 어렵게 만든 저작물이 권리를 보호받지 못하고 있으니 말입니다.

        관련법을 제정하여 .... 그런 현상을 뿌리 뽑기 어려울 거예요.

III. 과제

찬반 토론을 합시다.

동물 실험에 대한 다음 글을 읽으십시오. 여러분은 동물 실험에 대해서 어떻게 생각하십니까? 각자의 입장에 따라 찬반을 나누고 사회자를 정하여 토론해 봅시다.

국내에서 인간의 복리 증진을 위해 실험 연구용으로 사라지는 동물은 연간 500만 마리이며 동물 실험실을 운영 중인 곳은 590여 곳. 필요악이라고는 하지만 동물의 목숨을 놓고 실험을 하는 연구원들이 느끼는 고통은 여간 큰 게 아니다. 그래서 동물 실험을 많이 하는 식품 의약품 안전청, 서울대 병원 등은 해마다 위령제를 지낸다.

4-4 길에서 만나는 역사

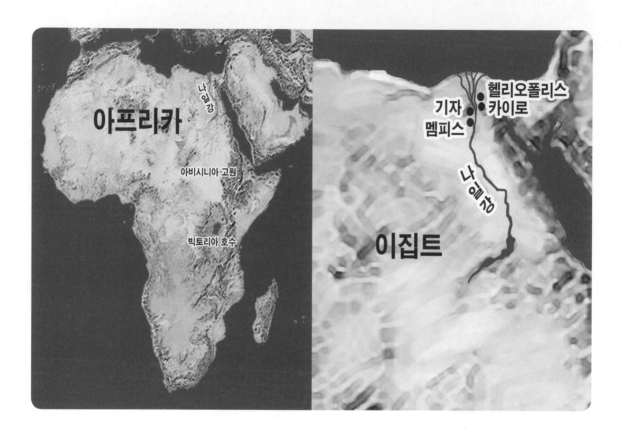

1. 여러분은 역사적으로 의미 있는 곳을 여행한 적이 있습니까?

2. 4대 고대 문명 중 하나인 이집트 문명에 대해서 이야기해 봅시다.

카이로

이희수

기원 전 3000년경부터 발달하기 시작한 이집트 문명은 피라미드와 스핑크스로 대표된다. 해마다 정기적으로 범람하는[1] 나일 강변의 비옥한[2] 땅을 중심으로 세계 최고의 고대 문명이 이집트에서 번성하였다. 태양력과 뛰어난 측량술 그리고 천문학을 창안했으며[3], 파피루스라는 종이에 상형 문자를 만들어 쓰던 이집트 문명은 사방이 사막과 바다로 고립되어 있어 오랫동안 외적의 침입을 받지 않고 독자적[4]인 문명을 이루고 보존해 갈 수 있었다.

"5000년 전의 고대 문명에서 인간이 배울 수 있는 것은 겸손뿐이다"라는 어느 고고학자의 고백을 떠올리며, 숙연한 마음으로 카이로에 도착한 시간은 어둠이 짙게 깔린 겨울의 이른 새벽이었다. 짐을 풀고 고층 호텔의 창문 커튼을 열어 젖히자 시내 한가운데를 흘러가는 나일 강 위로 막 일출이 시작되고 있다.

이집트 문명은 나일 강의 선물이라는 그리스 역사가 헤로도토스의 표현을 굳이 빌리지 않더라도 국토의 97%가 사막인 이집트에서 나일 강이 가지는 절대성이 쉽게 피부로 느껴졌다.

아비시니아 고원에서 또 빅토리아 호수에서 아프리카의 6000km를 남에서 북으로 흘러온 나일 강이 그 하구에 만들어 놓은 마지막 선물이 카이로다. 카이로를 중심으로 피라미드 시대의 고왕국 수도인 멤피스와 태양신 '라' 신앙의 발상지인 헬리오폴리스가 펼쳐져 있다. 그리고 보니 카이로 일대야말로 고대 문명의 요람[5]이요, '문화'라는 인류 최고(最古)의 산물을 본격적으로 일구어[6] 낸 실험장이었던 셈이다.

---

1 범람하다 : 강이나 시내의 물이 차서 넘쳐흐르다.

2 비옥하다 : 식물이 잘 자랄 수 있게 하는 성분이 많이 들어 있어서 땅이 기름지다.

3 창안하다 : 처음으로 생각해 내다.

4 독자적 : 남의 것을 흉내내지 않고 독특한 것.

5 요람 : 사물의 발생지나 근원지를 비유적으로 이르는 말.

6 일구다 : 땅을 파서 흙을 뒤집고 일으키다.

<중략>

나일의 출렁거리는 물살에 반사되는 햇살들 사이로 멀리 기자[7]의 세 피라미드와 피라미드의 수호신으로 알려진 스핑크스가 희미한 형체로 모습을 드러낸다. 태양은 고대 이집트인들에게 특별한 의미를 주었다. 그것은 어둠과 절망 속에서 거룩한 광명을 약속하는 희망이었고, 나일 강의 풍요에 대한 귀중한 은총이었다. 그리하여 거친 속세[8]에서 빛을 숭상했던[9] 이집트인들은 스핑크스라는 거대한 석조물을 태양신께 바쳤다. 사막의 지평선을 넘어 어김없이 찾아오는 그 첫 햇살이 스핑크스의 두 눈을 정확히 비추고 있음을 확인한 나는 스핑크스가 더 이상 피라미드의 수호신이 될 수 없음을 깨닫게 되었다. 피라미드보다 훨씬 먼저 세워진 스핑크스는 빛에 대한 열정을 불태운 고대 이집트인들의 신앙 작품인 것이다. 이집트 왕족들의 무덤인 피라미드가 죽어간 생명을 거두기 위하여 나일 강 서쪽에 자리잡고 있는 것과 같이, 스핑크스는 다시 태어나는 생명을 맞이하기 위해 동쪽을 향해 놓여 있는 것이다. 지평선 아래로 사라졌던 태양이 다시 하늘 높이 솟아오르는 것처럼 인간 또한 죽지 않고 부활하여 영혼의 세계로 승천하여 이승에서의 삶을 계속하는 것이다. 알 수 없는 신비와 5000년이란 시간의 흐름 앞에 나는 잠시 할 말을 잃는다.

<중략>

카이로의 기자에는 이집트 문명의 상징인 세 피라미드가 스핑크스를 앞에 두고 나란히 자리하고 있다. 동서남북 방향의 사면체 피라미드는 고대 이집트의 절대 군주인 파라오의 무덤인데, 크기에 따라 쿠푸, 카프레 그리고 멘카우레의 것으로 4500년 전에 축조된[10] 것이다. 피라미드를 축조하는 데에 20만 명의 인부가 동원되어 20년이 소요되었다고 전해진다. 또 그에 상응하는 노동력이 필요했을 도로 건설과 부대시설들. 한 면의 길이가 250m, 높이가 170m, 600만 톤의 돌이 사용되었고, 단 몇 센티미터의 오차도 허용하지 않는 이 완벽한 축조물 앞에서 나는 몇 시간이고 인간의 지혜

---

7 기자 : 카이로에서 약 13Km 남서쪽에 위치한 도시. 고왕국 제4왕조 시대에 조성된 3개의 피라미드가 크기와 연도순으로 북쪽에서 남쪽으로 늘어서 있다.

8 속세 : 일상적인 현실의 세상.

9 숭상하다 : 높이 우러르며 소중히 여기다.

10 축조되다 : 건축물 따위가 돌 같은 것을 쌓아 만들어지다.

와 초월성[11]이라는 숙제를 생각했다.

<중략>

오늘날 카이로에는 아랍의 이집트 정복을 상징하는 아무르 사원과 동방 기독교[12]의 일파인 곱트 교회가 있고, 이슬람 지역에는 세계 최초의 대학인 알 아즈하르가 있어 전통적인 아랍 분위기가 지배적이다. 오스만 시대[13]의 대표적인 사원인 무하마드 알리 모스크[14]에서 일몰 예배를 알리는 코란[15] 낭송이 시작되자 이집트인들은 태양신 '라' 대신 알라(하나님)께 경배를 드린다. 미처 사원에 자리잡지 못한 은 수공예품 가게 주인은 자신의 가게 모퉁이에 예배용 깔개를 깔았다. '라'를 형상화하여 자신이 정성 들여 만든 은제 원반 앞에서 두 손을 하늘로 향하며 알라를 염원하고 있었다. 그러나 그의 경건한 기도 속엔 이미 초월자요 절대자인 알라와 라가 하나되고 있었다.

이처럼 카이로는 이집트 문명의 요람이고 과거와 현재를 잇는 역사의 다리다. 그러나 5000년 전 파피루스에 위대한 역사와 신화를 당당히 기록했던 이집트인들은 오늘날 대부분 문맹으로, 뜻도 모르는 파피루스의 상형 문자를 모사[16]하며 생계[17]를 꾸리고 있다. 나일의 범람을 예측하던 뛰어난 측량술과 천문학 그리고 관개[18] 기술은 아스완 댐이 대신 연결해 주고 있다. 역사는 반드시 앞으로만 나아가지 않는다는 사실을 나는 카이로에서 문득 느낄 수 있었다.

---

11 초월성 : 어떤 한계나 표준을 뛰어넘어 있는 성질.

12 동방 기독교 : 동로마가 중심이 된 기독교.

13 오스만 시대 : 오스만 제국(1299·-1922).

14 모스크 : 이슬람교에서 예배하는 건물을 이르는 말.

15 코란 : 이슬람의 경전.

16 모사 : 다른 그림을 보고 똑같이 옮겨 그리는 것.

17 생계 : 어렵게 살림을 해 나가는 일.

18 관개 : 농사에 필요한 물을 논밭에 끌어들이는 일.

● 글쓴이 소개

이희수(1953~)

한국 외국어대학교를 졸업하고 터키 국립 이스탄불 대학교에서 역사학 박사 학위를 받은 뒤 이스탄불 마르마라 대학 역사학부에서 터키 학생들에게 유목문화론과 극동사를 강의했다. 현재는 한양대 문화인류학과 교수이며 중동 이슬람권에서 오랫동안 폭넓은 현지 연구를 해왔다. 『한·이슬람 교류사』, 『중동의 역사』, 『세계문화기행』, 『이슬람』 등의 저서가 있다.

더읽어보기

어리석은 자의 우직함이 세상을 조금씩 바꿔 갑니다

신영복

　　오늘은 충청북도 단양군 영춘면에 있는 온달 산성에서 엽
서를 띄웁니다. 이곳 온달 산성은 둘레가 683미터에 불과한 작
은 산성입니다. 그러나 이 산성은 사면이 깎아지른 산봉우리를
테를 메우듯 두르고 있어서, 멀리서 바라보면 흡사 머리에 수
5 건을 동여맨 투사와 같습니다. 그 모습만으로도 결연한 의지가
드러나 보입니다. 그래서 쉽게 접근을 허락하지 않는 성이었습
니다. 다만, 마을 쪽으로 앞섶을 조심스레 열어 산성에 이르는
길을 내주고 있었습니다. 산 중턱에 이르면 사모정(思慕亭)이
라는 작은 정자가 있습니다. 전사한 온달 장군의 관이 땅에서
10 떨어지지 않자, 평강 공주가 달려와 눈물로 달래어 모셔 간 자리라고 전해지고 있습니다. 이 산
성을 찾아오는 사람들이 평강 공주를 만나는 자리입니다. 나는 사모정에서 나머지 산성까지의
길을 평강 공주와 함께 올라갔습니다.

　　아래로는 남한강을 배수의 진으로 하고, 멀리 소백산맥을 호시(虎視)하고 있는 온달 산성은
유사시에 백성을 보호해 주는 성이 아니라, 신라에 빼앗긴 땅을 회복하기 위한 전초 기지였음
15 을 단번에 알 수 있습니다. 망루가 없어도 적병의 움직임이 한눈에 내려다보였습니다. 조령과
죽령 서쪽 땅을 되찾기 전에는 다시 고국에 돌아오지 않겠다고 한 온달의 결의가 지금도 느껴
집니다. 나는 소백산맥을 바라보다 문득 신라의 삼국 통일을 못마땅해하던 당신의 말이 생각
났습니다. 하나가 되는 것은 더 커지는 것이라는 당신의 말을 생각하면, 대동강 이북의 땅을 당
나라에 내주기로 하고 이룩한 통일은 더 작아진 것이라는 점에서, 통일이 아니라 광활한 요동
20 벌판의 상실에 불과한 것인지도 모릅니다. 이러한 상실감은 온달과 평강 공주의 애절한 사랑
의 이야기와 더불어 이 산성을 찾은 나를 매우 쓸쓸하게 합니다.

　　온달과 평강 공주의 이야기는, 당시의 사회적, 경제적 변화의 과정에서 부유해진 평민 계층
이 신분 상승을 할 수 있었던 사회 변동기였다는 사료(史料)로 거론되기도 합니다. 그리고 '바

보 온달'이라는 별명도 사실은 온달의 미천한 출신에 대한 지배 계층의 경멸과 경계심이 만들어 낸 이름이라고 분석되기도 합니다.

나는 수많은 사람이 오랜 세월에 걸쳐서 함께 만들어 전해 온 온달 장군과 평강 공주의 이야기를 믿습니다. 이 이야기는 다른 어떠한 실증적 사실(史實)보다도 당시의 정서를 더 정확히 담아내고 있다고 생각하기 때문입니다. 그리고 완고한 신분의 벽을 뛰어넘어 미천한 출신의 바보 온달을 선택한 평강 공주의 결단과, 드디어 용맹한 장수로 일어서게 한 평강 공주의 주체적 삶에는 민중의 소망과 언어가 담겨 있다고 생각하기 때문입니다. 이것이 바로 온달 설화가 당대 사회의 이념에 매몰된 한 농촌 청년의 이야기로 끝나지 않는 까닭이라고 생각합니다. 인간의 가장 위대한 가능성은 이처럼 과거를 뛰어넘고, 사회의 벽을 뛰어넘고, 드디어 자기를 뛰어넘는 비약에 있습니다.

나는 평강 공주와 함께 온달 산성을 걷는 동안 내내 '능력 있고 편하게 해 줄 사람'을 찾는 당신이 생각났습니다. '신데렐라의 꿈'을 버리지 못하고 있는 당신이 안타까웠습니다. 현대 사회에서 평가되는 능력이란 인간적 품성이 도외시된 '경쟁적 능력'입니다. 그것은 다른 사람들의 낙오와 좌절 이후에 얻을 수 있는 것으로, 한 마디로 말해 숨겨진 칼처럼 매우 비정한 것입니다. 그러한 능력의 품 속에 안주하려는 우리의 소망이 과연 어떤 실상을 가지는 것인지 고민해야 할 것입니다.

당신은 기억할 것입니다. 세상 사람을 현명한 사람과 어리석은 사람으로 분류할 수 있다고 당신이 먼저 말했습니다. 현명한 사람은 자기를 세상에 잘 맞추는 사람인 반면에, 어리석은 사람은 그야말로 어리석게도 세상을 자기에게 맞추려고 하는 사람이라고 했습니다. 그러나 역설적이게도 세상은 이런 어리석은 사람들의 우직함 때문에 조금씩 더 나은 것으로 변화해 간다는 사실을 잊지 말아야 한다고 생각합니다. 우직한 어리석음, 그것이 곧 지혜와 현명함의 바탕이고 내용입니다.

'편안함', 그것도 경계해야 할 대상이기는 마찬가지입니다. 편안함은 흐르지 않는 강물이기 때문입니다. '불편함'은 흐르는 강물입니다. 흐르는 강물은 수많은 소리와 풍경을 그 속에 담고 있는 추억의 물이며, 어딘가를 희망하는 잠들지 않는 물입니다.

당신은 평강 공주의 삶이 남편의 입신(立身)이라는 가부장적 한계를 뛰어넘지 못한 것이라고 하였습니다만, 산다는 것은 살리는 것입니다. 살림[生]입니다. 그리고 당신은 자신이 공주가 아니기 때문에 평강 공주가 될 수 없다고 하지만, 살림이란 '뜻의 살림'입니다. 세속적 성취와는 상관 없는 것이기도 합니다. 그런 점에서, 나는 평강 공주의 이야기는 한 여인의 사랑의 메시지가 아니라, 그것을 뛰어넘은 '삶의 메시지'라고 생각합니다.

나는 당신이 언젠가 이 산성에 오기를 바랍니다. 남한강 푸른 물굽이가 천 년 세월을 변함없이 감돌아 흐르는 이 산성에서 평강 공주와 만나기를 바랍니다.

문화

정보화 시대의 문자 – 한글

<세종실록> 1443년 12월 30일, "임금이 친히 28자를 만들었으며 초성, 중성, 종성이 모여서 하나의 글자를 이루니 모든 언어의 소리들을 표현함이 무궁하다"고 기록되어 있듯이 한글은 표음 문자로서 음소 세 개가 모여 음절 단위로 하나의 글자를 이루면서 수많은 소리들을 표현할 수 있는 과학적인 글자다.

1940년 경상북도 안동의 고가에서 발견된 <훈민정음 해례본>에는 훈민정음(한글의 옛 이름)의 자모가 만들어진 구체적인 원리와 자모들의 소리를 표현하는 방법, 자모들이 모여 음절 단위로 글자를 이루는 방법과 원리, 훈민정음의 용례 등이 상세히 적혀 있다. 이 책자는 현재 사용하고 있는 문자의 창제 과정과 원리에 대해 상세히 서술하고 있는, 세계에서 유일한 문헌으로서 전 인류 문화사적으로 귀중한 유산임이 인정되어 1997년 10월에 <조선왕조실록>과 함께 유네스코 세계 기록 유산으로 지정되었다.

"슬기로운 사람은 아침을 마치기도 전에 깨우칠 것이요, 어리석은 이라도 열흘이면 배울 수 있느니라." <훈민정음 해례본> 서문에 나와 있는 이 말대로 한글은 배우기 쉬운 문자이다. 자음 14개와 모음 10개, 단 24개의 자모로 8800개 정도의 소리를 표현할 수 있는 경제적인 문자이기 때문이다. 또 한글은 한 가지 문자가 한 가지 발음으로만 소리 나며 인쇄체와 필기체, 대문자와 소문자의 구분도 없다. 이렇게 쉬운 문자 덕택에 한국의 문맹률은 0%에 가깝고 독서 장애가 드물다.

정보화 시대의 생명인 '속도' 역시 한글이 가진 장점이다. 비슷한 양을 컴퓨터에 입력하는 데 한글은 한자, 일본어보다 7배 빠르다는 통계가 있다. 한글로 문자 메시지를 보내고 있는 이른바 '엄지족'들의 손놀림은 신기에 가깝다. 한글은 본격화될 '음성 인식' 시대에도 유리한데 이는 글자와 소리가 일대일 대응하는 특성 덕분에 음성 인식률이 다른 문자보다 뛰어나기 때문이다.

한글이 편리하고 과학적이며 우수한 문자임은 외국에서도 인정받고 있는 사실이다. 한글은 영국 옥스퍼드 대학교 언어대학의 세계 언어 평가 결과에서 세계 1위를 차지했으며 영국 서섹스 대학의 샘슨 교수는 <문자체계>라는 저서에서 한글이 발성 기관의 소리 내는 모습을 따라 만들어진 문자라는 점을 강조하면서 '인류의 가

장 위대한 지적 성취 가운데 하나라고 격찬했다. 특히 미국 캘리포니아 대학의
다이아몬드 교수는 한글의 우수성을 글자가 소리와 일대일로 대응하는 점, 음소
문자이면서도 음절 문자로 조합해 쓸 수 있다는 점, 모음과 자음이 한눈에 구분된
다는 점, 음성학적 근거를 가지고 만든 점 등으로 분석하였다.

1. 정보화 시대에 한글이 갖는 장점은 무엇입니까?

2. 한글은 어떤 점에서 우수한 문자입니까?

3. 여러분 나라에서 사용하는 문자에 대해 이야기해 봅시다.

문법
설명

01 –데요

과거에 직접 경험하여 새로 알게 된 사실에 대해 어떤 느낌을 실어 상대방에게 전달할 때 쓰이는 표현이다. '-데'에 높임의 '요'가 붙은 표현이다.

過去曾親自經歷過，而對新知道的事情抱有某種感覺，並欲傳達給對方時使用。在「-데」後加上敬語「요」的表現。

- 만나기 전에는 기대도 안 했었는데 만나보니까 괜찮데요.
- 10년 만에 할아버지를 뵈었더니 저를 몰라보시데요.
- 그 사람은 자기 전공뿐만 아니라 여러 분야에 걸쳐 깊은 관심이 있데요.
- 그 집은 구조가 좋아서 그런지 평수에 비해서 넓어 보이데요.

02 –더라고요

과거 어느 때에 직접 경험하여 새로 알게 된 사실에 대해 지금 상대방에게 옮겨 전달할 때 쓴다. '-더라고'에 높임의 '요'가 붙은 표현이다.

在過去某時曾親自經歷過，現在欲將新知道的事情轉達給對方知道。在「-더라고」後加上敬語「요」的表現。

- 한국어를 6개월밖에 안 배웠다고 하는데 정말 잘 하더라고요.
- 그 회사에 취직하려면 우선 이력서하고 자기소개서를 준비하라고 하더라고요.
- 그 사람은 보통 때는 바둑을 잘 두는데 내기를 하면 꼭 지더라고요.
- 첫눈에 반하니까 정말 그 사람 생각밖에는 아무것도 할 수 없더라고요.

03 –되

앞 내용을 인정하면서도 그에 대한 단서가 있음을 나타내므로 '–는데, 단'의 뜻이다. 말보다는 글에서 쓰이며 예스러운 느낌을 준다.

表示雖認同前面內容，但同時對其有附加但書，為「-는데, 단」之意。比起口說，更常使用在文章上，有古文的感覺。

- 네가 하고 싶은 것을 하되 네 행동에 책임을 져야 한다.
- 필요한 경우 이용을 하되 다 쓴 후에는 반드시 전원을 꺼 주십시오.
- 광고에 신경을 쓰되 품질 개발이 우선임을 잊지 마십시오.
- 책을 읽되 소리를 내지 마시고 눈으로 읽으세요.

04 –는 한

뒤의 행위나 상태에 대해 전제나 조건이 됨을 나타낸다.

表後方行為或狀態之前提或條件。

- 부모로부터 경제적으로 독립이 되지 않는 한 진정한 독립이라고 할 수 없다.
- 품질이 뒷받침되지 않는 한 광고만으로 제품의 판매 실적을 올릴 수는 없습니다.
- 기술적인 측면이 아무리 뛰어나다고 하더라도 감동이 없는 한 잘 만든 영화라 할 수 없다.
- 꾀를 부리지 않고 열심히 노력하는 한 언젠가 인정받을 날이 올 거야.

제5과 생활과 경제

5-1 소비 생활

학습 목표 ● 과제 소비 성향에 대한 설문 조사 결과 발표하기, 합리적인 소비에 대해 조언하기
● 문법 -어서 -을래야 -을수가 없다, -을까 말까 생각 중이다 ● 어휘 현대인의 소비 생활

여러분이 물건을 살 때 중요하게 고려하는 것은 무엇입니까?

위 신문의 머리기사를 보고 소비자 피해와 보상에 대해 이야기해 봅시다.

대화

🔊 28~29

마리아   왜 그렇게 잔뜩 화가 났어?

미선   방금 세탁소에 갔다 왔는데, 이것 봐. 스웨터가 한쪽은 늘어나고 한쪽은 줄어들었잖아. 입을래야 입을 수가 없게 생겼는데 주인은 괜찮다는 거야.

마리아   어디 봐. 그러게, 이쪽 오른 팔이 더 기네.

미선   그래! 그냥 눈으로 봐도 이렇게 확연히 차이가 나는데 주인은 별로 표가 안 난다는 거야.

마리아   보상해 달라고 하지 그랬어?

미선   보상해 달라고 그랬지. 그랬더니 보상은 고사하고 사과 한 마디 없더라고. 나 원 참.

마리아   그럼, 소비자 보호원에 고발해. 요즘은 소비자 보호법 덕분에 이렇게 피해를 입은 경우는 손해 배상을 받을 수 있잖니.

미선   그렇지 않아도 지금 고발을 할까 말까 생각 중이야.

01   미선 씨에게 발생한 문제는 무엇입니까?

❶ 세탁물 분실   ❷ 세탁물 탈색

❸ 세탁물 변형   ❹ 세탁물의 세탁 불량

02   미선 씨가 화가 더 많이 난 이유는 무엇입니까?

03   다음은 세탁소 이용 시 발생한 여러 피해 상황입니다. 위 대화처럼 이야기해 봅시다.

상황   1) 세탁물 분실   2) 세탁물 탈색   3) 세탁물 변형   4) 부착물 탈락   5) 세탁 불량

늘어나다 v. 變長	줄어들다 v. 縮短	확연히 adv. (確然 -) 明顯地 표가 나다 v. (表 -) 顯露、表露
보상하다 v. (補償 -) 補償	소비자 보호원 n. (消費者 保護院) 消費者保護院	
고발하다 v. (告發 -) 檢舉	피해를 입다 v. (被害 -) 受害 손해 배상 n. (損害賠償) 損害賠償	

01 다음 표현을 익히고 빈칸에 알맞은 말을 골라 쓰십시오.

판매자/판매처	하자가 있다	접수(를) 하다
소비자	교환(을) 하다	신고(를) 하다
소비자 보호원	반품(을) 하다	고발(을) 하다
고객 상담실	환불(을) 하다/받다	청구(를) 하다
	무상 수리(를) 하다/받다	보상(을) 하다/받다

소비자가 피해를 입었을 경우 소비자 보호법에 따라 피해 (   )을/를 받을
수 있는 규정이 있다. 규정에 따르면, 예를 들어 소비자가 전자 제품을 구입했는데 제품에
(   )이/가 있을 경우 판매처는 새 제품으로 (   )해 주거나 구입가
대로 (   )해 줘야 한다. 또한 구입일로부터 1년 안에 고장 날 경우 수리비 없이
(   )을/를 해 줘야 한다.

각 기업체나 백화점 같은 대형 판매점들은 소비자에게 발생하는 여러 문제를 상담하고 해
결해 주는 (   )을/를 운영하고 있다. 그러나 종종 물품이나 서비스를 제공한
(   )이/가 소비자에게 발생한 피해를 성의껏 해결해 주지 않을 경우 소비자들은
(   ) 같은 단체에 문의를 하거나 해서 그 업체를 (   )고 피해 보상
을 (   )할 수도 있다.

02 다음 상담 내용을 읽고 위 어휘를 사용해 조언을 해 봅시다.

저는 얼마 전에 애완견 센터에서 아주 귀여운 애완용 강아지 한 마리를 구입했습니다. 그
런데 구입한 지 3일째 되는 날부터 아프기 시작하더니 일주일 만에 갑자기 죽고 말았습니
다. 어떻게 해야 하죠?

문법

01 다음 글을 읽고 문법 및 표현을 익혀 봅시다.

나 같이 혼자 살며 직장 생활에 쫓기는 사람에게는 홈 쇼핑과 인터넷 쇼핑이 아주 편하고 즐거운 쇼핑 공간이다. 이것저것 물품을 비교해가며 또 쇼핑 호스트의 설명을 들어가며 집안에 앉아서 내 맘에 드는 물건을 찾아다닐 수 있으니 말이다.

그러나 구입한 제품이 도저히 **쓸래야 쓸 수가 없는** 불량 상품이어서 판매자와 몇 차례 전화로 입씨름을 한 적도 있다. 그 때는 화가 나서 소비자 보호 센터에 **고발을 할까 말까** 고민하기도 했다. 그런 불량 업체만 없으면 얼마나 좋을까?

-어서 -을래야 -을 수가 없다

1) 빈칸을 채우고 보기와 같이 이야기해 봅시다.

이 유	결 과
새로 산 오리털 코트가 털이 자꾸 빠진다	입다
그 헬스클럽은 회원 가입비가 너무 비싸다	
그 수입 가구는 너무 고가이다	
	읽다
길이 좁은데다 너무 울퉁불퉁하다	자동차로

[보기] 새로 산 오리털 코트가 털이 자꾸 빠져서 입을래야 입을 수가 없다.

–을까 말까 생각 중이다

2) 빈칸을 채우고 보기와 같이 이야기해 봅시다.

상 황	고민하는 내용
기능에는 문제가 없는데 디자인이 촌스러운 휴대폰	최신형으로 새로 산다
어제 샀는데 디자인이 마음에 안 드는 옷	
불량 식품을 판 가게 주인의 무례한 태도	
출퇴근 거리도 멀고 대우도 안 좋은 직장	
고객도 줄고 이윤도 적은 업종	

[보기] 휴대 전화를 산 지 오래 돼서 최신형으로 새로 살까 말까 생각 중이에요.

02 다음과 같은 경우에 여러분은 어떻게 하시겠습니까? '–어서 –을래야 –을 수가 없다', '–을까 말까 생각 중이다' 를 사용해 자기 의견을 말해 봅시다.

1) 자동차를 구입했습니다. 그런데 얼마 되지 않아 주행 중 소음이 나기도 하고 시동이 걸리지 않을 때도 있습니다. 수리를 받아도 마찬가지입니다.

2) 앞으로 중국어가 필요할 것 같아서 밤에 학원에 다니고 있지만 직장에서 업무량이 많아 시간에 쫓기다 보니 공부할 시간이 아주 부족합니다.

3) 불면증 때문에 밤에 자지 못해 낮에는 아주 졸립니다. 그 때문에 직장에서 일을 제대로 할 수가 없습니다.

과제 1 읽고 말하기 ●

다음 신문 기사를 읽고 질문에 답하십시오.

지구촌 소비자들의 소비 성향은 과연 나라별로 어떤 차이가 있을까? 서울, 세계 패션의 중심지인 뉴욕, 세계에서 가장 소득이 높은 북유럽의 스톡홀름, 이 세 도시의 20-40대 소비자 1500명을 대상으로 소비문화를 조사했다. 세 나라 모두 정보화 수준이 최고이고, 세계를 향한 개방도가 높고 변화에 민감하다.

조사 결과, 미국은 연령별로 큰 차이 없이 품질과 개성을 중시하고 스웨덴은 디자인과 신제품을 선호하고 한국은 세대 간 소비 성향 격차가 매우 큰 것으로 나타났다.

실용주의의 본고장인 미국은 소비자 3명 중 2명이 디자인보다 품질을 더 중요하다고 생각하고, 품질을 더 중시하는 사람이 스웨덴은 평균 48%, 한국은 55%였다. 하지만 한국(67%), 스웨덴(72%)의 20대는 디자인이 더 중요하다고 답했다. 이로 보면 한국과 스웨덴의 20대는 미국에 비해 감성을 중요하게 생각하는 경향이 뚜렷하다.

가격은 구매 결정 요인에서 차츰 밀려나고 있다. 미국 소비자의 45%, 스웨덴의 44%가 '뭔가를 꼭 갖고 싶다면 가격은 중요하지 않다'고 생각했다. 한국은 평균 65%가 가격이 더 중요하다고 답했지만 세대 간 격차가 커 40대는 70%가 가격을 중시하는데 20대로 가면 43%로 뚝 떨어진다.

미국은 전체 소비자의 65%, 스웨덴은 54%가 '나만의 독특한 감각으로 꾸미는 것을 좋아한다.'고 답했으나 한국은 겨우 29%로 미국과 스웨덴의 절반에도 미치지 못했다. 개인주의 문화권인 미국, 스웨덴과 집단주의 문화권인 한국과의 차이가 분명하게 드러나는 대목이다. 그러나 한국도 연령이 낮아질수록 개인주의 성향이 늘어 40대 22%, 30대 27%, 20대 39%가 나만의 감각을 중시한다고 답했다.

제품의 순환주기도 빨라지고 있다. 스웨덴은 21%만이 고장난 제품을 고쳐 쓴다고 해 신제품에 대한 선호도가 높고 다양한 물건을 경험해 보고 싶은 욕구가 강하다. 미국은 평균 36%, 한국은 42%가 고쳐 쓴다고 했다.

한국 소비자의 30%는 비싼 물건이 자신의 가치를 높인다고 생각한다. 미국(26%), 스웨덴(14%)보다 높다. 특히 20대의 고가 제품 선호도는 한국이 38%, 미국 28%, 스웨덴 16%다. 스웨덴은 30, 40대도 13%로 비싼 상품이 자기 가치를 향상시킨다는 생각이 희박했다.

01 위 기사에서 무엇에 관해 설문조사했습니까?

지구촌 n. (地球村) 地球村   성향 n. (性向) 傾向   개방도 n. (開放度) 開放度
실용주의 n. (實用主義) 實用主義   감성 n. (感性) 感性   밀려나다 v. 被排擠出   대목 n. 關鍵
순환주기 n. (循環週期) 循環週期   욕구 n. (欲求) 慾望   선호도 n. (選好度) 偏好度
희박하다 a. (稀薄 -) 稀薄的

02 다음은 설문 조사 결과 중 하나를 그래프화한 것입니다. 나라별, 연령별로 어떻게 다른지 자세히 비교해 말해 봅시다.

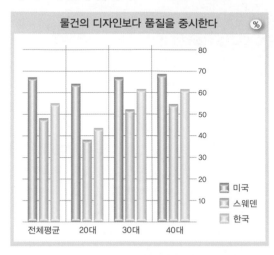

03 이 설문 조사의 결과는 무엇입니까? 다음 표에 요약하고 이야기해 봅시다.

설문 조사 내용	설문 조사 결과	조사 결과 해석
디자인과 품질	1. 제품 품질을 중시: 미국(66%), 한국(55%), 스웨덴(48%) 2. 디자인 중시: 한국의 20대(67%), 스웨덴의 20대(72%)	1. 미 국민의 실용주의 성향을 보여줌 2. 젊은 미래 소비층은 감성을 더 중시하는 경향
가 격		
나만의 감각과 개성		
제품의 순환주기		
고가 제품 선호도		

04 여러분의 소비 성향은 어떻습니까?

과제 2 듣고 토론하기 [🔊 30] ●─────●

▶ 다음을 듣고 질문에 답하십시오.

01 중심내용은 무엇입니까?
❶ 명품 소비의 원인 　　　　　❷ 명품의 정의와 분류
❸ 명품 소비의 영향 　　　　　❹ 명품 소비의 변화

02 다음은 명품족에 대한 분류입니다. 이들이 명품을 소비하는 이유가 무엇인지 맞는 것을 연결하십시오.

과시형 •　　　　　　　　• 남들이 다 하는 유행이니까
동조형 •　　　　　　　　• 자신의 재력과 성취를 과시하려고
환상형 •　　　　　　　　• 부유층과 다르지 않다는 생각에서
질시형 •　　　　　　　　• 나를 돋보이게 하려고

03 2번에서 말한 명품 소비 이유 외에 또 다른 이유가 아닌 것은 무엇입니까?
❶ 비싼 물건을 샀을 때의 성취감 　　　❷ 상류층의 경제적 기여
❸ 광고나 드라마의 영향 　　　　　　　❹ 상류층 간의 연결

04 위와 같은 이유들로 명품소비를 고집하는 각 유형의 사람들에게 합리적인 소비생활을 위한 조언을 해 보십시오.

소비 유형	조 언
과시형	
동조형	
환상형	
질시형	

05 명품 소비에 대해 토론해 봅시다. 먼저 긍정적인 면과 부정적인 면에 대해 생각한 후 간단히 메모해 보십시오.

긍적적인 면	부정적인 면

사치스럽다 a. (奢侈 -) 奢侈的　　재화 n. (財貨) 財物　　추세 n. (趨勢) 趨勢　　애호하다 v. (愛好 -) 喜愛
과시하다 v. (誇示 -) 炫耀　　동조 n. (同調) 同調　　돋보이다 v. 突出顯眼　　환상 n. (幻想) 幻想
질시 n. (嫉視) 嫉妒　　성취감 n. (成就感) 成就感　　조장하다 v. (助長 -) 助長　　부추기다 v. 煽動

5-2 개인 경제 활동

학습 목표 ● 과제 여러 가지 재테크 방법에 대해 발표하기, 바람직한 경제생활에 대한 편지글 쓰기
● 문법 ─는다고, ─더라도 ● 어휘 재테크

▶ 주식 투자를 해 본 경험이 있습니까? 돈이 있다면, 주식 투자를 하겠습니까?

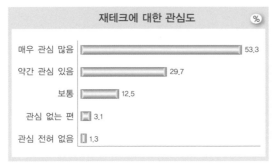

재테크에 대한 관심도 %

매우 관심 많음	53.3
약간 관심 있음	29.7
보통	12.5
관심 없는 편	3.1
관심 전혀 없음	1.3

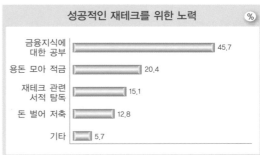

성공적인 재테크를 위한 노력 %

금융지식에 대한 공부	45.7
용돈 모아 적금	20.4
재테크 관련 서적 탐독	15.1
돈 벌어 저축	12.8
기타	5.7

▶ 위 그래프는 한국의 20대(대학생 구직자) 450명을 대상으로 재테크 관심도에 대해 조사한 결과입니다. 여러분은 재테크에 어느 정도 관심이 있습니까? 재테크를 위해 어떤 노력을 하고 있습니까?

대화

🔊 31~32

민철   큰일이네. 보너스가 다 날아가 버렸어요.

미선   그게 무슨 말이에요? 설마 보너스로 주식을 샀던 건 아니겠죠?

민철   사실 미선 씨에게 말은 못했는데요. 김 대리가 크게 이익을 봤다고 하길래 나도 한 번 해 본 건데, 이렇게 될 줄 누가 알았나요?

미선   그러게 남들 한다고 무작정 따라 해요? 한탕 해 보겠다는 마음으로 하는 게 투기지 무슨 투자예요?

민철   김 대리가 자꾸만 조금 더 오르면 팔자고 그러지 뭐예요? 주가가 무릎일 때 사고 어깨에서 팔아야 한다는데. 그러다가 주가가 갑자기 떨어지는 바람에… 에이 참, 욕심을 덜 부리면 될 것을.

미선   주식 투자는 위험 부담이 크지 않아요? 몇 년이 걸리더라도 한 푼 두 푼 내 힘으로 모으는 게 마음 편할 것 같은데요.

민철   미선 씨는 주식을 너무 부정적으로 생각하는 것 같네요. 요즘처럼 은행 금리가 낮을 때는 주식 투자를 해야 하는 거라고요. 주식에 투사하는 것도 국가 경제나 기업 경제 활동에 도움이 된다고요.

미선   그걸 누가 모르나요? 문제는 장기적인 안목이나 계획성을 가지고 투자하는 게 아니라 주식 투자가 무슨 복권이라도 되는 양 일단 사고 보자는 식이니 그렇죠.

01 민철 씨는 무엇에 대해 말하고 있습니까?

❶ 저축의 위험성   ❷ 보너스의 활용 방법
❸ 주식 투자의 기본 원칙과 의미   ❹ 주식 투자의 안전성

02 미선 씨가 재산을 불리는 방법으로 바람직하다고 생각하는 것은 무엇입니까? 그리고 그 이유는 무엇입니까?

03 위 대화의 내용에 대해서 보기와 같이 이야기해 봅시다.

[보기]   가 : 민철 씨가 주식 투자를 해서 보너스를 다 날렸나 봐요.
        나 : 네, 옆자리에 앉은 김 대리가 해 보라고 해서 했대요. 좀 더 오르면 팔려다가 주가가 떨어지는 바람에 손해를 많이 봤나 봐요.

무작정 adv. (無酌定) 不管三七二十一、盲目地   한탕 하다 v. 撈一把   투기 n. (投機) 投機取巧
투자 n. (投資) 投資   욕심을 부리다 (慾心 -) 貪心   안목 n. (眼目) 眼光

어휘 재테크

01 다음 표현을 익히고 (가)와 (나)를 맞게 연결한 후 빈칸에 알맞은 말을 골라 쓰십시오.

(가)	(나)

• 저축 / 예금·적금 / 재테크
  분산 투자 / 직접 투자 / 간접 투자
• 주식 / 부동산 / 펀드 / 미술품 / 금
• 주가(주식 가격) / 부동산 가격 / 분양가(격)
  매매가(격) / 전세가(격) / 이자 / 금리
  환율 / 수익률
	• –을/를 하다
	• –에 투자하다
	  –을/를 사다
	• –이/가 오르다 / 떨어지다
	  –이/가 급등하다 / 급락하다

1) 은행 금리가 떨어지면 사람들은 은행에 예금할 돈으로 주식이나 (　　　　　　　　),
   (　　　　　　　) 등에 투자하게 된다. 은행의 금리가 (　　　　　　　)으면/면 주식에
   투자하기보다는 은행에 (　　　　　　　)하고 이자를 받는 게 유리해질 수 있다.

2) 금값이 급등하자 금에 (　　　　　　　)하는 상품에 관심을 갖는 고객들이 늘고 있다. 최근
   에는 소액으로도 금을 살 수 있게 설계된 금융 상품들이 나오면서 일반인들에게 인기를 끌고
   있다.

3) (　　　　　　　) 열풍이 부는 이유는 무엇일까. 가장 큰 이유는 전시하지 않을 경우 소장
   하는 시점부터 독점성이 생기기 때문에 자신만 가지고 있다는 자부심과 함께 투자의 즐거
   움도 함께 누릴 수 있다는 점이다.

4) 국내 (　　　　　　　) 시장이 안정세를 보이고 있다. 지난해 아파트값이 크게 올랐던 지
   역이 올해는 적정한 수준으로 (　　　　　　　)었다/았다/였다.

5) 유진기업은 서울시 구로구 고척동에 유진 마젤란 아파트 총 175가구 중 72가구를 일반 분
   양한다. 지하 1층, 지상 15층 규모로 175가구이다. (　　　　　　　)은/는 3.3㎡ 당 1,200
   만 원 대이고 40% 무이자 융자가 가능하다.

02 여러분은 어떤 투자를 하고 싶습니까? 위 어휘들을 사용해 보기와 같이 이야기해 봅시다.

[보기] 가 : 다음 달에 보너스를 받게 되는데 그 돈으로 그림이나 좀 살까 봐요. 요즘 미술품에
　　　　　　투자하는 사람들이 늘고 있대요.

　　　　나 : 그거 좋겠네요. 좋은 작품을 잘 골라서 사 두면 값이 오를 뿐만 아니라 집에 걸어 두
　　　　　　고 감상할 수도 있으니 일석이조겠네요.

문법

01 다음 글을 읽고 문법 및 표현을 익혀 봅시다.

　　이제는 부모 세대처럼 절약해서 모은 돈을 은행에 **넣어만 둔다고** 노후를 보장받을 수 있는 시대가 아니다. 그렇다고 가지고 있던 돈을 모두 주식에 투자하는 것은 바람직하지 않다. 아무리 주식 시장이 **활황이더라도** '달걀은 한 바구니에 담지 말라' 는 말처럼 분산 투자에 대한 관심을 높여야 한다. 요즘 가장 인기가 있는 것이 바로 '펀드' 다. 펀드 투자는 예금금리로는 만족하지 못하지만 직접 투자하기에는 위험 부담이 너무 크다고 생각하는 사람들에게 좋은 투자 수단이다.

–는다고

1) 다음을 연결하고 보기와 같이 이야기해 봅시다.

주가가 오르고 있다　●　　　　　● 그렇게 계획성 없이 돈을 쓰면 되겠어요?

맞벌이로 돈을 벌다　●　　　　　● 대출까지 받아서 투자하는 건 위험하지 않을까요?

너도 나도 펀드를 사다　●　　　　● 무작정 뛰어들면 큰 코 다치기 십상이다.

보는 사람이 없다　●　　　　　　● 무조건 반말을 하면 안 되죠.

나이가 어려 보이다　●　　　　　● 아무 데에나 쓰레기를 버려서야 되겠어요?

　[보기]　주가기 오르고 있다고 대출까시 받아서 투자하는 건 위험하지 않을까요?

–더라도

2) 빈칸을 채우고 보기와 같이 이야기해 봅시다.

예상되는 문제 상황	해야 할 일
신혼 초에 좀 고생이 된다	미래를 위해 저축을 늘리기로 했다.
	가계부를 꼬박꼬박 쓰는 습관을 들이세요.
	한 사람이 돈 관리를 하는 것이 좋다.
좀 위험성이 있다.	
	남에게 폐가 되는 행동은 하지 마라.

　[보기]　신혼 초에 고생이 좀 되더라도 미래를 위해 저축을 늘리기로 했다.

157

02 다음 표를 채우고 '-는다고', '-더라도'를 사용해 보기와 같이 이야기해 봅시다.

상황	주의할 일	예상되는 문제 상황	해야 할 일
다른 사람이 큰돈을 벌었다	무조건 따라서 투자하면 안 된다	시간이 좀 걸린다	정보 수집과 정보 분석이 필요하다
옆집 아주머니가 어디에 가냐고 묻는다	꼭 대답할 필요는 없다	질문을 한다	대답하고 싶지 않다면 그냥 '네'라고 하면 된다
회식 때 술을 많이 마셨다	결근을 해서는 안 된다		

[보기] 다른 사람이 돈을 벌었다고 무조건 따라서 투자하면 안 된다. 시간이 좀 걸리더라도 투자 대상에 대한 정보를 수집하고 꼼꼼히 분석한 후 투자해야 실패할 가능성이 적을 것이다.

과제 1 읽고 말하기 ●────────

다음 글을 읽고 질문에 답하십시오.

> **(가) 적금에 너무 치중하지 마라.**
>
> 적금은 1년 단위로 하는 것이 좋다. 기간을 길게 잡고 적은 액수를 부으면 돈을 모으겠다는 긴장감이 떨어진다. 그리고 각종 재테크 시장은 매우 유동적이라 한 곳에 돈을 묶어 두는 것은 손해일 수 있다.
>
> **(나) 가벼운 리스크는 즐겨라.**
>
> 금융 상품은 안전할수록 이자율은 낮다. 은행보다 저축 은행, 투신사 등의 상품을 알아보고 유리한 곳에 돈을 넣자. 특히 증권 회사의 금융 상품을 적극 활용하자. 은행보다 금리가 높아 이자 측면에서 유리하다.
>
> **(다) 주식으로 경제를 배우자.**
>
> 월 저축액의 30%는 주식에 투자한다. 주식으로 한몫 잡는다는 뜻이 아니라 경제에 대한 개념을 키우는 데 필수적이다. 나중에 재테크를 할 때 큰 도움이 되기 때문이다.
>
> **(라) 보너스는 공돈이 아니다.**
>
> 사람들은 월급 이외에 받는 보너스를 공돈으로 생각하는 경향이 있다. 보너스도 월급처럼 적금이나 투자 방법을 미리미리 생각해 두자.
>
> **(마) 나는 정도를 간다! 저축하기.**
>
> 차곡차곡 모으는 저축 습관은 누구도 당해낼 수 없는 종잣돈 마련 방법이다. 우선 자신의 목표 금액을 구체적으로 설정하고 그 금액을 목표로 현재 저축할 수 있는 금액으로 나눈 뒤 저축 기간을 설정한다.
>
> **(바) 이제는 부업을 생각해볼 때.**
>
> 간단한 아르바이트로 월급 외에 부수입을 올리자. 직장인이 가장 많이 하는 일은 외국어 번역, 파트타임 아르바이트 등이다.
>
> **(사) 차 욕심은 애초에 싹을 잘라라.**
>
> 신입 사원 남자 직장인이 가장 갖고 싶은 것 1순위가 자동차다. 그러나 차에 대한 유혹을 뿌리쳐야 재테크에 성공할 수 있다. 차를 소유하고 있으면 기본적으로 보험료, 연료비, 주차비 등 연 4백~5백만 원이 소비된다. 차를 없애면 목표 달성 기간을 3분의 1정도로 줄일 수 있다는 계산이 나온다.

치중하다 v. (置重 -) 著重　　액수 n. (額數) 額度　　붓다 v. 傾倒、投入　　유동적이다 a. (流動的 -) 流動的
저축은행 n. (貯蓄銀行) 儲蓄銀行　　투신사 n. (投信社) 投資信託公司　　한몫 잡다 大撈一筆錢
공돈 n. (空 -) 白得到的錢　　정도 n. (正道) 正道　　차곡차곡 adv. 整整齊齊地、穩紮穩打地
종잣돈 n. (種子 -) 企業救援貸款　　부업 n. (副業) 副業　　부수입 n. (副收入) 副業收入
유혹 n. (誘惑) 誘惑　　뿌리치다 v. 甩掉、掙脫

01 이 글의 제목으로 적당한 것을 고르십시오.

❶ 신입 사원의 재테크 방법 ❷ 재테크의 비법 '안 쓰고 안 먹기'
❸ 쉬면서 즐겁게 하는 재테크 ❹ 성공적인 보너스 활용 방법

02 위 글에서 주장, 제안하고 있는 방법들 중 관심 있는 것을 2~3가지 골라 보기와 같이 정리해 봅시다.

보기)

제안	정리된 내용
(가) 적금에 너무 치중하지 마라.	적금은 1년 만기로 든다.

03 위에서 제안하고 있는 방법 이외에 또 어떤 방법으로 돈을 모을 수 있을까요? 위 2번의 형식으로 적어보고 이야기해 봅시다.

제안	설명

04 다음은 한국의 20대가 선호하는 미래 재테크 수단에 대한 조사 결과입니다.
여러분 나라에서는 어떻습니까?

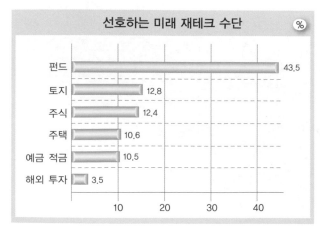

선호하는 미래 재테크 수단 (%)

수단	%
펀드	43.5
토지	12.8
주식	12.4
주택	10.6
예금 적금	10.5
해외 투자	3.5

과제 2 　듣고 편지쓰기 [🔊 33] ●━━━━━

01 다음을 잘 듣고 소개하고 있는 책에 대한 설명으로 맞는 것을 고르십시오.

❶ 돈과 경제에 관한 청소년용 경제 교과서
❷ 청소년들이 부자가 되는 방법이 담긴 책
❸ 돈에 대한 바른 가치에 초점을 맞춘 청소년용 책
❹ 여러 가지 금융 상품을 소개하는 청소년용 재테크 방법서

02 다음 위 책의 '차례'를 읽고 오른쪽의 편지 내용과 연결하십시오.

차 례

돈에 관한 철학을 가져라
세 번째 편지　돈에는 두 가지 일굴이 있단다
네 번째 편지　돈은 그만큼의 대가를 요구해

돈의 무서운 힘을 조심해라
여섯 번째 편지　돈은 사람 사이를 갈라놓을 수도 있어
일곱 번째 편지　보증을 서는 것은 너무 위험해

돈을 지혜롭게 다뤄라
열네 번째 편지　돈 앞에서는 공격보다 수비에 신경 써라
열다섯 번째 편지　돈을 나룰 때는 의심 살 행동을 하지 마라

사업과 투자의 원칙을 지켜라
스물한 번째 편지　머리와 꼬리는 내 줘라
스물두 번째 편지　큰돈과 작은 돈으로 나누어 관리해라

미래의 위험에 대비해라
스물여섯 번째 편지　보험은 최악의 상황을 피하게 해 줘
스물일곱 번째 편지　본래의 기능에 충실한 보험을 골라라

진정한 가치들을 잊지 마라
서른 번째 편지　세금은 국민의 의무야
서른한 번째 편지　세금을 줄이는 데는 한계가 있어

덧붙이는 편지

다른 사람의 돈을 받을 때는 네가 하는 노동이 그만한 가치가 있는지 생각해 보렴. 네가 받는 돈은 다른 사람이 힘들게 노력하여 번 돈이란다.

투자를 할 때는 과한 욕심은 버리고 적당한 단계에서 만족할 줄 알아야 한단다. 전부 가지려 하다가는 큰 손해를 보기 쉽단다.

돈은 잔인한 힘을 가졌단다. 그 힘은 사람들 사이의 우정과 애정마저도 해칠 수 있을 만큼 강하단다.

보험을 계약할 때는 보험 회사의 재정 상태 등 여러 가지를 고려해야 한단다. 그중에서도 투자 기능이 추가된 복잡한 보험은 주의하렴.

돈을 조금이라도 허술히 관리했다가는 신용을 잃게 된단다. 남의 돈을 맡게 되면 동전 하나까지도 주의해야 한단다.

기존 n. (既存) 現有　　씀씀이 n. 開銷　　실질적이다 a. (實質的 -) 實際的　　속성 n. (屬性) 屬性
사금융 n. (私金融) 個人融資　　국민연금 n. (國民年金) 國民年金　　대가 n. (代價) 代價
갈라놓다 v. 拆散　　의심을 사다 惹人起疑　　본래 n. (本來) 本來　　잔인하다 a. (殘忍 -) 殘酷無情的
허술히 adv. 漫不經心、馬馬虎虎地

03 다음은 서른두 번째 편지의 일부입니다. 여러분이 부모님으로부터 이런 편지를 받았다면 어떤 답장을 쓰겠습니까?

서른두 번째 편지 : 인생에서 가장 중요한 것은 돈이 아니야.

"인생에서 가장 중요한 것이 뭘까?" 라는 질문을 받으면 너는 뭐라고 대답하겠니?

내가 어렸을 적에는 농담으로라도 "돈이요."라고 대답했다간 틀림없이 어른들한테 혼났을 거야. 그런데 지금은 돈이 가장 중요하다고 당당히 대답하는 아이들이 많다더라. 게다가 그런 대답에 아무렇지도 않게 고개를 끄덕이는 어른들도 많다니 이건 좀 아니라는 생각이 드는구나.

물론 땀 흘려 번 돈은 귀한 거지. 돈이 없으면 제대로 살 수 없으니까. 그렇지만 인생에서 가장 중요한 건 돈이 아니야. 그럼 뭐냐고? 글쎄다, 대답하기가 좀 어렵구나. 아빠는 그게 돈이 아니라고 확실히 말할 수는 있지만 바로 이거다 하고 딱 잘라 말하지는 못 하겠어. 대신 이런 말만은 해주고 싶구나. 그 답을 찾는 여행이 바로 인생이란다.

지금 네가 이 편지들을 전부 이해하기는 어려울 수도 있어. 하지만 앞으로 살아가면서 이 편지들을 가끔 꺼내어 다시 읽다 보면 고개를 끄덕이게 될 거야. 이 아빠에게 그보다 더한 기쁨은 없을 것 같구나. 네게 편지를 쓰는 시간은 아빠에게도 무척 뜻 깊은 시간이었어. 그동안 머릿속에서만 막연히 맴돌던 생각들을 정리할 수 있었거든. 그리고 내가 지금까지 살면서 멋진 사람들을 많이 만났다는 사실, 그 사람들로부터 귀중한 가르침을 받았다는 사실을 새삼 떠올릴 수 있었지. 너도 앞으로 훌륭한 사람들을 많이 만나며 의미 있는 인생을 살았으면 좋겠구나.

괴로울 때 네 잠든 얼굴을 보며 용기를 얻는 아빠가

.... 께

....

....

....

....

....

....

....

....

....

....

....

....

....

.... 올림

5-3 정리해 봅시다

I. 어휘

01

다음을 연결하고 보기와 같이 문장을 만드십시오.

1) 손해 배상 · · 보상하다
2) 불법 판매처 · · 경찰에 고발하다
3) 소비자에게 발생한 피해 · · 청구하다
4) 쇼핑시의 불편 사항 · · 고객 상담실에 접수하다
5) 가족의 출생이나 사망 사실 · · 신고하다

[보기]

1) 소비자가 피해를 입었으면 판매처나 회사에 손해 배상을 청구할 수 있다.
2) ....
3) ....
4) ....
5) ....

02

여러분이 구입한 지 얼마 안 된 제품에 하자가 있습니다. 위 1번과 아래에 있는 어휘를 사용해 해결 방법을 쓰고 말해 봅시다.

하자가 있다 교환하다 반품하다 환불하다/받다 무상 수리를 하다/받다 신고하다 고발하다

1) 판매처에서
   • 하자가 없는 새 제품으로 교환한다.
   • ....

2) 판매처에서 해결할 수 없을 때 제조사에
   • ....
   • ....

3) 제조사에서 해결되지 않았을 때 소비자 보호원에
   • ....
   • ....

03 빈칸에 알맞은 말을 골라 쓰십시오.

한탕하다	투기	안목	무작정
늘어나다	줄어들다	확연히	표가 나다

1) 부동산으로 짧은 시간 안에 큰돈을 벌려는 것은 투자가 아니라 (   )이에요/예요.

2) 사업으로 성공을 하려면 세계 경제흐름에 대한 (   )이/가 있어야 한다.

3) (   )어서/아서/여서 큰돈을 벌자는 친구의 유혹에 그는 결국 마약 밀수에 손을 대게 되었다.

4) 아무리 좋은 일이라도 계획 없이 (   ) 남을 따라하는 것은 어리석은 짓이다.

5) 중년이 되면 나이가 들수록 얼굴과 목의 주름은 (   )고 키는 (   )는다/ㄴ다/다.

6) 그의 작품은 기존의 기법과는 (   ) 달랐다.

7) 연필로 쓴 것이 (   )지 않게 깨끗이 지웠지만 여전히 연필 자국은 남았다.

04 빈칸에 알맞은 말을 골라 쓰십시오.

저축	예금·적금	재테크	분산 투자	이자	펀드
주식	부동산	미술품	전세가	수익률	직접 투자
주가(주식 가격)	분양가	간접 투자	금리	환율	

1) –을/를 하다 : 저축 ,＿＿＿＿,＿＿＿＿,＿＿＿＿

2) –에 투자하다 : 주식 ,＿＿＿＿,＿＿＿＿,＿＿＿＿

3) –을/를 사다/ 팔다 : 주식 ,＿＿＿＿,＿＿＿＿,＿＿＿＿

4) –이/가 오르다/ 떨어지다 : 주가 ,＿＿＿＿,＿＿＿＿,＿＿＿＿

II. 문법

다음 상황을 읽고 대화를 완성하십시오.

상황 1

민철 씨는 새로운 기능을 가진 제품이 나올 때마다 카메라와 부속품들을 바꾸고 싶어서 참을 수 없다. 친구는 민철 씨에게 갖고 싶은 것을 다 가질 수는 없다고 한다.

민철　……………………………………………… 을까/ㄹ까 말까 생각 중이야.

　　　　　……………………………… 을래야/ㄹ래야　……………… 을/ㄹ 수가 없어.

친구　또 바꾸다니? 말도 안 돼. 돈도 생각해야지. 너 월급도 그다지 많지 않잖아!

　　　　　……………………… 는다고/ㄴ다고/다고　……………………………………… .

　　　　　……………………… 더라도　………………………………………… .

민철　그렇지만 그 카메라가 자꾸 눈앞에 아른거리는 걸 어떻게 해!

상황 2

영호 씨는 월급만으로는 돈을 모으고 살기가 힘들어서 은행 대출을 받아 작은 사업을 시작하려고 한다. 선배는 요즘 사업을 시작하면 위험하다고 말한다.

영호　……………………………………………… 을까/ㄹ까 말까 생각 중이에요.

　　　　　……………………………… 을래야/ㄹ래야　……………… 을/ㄹ 수가 없어요.

선배　……………………… 는다고/ㄴ다고/다고　……………………………………… .

　　　　　더구나 요즘 불경기라서 말이야. 그리고 사업 자금도 상당히 필요할 텐데…

　　　　　……………………………… 더라도 그 이자도 만만치 않을테고…

영호　그렇다고 그냥 이대로 월급쟁이 노릇만 하고 살 순 없을 것 같아요.

III. 과제

설문 조사를 합시다.

다음 항목 가운데 하나를 골라 질문을 만들어 반 친구들을 대상으로 조사한 후 결과를 말해 봅시다.

<선택 항목>

- 식비   • 주거비   • 교통비   • 의복비   • 문화, 오락비
- 기타 (한 달 총 생활비, 생활 비용 충당 방법 등)

주제 : 학생들의 소비 실태	
항목	세부 질문 내용
식 비	1. 보통 어디에서 아침, 점심, 저녁을 먹습니까? 2. .... 3. .... 4. .... 5. 한 달 총 식비는 대략 얼마입니까?
	1. .... 2. .... 3. .... 4. .... 5. ....

	친구 1	친구 2	친구 3	친구 4	친구 5	친구 6
나이 성별 직업 국적						
답변 내용	1. .... 2. .... 3. .... 4. .... 5.					

5-4 문화의 차이

1. 문화 차이 때문에 오해를 받은 일이 있습니까?

2. 사람과 사람의 거리는 문화마다 다르다고 생각합니까?

시선의 차이

🔊 34

진중권

　사람과 사람의 거리는 문화마다 다르다. 가령 동양인과 서양인이 만나 서로 얘기를 한다면, 어색한 상황이 벌어질 것이다. 언젠가 일본에 계신 장인어른이 독일을 방문하여 독일인들과 인사를 나눌 때의 일이다. 장인어른이 친밀감을 표하기 위해 바짝 다가서자, 독일 사람들은 난처한[1] 표정을 지으며 자꾸 뒤로 발을 뺀다. 대화를 나눌 때에 쾌적하게 느끼는 거리가 서로 다른 것이다. 미국인과 멕시코 사람들 사이에도 종종 이런 일이 일어난다고 들었다.

　문화의 차이가 거리의 차이로 표현되는 경우가 있다. 유럽을 여행하다 보면 배낭여행 온 한국의 여성들이 다정하게 손을 잡고 다니는 것을 종종 보게 된다. 한국에서는 서로 친구 사이로 봐주겠지만, 유럽에서 그렇게 하고 다니는 것은 '우리는 레즈비언[2]'이라고 말하는 것과 같다. 한국에서는 남자들끼리 술 먹고 팔짱을 끼거나 어깨동무를 하고 다니는 것을 흔히 볼 수 있다. 하지만 서구에서 그렇게 하고 다니는 남자들은 보통 '게이'[3]로 인식된다.

　한국의 여행객들이 여행을 하면서 흔히 실수하는 것이 있다. 유모차 탄 서양의 아기가 귀엽다고 다가가서 미소를 짓거나 머리를 쓰다듬는 것이다. 한국에서라면 제 아기 예뻐해 준다고 부모가 좋아하겠지만, 서양 사람들은 모르는 사람이 제 아기에게 관심을 보이는 것을 불쾌해하는 경향이 있다. 이런 동양인의 행동을 그저 문화 차이로 보아 넘겨[4]주는 이들도 있지만, 대개의 경우 서구인은 낯선 이가 제 아이에게 접근하는 것을 그다지 좋아하지 않는다.

　일반적으로 개인주의가 발달한 서구인은 되도록 타인과 거리를 유지하려고 한다. 예를 들어 같은 아파트에 사는 누군가가 파티를 한다고 밤늦게 소음을 낸다면, 한국 사람의 경우 그냥 참아주거나 아니면 직접 찾아가서 조용히 해달라고 할 것이다. 독일에서 이럴 경우 초인종이 울리고 문을 열면 그 앞에 경찰이 서 있는 경우가 많다. 굳이 얼굴 맞대고 싫은 소리 하기 싫다는 뜻이리라. 여기에는 분명 편한 맛이 있겠지만 인간미는 좀 없다.

───────

1 난처하다 : 이럴 수도 없고 저럴 수도 없어 처신하기 곤란하다.
2 레즈비언(lesbian) : 여성 동성애자
3 게이(gay) : 남성 동성애자
4 넘기다 : 일이나 문제를 중요하게 생각하지 않고 그냥 지나치다.

튀니지[5]에 갔을 때의 일이다. 어느 유적 앞에서 아랍인이 쓰는 머릿수건을 하나 사서 네 살 먹은 우리 아이의 머리에 씌워 주었다. 같은 방향으로 걷던 한 튀니지 여인이 미적미적 눈치를 보더니, 갑자기 허리를 굽혀 우리 아이의 볼에 뽀뽀를 하고 지나간다. 우리는 타인이 이런 식으로 거리를 좁히고 들어오는 데서 외려[6] 진한 인간미를 느낀다. 서구인은 좀 다른 모양이다. 여행 가이드북을 보면 "현지인이 다가와서 아이를 쓰다듬더라도 놀라지 말라"는 투다.

이와 비슷한 체험을 가끔 한국에서도 한다. 어느 추운 겨울날 우리 아기를 끈에 달아 안고 가는데, 할머니 한 분이 달려와서는 "애, 감기 걸리겠다."며 내 점퍼의 지퍼를 올리신다. 얼떨결에 "애, 똑바로 기르라."며 야단을 맞는데, 옆에서 아내가 키득거리며 웃는다. 일본에서라면 있을 수 없는 황당한[7] 일인데, 자기는 이런 문화가 너무나 좋단다. 할머니니까 그랬지. 젊은 세대들은 더 이상 그렇게 하지 않을 게다. 이런 게 사라지는 건 아쉬운 일이다.

벤다이어그램[8]으로 표현하자면, 서구에서 개인들 간의 관계는 서로 접한 원들로 표시할 수 있다. 서로 접한 원들은 하나의 점만을 공유한다.[9] 반면 공동체 정서가 강한 동양에서 원들은 종종 서로 겹쳐져 교집합을 이룬다. 이 겹쳐진 부분이 인간미의 근원이 되기도 한다. 하지만 그 교집합에서 또한 남의 옷차림에 간섭을 하거나, 담배를 피우는 여자를 야단치거나, 트인[10] 장소에서 애정을 표현하는 이들에게 노골적으로 반감을 드러낼 권리가 나오기도 한다.

남의 사생활에 대한 지나친 관심도 거기서 비롯된다. 유학 중에 아침 일찍 기숙사에서 조깅을 하는데, 아는 유학생의 방에서 그와 여자 친구가 나온다. "안녕."하고 지나치려는데, 나를 불러 세운다. 얘기인즉, 여자 친구가 어제 두고 간 물건을 가지러 아침 일찍 들른 것일 뿐이란다. 그들이 그날 함께 잠을 잤든 안 잤든 내가 관심 가질 만한 일은 아니다. 그런데도 그들은 내게 해명할[11] 필요가 있다고 느낀다. 아마 그 교집합이 계속 마음에 걸리는 모양이다.

---

5 튀니지(Republic of Tunisia) : 북아프리카 지중해 연안에 있는 나라.

6 외려 : '오히려'의 준말

7 황당하다 : 말이나 행동이 참되지 않고 터무니없다.

8 벤다이어그램(Venn diagram) : 부분집합, 합집합, 교집합 따위 집합 사이의 연산을 쉽게 설명하기 위하여 나타낸 도식. 영국의 논리학자 벤(Venn, J)이 고안하였다.

9 공유하다 : 두 사람 이상이 한 물건을 공동으로 가지다.

10 트이다 : 앞에 막힘이 없어 환하게 보이다.

11 해명하다 : 어떤 문제에 대해서 이유나 내용을 풀어 밝히다.

　　한국에 살다 보면 주위에서 청하지도 않은 조언을 듣게 된다. "시집가라.", "장가가라."는 말은 기본이고, "애 하나 더 낳으라."는 애기까지 듣는다. 어떻게 보면 끈끈한 '인간적 애정'의 표현이지만, 다르게 보면 불필요한 '인격적 간섭'이다. 이때 괜히 "남의 일에 간섭하지 말라."고 했다가는, 곧바로 "우리가 남이냐?"는 볼멘소리[12]를 듣게 된다. 그때마다 '남'이라는 낱말이 지니는 두 가지 상이한[13] 의미를 설명해야 하는 피곤이 뒤따른다.

　　벤다이어그램의 교집합은 내가 내리는 결정에 주위 사람들이 개입할 권리를 의미하며, 내 삶에 주위 사람들이 왈가왈부할 자격을 의미하며, 내가 하는 행동을 주위 사람의 눈이 감시할 권한[14]을 의미한다. 한 가지 다행스러운 것은, 내가 남에게 양도하는[15] 이 권리만큼 남도 나에게 같은 양의 권리를 양도해야 한다는 것이다. 우리가 흔히 듣는 말, '세상, 너 혼자 사는 게 아니다.'라는 말은 바로 이 원칙의 단호한[16] 표명[17]이다.

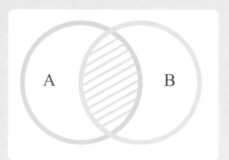

---

12 볼멘소리 : 불만이 있거나 화가 났을 때 하는 말.
13 상이하다 : 서로 다르다.
14 권한 : 일정한 범위 안에서 쓸 수 있는 권력이나 권리.
15 양도하다 : 어떤 물건이나 권리를 남에게 넘겨주다.
16 단호하다 : 결심이나 태도가 흔들리지 않고 분명하다.
17 표명 : 의견이나 태도를 드러내어 밝힘.

● 글쓴이 소개

진중권(1963~　　)
서울대학교 미학과를 졸업하고 같은 학교 대학원에서 석사학위를 받았다. 독일 베를린 자유대학에서 미학, 해석학, 언어철학을 공부했으며, 귀국 뒤 시사평론가이자 미학자로 많은 활동을 했다. 주요 저서로 『춤추는 죽음』, 『미학 오디세이 1,2,3』, 『현대 미학강의』, 『놀이와 예술 그리고 상상력』 외 다수가 있다.

더읽어보기

한국인의 관계 맺기

한규석·최상진

사람들은 주로 누구와 친해지는가? 우리는 일상에서 다양한 사람들을 만나지만 그들 모두와 친한 관계를 진행시키는 것은 아니다. 한 번 만난 사람들이 계속 관계를 진행시키는지, 그 관계가 어느 정도로 진행되는지 하는 것은 다양한 요인들의 복합적인 결과이다. 누구와 주로 친해지며, 만나서 주로 무엇을 하는가에 있어서 문화권별로 흥미 있는 차이가 관찰되고 있다. 친교 관계의 진행에 가장 큰 영향을 미치는 요인은 당사자들이 지니고 있는 능력이나 매력 따위의 개인적인 요소와 둘 사이의 연고라고 볼 수 있다.

개인주의 문화권에서 친교 관계의 성립을 좌우하는 중요한 자산은 개인의 능력, 매력, 화술 따위이다. 사람들 간의 교제는 상대방이 지니고 있는 속성에 대한 자신의 평가에 의해서 이루어지기 쉽다. 상대가 매력적이거나 유능하다는 인상을 갖게 되는 경우, 상대에 호감을 지니고 접근하며, 이러한 인상을 주고받으며 친소 관계가 진행된다. 따라서 그들은 자신이 사귀어 볼 만한 사람이라는 것을 남들에게 보일 필요가 있으며, 초면의 사람에게도 좋은 인상을 주도록 교육받는다. 이러한 탓에 미국인들은 상대가 누구이건 가볍게 접근하고 다양한 사람들과 친분 관계를 쌓아 간다. 미국의 중소도시에서 공원을 거닐어 본 한국인들은, 건너편에서 오는 사람이 건네는 인사말이나 미소에 익숙하지 않아서 상대가 자신에게 특별한 호감을 지니고 있어서 그러나 하고 오해하는 경우가 많다.

사람에 대한 평가가 외모, 성격, 자질 등 비교적 외형적인 특성에 기초하여 이루어지기 때문에, 이러한 특성이 열등한 사람의 경우 대인 관계에 큰 어려움을 느끼므로 대인 관계 개선을 위한 여러 가지 프로그램이 개발되고 운용되고 있다. 이러한 프로그램은 부끄러움을 덜 타게 한다든가, 인상 관리를 잘 할 수 있는 방법을 가르치거나, 혹은 화술을 훈련시키고 상대에 대한 감수성을 증진시키는 방법 등 관계의 테크닉 개발과 관련된 것들이 대부분이다. 이와 관련해서 볼 때, 서양에서 발달한 사회심리학의 중요한 주제로 인상 평가와 그의 관리에 대한 것이 일찍 연구되기 시작한 것은 우연이라고 볼 수 없다.

　　그러나 한국 사회에서 사람들의 관계 맺음은 당사자들의 작위적인 노력이나 매력보다는 연줄과 인연에 의해 많은 영향을 받는다. 예부터 농경사회로 정착생활을 해 온 우리 민족은 마을 밖의 사람들과 우호적인 만남을 가질 기회가 적었으며, 거의 모든 만남이 같은 마을에 거주하는 사람들과의 지속적인 만남이었다. 따라서 낯선 사람들과의 교류 양식 대신에 같은 마을 사람들과의 교류 양식이 발달하였다. 이 같은 오랜 문화적 자취가 오늘날과 같은 산업 사회에도 나타나고 있어, 두 사람이 동향 또는 동창이거나 같은 동네에 거주한다든가 하는 점들이 관계의 지속에 큰 영향을 준다. 이러한 요소의 공통점을 발견하게 되면 서로의 만남을 더욱 반갑게 여기고 인연이란 표현을 자주 쓴다. 이같은 경향성은 우리 사회에서 처음 만나 알게 된 사람들이 나누는 대화의 내용을 살펴보면 보다 분명히 드러난다. 우리는 첫 대면의 경우 항상 둘 사이를 연결해 줄 수 있는 사람을 찾는 행위를 보인다. 학연, 혈연, 지연 등에 의한 인맥 동원이 활발히 이루어지며, 이에 성공했을 때 관계는 보다 순조롭게 진전된다. 이같은 현상은 공식적이건 비공식적이건 모든 만남에서 나타나며, 특히 무엇을 부탁하려는 사람은 이 인맥 동원이 지니는 힘을 잘 알기에 더욱 애쓴다.

　　왜 그러한 현상이 나타나는가? 이는 한국 사회에서는 아는 사이(우리)와 모르는 사이(남)의 교류 양상이 큰 차이를 보이기 때문이다. 한국인들은 타인을 '우리' 또는 '그들'로 구분하는데, 여기서 '그들'은 중립적인 존재라기보다는 경쟁적이거나 부정적 감정이 연루된 타인으로 간주되는 편이다. 따라서 사람들은 모르는 사이를 아는 사이로 전환시키려 한다. 아는 사이에서는 양방이 우리라는 호칭을 사용하며 정감을 느끼는 관계로의 진행이 가능하기 때문이라고 볼 수 있다. 즉 아는 사이와 모르는 사이에 대하여 각기 다른 행동 규범을 지니고 있다. 사회에서 우리의 관계에 있는 사람들은 정(情)의 형성을 부추기는 방향으로 만남을 끌어가고 성원 개개인의 독자적인 행위보다는 우리라는 느낌을 강화시키는 집단적인 행위를 당연시한다. 그 좋은 예는 음식점에서 주문은 따로 하지만 한가운데 놓고 같이 덜어 먹으며, 계산도 각자 먹은 만큼 나누어 내기보다는 어느 한두 사람이 모든 계산을 하는 행태에서 볼 수 있다. 또한 여럿이 어울려 노는 경우 두세 명씩 짝을 지어 대화를 하기보다는 전체가 둘러앉아 노래하며 즐기는 행태도 그 예이다.

　　한국 사회에서 중요한 대인 관계는 그냥 아는 사람들과의 관계가 아니라 연고에 의해서 연결되는 내(內)집단 성원과의 관계이다. 이것은 마음에 안 든다고 해서 단절되는 관계가 아니라, 연줄로 연결되는 공통의 생활 공간에서 지속적인 관계를 유지하며 '정'이라는 심적 자원을 주고받으며 정을 쌓아가는 교류이다.

개성상인

현재 북한 지역에 있는 개성(옛날 명칭 송악)에는 고려, 조선 시대를 통해 커다란 세력권을 이룰 정도로 상인이 많았다. 그 이유는 무엇일까? 고려를 세운 왕건은 송악 지방의 호족이었고 그의 조상은 대대로 당나라와 무역을 해 부를 축적하고 막강한 해상 세력을 이루었다. 이 해상 세력은 개성을 중심으로 황해도 일부, 강화도, 한강 하류 일대까지 기세를 떨쳤다. 또한 고려가 당시 송나라, 아라비아, 일본과 무역을 하는 데도 크게 기여했다.

그 당시 국제 무역항은 예성강 입구의 벽란도라는 곳이었는데 여기에서 멀지 않은 개성도 함께 번성해 외국 사신들과 상인들의 왕래가 빈번하고 공무역, 사무역이 모두 번창해 상업 도시로 발전하게 됐다. 일찍부터 이런 사회, 지리적 상황 속에서 고도의 상술을 터득한 개성상인들이 상업 활동의 주역을 담당한 것은 당연한 일이라 하겠다.

고려 시대에 무역의 전성기를 보낸 개성상인들은 조선 시대에 와서 민간 상인의 무역을 금지하는 정책으로 큰 타격을 받기는 했으나 전국 상업계를 연결하는 행상 조직으로 이를 극복해 나갔다. 이들은 근면, 성실, 정보력으로 고도의 상술을 개발해 서울 시전 상인들과 쌍벽을 이루었다.

조선 중기에는 상권을 전국적으로 확대하고 조직화해서 송방이라는 지점을 전국 주요상업 중심지에 설치했고 지점장 격인 사람을 파견해서 지방 생산품의 수집과 상품 매매를 맡게 했다. '송방', '개성상인'이라는 말은 이때부터 전국적으로 알려졌다.

18세기에는 중국사신 일행 속에 잠입해 청나라 상인들과 은, 인삼 등을 거래하기도 했다. 개성상인들은 이렇게 축적한 자본으로 인삼 재배와 가공업, 광산 등에 투자했다. 이들은 특히 홍삼의 제조와 거래를 통해 자본 축적도를 높였다. 이 자본은 국내 최대의 토착 민간 자본으로 성장해 외국 자본의 침입에 대항하는 가장 강한 민간 자본으로 대두됐다. 너무 철저하다 보니 깍쟁이라는 말까지 들었지만 개성상인들은 한국의 상업을 발전시킨 주역이었다.

1. 옛날에 왜 개성에 상인이 많았는지 설명해 보십시오.

2. 여러분 나라에서 역사적인 상업 도시가 있다면 소개하십시오.

01 -을래야/ㄹ래야

어떤 의도를 가지고 행동을 하려고 함을 의미하는데 뒤에는 주로 그 의도와 반대되는 상황이 와서 도저히 그렇게 할 수 없음을 나타낸다. 주로 말할 때 '-을래야/ㄹ래야 -을/ㄹ 수가 없다' 의 구조로 쓰게 된다.

帶有某種意圖欲進行行動，但後方主要出現與該意圖相反之情況，因此根本無法那麼做。說話時主要使用「-을야/ㄹ래야/-을/ㄹ 수가 없다」的構造。

- 할머니가 만드신 찌개가 너무 짜서 먹을래야 먹을 수가 없었다.
- 서랍이 뒤죽박죽이어서 열쇠가 어디에 있는지 찾을래야 찾을 수가 없다.
- 집값이 치솟아서 집을 살래야 살 수가 없다.
- 일이 산더미처럼 쌓여서 쉴래야 쉴 수가 없다.

02 -을까/ㄹ까 말까 생각 중이다

어떤 행동을 할 것인지 하지 말 것인지 망설이거나 고민할 때 쓰는 표현이다.

對是否要進行某項行動，感到猶豫不定或苦惱時使用之表現。

- 아이 교육 때문에 일을 접을까 말까 생각 중이다.
- 직장을 옮길까 말까 생각 중이다.
- 머리를 짧게 자를까 말까 생각 중이다.
- 직장을 그만두고 대학원에 진학을 할까 말까 생각 중이다.

03 -는다고/ㄴ다고/다고

'-는다고/ㄴ다고/다고 해서' 의 의미로 어떤 상황, 행동의 이유, 원인을 나타낸다. 이때 앞 문장의 상황 또는 행동 때문에 뒤 문장과 같은 행동을 하면 안 된다는 식의 표현으로 자주 나온다. 또한 주로 속담이나 관용구와 함께 쓰이어 그에 빗대어 어떤 상황을 제시할 때 쓰이기도 하는데 이때는 '-는다는/ㄴ다는/다는 말이 있듯이, -는다고/ㄴ다고/다고 하더니'의 의미를 가진다.

「-는다고/ㄴ다고/다고 해서」之意，表示某情況、行動之理由、原因。此時經常使用「因前文之情況或行動而進行後文行動是不行的」的表現方式。主要與俗諺或慣用句一起使用，藉此影射提出某個情況，此時帶有「-는다는/ㄴ다는/다는 말이 있듯이, -는다고/ㄴ다고/다고 하더니」的意味。

- 좀 피곤하다고 회사에 안 가면 안 되지요.
- 첫 월급을 받았다고 월급의 대부분을 선물 비용으로 써버렸다.
- 친구가 유학 간다고 너도 유학 가겠단 말이니?
- 낮말은 새가 듣고 밤말은 쥐가 듣는다고 항상 말조심하세요.

04 -더라도

가정이나 양보의 의미로 앞 문장의 사실을 인정하지만 그것과 상관없이 뒤 문장에서는 앞 문장의 기대와 반대되는 행동을 하게 되는 경우에 쓰인다. '-어도/아도/여도'와 의미가 유사하지만 '-더라도'의 뜻이 더 강하다.

有假設或讓步的意味，雖然承認前文的事實，但卻不管前文內容，而在後文中進行與前文之期待相反的行動。與「-어도/아도/여도」的意義相似，但「-더라도」的更加強烈。

- 좀 힘들더라도 참고 열심히 하면 좋은 결과가 있을 거야.
- 다소 손실을 보더라도 공격적인 투자를 할 필요가 있을 때가 있다.
- 다리가 좀 아프더라도 어른이 타시면 자리를 양보해 드려야지.
- 아무리 주식시장이 활황이더라도 돈이 없으면 못 하는 거죠.

제6과 대중문화와 예술

문화
고려청자

6-1 한국의 대중문화

학습 목표 ● 과제 대중문화 현상에 대해 발표하기, 각 나라 영상 문화의 특징을 비교하여 발표하기
● 문법 –는 듯싶다, –는다고도 할 수 있다 ● 어휘 대중 예술

최근 인기를 끌고 있는 작품은 무엇입니까?

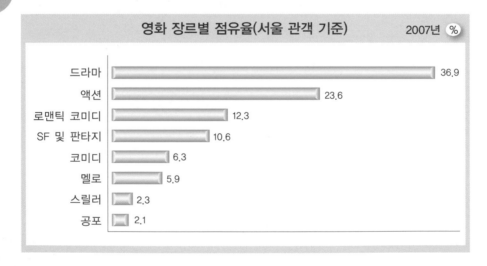

영화 장르별 점유율(서울 관객 기준)   2007년 %

장르	%
드라마	36.9
액션	23.6
로맨틱 코미디	12.3
SF 및 판타지	10.6
코미디	6.3
멜로	5.9
스릴러	2.3
공포	2.1

위 도표는 관객이 좋아하는 영화의 장르를 조사한 자료입니다. 여러분은 주로 어떤 장르의 영화를 봅니까?

대화

🔊 35~36

민철   어제 부산국제영화제에 다녀오셨다면서요?

제임스   네. 오랜만에 여러 나라의 다양한 영화를 접하고 왔어요. 참여국이나 출품된 작품들의 수준으로 봤을 때 이제 부산영화제는 세계 영화제로 자리 잡은 듯싶어요.

민철   최근의 영화를 두루 관람하고 오셨다니 부럽네요. 뭐 눈길을 끌 만큼 특징적인 것이라도 있었나요?

제임스   한마디로 최근의 경향은 전통의 현대화라고도 할 수 있을 것 같아요. 흥미로운 소재는 시대와 장르를 넘나들며 색다르게 다루어지더라고요.

민철   맞아요. 소설 <춘향전>도 영화는 물론이고, 뮤지컬과 드라마로도 만들어졌지요. 역시 과거나 현재나 대중들의 사랑을 받는 소재는 변함없는 생명력을 지니고 있는 것 같아요.

제임스   네. 그래서 다음에는 현대 대중문화에서 발견할 수 있는 과거와 현재, 그리고 만화나 영화 등의 장르 간의 소통을 기획 기사로 써 볼까 합니다. 외국인들에게도 인기가 있는 <난타>도 사물놀이의 장단을 연극 무대에 올린 것 아니겠어요?

01   두 사람은 무엇에 대해 말하고 있습니까?

❶ 대중문화의 최근 경향   ❷ 대중문화의 생명력
❸ 부산 영화제의 성격   ❹ 대중문화의 정의

02   시대와 장르를 초월하여 다루어지는 작품으로 예를 든 것은 무엇입니까?

03   위 대화를 보기와 같이 이어서 이야기해 봅시다.

[보기] 민 철: 제임스씨도 역시 <난타>를 보셨군요. 여러 나라에서 온 관객들이 사물놀이의 장단에 맞춰 흥겨워하는 모습을 보니 참 신나더라고요.
제임스: 네. 대사 한마디 없어도 관객 모두가 하나가 되어 신나게 즐길 수 있는 공연이더군요.

자리 잡다 紮根、落腳   눈길을 끌다 引人矚目   흥미롭다 a. (興味 -) 有意思的
장르 n. (法 :genre) 類型、體裁   넘나들다 v. 進出來往   색다르다 a. (色 -) 與眾不同的、另類的
다루다 v. 處理、操作   생명력 n. (生命力) 生命力   지니다 v. 具有

어휘 | 대중 예술

01 다음 표현을 익히고 빈칸에 알맞은 말을 골라 쓰십시오.

기획 각색 제작 방송 연출 공연 상연 감독	시청자 관객 청중 방청객 독자

오늘 내가 좋아하는 가수가 오랜만에 콘서트를 했다. 그녀의 노래는 TV드라마의 주제가로도 사용되었다. 드라마를 봤던 (   )의 반응이 뜨거워서 그녀의 노래가 한층 더 인기를 끌고 있다. 그래서 그런지 드라마가 방영된 방송사에서 그녀의 공연을 (   ) 하고 드라마 프로듀서가 (   )을/를 했다. 방송사가 직접 나서서 콘서트에도 관여하는 걸 보니 성공한 드라마의 영향력이 크긴 큰가 보다. 노래는 물론이고 쇼의 내용이 매우 다채롭고 풍성하여 콘서트장의 모든 (   )이/가 공연 내내 환호하며 즐겼다.

02 위 표현을 사용해 보기와 같이 다음의 공연물을 소개해 봅시다.

[보기] 드라마 <대장금>이 뮤지컬로 공연된다. 제작은 MBC 문화방송이 하고 극본은 드라마 각본가인 오은희 씨가 썼다. 연출은 한진섭 씨가 담당하였다. 공연 장소는 예술의 전당 오페라극장인데 5월 26일부터 상연될 예정이다.

문법

01 다음 글을 읽고 문법 및 표현을 익혀봅시다.

최근에 영화로 제작되어 상영된 <황진이>는 영화 외에도 드라마, 뮤지컬, 소설 등 여러 장르를 통해 다양한 각도에서 재조명되고 있습니다. 조선 시대 기생이 현대에 와서 춤꾼으로, 시인으로, 한학자로 다채롭게 재탄생되고 있는 것입니다. 이를 통해서도 알 수 있듯이 조선시대 기생은 종합 **예술인이라고도 할 수 있겠습니다.** 종합 예술인으로서의 면모를 드라마나 영화를 통해서 접하다 보니 대중이 더 흥미롭게 황진이라는 인물에게 **다가갈 수 있는 듯싶습니다.**

-는다고도 할 수 있다

1) 빈 곳에 알맞게 쓰십시오.

가 그 드라마가 인기가 있는 이유가 뭘까요?
나 주인공의 첫사랑이 애절해서 그런 거 아니에요?
다 주인공이 스타이기 때문에 인기가 있다고도 할 수 있어요.

가 한류 열풍을 몰고 온 작품으로 뭐가 있을까?
나 <겨울연가>가 대표적인 작품 아니에요?
다 ……………………… 는다고도/ㄴ다고도/다고도/이라고도/라고도 할 수 있죠.

가 요즘 학생들은 만화를 많이 보더라고요.
나 직장인들도 많이들 보던데요.
다 이제 만화는 ……………………… 는다고도/ㄴ다고도/다고도/이라고도/라고도 할 수 있어요.

가 요즘 연예인이 되고 싶어 하는 사람들이 왜 이리 많을까?
나 ……………………… 는다고/ㄴ다고/다고/이라고/라고 할 수 있어요.
다 ……………………… 는다고도/ㄴ다고도/다고도/이라고도/라고도할 수 있어요.

가 그 영화가 세계적인 영화제에서 상을 많이 받은 이유가 뭐라고 생각해요?
나 ……………………… 는다고/ㄴ다고/다고/이라고/라고 할 수 있어요.
다 ……………………… 는다고도/ㄴ다고도/다고도/이라고도/라고도 할 수 있어요.

-는 듯싶다

2) 빈 곳에 알맞게 쓰십시오.

가 대중가요는 왜 쉽게 사람들이 따라 부르는 걸까요?
나 글쎄요. 아무래도 가사와 멜로디가 쉬워서 금방 따라 부르는 듯싶어요.

가 요즘 아이들 키우느라 힘드시죠?
나 아휴, 말로는 다 못할 정도죠. .... 는/은/ㄴ/을/ㄹ 듯싶어요.

가 그 배우는 요즘 활동을 중단했다면서요?
나 .... 는/은/ㄴ/을/ㄹ 듯싶어요.

가 가을은 독서의 계절이라는데, 이렇게 책이 안 팔려서야 원.
나 .... 는/은/ㄴ/을/ㄹ 듯싶어요.

가 어제 영화 봤다면서? 그래, 소문대로 재미있던가?
나 .... 는/은/ㄴ/을/ㄹ 듯싶어요.

02 다음 표를 채우고 '-는 듯싶다', '-는다고도 할 수 있다' 를 사용해 보기와 같이 이야기합시다.

대중문화 현상	평가 1	평가 2
만화가 원작인 영화의 인기	탄탄한 줄거리	생생한 캐릭터
복고풍 패션의 유행	과거에 대한 향수	신기한 구경거리
여자 주인공의 중성화	성 정체성의 파괴	새로운 여성상에 대한 호기심

[보기] 올해 영화계는 만화를 원작으로 하는 작품이 관객에게 더욱 흥미를 끄는 듯싶다. 만화를 원작으로 하고 있는 영화가 인기를 끌고 있는 것은 탄탄한 줄거리가 있어서라고도 할 수 있고 생생한 캐릭터 때문이라고도 할 수 있다.

다음 글을 읽고 질문에 답하십시오.

　　아침에 일어나면 TV에선 '김태희'가 모델로 나선 휴대 전화 광고가 나온다. 출근길에 '이나영' 포스터가 붙어 있는 화장품 가게를 지난다. 점심 때는 한 스타가 자주 간다는 음식점으로 손을 이끄는 동료를 따라 그 음식점으로 향하고 퇴근 후 직장인들이 향하는 헬스 센터에는 "당신도 2개월만 하면 몸짱 '차승원', '이효리' 처럼 된다" 는 구호가 붙어 있다.

　　예비 신인을 발굴하는 오디션장. 수 많은 젊은이가 주위를 아랑곳하지 않고 연기 연습, 노래 연습에 한창이다. 오디션을 잘 보지 못한 여학생은 길거리에서 대성통곡을 한다. 방송사 화장실에서 여고생들이 우르르 몰려나온다. 학교에 갈 시간인데 왜 방송사 화장실에서 나오는 걸까? 한 케이블 음악 채널에 좋아하는 스타가 출연한다는 것을 알고 먼 발치에서나마 스타를 보기 위해 방송사 화장실에 숨어 있었던 것이다. 결석도 몇 시간째, 화장실 냄새를 맡는 것도 그들에겐 문제가 되지 않는다.

　　연예인 예비 자원을 발굴하고 교육, 훈련해 연예계에 데뷔시킨 뒤 스타로 키워 유통시키는 스타 시스템은 더욱 더 정교하게 이윤을 추구하는 방향으로 산업화했고 연예인과 관련된 대중 매체가 급증했다. 그리고 스타를 소비하는 팬들의 연예인에 대한 인식도, 연예인의 지위도 크게 변했다.

　　연극 영화, 신문 방송, 음악 관련 학과가 130여 개 대학에 신설돼 한 해에만 1만여 명을 배출하고 있고 연기 학원이나 음악 학원은 내일의 '보아' 와 '문근영' 을 꿈꾸는 청소년으로 넘쳐난다. 연예인 등용문 구실을 하는 기획사나 영화사의 오디션 경쟁률은 1000대 1을 가볍게 뛰어넘는다. 이제 '연예인 고시'라는 단어가 생소하지 않을 정도다.

　　이뿐인가. 1000여 개에 이르는 전국 미인 대회 참가자들 가운데 상당수가 연예인을 꿈꾼다. '길거리에서 캐스팅되지 않을까' 하는 소박한 바람으로 예비 스타 스카우터들이 출몰하는 거리에는 오늘도 수많은 청소년이 배회하고 있다. 연예인 취재 현장에서 종종 "어떻게 하면 자녀를 연예계에 데뷔시킬 수 있느냐" 고 물어오는 부모들을 만난다. '딴따라' 가 되겠다는 자식을 책망하던 부모의 자리는 연예인 자녀를 둔 것을 영광으로 생각하는 부모가 대신하게 됐다.

이끌다 v. 拉、帶領	발굴하다 v. (發掘 -) 發掘	아랑곳하다 v. 在意、理會
대성통곡 n. (大聲痛哭) 大聲痛哭	발치 n. 邊邊、遠處尾端	유통시키다 v. (流通 -) 使流通
정교하다 a. (精巧 -) 精巧的	배출하다 v. (排出 -) 產出	등용문 n. (登龍門) 登龍門	고시 n. (考試) 考試
생소하다 a. (生疏 -) 陌生生疏的	소박하다 a. (素朴 -) 樸素的	출몰하다 v. (出沒 -) 出沒
배회하다 v. (徘徊 -) 徘徊	딴따라 n. 戲子 (演藝人員的鄙稱)	책망하다 v. (責望 -) 責備、訓斥

01 위 글에서 말하고자 하는 중심 내용을 정리해 보십시오.

❶ 스타 시스템의 ....

❷ 대중매체의 ....

❸ 연예인에 대한 ....

02 위 글처럼 생활 속에 대중 스타가 자리 잡고 있음을 언제 실감하는지 이야기해 봅시다.

03 변화된 현재의 현상들로 언급된 예를 위 글에서 찾아 써 봅시다.

변화된 현상	예
대학 내 연기과의 급증	대학에 연극 관련 학과 올 해만 130개 신설
연기 학원과 음악 학원의 수강생 증가	
높아진 오디션 경쟁률	
연예인 등용문으로 변화된 미인 대회	
연예인에 대한 부모의 인식 변화	

04 위 3번의 예를 여러분 나라에서도 볼 수 있습니까?

05 위 현상이 나타나는 원인에 대해 자신의 의견을 이야기해 봅시다.

과제 2 듣고 말하기 [🔊 37] ●━━━━━━━━━━━━━━━━━━━━━━━

다음은 한국과 미국 그리고 일본의 드라마의 특성에 대한 강연입니다. 듣고 질문에 답하십시오.

01 다음의 표를 완성하십시오.

	특성	대중이 선호하는 장면
한국 드라마	☐☐와/과 불치병	☐☐☐장면
미국 드라마	☐☐이/가 발생	재난과 문제 해결의 장면
일본 드라마	직장 내 주인공의 ☐☐	잔잔한 ☐☐을/를 다룬 장면

02 여러분이 본 한국·미국·일본 드라마에는 위의 특성이 나타나고 있습니까?
위와 같은 특성이 나타나는 드라마를 예를 들어 이야기해 봅시다.

03 다른 나라의 영상 문화에 나타나는 특성에 대해 이야기해 봅시다.

위안 n. (慰安) 安慰　　대사 n. (臺詞) 台詞　　정체성 n. (正體性) 認同性
공감하다 v. (共感 -) 同感　　급작스럽다 a. 猝不及防的　　들이닥치다 v. 降臨
감정 대립 n. (感情 對立) 感情不和　　잔잔하다 a. 平靜的

YONSEI KOREAN 5

6-2 한국의 전통 예술

학습 목표 ● 과제 국악의 대중화에 대해 토의하기, 한국 풍속화에 대해 설명하기
● 문법 −은들 −겠어요?, −으니 어쩌니 해도 / −이니 뭐니 해도 ● 어휘 전통 예술

▶ 위 두 공연은 어떻게 다릅니까?

▶ 한국의 전통 예술 작품을 감상해 본 적이 있습니까?

대화

🔊 38~39

영수 한국 전통 무용을 관람한 소감이 어때요? 리에 씨 나라의 춤과는 좀 다르지요?

리에 그렇네요. 우리나라랑 가까워서 비슷할 거라고 생각했는데, 많이 다르네요.

영수 저는 조금 전에 본 태평무를 가장 좋아하는데, 리에 씨는 어땠어요?

리에 좀 느린 듯하면서도 동작이 크고 우아해서 한복의 곡선미와 잘 어우러진 느낌이었어요. 시간과 공간에 걸친 여백의 미랄까? 하지만 저는 태평무보다 사물놀이가 더 마음에 들던데요.

영수 아, 사물놀이요? 관객들도 같이 어깨를 들썩거리면서 즐길 수 있어서 좋았지요.

리에 네. 정말 인상적이었어요. 장구나 꽹과리를 빠르게 치는 신명 나는 몸짓이 한국 전통 예술의 역동적인 면을 보여주는 것 같더군요. 근데, 이번 사물놀이 연주자들은 개량 한복을 입고 나왔던데요.

영수 요즘은 전통 예술도 옛것만 고집하지 않고 현대화하거나 대중화하려는 노력을 많이 해요. 사실 대중에게 다가서지 못한다면 전통을 고수한들 무슨 의미가 있겠어요?

리에 저는 옛날 그대로의 모습이 더 좋아요. 대중화나 현대화가 중요하니 어쩌니 해도, 있던 그대로의 전통을 보존하는 것이 더 중요하다는 생각이 들기도 하고요.

01 영수 씨와 리에 씨는 무엇을 보았습니까? 모두 고르십시오.

❶ 도자기   ❷ 사물놀이   ❸ 현대화 된 전통 춤   ❹ 태평무

02 위 두 공연을 관람한 리에 씨의 소감은 어땠습니까?

03 위 대화를 보기와 같이 이어서 '전통의 보존과 현대화'에 대해 이야기해 봅시다.

[보기] 영수 : 보존도 중요하겠지만, 어려워서 하품이나 하고 있는 것보다는 우리 것을 모두가 즐길 수 있는 것도 의미 있는 일이라고 생각해요.

리에 : 하지만 그렇게 되면 우리는 조상이 물려주신 그대로의 모습을 차차 잃어 가겠지요. 그러다 보면 원래의 모습이 사라질까 봐 걱정이 되네요.

태평무 n. (太平舞) 太平舞   곡선미 n. (曲線美) 曲線美   어우러지다 v. 和諧、協調
여백 n. (餘白) 留白   들썩거리다 v. 聳   신명 나다 來勁、興致勃勃
역동적이다 a. (力動的 -) 充滿活力的   개량 n. (改良) 改良   대중화 n. (大眾化) 大眾化
다가서다 v. 靠近   보존하다 v. (保存 -) 保存

01 다음 표현을 익히고 질문에 답하십시오.

음악	풍물/농악	판소리	거문고/가야금	사물
미술/공예	청자	서예	산수화	풍속화
춤	탈춤	승무	살풀이춤	화관무

다음 어휘들을 관계있는 것끼리 연결하십시오. 하나에 여러 가지를 연결해도 좋습니다.

태평무 공연을 관람했다 •   • 흥겹다

사물놀이를 함께 즐겼다 •   • 익살스럽다

봉산 탈춤을 배워보았다 •   • 동적이다

정선의 산수화를 감상했다 •   • 정적이다

김홍도의 풍속화를 보았다 •   • 해학적이다

박물관에서 청자를 보았다 •   • 우아하다

질그릇을 직접 만들었다 •   • 수수하다

농악 한마당에 가 보았다 •   • 투박하다

02 여러분도 한국의 전통 예술을 감상한 적이 있습니까? 위의 어휘를 사용해 감상을 써 봅시다.

01 다음 글을 읽고 문법 및 표현을 익혀 봅시다.

오늘은 친구와 국악 공연장에 다녀왔어요. 공연장 안에 들어갔을 때 저는 드럼과 키보드, 그리고 전자 기타가 있는 무대를 보고 놀랐어요. 무슨 가수 콘서트장 같았다고나 할까? 국악의 냄새는 전혀 나지 않았어요. 공연에 사용된 악기는 대부분 국악기였지만 관객들은 가수 콘서트에 온 사람들인 양 춤을 추며 신나게 공연을 즐기더군요. 친구는 **전통 보존이니 뭐니 해도** 역시 음악은 같이 즐길 수 있어야 되지 않겠냐고 하더라고요. 하지만 그걸 보는 순간 저는 아무리 국악기를 가지고 **연주한들** 그걸 전통 음악이라고 할 수 있을까 하는 생각이 들었어요.

–으니 어쩌니 해도 / –이니 뭐니 해도

1) 다음을 연결하고 보기와 같이 이야기해 봅시다.

현대화가 중요하다 •	• 우리 정서에 안 맞으면 소용이 없지요.
요즘 정교하게 잘 만든다 •	• 필요하지 않은 걸 살 필요는 없잖아요.
세계적인 작품이다 •	• 국악을 연주할 때는 한복을 입어야 제맛이 나지.
자유가 중요하다 •	• 진짜 고려청자만 하겠어?
인기 상품이다 •	• 먼저 책임과 의무를 다해야지요.

[보기] 아무리 현대화가 중요하니 어쩌니 해도 국악을 연주할 때는 한복을 입어야 제맛이 나지.

–은들 –겠어요?

2) 빈 곳에 알맞게 쓰십시오.

1. 청바지를 입고서 하니까 아무리 연주를 잘 해도 전통의 맛이 나지 않는다.
   청바지를 입고서 하는데 아무리 연주를 잘한들 전통의 맛이 나겠어요?

2. 요즘 만든 거라서 흉내를 잘 내기는 했지만 진짜 고려청자만 못하다.
   .... 겠어요?

3. 우리 음악이니까 배운 적이 없다고는 해도 전혀 따라하기 어렵지는 않을 것이다.
   .... 겠어요?

4. 부모님의 말씀도 듣지 않는 아이니까 제가 이야기를 해도 안 들을 거예요.
   .... 겠어요?

5. 한 시간 밖에 안 남았으니 지금부터 준비하더라도 제대로 할 수 없는 게 당연하다.
   .... 겠어요?

다음 표에 정리하고 '–은들', '–으니 어쩌니 해도/–이니 뭐니 해도' 를 사용해 보기와 같이 쓰고 이야기해 봅시다.

상황	다른 사람들의 의견	문제점 지적	자기 의견
젊은이들에게 전통 예술은 생소하다.	그래도 전통이니까 있는 그대로의 모습을 지켜야 한다.	있는 그대로를 지키면 결국 아무도 보지 않을 것이다.	전통 예술을 현대화, 대중화시켜서 젊은이들도 즐길 수 있게 해야 한다.
요즘 아이들은 어른들의 말을 듣지 않는다.	말을 듣지 않는 아이들은 매를 드는 것이 효과적이다.		말을 듣지 않는다고 매를 댈 것이 아니라 알아듣도록 잘 타일러야 한다.
부모님께서 남자 친구와의 결혼을 허락해 주지 않는다.	결혼은 본인의 사랑이 중요하니까 허락을 안 받아도 된다.		
자녀가 성형 수술을 하게 해달라고 한다.	외모가 중요하니까 수술을 하게 해 주라고 한다.	수술을 한다고 해도 자기 외모에 만족할 수 없을 것이다.	

[보기] 전통 예술을 생소하게 생각하는 젊은이들이 많다. 어떤 이들은 그래도 전통이니 있는 그대로의 모습을 지켜야 한다고 한다. 하지만 있는 그대로의 모습을 지킨들 누가 그것을 보겠는가? 아무리 전통이니 뭐니 해도 전통 예술을 현대화, 대중화시켜서 젊은이들도 즐길 수 있게 해야 한다.

다음 글을 읽고 질문에 답하십시오.

　　시민들은 국악에 대해서 어떻게 생각할까? 시민들이 국악에 대해 느끼는 호감도에 비해 국악을 감상하고 즐길 수 있는 정보나 환경은 그에 턱없이 못 미치는 모양이다. 세계일보 2007년 8월 20일자의 기사에 나온 '국악 인식도' 설문 조사 결과에서 '국악이 소중하다' 는 사람이 97% 이상이고 국악에 호감을 갖고 있는 사람이 절반 이상인 것으로 볼 때, 시민들의 국악에 대한 호감도는 상당히 높다고 볼 수 있다.

　　하지만, 이러한 호감도와는 반대로 국악 공연장을 찾는 관객이 극히 소수에 한정되어 있다는 사실은 모순이다. 조사 대상 중 90% 이상이 국악 공연을 감상한 횟수가 3회 이하이고, 그중 반 이상이 한 번도 공연을 본 적이 없다는 결과는 국악에 대한 인식과 행동의 괴리가 크다는 사실을 보여준다.

　　이러한 차이는 어디에서 기인하는 것일까? 국악 공연의 품격과 유익성에 대해 높은 평가를 내린 시민들도 공연에 대한 정보를 얻기 쉬운가 하는 질문에 낮은 점수를 준 것은 많은 것을 시사한다. 국립국악원이 서울시 서초동에 위치하고 있다는 사실을 모르는 사람이 태반이다. 공연장도 모르는 사람이 공연을 감상하기를 기대할 수는 없을 것이다.

　　또한 정부의 국악 정책은 '전통 예술의 보존과 전승' 이라는 측면에만 초점이 맞추어져 있지만 시민들은 '세계를 지향한 전통 예술의 보급' 과 '창조적인 공연 개발'을 바라고 있다. 이러한 점에서 볼 때 국립 국악원의 업무와 정부의 국악 정책에 변화가 필요하며 시민들을 국악 공연장으로 잡아끌 수 있는 행정적 보완이 필요하다 하겠다.

01 위 글의 조사 결과 중 서로 모순된 결과는 무엇입니까?

02 위 글에서 제기된 문제와 해결 방법을 다음과 같이 정리하고 자신이 생각하는 다른 대안이 있다면 아래 표에 쓰고 이야기해 봅시다.

문제	해결 방법의 예	대안
공연 정보를 얻기 어렵다.	공연장의 위치를 모르는 사람이 많으므로 공연장의 위치에 대해 홍보해야 한다.	
정부의 국악 정책은 시민들의 바람과 거리가 있다.		

03 여러분 나라의 경우는 전통 예술 공연에 대한 호감도가 어떻습니까?

호감도 n. (好感度) 好感度　　모순 n. (矛盾) 矛盾　　괴리 n. (乖離) 背離
기인하다 v. (起因 -) 起源於　　품격 n. (品格) 品格　　유익성 n. (有益性) 有益性
시사하다 v. (示唆 -) 暗示　　태반 n. (太半) 多半　　전승 n. (傳承) 傳承　　보급 n. (普及) 普及
행정직 n. (行政職) 行政職務　　보완 n. (補完) 補足、完善

다음 그림을 보면서 이야기를 듣고 질문에 답하십시오.

쏠리다 v. 傾斜	상투를 틀다 挽髮髻	팔베개 n. 枕著胳膊	씨름판 n. 摔角場	동그래지다 v. 變圓
어금니 n. 臼齒	악물다 v. 咬緊	광대뼈 n. 顴骨	튀어나오다 v. 凸出	각오 n. (覺悟) 覺悟
디디다 v. 踏	치켜들다 v. 抬起	짚다 v. 撑		

01 설명을 듣고 들은 내용을 다음 표에 정리해 봅시다.

㉮의 구경꾼	관찰한 모습 묘사	유추할 수 있는 사실
중년 아저씨	• 입을 헤 벌렸다. • .... •	씨름을 재미있게 보고 있다
옆의 총각	• 상투를 틀었다.	총각이 아니다. 장가를 갔다.
	•	요즘 고등학교 1~2학년 나이이다.
	•	씨름판이 시작된 지 오래되어 끝날 때가 다 됐다.

㉯의 씨름꾼	관찰한 모습 묘사	유추할 수 있는 사실
뒷사람	• 눈 .... • 눈썹 사이 .... • 발 .... • 오른손	뒷사람이 진다
앞사람	• 어금니 .... • 광대뼈 .... • 두 발 .... • 입술	앞사람이 이긴다

02 이 그림을 설명하는 사람은 두 씨름꾼이 어느 방향으로 자빠질 것으로 예상했습니까? 그렇게 예상한 근거는 무엇입니까?

03 다음 사람들을 살펴보고 이야기해 봅시다.

㉰에서 손으로 무릎을 안고 있는 사람

㉰에서 갓을 쓰고 부채로 얼굴을 가린 사람

㉱에서 엿을 팔고 있는 소년

04 다음 그림을 살펴보고 분석해 봅시다.

김홍도, <서당풍경>

서당 훈장 학동 회초리를 맞다 고소하다 비웃다

신윤복, <월하정인도>

달밤   정인   장옷   자유연애   금기

6-3 정리해 봅시다

I. 어휘

01 빈칸에 알맞은 말을 골라 쓰십시오.

> 눈길을 끌다   흥미롭다   보존하다   기획   어우러지다   개량하다   다가서다

1) 전통 한복을 입기 편하게 _____ 는/은/ㄴ 한복이 유행이다.
2) 잊혀져 가는 우리나라의 전통 예술을 _____ 기 위해 정부에서 인간문화재를 지정하여 지원하고 있다.
3) 판소리를 대중음악과 접합시키려는 이번 _____ 은/는 매우 독창적이었다.
4) 공연장이 아니라 성당에서 이루어진 록 밴드의 공연은 매우 _____ 었다/았다/였다.
5) 청바지 차림으로 가야금을 연주하는 모습은 사람들의 _____ 었다/았다/였다.
6) 전통 예술에 익숙하지 않은 사람들에게 적극적으로 _____ 기 위한 여러 시도가 이루어지고 있다.
7) 이번 자선 콘서트에서는 유명 가수들과 청중들이 하나로 _____ 어서/아서/여서 감동적인 공연을 만들어냈다.

02 빈칸에 알맞은 말을 골라 쓰십시오.

> 자리 잡다   다루다   생명력   신명 나다   역동적이다   대중화하다

오늘은 판소리 춘향가를 가지고 만든 퓨전 뮤지컬을 보고 왔다. 춤과 노래, 연기 등 여러 장르를 동시에 보여주는 이번 공연에서 많은 배우들이 한 동작으로 춤추며 노래하는 모습은 어깨가 들썩거릴 만큼 (   )는/은/ㄴ 장면이었다. 이어서 힘찬 북소리와 함께 등장한 풍물 패의 공연은 (   )을/ㄹ 뿐만 아니라 살아 숨쉬는 (   )을/를 느끼게 해 주었다. 처음으로 퓨전 뮤지컬을 접해 보면서 전통을 보존하는 것과 함께 적극적으로 (   )으려는/려는 노력을 볼 수 있었다. 또한 전통적인 소재를 (   )는/은/ㄴ 현대적 성격의 공연이 새로운 문화 장르로 (   )었음/았음/였음을 느낄 수 있는 귀한 경험이었다.

03 다음 예술 장르에 어울리는 어휘들을 골라서 빈칸에 쓰고 보기와 같이 쓰십시오.

기획 각색 제작 방송 연출 공연 감독 시청자 관객 청중
방청객 흥겹다 익살스럽다 동적이다 정적이다 해학적이다 우아하다
수수하다 투박하다

전통 예술	판소리	공연, 청중, 익살스럽다, 해학적이다.
	탈춤	공연,
	도자기	
	산수화	

현대 대중예술	연극	
	영화	
	춤	
	콘서트	

[보기] 판소리 공연이 있다는 소식을 듣고 가 보니 공연장은 청중들로 가득했다.
공연은 때로는 익살스러웠고 때로는 해학적이기도 했다.

II. 문법

01 알맞은 표현과 문법을 골라 다음 대화를 완성하십시오.

김 선생의 집에서 메주를 띄워 직접 담가 먹는 것을 보고 놀란 최 선생에게 박 선생은 3대가 같이 살아서 할아버지, 할머니의 영향을 많이 받았고, 식구들이 그 장맛에 익숙해졌을 거라고 설명한다. 공장에서 잘 만들어도 어머님의 손맛을 따를 수 있겠냐는 박 선생의 말에 최 선생도 사먹는 게 편해도 직접 만드는 것만 못할 거라며 공감한다.

최 선생   김 선생님 댁은 직접 메주를 띄우시데요!

박 선생   최 선생님도 보셨군요. 김 선생님 댁에서는 장을 모두 직접 담가서 드신대요.

최 선생   요즘도 장을 직접 담가 먹는 집이 있나요?

박 선생   그 댁은 3대가 같이 살아서 아무래도 ....
.... 는/은/ㄴ/을/ㄹ 듯 싶어요.

최 선생   그래도 장 담그는 건 보통 번거로운 일이 아닐 텐데…. 건강 때문인가요?

박 선생   그렇기도 하지만 .... 는다고도/ㄴ다고도/
다고도/이라고도/라고도 할 수 있겠지요. 아무리 ....
.... 은들/ㄴ들 우리 어머님들의 손맛을 따를 수가 있겠어요?

최 선생   하긴 .... 니 어쩌니 해도
직접 담가 먹는 것만 하겠어요?

02 다음의 문장에서 틀린 곳을 찾아 바르게 고치시오.

1) 자기 방 청소도 안 하는데 집안 청소를 시킨들 깨끗하게 잘 치우겠지요?

....

2) 아무리 경험이 많니 어쩌니 해도 처음 하는 사람보다는 낫겠지요.

....

3) 김 박사님이 유명한 것은 뭐니 뭐니 해도 그분의 발명품이 인기가 있는 듯싶어요.

....

4) 이 회장의 사업이 성공한 것은 뛰어난 사업 수완 덕분이기도 하지만, 주변에 그를 도와주는 사람이 많았다고도 할 수 있다.

....

III. 과제

다음 글을 읽고 질문에 답하십시오.

01 다음 글을 읽고 맞는 제목을 고르십시오.

> 전통 풍물놀이를 무대 음악으로 만든 사물놀이에 대해 상반된 의견이 있다. 옹호자들은 사물놀이가 전통 음악을 창조적으로 계승했음을 강조한다. 또한 무대에 앉아서 하는 공연을 선택한 것도 무대 공연에 익숙한 대중들에게 효과적으로 다가갈 수 있었다는 점에서 성공적이라고 본다. 그러나 비판론자들은 사물놀이가 마당에서 모두가 어울리는 풍물의 굿 정신을 잃어버림으로써 풍물 본래의 다양성과 생동성을 약화시켰다고 비판한다. 또한 창조적인 발전 없이 대중적 인기에 안주함으로써 위기를 맞을지 모른다고 경고한다.

① 사물놀이의 기원　② 사물놀이의 역사　③ 사물놀이의 기능　④ 사물놀이의 평가

02 위 글의 내용에 따라 다음 글의 순서를 맞추십시오.

> (가) 무대에서의 '앉은 공연'을 선택한 결단 또한 성공적이었다고 평가한다. 사물놀이는 무대 공연에 익숙한 대중들에게 효과적으로 다가설 수 있었다는 것이다. 그러한 변화로 사물놀이는 현대음악과 만날 수 있었고, 국내외 음악인들이나 오케스트라와의 거듭된 협연을 통해 사물놀이는 그 음악성을 널리 인정받을 수 있게 되었다.
>
> (나) 그러나 한편으로는 사물놀이에 대한 비판적 관점도 제기되고 있다. 전통 풍물을 살리기 위한 노력이었다고 하지만, 사물놀이는 풍물의 굿 정신을 잃어버렸다는 비판을 받고 있다. 풍물은 흔히 '풍물 굿'이라고 하여 모두가 마당에서 함께 어울리는 가운데 신명 나는 소리를 펼쳐 내는 것인데, 리듬악기 연주가 된 사물놀이에서는 풍물놀이 본래의 다양성과 생동성을 찾아보기 어렵게 되었다는 것이다.
>
> (다) 전통 예술의 현대화나 민족예술의 세계화와 관련하여 흔히 사물놀이를 모범적인 사례로 든다. 전통 풍물놀이 '농악'을 무대 연주음악으로 바꿔 놓은 사물놀이는 짧은 역사에도 불구하고 신명나는 우리 전통음악을 세계에 전하고 있다. 그러나 사물놀이의 예술적 정체성 및 성과와 전망에 대해서는 시각이 엇갈리고 있다.
>
> (라) 사물놀이는 창조적으로 발전하지 못하고 타성에 젖어 있다는 비판도 받는다. 많은 사물놀이패가 생겨났지만, 새로운 발전 없이 대중적 인기와 초창기의 예술적 성과에 안주하고 있다는 것이다. 비판자들은 사물놀이가 지금처럼 대중의 일시적인 기호에 영합하는 방향으로 흘러갈 경우 머지않아 위기를 맞게 될지도 모른다고 경고하고 있다.
>
> (마) 사물놀이의 옹호자들은 사물놀이가 풍물 같은 전통음악을 창조적으로 이어받았음을 강조한다. 풍물의 장단과 박자를 이어받고, 징·꽹과리·북·장구 네 가지 악기 소리의 절묘한 어울림을 통해 조화로운 소리를 새롭게 창조해냈다고 한다.

(다) ▶(　　) ▶(　　) ▶(　　) ▶(　　)

03 '사물놀이'에 대해 여러분은 어떻게 생각하십니까? 왜 그렇게 생각하십니까?

6-4 언어와 소통

1. 여러분은 대화를 할 때 말을 하는 편입니까? 상대방의 말을 듣는 편입니까?

2. 다음의 문장은 남자의 말입니까? 여자의 말입니까? 왜 그렇게 생각합니까?

(1) 요즘 많이 바쁘신가요?

(2) 나 다음 달에 유학 간다.

(3) 이거 드실래요?

(4) 어머, 이 옷 예쁘다.

(5) 밥은 먹었냐?

남자의 말, 여자의 말

장소원, 남윤진, 이홍식, 이은경

<여성 발화어>

　여자들은 언어 사용에 있어서도 조용하고 현숙한[1] 자세, 전면에 나서기보다는 뒷바라지하는 자세를 미덕으로 삼고 있다고 할 수 있다. 이러한 여성 언어의 특징을 흔히 여성 특유어[2]라고도 부른다. 그만큼 여자들의 말은 여성어로 이름 붙여 분류할 만한 뚜렷한 특징을 가지고 있는 것이 분명하다.

　국어에서도 여성어 내지는 여성 발화어[3]의 특징에 대한 연구가 이루어졌다. 여성어의 음운[4]적 특징으로는 두 가지를 들 수 있다. 첫째는 여성이 남성보다 경음을 더 많이 사용한다. 예를 들어 '다른 거'를 '따른 거'로, '작다'를 '짝다'로, '조금'을 '쪼끔' 으로 발음하는 경향이 있다는 것이다. 둘째는 여성어에서 'ㄹ 첨가' 현상이 많이 나타난다. '요걸로(요거로), 안 올래다기(안 오려다기), 아리볼라구(알아보려고)' 등이 그 예이다. 셋째는 억양 면에서 차이가 난다. 평서문[5]의 경우 남성은 짧고 급한 하강조로 끝나는 경향이 있는 데 반하여 여성은 다소 길고 완만하고 부드러운 억양 곡선을 그리는 경향이 있으며 때로는 의문법의 상승 억양이 쓰이기도 한다. 또한 의문사가 있는 의문문의 경우 하강조로 끝나는 것이 전형적인데 여성어에서는 끝이 다소 올라가는 경향을 보인다.

　문법·담화[6]적 특징도 지적되었다. 첫째, 여성이 다변적[7]이라고 하는 것은 편견일 수 있다. 남성이 더 다변적인 경향도 지적된 바 있는데 남녀 혼성 집단일수록 여성은 침묵하며 친근 대화 상황일수록 여성은 다변적이다.

---

1 현숙하다 : 여자의 마음이나 몸가짐이 현명하고 얌전하다.

2 특유어 : 일정한 대상에만 특별히 있는 언어.

3 발화어 : 실제 입으로 소리를 내어 하는 말.

4 음운 : 말의 뜻을 구별해 주는 소리의 가장 작은 단위의 낱낱의 소리.

5 평서문 : 화자가 문장의 내용을 객관적으로 진술하는 문장.

6 담화 : 격식 없이 서로 나누는 이야기. 서로 이야기를 주고받음.

7 다변적 : 말수가 많고 수다스러운 (것).

둘째, 남성은 여자의 말을 가로채거나 화제를 주도하거나 침묵을 지키면서 대화를 지배하고 경쟁적 대화를 추구한다. 그러나 여성은 '응, 그래, 맞아' 따위의 맞장구를 치거나 상대방 대화에 지원하는 반응을 보이며 상호 협동적인 대화를 추구하는 경향이 있다. 이와 관련하여 여성은 듣는 상대방의 말에 공감하고 있다는 것을 나타내는 경우가 많다. 예를 들어 '그래서?, 그런데?' 등으로 상대방의 화제에 대해서 관심을 표현하거나, '그러게 말야, 그럼' 등으로 상대방에 대한 동감을 표현하거나, '저런, 쯧쯧, 어쩌나?' 등으로 동정을 표현하거나, '참 잘됐다, 멋지다' 등으로 기쁨을 표현하거나, '어머나!, 정말?' 등으로 놀라움을 표현한다.

셋째, 여성은 망설이거나 자신 없는 듯한 말투를 구사하는[8] 경향이 있다. 이는 애매한 태도를 보이거나 발뺌을 하는 것으로 해석된다. '너 내 자전거 망가뜨렸구나, 그렇지?'와 같은 부가 의문문이나 '글쎄요, 몰라요, -하더라구요, -거 같아요' 등의 모호한 표현, '-지 뭐, -잖아요?' 등의 예가 이에 속한다.

넷째, 여성은 찬사를 남성보다 많이 하며, 주로 외모, 옷, 장식, 등에 대한 직설적[9] 찬사가 많다. 이에 반해 남성은 찬사가 드물며, 찬사를 할 경우에도 상대의 재주, 능력 정도에 국한된다.[10] 또한 표현도 '한턱내, 어쭈[11] 제법이야'처럼 익살스럽게 돌려서 말하는 경향이 있다.

다섯째, 여성은 남성에 비해 공손한 표현을 사용하는 경향이 있다. 예를 들어 '-해 주시지 않겠어요?, -해 주세요'와 같은 공손한 청유 표현을 사용한다거나 해요체를 사용한다거나 상승 억양의 평서법을 사용한다거나 하는 것은 여성 특유의 공손법을 이룬다.

여성이 사용하는 어휘에서도 특징이 나타난다. 첫째, 여성은 남성에 비해 축약된[12] 형태의 어휘를 많이 사용한다. 예를 들면 '그렇지'를 '그치', '그런데'를 '근데', '어쩌면'을 '어쩜', '-지요'를 '-죠', '-지 않아요'를 '-잖아요' 등으로 표현하는 경우가 많다.

둘째, 여성들은 지시사를 사용할 때 작고 귀여운 어감의 어휘를 선택하는 경향이 있다. '이것, 그것, 저것'을 '요것, 고것, 조것'으로, '여기, 거기, 저기'를 '요기, 고기, 조기'로, '이게, 그게, 저게'를 '요게, 고게, 조게'로 표현하는 경우가 많다.

---

8 구사하다 : 마음대로 능숙하게 다루고 사용하다.

9 직설적 : 숨기거나 꾸미지 않고 곧이곧대로 말하는 (것).

10 국한되다 : 한계나 범위가 정해지다.

11 어쭈 : 남의 잘난 체하는 행동이나 말을 비웃을 때 하는 말.

12 축약되다 : 줄여서 간략하게 되다.

셋째, 남성에 비해 여성은 감탄사나 감탄문을 현저하게 많이 사용한다. 여성이 자주 사용하는 감탄사의 예로는 '어머나, 어머, 어머머, 어쩜, 아이, 아이참, 흥, 피이, 치' 등이 있다. 또한 여성은 '좀, 아마, 너무너무, 정말, 사실, 굉장히, 아주, 무지무지, 막, 참' 등 감성을 나타내는 부사도 많이 사용한다.

<남녀 간의 대화>

언어 사용에서 여자들 쪽이 더 조용하다는 것은 다른 방향의 관찰에서도 밝혀진 바 있다. 한 연구에서는 The New Yoker의 만화를 분석하여 남녀의 언어 사용에서의 차이를 측정하였는데 남자가 여자보다 말을 두 배로 많이 하였다고 한다. 그리고 주제에서도 차이가 있었는데 남자들은 주로 사업, 정치, 법률, 세금, 스포츠에 관한 것이었고, 여자들은 사회생활, 책, 음식, 생활상 등에 관한 것이었다.

남자와 여자가 한자리에 모여 대화를 나눌 때에도 몇 가지 흥미있는 차이가 드러나는 것으로 밝혀졌다. 일련의 연구(Zimmerman and West 1975, West and Zimmerman 1977, 1983)에서는 남의 말을 중간에서 가로채기하는 횟수를 측정하였는데 서로 아는 사람들끼리 모여 이야기하는 자리에서 가로채기가 일어난 경우를 성별로 조사하였다. 그 결과 동성 사이에서는 7회, 남자가 여자의 말을 가로챈 횟수는 46회, 여자가 남자의 말을 가로챈 횟수는 2회로 나타났다. 이는 남자들이 여자들이 이야기를 계속하도록 놓아두지 않기 때문에 생기는 현상이다.

이러한 현상은 실험실 조건에서 서로 모르는 사람끼리 이야기를 시켰을 때도 비슷하게 나타났다고 한다. 한 연구에서는 서로 모르는 남녀 대학생들을 무작위[13]로 짝을 지어 목에 걸린 마이크를 통해 이야기를 하게 하여 가로채기 현상을 관찰하는 실험을 하였는데 비슷한 결과로 나타났다. 낯선 사람에게 무례한 짓을 하지 않으려는 노력으로 가로채기를 자제하기[14]는 하였으나 총 28건 중 21건이 남학생들에 의해 행해졌다는 것이다.

또한 말과 말 사이의 공백[15] 시간을 측정한 결과에서도 차이가 드러나는 것으로 밝혀졌다. 한 사람의 말이 끝나고 다음 사람의 말이 시작될 때까지의 공백 시간을 측정하는 실험을 하였는데 그 결과 앞사람이 여자이고 뒷사람이 남자일 경우 그 시간이 더 길었다는 것이다.

가로채기와 공백에서 나타나는 현상은 어느 경우에나 남자가 대화의 주도권을 잡으려 한다는 것을 의미한다. 가로채기를 해서라도 자기가 하고 싶은 쪽으로 주제를 돌리는 것

---

13 무작위 : 일부러 일을 꾸미지 않고 우연에 따라 이루어지도록 그냥 해 봄.
14 자제하다 : 자기의 욕구나 감정을 억제하고 참다.
15 공백 : 아무것도 없이 비어있는 상태.

과 공백을 오래 두는 것은 결국 주도권을 잡기 위한 책략[16]으로 해석된다. 남의 말에 장단이나 맞추려면 공백을 둘 것도 없이 가볍게 몇 마디만 덧붙이면 되지만 자신이 주도권을 잡으려면 그 준비 기간으로서 공백이 길어질 수밖에 없는 것이다.

    또 다른 연구(Fishman 1980,1983)에서는 세 쌍의 부부의 대화를 녹음하여 분석하였는데 질문을 한 횟수를 종합해 보면 여자가 263회, 남자가 107회로 나타났다. 질문이란 주의 환기의 한 방편[17]이기도 하고 맞장구의 한 수단이기도 하다. 결국 화제의 진행을 돕는 보조 수단인 것이다. 여자가 질문을 많이 한다는 것은 스스로 보조적인 위치를 지키려고 한다는 것을 뜻하는 것으로 지금까지 보아 온 여성의 특징을 다시 한 번 확인시켜 주는 것이다.

    이 연구에서는 한 화제가 끝까지 지속되는 건수도 함께 조사하였는데 남자가 꺼낸 화제 28건은 모두 끝까지 지속되었지만 여자가 꺼낸 화제는 45건 중 17건만 지속되었다고 한다. 이는 여자들이 남자들의 이야기를 열심히 도와 준 반면 남자들은 여자들의 화제에 비협조적인 데다가 때로는 적극적으로 훼방[18]을 놓기도 하였다는 것을 의미한다.

    이상의 결과를 보면 남녀 사이의 대화에서 제1선에 나서 주도권을 잡으려는 남자들의 태도와 제2선에서 보조적인 역할을 담당하려는 여자들의 태도는 여기저기에서 발견되는 꽤 일반화된 현상이며 성별에 의한 언어 차의 중요한 한 몫을 차지한다고 보아도 좋을 것이다.

---

16 책략 : 어떤 나쁜 일을 하려고 하는 꾀와 방법.
17 방편 : 그때그때의 형편에 따라 일을 쉽게 처리할 수 있는 수단과 방법.
18 훼방 : 남의 일을 헐뜯고 방해하는 것.

● 글쓴이 소개

장소원
서울 출생, 서울대학교 국어국문학과 졸업(문학석사), 프랑스 파리 제5대학교 일반, 응용언어학과 졸업(언어학 박사), 현재 서울대학교 교수.

남윤진
서울 출생, 서울대학교 국어국문학과 졸업(문학박사) 현재 일본 동경외대 한국어학과 전임강사.

이홍식
강원도 태백 출생, 서울대학교 국어국문학과 졸업(문학박사), 현재 일본 동경 외국어대학 객원교수.

이은경
경상남도 마산 출생, 서울대학교 국어국문학과 졸업(문학박사), 현재 일본 동경 외국어대학 강사.

더읽어보기

관심과 애정이 담긴 질문이 소통을 살린다

하지현

진정한 관심을 갖고 질문하라

질문을 하는 사람이나 듣는 사람 모두에게 유익한 좋은 질문을 해서 나와 그의 진심을 흔들기 위해서는 다음과 같은 사항을 숙지할 필요가 있다. 첫째, 상대방에 대해 진정한 관심을 갖고, 진심으로 그에 대해 더 잘 알고 싶다는 태도를 갖는다.

비평과 비난의 차이가 사랑이 있고 없음이라는 말이 있다. 사랑이 없이 상대의 잘못에 대해 얘기를 하면 그저 비난이 될 뿐이지만 애정을 갖고 진심어린 직언을 하는 것은 비평이 된다는 말이다.

질문도 마찬가지다. 아무리 날카롭게 폐부를 찌르는, 아픈 곳을 건드리는 질문을 던진다 하더라도 진정한 관심과 애정을 갖고 있기 때문에 그렇게 했다는 것이 밝혀지면 도리어 고마워하게 되는 것이 인간이다.

그런 애정과 관심을 갖고 있다는 사실을 상대방이 인식하도록 하기 위해서는 상대방의 말을 일단 끝까지 잘 듣는 것이 중요하다. 그런 다음 그가 미처 생각하지 못하고 있던 다른 부분들과 관련해서 지금의 문제에 대해 질문을 해본다. 또 내가 지금 이 상황이라면 어떨까라는 관점에서 상대방의 상황을 이해하고 그 이해 하에서 궁금한 점, 빠진 점 등을 질문한다.

깊은 공감에서 우러나오는 질문을 던질 때, 그러한 질문은 상대방의 속내까지 단번에 침투할 에너지를 얻는다. 공감을 통해 잠시 상대방의 마음속에 들어가 볼 수 있고, 그의 마음을 이해하면서 동시에 내 안의 마음과 그의 마음이 뒤섞인다. 그 두 마음이 섞이는 과정을 거치면서 내 관점과 경험이 섞인 그의 문제를 보게 된다. 이는 참신한 관점과 해법을 찾을 기회가 된다.

그처럼 애정 어린 질문은 상대방이 혼자서는 문제를 풀어내지 못하고 매번 똑같고 답답한 결론만 내면서 다람쥐 쳇바퀴 돌듯이 맴도는 악순환의 고리를 끊어준다. 가장 좋은 질문은 그 질문을 들은 사람이 미처 생각지 못한 것을 생각해내고 혼자서 해답을 찾아낼 수 있도록 물꼬를 터 주는 상쾌하면서도 통쾌한 물음인 것이다.

대답에도 배려가 필요하다

좋은 질문을 하는 것만큼 좋은 응답을 하는 것도 중요하다. 그러기 위해서는 일단 질문을 끝까지 들어야 한다. 아무리 뻔한 질문이라 하더라도, 미리 속단을 하지 않으려고 노력해야 한다. 그것이 내가 그의 질문에 관심을 갖고 있음을 보여주는 첫 번째 단계다.

그리고 아무리 바보 같아 보이고 지금의 상황에 맞지 않는 것 같은 질문을 받았다 하더라도 일단은 마음을 비우라. 전향적이고 긍정적인 자세로 '그가 왜 지금 여기서 이런 질문을 하는 것인지' 상대방의 입장에서 생각해 본다. 이러한 노력을 의식적으로 하지 않으면 상대방의 심중을 간파하지 못하고 자동적으로 '바보 아니야.'라는 경멸적인 반응을 보일 위험이 있다.

상대방의 입장에 서서 그의 의도를 파악한 후 먼저 그 질문에 대해 나름대로 정리해서 되물어봄으로써 질문의 내용과 의도를 명확히 확인해야 한다. 그러고 난 후 나름대로 현재 가능한 수준에서 정리된 답변을 하고, 현실적인 대안을 제시할 수 있으면 좋다.

모든 질문 안에는 질문자 나름의 답이 들어있다. 그리고 많은 질문은 자신이 생각한 그 대답을 남의 입을 통해 듣기 위해서 물어 보는 확인 절차인 경우가 많다. 비록 그 대답을 내가 의식하지 못한다 하더라도 마찬가지다.

한 번 오고가는 좋은 질문과 응답은 열 마디의 주옥같은 설교와 설득보다 강한 힘을 갖는다. 나아가 소통의 믿음을 증진시키고 상대의 믿음을 증진하고 상대방에 대한 진심어린 관심을 표명하며 같은 울타리 안에 있음을 확인할 좋은 길이 된다.

"좋은 질문은 힘이 세다."

오늘 하루 나는 몇 번이나 질문을 했을까? 한 번 세어보자. 생각보다 의미 있는 질문의 횟수는 많지 않을 것이다.

문화

고려청자

고려청자는 흙을 빚고 유약을 발라 섭씨 1300도가 넘는 불에서 구워낸 자기이다. 이 청자의 빛깔을 내는 것이 1000년 전에는 고난도의 기술이었고, 청자를 처음 만든 중국에서도 9세기가 넘어서야 완벽한 청자를 만들어냈다.

청자의 색깔은 어디에서 온 것일까? 청자의 색깔은 흙 속에 들어 있는 미량의 철분이 산소와 결합하여 산화하는 과정에서 누런색을 거쳐 초록빛을 띠는 녹변 현상을 통해 만들어진다. 1350도를 24시간 유지시켜 줘야 녹변 현상을 일으킬 수 있으니 이는 대단히 어려운 기술이다.

청자를 버리고 곧 청백자의 길로 간 중국에 비해, 고려에서는 청동 그릇에 홈을 파고 은실을 밀어 넣어 무늬를 그린 '청동 은입사'나 나무에 조개껍데기를 박아 넣고 옻칠을 한 '나전칠기' 기법에서 영감을 얻어 상감청자를 만들어 냈다. 이 상감청자는 고려 시대에 이룩한 위대한 발명이다. 13세기 초부터는 고려청자의 90%가 상감청자로 만들어진다. 연꽃과 연꽃잎, 모란꽃, 국화꽃, 봉황, 학, 구름, 버드나무와 물새 등 고려 시대 사람들의 서정을 읽을 수 있는 다양한 무늬가 상감청자의 문양으로 나타난다. 상감청자의 최고 명품으로 손꼽히는 것은 '청자상감 운학문 매병'이다. 청자 매병을 푸른 하늘로 생각하고 거기에 새털구름과 학으로 가득 찬 모습을 문양으로 담은 것이다.

12세기 중엽 전북 부안 유천리 가마에서 상감청자가 제작되는데, 이후 고려 명품은 강진 용운리·사당리와 부안 유천리에서 만들어졌다.

그러나 모든 양식이 생성과 발전, 쇠퇴의 길을 걷듯이 고려청자도 14세기에 들어와 원나라의 간섭을 받는 동안 서서히 쇠락의 길을 걷게 된다. 실용성은 강화됐지만 형태가 무디고 둔중해지며, 빛깔은 탁해지고, 무늬도 소략해졌다. 특히 1350년 무렵 왜구가 쳐들어오자 고려 정부가 해안에서 50리 이내에 백성들이 살지 못하도록 하는데, 이때 강진과 부안의 가마가 문을 닫게 되면서 결국 청자를 만들던 도공들은 전국으로 다 흩어져 버리고 고려청자의 시대도 막을 내리게 되었다.

청자상감 운학문 매병 청자상감 모란문 표형병 청자상감 모란국화문 청자양각 죽절문 병
과형병

1. 청자는 어떻게 해서 푸른빛을 띠게 되었습니까?

2. 고려 시대에 이룩한 한국 고유의 청자는 무엇입니까?

3. 여러분의 나라에도 도자기와 같은 전통 예술품이 있습니까? 자기 나라의 전통 예술품에 대해 조사해서 발표해 봅시다.

**문법
설명**

01 -는/은/ㄴ/인 듯싶다

어떤 것에 대한 화자의 주관적인 판단이 개입된 짐작이나 추측을 나타낸다. '-는/
은/ㄴ/인 것 같다' 의 뜻이다.

表猜想或推測，含有話者對某事物的主觀判斷在內。為「-는/은/ㄴ/인
것 같다」之意。

● 대중문화는 상품화나 획일화라는 부정적인 측면도 갖고 있는 듯싶다.
● 주인공의 뛰어난 외모가 한류 드라마에 팬들이 몰리는 이유인 듯싶다.
● 최근 청소년들에게 가장 인기 있는 직업은 연예인인 듯싶다.
● 컴퓨터게임도 대중문화의 한 부분을 차지하고 있는 듯싶다.

02 -는다고도/ㄴ다고도/다고도/이라고도/라고도 할 수 있다

사실을 설명하는 데에 있어 우회적으로 말하는 표현이다. 단정적으로 말하지 않고
그렇지 않은 가능성을 열어두는 느낌이 있다.

迂迴地說明事實時使用的表現。未說得十分斷定，感覺亦有並非如此的可
能性。

● 한 나라의 대중문화는 그 나라에 대한 인상을 바꾸는 역할을 한다고도 할 수 있다.
● 내가 그를 좀 안다고도 할 수 있지.
● 이제 사흘 남았으니 이번 학기도 거의 끝난 것이라고도 할 수 있다.
● 저 정도면 괜찮은 그림이라고도 할 수 있다.

03 -은들/ㄴ들 -겠어요?

양보의 뜻으로 어떤 상황을 가정하여 인정한다고 하여도 그 결과가 예상과 다른
내용임을 나타낸다. 주로 '-은들/ㄴ들 -겠어요?' 의 형태로 쓴다.

表讓步之意，即使假定某種狀況並表示認同，但結果卻出現與預想不同的
內容。主要使用「-은들/ㄴ들 -겠어요?」的型態。

- 관객이 찾지 않으니 좋은 공연이라고 한들 무슨 소용이 있겠어요?
- 그렇게 항상 거짓말만 하고 다니니 콩으로 메주를 쑨다고 한들 믿겠어?
- 이렇게 빛은 안 나고 품만 드는 일을 누군들 하고 싶어서 하겠나?
- 잔소리 좀 그만하세요. 지금처럼 힘들 때 그런 말을 한들 귀에 들어오기나 하겠어요?

04 -으니/니 어쩌니 해도/이니 뭐니 해도

흔히 '-니 -니 하다' 의 꼴로 쓰여 생각한 것을 나열하거나 이러고 저러고 이야기함을 나타낸다. 여기에서는 '아무리 N이니/니 뭐니 해도', '아무리 Vst으니/니 어쩌니 해도' 의 형태로 쓰여 '사람들이 아무리 이런 저런 이야기를 하더라도 나는 이렇게 생각한다' 는 의미를 나타낸다.

經常使用「-니-니 하다」的形式，羅列出所想事物，或表現出議論紛紛的各種內容。此處使用「아무리N이니/니 뭐니 해도」、「아무리 Vst으니/니 어쩌니 해도」的型態，表現出「不管人們怎麼說長道短，我都會這樣想」之意。

- 아무리 훈련이 힘드니 어찌니 해도 그런 과정을 거치지 않으면 제대로 된 군인은 나올 수 없는 거야.
- 아무리 낡았니 어쩌니 해도 저에겐 어머님이 물려주신 이 재봉틀만큼 소중한 물건도 없어요.
- 아무리 명품이니 뭐니 해도 신주단지 모시듯 모셔두기만 할 거라면 안 사는 게 낫지.
- 저 애를 보면 불쌍해. 아무리 천재니 뭐니 해도 역시 애들은 뛰어놀면서 커야 되는데….

제7과 전통과 변화

7-1 가족의 변화

학습 목표 ● 과제 가족 형태에 대해 토의하기, 가족의 변화로 인한 사회 현상에 대해 토론하기
● 문법 –는다기보다는, –자니 –고 –자니 –고 해서 ● 어휘 가족의 형태와 그 변화

▶ 여러분 나라의 가족 형태는 어떻습니까?

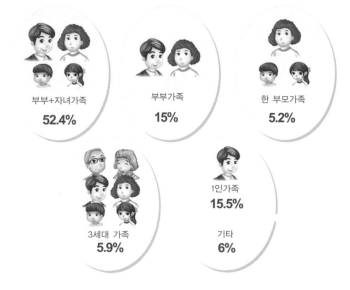

부부+자녀가족
52.4%

부부가족
15%

한 부모가족
5.2%

3세대 가족
5.9%

1인가족
15.5%

기타
6%

▶ 여러분은 어떤 가족 형태가 이상적이라고 생각합니까?

대화

🔊 42~43

웨이 　정희 씨는 외동딸이고 집도 서울인데 왜 하숙집에서 살아요?

정희 　직장이 멀어서요. 집에서 다니자니 출퇴근시간이 힘들고 가족 모두가 이사를 하자니 그것도 쉽지 않고 해서 저만 나와서 혼자 살아요. 왜요? 이상해요?

웨이 　아니요, 이상하다기보다 한국은 성인이 되어도 결혼하기 전까지는 부모님이랑 같이 사는 게 일반적이라고 들어서요.

정희 　하지만 요즘은 많이 달라졌어요. 결혼 전에 독립하는 사람도 많아요. 가족의 형태도 많이 달라진 것 같고요. 1인 가구도 가족의 한 형태로 인정해야 된다는 말이 나올 정도니까요.

웨이 　그러고 보니 혼자 사는 젊은이들도 많긴 하네요. 한국도 명절 때는 보통 고향에서 가족끼리 모인다고 하던데 요즘에는 그렇지 않은 건가요? 요즘 같은 저출산 시대에 자녀가 독립을 하면 가족끼리 얼굴 보기도 힘들 것 같아요.

정희 　그럴 리가 있겠어요? 역귀성이나 콘도 차례처럼 명절을 보내는 새로운 모습도 가족이 모이기 위해서 생각해낸 거잖아요. 혼자 사는 젊은이들이 많아지고 가족주의적 가치관이 약해졌다고 해도 가족이 중요하다는 건 부정할 수 없지요.

01 위 대화는 무엇에 대해서 이야기하고 있습니까?

❶ 명절의 풍속과 의미　　　　　❷ 가족 제도의 다양성

❸ 가족의 형태와 의미　　　　　❹ 저출산 시대의 특성

02 웨이 씨와 정희 씨는 가족 형태의 변화에 대해 어떻게 다르게 생각합니까?

03 위 대화를 보기와 같이 이어서 이야기해 봅시다.

[보기]　웨이: 하지만 자주 얼굴을 못 보고 살면 그만큼 마음도 멀어지게 되는 거 아닐까요?
　　　　정희: 그렇다고 해도 가족은 가족이지요.

1인 가구 (1 人 家口) n. 一人家庭　　　인정하다 v. (認定 -) 承認、認可　　　저출산 n. (低出產) 低出生率、少子化
(역) 귀성 n. ((逆) 歸省) 逆向省親 (譯按：節慶時本來是由子女返鄉探視父母，此處指反過來由父母前往子女所在的異鄉省親)　　　부정하다 v. (否定 -) 否定

01 다음 표현을 익히고 빈칸에 알맞은 말을 골라 쓰십시오. (한 칸에 여러 가지 말을 써 넣어도 좋습니다.)

주 민 등 록 표 (등 본)	이 등본은 세대별 주민등록표의 원본 내용과 틀림없음을 증명합니다 담당자 : 홍 길 동 ☎ (02) 123-4534 2008년 10월 30일

서울특별시 서대문구 성산로

세대주 성명 (한자)	김영수 (金永秀)	세대 구성 사유 및 일자	전입세대구성 2001.03.06
번호	주 소 (통/반)	전 입 일 / 변 동 일 변 동 사 유	
현주소	서울시 서대문구 성산로 262	2001.03.06 2001.03.06 전입	

** 이 하 여 백 **

번호	세 대 주 관 계	성명(한자) 주민등록번호	전입일/변동일	변 동 사 유
1	본인	김 영수 (金永秀) 000000-0000000		
2	처	이 영숙 (李永淑) 000000-0000000		
3	자	김 민호 (金旻浩) 000000-0000000	세대원	
4	자	김 민우 (金旻遇) 000000-0000000		

현대의 가족형태	원인
핵가족	도시화, 산업화, 저출산
1인 가족	남녀평등, 고학력 현상
노인 가족	고령화 사회
비동거 가족	고학력 현상, 맞벌이, 여성의 사회 진출
편부모 가족	이혼율 증가
대안가족	가정 폭력, 가족 해체

가족의 개념이 바뀌고 있다. 3대가 모여 사는 전통적인 대가족에서 부모와 아이들만 사는 (　　　　　　　)으로/로 변한 데 이어서 최근에는 혼자서 사는 (　　　　　　)이/가 늘어나고 있다. (　　　　　　　)으로/로 아이들이 줄고 노인이 늘어나는 (　　　　　　)이/가 되어가면서 노인 가족도 늘어나고 있고, 교육 때문에 아이들과 아내를 외국으로 떠나보내고 홀로 남은 기러기 아빠나 직업 때문에 주말에만 만나는 주말부부 같은 (　　　　　　　)도 늘고 있다. 물론 아직까지는 가장을 중심으로 여러 명의 가족 구성원들로 구성된 가족이 일반적이지만, 도시에서는 세대주가 유일한 세대원인 1인 가족이 빠르게 늘고 있다. 아이가 하나밖에 없는 가정이나 이혼율 증가로 인한 (　　　　　　) 등 새로운 가족도 증가하고, 가정 폭력 등에 따른 사회 부적응 상태나 (　　　　　　) 상황을 겪고 있는 이들을 위한 (　　　　　　)도 제시되고 있다.

02 여러분 나라에는 어떤 형태의 가족이 있습니까? 그런 가족이 나타나는 원인은 무엇입니까? 위의 어휘들을 사용해 이야기해 봅시다.

01 다음 글을 읽고 문법 및 표현을 익혀 봅시다.

만세 ! 드디어 오늘 독립을 한다. 그동안 집에서 직장까지 너무 멀어서 고생하다가 직장 근처에 원룸을 얻어 혼자 생활을 하기로 한 거다. 엄마한테는 결혼하라는 잔소리가 지겨워서 나간다고 했지만 집이 싫어서 **나온다기보다는** 오고가는 길에 버리는 시간이 너무 아깝고 몸도 고됐기 때문이다. 그런데 막상 독립을 하겠다고 생각을 하니 이것저것 걱정되는 게 한두 가지가 아니다. 빨래나 청소는 세탁기와 진공청소기가 한다 치고 음식은 어떻게 하지? 집에서 다 해 **먹자니 귀찮고 끼니마다 사먹자니 돈이 많이 들 것 같고 해서** 밥만 짓고 일단 김치랑 밑반찬들은 집에서 가져다가 먹기로 했다. 처음 해보는 솔로 생활, 잘 할 수 있을까?

<u>–는다기보다는</u>

1) 다음을 연결하고 보기와 같이 이야기해 봅시다.

대가족은 식구가 많아서 싫다 • • 얹혀산다고 하는 편이 옳을 것 같다.

나는 독신주의자이다 • • 모시고 산다고 하는 게 맞을 것이다.

나는 부모님과 같이 살지만 모시고 산다 • • 아직 천생연분을 못 만났을 뿐이다.

우리 집의 저녁 식사 시간은 단순히 밥을 먹는다 • • 사생활을 보장받을 수 없어서 싫다.

친구네 강아지는 키우다 • • 같이 어울려 즐기는 시간이다.

[보기] 대가족은 식구가 많아서 싫다기보다는 사생활을 보장받을 수 없어서 싫다.

-자니 -고 -자니 -고 해서

2) 빈칸을 채우고 보기와 같이 이야기해 봅시다.

선택 ①	선택 ①의 문제점	선택 ②	선택 ②의 문제점	고민
차를 사다	유지비가 많이 든다	걸어서 다니다	너무 힘들다	
계속 사귀다		헤어지다		
아이를 낳다		안 낳다		어떻게 해야 할지 모르겠어요
아이만 유학 보내다		아내까지 같이 보내다		
어른을 모시고 살다		따로 사시게 하다		

[보기] 차를 사자니 유지비가 많이 들고 걸어서 다니자니 너무 힘들고 해서 어떻게 해야 할지 모르겠어요.

02 다음 상황에 대해서 '-는다기보다는, -자니-고-자니-고 해서'를 사용해 보기와 같이 이야기해 봅시다.

상황 1. 대학교 졸업 후에 대학원 진학을 할지 취직을 할지 결정해야 하는 경우

상황 2. 외국인 애인과 결혼을 하고 싶은데 여러 가지 문제로 고민 중인 경우

상황 3. 우정이라고만 생각했는데 사랑처럼 느껴지는 이성 문제로 고민 중인 경우

[보기] 상황 1

가 : 대학교 졸업하고 뭘 할지 아직도 결정 못 한 거야? 취직하기 싫은 거 아니야?

나 : 취직하기 싫다기보다는 결정을 하기가 어려워서 말이야. 대학원에 가자니 학비가 비싸서 걱정이고 취직을 하자니 공부에 미련이 남아서…

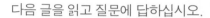

다음 글을 읽고 질문에 답하십시오.

　　전통적 가부장제 하에서 보편적인 가족 형태이던 대가족이 산업화·도시화에 따라 핵가족으로 변하기 시작한 것은 그리 오래전 일이 아니다. 그러나 최근 급속하게 사회가 변화하면서 예전에는 가족으로 인식하지 못해왔던 새로운 형태의 가족이 나타났다. 한국인은 어느 정도까지를 가족의 한 유형으로 인식할까?

　　2006년 1월 부산일보에서 실시한 '가족 유형별 수용도와 가족 관련 가치'에 대한 의식 조사의 결과는 과거와는 많이 달라진 모습을 보이고 있다. 국제결혼이나 재혼, 입양을 통해 이루어진 가족은 예전에도 그 수가 적기는 하지만 가족의 한 형태로 받아들여지기는 했다. 하지만 예전에는 보편적인 가족의 형태라고 인식하지 않던 '한 부모 가족'이나 '조부모-손자가족', '처가 부모 동거 가족'은 조사 대상자의 90% 이상이, '자발적 무자녀 가족'과 '미혼모·미혼부 가족'은 70% 이상이 가족의 한 유형으로 받아들인 것으로 나타났다. 이는 이혼율 증가나 경제적인 여건 등에 따라 생겨난 새로운 가족 형태가 하나의 유형으로 자리 잡았다는 것을 의미한다.

　　비혈연적 생활 공동체인 '공동체 가족'이나 결혼하지 않고 함께 사는 '동거'에 대해서도 응답자 중 50~60%는 가족의 형태로 인정하는 태도를 보였으나, 남의 아이를 맡아 기르는 '위탁 가족'이나 같은 성(性)끼리 동거하는 '동성애 가족'에 대해서는 20% 전후만이 인정할 뿐 대다수의 응답자들은 이를 가족으로 받아들이지 않았다.

　　조사결과를 통해 전통적으로 가족의 조건으로 여겨졌던 '결혼'과 '부계 혈연'을 더 이상 가족의 필요충분조건으로 인식하지 않는다는 점과, 이혼율 증가나 결혼 기피 현상 등과 같은 사회적인 변화가 시민들의 의식 변화에 상당 부분 반영되어 있음을 알 수 있었다. 동성 가족이나 위탁 가족이 받아들여지지 않았다는 점은 아직 남녀 간의 결합을 벗어난 것이나 일시적 계약에 의한 관계를 인정하지 않는 사회적 인식이 반영되어 있다고 할 것이다.

01 위 글은 무엇에 대한 글입니까?

❶ 가족 형태의 변화　　　　　　❷ 다양해진 가족 형태에 대한 인식
❸ 혈연과 가족의 조건　　　　　　❹ 전통적으로 내려오던 가족관

02 위 글에서 결혼이나 혈연이 가족의 필요충분조건이 아님을 보여주는 사례는 무엇입니까?

03 여러분은 위 조사결과에 대해 어떻게 생각하십니까?

수용도 n. (受容度) 接受程度　　자발적 (自發的) 自發的　　여건 n. (與件) 條件　　비혈연적 (非血緣的) 無血緣的
기피 n. (忌避) 忌諱、迴避　　반영되다 v. (反映 -) 反映　　위탁 n. (委託) 委託

과제 2 듣고 말하기 [🔊 44]

▶ 다음 좌담회를 듣고 질문에 답하십시오.

01 다음 표에 여러 측면에 대한 윤 교수의 견해를 정리해 봅시다.

	윤주현 교수
가족의 변화	가족의 의미가 ____보다는 ____으로/로 변하고 있다.
'가족의 위기'라는 현상	• ____은/ㄴ 추세 • ____같은 비전형적인 가족 형태 증가. • 변화에 대비한 ____이/가 안 되어 있음.
가족의 변화는 어느 방향으로 나아가게 될까	• 혈연 중심의 집단적 가치보다 ____을/를 더 중요하게 여김. • ____형태가 될 것임.
궁극적으로 가족 해체로 갈 것인가	____혹은 ____으로/로 바뀔 것임.

02 여러분은 윤 교수의 의견에 대해 어떻게 생각합니까?

03 다음 주제 중 하나를 골라 자유롭게 토론해 봅시다.

1) 결혼 제도의 필요성	2) 아이는 꼭 낳아야 하는가.

비전형적 (非典型的) 非典型的   담담하다 a. (淡淡 -) 平靜的、淡淡的   해체되다 v. (解體 -) 解體
필연적 (必然的) 必然的   분화되다 v. (分化 -) 分化

7-2 한국의 의례

학습 목표 ● 과제 현대 결혼식 풍속에 대해 발표하기, 통과 의례의 의의에 대해 토의하기
● 문법 −같아선, −을 것까지는 없겠지만 ● 어휘 관혼상제

위 그림은 어떤 의례를 나타내고 있습니까?

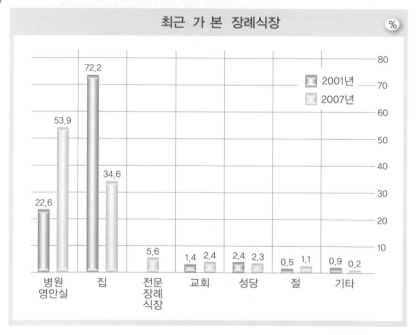

한국갤럽에서 2007년 9월 전국의 20세 이상 남녀 1,506명을 대상으로 최근 가 본 장례식장을 조사한 결과입니다. 여러분 나라에서는 어디에서 장례식을 합니까?

대화

🔊 45~46

제임스 검은색 정장을 입었네요. 어디 다녀오는 길이에요?

영수 네. 친구 아버님이 돌아가셨다는 소식을 듣고 문상을 다녀왔지요.
마음 같아선 밤을 새우고 장지까지 따라가고 싶었지만 워낙 요즘 연구소 일정이 빡빡해서요.

제임스 친구 부모님이 돌아가시면 장지까지 따라가는 것이 보통인가요?

영수 아니, 뭐 꼭 그럴 것까지는 없겠지만 생전에 저에게도 퍽 잘해 주시던 분이셔서요. 근데 조문객이 정말 많더라고요.

제임스 조문객이 많으면 가족들이 초상을 치르느라 고생이 많을 것 같아요.

영수 요즘엔 모든 장례 절차를 장례식장에서 다 맡아 해주어서 그나마 수월해 보였어요.

제임스 전통적인 장례식과는 분위기가 다소 달랐겠군요. 그건 그렇고 장례식장에 갔을 때 가족들에게 어떻게 조의를 표해야 하는지 그것이 좀 궁금했는데 어떻게 하면 되나요?

영수 빈소에 들어가서 절하거나 묵념을 한 후에 옆에 서 있는 유족들에게 고인의 명복을 빕니다라고 말하는데요, 아무 말씀 안하시고 그냥 인사만 하셔도 됩니다.

01 위 대화는 무엇에 대해서 이야기하고 있습니까?

❶ 조문객　　　　　　　　　　❷ 문상

❸ 장지　　　　　　　　　　　❹ 고인

02 빈소에 가서는 어떻게 말해야 합니까?

03 위 대화를 보기와 같이 이어서 이야기해 봅시다.

[보기] 제임스: 그냥 인사만 해도 된다고요?

영수: 네. 슬픈 일을 당하신 분에게 아무 말도 하지 않음으로써 더 깊은 애도의 뜻을 전할 수도 있다는 거죠.

문상 n. (問喪) 弔喪　　장지 n. (葬地) 埋葬之處　　빡빡하다 a. 緊湊的　　생전 n. (生前) 生前
조문객 n. (弔問客) 弔唁者　　초상을 치르다 (初喪 -) 辦喪事　　절차 n. (節次) 程序
조의를 표하다 (弔意 表 -) 表現弔唁之意　　빈소 n. (殯所) 靈堂　　묵념 n. (默念) 默哀
고인 n. (故人) 逝者　　명복을 빌다 (冥福 -) 祈求冥福

어휘 관혼상제

01 다음 표현을 익히고 빈칸에 알맞은 말을 골라 쓰십시오.

돌잔치		장래를 축복하다
결혼식	치르다	백년해로를 빌다
회갑연	벌이다	장수를 축하하다
장례식	올리다	명복을 빌다
제사	지내다	조상을 추모하다

아기가 태어난 지 일 년이 되면 가족과 친지들이 모여 돌잔치를 (   )는다/ㄴ다/다.

결혼식을 (   )는/은/ㄴ 신랑 신부에게 주례는 검은 머리가 파뿌리가 되도록 잘 살라면서 (   )는다/ㄴ다/다.

회갑연에서는 자식들이 부모님께 (   )는/은/ㄴ 잔을 올린다.

자손들은 (   )기 위해 상을 차리고 절을 하면서 제사를 (   )는다/ㄴ다/다.

02 한국의 관혼상제에 대해 위 표현들을 사용해 보기와 같이 이야기해 봅시다.

[보기] 장례식은 돌아가신 지 3일, 5일, 9일 이렇게 홀수 날 동안 치르는데 이 날짜가 길수록 더 정중한 장례로 생각되었습니다. 고인의 명복을 빌기 위해 장례식에 참석하는 조문객들은 조의금을 준비합니다. 고인의 자손은 술과 음식을 준비하여 조문객을 정성껏 대접했고 장례식이 끝난 후 서신을 보내 감사의 마음을 전하는 것이 예의였습니다.

문법

01 다음을 읽고 문법 및 표현을 익혀 봅시다.

우리 어머니가 곧 환갑이시다. 어머니는 요즘 칠순 때나 잔치하지 환갑잔치 누가 하냐며 그냥 보통 생일처럼 하자고 말씀하신다. 친구는 어떤 사람들은 호화판 유럽 여행까지도 보내드리는데 잔치는 해드리라고 말했다. 나도 **마음 같아선** 뭐든지 다 해 드리고 싶다. 그래도 어머님 환갑인데 그냥 넘길 수는 없는 일이 아닌가. 칠순 때가 있으니까 지금 호화판 유럽 여행을 **보내 드릴 것까지는 없겠지만** 정성을 다해 환갑잔치는 해 드려야겠다.

- 같아선

1) 빈 곳에 알맞게 쓰십시오.

가 왜 기분 나쁜 일이라도 있어?
나 사무실에서 상사한테 심한 잔소리를 들었어. **생각 같아선** 그만두고 싶어.
가 성질 부리지 마. 나도 기분대로라면 사표를 수십 장은 썼을 거야.

가 친구 아이 돌인데… 형편이 어려워서 뭘 선물해야 할 지 모르겠다.
나 금반지 하나 해 주면 되지 않아?
가 .... 같아선 해 주고 싶지만 요즘 금값이 워낙 비싸서 말이야.

가 어머니의 환갑잔치를 집에서 하는 건 어떨까?
나 그건 너무 번거롭잖아. 집에서 음식이며 잔치 준비며 하는 것은 너무 힘들지.
가 그래도 .... 하지만 너무 바쁘고 솜씨도 없으니…

가 너 여자 친구랑 결혼 안 해?
나 회사일이 너무 바빠서 말이야. ....

가 요새 취직하기가 너무 힘들지 않니?
나 응, 그러게 말이야. 시간제 일이라도 해야 할 것 같아.
가 그런데 ....

-을 것 까지는 없겠지만

2) 다음을 연결하고 보기와 같이 이야기해 봅시다.

호화롭게 혼수를 준비한다 ●┈┈┈┈┈┈● 상대방 가족의 기분을 상하게 하지 않을 정도의 예단은 준비하는 것이 좋겠다.

결혼 전에 남자가 집을 사 놓다 ● ● 적어도 일주일에 나흘은 해야 살이 빠집니다.

생일잔치에 갈 때 꼭 비싸고 큰 선물을 한다 ● ● 새벽 1시정도까지는 해야 되지 않겠어?

매일 운동을 한다 ● ● 빈손으로 가는 건 실례가 되는 것 같다.

이 정도 일 가지고 밤을 새우다 ● ● 전세금 정도는 마련해 놓아야 하지 않겠어요?

[보기] 호화롭게 혼수를 준비할 것까지는 없겠지만 상대방 가족의 기분을 상하게 하지 않을 정도의 예단은 준비하는 것이 좋겠다.

02 빈칸을 채우고 '-같아선', '-을 것 까지는 없겠지만' 을 사용해 보기와 같이 이야기해 봅시다.

옆집의 소음	신고	항의
돌잔치	화려한 호텔	돌잔치 전문 식당
프로포즈	다이아몬드 반지	

[보기] 가: 아, 시끄러워. 옆 집 말이야. 도대체 며칠 째야?
마음 같아선 경찰에 신고해 버리고 싶어.
나: 신고할 것 까지는 없겠지만 항의는 해야겠다.

과제 1 듣고 말하기 [🔊 47]

▶ 다음 이야기를 듣고 질문에 답하십시오.

01 다음 표를 정리하십시오.

이벤트	의미
양가 부모님과 신랑 신부 동시 입장	1) 부모님 소개 2) .... 3) ....
편지 낭독	1) .... 2) 영원한 사랑의 증표
하객들의 축하 메시지	1) .... 2) 하객들의 기대와 축하의 표현

02 신랑 신부가 낭독하는 편지에 들어갈 내용이 <u>아닌</u> 것을 고르십시오.

❶ 연애하면서 서로에 대해 느꼈던 점
❷ 서로에게 어떤 남편과 아내가 될 것인가
❸ 서로의 부모에게 어떤 며느리와 사위가 될 것인가
❹ 결혼식 전날 했던 생각

03 결혼한 후 지켜야 할 생활 수칙을 써 보십시오.

결혼한 후 지켜야 할 생활수칙

제1. 청소는 남편이, 음식은 아내가 하되 서로 시간이 있으면 돕기로 한다.
제2. 싸웠을 때는 그 날 안에 화해한다.
제3. 한 달에 두 번은 영화나 연극 등의 문화생활을 즐긴다.
제4. ....
....
....
....

04 여러분이 친구 결혼식에서 하객의 대표로 낭독할 축하 메시지를 적어봅시다.

사랑하는 친구, 오늘의 신랑/신부에게

....

....

....

....

05 자신이 원하는 이색적인 결혼식에 대해서 보기와 같이 이야기해 봅시다.

[보기] 나는 수중 결혼식을 해 보고 싶어요. 그이를 잠수 동아리에서 만났으니 만큼 우리의 사랑을 엮어준 바다 속에서 영원한 맹세를 하는 것이 제 꿈이에요. 무지개 빛 물고기가 우리 앞을 지나가고 시끄러운 소리 하나 없는 조용한 바다 속이 식장이 된다면 정말 멋진 결혼식이 될 것 같아요.

과제 2 읽고 말하기

다음 글을 읽고 질문에 답하십시오.

통과 의례란 한 사회의 구성원이 평생 동안 겪는 육체적·사회적 변화와 이에 따르는 문제를 통과하고 극복하기 위한 문화적 행위를 말한다. 사람들은 제각기 변화와 이에 따르는 문제를 통과하고 극복해야 하기 때문에 이 말을 사용하고 있다. 예를 들어 사람은 누구나 개인적으로 출생·성장·혼인·죽음 등과 같은 과정을 겪는데 이 사건들은 평범한 일상생활에서 생기는 일종의 작은 혼란으로서 사회 구성원의 지위와 역할이 변화됨을 의미한다.

돌잔치, 성인식, 혼례식, 장례식과 같은 통과 의례들은 익숙한 일상 상태로부터 분리되는 분리 단계, 새로운 상태로 들어가기까지의 과도적인 단계, 그리고 새로운 상태로 통합되는 통합 단계로 이루어진다. 흔히 분리 단계에서는 일상과는 구분되는 생활을 하도록 일정한 기간의 과도기를 거치고 통합 단계에 들어갈 때 새로운 지위와 역할을 나타내는 새로운 이름을 갖거나 새로운 옷이나 머리 모양을 함으로써 새로운 지위와 역할을 갖게 되었음을 나타낸다. 이 때 잔치를 벌여 음식도 함께 나누어 먹음으로써 사회로 통합되었음을 축하한다. 공동으로 행해지는 집단 놀이, 마을 잔치가 있었던 이유가 바로 그것이다.

통과 의례에 있어서 놀이나 잔치는 집이나 마을의 특정 장소에서 행해졌으며 주로 친인척과 마을 사람들이 참여하였다. 집단 놀이와 공동 잔치를 통해서 이 변화를 인정하고 혼란을 극복하여 대동성을 확인하는 것이 목적이었기 때문이다. 그렇게 함으로써 새로운 차원의 생활 집단으로 다시 태어나게 됨을 확인한다. 이를 위해 잔치에는 일상생활의 의·식과는 구분되는 옷과 떡·고기·술 등이 특별히 마련되는 것이다.

01 '통과 의례' 는 무엇입니까?

02 다음 표를 완성하십시오.

육체적 시회적 변화의 예		출생, ( ), ( ), ( )	
변화의 극복	달라지는 것	지위, ( )	
		이름, ( ), ( )	
	잔치	1) 장소	
		2) 참여 구성원	
		3) 목적	

03 위 글에서 말한 '일상생활의 의·식과는 구분되는 것' 에 대해 다음을 참고하여 이야기해 봅시다.

의례	새로운 표현	특별한 옷	특별한 음식
돌잔치		돌 옷, 돌 빔	수수경단, 백설기, 흰밥, 미역국
성인식	호, 하게체	상투, 갓	술, 과일, 육포, 떡
혼례식	신랑/신부	원삼, 족두리, 연지 곤지, 사모관대	대추, 밤, 닭, 국수, 떡
장례식	고인, 유족	수의, 상복	고기, 술, 떡

구성원 n. (構成員) 成員   제각기 adv. (- 各其) 各自   혼란 n. (混亂) 混亂   과도적 (過渡的) 過渡的
대동성 n. (大同性) 偕同、合同性   구분되다 v. (區分 -) 區分

7-3 정리해 봅시다

I. 어휘

01 빈칸에 알맞은 말을 골라 쓰십시오.

빡빡하다 　 인정하다 　 조문객 　 빈소 　 저출산 　 부정하다 　 역귀성

1) 경쟁에서 진 후에야 그는 자기 실력이 모자라다는 것을 ＿＿＿＿＿＿ 었다/았다/였다.

2) 최근에는 명절에 고향으로 내려가는 것이 아니라 고향의 가족들이 거꾸로 서울로 올라오는 ＿＿＿＿＿＿ 현상이 나타났다.

3) 고등학교 동창에게서 고3 때 담임선생님이 돌아가셨는데 ＿＿＿＿＿＿ 은/는 연세병원 장례식장이라는 연락을 받았다.

4) 장례식장 안은 유족들을 위로하는 ＿＿＿＿＿＿ 들로 북적거렸다.

5) 일주일동안 매일 서너 차례씩 회의를 해야 하는 ＿＿＿＿＿＿ 는/은/ㄴ 일정 속에서도 그는 웃음을 잃지 않았다.

6) 그의 성공이 끝없는 노력에서 비롯되었다는 것은 ＿＿＿＿＿＿ 을/ㄹ 수 없는 사실이다.

7) 아이를 안 낳거나 적게 낳는 ＿＿＿＿＿＿ 현상으로 인해 문을 닫는 초등학교가 생기고 있다.

02 빈칸에 알맞은 말을 골라 쓰십시오.

문상 　 장지 　 생전 　 명복 　 초상을 치르다
묵념 　 고인 　 절차 　 조의를 표하다

친구가 부친상을 당했다는 부고를 받고 연세병원 장례식장으로 (　　　　　)을/를 다녀왔다. 빈소에는 고인의 영전에 (　　　　　)는/은/ㄴ 조문객의 발길이 이어져 생전에 주위 사람들에게 두루 베푸시던 (　　　　　)의 넉넉한 성품을 떠올리게 했다. 빈소에 들어가 향을 피우고 (　　　　　)을/를 하며 삼가 고인의 (　　　　　)을/를 빌었다. 조문객들의 인사를 받기에 바쁜 상주를 뒤로 하고 어머님을 뵙고 인사를 드렸다. 어머님은 옛날에 비해 장례 (　　　　　)이/가 많이 간소해져서 (　　　　　)는/은/ㄴ 것이 어렵지 않다고 하셨다. 나는 장례 마지막 날 (　　　　　)까지 따라 가겠다고 말씀드리고 장례식장을 나왔다.

03 다음 중 어울리는 어휘들을 골라서 쓰십시오.

핵가족   1인 가족   노인 가족   비동거 가족   편부모 가족   대안가족

도시화, 산업화, 저출산	핵가족, 1인 가족
남녀 평등, 여성의 고학력 현상 맞벌이, 여성의 사회 진출	
고령화 사회	
이혼율 증가	
가족 해제, 가정 폭력	

04 다음을 연결하고 보기와 같이 말해 봅시다.

돌잔치를 하다   •·······   • 명복을 빌다
결혼식을 올리다 •   • 장래를 축복하다
회갑연을 벌이다 •   • 조상을 추모하다
장례식을 치르다 •   • 장수를 축하하다
제사를 지내다   •   • 백년해로를 빌다

[보기] 아이의 돌잔치를 할 때는 아이의 장래를 축복합니다.

II. 문법

다음 상황에 맞게 대화를 완성하십시오.

상황 1

최 과장은 박 과장과 일하는 방식이 달라 매번 스트레스를 받아서 어떻게 해야 할지 모르겠다. 박 과장의 방식을 따르면 일이 느려지고, 내 방식을 고집하면 싸울 것 같다. 그래서 요즘엔 다른 부서로 옮기고 싶은 생각까지 한다. 김 부장은 최 과장에게 그 문제에 대해 조언한다.

김 부장	박 과장하고 같이 일만 하면 왜 그렇게 스트레스를 받아? 사이가 안 좋은 거야?
최 과장	.... 는다기보다/ㄴ다기보다/다기보다 ....:

.... 자니 .... 고 .... 자니

.... 고 해서 어떻게 할지 모르겠어요. .... 같아선

.... 고 싶어요.

| 김 부장 | .... 을/ㄹ 것까지는 없겠지만 .... |

....

상황 2

진수는 식당에서 음식이 너무 짜서 먹다가 남긴다. 나가서 먹을 시간도 없고 그렇다고 굶으면 배가 고프다. 음식 값을 내기 싫을 정도이다. 수경이는 진수에게 그 문제에 대해 조언한다.

수경	음식을 남겼네요. 맛이 이상해요?
진수	.... 는다기보다는/ㄴ다기보다는/다기보다는 ....:

.... 자니 .... 고 .... 자니

.... 고 해서 어떻게 해야 할지 모르겠어요.

수경	구내식당이 다 그렇지요 뭐.
진수	.... 같아서는 .... 음식 좀 제대로 만들 수 없나?
수경	.... 을/ㄹ 것까지는 없겠지만 .... :

잘 이야기하면 좋아질 수도 있잖아요.

III. 과제

'가족의 의미'라는 제목으로 작문을 하십시오.

01 '가족'이라는 말에서 연상되는 단어를 쓰십시오.

02 나의 가족과 '가족의 의미'에 대해 쓸 중심 내용을 써 보십시오.

⇒

1) ....

2) ....

3) ....

4) ....

03 '가족의 의미'와 관련된 자신의 추억이나 들어서 알고 있는 사례를 메모하십시오.

⇒

04 최종적으로 가족의 의미를 어떻게 생각하는지 결론적인 의견을 정리해서 쓰십시오.

⇒

05 앞에서 정리한 단어와 내용, 사례들을 가지고 '가족의 의미'라는 제목의 글을 1,000자 정도 분량의 글로 완성해 보십시오.

제목 : 가족의 의미

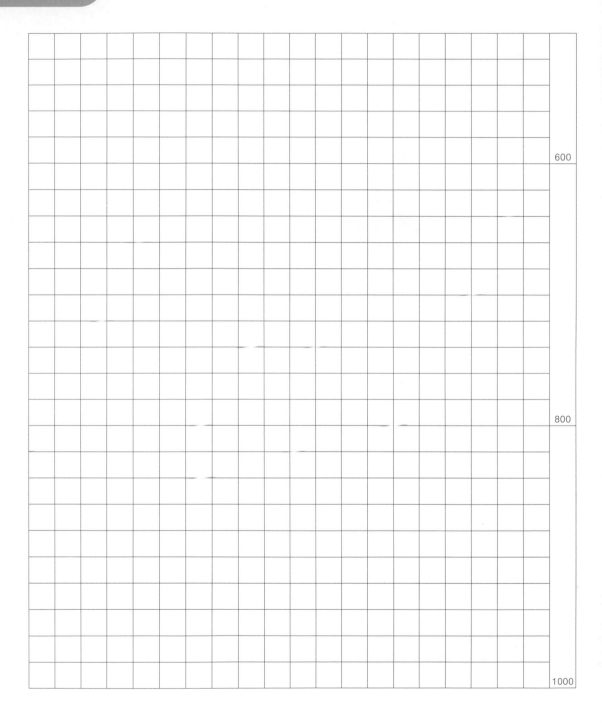

600

800

1000

7-4 생각을 나누는 대화

1. '모성'과 '사랑'은 인간이 태어날 때부터 갖고 있는 것입니까? 문화적으로 학습된 것입니까? 이야기해 봅시다.

2. 사람들이 '입양'이나 '헌혈'을 하는 이유가 무엇인지 이야기해 봅시다.

🔊 48

이기적 유전자를 넘어

도정일 우리 대담에서 핵심적인 두 가지 화두는 '인간 본성'과 '인간 행동'입니다. 생물학이 말하는 인간 본성론과 행동론, 그리고 인문학이 생각하는 인간관이죠. 인문학에는 통일된 인간관 같은 건 사실상 없습니다. 문을 가능한 한 열어 놓고 다양한 탐구, 설명, 설득이 백가쟁명[1]으로 나오게 하는 것이 인문학의 관심사입니다. 물론 거기에는 생물학적 통찰도 포함됩니다. 그래서 내가 자꾸 그러죠. 오늘날 생물학의 발견을 참작하지[2] 않는 인문학적 인간론이란 불가능하다고 말이죠.

예를 들면 조직적인 '언어'는 사실 인간과 동물을 갈라놓은 거대한 분수령[3]인데, 그 언어란 게 전적으로 문화적 산물만은 아니거든요. 말을 할 수 있는 능력 자체는 문화적 구성물이 아니라 생물학적으로도 주어진 겁니다. 턱 모양, 치아, 혀의 구조가 조금만 달랐더라도 인간은 언어를 발전시키지 못했을 거예요. 그러니까 말할 수 있는 능력 자체는 생물학적으로 주어진 것이죠. 그러나 그 생래적인[4] 보편적 능력 위에서 인간이 언어를 발현시키는[5] 꼴은 천차만별입니다. 그래서 세계에는 6000개 이상의 다양한 언어들이 있습니다. 소멸한 언어들까지 합치면 인간이 만든 언어는 1만 개 이상일 겁니다. 입양의 경우에도 생물학적 근거와 문화적 근거가 따로 있지 않을까 싶어요.

최재천 그런데 이런 점은 있습니다. 제가 오랫동안 생각해본 건데요. 입양을 하는 것처럼 튀는 행동도 드물 거예요. 분명히 미국사람이 동양계 아이를 데리고 다니면서 참 잘해줄 경우, 이것이 나쁜 말로 하면 전시 효과가 엄청난 행동이라는 것이죠.

도정일 사회적 인정의 효과죠. 세금 감면이나 각종 특혜 같은 것도 있죠.

최재천 예, 바로 사회적 인정의 효과예요.

---

1 백가쟁명 : 많은 학자나 문화인 등이 자기의 학설이나 주장을 자유롭게 발표하여 논쟁하고 토론하는 일.

2 참작하다 : 여러 가지 사정을 고려하다.

3 분수령 : 사물을 구별하는 기준이 됨을 비유적으로 이르는 말.

4 생래적이다 : 태어날 때부터 가지고 나오다.

5 발현시키다 : 속에 있는 것이 밖으로 나타나게 하다.

도정일 입양이 '튀는' 행동일 때도 있지만, 문화적 '순응'일 때도 있습니다. 어떤 교회 공동체가 있는데 거기서는 입양이 '미덕'으로 칭송받는다고 합시다. 그러면 그 교회에 나오는 사람들은 자기 공동체의 규범을 따르는 것이 칭찬도 받고 사회 활동 을 하는 데도 더 유리하니까 별로 마음이 내키지는 않지만 "에라[6], 나도 한국 아이 하나 데려다 키우자." 이러고 나설 수 있죠. 이런 경우는 튀는 행동이 아니라 오히려 순응입니다.

사회학에서 '타인지향적'이니 '외향적'이니 하고 말하는 경우가 거기 해당할 것 같아요. "남들이 하니까 나도 한다."죠. 그런가 하면 남들이야 어떻게 행동하든 상관없이 자기 신념과 가치관에 따라 입양하는 이른바 '내향성' 행동도 있을 겁니다. 이런 경우는 아마 남들 눈에 '튀어'보이겠죠. 그러나 내향성 행동은 외부의 영향을 덜 받으니까 주변 환경에 변화가 있어도 시종 꿋꿋할[7] 것이고, 외향성 행동파들은 외부로부터의 인정, 칭송, 이익 같은 것에 변화가 발생하면 애들을 학대하거나 다시 내다버리기도 할 거예요. 이 경우 학대는 생물학적, 본능적인 것이 아니라 여전히 문화적인 태도 변화죠.

최재천 사회생물학에서 큰 주류를 꼽으라면, 물론 다윈[8]의 이론으로부터 출발하는 게 사회생물학이지만, 그 다음에는 해밀턴의 혈연선택 (kin selection) 이론[9]이에요. 그 이론은 "유전자를 공유하는 것들끼리 서로 도우면서 사회행동이라는 것이 생겨났다."고 설명합니다. 그러면 유전적으로 서로 관계가 없는 개체들 간에는 어떻게 이타주의적인 행동이 진화했느냐 하는 문제가 남죠. 그래서 나온 것이 트리버즈의 상호호혜 (reciprocal altruism) 이론[10]입니다.

이를테면 우리가 헌혈을 하고 나서 헌혈했다는 사실을 말하고 싶어서 입이 간질간질한 이유는 "나는 남에게 헌혈할 줄 아는 사람이다."라는 평판을 기

---

6 에라 : 더 이상의 노력을 하지 못할 때, 자포자기적인 상황에서 내는 감탄사. '에라, 모르겠다' 와 같이 사용.

7 꿋꿋하다 : 사람의 기개, 의지, 태도나 마음가짐 따위가 매우 굳세다.

8 다윈(Charles Robert Darwin, 1809. 2. 12~1882. 4. 19) : 생물진화론을 주창한 영국의 생물학자.

9 혈연선택이론 (kin selection) : 다윈의 자연도태론에 반(反)하는 자연진화론. 꿀벌의 사회을 보고 1964년 영국의 W. D. 해밀턴이 발견하여 제시한 이론. 자기를 희생해서 자기가 속한 집단의 번식을 도와 혈연의 유지에 기여하는 것.

10 트리버즈의 상호호혜이론 : 1970년대 초 로버트 트리버즈가 밝힌 이론. 겉보기에는 이타주의적인 많은 행동들이 사회적 맥락에서 따져보면 합리적 이기주의임을 밝히는 이론.

대하기 때문이라는 겁니다. 물론 계산 적으로 그렇게 한다는 것은 아니지만 요. 이런 관점에서 보면 내가 남의 자식까지 데려다 키울 수 있다는 것은 좋은 사회적 평판을 얻는 데 굉장히 도움이 되는 일이죠. 다민족 국가에서는 훨씬 더 높이 평가될지도 모른다는 생각도 듭니다.

요즘에는 텔레비전에서 장애 아이를 데려다가 키우는 부모들을 많이 보여주더라고요. 우리 사회도 그런 행동들을 언론에서 대대적으로, 그리고 지속적으로 홍보하면 입양하는 사람들이 늘어날 겁니다. 그것은 결국 자기의 평판, 사회적인 평가를 높이는 데 굉장한 공헌을 할 겁니다. 그런 효과가 분명히 있을 것 같은 생각이 들어요.

그런 평판이 중요한 이유는 만일 내가 함께 손잡을 사람을 선택할 때 헌혈차를 보면 아예 멀찌감치 돌아가는 사람보다 제 발로 걸어가서 헌혈하는 사람, 그리고 그보다 더, 남의 아이를 입양해서 평생 돌봐주는 사람을 택하고 싶기 때문이죠. 나도 그런 사람을 원하고 남도 내가 그런 사람이면 나를 더 원하겠죠. 이것이 상호호혜 집단입니다.

도정일 입양이니 헌혈이니 하는 이타적 행동이 결국은 '나'의 액면 가치[11]를 높여주는 거니까 한다고 말하면 이타적 행동도 '이기적 계산'에 의한 것이 됩니다. 호혜적 이타성 이론은 동네 목욕탕에 가면 그 진수[12]를 볼 수 있어요. 서로 등 밀어주기 말입니다. "내가 네 등을 밀어주면 너도 내 등을 밀어주겠지."라는 거죠. 나는 열심히 밀어줬는데 상대방이 자기만 씻고 나가버리면 "뭐, 저런 인간이 있어?"가 되고 더 심하면 "저건 인간도 아니야!"가 됩니다. 사회적 평판에 일대 손해가 발생하는 거죠. 이게 사람들이 서로 도와줄 때의 일반적 도덕률[13]입니다. 그 도덕률을 따르는 것이 사회적 생존에 더 유리하죠. 그래서 그런 행동을 강화하는 쪽으로 자꾸 프리미엄[14]이 붙고, 이런 피드백[15]이 쌓여서 유전 정보에도 영향을 준 것이라는 소리가 되나요?

---

11 액면가치 : 화폐 따위에서 적혀있는 그대로의 가치.

12 진수 : 사물이나 현상의 가장 중요하고 본질적인 부분.

13 도덕률 : 모든 사람의 실천적 행동기준으로 생각할 수 있는 법칙.

14 프리미엄 : 실제 가치보다 좀 더 가치를 높이 붙여 주는 것.

15 피드백 : 진행된 행동이나 반응의 결과를 본인에게 알려 주는 일.

그런데 재미있는 현상이 있어요. '서로 등 밀어주기'는 남탕에서보다는 여탕에서 더 많이 일어납니다. 여탕에 들어가 봤느냐? 꼭 들어가 봐야 압니까?(하하하) 이런 얘길 왜 하느냐 하면, 육체적으로나 사회적으로 약자일수록 호혜 성향이 더 높다는 소릴 하고 싶어서입니다. 커뮤니케이션의 경우에도 그래요. 남탕에서는 한증막에 같이 앉아 있어도 모르는 사람끼리는 좀체 대화가 트이지 않죠. 그러나 여탕 사우나실에서는 모르는 여자들끼리도 순식간에 이야기꽃이 피거든요. 안 들어가 봤지만 다 압니다. (하하하)

〈중략〉

그런데 어떤 사회적 보상이 주어지면 인간이 이타적 방향으로 행동을 바꿀 수 있다고 했을 때 그 바꾸기, 또는 바꿀 수 있는 성향조차도 자연적인 것인가요?

최재천 그건 아닙니다.

도정일 유전자의 이기성으로는 설명이 되나요?

최재천 예, 유전자는 계속 이기적이죠. 그런데 그런 유전자 중에서 평판을 걱정할 줄 아는 유전자, 또는 남을 도우면서 살겠다는 유전자를 조금이라도 가진 사람들이 더 많이 번식할 수 있게끔, 더 많이 성공할 수 있게끔 사회적인 분위기를 조성해 놓으면, 당대에 그런 사람들이 많아져서 우리 사회가 갑자기 좋아지진 않더라도 그들이 더 많이 번식[16]하게 되어 그런 유전자가 전체 유전자군에서 차지하는 비율이 점점 높아질 수 있겠죠.

---

16 번식 : 생물이 개체를 늘이고 많이 퍼지게 하는 것.

● 글쓴이 소개

도정일(1941~)

하와이대학 유학을 거쳐 1983년부터 경희대학교 영어영문학과 교수로 재직하고 있다. 문학, 문화, 사회에 관한 이론적인 글들과 평문들을 발표하고 있으며, '책 읽는 사회 만들기 국민운동'의 공동대표로 시민운동을 벌이고 있다. 지은 책으로 「시인은 숲으로 가지 못한다」 등이 있다.

최재천(1954~)

서울대학교 동물학과를 졸업하고, 하버드 대학교에서 생물학 박사학위를 받았다. 2009년 현재 이화여자대학교 에코과학부 교수로 재직 중이다. 지은 책으로는 「생명이 있는 것은 다 아름답다」, 「여성시대에는 남자도 화장을 한다」, 「곤충과 거미류의 사회행동의 진화」, 「곤충과 거미류의 짝짓기 구조의 진화」, 「개미 제국의 발견」 등이 있다.

기쁨은 내 안에 있는 것
- 행복에 대하여

최인호 스님, 오랜만에 뵙습니다. 그간 평안하셨습니까? 얼마 전 스님에 관련된 텔레비전 프로그램을 보니까 천식으로 고생하신다 해서 가슴이 아팠는데, 요즘은 좀 어떠신가요?

법 정 네, 최 선생. 오랜만에 뵈니 반갑습니다. 아직도 새벽이면 기침이 나오는데 전보다는 많이 가벼워졌어요. 나는 몸의 다른 부분은 건강하고 아무 탈이 없는데 감기에 잘 걸리고 호흡기가 약해요. 기침이 나오면 자다가도 깨어서 앉아야 하는데, 그때는 낮에 참선하고 경전을 읽는 시간보다 오히려 정신이 아주 맑고 투명해집니다. 그래서 기침 덕에 이런 시간을 갖게 되는구나 생각하며 오히려 감사할 때가 있습니다.

또 얼마 전부터는 기침 때문에 깼을 때 차를 마시고 있는데 새벽녘에 가볍게 마시는 차 한 잔이 별미더군요. 나 사는 곳은 전기가 들어오지 않아 촛불을 켜는데요. 불빛을 사발로 가려놓고 은은한 빛 속에서 향기로운 차를 마십니다. 최 선생도 글쓰기 전에 그렇게 마음을 정리하는 시간을 더러 가져보세요. 촛불 켜놓고 편한 자세로 아무 생각 없이 기대앉아 있으면 아주 좋아요. 텅 빈 상태에서 어떤 메아리가 울려오기 시작합니다.

내가 사는 곳은 지대가 높은 곳이라 최근에야 얼음이 풀렸는데, 새벽녘 시냇물 소리에 귀를 기울이고 있으면 맑고 투명한 이 자리가 바로 정토淨土요 별천지구나 싶어 고맙다는 생각도 듭니다. 기침 덕에 좋은 경험을 하고 있는 것이지요.

이렇게 행복이란 밖에 있는 게 아니라 내 안에 늘 있습니다. 내가 직면한 상황을 어떻게 받아들이느냐에 따라서 고통이 될 수도 있고 행복이 될 수도 있겠구나 하는 생각이 들었습니다. 전에는 기침이 나오면 짜증이 나고 심할 땐 진땀까지

5

10

15

20

흘렸지요. 어떻게 이 병을 떼어낼까만 생각했는데, 지금은 모처럼 나를 찾아온 친구를 살살 달래고 있습니다. 함께 해야 하는 인연이니까요. 기침이 아니면 누가 나를 새벽에 이렇게 깨워주겠느냐 생각하니 그것도 괜찮아요. 다 생각하기 에 달려 있지요.

최인호 저도 한 10년 전부터 당뇨를 앓고 있는데요. 처음에는 당황도 되었지만 '이 기회에 청계산에나 다니자.'해서 지금은 거의 10년째 매일 산에 오르고 있습니다. 당뇨가 없었더라면 산에 안 다녔겠지요. 석 달에 한 번씩 병원에 가는데 의사가 "당뇨 때문에 남들보다 더 오래 사시겠습니다."하더군요.

처음에는 일주일에 한 번 정도 가야지 생각했는데 직장에 구애 받는 사람도 아닌데 매일이면 어떤가 해서 매일 가게 되었죠. 그렇게 다니기 시작한 것이 벌써 10년이네요. 신문에 연재 소설을 쓸 때 "1천 회 연재라니 대체 그걸 어떻게 쓰십니까?"라고 묻는 사람들이 있었지요. 하지만 처음부터 1천 회를 쓰는 게 아니지요. 1천 회를 생각하면 숨 막혀서 못 써요. 침착하게 1회 1회 쓰다 보면 1천 회가 되는 거지요. 1회 쓸 때는 1회만 생각하고, 2회를 쓸 때는 2회만 생각하고요.

청계산도 그런 식으로 다녔습니다. 지금은 자연스러운 습관이 되어버렸는데, 비가 오나 눈이 오나 그냥 아무 생각 없이 산에 갑니다. 어떤 뚜렷한 목적이 있다면 10년이나 못 다녔죠. 심장 박동이 빨라지며 격렬하게 호흡하고 땀을 흘리는 것, 저는 그걸 정말 좋아해요. 아침 일곱 시 반에 집을 나가 여덟 시쯤 산에 오르기 시작해서 한 시간 15분 가량 등산을 하는데 이제는 소문이 나서 알아보고 인사를 건네는 분도 많아요.

눈 올 때 청계산에 가 보면 설악산이 따로 없어요. 스님 말씀대로 모든 게 생각하기 나름이에요. 30분만 달려가면 설악산 못잖은 멋진 산이 있으니 얼마나 좋은지요. 나는 청계산 주지다, 청계산은 내 산이다 생각하며 산을 오르는데 참 행복합니다. 행복이란 받아들이기 나름이란 스님 말씀에 전적으로 동의합니다.

법 정 그렇습니다. 행복이란 어디 먼 곳에 있는 게 아니지요. 우리에겐 원래 행복할 수 있는 여러 조건이 있고, 상황을 어떻게 받아들이느냐에 따라서 그것은 고마운 일이 될 수도 있고 불만스러운 일이 될 수도 있습니다. 소욕지족少欲知足, 작은 것을 갖고도 고마워하고 만족할 줄 알면, 행복을 보는 눈이 열리겠지요. 일상적이고 지극히 사소한 일에 행복의 씨앗이 들어 있다고 생각됩니다.

최인호 행복의 기준이나 삶의 가치관도 세월에 따라 변하는 것 같습니다. 저도 젊었을 때는 남보다 많이 성취하거나 소유할 때 행복이 오는 줄 알았는데 가톨릭 신자로 살다 보니 그런 것만도 아니더라고요. 예수 그리스도는 마음이 가난한 자는 복이 있다, 슬퍼하는 사람은 행복하다, 이런 말씀을 하셨는데 처음 들었을 때는 대체 무슨 얘긴가 했어요. 지금은 '마음이 가난한 자는 행복하다.'라는 말을 참 좋아합니다. 가난 자체가 행복한 것은 아니죠. 사실 빈곤과 궁핍은 불행이잖습니까. 마음이 가난하다는 말은, 행복이란 마음에서 비롯된다는 의미인 것 같습니다. 같은 온도에도 추워 죽겠다고 생각하는 사람이 있는 반면 정신이 번쩍 들도록 서늘하다고 느끼는 사람이 있으니까요. 모든 것은 마음에서 나오지만 특히 행복은 전적으로 마음속에 있는 것 같습니다.

작고 단순한 것에 행복이 있다는 진리를 요즘 절실하게 느끼고 있습니다. 피천득 선생님의 글에 '별은 한낮에도 떠 있지만 강렬한 햇빛 때문에 보이지 않을 뿐'이라는 내용이 있지요. 밤이 되어야 별은 빛나듯이 물질에 대한 욕망 같은 것이 모두 사라졌을 때에야 비로소 행복이 찾아오는 것 같아요. 누구나 행복해지고 싶어 하면서도, 요즘 사람들은 행복이 아니라 즐거움을 찾고 있어요. 행복과 쾌락은 전혀 다른 종류인데 착각을 하고 있지요. 진짜 행복은 가난한 마음에서 출발하는 것 같습니다.

245

문화

3년상과 49재

장례의 모든 절차가 끝나 상복을 벗는 것을 탈상(脫喪)이라 한다.

오늘날 부모님이 돌아가시면 대개 49일 만에 탈상을 하는데 이는 불교에서 나온 풍속이다. 죽은 사람이 다음번에 좋은 생을 받기 바라는 뜻에서 죽은 날로부터 7일째마다 7회에 걸쳐서 천도재(薦度齋)를 지내준다. 이를 사십구재(四十九齋)라고 한다.

삼년상은 공자의 <논어>에 '군자는 상복을 입는 동안은 맛있는 음식을 먹어도 달지 않고 음악을 들어도 즐겁지 않으며 편한 곳에 있어도 편안치 않다. 자식이 나서 3년은 지나야 부모의 품을 벗어날 수 있게 되듯이 3년상은 천하의 공통된 상례다'라는 말이 있는데 이 말을 따른 듯싶다.

부모님이 돌아가시면 그 자손이 산소 옆에 움막을 짓고 3년 동안 산소를 돌보며 살았다. 밖에 나가 다닐 때에는 자신을 낳아준 부모를 돌아가시게 했으니 하늘을 볼 수 없는 죄인이므로 방립(方笠)을 쓰고 베로 된 부채로 얼굴을 가렸다고 한다. 그리고 술과 고기도 먹지 않았다.

이 3년 상은 삼국 시대부터 있었다는 기록이 보인다. 고려 시대에는 부모의 상을 100일 만에 벗는 게 상례였고 조선 시대에 들어와서도 양반층은 대개 3년 상을 치렀으나 일반 백성은 제대로 따르지 않았다. 그러다가 양반 상민 모두 3년 상을 지키라는 명령이 내려진 이후로 한국의 고유 풍속이 되었다.

현대에 이르러서는 대체로 장례가 끝나고 삼 일째에 삼우제(三虞祭)라고 하여 첫 성묘를 하면서 간단한 제사를 지내고 일상으로 복귀한다. 유교의 삼년상, 불교의 사십구재보다도 더 빨리 일상으로 귀환하지만 고인을 기리는 풍속은 제례로 이어져 지금까지 계속되고 있다.

1. 예전과 현대의 탈상 시기는 어떻게 다릅니까?

2. 요즘 여러분의 나라에서는 며칠 동안 장례식을 치릅니까?

01 –는다기보다는/ㄴ다기보다는/다기보다는/이라기보다는/라기 보다는

앞의 내용이라고 말하느니 차라리 뒤의 내용으로 표현하는 것이 더 낫다는 뜻이다. 與其說是前面內容，不如用後面內容來表現更好。

- 이 집은 좁다기보다는 내부 구조가 안 좋다고 봐.
- 글쎄… 그 가수는 예쁘다기보다는 귀엽고 깜찍하지.
- 아침마다 그 집 샌드위치를 먹는 건 맛이 있어서라기보다 시간이 없어서라고 보는 게 맞지.
- 늘 내 곁에 있어주는 영수는 친구라기보다는 가족에 가깝다.

02 –자니

'–려고 하니'의 뜻이다. 보통 '–자니 –고 –자니 –고 해서'의 형태로 쓰여 앞 상황의 여러 가지 이유로 해서 고민하고 있을 때 쓰는 표현이다.
「–려고 하니」之意。通常使用「 –자니 –고 –자니 –고 해서」的型態，因前句狀況的各種理由而煩惱時使用。

- 유행이 지난 옷은 버리자니 아깝고 갖고 있자니 귀찮고 해서 어떻게 해야 할지 모르겠어요.
- 학교까지 걸어가자니 좀 멀고 버스를 타자니 좀 도는 것 같고 해서 생각 중이야.
- 항상 날 귀찮게 하는 사무실 동료가 있는데, 화를 내자니 미안하고 부탁을 다 들어주자니 내 일을 못할 것 같아서 걱정이야.
- 집 근처에 단골 포장 마차가 있는데, 저녁까지 먹고 귀가할 때는 들어가서 뭘 먹자니 배가 너무 부르고 그냥 지나치자니 서운할 것 같고 해서 가끔 그 앞을 지나가기가 부담스러울 때가 있어.

03 -같아선

'마음', '생각', '기분', '욕심' 등의 명사나 일부 시간을 나타내는 명사 '요즘', '지금', '오늘' 등에 붙어서 쓰이며 '지금의 마음이나 형편에 따르자면'의 뜻으로 쓰인다. 실제로는 그렇게 하지 못함을 나타내는 표현이다.

接在「마음」「생각」「기분」「욕심」等名詞後，或部分表示時間的名詞，如「요즘」、「지금」、「오늘」等後面，表「依照現在的心情或情況來看」之意。表示事實上無法這麼做。

- 옛날 같아선 지금의 연애결혼은 상상도 못했던 일이다.
- 내년 초 대학 졸업생들의 취업난은 예상을 뛰어넘는 최악의 수준이 될 것으로 우려되고 있다. 요즘 같아선 대학 졸업이 곧 실업이 되고 있는 것이다.
- 생각 같아선 일주일만이라도 아무도 없는 섬나라에 가서 조용히 살고 싶다.
- 영화가 너무 감동적이어서 기분 같아선 마지막에 일어나 박수라도 치고 싶었는데 혼자 그러기엔 좀 창피해서 그만두었다.

04 -을/ㄹ 것까지는 없겠지만

앞 내용에 가장 최고의 상황을 말하고 그 정도까지는 아니라 하더라도 어느 정도까지는 만족시켜야 하는 경우에 쓰인다.

認為前句內容為最好的情況，即使不到前句情況的程度，也必須要達到某個水準才行。

- 경고장에 기재된 내용을 100% 지킬 것까지는 없겠지만 이 이상의 범법 행위는 중지하는 것이 좋습니다.
- 아이를 심하게 때릴 것까지는 없겠지만 따끔하게 혼을 내서 정신을 차리게 해야 한다.
- 가장 이상적이랄 것까지는 없겠지만 이번 안으로 하는 것이 적절한 것 같습니다.
- 아주 고화질일 것 까지는 없겠지만 그래도 어느 정도 수준이 되는 컬러폰이어야 해요.

제8과 삶과 배움

8-1 한국인의 교육관

학습 목표 ● 과제 바람직한 교육에 대해 글쓰기, 체벌에 대해 토론하기
● 문법 –으랴 –으랴, –다 보니 그로 인해 ● 어휘 한국의 교육 제도

대학교육이 꼭 필요한지 이야기해 봅시다.

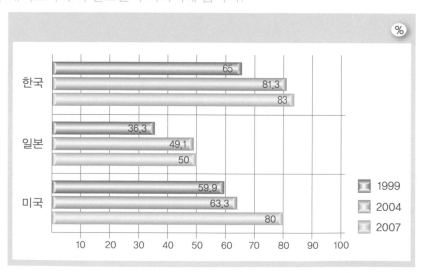

위 도표를 보고 여러분 나라의 대학 진학 현황과 비교해 이야기해 봅시다.

대화

🔊 49~50

존슨 드라마에서 보니까 가정교육을 제대로 못 받았다는 말이 나오던데 한국에서는 그런 말을 많이 쓰나 봐요.

정희 존슨 씨 나라에서는 그런 말 안 쓰나요? 한국에서는 보통 예의가 없거나 인사성이 없으면 가정에서 부모님이 자녀에게 예의범절을 가르치지 않아서 그렇다고 말을 하거든요.

존슨 그래서 그런지 한국 학생들을 보면 인사도 잘 하고 예의가 바른 것 같아요. 게다가 놀란 건 자식들을 위해 자신을 희생하는 부모님이 많다는 거예요. 자식들을 좋은 대학에 보내려고 비싼 교육비도 아끼지 않고 학원까지 보내면서 공부시키잖아요.

정희 그건 한국 부모님들의 교육열이 높아서 그런 것 같아요. 가능하면 자식이 교육을 많이 받아서 사회적으로 성공하길 바라는 게 대다수 부모님들의 마음이지요. 저도 고등학교 때 학교 다니랴 학원 다니랴 날마다 시간에 쫓기면서 밤 늦게까지 책하고 씨름했었어요.

존슨 그렇게 열심히 공부해서 그런지 한국 학생들 보면 상식도 풍부하고 재주도 많은 것 같은데…. 그렇지만 공부에 쫓겨서 그런지 마음에 여유가 없어 보여요.

정희 부모님들의 교육열이 높고 대입 경쟁이 치열하다 보니 그로 인해 부작용도 생기고 있지만 높은 교육열 덕분에 한국이 이만큼 발전했다고도 하거든요. 한국은 천연자원이 부족한 나라인데 교육 덕분에 인적자원이 풍부하다고들 하니까요.

01 위 대화는 무엇에 대해서 이야기하고 있습니까?
- ❶ 학교 교육의 문제점
- ❷ 한국의 가정 교육과 교육열
- ❸ 대학 입시의 부작용
- ❹ 한국 교육의 변화와 발전

02 '가정 교육을 못 받았다' 는 어떤 의미입니까?

03 위 대화를 보기와 같이 이어서 이야기해 봅시다.

> [보기] 존슨 : 하지만 부모님들의 지나친 교육열 때문에 한국 아이들의 정서가 메말라가고 있다는 느낌이 들어요.
> 정희 : 글쎄요, 오히려 어렸을 때 정서 함양에 도움이 되도록 음악이나 연극 등 풍부한 경험을 시키려는 부모님들이 많은 것 같은데요.

제대로 adv. 好好地、正常順利地　　인사성 n. (人事性) 禮貌　　예의범절 n. (禮儀凡節) 禮節
희생하다 v. (犧牲 -) 犧牲　　-과 / 와 씨름하다 與…角力　　풍부하다 a. (豐富 -) 豐富的
대입 n. (대학교 입학的縮寫) 大學入學考試　　치열하다 a. (熾烈 -) 激烈的
인적 자원 n. (人的 資源) 人力資源

어휘 한국의 교육 제도

01 다음 표현을 익히고 빈칸에 알맞은 말을 골라 쓰십시오.

공교육
교사 – 학생
의무 교육 　　　　예체능 교육
국/공립 학교 　　　외국어 교육
사립 학교 　　　　영재 교육
인문계 고등학교 　 조기 교육
실업계 고등학교 　 직업 교육
특목고 (특수목적고등학교)
6-3-3-4학제

사교육
강사 – 수강생
학원 (외국어 학원,
　　　 보습 학원, 음악 학원,
　　　 무용 학원, 미술 학원,
　　　 컴퓨터 학원, 논술 학원)
과외

현재 한국은 중학교까지 (　　　　　　　)을/를 실시하고 있다. 그래서 학교 교육비가 들지 않는다. 그런데 요즘 부모들은 아이가 서너 살부터 조기교육을 시키기 위해 여기 저기 사설 (　　　　　　　)에 보내느라 교육비 부담이 크다. 예를 들면 피아노, 바이올린, 플룻 등의 악기, 발레, 그림, 글쓰기, 태권도 등 여러 분야의 다양한 (　　　　　　) 교육이나 외국어 교육에 부모님들은 교육비를 아끼지 않는다.

요즘은 교육부에서 (　　　　　　　) 교육의 한 방법으로 과학, 수학, 정보통신 분야에서 똑똑한 학생을 선발해 우수인력으로 양성하고 있다. 이 선발 시험에 합격하면 과학고 같은 (　　　　　　　)에 입학하기가 훨씬 수월하다고 한다.

일반 (　　　　　　　) 고 등 학 교 에 는 대 학 에 진 학 하 려 는 학 생 들 이 다 니 고, (　　　　　　　) 고등학교에는 취업에 필요한 여러 기술을 배우려는 학생들이 다닌다.

02 여러분 나라에서는 무슨 교육이 어떻게 이루어지고 있습니까? 위 표현을 사용해 이야기해 봅시다.

01 다음 글을 읽고 문법 및 표현을 익혀 봅시다.

난 요즘 **학교공부 하랴 학원공부 하랴** 지쳐 잠든 아이를 보면 문득 문득 옛날이 그리워진다. 내가 어렸을 때만 해도 이렇게 공부에 쫓기진 않았던 것 같다. 학교 수업이 끝나면 집에다 가방을 던지고 나가 하루 종일 친구들이랑 신나게 놀다가 어둑어둑해져서야 돌아오곤 했다.

부모님을 도와드리지 않아 종종 야단맞기도 했지만 요즘 아이들처럼 경쟁이 **심하지 않다보니 공부로 인해** 스트레스를 받지는 않았다. 산으로 들로 나가 친구들이랑 뛰어놀던 그 맛을 과연 요즘 아이들은 알까?

-으랴   -으랴

1) 다음 중 알맞은 표현을 골라 빈 곳에 쓰십시오.

시험공부하고 아르바이트하다　　　　　　직장 일하고 집안일하다
자막 읽고 무대 보다　　　　　　　　　　음식 먹고 이야기하다
영어, 수학 공부하고 태권도, 피아노 배우다

- 요즘 시험공부하랴 아르바이트하랴 몸이 두 개라도 모자랄 지경이다.
- 외국 뮤지컬 공연을 볼 때면 _____ 정신이 없다.
- 방학이 되어도 _____ 한가할 시간이 없다.
- 밥을 먹기 시작하자 _____ 손놀림, 입놀림이 바빠졌다.
- 직장 생활을 하는 대부분의 기혼 여성들은 _____ 한가할 틈이 없다.

---다 보니 그로 인해

2) 다음을 연결하고 보기와 같이 이야기해 봅시다.

이 과목 저 과목 과외를 시키다 ●·················● 교육비 부담이 커졌다.

교육비 부담이 크다 ● ● 인성교육이 약화되고 있는 것 같다.

학교 교육이 입시중심으로 흐르다 ● ● 아이 낳기를 망설이는 게 아닐까요?

학생들이 신조어를 무분별하게 쓰다 ● ● 노인 문제가 새로운 사회 문제로 대두되었다.

사회가 고령화되다 ● ● 세대 간에 의사소통이 어려울 때도 있다.

[보기] 이 과목 저 과목 과외를 시키다 보니 그로 인해 교육비 부담이 커졌다.

02 빈칸을 채우고 '-으랴 -으랴', '-다 보니 그로 인해'를 사용해 보기와 같이 이야기해 봅시다.

사람	상황	결과
회사원	매일 현장 작업을 점검한다 사무실 업무도 관리한다	시간에 쫓겨 밥도 제대로 못 먹어 위염까지 생겼다
대학생	데이트한다 아르바이트한다	
취업준비생		체력이 떨어져 쓰러지기까지 했다
예비 신랑 신부		

[보기] 매일 현장 작업을 점검하랴 사무실 업무 관리하랴 시간에 쫓겨 밥도 제대로 못 먹다
보니 그로 인해 위염이 생긴 것 같다.

과제 1 읽고 쓰기 •────────────

다음 글을 읽고 질문에 답하십시오.

공교육의 문제점 및 한계점이 부각되면서 최근 탈 학교 운동이 일어나고 있다. 전통적인 학교 교육의 대안으로 나온 대안 학교와 홈 스쿨링 (home schooling) 이 그것이다.

대안 교육은 인간적인 교육, 열린 교육, 공동체 교육, 새로운 교육 등의 표현에서 알 수 있듯이 다양한 방식으로 이루어지고 있다. 한국의 대안 학교 역사는 비교적 짧은 편이나 유럽에서는 20세기 초부터 이미 대안 교육 기관이 출현했고 1960년대 이후 세계 도처에 여러 형태의 대안 학교가 등장했다.

홈 스쿨링은 학교 교육을 비판하고 불신하는 부모들이 자녀를 집에서 직접 가르치는 교육 방식이다. 이런 교육의 확산과 발전은 학교 본위 공교육에 대한 학부모들의 반란이 시작되었음을 말해준다.

미국에서는 부모가 자녀를 어떻게 가르칠 것인가를 선택할 권리와 의무가 있다는 주장을 인정하여 교육이 반드시 국가의 기준을 따를 필요가 없다고 하였다.

요즘 한국도 정규 학교에 보내지 않고 홈 스쿨링을 선택하는 가정이 늘고 있다. 입시 위주의 획일적인 교육, 학교 폭력 등 이런저런 이유로 학교를 떠나는 학생들이 한 해 무려 7만 명이 넘는다고 한다. 게다가 첨단 정보 통신의 발달로 사이버 교육이 활성화되어 홈 스쿨링은 점점 늘어날 전망이다.

01 위 글은 무엇에 대한 글입니까?

❶ 전통적인 학교 교육 방식　　　　❷ 새로운 형태의 교육 방식

❸ 공교육의 문제점　　　　　　　　❹ 사이버 교육의 필요성

02 서로 관계있는 것끼리 연결하십시오.

전통 학교 교육 •　　　　　　• 제도 밖 학교 교육

대안 학교 교육 •　　　　　　• 재택 교육

홈 스쿨링 교육 •　　　　　　• 제도권 학교 교육

03 한국에서 홈 스쿨링이 왜 늘고 있습니까?

한계점 n. (限界點) 臨界點　　부각되다 (浮刻 -) v. 凸顯出　　도처 n. (到處) 到處
불신하다 v. (不信 -) 不相信　　반란 n. (叛亂 / 反亂) 叛亂　　획일적이다 a. (劃一的 -) 劃一的
첨단 n. (尖端) 尖端　　활성화 n. (活性化) 活化

04 대안학교와 홈스쿨링의 성공사례입니다. 읽고 이야기해 봅시다.

박솔미(19세)	김석형(17세)	이상연(19세)
• 중2 자퇴 • 홈 스쿨링 • 검정고시로 중졸, 고졸 자격 취득 • '우리들은 학교에 안 가요'란 캠프 기획 참여 • 그린피스의 고래 보호 운동 참여 • 뮤직비디오 애니메이션 제작 • 현 한국예술종합학교 영상이론과 1학년	• 고1 자퇴, 대안 학교 입학 • 다양한 동아리 활동과 여행 많이 함 • 기숙사 생활 • 방학 때 미용 학원 수강, 관련 대학 진학 준비 중	• 중3 자퇴 • 대안 학교 재학생 • 재활용품으로 연주하는 '노리단'의 공연팀장 • 재활용품을 이용한 발명품 대회 입상

1) 세 학생의 공통점을 이야기해 봅시다.

2) 세 학생의 장래 희망을 추측해 말해 봅시다.

3) 대안 학교와 홈 스쿨링이란 교육 형태에 대해 어떻게 생각합니까?
   장단점에 대해 이야기해 봅시다.

여러분의 학교 생활을 되돌아보고 바람직한 학교 교육은 어떤 것이라고 생각하는지 정리하여 글을 써 봅시다.

나는 학교가 이래서 좋았다	나는 학교가 이래서 싫었다	바람직한 학교

과제 2 듣고 말하기 [51]

01 다음 결과를 보고 이야기해 봅시다. 여러분은 잘못했을 때 어떤 처벌을 받았습니까?

학교 체벌을 받은 경험	학교 체벌을 받았을 때 느낌
자주 있다 : 15.8% 가끔 있다 : 63.8% 없다　　: 20.4%	창피하다 : 32.4% 선생님이 무섭다 : 27.3% 반발심이 생긴다 : 22.8% 사랑받지 못하는 것 같다 : 17.5%

02 체벌의 교육적 효과에 대해 다음 결과를 보고 이야기해 봅시다.

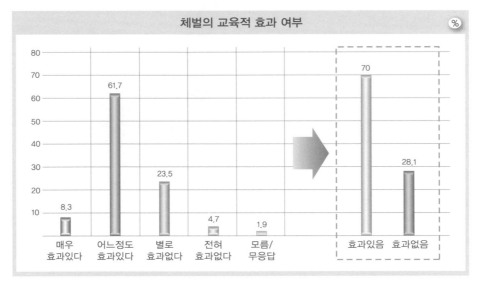

(전국 성인남녀 700명 조사)

03 다음 빈칸을 채우고 입장을 나누어 체벌에 대해 찬반 토론을 해 봅시다.

찬성	반대
● ● ● ● ●	● ● ● ● ●

04 다음 라디오 논평을 듣고 질문에 답하십시오.

1) 이 논평에서 주장하는 바는 무엇입니까?

❶ 체벌의 존폐에 대한 논의가 시급하다.

❷ 체벌에 대한 다양한 연구가 필요하다.

❸ 교육의 개선을 위해서는 교사 역할이 가장 중요하다.

❹ 교사, 학부모, 학생간의 애정과 신뢰를 회복해야 한다.

2) 체벌의 부정적 결과는 무엇입니까?

❶ 교사나 부모에 대한 반발심이나 적개심을 유발한다.

❷ 인격적인 모욕을 느끼게 할 수 있다.

❸ ....

❹ ....

❺ ....

05 어떤 경우에 체벌이 교육적 효과가 있었습니까? 여러분은 어떻게 생각합니까?

반발심 n. (反撥心) 反抗心   적개심 n. (敵愾心) 怨恨心   유발하다 v. (誘發 -) 引發
인격적 (人格的) 人格的   모욕 n. (侮辱) 侮辱   통제하다 v. (統制 -) 控制   일관성 n. (一貫性) 一貫性
훈육 n. (訓育) 訓育   비행 n. (非行) 胡作非為   존폐 n. (存廢) 存廢

8-2 평생 학습

현재의 생활이나 미래의 생활을 위해 배우고 싶은 것이 있습니까?

2007년 교육부 선정 주말 평생교육 프로그램

기관명	프로그램명	연락처
은평구 건강가정지원센터	신명나는 가족 풍물패	02-376-3759
고려대학교 박물관	문화예술 감상과 비평적 글쓰기	02-3290-1513
일성여자중고등학교	이야기 속 고사성어를 통한 한자 실력 키우기	02-716-0069
정맹룡 도예공방	가족공동체를 위한 다양한 공예 체험	051-747-1062
백양종합사회복지관	그림을 통한 우리 가족 심리 알아가기	051-305-3048
외암 도예촌	주말 도자기 체험 학습	041-534-0127
전북대학교 평생교육원	한국화 채색 익히기	063-288-0073

위 프로그램 내용에 대해 이야기해 봅시다.

대화

🔊 52~53

정희   길 건너 시립 도서관에서 이번 달 평생 교육 프로그램 수강생을 모집한다는 광고가 났어요. 수강료도 무료이던데요.

리에   뭐 배우려고요? 저도 주말에는 쉬니까 뭘 좀 배울까 하고 있었는데…

정희   저는 독서 논술 강좌를 들을까 해요. 공부해 두면 여러모로 쓸모가 많을 것 같아요. 나중에 아이가 생기면 아이 가르치는 데도 도움이 될 것 같고요.

리에   우리 하숙집 아주머니는 구청 복지관에서 한복하고 조각보를 배우신다고 하더라고요. 벌써 중급 과정은 끝내고 고급 과정이래요. 지도자 과정까지 마칠 계획이신가 봐요. 연세도 많으신데 열의가 대단하세요.

정희   멋있는 분이네요. 요즘은 나이가 들어서도 끊임없이 배우고 자신을 계발하려는 사람이 많아진 것 같아요.

리에   맞아요, 그렇게 하지 않고서는 삶의 질이 향상되기 어렵죠. 다양한 학습 기회를 제공해 주는 평생 교육이 이제는 필수적인 것이 된 것 같아요.

정희   그래요. 평균 수명이 길어진 만큼 의미 있는 노후 생활을 위해서라도 뭔가 준비를 해야겠죠.

---

01 두 사람은 무엇에 대해 말하고 있습니까? (   )

❶ 노후 생활   ❷ 평균 수명
❸ 한복 만들기   ❹ 평생교육

---

02 정희 씨가 배우고 싶어 하는 것은 무엇입니까? 그리고 그 이유는 무엇입니까?

---

03 위 대화 내용에 대해서 보기와 같이 이야기해 봅시다.

[보기] 가 : 정희 씨네 동네 도서관에서는 책만 빌려 주는 것이 아니라 무료로 평생 교육 프로그램도 운영하나 봐요.
나 : 무료라서 좋겠네요. 어딘지 알면 저도 가서 배울 텐데요.

열의 n. (熱意) 熱忱   끊임없이 adv. 不斷地   계발하다 v. (啟發 -) 啟發   삶의 질 n. 生活品質
평균 수명 n. (平均 壽命) 平均壽命   노후 생활 n. (老後 生活) 老年生活

01 다음 표현을 익히고 빈칸에 알맞은 말을 골라 쓰십시오.

평생교육 영역	평생교육 유형에 따른 평생교육기관
• 기초 및 교양 교육 • 전문 교육 • 여가 교육 • 생활 교육	• 원격 교육 　– 방송 통신 대학교 　– 디지털 대학교/사이버 대학교 • 면대면 교육 　– 구청 복지관 　– 시립(도립) 도서관 평생 교육 센터 　– 지역 평생 학습관 　– 백화점 문화 센터 　– 대학 부설 사회 교육원/평생교육원

1) 평생교육이란 삶의 질을 향상시키기 위해 태교에서부터 시작하여 전 생애에 걸쳐 개인적·사회적·직업적 발달을 성취하는 과정이다. 평생교육의 영역은 국민 생활에 필요한 기초학습을 위한 (　　　　　　　), 직업 기술 교육이나 대학 수준 이상의 (　　　　　　　), 여가의 교육적 활용을 위한 (　　　　　　), 인간관계나 사회생활, 가정생활을 위한 (　　　　　　) 등으로 나눌 수 있다.

2) 가르치는 사람과 배우는 사람이 물리적으로 떨어져 있는 상태에서 행해지는 (　　　　　) 은/는 둘 사이의 상호 작용을 위해 다양한 매체를 사용한다. 이 점이 얼굴을 마주 대하고 행해지는 (　　　　)과/와 다른 점이다.

3) 면대면 교육 기관인 구청 복지관이나 평생교육 센터, (　　　　　), (　　　　　) 등에서는 다양한 강좌를 개설하여 국민에게 건전한 여가 선용 및 자아 계발의 기회를 제공한다.

02 여러분은 어떤 평생교육에 관심이 있습니까? 위 표현을 사용해 보기와 같이 이야기해 봅시다.

[보기] 가 : 다음 주부터 구청 복지관에서 중국어를 배우려고 해요.

　　　 나 : 저는 내년에 방송 통신 대학교에 갔으면 해요. 직접 강의를 들을 수는 없지만 일하면서 공부할 수 있으니까 좋을 것 같아요.

문법

01 다음 글을 읽고 문법 및 표현을 익혀 봅시다.

미래 사회는 쉽게 예측하기 어려운 불확실한 사회이고, 또한 사회 각 부문의 분화가 심화되어가는 동시에 다양한 기회가 열려 있는 **사회인 만큼** 새로운 지식과 기술을 **습득하지 않고서는** 제대로 대처하기 어렵다. 이러한 상황 속에서 평생 교육은 삶의 전 과정을 통하여 생활의 질을 향상시키고 나아가 다양한 학습 기회를 평등하게 보장해 준다. 뿐만 아니라 인간의 내면에 존재하는 배움에 대한 열정을 이끌어내고, 삶의 의미와 목적을 실현해 나가는 데에 기여할 것이다.

–는 만큼

1) 다음을 연결하고 보기와 같이 이야기해 봅시다.

현대 사회는 실력과 능력이 중시 되는 사회이다	시간에 쫓기는 직장인들에게 인기가 있다
원격 대학은 시간과 장소에 구애 받지 않고 공부할 수 있다	누구나 경제적인 부담 없이 원하는 교육을 받을 수 있다
구청 복지관은 수업료가 싸다	지속적인 정보 습득과 학습이 필요하다
최고의 선수들이 모이다	효율적인 노년층 교육 프로그램을 더 많이 확보해야 한다
이제 대한민국도 고령화 사회에 들어섰다	훌륭한 경기를 펼칠 것이라 기대가 큽니다

[보기] 현대 사회는 실력과 능력이 중시되는 사회인 만큼 지속적인 정보 습득과 학습이 필요하다.

-지 않고서는

2) 빈칸을 채우고 보기와 같이 조언해 봅시다.

조언 대상	조언
새로운 정보 습득에 관심이 없는 젊은이	지식 정보화 사회에서 살아남을 수 없다
예습, 복습을 하지 않는 학생	어떤 내용인지 정확히 이해하기 어렵다
자신은 책을 안 읽으면서 아이가 책을 안 읽는다고 아이를 나무라는 부모	
민생에 관심이 없는 정치가	
노후 준비를 하지 않는 중년	

[보기] 새로운 지식과 정보를 습득하지 않고서는 지식 정보화 사회에서 살아남을 수 없을 것입니다.

02 빈칸을 채우고 '-는 만큼', '-지 않고서는' 을 사용해 보기와 같이 이야기해 봅시다.

현상	대책	조언
농촌에서는 결혼하는 커플 네 쌍 중 한 쌍이 국제 결혼을 한다	다문화 가정의 자녀를 위한 프로그램	언어와 학습 부진을 개선시킨다 / 한국인으로서의 정체성 확립이 어렵다
맞벌이 부부가 늘어났다	아이들을 돌봐주는 다양한 성격의 방과후 교실	다양하고 체계적인 프로그램을 갖춘다 / 부모와 아이들의 호응을 얻기가 힘들 것이다
경험 많고 체력 좋은 노인이 많아졌다	노인들을 위한 일자리	

[보기] 농촌지역에서는 네 쌍 중 한 쌍이 국제결혼을 하는 만큼 다문화 가정의 자녀를 대상으로 운영하는 프로그램이 필요합니다. 언어와 학습 부진을 개선시키지 않고서는 한국인으로서의 정체성 확립이 힘들 것입니다.

다음 글을 읽고 질문에 답하십시오.

(가능성이 무궁무진 ➜ 대학 부설 평생교육원) 이화여자대학교 평생교육원 sce.ewha.ac.kr / 연세대학교 사회
교육원 www.extension.yonsei.ac.kr

학교는 이제 학생들만의 공간이 아니다. 우수한 교육 인력과 시설을 갖춘 대학 안에 있어 지역 주민
이 쉽게 접근할 수 있고, 대학 시절 캠퍼스를 회상하며 못다 한 공부를 즐길 수 있다.

(㉠ ➜ ⓐ) 현대백화점 문화센터 culture.ehyundai.com / 신세계백화점 문화센터 culture.shinsegae.com
한때 여유 있는 전업주부들의 취미활동 공간으로 인식되어 노래 교실, 꽃꽂이, 홈 패션, 한지 공예
등의 취미 강좌를 통해 주부들이 모여 친교를 나누고 스트레스를 푸는 곳으로 인기를 끌었지만 요즘
은 이곳을 찾는 이들의 성향이 크게 변했다. 부동산과 주식 등 재테크를 비롯해 취업과 창업을 위한
기능 교육, 자격증 교육 등 실질적인 교육으로 바뀌고 있다. 평생 학습에 대한 인식이 확산된 만큼
그 계층도 더욱 넓어지고 있다.

(㉡ ➜ ⓑ) 국립현대미술관 www.moca.go.kr / 국립중앙박물관 www.museum.go.kr
작품이나 유물을 감상하는 것으로 그쳤던 공간이 참여하고 경험하는, 살아있는 평생 학습 공간으로
바뀌고 있다. 공간과 전문 인력이 잘 갖추어져 있어 더욱 전문적인 평생 학습이 가능한 곳으로 주목
받고 있다

(㉢ ➜ ⓒ) 한국노인대학복지협의회 www.ksu.or.kr
수명이 길어지고 건강이 좋아지면서 노인 교육의 중요성도 커지고 있다. 노인들의 삶의 만족도를
높이고 노인 인력을 활용하기 위해서는 노인 교육이 필수적이다.
이곳에서는 기본적인 읽기 · 쓰기 교육부터 IT교육, 직업 교육까지 다양한 프로그램이 있다.

(㉣ ➜ ⓓ) 서울사이버대학교 www.iscu.ac.kr / 사이버평생대학원 www.grad.knou.ac.kr
이곳의 강점은 언제 어디서나 얼마든지 들을 수 있다는 것이며 질 높은 수업을 별다른 경쟁 없이 들
을 수 있다는 것이다. 물론 학기당 약 100만 원선의 저렴한 학비도 매력적이다. 그리고 부족한 커뮤
니케이션을 보충하도록 게시판, 채팅 사이트 등을 이용해 문제점을 해결해 나가고 있다.

(㉤ ➜ ⓔ) ⋯⋯⋯⋯⋯⋯ ⓔ ⋯⋯⋯⋯⋯⋯ www.knou.ac.kr
이곳은 우리나라 최초의 원격 교육 기관이다. 저렴한 학비로 전국 어디서나 참여할 수 있고 학업과
직업을 병행할 수 있다는 장점을 가지고 있다. 또한 인터넷을 활용하지 못하는 어른들도 TV와 라디
오만으로 수업이 가능하다. 가장 대표적인 평생 학습 기관으로 자리잡고 있다.

(㉥ ➜ ⓕ) 한국교육개발원 학점은행제 edubank.kedi.re.kr
이 제도는 고등학교 졸업자가 정규 대학에 다니지 않아도 전문 또는 학사 학위를 취득할 수 있는 평생 학
습 제도이다. 학점이 인증되는 기관에서 받은 교육이나 자격증 등을 학점으로 인정한다.

무궁무진 (無窮無盡) 無窮無盡   친교 n. (親交) 真摯交情   비롯하다 v. 以…為首、包含…在內
그치다 v. 止於   보충하다 v. (補充 -)補充   취득하다 v. (取得 -)取得   인증되다 v. (認證 -)認證

01 위 글의 ㉠~㉫은 각 평생 학습 기관의 특징을 설명하는 말이고, ⓐ~ⓕ는 설명에 어울리는 평생 학습 기관들입니다. 빈칸에 알맞은 말을 보기에서 골라 쓰십시오.

<설명> ⇒ <평생 학습 기관>

[보기] 공부에 접속하다   [보기] 박물관·미술관

아줌마 파워의 원천   노인 대학

TV를 켜면 수업이 시작된다   사이버 대학

인생은 60부터   백화점 문화 센터

~~가능성이 무궁무진~~   학점 은행제

박물관은 살아있다   방송 통신 대학

미래를 위해 학점을 저축한다   ~~대학 부설 평생교육원~~

02 여러분 나라에는 어떤 평생 학습 기관들이 있습니까? 없다면 어떤 평생 학습 기관이 있었으면 좋겠습니까? 이야기해 봅시다.

03 여러분이 배우고 싶은 것을 생각해보고 그 활동을 할 수 있는 평생학습 기관이나 프로그램, 홈
페이지 등을 보기와 같이 조사하여 간단히 소개해 봅시다.

[보기] 장애 어린이 미술교실 – 서울 시립 미술관 – seoulmoa.seoul.go.kr
커피 전문가, 티 전문가 – 이화여자대학교 평생 교육원 – sce.ewha.ac.kr
온라인 문화 예술 강좌 – 디지털 문화 예술 아카데미 – www.artnstudy.com
미술 심리 치료, 홈 베이킹 – 연세대학교 사회 교육원 – www.extension.yonsei.ac.kr

◗ 다음 사설을 읽고 질문에 답하십시오.

> (가) 자식들에게 의존하며 살아가는 전통적인 모습을 거부하고 자기 계발에 열중하는 노년층이 최근 급속도로 증가하고 있다. 젊은이 못지않은 에너지를 지닌 이들 '신세대 노년층'은 인터넷 서핑, 온라인 결제, 그리고 블로그 만들기에 이르기까지 PC 다루기에도 능숙하다. 건강상의 이유뿐만 아니라, 취업을 위해 외국어 공부에 도전하는 노년층도 많다고 한다.
>
> (나) 이 같은 노년층 교육 붐으로 부산의 각 구청 정보화 교육장은 늘 만원이다. 구청 주관의 노년층 대상 정보화 교육도 접수가 시작되자마자 바로 마감되는 사례가 허다하다. '연령에 관계없이 노년층도 지식과 기술을 습득하고자 하는 욕구를 가지고 있다'는 교육 이론이 입증되는 현상이다.
>
> (다) 노년층이 자아 실현을 목표로 한 교육 프로그램에 적극적으로 참가하고 있다는 사실은 고'령화 시대를 맞아 반가운 현상이 아닐 수 없다. 과거의 노년층 교육은 교육적 측면보다는 단순히 여가활동을 하는 정도에 지나지 않았다. 또 지침이 될 만한 교육 모델도 없이 즉흥적으로 운영되는 예도 많았다.
>
> (라) 이제 우리 사회는 평생 학습 사회로 접어들었다. 그리고 노년층의 경제적, 교육적 역량도 향상됐다. 그런 만큼 인기가 있는 교육 프로그램을 더 많이 확보해야 한다. 노년층 교육의 사회적 인식을 높이는 것도 절실한 과제다. 노년층 교육을 복지 서비스의 일부로 간주하기보다는 사회 교육과 평생교육 차원에서 접근하는 것이 필요하다.

[출처: 부산일보 2007. 9. 29]

01 위 사설의 제목으로 적당한 것을 고르십시오.

❶ 노년층 대상 정보화 교육 ❷ 노년층의 자기 계발과 평생교육

❸ 노년층 여가 선용을 위한 교육 ❹ 노년층을 위한 교육 모델

02 위 사설의 내용을 요약해 봅시다.

1) 각 단락의 핵심 단어를 정리해 보고 핵심 단어를 이용하여 중심 내용을 써 보십시오.

단락	핵심 단어	내용
(가)	자기 계발, 신세대 노년층	자기 계발에 열중하는 신세대 노년층이 늘고 있다.
(나)		
(다)		
(라)	평생 학습 사회	

2) 위에서 정리된 중심 내용을 이용하여 사설 전체의 내용을 요약해 보십시오.

03 한국은 2000년에 이미 고령화 사회에 진입했습니다. 2018년에는 고령 사회, 2026년에는 초(超)고령 사회에 도달할 것으로 전망됩니다. 미래 고령화 사회에 인기가 있을 만한 평생 교육 프로그램에 대해 이야기해 봅시다.

04 여러분은 미래에 대한 어떤 꿈, 어떤 계획을 가지고 있습니까? 그러한 꿈이나 계획을 이루기 위해 어떤 평생 학습 프로그램이 필요할지 생각해 보고 이야기해 봅시다.

연령대	이루고 싶은 일이나 꿈	미리 준비해야 할 학습
30대		
40대		
50대		
60대		
70대		
80대		

급속도 n. (急速度) 急速　　　못지 않다 a. 不亞於　　　입증되다 v. (立證 -) 證明　　　지침 n. (指針) 指針
즉흥적 (即興的) 即興的　　　접어들다 v. 進入　　　절실하다 a. (切實 -) 迫切的　　　간주하다 v. (看做 -) 看作

271

8-3 정리해 봅시다

I. 어휘

01 빈칸에 알맞은 말을 골라 쓰십시오.

계발(하다/되다)   풍부(하다)   치열(하다)   희생(하다/되다)

1) 아무리 인적 자원이 (   ) 하다고 해도 효율적으로 활용하지 못하면 소용이 없어요.
   아무래도 예술가들이 보통 사람들에 비해서 감정이 (   ) 하겠지요?
2) 그는 (   )한 경쟁을 뚫고 입사 시험에 합격했다.
   세계 무대를 향한 (   )한 도전과 경쟁으로 세계 최고의 브랜드를 탄생시켰다.
3) 교사는 학생의 잠재된 능력이 (   ) 되도록 충분한 기회를 주어야 한다.
   여러 언어를 습득하는 것이 아이들의 두뇌 (   ) 촉진에 기여한다는 연구 결과가 있다.
4) 국가나 집단을 위하여 개인을 (   ) 하기란 쉬운 일이 아니다.
   경제 성장을 위해서 민주주의의 발전을 (   ) 해도 된다고 생각하십니까?

02 다음의 표현을 사용해 문장을 만들어 보십시오.

1) 평균 수명, 노후 생활, 삶의 질, 끊임없이, -을/를 계발하다

→ 평균 수명이 길어진 요즘, 행복한 노후 생활과 높은 삶의 질을 유지하기 위해서는 끊임없이 자기 자신의 능력을 계발하고자 노력해야 한다.

2) 인사성, -이/가 밝다, 예의범절, 제대로, -을/를 지키다

→ ....

....

3) 경쟁, -이/가 치열하다, 열의, -하고 씨름하다, 인적 자원

→ ....

03 빈칸에 알맞은 말을 골라 쓰십시오.

> 공교육   사교육   6-3-3-4학제   미술 학원   인문계   실업계
> 특목고   과외   보습 학원   의무 교육   음악 학원   사립 학교

초등학교 6년, 중학교 3년, 고등학교 3년, 대학교 4년 과정의 학제를 (   )이라고/
라고 한다. 이중 중학교 과정까지는 국가에서 정한 (   ) 기간으로서 무상으로
(   )을/를 받을 수 있다. 학교에서 이루어지는 수업 이외에 더 많은 교과 수업을
필요로 하는 학생은 (   )에서, 예능 수업을 원하는 학생은 (   )이
나/나 (   ) 같은 학원을 개별적으로 선택하여 이용하기도 한다. 이러한 사교육
을 집에서 받는 경우에는 (   )이라/라 한다. 운영 주체가 어딘지에 따라 초등
학교, 중학교, 고등학교, 대학교 모두 국/공립 학교와 (   )으로/로 나뉘며, 고등
학교의 경우 교육의 성격에 따라 크게 (   ), (   ), 예체능계 고등학
교로 나뉜다. 인문계 고등학교는 일반 고등학교와 (   ), 자립형 사립고로 구분
된다.

04 다음 교육방법 유형에 어떤 평생교육 기관들이 속하는지 골라 쓰십시오.

> 평생 교육 센터   백화점 문화 센터   방송 통신 대학교   지역 평생 학습관
> 사회 교육원   디지털 대학교   구청 복지관   대학 부설 평생 교육원

● 원격 교육 :

● 면대면 교육 :

II. 문법

01 다음은 지난 11월 8일 개최한 '찾아가는 한글교육' 글짓기 대회에서 상을 받은 박상엽 할머니(76)의 글입니다. 오랜 문맹에서 벗어난 할머니가 돌아가신 남편께 보내는 편지입니다. 읽고 편지의 내용을 이해해 봅시다.

하늘나라에 있는 당신에게
55년전의 당신을 오늘 불러 봅니다
내 가슴이 메어지짐 같소
떠나면서 곳 돌라 오겠다던
당신은 오늘까지 그름자도 보이지
안아 우리가족은 엇떻게 살아
왔겠소 늙으신 부모와 4게월된
아들을 나 한테 맡겨두고 떠난후
부모님은 저 세상으로 떠났고
낭겨두고간 아들은 잘 잘아서
부산에서 운행 지점 장으로 착실이
살고 있소 작은농사 지으면서
아들 고부 시키기가 십지안아
부산 자갈치 시장에서

장사도 하면서 공부를 시켰소
여보
당신은 55년 동안 어떻게
지내고 있소
우리가 만나면 얼굴을 알아
볼 수 있을가요?
훗날 나도 당신찾아
하늘나라가면 나를찾아 주소
우리 만날때까지
편이 게싶시요

11월 8일

당신 아내가

02 미선 씨가 위의 편지를 읽고 할머니와 하는 대화입니다. 다음 대화를 완성하십시오.

1) 미선: 할아버지가 많이 그리우신가 봐요. 시간이 그렇게 지났는데도 말이에요.

   할머니: .... 는/은/ㄴ 만큼 ....

2) 미선: 할아버지 돌아가시고 할머니 혼자 고생이 많으셨지요?

   할머니: .... 으랴/랴 .... 으랴/랴 ....

3) 미선: 혼자 되신 후에 바로 한글을 배우셨으면 살기가 조금은 덜 힘드셨을 텐데요.

   할머니: .... 다 보니 그로 인해 ....

4) 미선: 70 평생을 글을 모른 채 살아오셨는데 어떻게 공부 할 생각을 하셨어요?

   할머니: 요즘 같은 시대에 .... 지 않고서는 ....

   미선: 지금이라도 배우셨으니 앞으로는 글자를 몰라서 겪는 불편함은 없으시겠네요.

III. 과제

좌담회를 해 봅시다.

한국의 대학 입시 제도와 여러분 나라의 입시 제도를 비교해서 이야기해 봅시다. 그리고 바람직한 입시 제도에 대해 이야기해 봅시다.

8-4 시대 속의 인물

<상해 임시정부 요인>

1. 여러분 나라에서 존경받는 인물은 누구입니까? 그 이유를 다음 어휘를 사용하여 이야기해 보십시오.

지도력이 있다	헌신적이다	희생하다
봉사하다	기여하다	공헌하다

2. 지금까지 여러분의 삶에 영향을 많이 끼친 분이 있으면 이야기해 보십시오.

🔊 54

동주 형의 추억

문익환

원통하기[1] 그지없지만 나는 동주 형의 추억을 써야 한다. 나는 이 글을 쓰고 싶었다. 무엇인가 동주 형에 대해서 내가 아는 대로 써야 할 것만 같은 심정이다. 그와 나는 콧물 흘리는 어린 시절의 6년 동안을 함께 소학교[2]에 다니며 민족주의와 기독교 신앙으로 뼈가 굵어갔다. 그뿐만 아니라 만주[3]에서 평양[4]으로, 거기서 또 만주로 자리를 옮기면서 가장 민감한 10대에 세 중학교[5]를 우리는 함께 편력[6]하였다. 동주 형에 대해서 무엇인가 쓰고 싶은 것은 그 때문만이 아니다. 나는 그를 회상하는 것만으로 언제나 나의 넋이 맑아지는 것을 경험하기 때문에 더욱 그런 심정이 되는 것이다.

그 후 우리는 서로 길이 갈렸다. 그는 문학 공부하러 서울로, 나는 신학을 공부하러 동경[7]으로 떠났다. 그러나 방학이 되면 으레 서로 만나서 시간가는 줄도 모르고 속을 털어 이야기를 주고받았다. 물론 문학에 관해서는 언제나 내가 듣는 편이었다. 아무튼 나는 인생의 민감한 형성기에 그와 함께 유랑하면서 인생과 시를 배웠다.

그가 우리의 추억 속에 남겨 놓고 간 그 귀중한 것들은 그렇게 극적인 것은 아니다. 그에게 와서는, 풍파는 잠을 잤고 다들 양같이 유순하고 호수같이 맑아지는 것이었다. 그러나 그의 넋 속에는 남모르는 깊은 격동이 있었다. 호수같이 잔잔한 해면 밑 깊은 데는 아무것으로도 막을 수 없는 해류의 흐름이 있듯이!

그는 아주 고요하게 내면적인 사람이었다. 그래서 그는 친구들 사이에 말없는 사람으로 통했다. 그렇다고 아무도 그를 건방지다고 생각하지 않았다. 모두들 그 말없는 동주와 사귀고 싶어했다. 그의 눈은 언제나 순수를 찾아 하늘을 더듬었건만 그의 체온은 누

---

1 원통하다 : 매우 슬프고 화가 나고 마음이 아프다.

2 소학교 : '초등학교'의 옛말.

3 만주 (Manchuria) : 중국의 동북지방을 이르는 말.

4 평양 : 평안 남도의 남서쪽 대동강 하류에 있는 우리나라에서 가장 오래된 도시, 현재 북한의 수도.

5 세 중학교 : 용정 은진중학교, 평양 숭실중학교, 용정 광명중학교를 말함.

6 편력 : 이곳 저곳을 널리 돌아다님. 여러 가지 경험을 함.

7 동경 : 일본의 '도쿄'를 우리 나라 한자음으로 읽은 이름.

구에게나 따뜻하게 느껴지는 것이었다. 나는 아무 과장 없이 고백할 수 있다. 그의 깊은 데서 풍겨 나오던 인간적인 따뜻함을 나는 아직 아무에게서도 느껴본 일이 없다고. 그러기에 그가 차지하고 있던 나의 마음 한구석은 다른 아무것으로도 채워지지 않을 것이다. 이국땅 만주에서도 신경[8]의 거리를 헤매다가 해방의 종소리를 듣던 그 정오에 내 마음을 견딜 수 없이 쓰리게 한 것은 동주 형의 환상이었다.

'동주야, 네가 살았더라면…….'

동주 형은 참으로 멋진 사내였다. 그의 일동일정[9]은 모두 자연스러웠고 서로 어울려서 동주답지 않은 것이 없었다. 그의 지성은 '모던[10]'이었다. 그러나 그가 베적삼[11] 베고의[12]에 고무신을 끌고 저녁 산책을 하는 것은 순수한 아저씨 그대로였다. 그렇다고 촌스러우냐 하면 그렇지도 않았다. 동주 형은 깨끗한 사람이었다. 양복은 언제나 구김살이 없었고 머리가 헝클어지는 일이 별로 없었다. 그러면서도 그는 결코 경박해 보이지 않았다. 그래도 저래도 다 동주다웠다. 그렇다. 동주다운 것 – 그것이 그리 좋았고 아무도 흉내를 낼 수 없는 것이었다. '멋'이 한국 민족의 자연스러운 풍모인지 아닌지 나는 모른다. 아무튼 동주 형은 소위 멋을 낸다는 청년에게서는 찾아볼 수 없는 멋 – 그의 성품에서 풍겨 나오는 '멋'을 지니고 있었다고 하겠다. 나는 그의 멋에서 가장 순수하고 고귀한 한국적인 향기가 풍기고 있었다고 생각한다. 그는 극히 멋지게 한국적이었기에 그의 마음은 넓고도 넓은 '한 울[13]'과 같았다.

'그의 저항 정신은 불멸의 전형이다'라는 글을 읽을 때마다 나의 마음은 얼른 수긍하지 못한다. 그에게 와서는 모든 대립은 해소되었었다. 그의 미소에서 풍기는 따뜻함에 녹지 않을 얼음이 없었다. 그에게는 다들 골육의 형제였다. 나는 확언할 수 있다. 그는 복강[14] 형무소에서 마지막 숨을 몰아쉬면서도 일본 사람을 생각하고는 눈물 지었을 것이라고. 그는 인간성의 깊이를 파헤치고 그 비밀을 알 수 있었기에 아무도 미워할 수 없었으리라. 그는 민족의 새 아침을 바라고 그리워하는 점에서 아무에게도 뒤지지 않았다. 그것을 그의 저항정신이라 부르는 것이리라. 그러나 그것은 결코 원수를 미워하는 것일 수는 없었다. 적어도 동주 형은 그렇게 느낄 수 없었으리라.

8 신경 : 일본이 세운 만주국의 수도, 지금의 길림성 장춘시.
9 일동일정 : 하나하나의 동정, 모든 동작.
10 모던(modern) : 현대적인.
11 베적삼 : 베로 지은 여름에 입는 홑저고리.
12 베고의 : 베로 만든 남자의 여름 한복 홑바지.
13 한 울 : (우리 나라 전통 종교인 천도교에서) 우주 본체, 하늘을 달리 이르는 말.
14 복강 : 일본 후쿠오카(Fukuoka).

나는 동주 형이 시인이 되리라고는 생각할 수 없었다. 그가 시를 쓴다고 야단스레 설치는 것을 본 일이 없다. 그는 사상이 능금[15]처럼 익기를 기다려서 부끄러워하면서 아무것도 아닌 양 쉽게 시를 썼다. 그렇게 자연스레 시를 쓰는 듯이 보였기 때문에 나는 그가 취미로 시를 쓴다고만 생각했었다. 한데 그는 몇 수의 시를 남기려 세상에 왔던 것이다. 그의 가장 동주다운 멋은 역시 그의 시에 나타나 있다고 나는 믿게 되었다. 그는 사상이 무르익기 전에 시를 생각하지 않았고, 시가 성숙하기 전에 붓을 들지 않았다. 그렇기 때문에 시 한 수가 씌어지기까지 그는 남모르는 땀을 흘리기도 했으련만, 그가 시를 쓰는 것은 그렇게도 쉽게 보였던 것이다.

나는 그를 만나면 최근작을 보여 달라곤 했다. 그러면 그는 아무 말 없이 공책이나 종이 조박지[16]에 쓴 시들을 보여 주곤 했다. 조금도 뽐내거나 자랑하는 기색이 없어 좋았다. 그렇다고 그는 애써 겸손하지도 않았다. 다만 타고난 동주다움을 가지고 살고 생각하고 쓸 뿐이었다. 나는 그의 시를 퍽 좋아했다. 무엇보다도 그의 시가 알기 쉬워서 좋았다. 그는 대단한 독서가였다. 방학 때마다 사가지고 돌아와서 벽장 속에 쌓아둔 그의 장서[17]를 나는 못내[18] 부러워했있다. 그의 장서 중에는 문학에 관한 책도 있었지만 많은 철학 서적이 있었다고 기억된다. 한 번 나는 그와 키에르케고오르[19]에 관한 이야기를 하다가 그의 키에르케고오르에 관한 이해가 신학생인 나보다 훨씬 깊은 데 놀라지 않을 수 없었다. 그렇게도 쉬지 않고 공부하고 넓게 읽는 그의 시가 어쩌면 그렇게 쉬웠느냐는 것을 그때 나는 미처 몰랐었다. 그의 시가 그렇게도 쉬웠기 때문에 나는 그의 시는 그다지 훌륭한 것이 못되거니라고만 생각했었다. 한데 그것이 그렇게도 값진 것으로 우리 문학사상 찬연히 빛나는 시가 되리라고는 꿈에도 생각하지 못했었다.

나는 그의 시에 나타난 신앙적인 깊이가 별로 논의되지 않는 것이 좀 이상하게 생각되곤 했었다. 그의 시는 곧 그의 인생이었고, 그의 인생은 극히 자연스럽게 종교적이기도 했다. 그에게도 신앙의 회의기가 있었다. 연희 전문[20] 시대가 그런 시기였던 것 같다. 그런데 그의 존재를 깊이 뒤흔드

15 능금 : 맛과 모양이 사과와 비슷하나 보통 사과보다 훨씬 작은 과일.

16 조박지 : '조각'의 사투리, 작은 쪽지.

17 장서 : 도서관이나 서재에 간직하여 둔 책.

18 못내 : 잊거나 그치지 않고 계속.

19 키에르케고오르(kierkegaard) : 덴마크의 철학자.

20 연희 전문 : 연세대학교의 전신, 연희전문학교.

는 신앙의 회의기에도 그의 마음은 겉으로는 여전히 잔잔한 호수 같았다. 시도 억지로 익히지 않았듯이 신앙도 성급히 따서 익히려고 하지 않았던 것이리라. 그에게 있어서 인생이 곧 난대로 익어가는 시요, 신앙이었던 것 같다.

　동주 형은 갔다. 못난 나는 지금 그의 추억을 쓴다. 그의 추억을 쓰는 것으로 나의 인생은 맑아진다. 그만큼 그의 인생은 깨끗했던 것이다.

5

● 글쓴이 소개

문익환(1918~1994)

목사, 시인, 사회운동가. 북간도 명동에서 태어나 윤동주와 함께 어린 시절을 보냈으며 미국 프린스턴 신학교 대학원을 수료하고 목사가 되었다. 민주통일민중운동연합 의장을 역임하고 평양을 방문하는 등 민주화 운동을 위해 일생을 헌신하였다.

시집 『꿈을 비는 마음』, 옥중 서한집 『꿈이 오는 새벽녘』 등의 저서가 있다.

더읽어보기

반기문 유엔 사무총장 국회 연설

"가슴은 한국에, 시야는 세계에"

존경하는 국회의장님, 국회의원님 여러분

국민의 대의기관인 국회에서 소중한 발언 기회를 갖게 된 것을 무한한 영광으로 생각합니다. 저는 내년 1월부터 제8대 유엔 사무총장직을 수행하기 위해 출국하기에 앞서 오늘 의원님 여러분께 고별인사를 드리고 저의 소감도 말씀드리고자 합니다.

먼저 제가 이 자리에 서기까지 국회의장님과 여야 의원님 여러분께서 저를 아낌없이 지원해주신 데 대해 깊이 감사드립니다. 저의 유엔 사무총장 선출은 결코 제 개인의 역량만으로 얻어진 것이 아니었습니다. 가깝게는 의원님 여러분과 정부, 언론을 포함한 온 국민의 뜨거운 성원이 결집되었기에 가능한 것이었고, 멀리 보면 우리나라가 건국 이래 국내외에서 이뤄온 경이로운 업적에 대한 국제사회의 평가에서 비롯된 것이었습니다. 따라서 금번 외교적 개가는 우리 국민 모두의 몫이며, 그간 우리 국민이 온갖 시련을 극복하면서 흘렸던 피와 땀과 눈물의 소산입니다. 이렇게 얻은 것이기에 그 영광은 결코 저 혼자만의 것이 될 수 없으며, 조국을 사랑해온 모든 국민에게 돌려져야 마땅하다고 봅니다.

존경하는 의원님 여러분, 저는 오늘 바로 이 점이 과거의 유엔 사무총장 선출에서는 볼 수 없었던 의미심장한 부분임을 강조하고 싶습니다. 이제 우리나라는 국민적 열의가 뒷받침되기만 한다면 국제무대에서 많은 것을 성취할 수 있는 저력을 갖고 있습니다. 우리 국민은 유엔의 목표와 이상인 평화와 안전, 경제발전, 민주주의와 인권 신장을 가장 단기간에 가장 모범적으로 달성했다는 평가를 받고 있습니다.

저는 지난 2년 10개월간 외교장관으로서 세계 각국을 방문하면서 많은 나라로부터 한국을 자국 발전의 모델로 삼고 싶다는 말을 들을 때마다 오늘의 한국을 일구어낸 우리 국민 앞에 숙연해지지 않을 수 없었습니다.

지금 우리나라는 선진국 진입의 대망을 갖고 있는 한편, 목전에는 21세기의 복잡다기한 도전에 직면해 있습니다. 저는 저의 유엔 사무총장 선출에서 우리의 대망 실현에 유익한 시사점들이 발견되기를 소망하고 있습니다. 먼저, 저의 유엔 사무총장 선출은, 한국인은 유엔 사무총장이 되기 어렵다는 우리 스스로의 고정관념을 깨뜨린 것입니다. 금년 2월 우리 정부가 저를 차기 사무총장 후보로 추천했을 때, 많은 사람들이 한국은 분단국이고 북한 핵문제의 당사국이며, 미국과의 군사동맹국이라는 등의 이유로 유엔 사무총장을 배출할 수 없다고 생각했습니다.

그러나 우리는 우리 자신의 국제적 위상을 바탕으로 전통적 지혜의 벽을 돌파할 수 있었습니다. 우리가 21세기의 다양한 난관을 넘어서기 위해서는 우리 자신의 위치와 대상을 새로운 패러다임으로 고찰해보는 창의적 태도가 필요합니다. 이는 스스로를 존중하는 자긍심에서부터 출발될 수 있습니다.

둘째로, 이제 우리는 세계를 향해 마음을 활짝 열고 '세계 속의 한국'을 구현해야 합니다. 이로써 인류의 공동번영과 전 세계적 범위에서의 국익을 동시에 추구해야 합니다. 이를 위해 우리 국민은 사유의 틀을 국제무대로 확대해야 하고 우리 사회는 여러 방면에서 국제적 표준에 접근해야 할 것입니다. 이것 또한 우리 자신에 대한 존경심과 자긍심을 바탕에 두어야 가능하다고 봅니다.

셋째로, 우리의 국제적 역할 확대를 위해 우리의 국제사회에 대한 기여가 더욱 증대되어야 합니다. 우리는 국제사회에 대한 노블리스 오블리제를 능동적으로 떠맡아야 합니다. 최근 우리의 대외원조가 다소 확대되기는 했지만 국제 기준에 비추어 아직 적고 지원방식도 시대에 뒤져 있습니다. 유엔 평화유지군에 대해서도 재정 분담에 비해 인적 참여가 매우 미약합니다.

마지막으로, 국제사회에서 우리의 역할 제고를 위해서는 외교역량을 획기적으로 강화시켜야 합니다. 대통령님의 결심에 따라 최근 외교인력의 보강이 이뤄지기는 했지만, 저는 외교장관으로서 아직 우리 외교역량이 21세기의 거센 도전에 맞서기에는 너무나 부족함을 고백하지 않을 수 없습니다. 물리적인 역부족이 많은 기회의 상실을 초래하고 있습니다.

4,700만 국민의 대표이신 국회의원 여러분, 혹자는 저의 사무총장 선출로 우리에게 돌아온 이익이 무엇이냐고 묻습니다. 저는 한국의 위상을 국제사회에 더 높였다고 답변드릴 수 있습니다.

그럼에도 저의 사무총장 진출이 우리나라에 궁극적으로 얼마나 기여할 것이냐는 사실 저 자신이 아닌 우리 국민 스스로의 마음과 노력에 달려 있다고 봅니다. 우리 국민이 '가슴은 한국에, 시야는 세계에' 두고 행동할 때 비로소 저의 사무총장 진출은 최대의 시너지 효과를 가져올 것이기 때문입니다. 세계는 무궁무진한 기회로써 열린 마음을 가진 사람들을 환영할 것입니다.

저는 이 연설을 마치면 사무실에 돌아가 장관직을 퇴임하고 제가 37년간 고락을 함께 했던 동료들과도 석별을 나눌 예정입니다. 그리고 사무총장직 취임 준비를 위해 11월 15일 뉴욕으로 떠나게 됩니다.

유엔에서의 저의 임무는 과거 그 어느 사무총장보다도 막중할 것이라고 합니다. 지난 60년간 미뤄왔던 유엔 개혁을 본격적으로 추진해야 합니다. 냉전 종식 후 다발하고 있는 지역분쟁을 조속히 해소하고, 끊임없는 테러와 비전통적 위협들에 효과적으로 대처해야 합니다. 특히 제가 직접 관여해왔던 북한 핵문제 해결과 한반도 평화유지에 대해서는 사무총장의 권한을 최대한 활용하여 조속한 시일 내 평화적으로 해결될 수 있도록 기여하고자 합니다.

또한 2015년까지 유엔의 최대 과제가 된 빈곤퇴치에 가시적 성과를 내야 하고 양극화도 막아야 합니다. 민주주의와 인권을 전 세계에 보편적으로 확립시키고, 회원국간의 다층분열을 화합으로 돌려놓아야 합니다.

솔직히 저는 지금 태산같은 난제들 앞에 혼자 외로이 서 있다는 심정을 금할 길이 없습니다. 저는 이러한 과업의 실천에 우선 제 개인의 37년간 외교관 경험과 인적 네트워크를 활용할 것입니다. 회원국들로부터 최대의 협조를 확보하기 위해 '화합의 전도사'가 될 것이며, 각국 지도자들의 관심과 정치적 의지를 결집할 것입니다. 그러나 유엔 사령탑이 된 후에도 저 반기문의 원동력은 역시 한국적 정신력이 될 것입니다. 한국인으로서 체화된 근면성실, 조직에의 헌신, 변화를 추구하는 역동성, 시련에 맞서는 불굴의 의지, 극단을 경계히는 중용의 정신을 최대한 발휘할 것입니다. 저는 한국의 사무총장은 아닙니다. 그러나 저는 여전히 한국인 사무총장입니다. 저는 티리그베 리 초대 사무총장이 퇴임하면서 '세상에서 가장 어려운 일'이라고 고백한 유엔 사무총장직을 한국인의 명예와 긍지를 바탕으로 완수해 보이고자 합니다. 그리하여 제가 임기를 마치고 귀국하는 날 국민 앞에 자랑스러운 귀국보고를 올리고자 합니다.

저는 저의 영광을 국민의 승리로 돌렸습니다. 훗날 제가 성공한 사무총장으로 평가된다면 그 공도 역시 우리 국민과 함께 나눌 것입니다. 이러한 맥락에서 저는 감히 저의 책임도 우리 국민과 함께 나눠 갖고 싶다는 말씀을 드리고 싶습니다. 제가 한국인 사무총장으로서 유엔을 21세기의 인류가 희망을 걸 수 있는 조직으로 일신할 수 있도록 의원님 여러분과 우리 국민께서 변함없는 지원과 성원을 보내주실 것을 간곡히 부탁드립니다.

감사합니다.

문화

배움과 선비

선비는 학식과 인품을 지닌 사람을 가리키는 말로써 특히 유교 이념을 지키고 따르는 사람을 이른다. 타고난 신분이나 사회적 지위보다는 깊은 철학과 이치를 익히고 행할 줄 아는 그 사람의 인격적인 측면이 중요하다.

선비는 중국의 '사(士)'와 같은 뜻을 가졌다고 볼 수 있는데, 삼국 시대 초기부터 유교 문화가 들어오면서 선비에 대한 개념이 형성되기 시작했고, 세 나라 모두 국립학교를 세워 선비들을 배출하였다. 고려 시대에는 교육 제도와 관료제가 한 층 정비되어서 학문을 익힌 선비들이 관직으로 진출하였다. 유교가 나라의 통치 이념이었던 조선 시대가 되면서 선비들은 비로소 핵심적인 역할을 하게 되었다.

선비들의 생애를 살펴보았을 때 가장 두드러진 특징 두 가지는 학업과 벼슬살이이다. 학문을 닦는 것이야말로 선비가 평생 동안 해야 할 일이었다. 그래서 옛 글이나 그림 등에서 묘사되는 선비의 전형적인 모습도 책상 앞에 앉아 글을 읽고 있는 모습이다. 선비들이 이렇게 학문에 정진한 것은 단지 지식을 많이 얻기 위 한 것이 아니라 도리를 깨우치고 이를 삶에서 실천하여 완성된 인격체가 되기 위 함이다. 그러므로 선비는 단순한 학자나 문장가 이상의 의미를 갖는다.

학문을 익히고 도리를 깨우치는 것이 개인적이고 정신적인 일이라면 관직에 나아가 벼슬살이를 하는 것은 배운 것을 사회적으로 실천하는 일이다. 선비들은 과거를 보고 관료가 되었는데 여러 관직 중에서도 언론이나 역사 또는 학문을 논 하는 직책을 영예로 알았다. 이들은 관직에 나아가서도 자신이 맡은 일이 정도에 어긋나거나 임금이 자신의 간언을 받아들이지 않을 때에는 망설임 없이 관직에 서 물러나는 모습을 보여 주었다.

관직에 있든 재야에 있든 선비들이 추구하는 가치는 같았다. 인(仁)과 의(義)가 선비 정신의 핵심이었고, 임금에 대한 충성과 부모에 대한 효도와 같은 덕목들이 생활 지침이 되었다. 그래서 나라가 위기에 처했을 때에는 많은 선비들이 의병을 일으켜서 외적을 물리치고 나라를 구하는 데 생명을 바치기도 하였다.

선비란 어떤 사람을 말합니까?

선비의 본분을 정신적인 측면과 실천적인 측면에서 이야기해 보십시오.

여러분 나라에서 역사적으로 존경 받는 삶은 어떤 것입니까?

01 −으랴/랴−으랴/랴

여러 가지 일을 나열하면서 그러한 일들을 두루두루 하느라 애씀을 나타낸다.
羅列各種事項，並為了一一進行這些事項而努力。

- 범인 잡으랴 주민의 안전을 지키랴 경찰은 늘 시간에 쫓긴다.
- 고객 접대하랴 프레젠테이션 준비하랴 하루 종일 차 한 잔 마실 틈도 없었다.
- 공부하랴 아르바이트하랴 몸이 두 개라도 모자랄 지경이다.
- 빨래하랴 설거지하랴 손에 물이 마를 날이 없다.

02 −으로/로 인해

조사 '으로/로' 와 동사 '인하다' 가 함께 쓰여 어떤 상황이나 사태에 대한 원인이나 이유가 됨을 나타낸다.
助詞「으로/로」與動詞「인하다」合起來使用，表示造成某種情況或事態的原因或理由。

- 이번 지진으로 인해 목숨을 잃은 사람이 100명을 넘어섰다.
- 시험 중의 부정행위로 인해 시험 응시 자격을 박탈당했다.
- 대학 졸업자가 많다 보니 그로 인해 고학력 실업자가 늘어났다.
- 젊은이들이 도시로 이주하다 보니 그로 인해 시골은 점점 인구가 감소하고 있다.

03 −는/은/ㄴ/인 만큼

뒤 내용이 앞의 내용과 비슷한 정도나 수량임을 나타내거나 앞 내용이 뒤 내용의 원인이나 근거가 됨을 나타낸다.
表示後面內容與前面內容的程度或數量相似，或前方內容為造成後方內容之原因或根據。

- 인생은 배움의 연속인 만큼 끊임없이 자기 계발을 해야 한다.
- 수강료가 저렴한 만큼 누구나 강좌를 들을 수 있다.
- 늘 잠이 부족한 만큼 시간이 날 때마다 자 둬야 해.
- 지금까지 최선을 다한 만큼 좋은 결과가 있겠지.

04 -고서는

앞선 사실이 당연하거나 꼭 필요함을 강조하여 그렇지 않으면 뒤에 오는 사실이 불
가능함을 나타낸다. 이 때 '-고서는 -을/ㄹ 수 없다' 의 구성으로 쓴다.

強調前述事實為理所當然或絕對必要，若非如此，則後述事實將不可能發生
。此時使用「-고서는 -을/ㄹ 수 없다」的句構。

- 성인들의 다양한 학습 요구에 맞추지 않고서는 프로그램이 성공할 수 없다.
- 일을 다 끝내지 않고서는 편히 잘 수가 없다.
- 출입증을 달지 않고서는 방송국에 들어갈 수 없어요.
- 요즘 같은 무더위에는 에어컨을 켜 놓지 않고서는 잠을 이룰 수가 없다.

제9과 자연과 환경

9-1 인간과 자연

▶ 위와 같은 자연을 접하면 어떤 느낌이 듭니까?

제1편

검은 대륙의 심장, 빅토리아 폭포 [2월 28일(수) 방송]

제2편

불곰의 땅, 캄차카 [3월 7일(수) 방송]

제3편

세계에서 가장 외딴 산호섬, 알다브라 [3월 14일(수) 방송]

제4편

비밀의 정글세계, 마나스 [3월 21일(수) 방송]

KBS는 <유네스코 세계 자연 유산> 중에서 가장 아름답고 보존 가치가 높은 네 곳을 엄선, 시리즈로 방송한다.

▶ 위 유네스코가 선정한 세계 유산을 소개하는 텔레비전 프로그램 가운데 여러분은 어느 것을 보고 싶습니까? 또 어디에 가 보고 싶습니까?

대화

🔊 55~56

영수 리에 씨, 얼굴이 아주 많이 탔네요. 아 참, 이번 방학에 히말라야에 다녀오셨지요?

리에 네, 꼭 한번 가보리라 꿈꾸던 곳이었거든요. 역시 말로 형용할 수 없으리만치 멋지더군요. 음, 구름 위에 우뚝 솟은 모습이 아직도 눈에 선해요.

영수 등산을 자주 하시는 리에 씨가 그렇게 반할 정도라니 정말 대단한가 보군요. 산을 오르는 일은 언제나 산의 정기와 맑은 향을 느낄 수 있어 좋지요? 리에 씨, 이번에야말로 이런 산의 정기와 향을 만끽하셨겠네요?

리에 글쎄요, 그렇게 즐기기에는 그 자연의 위용과 풍모가 너무 장엄해서요. 뭐랄까 태초 그대로인 자연의 험준한 산세에 눌려 압도당하는 기분이랄까? 인간이란 게 얼마나 보잘 것 없는 존재이던지요!

영수 와, 거대한 자연의 경이로움에 압도되셨군요. 저도 지난 번 아마존에서, 유유히 흐르는 물줄기를 보며 자연이란 결코 인간이 넘볼 상대가 아님을 느꼈거든요.

리에 그럼요, 저는 까마득한 산 정상을 채 못 넘고 흩어져 버리는 새 떼들을 보는 순간 숨이 막히더라고요. 사실 이런 자연과 비교하면 인간이란 존재는 너무 작고 미약한 거 같아요.

01 리에와 영수가 공통적으로 느낀 점은 무엇입니까?

❶ 풍경의 아름다움   ❷ 원시 사연의 깨끗함

❸ 자연의 장엄함   ❹ 자연 파괴의 난폭함

02 리에와 영수가 다녀온 곳은 어디입니까?

리에: ....   영수: ....

03 위 대화의 내용에 대해서 보기와 같이 이야기해 봅시다.

[보기] 가 : 리에 씨는 이번 방학에 오랫동안 가고 싶어 했던 곳엘 다녀온 거군요.

나 : 네, 그런데 리에 씨는 등산을 자주 하는 사람인데도 몹시 감동을 했네요.

형용하다 v. (形容 -) 形容   솟다 v. 聳立   눈에 선하다 歷歷在目   반하다 v. 愛戀、鍾情
정기 n. (精氣) 精氣   만끽하다 v. (滿喫 -) 盡情享受   위용 n. (威容) 威容   풍모 n. (風貌) 風貌
태초 n. (太初) 天地形成之初始   산세 n. (山勢) 山勢   압도당하다 v. (壓倒 -) 被壓倒
보잘 것 없다 渺小的、微不足道的   경이롭다 a. (驚異 -) 驚奇的   유유히 adv. (悠悠 -) 悠然地
넘보다 v. 小看、瞧不起   흩어지다 v. 分散

어휘 자연

01 다음 표현을 익히고 빈칸에 알맞은 말을 골라 쓰십시오.

| 육지
대륙
산맥
들판
사막
동굴
화산

대양, 빙하
폭포, 호수
샘, 온천 | 펼쳐지다
떨어지다
생기다
폭발하다
솟다 | 수려하다
광활하다
장엄하다
황량하다
거칠다
메마르다 |

1) 저 멀리 시야가 닿는 곳에 길쭉한 산맥이 (   )어/아/여 있고 산맥 끝나는 곳에
   는 메마른 모래 가득한 (   )이/가 이어져 풍경은 (   )고 황량했다.

2) 이 봉우리는 주변 산에 비해 유독 기묘한 바위와 아름다운 소나무가 많아 (   )
   는/은/ㄴ 모습이 눈길을 끈다. 그리고 뚜렷한 하나의 산줄기가 곧게 뻗어 있는데다 그 우뚝
   (   )는/은/ㄴ 모습은 장엄하기까지 하다.

3) 눈밭의 만년설과 손에 잡힐 듯 보이는 (   )의 분화구에서 뿜어내는 유황, 그리
   고 노천(   )은/는 캄차카에서 즐길 수 있는 때 묻지 않은 자연일 것이다.

4) 들판을 가로 지르는 강은 절벽에서 (   )어/아/여 내리는 세찬
   (   )과/와 만나 큰 물줄기를 이루며 흘러가 종국에는 광활한 바다인
   (   )에 닿았다.

02 다음 사진을 보고 설명한 후에 여러분이 아는 곳 가운데 자연이 아름다운 곳을 묘사해 봅시다.

01 다음 글을 읽고 문법 및 표현을 익혀 봅시다.

　　언젠가는 **보리라 생각하던** 사막 탐험 비디오를 드디어 어제 봤다. 히말라야 산맥 아래 얼어붙은 사막이 **믿을 수 없으리만치** 광활하게 펼쳐져 있었다. 그리고 그 속에서 세찬 모래 폭풍을 견디며 살아가는 생물들이 있었다. 물 한 모금 없이도 며칠을 거뜬히 살아가는 낙타의 느긋한 발자국, 모래 위로 맹렬히 기어 다니는 사막 생존자들의 모습은 또 얼마나 필사적이던지! 물 한 모금 없는 사막에서 살아내는 생명력이 경이로웠다.

　　–으리라 생각하던/이야기하던/말하던

1) 다음을 연결하고 보기와 같이 이야기해 봅시다.

죽기 전에 꼭 한 번 가 보겠다고 생각했다 •　• 동해안 일출을 드디어 내일 볼 것이다.
한국에 살면서 꼭 구경하려고 했다 •　• 백두산 정상에 오늘 오르고야 말았다.
언젠가는 올라보겠다고 이야기했다 •　• 곳에 간다니 잠을 이룰 수가 없었다.
한국에 있는 동안 배우겠다고 말했다 •　• 고마운 은사님을 이제 뵈러 가는 중이다.
성공하면 찾아 뵐 거라고 생각했다 •　• 태권도를 배울 기회가 생겼다.

　[보기]　죽기 전에 꼭 한 번 가보리라 생각하던 곳에 간다니 잠을 이룰 수가 없었다.

293

2) 다음을 연결하고 보기와 같이 이야기해 봅시다.

사막 ●┄┄┄┄●	끝을 알 수 없다 ●	● 메마르고 거칠었다.
황무지 ●	● 높이를 알 수 없다 ●	● 장엄했다.
거대한 빙하 ●	● 손가락 하나 까딱할 수 없다 ●	● 광활하다.
오늘 하루 ●	● 상상할 수 없다 ●	● 끔찍하고 잔인했다.
영화 장면 ●	● 형용할 수 없다 ●	● 피곤하다.

[보기] 그 사막은 끝을 알 수 없으리만치 광활했다.

02 다음 표를 채우고 '–으리라 –던', '–을 수 없으리만치' 를 사용하여 보기와 같이 이야기해 봅시다.

언제	생각해 온 일	하게 된 경험	느낌
가을이 가기 전에	단풍 구경을 하고 싶었다	지난 주말, 설악산으로 단풍 구경을 다녀왔다	단풍이 화려하고 아름다웠다
죽기 전에			
한국에 있는 동안			

[보기] 지난 주말에 가을이 가기 전에 다녀오리라 생각하던 단풍 구경을 드디어 다녀왔다. 설악산 만폭동 계곡의 단풍은 붉게 타오르는 모습이 상상할 수 없으리만치 화려하여 모두 잠시 넋이 나간 듯 말을 잃었다.

과제 1   읽고 쓰기 ●

다음 글을 읽고 질문에 답하십시오.

　　뜨거운 여름을 동해안에서 즐겼다면, 이제 가을에는 강원도를 대표하는 고원 지역 평창으로 가 보자. 평창은 사시사철 볼거리, 즐길 거리가 많은 곳으로 꼽힌다. 그러나 평창의 정취를 느껴보려면 역시 가을이 제격이다. 점점 서늘해지는 바람을 느끼며 평창으로 떠나보자. 평창군이 발간한 '평창으로 떠나는 가을 여행' 책자에 소개된 명소를 추려본다. 평창 봉평에서는 16일까지 '소금을 뿌려놓은 듯한' 메밀밭 풍경을 뽐내는 효석 문화제도 열리고 있다.

01　이 글은 어떤 글의 서두일까요?

02　'평창' 은 어떤 곳입니까? 맞는 것을 고르십시오.

❶ 강원도의 대표적인 해안 지역으로 유명하다.

❷ 가을 관광지로 유명하고 다른 계절에는 볼 게 없다.

❸ 국토 순례 도보 여행지로 유명한 곳이다.

❹ 가을 메밀꽃밭 풍경이 특히 아름답다.

03　다음은 '평창으로 떠나는 가을 여행' 에 소개된 내용입니다.

1) 다음 글을 읽고 보기와 같이 각각의 곳에서 할 수 있는 것을 정리해 봅시다.

●오대산 일대
오대산은 가을 단풍이 제법 볼만하다. 또 천년 고찰인 상원사, 월정사가 그윽한 분위기를 더한다. 월정사 일주문에서 이어지는 1㎞ 전나무 숲길은 우리나라의 대표적인 풍경이 됐다. 욕심이 더 난다면 월정사에서 상원사로 이어지는 흙길도 걸어볼만 하다. 다만 거리가 8㎞를 넘기 때문에 단단한 마음가짐이 필요하다. 월정사로 가는 입구에 있는 한국 자생 식물원에서는 이름조차 알기 어려운 식물이나 다른 곳에서는 이미 사라진 귀한 풀꽃들을 볼 수 있다.

[보기]
● 단풍 구경
● 절 구경
● 숲길 산책
● 흙길 산책
● 풀꽃 구경

● **대관령 고원지역**

양 떼 목장과 삼양 대관령 목장은 해발 1000m를 넘나드는 고지의 초원에 자리 잡아 이국적인 풍광을 자랑한다. 양 떼, 젖소들이 평화롭게 풀을 뜯는 모습은 고즈넉한 분위기를 자아낸다. 삼양 목장 안 동해 전망대에서는 동해와 드넓은 목장을 한눈에 볼 수 있다. 영동 고속도로 옛 대관령 휴게소에서 선자령으로 이어지는 등산로는 광활한 초원의 파노라마를 즐길 수 있다. 인근에 있는 진부면 척천리의 방아다리 약수는 미네랄이 풍부해 신경통, 피부병 등에 효과가 있다고 한다.

● **봉평의 메밀꽃밭**

소설가 이효석의 고향인 봉평 일대에는 메밀밭이 지천이다. 보기만 해도 마음이 차분해지는 하얀 메밀꽃밭의 정경은 가을에 어울린다. 효석 문화마을'이라는 이름으로 평창군이 조성해 놓은 볼거리도 많다. 물레방아, 섶다리, 장터 등은 옛 정취를 살려낸다. 또 이효석 문학관에서는 이효석의 작품과 그가 살던 시대를 느껴볼 수 있다. 요즘은 효석 문화제 기간이어서 많은 관람객들이 시끌벅적한 풍경을 연출하고 있다.

● **별보기와 허브 나라**

가을은 하늘이 가장 청명한 계절이다. 청정 지역 평창이라 별 보기에는 최고이다. 그냥 밖에 나가 하늘을 올려다보면 무수한 별무리가 보인다. 가을에는 직녀성, 견우성이 눈에 잘 띈다. 밤하늘 은하수를 바라보며 상상의 바다를 헤엄쳐보자. 별자리 지도를 미리 갖추면 더욱 좋다. 봉평 효석 문화마을에서 가까운 허브나라는 요리, 향기, 공예, 약용, 미용, 명상 등을 테마로 100여종의 허브를 가꾸며 선보이는 명소이다.

2) 여러분은 어디에 가겠습니까? 왜 그렇습니까? 이야기해 봅시다.

04 여러분이 아는 유명한 곳을 보기와 같이 정리하고 위 글처럼 소개하는 글을 써 봅시다.

[보기] 오대산 일대
    ☐ 볼 거 리 : 가을 단풍
                천년 고찰(상원사, 월정사)
                한국 자생 식물원(월정사 입구)의 희귀 식물, 풀꽃
    ☐ 즐길 거리 : 전나무 숲길(월정사 일주문까지) 산책
                흙길(월정사-상원사) 산책

과제 2　읽고 발표하기 ●

다음 글을 읽고 질문에 답하십시오.

뉴질랜드의 생물학자 링클레이터 박사가 이끄는 국제 연구팀이 코뿔소가 멸종 위기에 처하게 된 원인을 밝혀냄으로써 앞으로 멸종 위기에 처한 동물들을 구할 수 있는 희망을 갖게 되었다고 뉴질랜드 일간지가 29일 보도했다. 이 신문은 검은 코뿔소의 경우 수컷만 많이 태어나는 것이 암컷의 혈당 수치 때문이라는 가설을 검증해냈다면서 그같이 밝혔다.

링클레이터 박사는 얼룩말, 고릴라, 기린 등 대부분의 동물이 우리에 갇힌 상태에서는 특히 수컷이 많이 태어난다며 일부 동물들이 멸종 위기에 처하게 된 것은 종족을 번식시켜 줄 암컷이 부족하기 때문이라고 말했다.

그는 검은 코뿔소가 우리에 갇힌 상태에서 낳는 새끼는 71% 정도가 수컷이고 검은 코뿔소를 새로운 보호 구역으로 옮겨놓은 후에도 수컷이 더 많이 태어났다고 밝혔다. 현재 검은 코뿔소는 아프리카 동부와 남부 지역에 3천150마리 정도가 야생 상태에서 살고 있고, 사람들의 보호 아래서 살고 있는 코뿔소는 전 세계적으로 250마리가 있다. 사람들의 보호 아래에 있는 코뿔소는 이런 성비의 불균형이 해소되지 않을 경우 10년에서 15년 뒤에는 멸종될 것으로 관측되고 있다.

링클레이터 박사는 동물원이나 보호 구역 속에 옮겨다 놓은 코뿔소는 글루코오스 수치가 높아지는 것으로 나타났다면서 "새끼를 가진 암컷이 스트레스를 받거나 설탕이 많이 든 먹이를 먹거나 비만일 경우 글루코오스 수치가 높아지고 이것이 모체에 나쁜 영향을 미치게 되는데 특히 암컷 태아에게는 치명적" 이라고 말했다.

01　위 기사의 제목으로 적절한 것은 무엇입니까?

❶ 뉴질랜드 과학자, 동물들의 멸종 비밀 밝혀내
❷ 검은 코뿔소의 성비 불균형 해소 위해 노력하기로
❸ 국제 연구팀의 연구로 멸종 시기 예측 가능해져
❹ 야생 상태가 동물에게 미치는 영향 밝혀내

02 다음은 희귀종인 검은 코뿔소 암컷의 혈당 수치가 수컷들만 많이 태어나는 원인이 되고 있다는 이론을 요약한 것입니다. 에 알맞은 말을 쓰십시오.

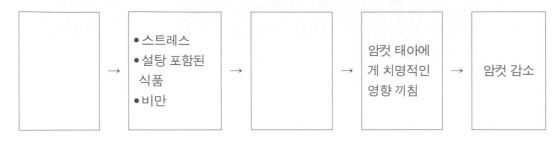

	• 스트레스 • 설탕 포함된 식품 • 비만		암컷 태아에 게 치명적인 영향 끼침	암컷 감소
→		→	→	

03 검은 코뿔소처럼 멸종 위기에 있는 생물의 예입니다. 또 무엇이 있는지 이야기해 봅시다. 그 밖에 멸종 위기에 있는 것(언어 등)에 대해서 이야기해 봅시다.

호랑이	수달	고라니	반달곰
코알라	저어새	천문	월귤
죽백란	금강초롱꽃		

04 멸종 위기에 있는 것 가운데 하나를 골라 보기와 같이 정리하여 발표해 봅시다.

[보기]

항목	조사 내용
이름	수마트라 수달
지역	동남아 일대
현재 상태	1990년대까지 멸종된 것으로 알려짐. 최근 4개의 작은 집단이 통레삽 호수 근처 범람원 숲, 타이의 프루토아 댕 늪지 숲에서 발견됨.
원인	습지 훼손(서식지 파괴), 수질 오염(환경 오염)
대책	서식지 복원

9-2 환경 보호

학습 목표
- 과제 대담 듣고 환경 보호의 사례 발표하기, 환경 문제의 해결책에 대해 토론하기
- 문법 –을 줄만 알았지, –을 게 아니라 ● 어휘 환경 파괴와 보호

◗ 위 두 사진의 차이점에 대해서 이야기해 봅시다.

위기에 빠진 세계의 주요 강

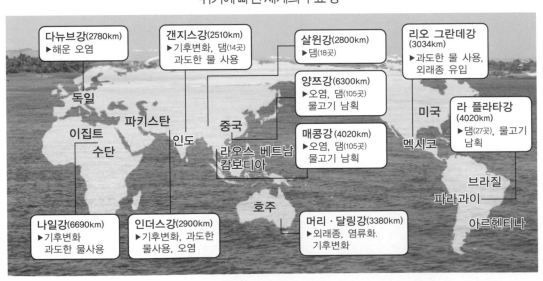

◗ 위의 자료를 보고 자유롭게 이야기해 봅시다. 여러분 나라의 강은 어떻습니까?

대화

🔊 57~58

영수 　제가 다녀온 곳은 아직 괜찮았지만 아마존의 다른 지역은 많이 훼손이 되었다고 들었어요. 세계 여러 지역에서 개발로 인해 자연환경이 파괴되고 있는 실태가 참 심각하지요.

리에 　맞아요, 그동안 우리 인간이 경제 발전을 위해 개발할 줄만 알았지 정작 중요한 우리 삶의 터전이 파괴되어 가는 것에는 무관심했던 것 같아요.

영수 　인간의 근시안적인 판단과 무분별한 개발이 무척 걱정스럽습니다. 우리의 후손들에게도 미안한 일이지요. 우리의 환경을 잘 보존해서 물려주어야 할 텐데 말이에요.

리에 　무엇보다도 개개인이 친환경적인 사고방식과 생활 태도를 몸에 익혀야 해요. 환경 보호 관련법을 제정하거나, 대체 에너지를 개발하거나 하는 정부 차원의 노력도 중요하지만요.

영수 　글쎄요, 개인의 노력보다는 그 심각성을 생각하면 정부나 국제기구 차원에서 해결책이 제시되어야 할 것 같은데요.

리에 　저도 그 의견에 어느 정도 동의합니다. 그러나 그렇게 크게만 생각할 게 아니라 당장 일상생활에서 일회용품의 사용을 줄인다든지, 쓰레기 분리수거를 한다든지 하는 작지만 실천적인 노력이 선행되어야 하지 않을까요?

01 이 대화의 중심 내용은 무엇입니까?
❶ 환경 파괴와 보호　　　　　　　❷ 아마존의 자연 훼손
❸ 환경 파괴의 영향　　　　　　　❹ 인간의 무분별한 개발

02 환경오염 문제에 대한 영수와 리에의 생각을 각각 연결하십시오.
리에 •　　　　　　• 정부나 국제기구 차원에서 해결해야 한다.
영수 •　　　　　　• 개인의 구체적이고 작은 노력이 선행되어야 한다.

03 위 대화를 보기와 같이 이어서 이야기해 봅시다.

[보기]　영수 : 개인이 노력하는 것은 문제의 근본적인 해결책이 될 수 없다고 봐요. 아마존의 경우에도 국제기구 차원에서 좀 더 적극적으로 보호했더라면 훼손을 막을 수 있지 않았을까요?
　　　　리에 : 그렇게 한다 하더라도 개개인이 나 하나쯤이야 뭐 괜찮겠지 하는 마음으로 생활한다면 무슨 소용이 있겠어요?

훼손 n. (毀損) 毀損　　실태 n. (實態) 實況　　터전 n. 根基　　근시안적이다 a. (近視眼的 -) 短視的
무분별하다 a. (無分別 -) 莽撞冒失的　　물려주다 v. 留給　　분리수거 n. (分離收去) 垃圾分類回收

어휘 환경 파괴와 보호

01 다음 표현을 익히고 빈칸에 알맞은 말을 골라 쓰십시오.

환경파괴의 원인	환경파괴의 현상	환경보호의 방법
자연 개발 오염 물질 폐수 폐기물 일회용품 배기가스/매연	대기/수질/토양 오염, 소음 공해 오존층 파괴 온실 효과 지구 온난화 이상 기후 해수면 상승 산성비	환경 보호법을 제정하다 개발을 규제하다 대체 에너지를 개발하다 재활용하다

1) 공장과 가정에서 쏟아져 나오는 폐수와 (   )으로/로 인해 (   ) 오염과 토양 오염이 심각해지고 있다. 또한 자동차에서 배출되는 (   )은/는 (   )오염의 주원인이다. 대기 중의 오염 물질로 인한 (   )은/는 토양을 산성화시킨다.

2) 온실 효과에 따라 (   )이/가 진행되면서 세계의 기후가 바뀌고 있다. 전 세계 기온이 상승하여 빙하가 녹고 있으며 그 영향으로 해수면 상승이 진행된다. 이러한 (   )으로/로 몇 십 년 후에는 지구상의 여러 지역이 바닷물에 잠길 것이라고 예측된다. 지구 온난화로 인한 (   ) 현상이 벌써부터 나타나고 있어 한반도는 이제 아열대 기후 지역에 속한다는 분석이 나오고 있다.

3) 세계 각국에서는 자연의 소중함을 깨닫고 (   )을/를 제정하여 개발을 (   ) 하는 등 다양한 노력을 하고 있다. 또한 친환경 연료 등 (   ) 개발에도 박차를 가하고 있다. 자연보호는 어느 한 국가만의 문제가 아니므로 국가 간 협력이 필요하다. 그러나 생활 쓰레기 배출을 줄이기 위해 (   ) 사용을 줄이고 쓰레기를 (   )는 등 개인적인 차원에서의 노력도 병행되어야 할 것이다.

02 위 어휘를 사용해 보기와 같이 환경파괴의 예를 들어 봅시다. 그 원인과 해결책도 이야기해 봅시다.

[보기] 경제 성장과 함께 서울의 인구와 자동차 수가 급격히 증가하면서 서울의 대기 오염 문제가 심각해지고 있습니다. 산 위에서 내려다보는 서울의 모습은 언제나 뿌옇습니다. 저는 자동차의 매연이 가장 큰 원인이라고 생각하는데 이 문제를 해결하기 위해서는 가급적 대중교통 수단을 이용하고, 유해 가스 배출 규제를 강화하고, 나아가 친환경적 대체 에너지를 개발해야 한다고 봅니다.

문법

01 다음 글을 읽고 문법 및 표현을 익혀 봅시다.

오늘 아침 신문 기사를 읽고 깜짝 놀랐다. 환경 호르몬으로 인해 수컷 올챙이가 암캐구리로 성이 바뀔 수 있다는 연구 보고서에 대한 기사였다. 게다가 내가 좋아하는 인스턴트 음식의 일회용 용기에서도 환경 호르몬이 검출된다는 사실도 놀라웠다. 그 동안 간편한 일회용품을 즐겨 **이용할 줄만 알았지** 그것이 자연과 인간에 미치는 악영향에 대해서는 별 생각을 하지 못했었다. 오늘 아침 신문기사를 읽고 나서 이제부터는 편리함만을 **따질 게 아니라** 좀 번거롭고 귀찮더라도 환경을 우선적으로 생각해야겠다고 마음먹었다.

– 을 줄만 알았지

1) 다음을 연결하고 보기와 같이 이야기해 봅시다.

나무를 베어다 사용하다 • • 갚을 줄은 모른다.

자연을 개발하다 • • 타인을 배려하는 마음은 극히 부족하다.

문명의 이기가 가져다주는 편리함을 누리다 • • 그 폐해를 생각하지는 못했다.

돈을 빌려가다 • • 심을 줄은 모른다.

자신의 이익을 추구하다 • • 보호할 줄은 몰랐다.

[보기] 나무를 베어다 사용할 줄만 알았지 심을 줄은 모른다.

– 을 게 아니라

2) 다음 상황의 사람에게 보기와 같이 충고해 봅시다.

충고의 대상	충고
오래된 물건은 버리는 사람	무조건 버리다/재활용할 수 있는 것은 따로 모아야 한다
일회용품만 사용하는 사람	편리함만을 추구하다/
20년째 담배를 피우는 사람	백해무익한 담배를 계속 피우다/
회사의 부도 위기 앞에서 속수무책인 경영자	/부도를 막을 수 있는 대책을 강구해 봅시다
자기나라 친구하고만 다녀서 한국어가 늘지 않는 학생	/

[보기] 오래된 물건들을 무조건 버릴 게 아니라 재활용할 수 있는 것은 따로 모아야 합니다.

02 다음 표를 채우고 '-을 줄만 알았지', '-을 게 아니라' 를 사용해 [보기]와 같이 이야기해 봅시다.

평소의 생활 모습	자각의 계기	새로운 결심
식당에 가면 항상 음식을 많이 시킨다.	KBC 뉴스 "한해 음식 쓰레기 15조원. 월드컵 경기장 70개, 지하철 노선 7개"	먹을 만큼만 시키겠다.
편리함을 생각해서 아기에게 항상 종이 기저귀를 채운다.	한국 신문 기사 "종이 기저귀 썩는 데 100년!"	
명품을 좋아하고 멋을 부린다.	내 통장　　친구 통장 ₩500,000　₩7,500,000	저축을 열심히 해야겠다.

[보기] 저는 음식 모자라는 게 싫어서 식당에 가면 항상 음식을 많이 시킬 줄만 알았지 남는 음식에 대해서는 아무 생각도 안 했었습니다. 그런데 어제 뉴스를 듣고 깜짝 놀랐습니다. 우리나라에서 한 해 동안 음식물 쓰레기로 인해 버려지는 돈이 15조원이나 된다고 하네요. 이 돈은 월드컵 경기장 70개와 지하철 노선 7개를 만들 수 있는 비용이라는데요. 그 뉴스를 듣고 저는 결심했답니다. 이제부터는 내 기분대로 주문할 게 아니라 꼭 먹을 만큼만 시켜야겠다고 말입니다.

과제 1 　듣고 발표하기 [🔊 59] ●────────────

다음을 듣고 질문에 답하십시오.

01 두 사람의 대화는 무엇입니까?
　❶ 토론　　❷ 대담　　❸ 강연　　❹ 상담

02 환경부 장관이 10대 그룹 CEO들과 간담회를 하는 이유는 무엇입니까?

03 진행자가 말하는 두 가지 목적이란 무엇을 가리킵니까?

04 다음은 기업체들의 친환경 경영을 보여주는 신문 기사의 제목입니다. 기사의 내용에 대해서 이야기해 봅시다.

'하늘도 강도 맑은'부자도시 된 울산
"공해도시 탈출 일등공신은 기업"

市와 환경협정 맺고 3조9천억 원 자발적 투자
24시간 오염감시… 비싸도 LNG 연료 사용
태화강 오·폐수 유입 막아'맑은 강'살려내

환경오염 주범? 이젠'환경 지킴이!'
웅진코웨이 직원들 공장 인근 하천 살리기
엘지 그룹, 환경 분야 가장 먼저'특화'시도
지에스 칼텍스 1000억 재단 야심찬 계획

05 이와 같이 환경 보호에 참여하는 기업 중 알고 있는 사례를 조사하여 발표해 봅시다.

모색하다 v. (摸索 -) 摸索　　핵심 n. (核心) 核心　　간담회 n. (懇談會) 座談會
일각 n. (一角) 一角　　상충되다 v. (相沖 -) 衝突　　상생 n. (相生) 共生　　차질 n. 差錯
국무회의 n. (國務會議) 國務會議　　상정하다 v. (上程 -) 提交

◗ 다음을 읽고 질문에 답하십시오.

01 다음은 최근 2년간 국내 신문에 실린 기사들의 제목입니다. 기사 내용의 공통점은 무엇일까요?

❶ 기후가 변화하고 있다　　　　　❷ 환경 문제가 심각하다

❸ 대기 오염 문제가 심각하다　　　❹ 지구 온난화가 심각하다

도심 흐르는 빗물 오염도, 공장 폐수의 수십 배

인간 떠난 도시 '방사능이 점령' - 체르노빌 원전 참사 20년

"북극권, 여아가 2배" 환경 재앙인가 -

전자제품 화학물질 태반 흡수 때문인 듯

'생태보고' 하구 습지, 70% 사라져...'개발'에 멍든 강

지구가 뜨겁다

알래스카 도심 '에어컨 가동'

수영복 입고 피서 "10년 전엔 상상도 못한 일"

냉장고도 필수… 지반 힘 잃어 도로 울퉁불퉁

방사능 n. (放射能) 輻射　　점령하다 v. (占領 -) 佔領
원점 n. ("원자력 발전소 原子力 發電所" 縮寫) 核能發電廠　　참사 n. (慘事) 慘案　　재앙 n. (災殃) 災禍
생태보고 n. (生態 寶庫) 生態寶庫　　하구 n. (河口) 河口　　습지 n. (濕地) 濕地　　멍들다 v. 瘀血
지반 n. (地盤) 地基

02 다음은 이 문제의 해결책에 대한 글입니다. 읽고 질문에 답하십시오.

환경문제에 접근하는 방법은 크게 기술 지향주의와 생태 지향주의, 두 가지로 나눌 수 있다. 기술 지향주의의 관점에서는 과학 기술이 인간의 삶을 풍요롭게 한다면 자연환경이 악화되거나 생태계가 파괴되는 것은 감수할 수밖에 없다고 생각한다. 이 관점에서는 자연을 정복의 대상으로 파악한다. 그리고 환경 문제는 인간이 발달시킨 과학 기술로 해결할 수 있다고 본다. 친환경 기술 등이 그 예인데 그러한 개발은 또 다른 환경 문제를 야기하기 때문에 비판 받고 있다. 안전도를 확신했던 핵 발전소에서 방사능이 누출된 것이나 인체에 무해한 냉매제로 각광받았던 프레온 가스가 오존층 파괴의 주범으로 밝혀진 것이 그 예이다.

생태 지향주의는 인간이 자연을 지배할 수 있는 위치에 있지 않고 생태계의 일부분이라 보며 인간의 자연 개발에 도덕적 책임을 묻는다. 극단적인 생태 지향주의자는 자연환경을 위해서는 인간이 과학 기술의 개발을 포기해야 한다고까지 주장한다. 그러나 이러한 태도는 두 가지 면에서 비판을 받고 있다. 첫째는 과학 기술의 발달로 인간이 누리고 있는 혜택을 도외시했다는 점이고 둘째는 과학 기술의 발전 없이 자연 보호만으로 현대의 인간 사회가 무사히 운영될 수 있을 거라고 생각하는 점이다.

1) 환경문제에 접근하는 방법 2가지를 정리해 봅시다.

	자연과 인간에 대한 태도	환경 오염의 해결책	단점
기술 지향주의			
생태 지향주의			

2) 여러분은 위의 2가지 접근 방법 중 어느 쪽에 찬성합니까? 입장을 나누어 환경 문제에 대해 토론해 봅시다.

입장	
이유	• • • •

감수하다 v. (甘受 -) 甘於接受　　정복 n. (征服) 征服　　냉매제 n. (冷媒劑) 冷媒
각광받다 v. 受到矚目　　주범 n. (主犯) 主犯　　도외시하다 v. (度外視 -) 忽視、置之度外

9-3 정리해 봅시다

I. 어휘

01 다음을 연결하고 보기와 같이 쓰십시오.

1) 산세 •　　　　　　　　• 황량하다
2) 화산 •　　　　　　　　• 펼쳐지다
3) 대륙 •　　　　　　　　• 떨어지다
4) 사막 •　　　　　　　　• 폭발하다
5) 들판 •　　　　　　　　• 수려하다
6) 폭포 •　　　　　　　　• 솟다
7) 대양 •　　　　　　　　• 광활하다
8) 샘 •　　　　　　　　• 거칠다

[보기]
산세가 수려하여 그 아름다움에 절로 감탄이 나온다.

2) ....　6) ....

3) ....　7) ....

4) ....　8) ....

5) ....

02 빈칸에 알맞은 말을 골라 쓰십시오.

형용하다　눈에 선하다　반하다　압도당하다　경이롭다　넘보다　만끽하다

1) 태초의 장엄함을 간직하고 있는 산맥의 위용에 (　　　　　　)고 말았다.

2) 거대하고 웅장한 자연은 감히 인간이 (　　　　　　)을/ㄹ 수 없는 존재이다.

3) (　　　　　　)을/ㄹ 수 없으리만치 수려한 자연의 풍모에 넋을 잃었다.

4) 새벽 어둠을 가르고 솟아오르는 태양의 (　　　　　　)는/은/ㄴ 모습에 입을 다물 수 없었다.

5) 광활하고 무한한 우주 속에 인간은 (　　　　　　)는/은/ㄴ 존재이다.

6) 모처럼 긴 휴가를 얻어 시골에 내려와 자유로운 전원 생활을 (　　　　　　)고 있다.

7) 깊은 산골의 맑은 정기를 이어받아 순수하고 맑은 그녀의 눈빛에 (   )었다/았다/였다.

8) 유유히 흘러가는 강 옆으로 펼쳐진 넓은 들판… 하늘 높이 날아오르며 흩어지는 새 떼들… 떠난 지 20년이 넘은 고향의 모습이 아직도 (   ).

03 빈칸에 알맞은 말을 골라 쓰십시오.

실태	터전	수질	대기	제정	폐기물

분리수거   지구 온난화   근시안적이다   무분별하다   물려주다

인간의 삶의 (   )인 자연이 인간의 (   )는/은/ㄴ 개발로 인해 훼손되고 있다. 환경 훼손의 (   )은/는 매우 심각하다. 각종 폐수로 인한 (   ) 오염, 자동차 배기가스 등으로 인한 (   ) 오염, 일회용품을 비롯한 각종 (   )으로/로 인한 토양 오염 등 인간을 둘러싼 모든 환경이 병들어 가고 있다.

눈앞의 이익만을 생각한 인간의 (   )는/은/ㄴ 태도를 이세부터라도 고쳐야 한다. 자연은 우리 세대의 것이 아니라 우리의 후손으로부터 빌려온 것이므로 잘 보존하여 (   )어야/아야/여야 할 것이다.

그러기 위해서는 쓰레기 (   )과/와 재활용 등 작은 것에서부터 국가 간 협력에 이르는 거시적인 노력까지 모든 방법이 동원되어야 한다. 환경 보호법을 (   )하여 개발을 규제해야 하며 오염 물질을 최소화할 수 있는 대체 에너지 개발에 전력을 다해야 한다. 특히 이상 기후, 해수면 상승 등을 초래하는 (   ) 문제에는 전 지구적 차원의 대처가 필요하다.

II. 문법

다음 문법을 사용하여 밑줄 친 부분을 다르게 표현해 보십시오.

-으리라   -을 게 아니라   -을 줄만 알았지   -을 수 없으리만치

1) 죽기 전에 반드시 <u>가 보겠다고</u> 생각하던 곳에 와 서 있으니 가슴이 벅차오른다. 눈앞에 펼쳐진 경치가 인간의 언어로 <u>형용할 수 없을 정도로</u> 아름답다. 지난 몇 십 년 동안 처자식 먹여 살리느라고 열심히 <u>일하기만 했을 뿐</u> 이런 아름다움을 느끼고 인간과 자연에 대해 사색할 줄은 몰랐다. 이제부터는 그렇게 무미건조하게 <u>살지 말고</u> 아내와 함께 여행도 다니며 노후를 여유롭게 보내야겠다.

2) 환경 관련 기사를 읽다보니 환경 파괴의 실상과 미래의 모습이 <u>상상할 수 없을 정도로</u> 심각하고 끔찍했다. 인간들은 과학과 기술을 이용하여 눈앞의 이익과 편리함만을 위해 자연을 <u>개발하기만 했을 뿐</u> 자연이 파괴되는 것은 미처 생각하지 못했다. 나도 역시 환경에 별 관심이 없었다. 그러나 이제부터는 <u>이익과 편리함만을 추구하지 말고</u> 환경을 우선적으로 생각해야겠다. 우리의 소중한 지구를 무엇보다도 먼저 <u>생각하겠다고</u> 다짐했다.

III. 과제

찬반 토론을 해 봅시다.

다음과 같은 환경 보호의 사례가 있습니다. 여러분은 이에 대해서 어떻게 생각합니까?

사례 1	"채식으로 지구를 살리세요." "인간과 동물과 지구를 죽이는 육식은 그만! 건강한 채식 하세요!" "육식으로 인해 수많은 동물이 고통과 신음 속에서 살아가고 있습니다. 진정한 웰빙은 나 자신뿐만 아니라 모든 생명이 서로 존중하며 살아가는 것입니다"
사례 2	"거지가 아니라 '프리건족'입니다" "환경 지키자" 야채, 빵 주워 한 끼 식사 대부분이 중산층 고학력자, "일 적게" 자발적 실업 선택
사례 3	'유명제품' 안 쓰고 1년 살아보니… 재래시장서 쇼핑하고 TV, DVD 시청도 끊어 살 빠지고 은행계좌 흑자로… 환경운동가 다 돼

9-4 시와 노래

1. 여러분 나라에서 유명한 시나 노래를 소개해 봅시다.

2. 노랫말이 좋아서 즐겨 부르는 노래에 대해 이야기해 봅시다.

🔊 60

국화 옆에서

서정주

한 송이의 국화꽃을 피우기 위해
봄부터 소쩍새[1]는
그렇게 울었나 보다

한 송이의 국화꽃을 피우기 위해
천둥은 먹구름 속에서
또 그렇게 울었나 보다

그립고 아쉬움에 가슴 조이던[2]
머언 먼 젊음의 뒤안길[3]에서
인제는 돌아와 거울 앞에 선
내 누님같이 생긴 꽃이여

노오란 네 꽃잎이 피려고
간밤[4]엔 무서리[5]가 저리 내리고
내게는 잠도 오지 않았나 보다

---

1 소쩍새 : 올빼미과의 새. 일명 귀촉도, 자규. 한(恨)과 원(怨)의 심상으로 고전 작품에 자주 등장.
2 조이다 : 죄다. 느슨한 것을 힘을 주어 좁히다.
3 뒤안길 : '뒤꼍'의 뜻을 지닌, 으슥하여 사람이 잘 다니지 않는 길.
4 간밤 : 지난 밤.
5 무서리 : 그 해의 가을 들어 처음 내리는 묽은 서리.

● 시 해설

　이 시는 '내 누님'으로 지칭되는 한 여인이 굴곡 있는 삶의 역정을 거쳐 한 송이 국화꽃과 같은 원숙한 중년에 도달했음을 나타낸다. 아름다운 국화꽃을 피우기 위해서는 여러 고난이 필요했음을 말하고 있다. 하잘것없는 하나의 생명체라도 그것이 탄생하기까지에는 전우주적인 참여가 있어야 한다는 생명의 존엄성에 관한 인식을 표현하고 있다.

　서정주는 그의 자작시 해설에서, "젊은 철의 흥분과 모든 감정 소비를 겪고 있는 한 개의 잔잔한 우물이나 호수와 같이 형(型)이 잡혀서 거울 앞에 앉아 있는 한 여인의 미(美)의 영상… 내가 어느 해 새로 이해한 정일(靜逸)한 40대 여인의 미의 영상"을 이 시에 담았음을 밝힌 바 있다. 그러므로 제1, 2, 4연은 단순히 국화꽃이 피기까지의 과정이 아니라, '머언 먼 젊음의 뒤안길'의 시적 표현임이 드러난다. 봄이 20대라면 여름은 30대, 그리고 국화꽃이 피는 가을은 인생의 40대를 나타내는데, 그것은 '뒤안길'이라는 말이 암시해 주듯이 결코 밝은 모습을 가지고 있지 않다. 그것은 하나의 완성된 인격체가 형성되기까지의 비통과 불안과 방황과 온갖 시련을 의미한다. 그리고 그것은 오랜 방황과 방랑 끝에 비로소 본연의 자세로 돌아온 한 여인이 자성(自省)의 '거울'에 비춰 본 자신의 과거이다.

<정희성 ·신경림, 『한국 현대시의 이해』, 진문출판사, 1981>

● 글쓴이 소개

서정주(1915~2000)

호는 미당(未堂)이다. 1915년 5월 18일 전라북도 고창(高敞)에서 태어났다. 고향의 서당에서 공부한 후, 서울 중앙고등보통학교를 거쳐 1936년 중앙불교전문학교를 중퇴하였다. 1936년 『동아일보』 신춘문예에 시 「벽」으로 등단하여 같은 해 김광균(金光均)·김달진(金達鎭)·김동인(金東仁) 등과 동인지 『시인부락(詩人部落)』을 창간하였다. 1941년 첫 시집 『화사집』을 출간했다. 1948년에는 시집 『귀촉도』, 1955년에는 『서정주 시선』을 출간해 자기 성찰과 달관의 세계를 동양적이고 민족적인 정조로 노래하였고, 이후 불교 사상에 입각해 인간 구원을 시도한 『신라초』(1961), 『동천』(1969), 토속적·주술적이며 원시적 샤머니즘을 노래한 『질마재 신화』(1975)와 『떠돌이의 시』(1976) 외에 『노래』(1984), 『팔할이 바람』(1988), 『산시(山詩)』(1991), 『늙은 떠돌이의 시』(1993) 등을 출간하였고 2000년 12월 24일 사망하였다.

귀천(歸天)

천상병

나 하늘로 돌아가리라
새벽빛 와 닿으면 스러지는[1]
이슬 더불어 손에 손을 잡고,

나 하늘로 돌아가리라
노을빛 함께 단 둘이서
기슭[2]에서 놀다가 구름 손짓하면은,

나 하늘로 돌아가리라
아름다운 이 세상 소풍 끝내는 날,
가서, 아름다웠더라고 말하리라…

---

1 스러지다 : 형체나 현상 따위가 차차 희미해지면서 없어지다.
2 기슭 : 산이나 처마 따위에서 비탈진 곳의 아랫부분. 바다나 강이 땅과 닿아있는 부분.

● 시 해설

　　스스로를 '세계에서 제일 행복한 사나이'(시 '행복')라 일컬었던, 왼쪽 얼굴로는 늘 울고 있던 시인, 천상병의 '귀천'은 1970년 발표 당시에는 '주일(主日)'이라는 부제가 달려 있었다.

　　그의 시는 생(生)의 바닥을 쳐본 사람들이 갖는 순도 높은 미덕을 고스란히 담고 있다. 그의 언어는 힘주지 않고, 장식하지 않고, 다듬지 않는다. '단순성으로 하여 더 성숙한 시'라 했던가. 이 시에서도 그는 인생이니 삶이니 사랑이니 죽음이니 하는 말을 쓰지 않는다. 그러니 우리도 무욕이니 초월이니 달관이니 관조니 하는 말로 설명하지 말자. 이슬이랑 노을이랑 구름이랑 손잡고 가는 잠깐 동안의 소풍이 아름답지 않을 이유가 있겠는가. 그런 소풍을 마치고 돌아가는 길이 가볍지 않을 이유가 있겠는가. 그러니 소풍처럼 살다갈 뿐.

<정끝별, 『애송시 100편』, 조선일보, 2008>

● 글쓴이 소개

천상병(1930~1993)

일본 출생. 1945년 가족과 함께 귀국하여 마산에서 학업을 계속했다. 1949년 월간 문예지에 실린 "강물"이 첫 작품이다. 1952년경 이미 추천이 완료되어 기성 시인의 대접을 받았다. 서울대학을 졸업한 전도유망한 젊은이였으나 '동백림 사건'(1967)에 연루되어 옥고를 치르고 심한 고문을 받았다. 그 후유증은 음주벽과 영양실조로 나타났으며 급기야 행려병자로 쓰　러져 정신병원에 수감되는 바람에 그가 죽었다고 판단한 친지들에 의해 유고 시집 '새'가 발간되기도 했다.

즐거운 편지

황동규

1

내 그대를 생각함은 항상 그대가 앉아 있는
배경에서 해가 지고 바람이 부는 일처럼
사소한 일일 것이나 언젠가 그대가 한없이
괴로움 속을 헤매일 때에 오랫동안 전해오던
그 사소함으로 그대를 불러 보리라.

2

진실로 진실로 내가 그대를 사랑하는 까닭은
내 나의 사랑을 한없이 잇닿은 그 기다림으로
바꾸어 버린 데 있었다. 밤이 들면서 골짜기엔
눈이 퍼붓기 시작했다. 내 사랑도 어디쯤에선
반드시 그칠 것을 믿는다. 다만, 그때 내 기다림의
자세를 생각하는 것뿐이다. 그동안에 눈이 그치고
꽃이 피어나고 낙엽이 떨어지고 또 눈이 퍼붓고
할 것을 믿는다.

● 시 해설

　숱한 청춘의 연애편지에 등장했을 이 시가 세상에 나온 것은 1958년. 올해로 등단 50년이 되는 황동규(70) 시인이 『현대문학』에 발표한 데뷔작이다.

　이 시는 시인이 까까머리 고3학생일 때 짝사랑하던 연상의 여대생에게 바친 시라 한다. 뜨겁고 아찔한 청춘의 섬광. 1950년대 폐허의 서울에 이런 시가 있어주었다는 것은 얼마나 다행인가. 어떤 각박한 시대에도 연애는 끊이지 않았으니 잔인하고 난폭한 세상을 함께 뒹굴면서 우리의 삶을 어루만져 준 것에 아무래도 우리의 사랑과 연애가 한몫을 하였으리.

　이 시의 '내 그대를 생각함은' 이후로 오는 것은 실은 다 여백이다. 독자의 마음을 움직여 스스로 편지를 쓰게(시를 짓게!) 하는 능동적인 여백이다. 나의 짝사랑이 그대 입장에선 사소한 것일 수도 있음까지 헤아린다. 그러나 그대가 '괴로움 속을 헤매일 때'가 온다면 내가 그대를 지킬 거라고 다짐하는 결연한 열정! 자신의 사랑을 '사소함'이라 말하는 조숙함은 사랑이 아니라면 어디서도 얻지 못할 자세일 것이다.

　그리하여 2연에서 나의 사랑은 한없는 기다림이 된다. 나는 이 사랑이 어디쯤에서 그칠 것이라는 것도 알고 있다. 어쩌면 사랑이 그치는 순간을 기다리고 있는지도 모른다. 하지만 사랑이 그칠 때의 '내 기다림의 자세'를 생각하는 이에게 사랑은 그치지 않는다. 그는 사랑의 영원을 믿는 자. 사랑은 노년을 소년으로 만들기도 하지만 소년을 원숙한 어른으로 만들기도 한다. 사랑은 대상을 향하지만 궁극적으로 인생에 대한 '나의 자세'를 가르치고 견인하는 스승이거니. 처음에 사랑이 있었다. 그리고 마지막에도 사랑이 있을 것이다.

<김선우, 『한국인이 애송하는 사랑 시』, 조선일보, 2008>

● 글쓴이 소개

황동규(1939~ 　)

소설가 황순원의 아들이다. 서울에서 출생하였고, 서울대학교 영문과 및 동 대학원을 졸업하였다. 1958년 『현대문학』에 시 「10월」, 「동백나무」, 「즐거운 편지」 등을 추천받아 문단에 데뷔했다. 첫 번째 시집 『어떤 개인 날』에 이어 두 번째 시집 『비가(悲歌)』, 3인 시집 『평균율』을 간행하였고 『사계(四季)』의 동인으로 활약했다. 1965년 이후 「허균」, 「열하일기」 등의 연작시에 와서는 사회와 현실의 긴장관계를 다루었으며, 영국 주지시(主知詩)의 영향을 받아 시의 산문화를 극복하려는 노력이 엿보인다. 그 밖의 시집으로 『삼남(三南)에 내리는 눈』, 『나는 바퀴를 보면 굴리고 싶어 진다』, 『풍장(風葬)』 등이 있다. 1968년 현대문학신인상, 1980년 한국문학상을 수상했다.

광화문 연가

작사 : 이영훈
가수 : 이문세

이제 모두 세월 따라 흔적도 없이 변해갔지만
덕수궁 돌담길엔 아직 남아 있어요.
다정히 걸어가는 연인들.

언젠가는 우리 모두 세월을 따라 떠나가지만
언덕 밑 정동 길엔 아직 남아있어요.
눈 덮힌 조그만 교회당.

향긋한 오월의 꽃향기가
가슴 깊이 그리워지면
눈 내린 광화문 네 거리 이곳에
이렇게 다시 찾아와요.

언젠가는 우리 모두 세월을 따라 떠나가지만
언덕 밑 정동 길엔 아직 남아있어요..
눈 덮힌 조그만 교회당.

● 작사가 소개

이영훈(1960~2008)

「난 아직 모르잖아요」, 「사랑이 지나가면」, 「광화문 연가」, 「옛사랑」 등 가수 이문세의 수많은 히트곡을 작곡·작사한 음악가로, 1000만 장이 넘는 앨범을 판매한 한국 대중음악의 독보적인 존재이다. 1980년대 한국 대중음악에 '팝 발라드'라는 장르를 개척했다. 2008년 대장암으로 세상을 떠났다.

● 가수 소개

이문세(1959~   )

대한민국의 대중가수이다. 또한 방송 진행자와 라디오 DJ로 활동하고 있다. 1978년 방송 진행자로 처음 연예계에 발을 들여 놓아 타고난 입담을 과시하며 이름을 알리기 시작했다. 이후 가수로 데뷔하여 여러 발라드 히트곡 「사랑이 지나가면」 뿐 아니라 「이별 이야기」, 「가을이 오면」, 「깊은 밤을 날아서」, 「굿바이」, 「그녀의 웃음소리뿐」 등 앨범에 실린 거의 모든 곡이 히트를 기록하면서 최전성기를 누렸다. 이런 인기는 그의 히트곡 대부분을 작곡한 이영훈의 몫이기도 했다. 이문세는 이영훈을 만나면서 가수로서 꽃피기 시작했고, 이영훈 역시 이문세라는 좋은 가수를 통해 자신의 음악을 알릴 수 있었다.

거위의 꿈

작사 : 이적
가수 : 인순이

난, 난 꿈이 있었죠.
버려지고 찢겨 남루하여도[1]
내 가슴 깊숙이 보물과 같이 간직했던 꿈.

혹, 때론 누군가가 뜻 모를 비웃음
내 등 뒤에 흘릴 때도 난 참아야 했죠.
참을 수 있었죠. 그 날을 위해

늘 걱정하듯 말하죠. 헛된[2] 꿈은 독이라고
세상은 끝이 정해진 책처럼
이미 돌이킬 수 없는 현실이라고

그래요 난, 난 꿈이 있어요.
그 꿈을 믿어요. 나를 지켜봐요.
저 차갑게 서 있는 운명이란 벽 앞에
당당히 마주칠 수 있어요.

언젠가 난 그 벽을 넘어서
저 하늘을 높이 날을 수 있어요.
이 무거운 세상도 나를 묶을 순 없죠.
내 삶의 끝에서 나 웃을 그날을 함께 해요.

---

1 남루하다 : 옷 따위가 낡아 차림새가 너저분하다.
2 헛되다 : 아무런 소용없이 되다.

● 작사가 소개

이적(1974~   )

그룹 <패닉>의 멤버로도 활동하며 '왼손잡이', '내 서랍속의 바다', '달팽이' 등의 서정적이고 깊이 있는 가사를 많이 지었다. 이 노랫말은 1997년 김동률과 이적의 프로젝트 그룹 <카니발>이 만들어 불렀던 노래이다. 작곡은 김동률, 작사는 이적이 담당하였다. 「거위의 꿈」은 카니발의 앨범 「그 땐 그랬지」를 통해 발표된 노래로 2007년 가수 인순이가 다시 불러 현재까지 더 큰 인기를 누리고 있다.

● 가수 소개

인순이(1957~   )

이 노래를 불러 더 큰 인기를 얻은 것은 중졸 학력, 흑인 혼혈, 홀어머니아래 자란 가정환경 등의 배경을 딛고 한국 최고의 가수로 성공하기까지의 가수 인순이의 극적인 인생이 이 노랫말에 더 잘 녹아있기 때문이다. 정해진 운명과 현실의 벽을 넘어 꿈을 포기하지 않고 노래를 부른 인순이의 열창으로 이 노래는 큰 감동을 주고 있다.

문화

한국의 땅–한반도

지구의 30%인 육지 중에서 아주 작은 면적을 점한 것이 한반도이다. 한반도는 30억 살쯤 먹은 늙은 돌로 꽉 찬 땅으로 주변의 중국이나 일본보다 훨씬 오래된 곳이다. 중국은 대륙의 반 정도가 한국과 비슷한 30억 년의 나이를 먹었지만 나머지 반은 4억 내지 5억 년 정도로 매우 젊은 땅이다. 일본 역시 가장 오래된 암석이 4억 내지 5억 년밖에 되지 않는 젊은 땅이다.

중국의 중서부와 남부는 산맥의 연속으로 이루어져 있고, 이들 산맥은 지각 변동이 아주 심한 땅인데 한국에는 이런 변동대가 없다. 따라서 지진의 위험으로부터 어느 정도 안전하다. 그리고 섬나라이면서 호를 이루는 일본은 한반도의 입장에서 보면 지진이나 화산 같은 재난을 막아주는 방파제 역할을 한다.

반도는 육지에서 바다로 나가는 곳이자 바다에서 육지로 이르는 곳일 수 있다. 한반도는 대륙 쪽으로는 중국, 러시아, 유럽으로 나갈 수 있고, 바다 쪽으로는 태평양, 인도양으로 뻗어나갈 수 있는 동북아시아의 관문이다. 일본, 중국을 비롯해서 세계 경제의 5분의 1을 점유하고 있는 지역의 중심에 한반도가 자리 잡고 있다.

서울에서 비행기로 3시간 이내 거리에 인구 100만 명 이상의 도시가 43개다. 동남아시아에서 북미를 오가는 뱃길도 남해안을 통과하는 게 일본 남쪽을 지나는 것보다 빠르다. 시베리아와 유럽을 잇는 대륙 횡단 철도(TSR), 중국 횡단 철도(TCR)가 남북한 관통 철도로 이어지면서 한국이 육로 운송의 시발점이 될 수 있다. 그러기에 한국 경제 규모는 세계 10위권이지만 부산항의 컨테이너 물동량은 세계 5위이다. 인천 공항의 수송 실적도 한국 경제력을 넘어서고 있다.

또한 대륙과 섬, 육지와 바다에 접해 있는 반도라는 공간적 특성은 다양한 문화가 흘러 들어오고, 각각의 문화를 독창적인 형태로 정착시키는 문화를 형성한다. 만물신을 숭상하는 반도 이탈리아가 유태 종교인 기독교를 변형 수용하여 로마 기독교 문화를 형성하였고, 동서양의 접점인 터키 반도는 양대 문명을 통합한 독특한 문화를 형성하였다. 스페인의 이베리아 반도는 이슬람 문명과 서양 문명의 접점으로 한 시대를 이끌어오기도 했다. 이처럼 한반도에 유입된 불교나 기독교나 유교 같은 외국문화 역시 토착 문화와 결합하여 독창적인 문화를 형성하였다. 이 과정에서 유입될 때의 순수한(?) 성격은 점차 사라지게 되고 '비슷하지만 다른' 독창적인 잡종 문화를 형성하게 된다. 이러한 융합의 힘, 창조적인 잡종 문화가 바로 반도의 특성이라고 할 수 있다.

1. 한반도는 어떤 땅입니까?

2. 위 글에서 얘기하는 반도의 특성에 대해 어떻게 생각하는지 이야기해 봅시다.

3. 여러분 나라의 지리적 특성은 어떤지 이야기해 봅시다.

01 -으리라/리라

말하는 사람의 미래에 대한 의지나 추측을 나타내는데 주로 시나 노랫말 같은 운문에 자주 쓰인다.

表現出話者對未來的意志或推測，主要使用在詩或歌詞等韻文中。

- 꼭 한 번 해보리라 꿈꾸던 번지 점프를 어제 호주의 한적한 바닷가에서 드디어 해봤다.
- 나이가 들어 생각이 많아지니 그저 앞만 보고 살아가리라 생각하던 시절이 그리웠다.
- 1년 전만 해도 어떻게든 성공해서 잘 살아보리라 다짐하던 남자였는데 사업에 실패한 후에 폐인이 되고 말았다.
- 서랍 속의 반지를 보니 오직 당신만을 영원히 사랑하리라 맹세하던 순간이 떠올랐다.

02 -만치

'-만치'는 앞말과 비슷한 정도나 한도임을 나타내는 조사로 '-만큼' 과 의미 차이가 없이 바꿔 쓸 수 있다. 여기에서는 '-을/ㄹ 수 없다' 와 결합하여 '-을/ㄹ 수 없을 만큼'의 의미로 '-을/ㄹ 수 없으리만치' 가 나왔다. 이것은 '앞의 행동을 할 수 없을 만큼 그 정도로'의 뜻으로 그 다음에 나오는 말의 의미를 강조하기 위해 비유적으로 쓰인 표현이다.

「-만치」為助詞，表示程度或限度與前述內容相似，意思與「-만큼」相同，可替換使用。與「-을/ㄹ 수 없다」結合成「-을/ㄹ 수 없으리만치」，與「-을/ㄹ 수 없을 만큼」同義，表「無法做到前方行動般的程度」之意，是比喻性的表現，為了強調其後出現的內容而使用。

- 그늘 없이 환하게 웃는 모습이 눈을 뗄 수 없으리만치 아름다웠다.
- 문을 나서니 밖에는 한 치 앞을 알 수 없으리만치 짙은 어둠이 깔려 있었다.
- 사흘 밤을 새워 일을 끝내고 침대에 누우니 손끝 하나 까딱할 수 없으리만치 피곤했다.
- 얼마나 맞았는지 누군지 알아볼 수 없으리만치 얼굴이 피범벅이 되어서는 종일을 그 자리에 누워 있었다.

03 -을/ㄹ 줄만 알았지

'-을/ㄹ 줄'은 어떤 방법이나 사실을 나타내는데 주로 '-을/ㄹ 줄 알다/모르다'의 구성으로 쓴다. 여기에서는 상반되는 상황을 대조적으로 이어주는 '-지'와 결합하여 '-을/ㄹ 줄만 알았지 -을/ㄹ 줄은 모른다(-지는 않는다)'의 표현으로 나왔다. 이 표현은 주어가 앞의 행동만 하고 뒤의 행동은 하지 않는다는 의미를 나타내는데 이 때 뒤의 행동을 하지 않는다는 것을 강조하게 된다.

「-을/ㄹ 줄」表某種方法或事實，主要使用「-을/ㄹ 줄 알다/모르다」的句構。此處與對照連接後續情況的「-지」結合，成為「-을/ㄹ 줄만 알았지 -을/ㄹ 줄은 모른다(-지는 않는다)」，此句型表示主語只進行前面行動，而未做後面行動，是強調未做後面行動的用法。

- 돈을 모을 줄만 알았지 쓰지는 않는다.
- 사랑을 받을 줄만 알았지 줄 줄 모른다.
- 무조건 유행을 따를 줄만 알았지 자신의 개성을 살릴 줄은 모른다.
- 열심히 일할 줄만 알았지 여가를 즐기는 것에는 통 관심이 없다.

04 -을/ㄹ 게 아니라

앞의 내용을 부정하며 대조적으로 뒤의 내용을 강조할 때 쓴다. 앞의 행동을 선택하지 않음을 나타내므로 뒤에는 명령이나 권유의 표현이 나와야 자연스럽다.

否定前方內容，相對地強調後方內容時使用。因未選擇前方行動，所以後面必須使用命令或勸誘的表現較自然。

- 덮어놓고 야단부터 칠 게 아니라 아이의 말을 먼저 들어보세요.
- 혼자서 고민할 게 아니라 주변 사람들에게 터놓고 이야기하는 게 좋겠다.
- 내수 시장만 파고들 게 아니라 눈을 돌려 해외 시장을 개척하는 방안도 검토해야 할 것이다.
- 무조건 참기만 할 게 아니라 가끔은 화를 내기도 해야 정신 건강에 좋다.

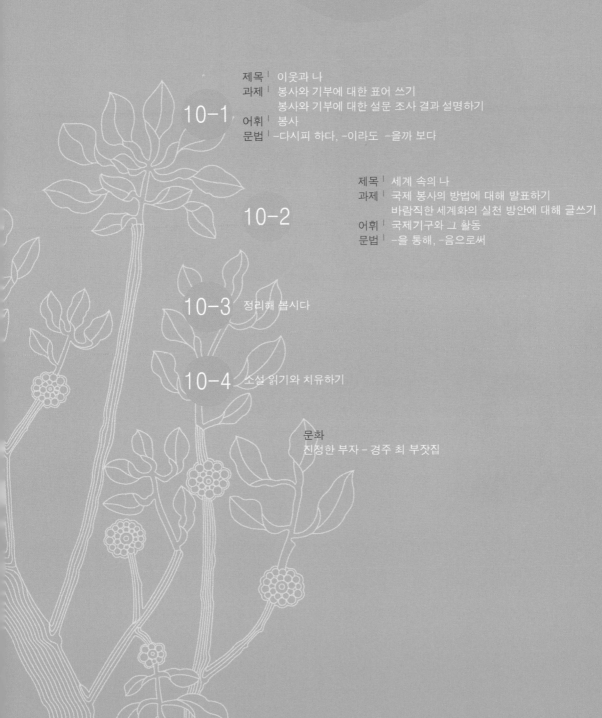

제10과　　개인과
공동체

문화
진정한 부자 - 경주 최 부잣집

10-1 이웃과 나

학습 목표 ● 과제 봉사와 기부에 대한 표어 쓰기, 봉사와 기부에 대한 설문 조사 결과 설명하기
● 문법 −다시피하다, −이라도 −을까 보다 ● 어휘 봉사

유명인들의 봉사활동에 대해 이야기해 봅시다.

▲ 김복순 할머니

- '우동 할머니'사랑을 남기고 떠나다
- 평소에도 꾸준히 사랑 베풀다 가시는 길에 평생 모은 재산에 시신 기증까지…
- ○○대"김 복순 장학 재단 설립"

위 기사를 보고 이웃과 더불어 살아갈 수 있는 여러 방법들을 이야기해 봅시다.

대화

🔊 61~62

정희　민철 씨, 금요일 저녁인데 데이트 안 하세요?

민철　아, 네. 여자 친구가 오늘 공부방에 봉사하러 가서요.

정희　공부방요? 아, 생활이 어려운 집 아이들을 무료로 가르쳐주는 거 말이죠.
저도 대학생 때 해 볼까 했었는데 자신이 없더라고요.

민철　해 보지 그랬어요? 사실, 저도 여자친구랑 같이 대학생 때 했었어요. 그 때는
공부방에 가서 살다시피 했는데 직장 생활하다 보니 틈이 안 나네요.
요즘은 한 달에 만 원씩 결식 아동을 후원하는 재단에 기부를 하고 있어요.
적은 돈이지만 십시일반이라고들 하니까요.

정희　어머, 그래요? 전 왠지 기부는 좀 많은 돈을 해야 한다는 생각이 들어서 생각
도 못 했는데…

민철　그렇게 생각하기 쉬운데, 홍수 때 전화로 일이천 원씩 수재 의연금을 내기도
하잖아요. 돈 액수가 문제가 아니라 이웃과 더불어 살아간다는 마음이 중요
한 게 아닐까요?

정희　하긴 아무리 가진 것이 없다 해도 나눌 것은 있다고들 하지요. 저도 이제부터
적은 돈이라도 기부할까 봐요.

01 정희 씨와 민철 씨는 무엇에 대해 이야기하고 있습니까?

❶ 민철 씨 여자 친구　　　　　　❷ 결식 아동 후원 방법

❸ 봉사 활동과 기부　　　　　　❹ 공부방에서의 봉사

02 민철 씨 여자 친구는 어떤 봉사 활동을 하고 있습니까?

03 위 대화를 보기와 같이 이어서 봉사 활동이나 기부에 대해 이야기해 봅시다.

[보기]　민철 : 그럼 아름다운 재단이란 단체에 가입해 보세요. 거기에서는 1% 나누기 모금
운동을 해요.
정희 : 아름다운 재단요? 인터넷에서 찾을 수 있지요?
1% 나누기란 말이 참 가슴에 와 닿네요.

봉사 n. (奉仕) 志工服務　　결식 아동 n. (缺食 兒童) 挨餓兒童　　후원하다 v. (後援 -) 後援
재단 n. (財團) 財團　　기부하다 v. (寄附 -) 捐贈　　십시일반 n. (十匙一飯) 積少成多
수재 의연금 n. (水災 義捐金) 水災賑災捐款　　더불어 adv. 一起、同時

329

어휘 봉사

01 다음 표현을 익히고 빈칸에 알맞은 말을 골라 쓰십시오.

아동 보호 시설 장애인 시설 보육원 양로원 입양 단체 무료 진료소 쉼터	저소득층 자녀 장애인 영세민 소년 소녀 가장 독거 노인 노숙자 이주 노동자 결혼 이민 여성	기부 물품 기증 헌혈, 장기 기증 무료 급식 교육 봉사 의료 봉사 노력 봉사

1) 각 지역 동사무소에서는 형편이 어려운 (   ) 자녀를 위한 무료 공부방을 운영하고 있다.

2) 우리 아파트 부녀회에서는 돌봐줄 사람이 없어 어렵게 사는 우리 동네의 (   )에게 점심을 제공하고 있다.

3) 의대 학생들과 교수들은 노숙자와 이주 노동자를 위해 무료 진료소에서 주말마다(   )을/를 하고 있다.

4) 어머니는 신체가 부자유한 사람들이 사는 (   )에 가서 매주 1회 목욕, 세탁, 청소 같은 (   )을/를 하신다.

5) 부모의 이혼이나 가정불화 등으로 가출한 청소년들을 돌봐주는 곳이 청소년 (   )인데 이곳에서는 19세까지 지내며 도움을 받을 수 있다.

6) 부모 없는 어린 아기들이 (   )을/를 통해 새 부모의 품으로 떠나간다.

7) (   )을/를 주기적으로 하면 몸속에 새로운 신선한 피가 다시 생성되기 때문에 건강에 더 좋다고 한다.

02 여러분 나라에서는 이웃을 위해 어떤 봉사 활동을 많이 하는지 위 어휘를 사용해 이야기해 봅시다.

문법

01 다음 글을 읽고 문법 및 표현을 익혀봅시다.

> 방학 때 2박 3일간 사랑의 집봉사 활동 캠프에 참가할 기회가 있었다. 봉사클럽 회원인 친구는 사람이 모자란다며 나를 거의 **끌고 가다시피 했다.** 사실 난 이 캠프에 참가하기 전에는 이런 소외된 사람들의 삶에 대해 그다지 깊게 생각해 본 적이 없었다. 그런데 부모를 잃었거나 경제적인 어려움 때문에 부모와 살지 못하는 아이들을 보면서 가슴이 아팠다. 작은 가슴에 하나씩 희망의 씨앗을 품고 살아가는 어린 눈망울들을 보면서 그 아이들이 이 사회에서 소외되지 않도록 해야 할 책임감을 느꼈다. 그래서 친구에게 '앞으로도 이런 봉사활동에 시간 날 때마다 **잠깐씩이라도 참가할까 봐**' 라고 말했더니 친구는 몹시 기뻐했다.

-다시피 하다

1) 다음 중 알맞은 표현을 골라 빈 곳에 알맞게 쓰십시오.

집을 새로 짓다 굶다 출근하다 기다 밤을 새우다

- 집수리 봉사 활동에 참가했는데 고칠 데가 많아서 <u>집을 새로 짓다</u>시피 했다.
- 독거 노인인 할머니의 건강이 악화되자 사회 복지사가 거의 매일 할머니 집으로 ....
- 소년 소녀 가장들에게 희망을 주기 위한 행사 준비로 며칠 동안 ....
- 산에서 내려올 때 바위가 너무 미끄러워서 ....
- 산더미처럼 쌓인 업무를 처리하느라 요즘은 점심을 거의 ....

–이라도 –을까 보다

2) 주어진 표현으로 알맞게 대답하십시오.

가: 장기 이식을 못해서 죽어가는 이들이 많다는 얘기를 듣고 장기 기증을 하기로 했어요.
(헌혈)

나: 그래요? 그럼 저는 헌혈이라도 할까 봐요.

가: 이번에 회사에서 사원들을 위한 무료 댄스 교실을 열었는데 같이 배우지 않을래요?
(한 달)

나: 바빠서 오래 할 수 있을지 모르겠지만 _____.

가: 우리 교회에서는 주말마다 깨끗한 환경을 위해 하천 청소 봉사를 실시하고 있는데 누구
라도 동참할 수 있어요. (한 주)

나: _____.

가: 외국인 근로자들에게 한국말을 가르치는 한글 교실에서 자원 봉사할 사람을 찾던데요.
(일주일에 한두 번)

나: _____.

가: 여기 있는 종합 검진을 모두 받으려면 비용이 꽤 비싼데, 어떻게 할 거야?
(간단한 검사 한두 가지)

나: _____.

02 다음 상황에 맞게 빈칸을 채우고 '–다시피 하다', '–이라도 –을까 보다'를 사용해 보기와 같이 이
야기해 봅시다.

상황	의도
어머니가 편찮으셔서 거의 날마다 어머니 집에 간다	힘들어서 주말은 도우미에게 부탁하려고 한다.
아들이 가수가 되겠다고 거의 매일 노래방에 간다	
친구가 제발 꼭 좀 도와달라고 애원하듯이 부탁했다	

[보기] 어머니가 편찮으셔서 날마다 어머니 집에 가서 살다시피 하는데 힘들어서 주말만이라도
도우미에게 부탁할까 봐요.

다음 기사를 읽고 질문에 답하십시오.

> 최근 기부에 관심을 갖는 상류층이 증가하고 있다. '아름다운 재단'의 윤정숙 상임이사는 "최근 부쩍 사회 지도층의 기부 관련 문의가 늘고 있다"면서 "기부가 존경받는 부자의 대표덕목이라는 인식이 확산된 증거"라고 해석했다. 윤 이사에 따르면 기부에 관심을 갖는 부유층은 30대~50대 초반에 집중돼 있다고 한다. 그는 "고소득 전문직 종사자나 창업에 성공한 30, 40대 가운데 '존경받는 기업인이 되고 싶다'면서 찾아오는 사람들이 많다. 젊은 층이 많은 관심을 갖는 것으로 봐서 조만간 기부 문화가 확실하게 자리매김할 것 같다"고 말했다.
>
> 대부분의 존경받는 부자들은 자식에게 부를 물려주는 대신 정신을 물려줘야 한다고 말한다. 인터뷰에 응한 한 기업인은 "기업은 개인소유가 아니라 직원들의 것, 나아가 사회의 것"이라면서 "부 역시 사회에서 얻은 것인 만큼 필요 이상의 것은 사회에 환원해야 한다"고 말했다.
>
> 세계 2위의 갑부 워린 버핏은 재산의 85%를 자선단체에 기부하겠다고 하면서 "내가 무엇을 해야 할지 알고 있으며, 사회 환원은 의미 있는 일"이라고 말했다. 한국의 워린 버핏이 1000명, 1만 명, 그보다 더 많이 나오는 세상을 기대해 본다.

01 이것은 무엇에 대한 기사입니까?

❶ 미국의 기부 문화 현상   ❷ 상류층의 기부 문화 확산

❸ 기업의 자선 활동과 기부   ❹ 기업의 역할과 사회 기여

02 존경받는 부자들은 어떤 사람입니까? 그들은 '부'에 대해 어떤 생각을 가지고 있습니까?

부쩍 adv. 猛地、突然   덕목 n. (德目) 品德   자리매김하다 v. 定位、佔據…的位置
환원하다 v. (還原 -) 回歸、歸還   갑부 n. (甲富) 首富   자선단체 n. (慈善團體) 慈善團體

03 다음은 부유층의 기부 사례입니다. 빈칸을 채우고 이야기해 봅시다.

> 만화가 허영만(60) 화백은 2004년부터 꾸준히 노숙자들을 돕고 있다. 등산을 좋아하는 허화백은 2004년 킬리만자로 등반길에서 혹한에 떨다가 노숙자들을 떠올렸다고 한다. "오리털 방한복을 껴입었는데도 춥더라고요. 추위에 고생할 고국의 노숙자들이 생각나 위성 전화로 한국에 연락해 방한용 매트리스를 전달해 달라고 했지요."
> 명품 브랜드인 성주 그룹 김성주(51) 회장. 그는 지난 8월 "전 재산을 북한 돕기에 헌납하겠다는 내용의 유언장을 써 놨다"고 밝혔다. 김 회장은 "투명하고 정직하게 번 돈을 사회에 환원하는 것을 원칙으로 하고 있다"고 덧붙였다. 그는 기업 이윤의 10%를 사회사업을 위해 쓴 공로로 '뉴욕 아시안 아메리칸 연맹'이 발표하는 '2007 뛰어난 아시아인'에 선정되기도 했다.
> 가수 김장훈(40) 씨는 '연예인 기부왕'이라고 할 만하다. 자신은 보증금 5000만 원짜리 월세 집에 살면서 지난 9년간 30억 원을 기부했다. 신용 카드도 없고 통장 잔고도 '0'이 될 때가 많다. 수입이 들어오면 곧바로 기부할 곳으로 빠져나가기 때문이다. "미리 기부할 곳을 정해 놓고 거기에 맞춰 공연 일정을 잡습니다." 일종의 '거꾸로 가는 가계부'가 기부의 비결인 셈이다.

기부자	기부 내용
만화가 허영만	
성주 그룹 김성주 회장	
가수 김장훈	

1) 인터넷이나 신문 등에서 여러 가지 기부 사례를 찾아 소개해 봅시다.

2) 여러분이 만약 성공한 상류층이라면 어떤 방식으로 사회에 환원하겠습니까? 구체적인 방법과 대상을 정해 이야기해 봅시다.

04 봉사 활동과 기부에 대한 표어를 보기와 같이 만들어 봅시다.

[보기] 함께 나누는 세상, 우리의 밝은 미래
사랑, 나눌수록 풍성해집니다.
아름다운 작은 손길이 하나 둘 모여 큰 힘이 됩니다

혹한 n. (酷寒) 嚴寒   방한복 n. (防寒服) 防寒服   헌납하다 v. (獻納 -) 貢獻   공로 n. (功勞) 功勞
잔고 n. (殘高) 餘額

과제 2 읽고 의견 말하기 ●───────────

01 다음 설문 조사에 답해 봅시다.

1. 자원봉사 활동에 참여한 적이 있습니까?

2. 사회 복지 단체나 개인(경조사비 제외)에게 기부한 적이 있습니까?

3. 있다면 기부한 연간 금액은 얼마입니까? 기부 횟수는 몇 번입니까?

4. 지하철, 은행, 마트 계산대 등에 비치된 모금함이나 재활용 기부함에 기부한 적이 있습니까?

5. 자선 가게, 바자에서 물건을 산 적이 있습니까?

6. 기부를 하시는 이유는 무엇입니까? (중요도에 따라 차례로 순서를 쓰십시오)

   ① 동정심 (   ) ② 나눔을 실천하는 가족의 전통과 문화 (   )

   ③ 사회에 대한 책임감 (   ) ④ 개인적인 행복감, 종교적 신념 (   )

   ⑤ 기타 (   )(쓰십시오)

7. 기부를 안 하시는 이유는 무엇입니까?

   ① 기부에 대해 관심이 없어서 (   ) ② 소득 감소 등 현재 경제적 여유가 없어서 (   )

   ③ 요청을 받은 적이 없어서 (   ) ④ 어디에 어떻게 기부하는지 몰라서 (   )

   ⑤ 기부 대상자, 기부를 요청한 기관을 믿을 수 없어서 (   )

   ⑥ 기타 (   )(쓰십시오)

8. 기부하신 경우 어디에 기부를 했습니까?

9. 기부금이 필요하다고 생각하는 순서대로 번호를 쓰십시오.

   ① 빈곤 가구 지원 (   ) ② 아동 복지 지원 (   )

   ③ 장애인 복지 지원 (   ) ④ 노인 복지 지원 (   )

   ⑤ 재난·재해 등 긴급 구호 활동 지원 (   ) ⑥ 환경 및 동물 보호 (   )

   ⑦ 교육 및 연구 활동 지원 (   )

   ⑧ 기타(   )(쓰십시오)

경조사비 n. (慶弔事費) 紅白喜事費用   자선 n. (慈善) 慈善   바자 n. (bazar) 義賣市場
동정심 n. (同情心) 同情心

YONSEI KOREAN 5

02 이 설문 조사에 답한 한국인의 평균 결과입니다. 여러분의 결과와 어떻게 다릅니까?
비교해서 이야기해 봅시다.

번호	한국인의 평균 결과
1	네 명 중 한 명
2	열 명 중 일곱 명
3	연간 10만 원, 연평균 1.5회
4	열 명 중 네 명
5	열 명 중 세 명
6	동정심 (60.2%), 나눔을 실천하는 가족의 전통과 문화 (41.9%) 사회에 대한 책임감 (40.1%), 개인적인 행복감, 종교적 신념 (16.8%)
7	기부에 대해 관심이 없어서 (24.6%), 소득 감소 등 현재 경제적 여유가 없어서 (19.0%), 요청을 받은 적이 없어서 (13.3%), 기부 대상자·기부를 요청한 기관을 믿을 수 없어서(8.9%), 어디에 어떻게 기부하는지 몰라서 (8.3%)
8	사회 복지 단체 (43.3%), 언론사 (25.6%), 종교단체 (25.1%), 직장 (13.5%), 대상자에게 직접 줬다 (12.2%)
9	아동 복지 지원(55.5%), 빈곤 가구 지원 (45.8%), 노인복지 지원(43.6%), 장애인 복지지원 (43.3%), 재난·재해 등 긴급 구호 활동 지원 (40.8%), 교육 및 연구 활동 지원 (6.3%), 환경 및 동물 보호 (4.4%) <기타 : 선교(3.1%), 문화 및 예술 분야 지원(2.6%), 해외 구호 활동 지원 (1.9%), 국내 외국인 근로자 지원(0.9%), 정당 및 정치 단체 지원 (0.6%), 북한 동포 지원 (0.6%)>

03 9번에서 여러분 나라의 경우라면 어떤 순서가 좋을 지 이야기해 봅시다. 왜 그 순서로 사용하는 게 좋은지 여러분의 의견을 말해 보십시오.

10-2 세계 속의 나

학습 목표 ● 과제 국제 봉사의 방법에 대해 발표하기, 바람직한 세계화의 실천 방안에 대해 글쓰기
● 문법 –을 통해, –음으로써 ● 어휘 국제기구와 그 활동

어떤 국제 봉사활동에 참여하고 싶습니까?

천원의 행복 / 천원이면? 아이스크림 하나, 1회 버스요금, 노트 한권, 커피 한잔

**하지만, 전세계 63억명의 인구중 12억명의 하루 생활비..
당신의 관심이 지구반대편 어린이의 하루가 됩니다!!**

강연회, 세미나, 워크숍,
스터디 모임, 행사 지원

제3세계
물품 지원하기

홈페이지 매일 방문하기,
좋은내용 퍼뜨리기

자원활동 하기

기업의 아름다운 지구촌
만들기 실천운동방법

지구촌 굶주린 이웃들을 돕기 위한
가장 일반적이고 지속적인 후원방법입니다.

어떤 후원을 하고 싶습니까?

대화

🔊 63~64

리에   영수 씨, 뭘 그렇게 열심히 들여다보고 계세요?

영수   국외에 파견하는 봉사 인력 모집에 관한 안내문을 읽고 있던 참이었어요. 한국과 세계 여러 국가 간의 우호 협력 증진을 목적으로 설립된 단체에서 국외로 다양한 분야의 인력을 파견한다고 하네요.

리에   영수 씨, 졸업하고 취직을 하는 줄 알았는데 외국에 나갈 계획이세요?

영수   네, 얼마 전에 방송된 다큐멘터리를 통해 국제 난민 구호 활동을 하는 젊은이들이 많다는 걸 알게 됐거든요. 취직을 일 이 년 미루더라도 젊었을 때 뭔가 뜻있는 일을 해야겠더라고요. 그래서 요즘 이것저것 알아보고 있어요. 국외로 나가면 견문도 넓힐 수 있을 것 같고요.

리에   정말 좋은 생각이네요. 하긴 요즘은 세계가 점점 좁아져서 지구촌이란 말이 진짜 실감나요. 그런데 어느 나라에 가고 싶으세요?

영수   제가 도움이 될 수 있는 곳이라면 어디든지 상관없습니다. 봉사를 함으로써 남을 도울 수 있고 저도 배우면서 성장할 수 있을 것 같아요.

01   두 사람은 무엇에 대해 이야기하고 있습니까?

❶ 영수의 졸업 후 계획   ❷ 리에의 취직 계획

❸ 국제단체의 활동   ❹ 다큐멘터리 프로그램

02   영수가 취직을 미룬 이유를 쓰십시오.

03   위 대화에 대해서 보기와 같이 이야기를 해 봅시다.

[보기]   가 : 영수 씨가 읽고 있는 것은 뭐예요?

           나 : 국제 봉사 인력 모집에 관한 안내문이에요.

우호 n. (友好) 友好   협력 n. (協力) 協力   증진 n. (增進) 增進   설립 n. (設立) 建立   견문 n. (見聞) 見聞

어휘 국제기구와 그 활동

01 다음 표현을 익히고 빈칸에 알맞은 말을 골라 쓰십시오.

산하 기구 NGO(비정부 조직) NPO(비영리 단체) 민간 단체	유니세프(유엔 아동 기금) 코이카(한국 국제 협력단) 적십자사 국경 없는 의사회 굿네이버스(국제 구호 단체)	재해, 재난, 난민, 빈민, 기아 식량, 의료, 보건, 위생, 사회 복지, 교육 봉사, 구호, 구조, 지원, 후원, 협력

1) 다음은 어떤 단체를 말하는 것인지 알아봅시다.

(   ): 본부를 제네바에 둔 국제적인 민간 조직 기구로 전시에는 부상자를 구
호하고, 평상시에는 재해, 질병의 구조와 예방 따위를 목적으로 함.

(   ): 국제의료 봉사 단체로 1968년 비아프라 기아 구제 활동에 참가했던 의
사들이 중심이 되어 1971년에 결성함. 전쟁이나 자연 재해를 입은 곳,
난민 캠프 등에서 구조 활동을 하며 유럽 연합과 유엔으로부터 지원금,
기부금 등을 받아 운영함. 제3회 서울 평화상과 1999년 노벨 평화상을
받음.

(   ): 국제 구호 NGO 단체로 1991년 한국에서 시작되어서 UN 경제 사회 이
사회로부터 NGO 최상위 지위를 부여받은 비영리 단체임. 국내외에서
주로 결식아동과 저소득층 아동을 위해서 복지 사업을 펼치고 있음.

2) 국제적으로 봉사 활동을 펴는 기구나 단체는 의외로 많다. 유니세프나 코이카와 같
이 널리 알려진 국제기구나 정부의 (   )도 있고 민간인들이 모여 결성한
(   ) 도 있다. 비정부성을 강조하는 (   )은/는 사회적 연대와
공공목적을 실현하기 위해 자발적으로 조직된 시민 단체이다. NGO는 대부분 이익 추구
가 목적이 아닌 (   )으로서/로서 세계 곳곳에서 인권, 평등, 보건, 사회복지,
교육, 환경 등 다양한 분야에서 활동하고 있다.

02 위 어휘를 사용해 보기와 같이 개인이나 단체의 봉사 또는 후원 활동에 대해 이야기해 봅시다.

[보기] 유니세프는 어린이를 돕는 유엔 산하 기구로 1946년 설립된 이래 전 세계의 어린이를
위하여 영양, 보건, 식수 공급 및 위생, 기초교육, 긴급 구호 등의 사업을 펼쳐왔다. 여
배우 오드리 헵번은 1988-1992 유니세프의 친선 대사로 활동한 바 있고 현재 한국에서
는 안성기, 박완서, 정명화, 앙드레김이 친선 대사로 활동하고 있다.

문법

01 다음 글을 읽고 문법 및 표현을 익혀 봅시다.

2004년 12월 지진해일(쓰나미)이 남아시아 일대를 덮쳤을 당시, 인도네시아에서 어학연수 중이던 김형근 씨는 쓰나미를 피해 황급히 귀국하였다. 그러나 귀국 후 **뉴스를 통해** 본 현지 소식은 예상보다 심각하였다. 고민 끝에 한국으로 온 지 열흘 만에 김 씨는 다시 인도네시아 행 비행기에 올랐다. 한국에서 파견된 의료진 10명과 현지인들 간의 통역을 담당하고 의료 활동을 돕느라 눈코 뜰 새 없이 바쁘게 3주를 보낸 후 김 씨는 자원봉사에 눈을 떴다. 김씨는 "쓰나미 현장에서 세상이 뒤집어지는 경험을 했지만 위험을 무릅쓰고라도 나 자신이 가진 걸 **나눔으로써** 사람의 도리를 다 할 수 있어서 기쁘다"고 말했다.

–을 통해

1) 다음을 연결하고 보기와 같이 이야기해 봅시다.

최근에 방송된 다큐멘터리 프로그램 •   • 여러분들은 여행의 즐거움과 봉사의 보람을 동시에 느낄 수 있을 겁니다

봉사 활동을 포함한 이번 해외여행 •   • 그 사실이 전 세계로 전해졌다

타인을 위한 봉사 활동 •   • 기아와 식량난에 허덕이는 지구촌 빈민들의 모습이 생생하게 알려졌다

인터넷에 뜬 동영상 •   • 나 자신이 얻는 것이 더 많다

국가 대표 선수들은 혹독한 훈련 •   • 강인한 정신력과 체력을 키운다

[보기] 최근에 방송된 다큐멘터리 프로그램을 통해 기아와 식량난에 허덕이는 지구촌 빈민들의 모습이 생생하게 알려졌다.

−음으로써

2) 빈 곳을 채우고 보기와 같이 이야기해 봅시다.

- 한 달에 단 돈 만원을 후원함으로써 10명의 아이들을 기아에서 구해낼 수 있다고 한다.
- 낙후된 지역에 도서 보내기 운동을 벌임으로써 ....:
- 각자 맡은 일에 최선을 다함으로써 ....:
- .... 세대 차이를 좁힐 수 있다.
- .... 미궁에 빠진 그 사건을 해결할 수 있었다.

[보기] 한 달에 단 돈 만원을 후원함으로써 10명의 아이들을 기아에서 구해낼 수 있다고 한다.

02 다음 표를 채우고 '−을 통해', '−음으로써' 를 사용해 보기와 같이 이야기해 봅시다.

매체 또는 계기	알게 된 문제점	해결 방법
TV 뉴스	한국기업의 노사 간 갈등이 심각하다	회사의 발전을 먼저 생각하고 양측이 대화를 하여 조금씩 양보해야 한다
농촌에서 온 친구	다문화 가정의 자녀 교육 문제가 심각하다	
신문 사회면 기사	청소년 흡연이 늘고 있다	
국제봉사 단체의 홈페이지		

[보기] 며칠 전 TV뉴스를 통해 한국기업의 노사 간 갈등이 심각하다는 소식을 들었습니다. 제 생각에는 회사의 발전을 먼저 생각하고 양측이 대화를 하여 조금씩 양보함으로써 노사 간의 갈등은 해결될 수 있다고 봅니다.

듣고 말하기 [🔊 65]

다음을 듣고 질문에 답하십시오.

01 이 사람은 어떤 사람입니까? 누구에게 왜 이런 말을 하는 걸까요?

누가	
누구에게	
왜	

02 다음 빈칸을 채워 봅시다.

지역	아이들의 병	방법	비용
열대지방		링거 한 병	
	저체온증		2천원

03 이 사람은 어떤 마음으로 남을 도와야 한다고 합니까?

04 여러분은 다음 중 어느 프로그램을 후원하시겠습니까? 그 이유는 무엇입니까?

■ 아이들을 위한 희망의 도서관을 지어주세요~!
■ 필요금액 : $500

상주하는 외국어 교사가 거의 없는 상황에서
학생들이 혼자의 힘으로 학습할 수 있는...

> 현재모금액 [10] $
> 자세히 보기 ▶

■ 고아원어린이들에게 화장실을 지어줍시다!
■ 필요금액 : $700

어린이들이 특유의 순수성을 잃지 않고 그들의
밝음 그대로 살아가는 것은 단순히 선전...

> 현재모금액 [   ] $
> 자세히 보기 ▶

■ 장애 어린이들에게 안전한 놀이시설을 선물해주세요!
■ 필요금액 : $810

수도인 다레살람 근교에 위치해 있는 마투마이니
초등학교는 장애 아동...

> 현재모금액 [   ] $
> 자세히 보기 ▶

■ 청소년들이 호텔리어의 꿈을 이룰 수 있도록 도와주세요~!
■ 필요금액 : $700

현재 실습재료들이 갖추어찾지 않아 식음료 실습이
거의 중단된 상태...

> 현재모금액 [   ] $
> 자세히 보기 ▶

보건 복지부 n. (保健福祉部) 保健福祉部   저체온증 n. (低體溫症) 失溫症
원조하다 v. (援助 -) 幫助   전폭적이다 a. (全幅的 -) 全面的   부채감 n. (負債感) 負債感
기껍다 a. 喜悅的   오지 n. (奧地) 內地、偏僻處   뻗어나가다 v. 延伸

과제 2 읽고 쓰기

다음을 읽고 질문에 답하십시오.

> 1990년대 이후 빠르게 진행되고 있는 세계화는 인류의 삶을 급속도로 변화시키고 있다. 냉전 체제의 붕괴 이후 세계 경제의 개방과 통합, 인터넷 정보 통신망의 발달 등은 전 세계를 단일 생활권으로 변화시켰다. 이러한 변화로 인해 전통적인 삶의 방식이 무너지고 새로운 생활 양식과 사고방식이 나타났다.
>
> 50년 전만 해도 더불어 살 수 있는 공간은 '촌락'이었으며 그 공간이 아무리 넓어도 한 '국가'를 넘기는 어려웠다. 그러나 오늘날에는 지구촌이라는 개념이 등장하면서, 많은 사회적 관계들이 '국가'를 넘어서 존재하게 된다. 이러한 상황 속에서 국가와 민족의 개념은 차츰 퇴색되고 다국적 기업, 국제기구, 국제 협약 등의 초국가권력이 힘을 얻어 세계를 주도해가는 탈 국가 현상이 가속화될 수도 있다.
>
> 어떤 이들은 국경 없는 세계에서 인간이 평등, 자유, 평화, 번영을 누리며 살 수 있을 것이라고 낙관한다. 그러나 사실상 사람들은 나이, 성, 사회적 계층, 국적, 인종, 종교 등이 다르기 때문에 세계화의 과정에서 불공평한 상황에 처할 수밖에 없다. 가난은 세계 여러 지역에 여전히 만연하고 강대국과 약소국의 빈부 격차도 전혀 줄어들 기미를 보이지 않고 있다. 인간이 초래한 환경 악화는 그 어느 때보다도 극심하고 지금도 세계 도처에서 분쟁은 발생한다. 세계화를 낙관적이고 희망적인 메시지로만 간주하는 것은 큰 오산이다.
>
> 세계화란 피부색, 문화, 사고방식, 언어가 서로 다른 사람들이 평화롭게 공존하는 것을 의미하는 것이다. 그러기 위해서는 세계화의 방향이 '자본주의적 경쟁 논리의 세계화'에서 '세계인의 공존을 지향하는 세계화'로 바뀌어야 할 것이다. 즉 '약육강식의 세계화'가 아니라 '더불어 살기 위한 세계화'를 위해 노력해야 한다. 이 때 가장 중요한 것은 '상생의 정신', '나눔의 정신'을 기르는 것이다. 이는 지구촌에서 살아가는 세계인이 가져야 할 시대적 사명이자 책임 의식이기도 하다.

01 이 글의 중심 생각은 무엇입니까?

❶ 탈 국가 현상이 가속화되고 있다.
❷ 세계화는 불공평하게 이루어지고 있다.
❸ 세계화는 더불어 사는 사회를 지향해야 한다.
❹ 세계화를 위해 언어와 문화가 통합되어야 한다.

냉전체제 n. (冷戰體制) 冷戰體制   촌락 n. (村落) 村落   퇴색되다 v. (褪色 -) 褪色
국제 협약 n. (國際協約) 國際公約   만연하다 v. (蔓延 -) 蔓延   기미 n. (機微) 跡象、苗頭
초래하다 v. (招來 -) 招致   오산 n. (誤算) 失算   공존 n. (共存) 共存   약육강식 n. (弱肉强食) 弱肉强食

02 세계를 단일 생활권으로 변화시킨 것은 무엇입니까?

03 사람들이 세계화의 과정에서 불공평한 상황에 처하는 이유는 무엇입니까?

04 세계화의 방향이 어떻게 바뀌어야 한다고 합니까?

	→

05 여러분은 21세기 세계의 모습이 어떨 것이라고 생각합니까? 바람직한 세계화를 이루기 위해서 실천해야 하는 구체적 방안을 세 가지 이상 써 봅시다.

....

....

....

....

....

....

....

....

....

....

10-3 정리해 봅시다

I. 어휘

단체	대상	방법
아동 보호 시설 보육원 입양 단체 양로원 장애인 시설 쉼터 무료 진료소 재단	저소득층 자녀 결식아동 소년 소녀 가장 독거 노인 영세민 장애인 노숙자 이주 노동자 결혼 이민 여성	기부 후원 교육 봉사 의료 봉사 물품 기증 무료 급식 헌혈, 장기 기증 노력 봉사 수재 의연금 십시일반

01 위 표에서 각각 어휘를 하나씩 골라 다음과 같이 문장을 만드십시오.

1)

무료 진료소	영세민	의료 봉사

우리 학교 의대생들은 방학 때 무료 진료소에서 영세민들을 위해 의료 봉사를 할 계획이다.

2)

재단	결식 아동	무료 급식

3)

장애인 시설	장애인	

4)

쉼터		

5)

	결혼 이민 여성	

6)

		기부

02 빈칸에 알맞은 말을 골라 쓰십시오.

구호   위생   기아   증진   설립   견문   재해   복지

적십자사는 오랜 역사를 자랑하는 국제 민간 구호 단체로 전쟁 발생 시에는 상병자들을
(   )하며 평상시에는 (   ), 질병을 구조하고 예방하는 일을 한다. 이슬람
권에서는 적신월사라고도 한다. 그 외에 많은 국제기구들이 (   )에 시달리는 빈민
들에게 식량을 원조하고 열악한 환경에 처한 이들의 보건과 (   )을/를 위한 의료 사
업을 펼치며 그들의 교육과 (   )을/를 위해 힘쓰고 있다.
한국은 1990년대 이후 세계 여러 지역 국가와의 우호 협력 (   )을/를 위해 정부 산
하기구를 (   )하여 국제 봉사 활동 무대에 나서 수많은 인력을 모집하여 국외로
파견해오고 있다. 이들은 국외에 나가 봉사 활동을 펴고 아울러 넓은 세상 속에서
(   )도 넓힘으로써 세계화 시대의 세계 시민으로서 성장하고 있다.

II. 문법

01 알맞은 문법을 골라 상황에 맞게 대화를 완성해 보십시오.

-을 통해   -음으로써   -다시피 하다   -이라도 -을까 보다

상황

영수는 요즘 봉사 활동을 하기 위해서 양로원에 매우 자주 간다. 할아버지는 자신보다 어려운 처지에 놓인 사람을 조금씩 도와서 살 맛나는 세상을 만들 수 있다고 생각하신다. 영수 친구가 봉사 활동을 하면서 오히려 자신이 얻는 게 많다고 하자 할아버지는 이제부터 작은 것이지만 뭔가 보람 있는 일을 하려고 하신다.

할아버지 : 영수 요즘 뭐 하냐? 통 얼굴을 볼 수 없구나.

영수 친구 : 영수는 방학만 되면 무의탁 노인들을 위해 봉사 활동을 하느라고

....

할아버지 : 그래? 놀라운 사실인걸. 영수가 자기 계발에 열심인 줄은 알았지만 그런 기특한 일까지 하고 있는 줄은 몰랐네. 요즘 젊은이답지 않군 그래. 좋은 일이지. 많은 사람들이 ....

이 세상이 더불어 사는 살 맛나는 세상이 될 수 있을 테니까.

영수 친구 : 저도 얼마 전부터 장애인 시설에서 자원봉사를 하고 있는데요.

.... 오히려 제가 얻는 게 더 많더라고요.

할아버지 : 그런 말을 들으니 나이 든 내가 참 부끄럽구먼.

나도 이제부터 .... 이라도/라도 ....

02 다음 문장에서 틀린 곳을 찾아 바르게 고치십시오.

1) 문제 해결을 통해 타협과 절충을 할 수 있다.

....

2) 신기술을 개발했음으로써 제품의 경쟁력을 높일 수 있었다.

....

3) 남편이 실직해서 형편이 어려운데 부업이라도 할까 말까 봐요.

....

4) 어린 아이가 거짓말을 그렇게 밥 먹는다시피 하다니, 버릇이 나쁘게 들었구나.

....

III. 과제 [🔊 66]

◗ 다음을 듣고 질문에 답하십시오.

01 '찾아 쓰는 자원봉사 마일리지 제도' 란 어떤 제도입니까?

02 어디에서 이 제도를 실시하고 있습니까? 그 반응은 어떻습니까?

03 들은 내용에 따라 빈칸을 채우십시오.

	봉사 활동	가족 관계	혜택
장순자 할머니		혼자 거주	음식을 도움 받음
전진석 할아버지	760시간의 자원봉사		

04 '찾아 쓰는 자원봉사 마일리지' 의 종류에는 어떤 것들이 있습니까?

05 여러분은 이 제도에 대해서 어떻게 생각합니까?

10-4 소설 읽기와 치유하기

1. 여러분은 어떤 소설을 좋아합니까?

2. 소설을 왜 읽는지 이야기해 봅시다.

풍선을 샀어

조경란

> 1
> '나'는 철학을 공부하기 위해 독일로 유학을 갔다가 십여 년 만에 귀국한다. 하나 있는
> 오빠도 분가하여 이제는 부모만 살고 있는 집에 들어가 혼자만의 서재를 가질 수 있을지도
> 모른다는 희망을 안고 서울에 도착하지만 부모님 집에는 이미 오빠 내외가 육아를 핑계로
> 들어와 살고 있었다.

"이거는 모야?"

꼬마의 손가락은 정확히 나를 가리키고 있었다.

"이게 아니라 이 사람은 누구야? 라고 말해야 하는 거야, 쿱."

부주의하게도 올케는 웃음을 참지 못했다. 그러기는 가족들도 마찬가지긴 했지만. 십
년 동안 딱 두 번 서울에 다녀간 적이 있었다. 한 번은 엄마 환갑 때였고 또 한 번은 오빠
가 결혼할 때였다. 마지막으로 다녀간 게 벌써 오 년 전이다.

"안녕. 이건 너의 고모란다."

기가 꺾인 채 나는 힘없이 대꾸했다.

집으로 돌아가는 비행기 안에서 나는 내가 가진 것들을 떠올려 보았다. 아무것도 없다
면 뭐든지 새로 시작할 수 있을 것이다. 기내식을 먹다 말고 쓱쓱 눈가를 문질렀다. 서른일
곱이라는 나이는 등에 웬 낙타 한 마리를 짊어진 것처럼 무겁게 느껴졌다. 돌아가서 부모
와 함께 늙어가는 것도 나쁘지 않을지 모른다. 형제라곤 하나 있는 오빠가 결혼하여 분가
하였으니 내가 사용할 수 있는 공간은 더 많아졌을 것이다. 몽테뉴[1]처럼 커다랗고 천장이
높은 원형의 서재를 가질 수 있을지도 몰랐다. 어제까지 없던 기대로 나는 설레기도 했다.
그 꿈이 깨진 것은 귀국 수속을 다 마치고 인천공항을 막 빠져 나오자마자였다.

같이 잘 해보자.

마중 나온 오빠가 어깨를 툭 치며 말했다.

십 년 동안 일어났을 많은 변화들에 대해서 한 번도 진지하게 생각해본 적이 없던 나
는 그새 정수리께가 벗어지고 있는 오빠를 멀뚱멀뚱 쳐다보았다. 조카는 한 명이 아니라

---

1 몽테뉴(Michel Eyquem de Montaigne. 1533.2.28 – 1592.9.13) : 프랑스의 사상가. 수필집<수상록
>을 썼다.

둘이었다. 이제 막 네 살이 된 이십팔 개월짜리 꼬맹이[2]와 또 막 백일이 지난 갓난쟁이. 투병 중인 올케 어머니가 더 이상 딸의 아이들을 맡아 키워줄 수 없는 건 당연한 일이었다. 하루아침에 직장을 그만 둔 오빠가 동료들과 벤처[3]를 차릴 때 절반이 넘는 자금을 대 준 사람이 안사돈이었다. 올케는 시도 때도 없이 출장을 가야 하는 외국인 제약회사에 다니고 있었다. 아기들을 키워줄 사람은 나의 아버지와 어머니밖에 없었고 그것을 당연한 일로 받아들였다. 아이들을 맡겨 놓고 들락날락하던[4] 오빠와 올케는 급기야 한 달 만에 짐을 싸 들고 아예 우리 집에 들어와 살고 있었던 것이다. 내가 돌아오기 두 달 전부터 시작된 일이라고 했다. 책장과 책상을 들어낸 내 방에는 베이비 침대와 서랍장이 놓였고 벽에는 곰돌이 푸[5]가 그려진 벽지가 알록달록 발려 있었다.

십 년 전 내가 독일로 떠나겠다는 결심을 털어놓았을 때 엄마는 일찌감치 나에게 이런 말을 했다. 철학은 무슨 놈의 철학, 쯧쯧, 자기 발밑에 놓인 문제도 보지 못하는 게 철학자들이란 말이지. 예전에 다용도실이었던 방의 문손잡이를 나는 꼭 붙잡고 서 있었다.

"얼른 손 씻고 밥 먹어요."

내 등짝을 찰싹 때리고 지나가며 올케가 말했다.

변한 것은 가족 구성원뿐만이 아니었다. 이십칠 년 동안 살았던 서울을 나는 처음 도착한 여행자처럼 시내버스 노선표를 펼쳐놓고 구석구석 헤매고 다녔다. 버스카드나 휴대전화 등 새로 장만해야 할 것도 너무나 많았지만 지금은 더 이상 살 수 없는 것들 또한 많았다. 쇼윈도를 지날 때나 카페 화장실 거울 앞에서 나는 뚫어지게 나 자신을 비춰 보곤 했다. 어때, 괜찮아? 누군가 그렇게 한 번 물어봐 주길 바랐는지도 모른다. 가진 돈을 다 털어서 거리에서 가장 흔하게 눈에 띄었던 프랑스제 명품 가방을 하나 샀다. 아무리 새것을 몸에 걸쳐도 내 발밑에서는 물에 젖은 신발을 신었을 때처럼 언제나 찌걱찌걱 소리가 났다.

하루의 삼분의 이를 자신을 위해 갖고 있지 않은 사람은 시간의 노예나 다름없다

---

2 꼬맹이 : 꼬마를 낮게 잡아 부르는 말.

3 벤처 : 고도의 전문 지식과 새로운 기술을 가지고 하는 창조적 중소기업. 모험적 경영으로 다소 위험이 동반됨.

4 들락날락하다 : 어떤 장소를 들어왔다 나갔다를 짧은 시간에 자주 하다.

5 곰돌이 푸 (Pooh Bear, 원제: "Winnie-the-Pooh") : 1926년에 발표된 밀른의 동화 및 그 동화의 주인공.

고 니체[6]는 말했지만 환갑이 훌쩍 넘은 부모와 네 살짜리와 백일 된 조카가 둘 있는 집 안에서 자유인으로 살기란 정말 불가능한 일이다. 아침 겸 점심을 먹고 오후 세 시쯤이 면 집을 빠져 나왔다. 버스를 타고 시내 구경을 하거나 또각또각 걸어 다녔다. 안양에 가 서 나보다 삼 년 먼저 돌아와 있는 차 선배를 만나고 오기도 했다. 차 선배는 결국 대학에 자리 잡는 것을 포기하고 지물포[7]를 차렸다고 했다. 그거 뭐, 다 소용없더라고. 말은 그 렇게 했지만 그래도 섭섭한 게 남았던 모양인지 상호를 '차박사지물포'라고 지었다. 강 사 자리도 쉽지 않을 거야. 배웅해주며 차 선배가 말했다. 차 선배를 제외하고는 만날 사 람도 없었다. 걷고 또 걷는 일. 그것은 카이사르[8]가 병과 두통을 이겨내기 위해서 사용한 방법이기도 했다. 실제로 나는 두통에 시달리기도 했으니 걷는 것보다 더 좋은 치료는 없을지도 몰랐다. 달리 할 일도 없었다. 무엇보다 가장 큰 변화는 이제는 내가 완전한 백 수[9]가 되었다는 사실이었다. 한가한 자들과 쓸모없는 자들. 나는 어느 쪽일까?

시내 전체가 하나의 커다란 크리스마스트리가 된 것처럼 화려해졌다. 어딜 가나 사람 들로 붐볐고 찻집에 자리를 차지하고 앉아 책을 읽는다는 것도 더 이상 불가능해졌다. 여전히 갈 데가 없었다. 세종문화회관과 청계천이 시작되는 입구에 거대한 빛의 터널이 보였다. '루미나리에,' 빛의 축제라는 뜻이라고 했다. 수많은 인파 속에서 떠밀리듯 걸음 을 멈추었다. 주위에서 카메라 셔터를 눌러대는 소리들이 작은 폭죽처럼 연달아 터져 나 오고 있었다. 헛일 삼아 나는 풀쩍, 빛의 파편들 속으로 발돋움을 한번 해 보았다.

가방이 아니라 우정과 신뢰 속에서의 대화와 휴식, 지금 나에게는 그것이 필요했다. 가방을 팔아치우고 마련한 돈으로 나는 앵무새 한 마리를 샀다.

3

나는 친구도 없고 직장도 없이 집에서 조카와 앵무새 한스에게 말을 가르치며 시간을 때 운다. 그러던 어느 날 일자리를 소개하는 선배의 전화를 받는다.

---

6 니체(Friedrich Wilhelm Nietzsche, 1844. 10. 15~1900. 8. 25) : 독일의 시인·철학자. 저서로 『반 시대적 고찰』, 『차라투스트라는 이렇게 말하였다』 등이 있다.

7 지물포 : 온갖 종이를 파는 가게.

8 카이사르(Caesar, 기원전 100~44) : 고대 로마의 정치가.

9 백수 : 아무 것도 하지 않는 사람. 백수건달의 줄임말.

4

　　S백화점 문화센터의 첫 강의는 12월 첫째 주 금요일이었다. 교양강좌로 마련된 '철학, 쉽게 배우기'수업을 맡기로 한 차 선배의 아는 형이 교통사고를 당하는 바람에 수업을 대신할 사람을 구해야 했던 모양이다. 선배가 나에게 연락을 해준 걸 고마워해야 하는지 아니면 못 들은 척 거절해야 하는 건지 갈피[10]가 안 잡혔다. 한 가지 분명한 것은 내키지도 않았고 기분이 좋지도 않았다는 거다. 그러나 정원사가 되는 것보다는 그 일이 더 나을 거라는 판단이 들었다.

　　한때 니체는 전문적인 정원사가 되고 싶어 한 적이 있었다. 시간을 보낼 수도 있고 정신적 긴장을 유발하지 않으면서도 적당한 피로를 느낄 수 있게 하는 작업으로 말이다. 나에게도 그런 일은 필요했으나 이젠 하릴없이 시내를 쏘다니는 일에도 지친 상태였다. 삼 주 만에 니체가 정원사가 되기를 포기한 이유도 허리를 굽히는 일조차 힘에 겨워서였다. 이런 사실을 알았다면 엄마는 당장 책상물림[11]들이 뭐 다 그렇지, 라고 비난했을 것이다. 생색을 내는 듯한 차 선배 목소리도 듣기 난감한 건 마찬가지였다. 순간적인 수치심을 삼키고 나서 나는 수업을 하겠다고 말했다. 담당자와 상의해 강좌 제목은 '쉽게 읽는 니체'라고 변경하였다. 첫 수업을 하기 위해 강남의 S백화점 구층에 올라가자 강의실 밖에서까지 포크 댄스[12]를 추고 있는 쌍쌍의 남녀들이 보였다. '셰이프 바디라인 요가', '오페라 감상과 영상세계', '부동산 투자전략', '탱탱 피부 메이크업' 같은 정규 강좌 목록들 속에서 이번에 새로 개설되었다는 '쉽게 읽는 니체'는 돌보지 못한 정원의 잡초처럼 정말이지 초라해 보이기 짝이 없었다. 그나마 수강생이 있다는 게 다행이었다.

　　두 번째 수업부터 나는 더 이상 니체의 사상과 이상에 대해서 강의하지 않게 되었다. 니체와 쇼펜하우어[13], 니체와 바그너[14]에 대해서 말하는 대신 니체와 코지마[15], 니

---

10 갈피 : 일이나 사물의 종류가 구별되는 정도.

11 책상물림 : 책상 앞에 앉아 글공부만 하여 세상일을 잘 모르는 사람을 낮잡아 이르는 말.

12 포크댄스 : 민속의 특수성과 향토의 특색을 갖추고 옛날부터 전해지는 전통무용.

13 쇼펜하우어 (Arthur Schopenhauer) : 독일의 철학자. 염세사상의 대표자로 불린다. 니체는 쇼펜하우어의 『의지와 표상으로서의 세계』라는 책에서 깊은 감명과 영향을 받았고, 또 바그너를 알게 되어 그의 음악에 심취하였다.

14 바그너 (Wilhelm Richard Wagner) : 독일의 작곡가. 오페라 외에도 거대한 규모의 악극을 여러 편 남겼는데 모든 대본을 손수 썼고 많은 음악론과 예술론을 집필했다.

15 코지마 (Cosima Wagner) : 음악가 리스트의 딸이자 바그너의 부인. 니체는 코지마를 짝사랑하여 정신병원에 있을 때 코지마를 위한 시를 지었다.

체와 루 살로메[16]에 대한 일화들을 들려주었다. 수업 분위기는 훨씬 좋아졌지만 여전히 벌레가 든 빨간 사과를 우적우적 씹고 있는듯한 기분이 드는 것은 어쩔 수가 없었다. 차라리 정원사나 될 걸 그랬나? 한스[17]는 말이 없었다. 수업은 아직 5주나 더 남아 있었다. 그사이에 첫눈이 크게 내려 시내 곳곳에서 교통사고가 나고 농가의 비닐하우스[18]들이 우르르 무너지기도 했다. 그날 북악스카이웨이[19]에서는 밤 아홉 시부터 네 시간 동안이나 팔각정에 있던 이십여 명이 고립되었고, 나는 그날 거기 있었던 사람들에 대해서 생각하곤 했다. 나에게는 아무런 일도 생기지 않았다.

수강생들은 모두 백화점 일대 아파트에 사는 주부들이었다. 그들 이십 명 중에서 그가 눈에 띈 건 당연했다. 게다가 그는 젊기까지 했으니까. 첫날부터 그는 강의실 맨 뒷자리에 앉아서 대개의 다른 수강생들처럼 꾸벅꾸벅 졸다가 졸음을 깰 요량인지 가끔씩 두 손을 주걱처럼 모아 얼굴을 북북 문지르고는 했다. 수업이 끝난 후에 그 청년이 내게 다가와선 갑자기 일이 생긴 자기 엄마 대신 오늘 수업을 들으러 왔는데 앞으로도 계속 와도 되느냐고 물었다. 안 된다고 해도 계속 나와 주었으면 좋겠다. 나는 글쎄, 라고 말을 끌었다. 손바닥으로 턱을 가리면서 그가 말했다. 환불노 안 된다고 엄마가 등을 떠밀어서요. 놀면 뭐 하냐고.

니체는 우리에게 더 나은 가능성을 제시할 수 있는 인물로 세 가지 예를 들었다. 첫째는 인간이 자연과 화해하게 했고 문명이 자연으로 회귀해야 한다고 주장한 루소[20]적 인간이며, 둘째는 사려가 깊고 현명한 절제를 통해서 삶의 여러 가지 조건들과 갈등 없이 지내는 괴테[21]적 인간, 그리고 셋째는 인간의 모든 질서가 비극적이며 일상적인 삶은 분열 그 자체라는 쇼펜하우어적 인물, 이렇게 세 가지로 분류했다. 처음에 그를 보았을 때 나는 그가 니체가 말한 괴테적 인물일 거라고 판단했다. 다른 수강생들과 적게는 십

---

16 루 살로메(Lou Andreas Salom) : 니체의 청혼을 거절하였고 독일 문단의 최고 시인 라이너 마리아 릴케와 뜨거운 사랑을 나누었고 정신분석학의 창시자 지그문트 프로이트와 정신적 교감을 나눈 여인. 니체는 그녀에게 실연당한 충격으로 역작 『짜라투스트라는 이렇게 말했다』를 10여 일만에 써 냈다. 그녀로 인해 많은 남자들이 자살을 하여'러시아의 마녀'라고 불렸다고 한다.

17 한스 : 주인공이 가방을 팔고 산 앵무새의 이름.

18 비닐하우스 : 비닐로 바깥을 가린 온상. 채소류나 화훼류의 속성 재배나 열대 식물을 재배하기 위하여 널리 쓴다. '비닐 온실'로 순화.

19 북악 스카이웨이 : 서울 북악산 능선을 따라 자하문(紫霞門)에서 정릉(貞陵) 아리랑고개에 이르는 길이 약 10 km, 너비 10~16 m의 관광도로.

20 루소(Jean-Jacques Rousseau) : 18세기 프랑스의 사상가·소설가. 작품은 『신 엘로이즈』, 『에밀』, 『고백록』 등이 있다

21 괴테(Johann Wolfgang von Goethe) : 독일의 시인·극작가·정치가·과학자. 『빌헬름 마이스터의 편력시대』(1829), 『파우스트』 등을 썼다.

년 혹은 많게는 이십 년 이상 나이 차가 나는 것은 스물일곱 살 난 그 청년에게 아무런 문제가 되지 않아 보였다. 어머니뻘 되는 수강생들에게도 언제나 친절했으며 사려 깊게 행동했고 아무런 갈등도 겪지 않는 것 같았다. 그가 수업에 참여한 후 우리 클래스는 처음으로 회식이라는 것도 했다. 무의식적인 신중함으로 나는 그를 지켜보고 있는 모양이다.

오래전에 잊었던 박자로 쿵쿵 가슴이 뛰기 시작했다. 나는 한스에게 호두 한 알을 던져주면서 물었다. 이 예외적인 느낌이 뭔지 알아?

그는 수업에는 늘 나오기는 했지만 자다 깨다 하는 건 여전했다. 크리스마스 이브를 앞둔 금요일 수업 시간에 그가 굵은 매직펜으로 왼손 손바닥에는 감은 눈을, 오른손 손바닥에는 뜬 눈을 그려놓고 귀 높이까지 들어 올린 그 양 손바닥을 내 쪽을 향해 한쪽씩 폈다 오므렸다 했던 날, 우리는 데이트라는 것을 했다. 그동안 주로 내가 만나왔던 사람들은 항상 책을 읽고 검정색과 회색 옷을 즐겨 입는, 대개는 엄숙하거나 딱딱해 보이는 얼굴을 갖고 있는 사람들이었다. 나 역시 그랬을지도 모른다. 첫 데이트에서 알아낸 사실은 뜻밖에도 많았다. 그중에는 흥미로운 것도 있지만 그렇지 않은 사실들도 많았다. 흥미로운 사실은 그가 전직 국가대표 핸드볼 선수였다는 것이다. 포지션이 경기의 승패를 결정지을 정도로 중요한 골키퍼였다고 했다. 그 대목에서 그는 약간 으쓱거리듯 말했다. 이상하게 남자들이 으쓱거리는 모습은 대개 다 비슷한 것 같다. 하지만 아쉽게도 나는 공을 사용해서 하는 스포츠에 대해서는 아무것도 알지 못했고 핸드볼에 관해서는 말할 것도 없었다. 기껏 한 소리가 그래서 그런지 참으로 위풍당당한 손을 가졌네, 였을 뿐이다. 올림픽 출전권을 놓고 벌인 국가 대회에서 상대편 선수가 던진 공에 맞아 기절하는 바람에 경기에 졌고 그것이 자신의 책임이라고 생각한 그는 선수 생활을 그만두고 말았다. 내가 아는 것은 거기까지였지만 결국 그것 때문에 그는 자신의 삶의 일부가 훼손되었다고 믿고 있는 눈치였다. 문제는 다른 데 있다는 것을 그는 아직 모르고 있었다.

나는 그가 괴테적 인물이라는 판단을 수정하지 않을 수 없었다. 다른 사람과 친밀해지려고 애쓰는 사람은 대체로 자신이 상대방의 신뢰를 얻고 있는지에 대해서 확신하지 못하기 때문인 경우가 많다. 신뢰를 확신하는 사람은 친밀함에 큰 가치를 두지 않는 법이다. 니체의 말처럼 아무도 기분 상하게 하지 않고 아무에게도 폐를 끼치려고 하지 않는 것은 타고난 기질일 뿐만 아니라 두려움이 많다는 표시일지도 몰랐다. 나는 그가 염세적인 쇼펜하우어적 인물이라고 잠정적으로 수정했다. 첫 데이트에서는 서로에게 아무런 문제도 없어 보였다. 문제는 너무 빨리, 그러니까 우리의 두 번째 데이트에서 일어났다.

5

　누구나 한 가지 일에서는 탁월한 법이라지만 나는 역시 가르치는 일에는 소질이 없
는 모양이다. 냉장고 문을 여는 것을 본 조카가 치즈를 가리키며 '저거는 모야?'라고 물었
다. 나는 조카에게 치즈를 내밀곤 '이건 치즈라고 하는 거야.'라고 가르쳤다. 조카는 또 내
게 '치즈가 모야?' 했다. 치즈가 뭘까? 갑자기 탁자의 다리가 왜 네 개일까? 라는 질문을
받은 것처럼 난처해졌다. 왜냐하면 조카에게 우유로 응고와 발효의 과정을 거쳐 만든 게
치즈라고 설명해도 이해하지 못할 테니까. 나는 조카에게 다정하게 말했다. '이건 니 친
구야.' 그러자 '으응, 내 친구.'라며 조카가 만족한 웃음을 지었다. 친구, 라는 단어는 조카
에게 사물을 이해하는 마법과도 같은 열쇠였다. 레고[22]로 만들어진 코끼리나 기린도 친
구고 신발이며 바나나도 친구고 하다못해 팬티도 친구였다. 엉덩이에 만화 캐릭터가 그
려진 팬티에다 오줌을 싸면 엄마는 또 호빵맨[23]한테 오줌 쌌잖아, 얼른 미안하다고 해,
했다. 그러면 조카는 오줌으로 흠뻑 젖은 팬티에다 조그만 입술을 바싹 대고 '미안해, 미
안해.'라고 말하고는 했다. 그러니까 나는 그저 별생각 없이 치즈를 친구라고 조카에게
말했던 거다. 조카가 당황한 것은 내가 그 치즈를 반으로 찢어서 입에 넣어주려고 할 때
부터였다. 갑자기 아리까리하다[24]는 표정을 짓더니 으앙, 울음을 터뜨리기 시작한 것도.
'친구가 찌어졌어[25]!' 조카가 온 집 안이 울리도록 소리쳤다. 각 방마다 문들이 열리고 부
모와 올케와 그리고 오빠까지 이번엔 또 무슨 일이야? 하는 얼굴로 제각각 나타났다. 왜
이럴 때는 꼭 올케가 집에 있는 날인지 모르겠다. 나는 반으로 찢은 치즈를 양손에 든 채
식탁 의자에 고개를 푹 수그리고 앉아 있었다. '친구가 찌어졌어, 아빠, 친구가 찌어졌어.'
조카는 손가락으로 내가 손에 들고 있는 치즈를 가리키며 뽀르르 제 아빠 품으로 달려가
안겼다. '하여간 둘이 수준이 똑같다니깐.' 오빠가 혀를 찼다. '아휴, 아가씨는 왜 아무거
나 친구라고 가르쳐요, 가르치길.' 올케가 내 등짝을 세게 쳤다. 나는 피곤한 것 같다. 올
케는 내가 어쩌다 장을 봐오면 아휴 고등어는 눈이 말똥말똥한 걸 사와야 하는데, 아휴
고사리[26]는 가늘고 꼬불꼬불 말린 걸 사와야 하는데, 라고 신문만 한번 읽으면 다 아는
소리들을 했다. 그 등 뒤에다 대고 엄마는 저도 제대로 살 줄 모르면서 말만 저렇게 한다
니까, 은근슬쩍 내 편을 들곤 했다. 나는 종종 내가 아무런 쓸모가 없는 사람인 것처럼

5

10

15

20

25

---

22 레고 : 조립식 블록완구의 브랜드. 세계에서 6번째로 큰 완구회사로 가족기업인'레고 그룹이 소유하
　고 있다. 본사는 덴마크의 빌룬트(Billlund)에 있다.
23 호빵맨 : 일본의 아동용 애니메이션.
24 아리까리하다 : 아리송하다의 잘못된 말이다. 그런 것 같기도 하고 그렇지 않은 것 같기도 하여 분간
　하기 어렵다.
25 찌어졌어 : 찢어졌다의 유아어.
26 고사리 : 양치류식물. 명절때 나물로 해 먹는다.

느껴질 때가 있다. 그게 가족들하고 있을 때만 그런 건지 아니면 집에 있을 때 그런 건지 잘 분간이 안 가지만. 그래도 나는 공부라는 걸 십 년 동안이나 했는데 말이다.

조카는 한스가 들어 있는 새장을 한 번 힘껏 걷어차고는 의기양양한 얼굴로 나를 빤히 쳐다봤다, 제 딴²⁷에는 한스가 내 친구라고 생각을 하는 모양이다. 오빠가 조카를 안고 방으로 들어가 버리자 거실은 다시 고요해졌다. 나는 찢어진 치즈를 입에 넣고 우물거렸다. 올케 말처럼 공연히 친구라는 말을 한 것 같다. 내 가슴속에 아무도 꺾을 수 없는 나뭇가지 하나를 세게 흔들어댄 것처럼 많은 것들이 한꺼번에 스쳐 지나갔다. 나는 슬쩍 한스를 곁눈질하며 다시 한 번 피곤해, 라고 중얼거려보았다. 토마스는 이렇게 묻곤 했다. 그럼 좀 낫니? 뭘? 우울한 걸 피곤하다고 하면 말이야. 그런 토마스에게 편지를 쓰게 만든 사람이 J라는 것이 나는 이상하다.

그 전직 국가대표 핸드볼 골키퍼였던 청년, 길쭉길쭉한 손발을 가진 J는 책도 읽지 않고 결혼식장에 갈 때도 검은색 옷은 입을 것 같지 않다. 이제 겨우 스물일곱 살이다. 그런데도 나는 그에게 하고 싶은 말들이 자꾸 생각났다. 그래도 될까? 뭐야, 인마. 왜 너는 통 한마디도 안 하는 거야! 나는 조카처럼 한스에게 화풀이를 해댔다.

우리는 영화를 보러 갔다.

12월 마지막 날이었다. 성큼성큼 앞서서 걸어가는 J 뒤를 따라가면서 생각해보니 대개 두 번째 데이트에서는 영화를 보러 갔던 것 같기도 하다. 십 년 동안 서울을 떠나서 살지 않았더라면, 한 해 마지막 날 사람들이 끼리끼리 주로 무엇을 하는지 알았더라면, 극장에 가자는 생각은 애초부터 하지 않았을 것이다. J 또한 수년 동안 운동을 하느라 12월 마지막 날 영화를 본 것은 그 날이 처음이라고 했다. 좌석은 거의 매진이었고 그가 원했던 '통로 쪽 중간 자리'는 구할 수 없었다. 표를 사면서 통로 쪽 중간 자리라고 딱 부러지게 말하는 남자는 처음이었다.

화장실에 다녀오는 사이에 벌써 극장 안은 불이 꺼져 캄캄했다. 순간적으로 나는 그의 옷소매를 붙잡았다. 가운데 우리 자리만 빼고 양쪽으로 사람들이 빽빽하게 들어앉아 있었다. 그가 크게 숨을 한 번 몰아쉬는 소리가 들렸다. 간신히 자리에 앉고 나자 등이 땀에 젖은 걸 느꼈고 그의 이마 또한 땀으로 번들거리는 것을 보았다. 영화가 막 시작될 때 그가 내 귀에 대고 속삭였다. '저, 사실 이렇게 사람 많은 데 오면 좀 힘들어해요, 선생님.' 농담인 줄 알았다. '글쎄, 사람들이 많긴 많네.' 나는 신통치 않게 대꾸했다. '손을 좀 잡아주시면 괜찮을 것 같기도 해요'라고 그가 풀이 죽어 말했을 땐 '그러니까 너 정말 선수 같구나!' 실없는 소리까지 했다. 딱딱하게 입을 다물고 있는 그의 턱을 바라보았다. 손을 잡아달라고 하는 사람치고는 터무니없이 진지

---

27 딴 : 자기 나름대로의 생각이나 기준.

한 얼굴을 하고 있었다. 팔걸이를 신중하게 더듬다가 그는 내 손을 거머쥐었다. 어딘가 악어를 연상케 하는 그 울퉁불퉁한 손을 뿌리치려다 말고 가만히 있었다. 그건 손을 잡는 게 아니라 뭔가를 꾹 참기 위해 붙들고 있는 자세처럼 느껴졌기 때문이다. 네 명의 형제들 중 막내 여자아이가 옷장을 통해 '나니아[28]'라는 세계를 발견하면서 시작되는 영화였다. 이제 곧 '나니아'를 차지하기 위한 마녀와 사자와의 전투신이 시작되려던 참이었다. 아까부터 줄곧 내 손을 잡고 있던 J의 숨소리가 점점 더 거칠어지는 것을 느꼈다. '괜찮니?'...... 아니라는 대답도 못 했다. 그는 최대한 자세를 낮추고 그리고 애써 서둘지 않으려는 역력한 자세로 결국 자리를 뜨고 말았다. 그러나 나는, 그가 고통을 참는 사자처럼 큰 소리로 숨을 들이마시고 내쉬는 소리, 신음 소리를 참기 위해서 이를 갈아붙이는 소리를 다 듣고 있었다. 그를 따라 나가지 않고 그대로 자리에 앉아 있었다. 전투가 시작되었다. 창과 화살이 쏟아지고 불기둥이 치솟았다. 마녀와 사자와 네 아이들이 서로 쫓고 쫓겼다. 무언가 지킬 게 있다면 저렇게 싸움이라도 해볼 수 있을까. 언젠가 수업시간에 꾸벅꾸벅 졸고 있던 J가 갑자기 악을 쓰듯 커다란 비명 소리를 지르며 잠에서 깨어났던 일이 떠올랐다. 그때 J가 뭐라고 소리쳤었지? 겁에 질려 벌어진 큰 눈, 나는 그걸 보고 있었던 것 같다. 자리에서 일어났다. 그는 사람들이 붐비는 곳을 두려워할 뿐만 아니라 자신을 안전하게 지켜줄 사람 없이는 아마 밖으로 나가지 못할 테니까.

그는 극장 출입구 앞 빈 의자에 거의 눕듯 상체를 기대고 있었다. 손발을 벌벌 떨면서 가슴을 움켜쥐곤 후후, 후후훅 숨을 가쁘게[29] 몰아쉬고 있었다. 이상하다. 나는 오래전부터 그 모습을 지켜보았던 것 같다. 십분만 참아, 속으로 빌했다. 한때는 시속 백십 킬로미터로 날아오는 공을 막아냈던, 지금은 공황장애[30]로 자꾸만 제 가슴을 쥐어뜯고 있는 그의 커다란 손을 내 손으로 움켜잡았다. 고통을 참아내는 그에게 내가 해 줄 수 있는 일은 많지 않다. 손이 더 단단하게 맞물리도록 나는 손가락을 구부려서 그의 손바닥 안쪽을 맞잡았다. 산악인들이 서로를 구조할 때, 한 사람이 다른 한 사람을 끌어 올릴 때 잡는 것처럼. '......이젠 다 나은 줄 알았어요.' 통증이 지나가자 그는 말했다. 미안해요 선생님. 이라고도 했다. 나는 안도했다. 그가 죽어버릴 것만 같아요, 라고 말하지는 않아서. 나는 맞

---

28 나니아 : 판타지 소설 『나니아연대기』에서 나온 마법의 세계. 신학자인 C.S. 루이스가 쓴 유일한 판타지 소설이자, 그와 함께 문학을 공부했던 J.R.R. 톨킨이 이 작품을 본 뒤 '반지의 제왕'을 집필했다. 어린 시절 옷장 안에 들어가서 놀던 기억을 되살려, 옷장 안의 '나니아'라는 마법의 세계를 창조해낸 그는, 수많은 신화와 성서의 모티프를 엮어 세계 3대 판타지 문학의 하나로 꼽히는 대작을 완성했다.

29 가쁘게 : 몹시 숨이 차게.

30 공황장애 : 특별한 이유 없이 예상치 못하게 나타나는 극단적인 불안 증상. 극도의 공포심이 느껴지면서 심장이 터지도록 빨리 뛰거나 가슴이 답답하고 숨이 차며 땀이 나는 등의 신체증상이 동반된 죽음에 이를 것 같은 증상을 경험.

잡은 손을 놓지 않았다. 이 자연스럽고도 필요한 욕망 때문에 어쩐지 약간은 울어야 할 것 같은 기분이다.

토마스에게 편지를 썼다. 짧게 쓰고 싶었다. J에 관해 썼다. 그러자 편지가 길어졌다. 봉투에 토마스라는 이름을 힘주어 또박또박 적어 넣었다.

6

"영화 줄거리 이야기해줄까? 끝까지 다 못 봤잖아."

올케가 나를 서너 살짜리 아이 다루듯 하는 게 싫으면서도 J를 만나면 내 어투는 꼭 그렇게 변한다.

"책으로 봤어요, 선생님."

"너도 책 같은 거 읽니?"

"만화로 읽는 나니아 연대기요."

"우리 조카도 만화를 좋아해."

머핀맨[31] 이야기를 하려다가 말았다.

"아이들한테 말이야, 지적인 능력이 있다고 생각하니?"

"저 말씀하시는 거예요?"

나이가 무슨 죄가 되나요? 하는 얼굴로 그가 나를 봤다.

"아니, 있잖아, 아이들은 공포를 주는 어떤 대상들이 존재한다고 철저하게 믿는 거 같아서 말야."

"선생님은 뭐 두려워하는 거 없어요?"

J가 나를 바라봤다. 어쩔 수가 없다.

"반도 넘게 건넜으니 이젠 괜찮아. 괜찮다고 나는 생각해버려."

"선생님 그거 알아요? 세상에 얼마나 많은 공포들이 존재하는데요. 새에 대한 공포도 있구요, 두꺼비에 대한 공포도 있구요, 어떤 사람은 숫자 8에 대한 공포를 갖고 있구요. 여성 생식기에 대한 공포를 갖고 있는 사람도 있구요. 종이에 대한 공포를 갖고 있는 사람들도 많아요. 정말로 많은 종류의 공포들이 있다구요. 그거에 비하면 난 정말 아무것도 아닌 거라구요."

치료를 오래 받았다고 했으니 J가 하는 말은 틀리지 않을 것이다. 지난 가을에 외

---

31 머핀맨 : 움직이는 과자. 쿠키맨이라고도 함.

삼촌이 살고 있는 라오스³²까지, 여섯 시간 동안 비행기를 안전하게 타고 온 후로 다 극복했다고 생각했고, 그 후로 더는 치료를 받지 않아도 좋다는 진단을 받았다고 했다. 공황장애가 있는 사람에게는 비행기만큼 두려운 밀폐 공간도 없다. 그러나 나는 J에게서 뭔가 다른 이야기가 나오기를 기다리고 있는 것 같다. 그게 뭘까.

"너 불안한 거랑 공포를 느끼는 거랑 어떻게 다른 줄도 아니?"

"물어보지 말고 그냥 말해주면 좋잖아요."

"불안을 느낄 때는 확실치는 않지만 어떤 위험이 곧 닥쳐올 거라는 생각에 압도당해서 긴장될 때야. 그리고 공포는 두려운 대상이 뚜렷하기 때문에 피할 수가 있는 거고. 그 대상이 사라지면 더 이상 공포는 지속되지 않는 거야. 그러니까 무엇을 피해야 할지조차 모르는 불안과는 구분이 되는 거지."

"선생님, 니체에 관해서만 잘 아시는 줄 알았는데 그게 아니네요?"

"······"

말을 그대로 옮기는 거라면 앵무새도 이만큼은 할 수 있을 것이다. J가 눈치 채지 않기를 바라면서 나는 씁쓸하게 웃었다. J는 내가 기다리는 말은 하지 않았다.

"영화에 나오는 그 옷장 말야, 사람들은 현실과 환상 세계를 잇는 그런 무인도 같은 걸 하나쯤은 다 갖고 있는 것 같아. 너도 그런 게 있니?"

"그런 걸 갖고 있는 게 좋은 걸까요?"

"그건 꼭 쫓길 때만 나타나는 건 아니야."

"그 노래 다시 한 번 불러줄 수 있어요?"

"무슨 노래?"

"그날 극장에서 나와서 걸어갈 때, 왜 선생님이 불러주신 노래 있잖아요."

그땐, J가 웃는 것이 보고 싶었다.

"정말 듣고 싶니?"

"네."

술 마시면 하기 싫은 것 중에 하나가 내일 아침에 대해 생각하는 거고 하고 싶은 것 중 하나가 노래다. 흥얼흥얼 나는 노래를 불렀다. '기분이 어때? 기분이 어때? 집 없이 사는 것이, 알아주는 사람 없이, 구르는 돌처럼 사는 것³³이? 기분이 어때?'

---

32 라오스 : 동남아시아의 인도차이나 반도 중앙부에 있는 내륙국. 중국과 미얀마 그리고 태국에 둘러싸여 있음.

33 구르는 돌처럼 사는 것 : 미국의 가수 밥 딜런의 노래. 기분이 어때? (How does it feel?)라고 계속 반복하여 물어봄으로써 일상에 지친 자신을 돌아보게 하는 노래.

"좋아요. 밥 딜런[34]."

"미안해. 아는 노래가 이것밖에 없어서."

"선생님은 원래 그렇게 툭하면 울어요?"

"너도 얼굴 또 빨개졌어."

5   "저 좀 그만 쳐다보세요, 선생님."

"있잖아, 또 뭐가 와서 너를 때리면 아, 내가 한 골 막았구나 하면서 기뻐할 수 있을 거야. 언젠가는 말이야."

"어떤 골키퍼가 최곤지 아세요?"

"그거, 퀴즈니?"

10   "움직이지 않고 골을 막는 골키퍼가 최고예요. 그만큼 위치 선정을 잘했다는 거니까요."

"어, 거기에도 철학이 있구나."

"내 걱정 너무 하지 마세요, 선생님. 저, 핸드볼 때문에 그러는 거 아니에요."

"……만약에 말야, 그 두려움이 사라진다면 가장 하고 싶은 일이 뭐니?"

15   "선생님은요?"

"뭐, 국수 같은 거 한 그릇 먹으러 갈까? 젓가락질 다시 가르쳐줄게."

"저기, 있잖아요 선생님."

"응?"

"시간이 걸리더라도, 좀 기다려줄 수 있어요?"

20   "……?"

그리고 J는 죽은 아버지에 대해 이야기했다.

    토마스에게 답장이 왔다. 나는 지금 내가 가진 것들 중에서 가장 소중한 것을 떠올려보았다. 한스를 팔기로 했다. 조류원을 나오는데 갑자기 '밥 먹어! 밥 먹어!' 한스가
25 꽥 소리쳤다. 그것은 한스가 내게 들려준 첫 번째 언어였다. 한스의 말투는 어떤 문장이든 단숨에 말해버리고 마는 조카와 닮아 있었다. 한스가 없어진 걸 알면 그 애는 뭐라고 할까. 친구가 날아가버렸다고 할까? 한스를 팔고 생긴 돈으로 나는 풍선을 샀다.

---

34 밥 딜런(Bob Dylan, 1941. 5. 24–) : 미국의 대중음악 가수·작사가·작곡가. 포크송운동에 뛰어들어 인권운동에서 그의 노래가 널리 불리면서 이 운동의 상징적 존재가 됨.

7

나는 이것을 하거나 저것을 할 수도 있었고 이 사람과 살거나 저 사람과 살 수도 있었다. 그러나 나는 니체를 공부하는 삶을 택했고 지금까지 혼자다. 이것은 전적으로 나의 선택이다. 그 선택에 대해서 잘 설명할 수는 없지만 자, 그럼 이렇게 말하는 건 어떨까. 내가 아는 어떤 사람은 아주 어렸을 적부터 모든 사물들에 대해서 끊임없는 질문을 5 품고 있었다. 그 모든 질문들은 돌고 돌아 마침내 그를 사로잡는 대상인 금속으로 귀착 35되었다. 왜 빛이 나는 걸까? 왜 부드러운 걸까? 왜 차가운 걸까? 왜 딱딱한 걸까? 그는 결국 화학자가 되었고, 정교한 이백이십 개의 튜닝팬36에 몰두했던 사람은 피아노 조율사가 되었다. 내가 가진 끊임없는 질문은 모두 인간에 관한 것으로 귀착되었다. 사고를 하는 것이 곧 삶의 커다란 문제라고 생각하는 사람들은 결코 니체와의 관계를 끊을 10 수가 없다. 나는 그를 통해서 나를 사로잡고 있는 문제들을 풀어나가고 싶었다. 처음에 니체는 나에게 하나의 커다란, 다가가면 곧 열릴 문처럼 희망적으로 다가왔다. 수(數)야말로 만물을 지배한다고 믿었던 버트런드 러셀37처럼 말이다. 결국 나는 화학자도 조율사도 되지 못한, 빈털터리38에다 직장도 없고 드라마를 볼 때는 웃을 때도 아닌 데서 웃는다고 가족에게 등짝이나 언어맞기 일쑤인 고독한 싱글이 되었지만. 15

J를 만난 후 수많은 철학자들 중에서 내가 니체를 선택한 그 오래전의 이유를 다시 상기하게39 되었다. 그것은 많은 철학자들 중에서 오직 니체만이, 인생의 완성을 추구하는 사람이라면 누구나 생의 모든 어려움을 기꺼이 받아들여야만 한다는 것을 깨달은 철학자였기 때문이다. 나에게는 직면한 여러 가지 어려움이 있었고 더러는 극복한 것도 그러지 못한 것도 있다. 철학의 힘이 아니더라도 이제 나는 나의 불완전성을 인정하 20 고 또 그것과 화해하고 싶다. 정말로 지키고 싶은 게 생겼으니까. 그러자면 화살을 밖으로 향할 것이 아니라 내면으로 돌려야 한다.

J는 다시 치료를 받기 시작했다. 1월 23일, 아버지가 자살한 날을 불과 삼 주 앞두고였다. 자살했을 때 J의 아버지는 이십팔 세였고 그때 겨우 세 살이었던 J는 곧 이십팔 세가 된다. 그를 처음 봤을 때 큰 키와 덩치에도 불구하고 섬약하게 보인다는 생각이 들었 25 던 것은 아버지의 죽음 이후 오직 어머니나 누나들 같은 여성들의 보호 속에서, 오랫동안 남자의 손길을 고통스러울 정도로 그리워하며 성장한 탓일지도 몰랐다. 훌륭한 아버지가 없다면 대부분의 남자들은 그런 아버지를 자신에게서 만들어내야 한다는 강박

---

35 귀착 : 의논이나 의견 따위가 여러 경로(經路)를 거쳐 어떤 결론에 다다름.

36 튜닝팬 : 튜닝(tuning)의 정확한 의미는 악기의 음정을 조율하는 것을 뜻한다. 조율하는 연장.

37 버트란드 러셀(Bertrand Arthur William Russell, 1872. 5. 18 ~ 1970. 2. 2) : 영국의 수학자, 철학자이자 논리학자.

38 빈털터리 : 재산을 다 없애고 아무 것도 가진 것이 없는 가난뱅이가 된 사람.

39 상기하다 : 지난 일을 돌이켜 생각해 내다.

에 사로잡히기 쉽다. 아버지의 삶을 긍정하는 태도도 그에겐 없지만 그는 아버지처럼 죽기를 시도한 적이 한 번 있었다고 털어놓았다. 나를 만나기 얼마 전의 일이라고 했다. 죽은 아버지의 나이가 된다는 것, 그것이 지금 그에게는 가장 큰 두려움의 원인이라는 걸 짐작하게 되었다. 병은 시간과 함께 진행된다는, 병에 대한 히포크라테스[40]의

5 견해는 일리가 있는 것 같다. 모든 병에는 발단이라는 게 있고 그것은 점차 심각해져서 위기라든가 절정 같은 것을 맞게 된다. 마치 소설처럼 말이다. 그 다음에는 다행스러운 결말 혹은 치명적인 결말에 이른다고 그는 말했다. 이렇게 해서 히포크라테스는 '병력'이라는 개념을 의학에 도입하게 된 것이다. J가 두려워하는 것은 곧 죽은 아버지의 나이가 된다는 게 아니라 어쩌면 그 병력이 아닐까.

10 J와 함께 지하철을 타는 것도 극장에 가는 것도 그리고 엘리베이터를 타는 것도 쉽지는 않았고 그럴 때마다 그는 슬쩍슬쩍 내 눈치를 살폈다. 그가 기분이 좋아 보이는 날이면 나는 토마스가 내게 들려준 쇼스타코비치[41]의 비밀 같은 것을 이야기해주고는 했다. 뛰어난 음악가인 쇼스타코비치의 왼쪽 뇌 끝부분에는 탄환 부스러기로 보이는 금속 파편이 박혀 있었다. 그러나 통증에도 불구하고 쇼스타코비치는 그것을 제거

15 하는 것을 몹시 꺼려했다. 파편이 거기 있기 때문에 왼쪽으로 머리를 기울일 때면 그 때마다 새로운 선율이 머릿속에 가득 차올랐고, 그는 그것을 오선지에 옮겨 수많은 명곡들을 작곡하곤 했던 것이다. 뢴트겐[42] 검사 결과 실제로 쇼스타코비치가 머리를 움직이면 동시에 파편이 따라 움직여서 측두엽에 있는 음악 영역을 압박한다는 사실이 밝혀지기도 했다. 다행인지 아닌지 모르겠지만 그는 이런 이야기들을 재미있어하지도

20 않았고 또 쇼스타코비치가 누구인지도 몰랐다. 두려워하지 마, 라는 말을 어떻게 해야 좋을지 알 수가 없어 나는 줄곧 얼굴을 찌푸리고 다녔다. 그리고 불안이나 두려움 같은 것이 혹시 지금의 나를, 너의 삶을 지탱하고 있는 것은 아닐까하는 말도. 그래서 J, 나는 너가 순조롭게 회복되길 바라지 않는다. 두려움이 다 사라지고 나면 그건 진짜 너의 삶이 아닐 수도 있으니까. 그래도 때로 우리는 건강한 삶을 위해서 무엇이 필요

25 한가에 관해 에피쿠로스[43]처럼 진지하게 생각해볼 필요가 있었다.

그의 치료 과정은 순조로워 보이지도 쉬워 보이지도 않았다. 치료를 위해 그가 해야 하는 번거로운 의무들 중에서 우선 일일기록지라는 것을 작성해야 했다. 예를 들어 담당 의사가 그에게 '운전하면서 시내 한 바퀴 돌기'라는 숙제를 내주면 그것을 행하는 시간과, 누구와 함께 했는지, 그리고 그것을 하기 전의 예상 불안점수 같은 것을 기

---

40 히포크라테스(Hippokratēs, BC 460?~BC 377?) : 그리스의 의학자. '의사의 아버지'.

41 쇼스타코비치(Dmitrii Dmitrievich Shostakovich, 1906~1975) : 소련의 작곡가.

42 뢴트겐 검사 : X-레이 검사. 몸 안의 병력을 검사하기 위해 쬐는 광선.

43 에피쿠로스(Epicurus, 기원전 341년 – 270년) : 그리스의 철학자. 개인적·정신적 쾌락의 추구를 인생의 최대 목표로 하는 사상을 펼쳤다.

록하는 것이다. 그리고 만일 불안한 상태가 찾아오면 그것에서 벗어날 방법 같은 것 또
한 말이다. 첫 과제였던 '운전하면서 시내 한 바퀴 돌기'를 할 때 그는 예고도 없이 우리
집 골목까지 차를 몰고 와 이제 막 잠에서 깨어나 렌즈를 낄 시간도 없어 두꺼운 뿔테[44]
안경을 쓰고 양말도 짝짝이[45]로 신은 나를 옆자리에 태웠다. 오후 한 시였다. 시간이 지
나자 그는 가슴이 두근거리고 뒷목이 뻣뻣해지는 증상을 보이며 숨을 거칠게 몰아쉬었
다. 제대로 차선을 지키는 것조차 불가능해 보였다. 나는 집게손가락으로 머리카락만
빙빙 돌리고 있었다. 다른 한 손은 주머니 속에 든 풍선을 만지작거리면서. 정체 중인
도산대로를 지날 때쯤 그는 몇 분 후면 무시무시한 레미콘[46] 한 대가 자신의 차를 들이
받아 버릴 것 같은 기분이 든다고 털어놓았다. 핸들을 잡고 있는 손이 이미 흥건하게 젖
어 있다는 걸 나는 안다. 저기 말야, 만약 공포가 오면 그걸 예상하고 받아들이는 거야.
그리고 그것을 인식하면서, 기다리면서 내버려두는 거야. 그리고 현재 네가 할 수 있는
일에 집중하는 거야. 그 다음엔 공포와 함께하면서 공포를 견뎌낸 성과를 인정하고 그
기회를 네가 불안을 견딜 수 있다는 걸 연습할 기회로 삼는 거야. 그리고 또다시 공포
가 올 수 있다는 것을 예상하고 그걸 받아들이는 거야. 나는 내가 알고 있는, 공황을 극
복할 수 있는 방법들에 대해서 재빨리 쏟아놓았다. 한때는 내가 공포를 이별로 바꿔 생
각했던 그 문장들을. 쓸쓸히 웃으며 나는 농담처럼 덧붙였다. 모든 배움에는 굴곡이 있
는 거다, 너, 라고. ……아니다. 다만 나는 화가 난 사람처럼 입을 꾹 다물고 있었는지도
모른다. 위로를 하는 방법을 몰랐으니까. 난처하거나 어려운 일이 생기면 버릇처럼 이
럴 때 니체라면 어떻게 할까? 생각하고는 한다. 위로라든가 호의를 베푸는 법이라든가
하는 것들은 역시 젊었을 때부터 배워야 한다. 나는 이런 감각을 훈련할 수 있는 기회가
거의 없었다는 것을 깨달았다. 그를 위로하기 위해서 내가 만들어낼 수 있는 가장 따뜻
한 미소를 띠고 그를 바라봤다. 선생님은 원래 그렇게 툭하면 울어요? 라고 그가 핀잔
을 주지 않아서 다행이다. 나중에 읽어본 거지만 '만일 불안한 상태가 찾아올 때 그것에
서 벗어나는 방법은'이라는 난에 그는 큼직큼직한 글씨로 '친구가 대신 운전한다.'라고
써놓고 있었다.

　　그날 헤어지기 전에 자동차 안에서 J에게 나는 이런 이야기를 들려주었다. J, 너는 실
수할 권리가 있고 도움을 청할 권리가 있고 분노를 느낄 권리가 있고 울 권리가 있고 놀

---

44 뿔테 : 짐승의 뿔로 만든 안경테. 요즘은 플라스틱으로 만든 안경테를 이른다.

45 짝짝이 : 서로 짝이 아닌 것끼리 합하여 이루어진 한 벌.

46 레미콘 : 콘크리트 제조 공장에서 아직 굳지 않은 상태로 차에 실어 그 속에서 뒤섞으며 현장으
　　로 배달하는 콘크리트. 또는 그런 시설을 한 차. '회반죽, 양회 반죽' 또는 '회반죽 차, 양회 반죽 차'
　　로 순화.

랄 권리가 있고 마음이 변할 권리가 있고 다른 사람의 권리를 침해하지 않는 한 J, 너 자신을 즐겁게 할 어떤 일이라도 할 수 있는 권리가 있고 타인을 미워할 권리가 있어. 마지막으로 나는 말했다. 그리고 J, 너는 운전을 할 권리가 있어.

　그가 그 대화에 흥미를 보였다는 것이 나로서는 정말 다행한 일이었다. 나는 내가
5 알고 있는 많은 것들을 때로는 니체에게서가 아니라 토마스에게 배운 것 같기도 하다. 양치식물을 키우고 일요일 오전 열한 시면 카페 루이제에서 브런치[47]를 사먹고 죽은 엄마가 남겨준 모피코트를 입고 다니는 내 친구 토마스. 친구들은 그가 죽은 엄마의 모피코트를 몸에 걸치고 돌아다니는 사실을 이해하지 못했다. 우리가 가까워진 건 나는 그의 외투를, 그리고 토마스는 내가 가진 두려움을 이해했기 때문일 것이다.

10 　어느 날 토마스는 내게 이렇게 말했다. 풍선을 사라. 그것은 나의 친구이자 주치의 였던, 훗날 베를린[48]의 샤리테 병원 신경정신과 닥터가 된 토마스가 내게 내린 치료 방법 중 하나였다. 불안이 다가오는 것을 느낄 때마다, 호흡이 거칠어질 때마다 나는 숨을 깊고 빠르게 쉬면서 후, 후, 홉홉, 풍선을 불며 호흡을 조절했다. 호흡이 거칠어 지기 시작해도 쉽게 공황 발작을 일으키지 않도록 과호흡 상태에 익숙하게 만들기 위
15 한 일종의 호흡 훈련법이었다. 초록과 회색이 섞인 우울한 눈동자로 토마스는 그런 나 를 물끄러미 지켜보곤 했다. 그것이 지금껏 내가 본, 나를 바라보는 가장 안타깝고 슬 픈 눈이기도 했다. 나는 수천 개의 풍선을 불었다.

8

20 　소한이 되어 추위는 절정을 이루고, 나는 J가 나에게 낸 문제, 즉 불안이 해소되고 나면 무엇을 할 것인지를 생각을 하느라 머리가 아프다. J가 도전해야 하는 과제는 지하철 2호 선을 타는 것이고 이것을 해 내면 그는 공포를 극복할 수 있다.

9

25 　하이델베르크[49]를 떠나기 전에 배로 부친 책이 넉 달 만에 도착했다. 두 달이 지나 도록 오지 않아 체념하고 있던 참이다. 몸 어딘가 부러져 나간 것 같은 통증이 한동안 따라 다녔다. 신탁[50]처럼 여겨졌던 아홉 박스의 책들이 거실 바닥에 쌓여 있는 것을 보자 차라리 그 책들이 오기를 기다렸던 순간이 더 절실하고 그리웠다는 것을 알게 되

---

47 브런치 : 아침을 겸하여 먹는 점심 식사.

48 베를린 : 독일의 수도.

49 하이델베르크 : 독일 남서부 바덴·뷔르템베르크 주 북쪽에 있는 도시. 1386년에 세운 대학이 있
　는 교육·관광 중심지이며, 원시 인류의 화석으로 유명한 도시.

50 신탁 : 신이 사람을 매개자로 하여 그의 뜻을 나타내거나 인간의 물음에 대답하는 일.

었다. 예전에 나를 집어삼킬 듯 가득 찼던 열정과 몰입으로 그 책들을 다시 펼치지 못할 것 같은 나 자신에 대해 겁을 집어먹고 있는지도 몰랐다. 거실 바닥을 거의 다 차지하고 있는 무거운 책들은 나를 종용하고 채근하고 있었다. 그것은 내게 자명한 두 가지 사실을 일깨워 주었다. 벌써 넉 달이라는 시간이 지나가버렸다는 것, 그리고 지금은 내가 하이델베르크가 아니라 여기 있다는 것. 책은 더 많은 것을 말하고 싶어 했다.

집으로 돌아올 때 유리병에 담아 왔던 흙을 마당에 훌훌 뿌렸다. 여행을 너무 자주 떠나면 집에 돌아와서도 방문을 걸어 잠그고 잠을 자게 된다. 이제 나는 더 이상 방문을 걸어 잠그고 자지 않게 되었다. 다용도실은 비좁지만 책을 읽거나 사색을 하는데 큰 어려움은 없다. 오랫동안 내가 살아야 할 곳은 여기인지도 몰랐다.

마지막 강의 시간에 나는 니체가 수를레이바위⁵¹에서 깨달았던 영원 회귀 사상에 대해서 이야기했다. 그때 니체가 흘렸던 눈물의 의미에 대해서도. 니체가 남긴 잠언들을 소개해 주는 것으로 칠 주간의 강의를 마쳤다. 수강생들과 함께 백화점 식당에서 만두를 먹고 차를 한 잔씩 마셨다. 사람들은 마지막 시간에 오지 않은 J에 대해 잠시 이야기했다. J의 모친과 알고 지낸다는 한 수강생은 J가 지금 라오스에 있다고 했고 또 다른 수강생은 오늘 수업시간 전에 J가 백화점 일층에서 넥타이를 고르고 있는 것을 보았다고도 했다. 우스갯소리를 잘하던 J, 우리 중에서 가장 젊었던 J, 라며 깔깔거리다가 사람들은 곧 화제를 돌렸다. J에게서는 연락이 없었다. 말을 안 해도 알 수 있는 게 있지만 말을 하지 않으면 도저히 알 수 없는 것들이 있다. 지금은 어느 쪽일까? J생각이 날 때마다 무지개 송어⁵²를 떠올리곤 했다.

1월 23일은 1월 22일을 맞는 것과는 약간 다른 기분이었지만 시간은 정확하게 흘러갔다. 오후 세 시에는 잘못 걸려온 전화가 한 통 왔었고 오후 다섯 시가 지나자 어둡고 짙은 녹색으로 어둠이 몰려들기 시작했다. 나는 식탁 의자에 앉아서 창문 쪽을 바라보고 있었다. 어둠이 눈에 익자 희끗희끗 눈송이가 날리기 시작하는 것이 보였다. 고양이 울음소리가 들렸고 골목으로 음식 배달을 나온 오토바이들이 지나다녔다. 여느 때와 다름없는 평범한 일요일 저녁이었다. 나는 천천히 일어나서 가쓰오부시⁵³로 국물을 만들고 버섯과 대파와 쑥갓과 양파를 찬물에 씻어 물기를 뺐다. 국물이 끓기 시작하자 전골냄비를 식탁 한 가운데로 옮겨 놓았다. 아이들이 잠든 틈에 안방에서 민화투⁵⁴를

51 수를레이 바위 : 니체의 바위라고도 불리는 스위스의 한 바위. 이 바위에서 니체가 '사상을 이해한다는 것은 사람을 이해한다는 것이며 따뜻함과 열정을 가지고 보는 것이 비로소 보는 것이다'라는 깨달음을 돌연 얻었다고 전해지는 바위.
52 무지개송어 : 연어과의 민물고기.
53 가쓰오부시 : 가다랭이의 살을 저며 김에 찌고 건조시켜 곰팡이가 피게 한 일본 가공식품.
54 민화투 : 그림을 맞추며 노는 놀이. 민화투(또는 늘화투)는 많이 딴 쪽이 이기는 놀이.

치고 있는 아버지 엄마 오빠 올케를 큰 소리로 불렀다. 식탁 앞으로 가족들이 모였다. 오늘 저녁에는 전골이 아니라 수제비가 먹고 싶었다는 둥 전골을 할 거면 고기 좀 넉넉하게 준비하지 그랬냐는 둥 어디 소주같은 건 없냐는 둥 제각각 한마디씩 하면서 가족들이 숟가락을 들기 시작했다. 수저가 식탁 유리 위에 딱딱 부딪히는 소리, 후루룩, 국물을 떠먹는 소리, 유리잔에 물 따르는 소리들이 소란스럽게 이어졌다. …… 나는 깊은 숨을 쉬었다. 지금 어디선가 J도 저녁밥을 먹고 있을 거라는 확신이 들었다. 그것은 바람이 아니라 믿음 같은 거였다. 더 이상 J를 기다리지 않기로 했다.

　2월이 시작되었다. 종로에 있는 학원에 나가서 일주일에 세 번씩 초급 독일어를 가르치게 되었다. 그 일을 소개해준 사람도 역시 차 선배였다. '선배가 하지 왜?' 선배는 지물포 일이 적성에 딱 맞는 것 같다며 고개를 저었다. 지물포 일이 적성에 딱 맞는 사람은 어떤 사람일까. 나는 선배에게 처음으로 밥과 차를 샀다. 그 사이에 조카가 거실에서 넘어지면서 탁자 모서리에 머리를 부딪히는 사고가 있었고 친할머니 제사가 있기도 했다. 제사를 지내던 날 아버지가 제사상 위에 촛불을 켜자 다친 머리에 보호용 흰 그물망을 뒤집어써서 꼭 과일상자 속의 배처럼 보이는 조카가 와, 생일이다! 소릴지르며 '해피버쓰데이 투유, 해피버쓰데이 투유'하고 손뼉을 치면서 노래를 부르기 시작했다. 아버지는 웃지도 울지도 못하는 얼굴로 '어이구 이놈아!'하면서 이 방 저 방 통통통통 뛰어다니며 노래를 불러대는 조카를 붙잡느라 얼굴이 벌게졌다. 나는 술잔을 돌리고 있는 오빠 등 뒤에 서 있었다. 어렸을 적부터 어쩐지 오빠와는 팔짱을 낀다거나 손을 잡는다거나 하는 신체적인 접촉이 전혀 없었던 것 같다. 젊었을 적에는 서로 다른 사람을 쳐다보느라 그랬고 십 년 만에 돌아와 보니 그러기에는 너무 나이가 든 것 같다. 모르는 척 오빠의 팔짱을 한 번 껴보았다. 오빠는 아버지처럼 늙어가고 있었고 모르긴 몰라도 나는 엄마처럼 나이가 들어가고 있을 것이다. 이렇게 제사를 지내고 1월이 가고 2월이 오는 사이에 말이다. 그러나 가만히 서 있기만 하는데도 3월이 가고 4월이 간다면 그건 좀 서글플 것 같다. 팔꿈치 안쪽이 서서히 따뜻해졌다. 오빠에게는 J에 관해 이야기할 수 있을 지도 모른다는 생각이 들었다. 오빠가 나를 돌아보더니 씩 웃었다. '너 이런다고 내가 방을 비워줄 것 같으냐?' 어림도 없다는 표정이었다.

　그날 밤 한스가 나를 깨웠다. 한 가지 소식을 전해주었다.

10

　니체에게 철학이란 얼음으로 뒤덮인 고산에서 자발적으로 사는 것이었듯 나에게 있어서 삶이란 것 또한 바로 그랬다. 벗어난 두려움도 있고 그렇지 못한 것도 있지만 나는 늘 여기 머물고 싶어했고 그것은 나의 선택이었다. 나는 질문했다. 그러나 그의 정원으로 들어간다는 것은 불가능한 일이라는 것을 이제 나는 안다. 나는 진리도 찾지 못했고 도약도 하지 못했다. 니체의 말처럼 어떤 강물도 자기 자신에 의해서만은 크고 풍부해지지 않을 것이다. 많은 지류를 받아들이며 끊임없이 계속 흘러가는 것, 그것이 강 하나를 만들 것이다. 모든 정신의 위대함이란 질문에 대한 해답을 들려주는 것이 아니라 방향을 제시해주는 사실이라는 것을 깨닫고 있었다. 그렇다면 내 삶의 방향을 제시해준 위대한 예술가는 바로 니체인 셈이다. 견뎌야 하는 삶, 가꾸어야 하는 삶, 돌봐야 하는 삶, 조화를 이루는 삶에 대해 나는 생각하기 시작했다. 니체는 우리 삶에서 일어나는 불행한 일들, 곤경같은 것들은 나쁘고 제거해야 되는 것으로만 생각하지 않았다. 뿌리를 돌보듯 자신의 불행과 어려움을 돌봐야 한다고 말했다. 그것이 정원사의 경험을 통해서 니체가 남긴 철학이었다.

　이성의 명령에 귀 기울여라. 니체가 나에게 말했다.

　내가 가진 권리들에 대해서 생각했다. 나에게는 아프다고 말할 권리가 있고 책을 읽을 권리가 있고 타인의 권리를 침해하지 않는 한 그에게 의지할 권리가 있고 진실을 말할 권리가 있고 잠을 잘 권리가 있다. 나에게는 토마스의 위로와 충고에 저항할 권리가 있고 더 이상 미안해하지 않아도 될 권리가 있고 J를 생각해도 될 권리가 있다. 나는 너많은 생각을 하지 않으면 안되었다. 그리고 마침내 내가 J에게 쏘았으나 되돌려 받은 화살 같은 질문에 대해 골똘히 생각하기 시작했다. 두려움이 사라지고 나면,

　"책을 한 권 쓰고 싶어."

　나는 J에게 말했다.

　"그럴 줄 알았어요."

　J는 시원시원하게 대답했다.

　"뭘?"

　"기다리고 있을 줄 알았다구요."

　"그동안, 어땠니?"

　"백에서부터 거꾸로 삼씩 뺐어요. 구십칠, 구십사, 구십일......, 어려운 일이 생길 때마다 그렇게 했어요. 난 벌써 지하철을 세 번이나 혼자 탔다구요, 선생님."

　"백에서부터 삼씩 빼면서?"

　"네, 그거 정말 좋은 방법이에요. 선생님도 책 읽다 머리 아프면 그렇게 해 보세요."

　"그것도 좋지만 저, 우리, 풍선 한번 불어볼까?"

　"저 사람들처럼 연이나 날린다며 모를까, 에이 창피하게 웬 풍선을요."

　"후-홉, 자, 너도 한번 빵빵하게 불어봐, 홉홉홉-후."

　"후-홉, 이렇게요?"

　"한 남자가 한 여자를 후-홉."

5

10

15

20

25

30

"그거, 후훕, 해피엔딩이에요? 후후─훕."

"사랑 훕훕, 했대."

"풍선 부는 거, 후훕, 되게 오랜만이에요. 후─훕훕."

5 "높은 데를 아주 무서워하는 후─훕, 후후후, 남자였는데 사랑에 빠져있는 동안, 후후후후─훕, 아주 훌륭하게 암벽 등산을 후훕, 했다는 거야."

"누가요? 훕훕."

"후후훕, 내 친구가, 훕."

노란 풍선과 파란 풍선이 하늘로 날아오르는 것을 J와 나는 바라보고 서 있었다. 바람이 분다. 암벽 등반에 성공하던 날의 토마스는 온몸이 코코넛브라운[55]색깔로 빛나
10 고 있었다. 내가 하이델베르크를 떠나기 전에 그는 나에게 이렇게 충고했다. 너의 장점은 외부 세계의 영향을 받지 않는다는 데 있다. 학문을 하겠다면 그것은 아주 큰 장점으로 작용할 거야. 그런데 너는 바로 그것 때문에 고립적으로 살아갈 운명에 놓이게 될 거야. 영원히.

내가 살았던 작은 마을과 학교가 오랫동안 내 세계의 전부였다. 그 너머 멀리 떨어
15 진 세계는 두려운 미지의 세계였다. 지금 나는 한 쪽 발을 잡아매고 있던 매듭이 스르르 풀리듯, 저 노란 풍선과 파란 풍선처럼 내 영혼이 한 뼘쯤 위로 쑥 들리는 것을 느낀다. 너는 아니, 토마스? 매듭에는 신비한 두 가지 힘이 있어. 그 힘은 어떤 사람에게는 영원히 흉한 것일 수도 있어. 그러나 어떤 사람에게는 길한 것일 수도 있어. 마치 고대인의 결승문자[56]처럼 말이야. 내가 이렇게 말한다면 토마스는 이해할 수 있을까. 토
20 마스가 좋아하는 비트겐슈타인[57]은 인간에게 희망의 몸짓은 없다고 말했다. 화난 사람처럼 행동하는 것은 쉽다. 기쁜 사람처럼 행동하는 것도 쉽고 슬픔에 빠진 사람처럼 행동하는 것도 쉽다. 그런데 희망? 이것은 어렵다고 그는 단언했다. 만약 토마스가 풍선을 불어 날리고 있는 지금의 J를 봤다면 그걸 뭐라고 표현했을까. 그리고 또 그 옆에 서 있는 나를 보았더라면.

25 "선생님 또 울어요?"

---

55 코코넛 브라운 색깔 : 초콜릿 색에 가까운 연한 갈색.

56 결승문자 : 숫자나 역사적 사건 등을 새끼나 가죽끈을 매어 그 매듭의 수효나 간격에 따라서 나타낸 일종의 문자. 글자가 없었던 미개사회에서 역일(曆日)이나 인원수 및 물건의 수량 등을 기록하는 수단.

57 비트겐슈타인(Ludwig Josef Johann Wittgenstein, 1889. 4. 26~1951. 4. 29) : 오스트리아 출생의 영국 철학자. 일상언어(日常言語) 분석에서 철학의 의의를 발견하게 되었다.

울퉁불퉁한 손으로 J가 내 뺨을 쓸었다.

"그렇게 건들거리지[58] 말고 똑바로 한 번 서봐."

두 손으로 J의 팔뚝을 붙잡고 마주 섰다. J가 약간 긴장하는 것 같다. 수를레이 바위에서 니체가 울었을 때 그것은 단지 발견의 기쁨이 아니라 그 이론의 실존적인 작용에 대한 확신의 울음이었다. 확신의 탄성이었다. 만약 내가 고립적으로 살아갈 운명이라면 바로 그것 때문에 나에게는 독자성이 있을 것이다. 그런 것은 내부에서만 만들어지는 것일 테니까. 풍선은 자꾸자꾸 먼 하늘로 날아가고 있었다. 두려움을 극복하는 길은 뒤돌아보는 것이 아니라 앞으로 나아가는 거다 J. 그것은 변화를 뜻하는 것일지도 몰라. 스스로 깨닫지 못했던 삶의 특별한 의지가 있다면 그건 아마 풍선처럼 둥글고 부풀어 있을 것 같다. 내 이마가 그의 턱에 닿도록, 나는 살짝 발뒤꿈치를 들어 올린다.

5

10

58 건들거리다 : 사람이 싱겁고 멋없게 행동하다.

● 글쓴이 소개

조경란(1969~)

소설가. 서울 출생. 1996년 동아일보 신춘문예에 단편 『불란서 안경원』를 통해 등단했다. 2007년 장편소설 『혀』를 발간했고, 2008년 『풍선을 샀어』로 동인문학상을 수상했다. 주요 작품으로 『가족의 기원』, 『식빵 굽는 시간』이 있다.

문화

진정한 부자 – 경주 최 부잣집

조선조의 명문가 기준은 돈이 아니었다. 대개 그 집안에 학문이 있는가, 덕행이 어떤가, 벼슬은 어느 정도 했는가, 나라가 위기에 처했을 때 보여준 충절은 어떠했는가를 따졌다. 이러한 기준 때문에 부잣집이면서 동시에 명문가에 해당하는 집안을 발견하기가 쉽지 않다.

한국에선 조선 시대 최고 부자였던 '경주 최 부잣집' 이 노블레스 오블리주의 전형으로 꼽힌다. 이 집안이 1600년대부터 1900년대까지 300년 동안 9대의 진사(進士)와 12대의 만석꾼을 배출한 데는 비결이 있었다.

최 부잣집에는 대대로 내려오는 가훈과 몇 가지 원칙이 있다.

첫째, 진사 이상의 벼슬은 하지 말라.
이는 정쟁에 휘말리지 않고 양반 신분을 유지하기 위한 최소한의 자격 요건이 진사라고 생각했기 때문이다.

둘째, 만석 이상을 모으지 말라.
최 부잣집은 만석 이상 불가 원칙에 따라 재산을 사회에 환원했다. 환원 방식은 소작료를 낮추는 것이었다.

셋째, 과객을 후하게 대접하라.
어느 정도 후하게 대접했는지 보자. 최 부잣집의 1년 소작 수입은 쌀 3천 석 정도였는데 이 가운데 1천 석은 가용으로 쓰고, 1천 석은 과객 접대하는 데 사용하였고, 나머지 1천 석은 주변 지역의 어려운 사람을 도와주는 데 썼다고 한다.

넷째, 흉년에는 논을 사지 말라.
부자에게는 흉년이야말로 없는 사람의 논을 헐값으로 사들여서 재산을 늘릴 수 있는 절호의 기회였다. 그러나 최 부자는 이는 양반이 할 처신이 아니요, 가진 사람이 해서는 안 될 행동으로 보았다.

다음, 사방 100리 안에 굶어 죽는 사람이 없게 하라는 조항도 같은 맥락이다. 주변에서 굶어 죽고 있는 상황에서 나 혼자 만석이면 무슨 의미가 있느냐, 이는 부자의 도리가 아니라고 생각했던 것이다.

　　최 부잣집의 만석 재산은 대대로 내려오던 선산까지 포함하여 현재의 영남대
학에 모두 들어가 있다. 해방 이후에 대학 세우는 데 전 재산을 모두 쓴 셈이다.

* 노블레스 오블리주 : 높은 사회적 신분에 상응하는 도덕적 의무를 뜻하는 말.

1. 한국의 노블레스 오블리주의 전형은 어떤 것입니까?

2. 여러분 나라의 경우는 어떻습니까?

문법
설명

01 -다시피하다

실제로 그 동작을 하는 것은 아니지만 그 동작에 가깝게 함을 나타낸다.

雖然實際上沒有進行該動作，不過與該動作很接近。

- 내 단짝 친구와 나는 늘 붙어 다니며 같이 살다시피 했다.
- 언제나 일에 쫓겨 점심은 거의 굶다시피 한다.
- 엄마는 직장일로 늘 바빴기 때문에 할머니가 나를 키우다시피 하셨다.
- 친구의 머리핀이 너무 예뻐서 빼앗다시피 해서 얻어 왔다.

02 -을/ㄹ까 보다

아직 확실히 결정한 것은 아니나 그 행동을 할 마음이나 생각이 있음을 나타낸다.

尚未確實下決定，而是表現出有做該行動的心意或想法。

- 아이가 생기면 직장을 그만둘까 봐요.
- 여기서 지낼 만큼 지냈으니 이제 떠날까 봐요.
- 임금 인상 문제에 대해서는 더 이상 거론하지 말까 봐요.
- 이번 사업 자금은 주택 담보 대출로 은행에서 빌릴까 봐요.

03 -을/를 통해

'그것을 수단으로 하여'의 뜻이나 '어떤 과정이나 경험을 거쳐'의 뜻으로 쓴다.

「以該事物為手段」或「經過某種過程或經驗」之意。

- 여행사를 통해 항공권을 예매하고 숙박 시설도 예약하였다.
- 인터넷을 통해 많은 사람들이 빠르게 정보를 공유할 수 있게 되었다.
- 국제 교류를 통해 세계는 점점 더 좁아지고 있다.
- 젊은 시절 거듭되는 실패와 좌절을 통해 그는 점점 더 강인한 인간으로 성장할 수 있었다.

04 –음으로써/ㅁ으로써

'–으로써/로써'는 어떤 행위의 도구나 수단, 방법임을 나타내고 어떤 물건의 재료나 원료가 됨을 나타내기도 하는 조사이다. 동사의 어간 뒤에 '–음/ㅁ'이 붙어 명사형을 만들어서 '–음으로써/ㅁ으로써' 형으로 자주 사용된다.

「으로써/로써」為助詞，指某種行為的工具、手段或方法，也可指成為某種物品的材料或原料。於動詞語幹後加上「-음/ㅁ」成為名詞型，經常使用「-음으로써/ㅁ으로써」的句構。

- 국민들이 다 같이 땀 흘려 일함으로써 경제 발전을 이룩하였다.
- 이번 선거에서는 젊은 세대가 적극적으로 참여함으로써 선거의 판도가 바뀌었다.
- 자기 적성에 맞는 직업에 종사함으로써 자기의 소질을 살려 자아실현도 이루고 이 사회에도 보탬이 될 수 있다.
- 대중교통수단을 이용함으로써 교통비도 절감하고 환경 보호에도 앞장서도록 합시다.

대화 번역

❖ 第一課

1-1

王　偉：詹姆斯先生，聽說您是因為新聞記者在職業上有需要，所以才學韓文的對嗎？

詹姆斯：是的，如您所知，因為我突然被外派至韓國分公司，因此立刻就需要韓文能力。

王　偉：我也是這樣。我也是因為我們公司業務的緣故才學韓文的。因為要邊工作邊學，所以沒有讀書的時間，而且越學文法越複雜，所以很擔心。

詹姆斯：是啊。一開始在學가나다라（指韓文40音）的時候都還好對吧？那時候壓根就沒想到文法會這麼難啊。對了，理惠小姐妳之前說沒有學韓文的特別理由對吧？

理　惠：是的，我因為想要接觸韓國文化所以就來了韓國。事實上最近越學文法越難，但是說韓文這件事漸漸變得有趣，所以我最近真的很愉快。

王　偉：真是羨慕呢！理惠小姐邊享受邊學著韓文呢。

1-2

田　中：老師您好，我是昨天致電給您的田中正雄。

金永植：好久不見啊，快進來吧，你是因為什麼事來見我的？

田　中：我……不是別的，是因為看到徵才公告在募集主修企管，又能精通日文及韓文的實習員工，所以我在想要不要應徵。老師，抱歉造成您麻煩，我來是想拜託您幫我寫推薦信的。

金永植：這樣啊，我會幫你寫。不過話說回來，我每次看到你都這樣覺得，你怎麼韓文說得這麼好啊？如果不說你的名字的

話，外人都會覺得你是韓國人吧？

田　中：沒這回事，我還有很多不足的地方。

金永植：你也還真是太謙虛了。推薦信我會寫好放在系辦，你明後天左右再去拿吧。

田　中：老師謝謝您，我會再前去領取的，您請留步。

金永植：之後再一起吃個飯吧，等你的好消息啊。

1-4-1

翻找字典閱讀的愉悅

這是我國中1年級時的事情，我在大關嶺下的山村中長大，正要進入江陵市內的中學就讀時，我的身高是班裡面第二矮的。然而只有夢想是精實的，不論用什麼方式都想努力向老師或同班同學彰顯自己的存在。帶著「雖然我身高矮，又是從鄉下來的，但不要小看我」的想法，想要大大地賣弄什麼一次，但機會卻不輕易到來。

然後有一天，在國語時間終於機會來臨。為我們說明過去教育與最近教育差異處的老師，突然向我們發問：

「那麼這次文教部首長是誰有人知道嗎？」

說實話，即使是在成為大人後的現在，大多數時間也是不知道的，才剛進國中的小毛頭沒有道理會知道是誰。大家都像吃了蜂蜜的啞巴一樣只望著老師的臉，老師把國語書到處看了一遍，用自言自語的聲音說了：

「你們在讀的書上面沒有首長的名字嗎？」

以為只有自己是機靈且聰明的我，把那句話聽成是老師丟給我們的提示，便跟著老師一起把國語書翻到後面看。但只有寫著出版者是「文教部」，沒有出現首長的姓名。我心想「那麼或許其他的書上會有？」，於是立刻翻找包包內，掏出其他書。那本書是下節課要上的化學書，上面正好就出現了首長的名字。封面最上方右側寫著「文教部首長검정필」。「검」這個姓雖然稍

微有點奇怪，但我們班上也有姓「감」跟姓「견」的孩子，所以想說又怎麼不會有「검」這個姓呢，於是我有力地舉起手回答了。

「是的，我們國家文教部首長的姓名是검정필」

「검정필？」

「是的，這裡有寫。」

我得意洋洋地把書舉了起來，孩子們用「果然！」的臉看著我，或是為了找到我掏出的書而性急地翻找包包，而老師在原地捧腹大笑。我也不知道老師為什麼笑，孩子們也不知道。

「啊哈啊哈，那個不是文教部長官的姓名，而是指這本書得到文教部長官檢定（검정）完畢（필）的意思。啊哈，活到現在居然也有這樣捧腹大笑的一天啊，啊哈哈。」

這時班上孩子們也「哇！」地敲桌大笑。我本來想在孩子們面前賣弄一次，結果只得到了「文教部首長檢定畢（문교부 장관 검정필）」的意外綽號。

那天我回到家裡，在成為國中生後第一次翻開國語辭典，尋找「檢定畢（검정필）」。但沒有出現「檢定必」這個詞，而是出現了「檢定」與「檢定教科書」的說明。托這次事件的福，我因此得到了「文教部首長檢定畢」這個只有官位高，與名譽相差甚遠的別名。而且從那天起，我只要對某個字的意思稍有一點疑問，就總是會習慣性地翻找字典。

〈中略〉

我經常使用字典。然而不是因為我正身為小說家這個職業而翻找字典的。雖然是在非常久以前國1時的「檢定畢」事件後就產生的習慣，但尋找新的詞語與新的知識來讀的樂趣，是什麼都比不上的。那就像朝未知的世界展開旅行一般，是讓胸口悸動且快樂的事。

而就像「玉不琢不成器」這句話一樣，不管字典在多麼近的地方，只要不去找來看的話，字典中的知識就只是別人腦中的知識而已。不管是再怎麼大且不乾涸的泉水，如果不喝該泉水，光只是看著的話，會有辦法潤澤喉嚨嗎？牧童可以把馬牽引到水邊，但在水邊滋潤喉嚨這件事，就是馬必須自己去做的了。

查詢字典這件事也是這樣。我們身邊不管有再多字典，如果連掀開來看的勞苦都省著不做的話，再怎麼珍貴的知識都不會成為自己的東西。在一次兩次地翻找閱讀中，字典中的知識會進入成為自己腦中，成為腦袋裡的知識。現在大家請打開字典找一下「雞肋」這個單字吧，在閱讀完某個單字及產生出那個字的理由時，就會領悟到「啊，這就是翻查字典的樂趣啊！」

雖然所有的事物都是這樣，但邊讀書邊查字典這件事，果然習慣是很重要的。而這種習慣正是一把鑰匙，讓我們人類得以進入至今累積下來的所有「知識寶庫」中，一窺裡頭究竟。只要持有那把鑰匙，就不會像之前的某個人那樣出糗，說出「是的，我們國家文教部首長的姓名是檢定畢」了。

1-4-2

精讀的時間

年末時，我翻看了一個出版社寄給我的桌上型月曆，發現底下寫著定價9500韓幣的字眼，讓我覺得太貴了。幾天之後剛好與那個出版社的社長見面，因此我問了他那個桌曆的價格不會太貴了嗎。社長沒有一次聽懂我的話，然後他無言似地笑了。原來那個

桌曆是買書時附上的贈品，而書的定價是 9500 韓元。回來後再次檢視月曆，發現定價前面寫著一行我一次都沒讀到的語句：「購書即贈月曆」。

我不只隨意地改變文字來閱讀，還馬馬虎虎地對待文字。這種習慣是從想要在短時間內盡可能讀很多書的慾望中開始的。結果雖然讀了很多書，但有可能卻根本沒有時間咀嚼含意。我想起了瞬間就吃完，吃了又吃卻不會飽的爆米餅。啪沙、啪沙沙，描繪出了像吃爆米餅一般讀書的我的模樣。如爆米餅粉一樣，書中掉落下的活字也掉落在我的衣服上。

在《讀愛情故事的老人》中，安東尼奧・荷西・伯利瓦 (Antonio José Bolívar) 閱讀愛情小說，對他來說，閱讀愛情小說的時間是讓他忘記世間野蠻的時間。老人磕磕絆絆地慢慢讀著書，然後在「炙熱的吻」一句中遲疑了。到底炙熱的吻是什麼呢，怎麼樣才能吻出炙熱的吻呢。他一次也沒有和自己的太太炙熱激烈地親吻過，且也從來沒見過書中寫的「貢多拉（Gondola）」。老人與出來狩獵猛獸的搜索隊男子們，對貢多拉、移動貢多拉的船夫，以及炙熱的吻進行了兩小時的長長對話。

我在電視中看到快速閱讀書籍的少年，明亮臉龐上的雙眼就像擦得乾乾淨淨的窗戶般閃爍。該電視節目的負責人將少年帶到書店，在定好時間後，測量少年在那段時間內能夠讀多少書。乍看之下他並非讀書，少年只是自然地翻過書頁的樣子。在經過訂定的時間後，少年的前面堆滿了書。

在小時候速讀稍微流行過一陣子，讓視線以對角線移動，不是一次「閱讀」一句話，而是用「看」的。年幼的我也稍微陷入了那個流行中。該不會是那時錯學的速讀習慣還留著嗎？這段時間我究竟誤讀了多少文章呢？

我的年初計畫，決定為再次閱讀放在書架上的書。我曾聽了某位長輩用薪水十分之一購買書籍的忠告並實行過。在那些書當中，大部分的書我連書頁都沒有翻開過，它們就已經褪色成黃色的了。我要從這些書開始讀起。我計畫慢慢地，一點一點地，不急躁且一句一句地讀下去。這是再次精讀的時間。

❖ 第二課

2-1

英　秀：我在煩惱畢業後要做什麼工作才行。

詹姆斯：最重要應該是找到適合自己的工作、自己想做的工作不是嗎？根據統計廳調查，青年就業者有一半以上在 17 個月內辭掉了自己的第一份工作欸。

英　秀：好像真的是那樣，我有一位工作第 4 年的前輩，他最近也說工作跟他不合而非常辛苦呢。事實上換工作也不簡單，周遭的人也都說，還可以的話就繼續工作下去吧。

詹姆斯：有很多上班族即使突破了數十分之一的競爭率艱辛地進入公司，卻在不久後就辭職了，這難道不是因為人們沒有好好地了解工作的具體資訊，或是沒有慎重地考慮興趣及性向而造成的嗎？

英　秀：這個嘛，也許報酬與前途不是最重要的，自己的個性與價值觀才是最重要的也說不定呢。

詹姆斯：嘛，英秀妳也知道的吧？安哲秀這樣的人物也是經歷了困難的過程才成為醫生的，不只如此，他還用要做真正想做的事的意志，進入電腦軟體業界並獲得成功。

英　秀：啊，我也看了那篇報導，他說帶著信念去做自己想做的事情，並能感受到價值的人，可說是幸福的人呢。

金科長：這是上次您指示消費者動向分析結果。直接到現場對現場販售中的商品進行市場調查，並調查了消費者對新產品開發的要求。

趙部長：辛苦了，那現場調查是怎麼進行的？

金科長：分為大型折扣店、百貨公司及專賣店來調查消費者的反應，並用從會計科拿到的費用贈送小贈品給應答的消費者。

趙部長：不愧是金科長，每件事都完美無瑕地仔細處理呢。

金科長：哪裡的話！這是我應該要做的事。

趙部長：啊，還有我們部門應該要來辦一次團結大會吧，這個時候就是要喝一杯才有工作的趣味呢。金科長，請你跟其他職員討論後定個日期看看，續攤我會負責的。

金科長：我知道了，正好大家這幾天除了晚上加班以外，甚至連週末也加班，很辛苦呢。

莫非定律

用科學證明日常生活中的法則

活著會有順利的事，也會有不順利的事，但仔細探究會發現，不順的事情更多。在超市排隊時別的隊伍一定縮短得比較快，有重要的會面時咖啡一定會潑到衣服上，或總是錯過公車而遲到。只要是郊遊的日子肯定會下春雨，大學入學考試那天每年都會寒流來襲。「為什麼偏偏是這時 ......」或「因為事情不順啊⋯⋯」之類的話我們有多麼常用啊！每當這種時候就會想起名為「莫非定律」的法則。由無數具體項目組成的莫非定律，用一句話簡單來說就是「可能順利或可能不順的事一定會不順」。這個法則告訴我們世界對我們有多麼殘酷，不幸的是，在重要的瞬間總是會驗證這個法則。不要覺得沮喪為何自己總是如此倒霉，因其他人也和你一樣倒霉。

過去科學家對莫非定律並未特別關注，他們認為莫非定律只不過是個笑話，甚至連與莫非定律吻合的種種事實，也都認為不過是偶然或錯覺。在反駁莫非定律時他們喜歡用「選擇性記憶」這個用語，雖然我們的日常中充滿了各種事件與經驗，但大部分為一閃而過的經驗，不會──以記憶的形式留存在腦中。然而湊巧的是，無法順利解決或感到極為倒霉的事情，會極為鮮明地留在記憶中。結果，時間越久，腦中倒霉的記憶相對地就會變多。每當郊遊的時候就會下雨，大學入學考那天寒流肯定會發威等並不是什麼奇怪的事。在 4 月春雨季約去郊遊，在不冷才奇怪的 12 月中旬訂定大學入學考試日期，還期望雨不要下、天氣溫暖到底是什麼心態！

然而這種程度的說明怎麼樣也滿足不了我們。「為什麼偏偏」倒霉透頂的事件連發，真的全都是因為所謂的「選擇性記憶」，是我們的錯覺嗎？國小六年間一年不漏地，前一天都還好好的天氣，怎麼會到了郊遊當天就一定會下雨呢？怎麼會偏偏我上的學校裡會傳出鬼故事呢？不管怎麼說都好像有點不對勁的說。

這種不踏實的感覺，有科學家幫我們爽快地搔到癢處。身兼報紙專欄作家，現任英國阿斯頓大學資訊工程系訪問研究員的羅伯特・馬修斯，他以科學的方式──證明用選擇性記憶難以說明，卻如此與莫非定律相吻合的理由，引發話題。

他最初證明的莫非定律是「塗了奶油的吐司」事件。早上因準備上班而手忙腳亂,慌張地在吐司上塗抹奶油要吃時,很容易把吐司弄掉。但無巧不巧地,塗了奶油或果醬的那面偏偏一定會掉到地上。那麼除了麵包難以再撿起來吃以外,在一陣忙碌中還要擦地板,產生一件令人頭痛的事。該死的!

1991 年在英國 BBC 廣播的知名科學節目中,為了反證「塗了奶油的吐司」的莫非定律,讓人進行了往空中丟吐司的實驗。丟了 300 次後的結果是,塗了奶油的一面掉到地上的情況為 152 次,塗了奶油的一面朝上的情況為 148 次。他們展示出「以機率來看幾乎無差異」這點,從而得出結論—莫非定律其實只是我們的錯覺。好奇心解決!

然而真的是這樣嗎?日常中發生的實際狀況通常不是往空中丟吐司,而是吐司從餐桌上掉下來,或是手拿著然後掉下來。在這種情況下,結果還會和上面的實驗一樣嗎?吐司本來塗了奶油的一面朝上,若從餐桌上掉下來時,哪一面會朝下這個問題,取決於掉落的過程中吐司有沒有旋轉翻面。使吐司翻轉的力量被物理學者稱為力矩(torque),此時由重力扮演這個角色。羅伯特.馬修斯證明了,通常從餐桌高度或人手高度掉下的吐司,其地球重力並未大到能讓吐司充分翻轉一圈。大部分只翻轉半圈左右,就會接觸到地面,因此塗了奶油的一面一定會面向地板墜落。經過物理計算發現,空氣的阻力或薄薄奶油層的重量,幾乎不會對吐司的翻轉造成影響。

〈中略〉

沒有人不曾在看到超市或提款機前大排長龍時,煩惱過「要排哪一排好呢?」。眼珠瞬間轉了一圈,然後伴隨小氣的心眼,在「微小的事情上拚死拚活」苦惱結束後,排到似乎會最快縮短的那排去,但卻總是別排先縮短。到底這原因是什麼呢?如果排在其他排的話,現在早就已經結完帳了說!該死的!

只要稍微仔細想想這個問題,就會發現這是理所當然的結果。如果假設超市裡有十二台收銀機,巧得是可能我站的那排的收銀機出了點事,或其他人買了很多東西,因此讓結帳進行得特別慢,但平均來說與別排不太有差異。因為別排也十分有可能發生這種事。因為人們總是想排在最短的一排,因此各排的長度大概都會相似。那麼這種時候,平均而言我站的這排最先縮短的機率有多少?這當然是 12 分之 1 了。換句話說,其他排先縮短的機率是 12 分之 11。如果不是運氣極好的話,不管選擇哪一排,結果我還是只能眼睜睜看著其他排的隊伍縮短。

〈中略〉

羅伯特.馬修斯稍微用數學就證明了的莫非定律,對我們來說傳達什麼訊息呢?在世界上,比起順利進行的事,不順利的事情還要多上更多,因為總是會有「更好的情況」。當事情不順遂時,我們就會想到莫非定律,並認為「我真是相當倒楣啊」,但羅伯特的計算告訴我們這並不是「運氣的問題」。說不定我們過去所期望的事物,對這世界來說是相當無理的要求呢。

我們過去期望在 12 條排得長長的結帳隊伍中,自己的隊伍是最先縮短的;對於老是變來變去的天氣,我們期待它 100% 符合氣象預報;吐司從餐桌高度墜落時,希望它帥氣地翻轉一圈,塗了奶油的面朝上,以滿分 10 分著地。莫非定律並非是告訴我們世界對我們有多殘酷的法則,而是指責我們過去對世界的無理要求有多少的法則。

不論是誰都能變得像天才

(上圖) 阿爾伯特‧愛因斯坦

(中圖) 理察‧費曼

　　若就讀首爾大學等學校，在韓國社會中會被稱為秀才。2002 年 3 月起實施英才教育振興法後，由國家培養的英才們蜂湧而出。無法得到秀才或英才待遇的普通人們陷入自卑感的可能性不低，但請不要忘記，不論是誰，只要努力的話，就能成為像天才般有創造力的人類。帕斯卡、達文西、米開朗基羅、莫札特、畢卡索、牛頓、達爾文、愛迪森、愛因斯坦等，促進人類文明與文化發展的天才們何止這些人呢？

　　常識上會從智商上尋找天才與凡人的差異，然而於 1965 年獲頒諾貝爾物理學獎，以新穎的想法而揚名的理察‧費曼，他的智商才不過 122 而已。總而言之，所謂的天才，並非智商接近 200，或 7 歲就能說 14 國語言的人。用一句話來說，天才是創造性卓越的人們。

　　心理學者們得出結論，人類的創造性與智商並非有絕對的比例關係。有人可能即使智商不足卻具有創造力，相反地，我們在周遭能看到許多創造性雖然低落，但卻考試成績卻經常很高分的學生們。像愛因斯坦般在校成績不佳的天才不只一兩人。

　　從小時候起創造力才能便已開花、最先被屈指數為完美天才的莫札特，是 18 世紀中後期震撼歐洲的神童。從四歲起便開始演奏的他，在六歲時創作出小步舞曲，九歲時寫出交響曲，十一歲時寫出神劇（oratorio），十二歲時創作出歌劇。聽說他能在寫一首曲子的同時想出其他的曲子，在謄寫到樂譜之前，已經在腦中將整首曲子作曲完畢了。

　　然而和莫札特一口氣就能做完曲的傳聞不同，在他的初稿上有不少修改的痕跡，甚至也有中途便放棄的作品。加上他作品的旋律有 80% 左右不使用在當代其他作曲家作品中會使用的旋律。而他也被評價為初期作品品質未比往後作品卓越。總而言之，莫札特為了維持神童名聲，付出了與眾不同的努力。當然，並不會因為這些事例而有損莫札特作品的天才性。只不過想強調，雖然莫札特被認為是人類歷史上天才中的天才，不過就連這樣的他，事實上也比別人更加努力。

　　藉由莫札特我們可以確定，所謂天才並非只是用凡人無法擁有的神祕才能，泉湧出創作性的作品，這樣的成見是不對的。認知心理學者的研究結果也支持這點。因為他們發現，蠢材腦中沒有的特別組織，不只在天才的腦中也未發展，天才或凡人的問題解決方式，也全都經過同樣的過程。

　　換句話說，天才與普通人間的智力差異不在質，而在量。意思是，在智力的質上發現的差異較少，但在量上卻顯示出許多差異。舉例來說，與其說天才擁有我們所沒有的某種事物，不如說他們有的量比我們有的量稍微多了一點而已。根據認知科學學者的說法，因為天才能更加有效地使用我們所擁有的能力，因此不只在量的差異上，也會反映在質的差異上，所以天才才會看起來與我們像是擁有完全不同大腦的人。

　　我們得到一個結論，從這個脈絡來看，如果能模仿天才的思考方式，那麼既使有個人的差異，不論是誰也都能做出創造性的思考。天才們的思考方式有幾種特徵，特別是從與他人不同的各種角度地切入問題。像莎士比爾或莫札特一樣，他們發表了大量的作品，其中當然也會混有粗劣的作品。

YONSEI KOREAN 5

　　我們已經確認的是，天才們具創意的思考方式是可以被模仿的。像獲得諾貝爾物理學獎的尼爾斯・波耳(1922年獲獎)與恩里科・費米(1938年獲獎)，與他們一起研究的弟子們也同樣獲得了諾貝爾獎。波爾的4名門生、費米的6名門生都因師徒關係而享受到獲得諾貝爾獎的榮耀，此事廣為人知。

❖ 第三課

3-1

詹姆斯：啊，民哲先生，你現在要去上班嗎？

民　哲：是的，詹姆斯先生。現在時間還很早，您今天很早上班呢。但您手上拿著的三明治是早餐嗎？

詹姆斯：是的，因為很早出門，所以在地鐵站附近的三明治店買了一次試試。民哲先生您吃過了嗎？

民　哲：還沒，為了要避開交通壅塞而早早出門，所以難以在家裡吃早餐。

詹姆斯：我也是那樣，不過最近人們真得忙是很忙的樣子，連用一塊麵包充當早餐的時間都沒有，所以老是沒吃早飯呢。但話說要好好吃東西才不會失去健康啊。

民哲：因此我是不管怎樣都會準備早餐來吃的那型。因為有配送早餐的業者，所以我不久前也向他們訂購來吃。它也能送到辦公室，所以各方面來看都很便利，最棒最重要的是能節省時間。

詹姆斯：噢，那是個好方法呢。既能縮短通勤時間，也不用為交通壅塞所苦，又能好好吃到早餐，真是一石三鳥啊。

3-2

金部長：嗯，王偉先生，週末發生了什麼事情嗎？因為你從星期一早上開始就一直在桌子前點頭打瞌睡……一週工作5天的上班制度，週末時應該可以好好休息才對啊。

王　偉：抱歉。但是我別說是好好休息了，因為週末也有喝酒的邀約，所以週一早上更加辛苦了。

金部長：也是啦，看報紙說有很多人不知道增多的空閒時間應該要做些什麼才好。但是也有很多人是好好地在活用時間的。那個營業部的朴代理每個週末都去拍照，總務部的尹志賢先生好像在學爵士舞的樣子。

王　偉：我又何嘗不想那麼做呢，但是因為朋友們每個週末都叫我一起喝一杯，所以就一直喝酒了。

金部長：王偉先生也去找些紮實地度過休閒時間的方法吧，我每個週末都和家人一起爬山，不只能轉換心情，也有了和兒子一起度過的時間，很棒啊。其實本來因為我很忙所以連臉都見不太到呢。

王　偉：應該要那樣做的。我正好也在想要不要從這週末起去看想看的戲劇或音樂劇。珍貴的休閒時間應該要過得更有價值，更有生產力才對。那樣的話，因一週的工作而疲累的身體也能再次充電。

3-4-1

衝動購物之神的時代

安致容 (音譯)

　　所有神明中最年輕的神是哪位呢？

　　正解是「衝動購物之神」，祂既是給予幸福的神，也是引導走向毀滅的邪惡之神。如果你不知道這個神的名字那真是萬幸，然而有時雖然不知道神的名字，但卻是衝動購物神信徒的例子也不在少數，因此不可掉以輕心。

　　衝動購物神是消費之神，可以說與商品的效

用或負擔其價錢的能力無關，引人像是著魔般地購買物品的神。父親為資本主義，母親為市場，居住地不定。衝動購物神主要率領女性信徒，但男性中也有不少人崇拜祂。

衝動購物神是「지르다（戳）」與「神」組合而成的新造語，可說是大量消費社會的精神支柱。網友以衝動購物神「下凡、降臨」來表現，活動舞台為世界各地，但主要經常在先進國家被目擊，在每個國家有不同名字，在韓國被稱為지름신。如酒或菸品般具有強烈中毒性，與無法購物、戒菸•酒時一樣，會因強烈的禁斷症狀而痛苦不已。因資訊技術發達而具有普遍存在的特性，當然，過去也曾有過與衝動購物神相似的二流神明存在。然而，若不管被衝動購物神再怎麼強力地引誘，都找不到「可以戳（生火）的地方」，那麼就無法實踐信仰。

現在讓我們假設衝動購物神搭著時光機回到過去吧，不用多久，逆向回到朝鮮時代末期就好。每個月5號舉行市集的地方，與村莊距離10餘里。偶爾會有路過的跑單幫商人或做臨時生意的人經過村莊，但也只是非常稀有的情況，帶來的物品中更沒什麼像樣的東西。所以衝動購物神除了迅速回到現代外別無他法。

百貨公司曾是過度消費的象徵，但現在並非只要迴避百貨公司就可以了，電視購物、網路購物也進入房中，形成極為有利衝動購物神降臨的環境。用流行語來說的話，神算是無所不在 (ubiquitous) 之神。因為這樣的普遍存在性，不論男女老少、貧富，每天每天都有無數現代人皈依於衝動購物神。

想當然，依據所得規模計較必要的優先順序，做出「合理消費」這件事，漸漸地失去了立足之地。這種衝動購物神的得勢，是因為社會上持續地鼓吹消費商品的欲望。在

電視購物業界，上午9~11點與下午5~7點為戰略時間，電視購物整體銷售的28%左右產生在這兩個時段。據分析，這是因為主婦們在丈夫與子女不在家的上午，以及子女回家前會熱衷於購物。

電視購物業者將這種主婦的購買型態反映在節目製作上，舉例來說，在結束廚房活打開電視的上午，會販賣熨斗或碗盤組等與生活相關的產品。鹿茸或人參雞湯、維他命等健康食品集中編排在下午5點前後，深深鑽研了主婦想到返家親人們的心理。與電視購物不同，網路購物在深夜的銷售額會大幅增加。

也有研究顯示購物不只會引起愉悅，因為引發快樂與不快感的大腦部位會同時活化。快樂與前面說明的一樣，不快感則被解釋為對購物所產生的金錢損失的反應。所謂與衝動購物神感應良好的體質，指的是在購物時，比起不快感，更能感受到快樂的人，就是個讓神降臨於身上的好底子。為了消除壓力或為了自身快樂而購物的人，甚至可能會自我安慰是自己主動自願的。

我們都知道，現代社會消費的是形象。以從世界的工廠中國中傾瀉而出的廉價產品為始，地球村的物產十分豐足。生產力水準已經達到即使負擔全人類所需都還有剩的程度。然而世界經濟基本上具有系統上的界限，所以在非洲餓死的人們看來只能繼續那樣活下去。

在韓國等達到充足與過剩狀態的國家中，適當且狀態合理的需求無法滿足供給狀態過量的企業。企業得到衝動購物神的幫助，鼓吹為了形象而消費，鼓吹為了消費而消費。事實上，根據數年前韓國消費者院的調查，調查對象的35.4%回答「即使不是真的必要，也會因為價格折扣或贈品而買下

東西」。

電視購物 TV 中總是表現出緊迫的氛圍，主持人總是用「這種價格，這種多樣化的組合，今天是最後一天，訂購不斷地蜂擁而入，動作不快點的話就會錯失機會。」的脅迫動搖人心。雖然明明知道這是常態性的話術，但如果是平常就已稍微有些購買意願的商品，那麼就很容易悄悄掉進商人的圈套。

「限量販賣」、「即將售完」、「訂購湧入」、「最後」「僅此一次」等，與衝動購物神的咒語一樣。根據某項調查顯示，電視購物 TV 觀眾有 60% 表示進行過衝動購買。網路購物雖然不像電視購物一樣緊迫，但自己一個人也可隨心消費這點，也被認為是個問題，特別是青少年可能會成為主要被害者，倍受憂慮。

（中略）

衝動購物神的時代會持續多久呢，即使不知道，現在祂的全盛期似乎也尚未開始的樣子。有一說是，在消費社會中只有兩種奴隸而已，一是中毒的俘虜，另一個則是羨慕的俘虜。

沒有第 3 條路了嗎？在 21 世紀可預測的期間內，能將地球村拴成一體的神，看起來除了衝動購物神外別無他者。社會除了學習與衝動購物神和平共存的方法外，沒有其他對策。雖然躲避不了，也難以享受，但即使沒有解答，也不能放棄想找到解答的努力，衝動購物神並不是給予救贖的唯一真神！

3-4-2

比錢更重要的事物

在以色列的一間托兒所，因為父母們未在約定好的時間內將託付的孩子們接走，因此所方正頭痛著。思考過後，托兒所一方決定對晚出現的父母收取罰金，但是開始收取罰金後，卻有意料不到的事情展開。本來期待晚出現的父母減少，

但實際上反而卻增加了。托兒所一方因為預測錯了人們的心理，而釀出了鬧劇。

這個世界上沒有人是喜歡繳納罰金的，因此開始收取罰金的話，可以預測父母會盡可能早點來托兒所接走孩子。從傳統的經濟理論觀點來看，這是個很像樣的推論。事實上我們看到的幾乎所有政策，都是將基礎建立在相同的理論上。也就是說，認為提供經濟的誘因可以讓人們的行動趨向一定方向。

那麼，那些父母為什麼在開始課徵罰金後，反而與之前相比更晚出現呢？不難打聽到那個背景：很明顯，因為他們覺得，只要繳納罰金的話，不管多晚出現都可以。之前晚出現的時候，會對托兒所的職員們感到非常抱歉，對於因為自己晚到所以無法下班必須等待的職員，可以輕易想像父母們好幾次鞠躬道歉的模樣。

但是引進罰金制度後，就沒有必要感到這種罪惡感了。自己的過失算是已經用罰金來支付其代價了。在引進罰金制度後，可以用更加輕鬆的心情晚出現在托兒所了。就像現在看的例子，經濟誘因作用在出乎意料方向上的事例，意外地很多。

在傳統的經濟理論中，假定人們連一分錢都小氣不願花。然而人們的心理並不那麼單純。不只在乎金錢的利益或損害，也認為此外其他層面很重要。現實上來看，面子、自尊心或罪惡感等非經濟的層面，可能會為人們行動帶來更大影響。

新自由主義改革現在成為韓國社會的話題，但在上述觀點下，則有重新評估的必要。前面例子中托兒所的罰金徵收過程，可視為與新自由主義改革相同脈絡的措施。指的是利用反映在經濟誘因上的人類屬性，將人們的行動誘導到一定方向上。給予工作懶惰的人處罰，另一方面給予認真工作的人獎賞，這種獎懲制度就是最好的例子。

不過在導入獎懲制度後，並不保證生產力一定會提升。把這個制度當作應急法來實施的話，反而可能會導致生產力低下的反效果。必須使人們來勁地工作，才能提高生產力，但是認真工作的話就能得到更多報酬，只靠這樣的約定是無法讓人們起勁的。反而極有可能像導入獎懲制度那樣，產生與托兒所徵收罰金相似的效果。

且獎懲制度的導入會引發公正性問題，也可能成為士氣低落的原因。在本文我們已經說明，必須要認為自己正受到公正的對待，才會出現想認真的工作的態度。不過人們認為公平的薪資，是與自己處在相似情況的人們拿到的薪資。若進公司的同期拿到的報酬比自己多兩倍之多，聽到這件事實的人，是不可能會起勁工作的。

行為經濟學理論讓我們思考新自由主義改革的許多事情，讓我們重新領悟到，將人類視為經濟性動物，以這樣單純的理論來對待該有多麼危險。問題的核心再怎麼說，都在於是否能讓自己對自身做的工作感到有價值，並能起勁工作。從這點來看，比起幾分錢，得到公平對待的感覺要來得更加重要。而使人能夠帶有自尊心，也是很重要的事。

❖ 第四課

4-1

王　偉：詹姆斯先生，你在網路上用的名稱既特別又親切呢。

詹姆斯：啊，你上次逛我的網站時看到了啊。一開始是韓國朋友們因為有趣而稱呼的別名，不知不覺間就變得親切了。

王　偉：是的，對我這種愛看 007 電影的人來說非常令人高興。不過我有極短暫地想過「真正韓國人龐德」到底是哪個國家的人呢。

詹姆斯：不是吧，您那樣想了啊？只是在和韓國朋友及網路上見面時輕鬆使用的名字罷了。

王　偉：原來是那樣。我光是公司信箱帳號、個人信箱帳號、朋友們在網站上用的帳號等就有四五個了，不過大概都是把數字跟文字結合後組成的。

詹姆斯：沒錯，我通常也是那樣，但只有在我自己的網頁上想要用特別一點的名字。

4-2

詹姆斯：最近因為科學的發達，之前連想像都想像不到的事情正漸漸變得可能。

王　偉：對吧？人們總是說未來以生命科學的發達，能選擇想要的遺傳因子生出客製化小孩、可以複製人類的世界將會到來。

詹姆斯：羊或牛已經在很久之前就有複製成功的例子了對吧？複製技術再更加成熟的話，人類會變得怎麼樣呢？

王　偉：應該可以使用複製技術進行器官移植，能輕易治好不治之症，壽命也會變長吧？會成為易於生活的世界。

詹姆斯：不過那種事情不是違背了自然的法則嗎？我認為，在享受科學與技術的發達帶給人類的福利後，也必須要去思考其副作用才行。因為如果沒有設立能追究是非的確切標準，可能會產生巨大的問題。

王　偉：我認為沒有必要全想得那麼負面，我更加地認為科學技術的發達對人類生活造成肯定的影響。

4-4-1

開羅

李熙秀（音譯）

金字塔與人面獅身像代表了紀元前 3000 年左右開始發達的埃及文明，以每年定期氾濫的尼羅河畔肥沃土地為中心，世界最強大的古代文明在埃及繁盛起來。首創太陽曆與優秀的測量術及天文學，在名為莎草紙 (papyrus) 的紙張上創造出象形文字使用，這樣的埃及文明被四周的沙漠與海洋孤立起來，長久時間未受到外敵侵擾，得以形成並保存獨特的文明。

我想起了某位考古學者的表白「人們能從 5000 年前的古代文明中學到的東西只有謙遜」。在濃濃黑暗密布的冬日清晨，我以肅然的心情抵達開羅。我放下行李，撩開高樓飯店的窗簾，流入市中心的尼羅河上，正開始升起日出。

埃及文明被稱為尼羅河的禮物，就算不借用希臘歷史家希羅多德的敘述，在國土的 97% 為沙漠的埃及，也能輕易切身感受到尼羅河的絕對性。

在衣索比亞高原上以及維多利亞湖中，由南到北流經非洲 6000km 的尼羅河，其河口創造出的最後一個禮物，就是開羅。以開羅為中心，開展出金字塔時代的古王國首都孟非斯，以及太陽神「拉 (Ra)」信仰的發源地赫里奧波里斯。這麼看來，開羅一帶正是古代文明的搖籃，算是正式地開墾出「文化」這個人類最古老產物的實驗地。

反射在尼羅河蕩漾水波的陽光間，遠方吉薩的新金字塔與以金字塔守護神而聞名的人面獅身獸，隱約呈現出兄弟般的模樣。太陽對古埃及人來說有著特別的意義。它從黑暗與絕望中帶來的神聖光明是約定好的希望，是尼羅河豐饒的貴重恩寵。因此，在荒涼俗世中崇尚光芒的埃及人，將人面獅身獸這個巨大的石雕獻給了太陽神。越

過沙漠的地平線堅定地照射來的第一道陽光，準確地照亮了人面獅身像的雙眼，發現這點後，我領悟到人面獅身獸並不是金字塔的守護神。比金字塔還要再更久以前就已建造出的人面獅身獸，是古代埃及人燃燒對光芒的熱情後做出的信仰作品。埃及王族的墳墓─如同金字塔為了收回死去生命而坐落在尼羅河西岸，人面獅身像為了迎接再次誕生的生命而擺放在面向東邊的位置。如同消失到地平線之下的太陽再次上升到高空中一般，人類也不會死亡，而會復活，會升天前往靈魂的世界，繼續今生的生活。在無法理解的神秘與 5000 年的時間洪流前，我一時說不出話來。

〈中略〉

在開羅的吉薩，象徵埃及文明的三個金字塔整齊地坐落在人面獅身獸前。東西南北方向的四面體金字塔，是古代埃及的絕對君主─法老王的墳墓，根據大小分別是胡夫、卡夫拉、孟卡拉的金字塔，建造於 4500 年前。據說金字塔的建造動員了 20 萬名的工人，耗時 20 年才完成。並有與其相應的勞動力所必須的道路建設、附屬設施等。金字塔一面的長度為 250m，高度為 170m，使用了 600 萬噸的石頭，站在這個連幾公分的誤差都不允許的完美建造物前，我花了幾個小時思考人類智慧及超越性的課題。

〈中略〉

今日在開羅，有著象徵阿拉伯征服埃及的阿幕爾清真寺 (Mosque of Amr Ebn El Aas)，以及東方基督教其中一派的科普特正教會，在伊斯蘭地區有世界最初的大學─艾資哈爾大學，被傳統的阿拉伯氛圍支配。在奧斯曼時代的代表寺廟─穆罕默德阿里清真寺 (Mohammed Ali Mosque) 中，宣告日落禮拜的可蘭經朗誦開始時，埃及人們向阿拉真神敬拜，阿拉取代了太陽神「拉」。來不及進寺廟坐定的銀製手工藝品店主人，在自家店面一角鋪了禮拜用的墊子。在將「拉」形象化後精心製作出的銀製圓盤前，店主人雙手朝向

天空，向阿拉祈願著。然而在他虔誠的祈禱中，身為超越者及絕對者的阿拉已經與太陽神「拉」合而為一了。

開羅是埃及文明的搖籃，也是連結過去與現在的歷史橋梁。然而 5000 年前在莎草紙上凜凜紀錄偉大歷史與神話的埃及人，今日大部分卻是文盲，臨摹莎草紙上不明意義的象形文字，謀求生計。預測尼羅河氾濫的傑出測量術、天文學以及灌溉技術，現在由亞斯文水壩取而代之進行連結。歷史不一定只會向前前進，這件事我頓時在開羅感受到了。

愚人的憨直讓世界稍微改變了一些

申榮福

今天在忠清北道丹陽郡永春面的溫達山城裡寄了明信片。此處溫達山城是個外圍不過只有 683 公尺的小小山城。然而四面陡峭的山峰像箍圈一般圍繞住山城，遠遠看起來恰好酷似頭上綁著頭巾的戰士。光是這副光景就展現出了毅然決然的意志，是個不允許輕易接近的城。不過，它朝著村莊方向小心地敞開前襟，騰出了一條通往山城的路。到達山腰時，有個名為思慕亭的小小亭子，據說戰死的溫達將軍的棺木移不開地面，平岡公主奔來以眼淚哄勸才帶走將軍，而這裡就是那個地方。是尋訪這個山城的人們與平岡公主相遇的地方。我從思慕亭起到山城為止的剩下路程，平岡公主都與我一同向上。

溫達山城下方與南漢江成背水之陣，虎視遠處小白山脈，馬上就能發現，它並不是在狀況緊急時保護百姓的城，而是為了收復被新羅奪去的土地的前哨基地。即使沒有瞭望台，也能一眼將敵兵的動靜俯視清楚。溫達在收復鳥嶺與竹嶺西側土地之前不回到祖國的決意，現在都還能感受得到。我望著小白山脈，頓時想到了你對新羅的三國統一感到不滿的話語。想到你說統一即是更加擴大，但決定將大同江以北的土地讓給唐朝後取得的統一，卻是國土變得更小，這樣來看，這並不是統一，也許只是喪失了廣闊的遠東原野。這種喪失感加上溫達與平岡公主悲痛的愛情故事，讓尋訪這座山城的我感到極為淒涼孤寂。

溫達與平岡公主的故事在史料中被論及，在當時的社會性、經濟性變化過程中，那是個變得富有的平民階層，其身分得以上升的社會變動期。且「笨蛋溫達」的別名，事實上也被分析，是因為支配階級對出身卑賤的溫達抱有輕蔑與警戒心，才捏造出這樣一個名稱。

溫達將軍與平岡公主的故事由許多人經長久歲月一同創造流傳下來，我是相信的。因為我認為，比起某些實證過的史實，這個故事更準確地反映出了當時的情緒。因為平岡公主超越了頑固的身分高牆，選擇了出身卑微的笨蛋溫達，在她的果斷中，以及終於起身成為英勇將帥的平岡公主的自發生活中，反映出了民眾的希望與言語。我想，這正是溫達故事沒有以一個被當代社會理念埋沒的農村青年的故事結束的緣故。人類最偉大的可能性，是在像這樣超越過去，越過社會的高牆，最終超越自己的飛躍當中。

我與平岡公主一起走到溫達山城的途中，一直想到在尋找「有能力且讓人覺得舒適的人」的你。無法拋棄「仙杜瑞拉的夢」的你焦急著。在現代社會中受到評價的能力，只是忽視人類品性的「競爭能力」。那是讓其他人掉隊與挫折後才得到的東西，用

Y O N S E I K O R E A N S 5

一句話來說就像隱藏的刀子一樣，非常地無情。我們必須去思索，我們想安居在那種能力中的冀望，究竟有著怎樣的真相呢。

你一定記得，你先說過，世界上的人分成賢明的人與愚笨的人。賢明的人是讓自己好好配合世界的人，相反地，愚笨的人是簡直笨到世界都想陪合他的人。然而矛盾的是，世界因為這些愚笨人們的憨直而稍微變得好了一點，我認為不應該忘記這件事。憨直的愚蠢，這正是智慧與賢明的基礎，也是內容。

「舒適」也是必須警戒的對象，因為舒適是不流動的江水。「不適」則是流動的江水，流動的江水是含有眾多聲音與風景於其中的回憶之水，不論去到哪裡都是不眠的希望之水。

你說，平岡公主的生活無法跨越丈夫的男人當家界限，但活著就是拯救，是生。且因為你不是公主，所以雖然無法成為平岡公主，但「生」指的是「心意的生活」，也可以說是與世俗的成就無關。在這點上，我認為平岡公主的故事不只是一個女人的愛情訊息，而是超越其上的「人生的訊息」。

我希望你有一天能夠來到這座山城，在南漢江青翠的河灣不變地環繞流動了千年歲月的這個山城中，希望你與平岡公主相遇。

❖ 第五課

5-1

瑪麗亞：你為什麼生這麼大的氣？

美　善：我剛剛去了一趟洗衣店，你看這個，毛衣的一邊變長，另一邊縮短了不是嗎？我就是想穿也變得不能穿了，店主還說沒關係。

瑪麗亞：我看看，真的欸，這邊右邊袖子比較長呢。

美　善：對吧！用眼睛一看就出現很明確的差異了，店主還說不太明顯。

瑪麗亞：你沒有跟他要求賠償嗎？

美　善：我要求了啊，然後他就拒絕賠償，一句道歉也沒有，哎我真是！

瑪麗亞：那，向消費者保護院檢舉吧，最近因為有消費者保護院，所以在這種受損害的情況下，也能拿到損害賠償不是嗎。

美　善：我現在也正在想要不要去檢舉他。

5-2

民　哲：完蛋了，紅利全都飛了。

美　善：那是什麼意思？你該不會是把紅利獎金拿去買股票了吧？

民　哲：其實我沒有跟美善小姐你說過，因為金代理說他大大獲利，所以我也試了一次看看，誰知道會變成這樣？

美　善：你就這樣別人說什麼就盲從嗎？用想要撈一把的心去做是投機，哪是什麼投資呢？

民　哲：還不是因為金代理總是說等再稍微上升一點就賣掉才這樣，應該要在股價如膝蓋般低的時候買進，升到肩膀高的時候賣出才對，但因為股價突然間下跌所以……哎呀，真是，不要那麼貪心就好了。

美　善：投資股票風險負擔不大嗎？就算要花好幾年，一分兩分錢地用自己的力量存錢，心裡會比較輕鬆的樣子呢。

民　哲：美善小姐似乎把股票想得太負面了，像最近銀行利息低的時候，就應該要投資股票。也有人說投資股票能幫助活化國家經濟或企業經濟呢。

美　善：這誰不知道呢？問題是未帶有長期目光或計畫的投資，把股票投資變得成像是什麼彩卷一樣，總之先買看看再說，才會讓我這樣想的。

視線的差異

不同文化中人與人的距離皆不同。如果東洋人與西洋人見面互相聊天的話，會發生很尷尬的狀況。一直待在日本的岳父大人造訪德國，在與德國人打招呼時發生了一些故事。岳父大人為了表現出親密感，緊緊地靠得離對方很近，這時德國人會做出尷尬的表情並總是往後退步。這是因為在談話時覺得舒適的距離感互相不同，美國人與墨西哥人之間也經常發生這種事。

文化差異經常由距離表現出來，到歐洲旅遊時發現，經常會看到去自助旅遊的韓國女性們感情深厚地牽著手逛街的模樣。雖然在韓國這會被看作兩人互為朋友關係，但在歐洲這麼做的話，就與表示「我們是女同志」無異。在韓國，經常能看到男人們喝了酒後互相手勾手或勾肩搭背行走的情況，但在西歐，這麼做的男人通常會被認為是 gay。

韓國的遊客在旅行時經常會發生失誤，覺得坐在嬰兒車裡的西洋小孩可愛，而走近做出微笑或摸摸他的頭。如果是在韓國，爸媽會覺得是在稱讚我的小孩而覺得開心，但西洋人對於陌生人關注自己的小孩卻容易覺得不快。雖然也有人會將這種東洋人的行動視為文化差異而不追究，但大致上西洋人不是太喜歡陌生人接近自己孩子的。

一般來說，個人主義發達的西歐人會盡可能與他人維持距離。舉例來說，某個住在同一棟公寓裡的人開了派對，而在深夜發出噪音的話，若是韓國人，會就那樣忍忍，或是直接找到對方家去請他們安靜一點。但這種情況若在德國，門鈴響了打開門時，通常門口站的會是警察。意味著不想硬是面對面說出不愉快的話。雖然這樣明顯比較方便舒服，但就稍微沒有人情味。

在去突尼西亞時，我在某個遺跡前買了一條阿拉伯人戴的頭巾，戴在我四歲的孩子頭上，和我們走在同一個方向的一名突尼西亞女性磨磨蹭蹭地看了看我們眼色，突然彎下腰在我家孩子的臉上親了親然後離開。對於別人以這種方式縮短距離靠近，我們反而感受到真正的人情味。西歐人就不太一樣。看了旅遊書後發現，上面寫著「當地人接近小孩並撫摸小孩也請不要驚訝」。

與此相似的經驗偶爾也會在韓國發生。某個寒冷的冬日，我把孩子用吊帶綁著抱著走路，結果一位奶奶跑過來說「欸，會感冒的」，然後幫我把外套的拉鍊拉上。在一陣慌亂中被罵了「哎，好好養好孩子啊」，旁邊我的老婆噗哧笑了出來。這是在日本絕不可能發生的荒唐事件，但老婆說這種文化非常棒。因為是奶奶才這樣啊，年輕世代是不會這麼做的，這種情況消失是很可惜的事。

使用文氏圖來表現的話，在西歐，個人間的關係可用互相接觸的圓表示。互相接觸的圓之間只有一個共同的接觸點，相反的，在共同體情緒強烈的東方，圓與圓經常互相重疊，形成交集。這個交疊的部分也成為了人情味的根源。不過在該交集中，也出現了干涉別人的穿著、責罵抽菸的女子，或出現對在開放空間表現愛情的人們露骨地展現出反感的權利。

對他人生活的過度關心也是從這個地方開始的。留學中一大早在宿舍慢跑時，某個認識的留學生與他的女朋友一起從房間裡出來，我本來打算說聲「嗨」然後就經過，但卻被叫住了。說是女朋友為了拿昨天沒拿走的東西，而一大早順路過來拿一下而已。但那天他們有一起睡還是沒有一起睡，根本不是值得我關心的事。即使如此他們還是覺得

有必要向我說明清楚。也許是那個交集處一直掛在他們心中吧。

在韓國生活後發現，會從周圍聽到許多不請自來的建言。「找人嫁了吧！」、「娶個老婆吧！」之類的話是基本的，甚至還會聽到「再多生一個吧」這種話。看起來雖然是濃濃的「人情味之愛」的表現，但從不同角度來看卻是「人格的干涉」。此時若徒然說出「不要干涉別人的事」，馬上就會聽到「我們是別人嗎？」的不滿抱怨。每當這種時候，因為必須要說明「別人（남）」這個單字帶有的兩種不同意義，疲憊便會隨之而來。

文氏圖的交集意味著周遭人們對自己下的決定的干涉權利，也意味著周圍的人對我的生活說三道四的資格，並意味著我做的行動被周圍人們眼睛監視的權限。值得慶幸的一點是，我讓步給別人多少權力，別人就必須對我讓步同樣份量的權利。我們經常聽到「世界，並不是只有你獨自一人活著」，這句話正堅決地表明了此原則。

5-4-2
韓國人的關係締結

人們主要與誰變得親近呢？在我們的日常中，雖然會與各式各樣的人相遇，但並非會與全部人成為親近的關係。與見過一次的人繼續進行關係，或是使該關係進行到某種程度等，是各種因素下的複雜結果。根據觀察，主要與誰變得親近、見面後主要做什麼等，在各個不同文化圈中有著有趣的差異。對交情關係的進行影響最大的要因，可視為當事人帶有的能力或魅力等個人因素，以及兩人間的關聯。

在個人主義的文化圈中，左右友情關係成立的重要資產為個人能力、魅力、口才一類，人們之間的交際容易根據自己對對方帶有屬性的評價而成。認為對方是有魅力的，或帶有有能力的

印象時，會帶著好感接近對方，隨著這種印象來往，親疏關係就會進行。因此他們受到的教育是，有必要將自己是值得交往的人這點展現給他人知道，且要給初次見面的人好印象。因此，美國人不論是誰都會親近地接近，與各種人結交友好關係。逛過美國中小都市中公園的韓國人，因為不習慣迎面而來的人們傳來的問候語或微笑，所以經常會誤會對方對自己帶有特別的好感，然而這只是誤會。

因為對人的評價以外貌、個性、天賦等比較外顯性的特性為基礎而成，因此若這些特性較劣等的人，會在人際關係上感到較大困難，因此為了改善人際關係上，現在有各種課程在開發經營中。這種課程通常教導人如何較不會害羞、如何才能管理印象，或是訓練口才，增進對對方的感受性的方法等，大部分與關係的技巧開發有關。由此來看，印象評價與管理被當作西洋發達的社會心理學的重要主題，對其的研究早就已經開始這點，不能視為偶然。

然而，韓國社會中在與人們締結關係時，比起當事者間蓄意的努力或魅力，更加受到關係與緣分的影響。從以前開始就以農耕社會過著定居生活的大韓民族，與村莊外的人們友好地相遇的機會少，幾乎所有的相遇，都是與住在同一個村子的人間的持續性相遇。因此比起與陌生人間的交流方式，與同村莊間人們的交流方式更加發達。這般長久的文化軌跡，也出現在今日的工業社會中，兩個人如果是同鄉或同學，或是住在同一個鄰里等，這些都對關係的持續有著很大的影響。若是發現了這類因素的共同點，會覺得雙方的見面更加開心，並經常使用緣分一詞來表現。觀察我們社會中初次見面認識者之間的對話內容，就能更明顯地看出這種傾向。我們在初次見面時，經常表現出尋找可以連結兩人者的行為。根據就讀的學校、血緣、地緣等，動員的人力也變得活潑，於此成功時，關係也進行得更加

順暢。這樣的現象不管是正式的還是非正式的，全都出現在見面中，且特別是有人想要拜託些什麼時，會為了解這種人脈動員帶有的力量而更努力。

為什麼會出現這種現象呢？這是因為在韓國社會中，認識的關係 (我們) 與不認識的關係 (別人) 的交流形式呈現出很大的差異。韓國人會將他人區分為「我們」或「他們」，這裡的「他們」與其說是中立的存在，不如說較會被看作是競爭的、牽扯到負面情緒的他人。因此人們會想將不認識的關係轉換成認識的關係。在認識的關係中，雙方使用「我們」的稱呼，成為得以感受到情感的關係。也就是說，對認識的人與不認識的人，各自有不同的行動規範。在社會上，若是有關係的人，則會將見面帶向助長「情」形成的方向，比起成員每個人的個別行為，強化「我們」感覺的集團行為更被視為理所當然。這可以從以下幾個好例子中看出：在餐飲店中，雖然是各自點餐的，但會放在中間一起舀來吃，結帳時，比起按照各自吃的量分著出錢，更常是一兩個人付清全部帳的型態等。而另外一個例子是，在許多人湊在一起玩耍時，比起分成兩三個人一組聊天，更會變成全部一起圍圈坐下唱歌享樂的型態。

在韓國社會中，重要的對人關係並非只是與認識的人之間的關係，而是與因人際關係而連結起的內集團成員間的關係。這並不是不滿意就可以斷絕的關係，而是在因人際關係而連結的共同生活空間中，維持持續的關係，且互相給予名為「情」的心理資源，以及累積情感的交流。

6-1

民　哲：聽說您昨天去了釜山國際電影節對吧？

詹姆斯：是的，久違地接觸了各國的各種電影。從參與國家或出品的作品水準來看，釜山電影節現在似乎已經擠身世界級電影節了。

民　哲：真羨慕你——觀覽了最近的電影呢，有什麼有特色的東西會吸引你目光的嗎？

詹姆斯：用一句話來說，似乎可以將最近的潮流說成是傳統的現代化。有趣的素材穿梭於時代與體裁間，被做出與眾不同的操作。

民　哲：沒錯，小說《春香傳》除了電影以外也被做成了音樂劇與連續劇。過去或現在受到大眾喜愛的素材似乎果然有著不變的生命力。

詹姆斯：是的，因此我在想下次要不要以於現代大眾文學中發現過去與現代，以及漫畫或電影等題材間的交流為企劃來寫報導。在外國人中很有人氣的《亂打》也是把四物農樂的節拍放到戲劇舞台上的不是嗎？

6-2

英　秀：觀賞韓國傳統舞蹈的感想如何？與理惠你國家的舞有點不同吧？

理　惠：是呢，因為和我們國家相近，所以本來以為舞蹈會相似的，但差很多呢。

英　秀：我最喜歡不久前看的太平舞，理惠你呢？

理　惠：似乎有些緩慢但同時動作既大且優

雅，與韓服的曲線美非常相搭的感覺。該說是橫跨時間與空間的留白之美嗎？不過比起太平舞，我更中意四物農樂。

英　秀：啊，四物農樂嗎？觀眾們也能一起聳肩邊享受所以很棒吧。

理　惠：是的，非常令人印象深刻。快速敲打長鼓或小鑼的來勁身姿，展現出韓國傳統藝術生機勃勃的一面的樣子。不過，這次四物農樂演奏者們是穿著改良韓服出場的呢。

英　秀：最近傳統藝術也不會只執著於過去，而是大加致力於使其現代化或大眾化。事實上，如果無法走近民眾的話，固守傳統又有什麼意義呢？

理　惠：我更喜歡過去原本的模樣，我也會想，大眾化或現代化怎樣的雖然重要，但將傳統原原本本地保存起來這件事更加重要。

`6-4-1`

男人的話，女人的話

河智賢（音譯）

〈女性發語詞〉

女性在使用語言時，也會採用安靜且賢淑的姿態，比起正面站出來，可以說在後方照料的姿態更被當成美德。這種女性語言的特徵經常被稱為女性特有語。顯然女性的話語具有顯著特徵，得以被分類並賦予女性語的名稱。

在國語中（此處指韓文）也對女性語及女性發語詞的特徵進行了研究。女性在音韻性特徵上可舉出兩個例子，第一，女性比男性更常使用硬音，舉例來說，有將「다른 거」發音成「따른 거」、「작다」發音成「짝다」、「조금」發音成「쪼끔」的傾向。第二，女性語當中經常出現「添加」的現象，如「요걸로（요거로）」、

「안 올래다가（안 올려다가）」、「아라볼라구（알아보려고）」等例子。第三，在語調抑揚上有所差異。在平述句時，男性傾向使用短且急促的下降語調來結尾，而相反地，女性多少會傾向描繪出長且緩慢溫柔的抑揚曲線，且有時候也會使用疑問法中的上升語調。而在有疑問詞的疑問句時，典型的結尾使用下降語調，但在女性語中，結尾多少呈現出提高的傾向。

在文法、談話性中也有特徵被指出，第一，女性善辯這點可能是個偏見。男性也被指出有更加善辯的傾向，越是男女混合的團體，女性就越沉默，而越是親密的對話，女性就越善辯。

第二，男性會打斷女性的話或主導話題，或邊維持沉默邊支配對話，且追求競爭性的對話。然而女性會說「嗯，是啊，對阿（응 , 그래 , 맞아）」之類的附和對方，或是展現出支援對方對話的反應，傾向追求相互合作的對話。於此，女性大幅呈現出與聽話者的話語感同身受的傾向。舉例來說，女性會表現出「然後呢？所以呢？（그래서？ 그런데？）」等關心對方話題的表現，或「就是說啊，當然（그러게 말야 , 그럼）」等表現出與對方同感，或「居然那樣，嘖嘖，怎麼辦？（저런 , 쯧쯧 , 어쩌나？」等同情的表現，以及「哎呀！真的？（어머! , 정말？）」等驚訝的表現。

第三，女性傾向運用猶豫或沒自信般的語氣。這被解釋為曖昧態度的表現或推卸責任。比如說「你把我的腳踏車弄壞了啊，是那樣吧？（너 내 자전거 망가뜨렸구나 , 그렇지？）」這樣的附加疑問句，或是「글쎄요 , 몰라요 ,-하더라고요 ,- 거 같아요」等模糊的表現，「- 지 뭐 ,- 잖아요？」等也屬於此例。

第四，女性比男性更常稱讚，主要對外貌、衣服、裝飾等的直白稱讚較多。與此相反，男性的稱讚較稀少，稱讚的時候也侷限在對方的才華、能力程度等。而表現也傾向「哎呦，挺像樣

的嘛」這種戲謔迂迴的說法。

第五，女性比男性傾向使用恭謙的表現。舉例來說，使用如「- 해 주 시 지 않겠어요?,- 해주세요」般謙遜的勸誘表現、使用해요체，或使用上升語調的平述句等，這些都是女性特有的謙遜法。

女性使用的詞彙也有特徵。第一，女性比男性更常使用縮寫型態的詞彙。比如說「그렇지」表現成「그치」、「그런데」表現成「근데」、「어쩌면」表現成「어쩜」、「-지요」表現成「- 죠」、「- 지 않아요」表現成「- 잖아요」等情況。

第二，女性在使用指示詞時，傾向使用有小巧可愛語感的詞彙。經常將「이것, 그것, 저것」表現成「요것, 고것, 조것」、「여기, 거기, 저기」表現成「요기, 고기, 조기」、「이게, 그게, 저게」表現成「요게, 고게, 조게」等。

第三，與男性相比，女性明顯地經常使用感嘆詞或感嘆句。女性經常使用的感嘆詞例如「어머나, 어머, 어머머, 어쩜, 아이, 아이참, 흥, 피이치」等。而女性也大量使用「좀, 아마, 너무너무, 정말, 사實, 굉장히, 아주, 무지무지, 막, 참」等表達感性的副詞。

〈男女間的對話〉

在其他方面的觀察中也發現，在語言使用上女性一方更加安靜。一個研究分析了 The New Yoker 的漫畫，測量男女在語言使用上的差異，發現男性比女性多講了兩倍的話。且在主題上也有差異，男性主要談論關於事業、政治、法律、稅金、運動等，女性們則與社會生活、書、飲食、生活上等相關。

據了解，男性與女性聚在同一處聊天時，也出現了幾種有趣的差異。在一系列的研究中 (Zimmerman and West1975, West and Zimmerman1977,1983)，測量了在別人說話中途打斷對方的次數，於互相認識的人聚在一起聊天的場合中，依照性別調查打斷搶話的情形。結果，在同性中有 7 次，男性打斷女性的話有 46 次，女性打斷男性的話則有 2 次。這是因為男性不讓女性的話繼續所產生的現象。

在實驗室條件下，令互相不認識的人之間聊天時，也會產生與此相似的現象。在一個研究中，讓互相不認識的男女大學生隨機配對，透過掛在脖子上的麥克風聊天，觀察打斷談話現象的實驗，也出現了相似結果。雖然不想對陌生人做出無理的舉動，所以努力地克制打斷話語的舉動，但結果在總共 28 次的打斷中，有 21 次是男學生做出的。

而測量話與話之間空白時間的結果也顯示出差異。實驗測量一個人的話結束到下一個人的話開始前的空白時間，結果前面的人是女生，後面的人是男生時，空白時間會更長。

打斷談話跟空白所呈現出的現象，意味著不管在何種情況下，男性都意欲掌握對話的主導權。即使要打斷談話，也要使主題回到自己想講的這邊，放很久的空白結果也被解釋為了掌握主導權而進行的策略。想要迎合別人的話時，不用留空白，只要輕鬆附和幾句話就可以了，但自己想掌握主導權的話，作為其準備時間，空白就不得不變長了。

而在其他研究 (Fishman 1980,983) 中對三對夫婦的對話錄音進行分析，綜和提問的次數後發現，女性為 263 次，男性為 107 次。提問是喚起注意的一種手段，也是附和別人的一種方式，總之都是幫助話題進行的輔助方法。女性經常提問，意味著想要守護自己的輔助性位置，讓我們再次確認了至今所看到的女性特徵。

這個研究中也一併調查了話題從頭一直

持續到結束為止的個數，男性所提出的 28 個話題全都持續到了最後為止，但女性提出的 45 個話題中，只有 17 個持續到最後。這意味著，女性認真地在幫助男性的對話，但相反地，男性不只不協助女性的話題，有時候還會積極地加以阻撓。

從以上結果看來，在男女間的對話中，站在第 1 線想掌握主導權的男性態度，與站在第 2 線欲扮演輔助角色的女性態度，都是相當一般化的現象，隨處可發現，且也可視為，性別不同造成的語言差異佔了很重要的一塊分量。

6-4-2

帶有關心與愛的疑問讓溝通更順利

帶著真正的關心詢問吧

為了做出對詢問者或聽者都有益的好詢問，以打動彼此真心，必須要熟知下列事項。第一點，抱有對對方的真正關心，真心地想瞭解對方的態度。

有人說評論與指責的差異在有愛還是沒愛，若是沒有愛地說出對方的缺失時，就只不過是在指責，但帶著愛意真誠直言的話，就會成為評論。

詢問也是一樣的，不管拋出了多麼精準又感人肺腑的、觸動傷處的詢問，只要知道是因為有著真正的關心與愛情，所以才這麼做，那麼反而會變得令人感謝。

為了讓對方理解到詢問中帶有愛與關心，首先把對方的話聽到底是很重要的。接下來在他尚未想到的其他部分上，對現在的問題提出疑問。並以自己如果處於這個情況時會怎麼辦的觀點，理解對方的情況，在理解後對納悶的地方、漏掉的地方提出疑問。

在丟出自深深同感的疑問時，該疑問會得到一口氣滲透進對方內心的能量。透過同感能

暫時進入對方心中一窺究竟，並在理解對方內心的同時，自己內在的心靈與對方的心靈將合而為一。經歷兩顆心融合的過程，就能看見對方的問題，裡頭含有自己的觀點與經驗。這將成為尋找嶄新觀點與解決方法的契機。

當對方無法獨自解決問題，每次只能得出一模一樣的沉悶結論，陷入像跑滾輪的松鼠般徘徊打轉的惡性循環時，像這樣帶有愛的疑問能夠打破迴圈。最好的疑問是，能替聽到疑問的人先想出他未曾想到的事物，並打通出口使其能獨自找到解答、爽快萬分。

回答中也需要體貼

與好的詢問相同，好的回答也很重要。為此，首先要將疑問聽完。不管是再怎樣顯而易見的疑問，也必須要努力不輕易地下結論。這是表現出自己對該疑問有所關注的第一個階段。

然後，不管收到聽起來多像笨蛋，且與現在的情況不合的疑問，首先還是要將心淨空。以改變立場且肯定的態度，站在對方的立場思考「他為什麼要現在在這裡提出這種疑問呢？」若無法有意識地做出這種努力，那麼便無法看破對方的心思，且會有自動做出「這不是笨蛋嗎」反應的危險。

必須要站在對方的立場，把握他的意圖後，先將他的疑問以自己的方式整理過，再次詢問自己，以明確地確認疑問的內容與意圖。之後以自己的方式，在當下可能水準上做出整理後的答覆，若能提出實際的對策更好。

所有的疑問中都含有提問者自己的回答。且有許多情況是，疑問是為了從別人口中聽到自己想到的答案，而問看看的確認程序。即使自己沒有意識到那個答案也是一樣。

一次好的疑問與回答往來，比十句珠璣般的說教或說服更具有強大力量。並且會增加溝通的信任。增進對方的信任，表現出對對方的真心關

懷，成為確認雙方身在同一個圈圈的優良道路。

「好的疑問力量強大」

今天一整天你做出了幾次疑問呢？請數一次看看吧，你會發現有意義的疑問次數比想像中來得少。

❖ 第七課

7-1

王　偉：貞熙小姐是獨生女，家也在首爾，為什麼要住在下宿呢？

貞　熙：因為工作地點遠的關係。要從家裡通勤的話上下班時間很辛苦，要全家人一起搬家的話也不容易，所以就只有我自己搬出來住了。怎麼了？很奇怪嗎？

王　偉：不是的，與其說奇怪，是因為聽說在韓國，即使已經成人了，在結婚前與父母同住也是很一般的。

貞　熙：不過最近變得很不一樣了。也有很多人在結婚前就獨立了，家庭的型態也變得很不同的樣子，因為甚至連1人家庭也必須被認可為家庭的一種型態了。

王　偉：這樣看來，獨居的年輕人也很多呢。聽說韓國在過節時通常會回故鄉和家人團聚，最近不這樣嗎？在最近這樣低出生率時代，子女獨立後家人間想要見上一面也很難的樣子。

貞　熙：哪有這種道理呢？像逆向省親或在家祭祀等過節新面貌，也是為了聚集親人而想出來的方法不是嗎？就算獨自生活的年輕人變多，且家族主義的價值觀變弱了，也無法否定家族的重要性。

7-2

詹姆斯：你穿了黑色套裝呢，是要去哪裡嗎？

英秀：是的，聽到朋友的爸爸過世的消息，所以去弔唁回來了。因為有著同樣的心情，所以本來想要熬夜跟到墓地為止，但最近研究所的事情實在多到非常緊繃，所以…。

詹姆斯：通常朋友的父母過世的話都會跟到墓地為止嗎？

英秀：不是，沒有一定要那樣，但因為他在生前是對我極好的一位長輩。不過弔唁者真的非常多呢。

詹姆斯：弔唁者多的話家人在辦喪事時會很辛苦的樣子。

英秀：最近所有的葬禮程序都會交付給葬禮會場，所以看起來還算輕鬆。

詹姆斯：和傳統的葬禮相比氛圍應該多少有些不同吧。是說，去到葬禮時，要怎麼向家人們表現哀悼之意，我對這有點好奇，要怎麼做才行呢？

英秀：空手進去行禮或默哀後，對站在旁邊的遺族說「祈求逝者冥福」，不說任何話只行禮打招呼也可以。

7-4-1

超越自私的遺傳基因

都正一：

我們的對談中有兩個核心話題，「人類本性」與「人類行動」。也就是生物學談的人類本性論及行動論，以及人文學所思考的人類觀。在人文學中事實上沒有統一的人類觀之類的東西。人文學關心的，是盡可能地敞開大門，讓各種探索、說明、說服百家爭鳴地出來。當然這裡也包含了生物學上的洞察。因此我總是這麼說，今日人文學的人類

論不參酌生物學的發現是不可能的。

　　舉例來說，組織性的「語言」事實上是區分人類與動物的巨大分水嶺，但語言這個東西並不完全只是文化上的產物。可以說話的能力本身並非文化的產物，而是生物學所賦予的能力。下巴的模樣、牙齒、舌頭的構造只要稍有不同，人類就無法發展出語言。因此可說話的能力本身是生物學所賦予的。然而在這與生俱來的普遍能力之上，人類發展出的語言模樣卻是天差地別，因此世界上有 6000 種以上的各式語言。包含滅亡的語言在內的話，人類創造出的語言有 1 萬種以上。我想，領養的情況應該也另外有著生物學的根據與文化上的根據不是嗎。

崔在天：

　　但是也有這樣的觀點，是我想了很久的。就像領養這件事一樣，顯眼突出的行動也是稀少的。明明是美國人，卻帶著東洋的孩子行動並對他很好時，這用不好的話來講，就是展示效果極佳的行動吧。

都正一：

　　是社會認可的效果吧。也有稅金減免或各種特惠之類的。

崔在天：

　　是的，正是社會認可的效果。

都正一：

　　領養有時候是「顯眼的」行動，但有時候是文化上的「順應」。假設有某個教會共同體，在那裡收養被讚美為「美德」好了。那麼從那個教會出來的人們，若遵從自己共同體的規範，既會得到稱讚，在社會活動上也會更加有利，因此雖然心裡不情願，也可能會站出來說「唉，我也帶

個韓國小孩來養好了」。這種情況就不是與眾不同的行動，反而是順應了。

　　在社會學中，談到「他人指向的」還是「外向的」時，就與這相符。「因為別人做了所以我也做」。那樣的話，也會有所謂「內向型」行動，與別人怎麼行動無關，跟從自己的信念與價值觀進行領養。這種情況下，大概在別人眼裡看起來也很「顯眼」吧。然而內向型的行動受到外部的影響較少，因此即使周邊環境有變化，也始終會挺立不搖；外向型的行動若來自外部的認同、稱頌、利益等事物產生變化，則可能會虐待孩童或再次拋棄他們。這種情況下，虐待並非生物學的、本能上的，而依舊是文化上的態度變化啊。

崔在天：

　　若細數社會生物學中的大主流，當然從達爾文的理論出發的是社會生物學，再來就是漢彌爾頓的親屬選擇（Kin selection）理論。這個理論說明「共有遺傳基因的事物間，會互相幫助且產生社會行動」。那麼在遺傳上互相沒有關係的客體間，就會產生利他主義行動怎麼進化的問題了。因此出現了泰弗士的互利 (Reciprocal altruism) 理論。

　　比如說，我們捐血後會想說出自己捐了血這件事而嘴癢，是因為期待得到「我是個懂得捐血給別人的人」這樣的評價。當然這不是經過計算才那麼做的。從這觀點來看，我能把別人的孩子帶來扶養這件事，相當有助於得到好的社會評價。我想，在多民族的國家中甚至會得到更高的評價也說不定。

　　最近電視經常播出帶回有障礙的孩子扶養的父母，我們社會在輿論上若也對這種行動大力地、持續地宣傳，收養的人也會增加。結果這對對提高自己的評價、社會的評價時，有相當大的貢獻。我想這種效果明顯是存在的。

　　這種評判之所以重要，是因為萬一在選擇與

我攜手的人時，比起一看到捐血車就乾脆遠遠繞路的人，我們更想選擇用自己的腳走去捐血的人，以及更進一步，收養別人孩子照顧一輩子的人。我也想要這種人，當我是這種人時別人也會更想要我吧。這就是互利集團。

都正一：

不管是收養還是捐血這種利他的行動，最終都會提高「我」的票面價值，因此利他的行動也是從「利己的計算」而來的。去鄰里的浴場就能看到互惠利他性理論的真髓：大家會互相幫忙對方擦背。因為覺得「我幫你擦背的話，你應該也會幫我擦背吧」。如果自己認真地幫對方搓背，但對方卻只自己洗自己的然後走掉了的話，就會覺得「啥，居然還有這種人？」，甚至是「那種連人都不是！」這對社會評價會產生一大損害呢。這是人們互相幫助時的一般性道德論，遵從這個道德論對社會性生存會更加有利。因此強化這種行動的一方總是會增添附加價值，累積這種回饋會對遺傳訊息產生影響，這樣說有道理嗎？

但有個有趣的現象，比起男湯，「互相搓背」更常出現在女湯中。你問我有進去過女湯？我一定要進去看才行嗎？(哈哈哈)要問為什麼這麼說的話，我想說的是，不論是在肉體還是社會上，越是弱者，互惠的傾向就越高。在溝通時也是一樣的。在男湯中，即使一起坐在汗蒸幕裡，不認識的人之間也不會輕易展開對話。但在女湯桑拿室中，不認識的女人間也可以瞬間開出對話的花朵。雖然沒有進去看過但我都知道。(哈哈哈)
〈中略〉
不過，如果說給予某些社會補償的話，人類就會改變為往利他的方向行動，那麼這個改

變，或是連得以改變的傾向都是自然的嗎？

崔在天：並非如此。

都正一：可以用遺傳基因的利己性來說明嗎？

崔在天：

是的，遺傳基因是持續利己的。但是在那樣的遺傳基因中，有些人有著懂得擔心評評的遺傳基因，又有些人有著想邊幫助別人邊過活的遺傳基因，就算只帶有一點這些基因也好，如果能形成一種社會氛圍，讓這些人繁殖得更多、更成功的話，當代這種人變多時，我們的社會就算不會突然變好，只要他們多加繁殖的話，那種遺傳基因在全體遺傳基因群中佔的比例，也會漸漸地變高吧。

7-4-2

喜悅是我內在之物 - 關於幸福

崔仁浩：師父，好久不見了。這段時間您安好嗎？之前看了有關師父您的電視節目，聽說您因為哮喘而身體不適，我很是心痛，您最近感覺如何呢？

法定：是的崔先生，隔了這麼久再見到面真是高興。雖然凌晨還是會咳嗽，但與之前相比減輕很多了。我身體的其他部位都很健康沒有毛病，但卻很容易感冒，呼吸器官很弱。咳一咳即使在睡夢中也必須要醒來坐著才行，那時與白天參禪、讀經的時間相比，精神反而變得非常清醒透明。因此我發現是托咳嗽的福才能度過這般時間，有時反而覺得很感謝。

而不久之前開始，因咳嗽醒來時會喝茶，在凌晨簡單地喝一杯茶別有風味呢。我住的地方沒有電力，使用的是蠟燭，用大茶

碗遮住燭火，在隱隱的光芒中飲用芳香的茶。崔老師，您也在寫文章之前，多少留一些這種整理心靈的時間試試吧。點燃燭火，用舒適的姿勢什麼都不想只是靠坐著，真的很棒。在完全空蕩蕩的狀態下，會有某些回音開始響起。

我住的地方地帶較高，最近冰才融化，凌晨時邊側耳傾聽溪水的聲音，想著這乾淨透明的地方正是淨土、正是星星遍佈的天地啊，而覺得很感謝。托咳嗽的福所以才能有好的經驗。這種幸福並非外在之物，而總是在我裡面。我認為，根據自己面臨情況時如何去接受，它可能會成為痛苦，也可能會成為幸福。之前在咳嗽時一直覺得很煩燥，嚴重的時候還會流得滿身大汗。那時想著該怎麼樣才能擺脫這個病呢，現在卻像難得來找我的朋友般悄悄撫慰著我。因為這是必須要同在一起的緣分啊。想到如果不是咳嗽的話，誰會在半夜這樣把我弄醒，就覺得這也沒關係。全都根據想法而有所不同啊。

崔仁浩：我也從十年前起得了糖尿病，一開始雖然很驚慌，但想著「趁這個機會去趟清溪山吧」，結果到現在十年間幾乎每天都去爬山。如果沒有得糖尿病的話，也就不會去爬山了。我每三個月要去一次醫院，醫生還說「因為糖尿病，你會活得比別人更久」。一開始想說一個禮拜應該要去爬個一次，但我又不是因為有工作而受限的人，不如每天去爬山怎麼樣呢，然後就變成每天去爬山了。然後開始這麼做已經 10 年了呢。在寫報紙連載小說的時候，曾有人問過「1 千回的連載您到底是怎麼寫出來的？」。不過我並不是一開始就要寫 1 千回的，想到 1 千回就會窒息而寫不出來。是沉著地 1 回 1 回地寫，然後就寫到 1 千回了。在寫第 1 回的時候只想著第 1 回，在寫第 2 回的時候只想著第 2 回。

清溪山也是用這種方式去爬的。現在已經成了自然而然的習慣，不管是下雨還是下雪，就那樣不加多想地去爬山了。如果有什麼顯著目標的話，是無法爬山爬 10 年的。我非常喜歡心臟脈搏變快，激烈地呼吸與流汗等。早上七點半離開家門，八點左右開始登山，大概爬 1 小時 15 分左右，現在有人傳出消息，所以認出我打招呼的人也很多。

下雪的時候去爬清溪山的話，就與爬雪嶽山無異。就像師父說的一樣，一切都只是想法的不同。只要花 30 分鐘就有不亞於雪嶽山的雄偉山峰，多好啊。邊想著我是清溪山的住持，清溪山是我的山，邊爬山，真是相當幸福。每個人接受的幸福都各自不同，我完全同意師父您的話。

法定：是的，幸福並不是在某個遠方的東西。對我們來說本來就有能夠幸福的各種條件，根據採取怎樣的生活，能成為感謝的事，也能成為不滿的事。打開看見幸福的雙眼吧。我認為在日常且極度微小的事情中，都有著幸福的種子。

崔仁浩：幸福的標準及生活的價值觀也會隨著歲月而改變的樣子。我年輕的時候認為，比別人更有成就或擁有更多的時候，幸福就會到來，但成為天主教徒後，發現並非只有那樣而已。耶穌基督說，心靈貧窮的人有福，悲傷的人有福，一開始聽到的時候會想這到底是什麼意思。現在我相當喜歡「心靈貧窮的人有福」這句話。貧窮本身不是幸福，貧窮與匱乏是不幸對吧，但心靈貧窮這句話的意思似乎是，所謂幸福是來自心靈的。在相同的溫度下，有人會覺得冷到要死了，相反地，也會有人覺得涼快地令人精神猛然一振。所有一切都來自心靈，但特別是幸福，全部都存在於心中的樣子。

我最近確實地感受到，幸福存在於小小的單純的事物中這個真理。皮千得老師的文章中有「星星在大白天也掛在空中，但只是因為強烈的陽光而看不到而已」這樣的內容，就像星星要到

晚上才會發光一般，要等到對於物質慾望之類的事物全都消失時，幸福才會找上門的樣子。不論是誰都想要變得幸福，但同時，最近人們在找的不是幸福，而是快樂。幸福與快樂是完全不同的種類，但卻誤認了。真正的幸福似乎是從貧窮的心當中出發的。

❖ 第八課

8-1

強　森：看了連續劇後，發現出現了沒有好好受到家庭教育這樣的話，似乎在韓國常常會講這種話的樣子。

貞　熙：強森先生的國家不會說這種話嗎？在韓國，若沒有禮貌或是不知禮數的話，通常會說是因為在家裡爸媽沒有教導禮儀規矩才會那樣的。

強　森：難怪韓國的學生們見面都會好好打招呼，且彬彬有禮的樣子。還有一件讓我驚訝的事，有許多父母會為了子女們犧牲自己。想要把子女送進好學校，既不心疼昂貴的學費，還會把孩子送去補習班學習不是嗎？

貞　熙：似乎是因為韓國的父母對教育的熱誠極高才會這樣。盡可能讓孩子接受許多教育，期望他們在社會上成功，這是大多數父母的心聲啊。我在高中的時候也是去學校、去補習班的，每天都被時間追趕，晚上到很晚都還在和書本奮戰。

強　森：可能是因為這般認真讀書的關係，韓國學生們既常識豐富又有許多才能的樣子呢……不過可能是因為被學習所迫，看起來沒有心靈上的餘裕。

貞　熙：父母既熱衷於教育，大學入學考試

的競爭又激烈，所以才造成副作用，不過也有人說因為高度教育熱誠的關係，韓國才能像此般發展。因為韓國是個天然資源不足的國家，托教育的福人力資源才得以豐富。

8-2

貞　熙：路對面的市立圖書館這個月貼出了終生教育課程募集學員的廣告，學費也是免費呢。

理　惠：你想學什麼呢？我因為周末休息，正在想要不要來學點什麼呢……

貞　熙：我在想要不要聽圖書論述講座。讀點書的話在各方面來看都會有很多用處的樣子。之後有小孩的話，在教導孩子上似乎也會有幫助。

理　惠：我們下宿的大嬸說她在區廳福利館中學習韓服跟拼布，說中級課程已經結束，現在是高級課程了。看來是計畫要學到指導者課程為止的樣子。雖然年長但卻有著極大熱情呢。

貞　熙：真是厲害的一位人士啊。最近即使年紀增長卻還是不間斷地學習並開發自己的人變多了的樣子。

理　惠：是啊，如果不那麼做的話，就難以提升生活的品質。提供各種學習機會的終生教育現在似乎已經成了必須呢。

貞　熙：對啊，隨著平均壽命增加，為了有意義的老後生活，我們也該準備些什麼呢。

8-4-1

東柱哥的回憶

雖然無比痛心，但我還是要寫下東柱哥的回憶。我想寫這篇文章。心情上覺得，似乎必須按照我所知道的東柱哥寫下來才行。他與我在幼年流著鼻涕的 6 年期間一同上小學，被民族主義與基督教信仰教育長大。不僅如此，從滿州到平壤，從平壤再搬回滿州，在最敏感的 10 幾歲年紀，我們一起遍歷了 3 間中學。我想要寫些關於東柱哥的什麼不單只是因為如此，因為我光是回想到他，就總能感受到我的靈魂變得清澈，因此更加有心情想寫下他。

此後我們互相走上不同的路。他為了讀文學前往首爾，我會了讀神學而前往東京。然而只要放假的話，必定會與對方見面，掏心抖肺地聊天到連時間經過都不知道。當然，關於文學我總是傾聽的那方。不管怎樣，在我人生的敏感形成期，我與他一同流浪，邊學習人生與詩。

他在我們的回憶中留下的貴重事物並不是那麼戲劇化的東西。而是他來了，風浪會歇息，大家如羊兒般溫順，湖水變得清澈。然而他的靈魂中有著他人所不知的深深激動。一如湖水般平靜的海面下，在海底深處有著無論是什麼都阻攔不住的海流般！

他是個非常安靜且內向的人，因此他在朋友間被稱為無話的人，但即使如此也沒有任何人會覺得他傲慢無禮，所有人都想與無話的東柱做朋友。他的眼睛總是尋找著純粹，追尋著天空，但他的體溫讓任何人都覺得溫暖。我可以毫不誇示地如此告白。從他深處散發出的人類溫暖，至今我還未曾從任何人身上感受到過。因此他佔據了我心中的一個角落，這個角落任什麼都無法被填補。即使在異國他鄉，徘徊在新京的街道上，聽到了解放鐘聲的那個正午，讓我的心灼痛難受地承受不了的，是東柱哥的幻影。

「東柱啊，如果你還活著的話……」

東柱哥真的是帥氣的男子漢。他的一舉一動全都自然且相互協調，沒有一點不像東柱的。他的知性很「摩登」，但他卻身穿麻布汗衫，足踏橡膠鞋晚間去散步，純粹就像是個大叔。即使如此要說他土卻也不是那樣，東柱哥是個乾淨的人。西裝不論何時總是沒有皺摺，頭髮也不太會凌亂。同時他也絕對看起來不輕浮。不慣這樣那樣全都很東柱。是的，很東柱。這是非常棒且任誰都模仿不來的。我不知道「風姿（멋）」是不是韓國民族的自然風貌，總之，東柱哥身上有著從所謂風姿翩翩的青年身上找不到的風姿，應該說，東柱哥有著從他的品性中散發出的「風姿」。我認為他的風姿中散發著最純粹且高貴的韓國香氣。他極度帥氣且韓風，他的心靈也像廣闊不已的「宇宙」一樣。

每當讀到「他的抵抗精神是不滅的典型」這篇文章時，我的心無法立刻首肯。朝他而去的所有對立都會消除，沒有冰塊不會因他微笑中散發出的溫暖而溶解。對他來說，大家都是骨肉相通的兄弟。我能肯定。聽說他在福岡刑務所中呼出最後的氣息時，還想著日本人而落淚。他能夠挖掘出人性的深度且瞭解其秘密，因此怨恨不了任何人。在期望並懷念民族的嶄新早晨上，他不會輸給任何人。這被稱為他的抵抗精神。然而那絕對不會是怨恨仇敵，至少東柱哥不會那樣覺得。

我沒想到東柱哥想成為詩人。我不曾見過他喧鬧嚷著要寫詩。他像等待花紅成熟般等待詩興成熟，邊害羞，邊做出什麼事都沒有的樣子輕鬆地寫出詩。因為他看起來是那麼自然地就寫出了詩，因此我以為他把寫詩當作興趣。但他是為了想留下幾首詩而來到世上的。我相信，他最具東柱風姿的一點果然還是呈現在他的詩當中。他在思想成熟以前不會去想詩，在詩成熟以前不會動筆。因此，在一首詩寫完之前，即使他流下了他人所不知的汗水，他寫詩這件事看起來還是很

簡單。

　　我見到他時總是要他給我看最近的作品，然後他就會不發一語地拿出寫在筆記本或紙片上的詩給我看。一點都沒有賣弄或炫耀的樣子，讓人感覺很好。但他也沒有努力去謙遜。只不過是帶著天生的東柱本色去活著、去思考、去寫詩。我相當喜歡他的詩。最重要的是他的詩很容易理解。他是個偉大的讀書家。每到放假的時候他就會去買書回來堆在櫃子裡，他的藏書讓我非常羨慕。在他的藏書中雖然也有文學相關的書，但我記得也有許多哲學的書籍。有一次我和他談論齊克果，結果他對齊克果的理解比神學系學生的我還要來得更深，讓我不得不感到驚訝。但不停歇地學習且廣泛閱讀的他，寫出來的詩不知為何如此地簡單，那時我尚未了解。因為他的詩如此簡單，所以我以為他的詩還不是那麼厲害的東西。但那樣的詩居然成了值錢的詩，在我們的文學史上發光，這是我作夢也想像不到的。

　　對於在他的詩中出現的信仰深度不太被論及這點，我總是感到有些奇怪。他的詩就是他的人生，他的人生也極為自然地是宗教的。他也曾有信仰的懷疑期，延禧專門學校時期似乎正是那樣的時期。但在深深撼動他存在的信仰懷疑期中，表面上看起來他的心靈依舊如同平靜的湖水。如同不會刻意去催熟詩一般，他也不想性急地強摘催熟信仰。可能對他來說，人生就是在溫帶變熟的詩，也是信仰。

　　東柱哥走了。沒出息的我現在寫了對他的回憶。他的人生是如此乾淨的事物，就連寫下對他的回憶，都使我的人生變得清明。

聯合國秘書長潘基文國會演講

「心在韓國，眼向世界」

　　尊敬的國會議長、各位國會議員。

　　在國民的代議機關國會中給予我珍貴的發言機會，我感到無限光榮。我明年1月起將因執行第8屆聯合國秘書長的職務而出國，在此之前，今天我想向各位議員道別，訴說我的感想。

　　首先，到我站上這個位子為止，國會議長與各位朝野議員們不遺餘力地支援我，對此致上我深深的感謝。聯合國秘書長這個職位絕對不是只靠我個人的力量就能得到的，近期來看，因為集結了各位議員與政府，以及包含媒體在內的全國國民熱烈的聲援，所以才能夠被選上，遠期看來，則從國際社會對我們韓國建國以來，在國內外達成令人驚訝的業績開始。因此，本次外交上的凱歌是我們國民全體的功勞，也是這段時間我們國民克服了各種試煉，留下血汗與眼淚的產物。因為是經過如此過程得到的位子，這份榮光決不是只屬於我個人的，我認為要將這歸還給深愛祖國的所有國民才恰當。

　　敬愛的各位議員們，我今天想強調的正是這點，是在過去聯合國秘書長選拔中看不到的語重心長的部分。如果說現在韓國是以國民的熱情作為靠山，我們在國際舞台中擁有成就許多事物的潛力。聯合國的目標與理想是和平與安定、經濟發展、民主主義與人權伸張，我國國民被評價為在最短期間內達成了最模範的目標。

　　我在過去2年10個月間作為外交首長訪問世界各國，每當聽到許多國家表示想把韓國當成自己國家的發展目標時，在開墾出

今日韓國的我國國民面前，我無法不肅然起敬。

現在我國有著擠身先進國家的雄心壯志，另一方面眼前也正面對著 21 世紀的複雜挑戰。藉由出任聯合國秘書長，我希望可以發現對我國實現雄心壯志有益的啟示。首先，我被選為聯合國秘書長，打破認了我們自己認為韓國人難以成為聯合國秘書長的成見。今年 2 月我國政府推薦我成為下任秘書長候選人時，許多人以韓國是分裂的國家，是北韓核問題的當事國，且與美國是軍事同盟國等理由，認為我不可能出任聯合國秘書長。

然而我們能夠以我們自身的國際威望為基礎，突破傳統智慧的壁壘。為了超越 21 世界的各種難關，我們必須要有創意性的態度，將我們自身的位置與對象做為新的模式來觀察。這可以從尊重自己的自負心中出發。

第二，現在我們要向世界豁然打開心胸，必須要體現「世界中的韓國」。也必須藉此同時追求人類的共同繁榮，及以全世界為範圍的國家利益。為此，韓國國民必須要將思維的框架擴大至國際舞台，使我們社會在各個方面上接近國際標準才行。我認為這也必須要將基礎建立在我們自身的尊敬心與自負心上才有可能。

第三，為了擴大我們的國際角色，必須要更加擴大我們對國際社會的貢獻。我們必須要積極地承攬對國際社會的「Noblesse oblige(位高責任重)」。最近我們的對外援助雖然多少有擴大，但與國際標準相比仍然算少，支援方式也落於時代後。對於聯合國維持和平部隊，與財政負擔相比，人力的參與也極為微弱。

最後，為了提高我們在國際社會上的角色，必須要大動作地強化外交力量。根據總統的決心，最近雖然補強了外交上的人力，但身為外交首長我不得不誠實直白說，我們的外交力量在面對 21 世紀的巨大挑戰時仍然極度不足。物理上的實力懸殊將導致喪失許多機會。

代表 4700 萬名國民的各位國會議員，有人會問我擔任秘書長有什麼利益回到我們這裡。我的答覆是，這提高了韓國在國際社會上的地位。

即使如此，若問我擔任秘書長對我們國家最終將會有多少貢獻，事實上我認位這個答案不在我本身，而取決於我們國民自身的心靈與努力。因為我國國民「心在韓國，眼觀世界」地行動時，我擔任秘書長才能具有最大的加乘效應。世界是無窮無盡的機會，歡迎有著開放心靈的人。

這這場演說結束後，我預計回到辦公室退任我的首長職位，並向 37 年間與我苦樂共享的同事們惜別。為了準備上任秘書長職位，我將在 11 月 15 日動身前往紐約。

我在聯合國的任務比過去的任何秘書長都還要來得重大。我必須正式推動過去 60 年間拖延未行的聯合國改革。解決冷戰結束後頻發的地區紛爭，有效地處置接連不斷的恐怖攻擊與非傳統安全威脅。特別是一直與我直接相關的北韓核問題對策，以及維持韓半島和平等，我將貢獻一切，盡可能活用秘書長的權限，以求盡速早日和平解決。

而到 2015 年為止聯合國最大的課題為消除貧困，對此必須得到可見的成果，也必須阻擋兩極化，使民主主義與人權普遍確立於全世界，將會員國之間的多層分裂扭轉為和諧才行。

說實話在現在如泰山般的難題面前，我無法阻止自己覺得孤身獨立的寂寞心情。為了實踐這些任務，首先我將活用我個人 37 年間的外交官經驗及人力網絡。為了確保會員國能給予最大的協助，我要成為「和諧的使徒」，且團結各國指導者間的關注及政治上的意志。然而成為聯合國的指揮塔後，我潘基文的原動力果然還是韓國的精神力。作為韓國人，我將盡可能地發揮實體化的勤勉誠實、對組織的獻身、追求變化的活躍性、面對試煉而不屈的意志，以及對極端戒慎恐懼的中庸精神。我並不是韓國的秘書長，但我

依然是韓國人秘書長。第一任秘書長特呂格韋·賴伊卸任時表白聯合國秘書長一職為「世界上最困難的工作」，我想以韓國人的名譽與自豪為基礎完成任務。因此我想在任期結束歸國的那天，在國民面前呈出令人驕傲的歸國報告。

我將我的榮耀回歸為國民的勝利。日後若我被評價為成功的秘書長，也將與我國國民一同分享這功勞。在此脈絡下，我想冒昧進言，我希望我國國民也一同分擔我的責任。我作為韓國人秘書長，將使聯合國改容一新為21世紀的人類得以寄託希望的組織，為此，懇切地拜託各位議員以及我國國民給予我不變的支援與聲援。謝謝。

❖ 第九課

9-1

英　秀：理惠小姐，你的臉曬得非常黑欸，啊對了，你說這次放假去了喜馬拉雅山對吧？

理　惠：是的，是我夢想著一定要去一次看看的地方，果然是無法用言語形容地壯麗啊。嗯，巍然聳立在雲端上的模樣還歷歷在目呢。

英　秀：能讓經常登山的理惠小姐這般著迷，看來非常地厲害呢。登山時無論何時都能感受到山的精氣與清新的味道，所以很棒對吧？理惠小姐，這次應該有盡情享受到這種山的精氣與香氣吧？

理　惠：這個嘛，會這麼享受是因為那自然的威容與風貌太過莊嚴了。該怎麼說呢，像是被自古至今不變的自然險峻山勢壓倒的感覺？人類是多麼微不足道的存在啊！

英　秀：哇，被宏偉自然的驚奇處給震懾了呢。我上次在亞馬遜裡，邊看著悠悠流動的水流邊覺得，自然絕對不是人類可以小瞧的對象。

理　惠：當然了，我看到無法越過遠方山頂而四散的鳥群時，瞬間都會屏息呢。事實上，與這樣的自然相比較的話，所謂人類的存在就似乎既渺小且微弱啊。

9-2

英　秀：我去的地方還沒問題，但聽說亞馬遜的其他地區已經有許多被毀損了。世界各地因開發而導致自然環境被破壞的情況相當嚴重。

理　惠：對啊，這段時間我們人類為了經濟發展，就只知道開發，對於真正重要的我們生活的根基被破壞了，卻毫不關心的樣子。

英　秀：人類短視近利的判斷和胡亂開發讓人非常擔心。非常對不起我們的子孫後輩呢。應該要好好保存我們的環境再傳承下去才對的說。

理　惠：最重要的是，每個人都應該要練就環保的思考方式與生活態度。但當然像制定環境保護相關法律，或開發替代能源等政府方面的努力也很重要。

英　秀：這個嘛，比起個人的努力，若考慮到其嚴重性，政府或國際機構應該要提出解決策略才對。

理　惠：我某種程度上也同意這個意見。但不要只想得那麼遠大，不管是立刻在生活中減少拋棄式用品的使用，還是做垃圾分類等，應該要先做出這些雖微小但有實踐性的努力不是嗎？

9-4-1

菊花旁

千祥炳（천상병）

為了讓一朵菊花開
所以杜鵑才從春天起
便這般嗚啼

為了讓一朵菊花開
雷聲才在烏雲中
又這般響起

從那曾因思念和遺憾而揪心的
遙遠的青春歲月坎坷中歸來
相貌如同我那站在鏡子前的姊姊的花啊
為了綻放你黃色的花瓣
昨夜薄霜那樣降下
而我亦無眠

9-4-2

歸天

我將回歸天空
與接觸到晨光時即會消逝的露水
手牽著手

我將回歸天空
只與霞光兩人一起
在岸上玩耍後，若雲彩招手

我將回歸天空
在暢遊完這美好世界之日
離去，敘說世間之美好……

9-4-3

愉快的信

黃東奎（황동규）

1.
我想到你的，經常是在你坐著的背景中
夕陽落下，風吹著等細微的小事
但某一天當你無限地
在痛苦中徘徊時，我將以過去曾不停傳來的
那些細碎小事呼喚你

2.
說真的，我真的愛著你的理由
是在於我將我的愛轉變為綿延無限的等待
入夜後的山谷中開始落下傾盆大雪
我相信我的愛一定也會在某處停止
不過我也只是想像那時我等待的模樣罷了
我相信這段時間雪將停，
花將開，葉將落，而雪將傾洩而下

9-4-4

光化門戀歌

作者：李永勳（이영훈）
歌手：李文世（이문세）

此刻一切皆已隨著歲月不留痕跡地改變了
但仍然留在德壽宮的石牆路上
親密地走過的戀人們

某一天我們全都將隨歲月離去
但仍然留在山丘下的貞洞路上
覆蓋著白雪的小小教堂

內心深處思念著
五月芬芳的花香時
就會再次前來此處
下雪的光化門十字路口

某一天我們全都將隨歲月離去
但仍然留在山丘下的貞洞路上
覆蓋著白雪的小小教堂

9-4-5

鵝之夢

我，我曾有一個夢想
曾經被拋棄而破碎，即使它那麼破舊
在我內心依然像寶物一樣被珍藏著的夢想

也許有時有人會在我背後做出意義不明的嘲笑
我必須要忍耐
我能夠忍耐
為了那一天

總是有人會擔心地說
無法實現的夢想只是毒藥
世界就像是已經完結的書一樣
被稱為回不去的現實
是啊，我有我的夢想
我相信那個夢
請看著我吧
在那冰冷佇立的命運高牆前
能夠堂堂正正地去面對

有一天，我會越過這道牆
能在那天空裡展翅高飛
就連這沉重的世界也沒辦法束縛我
在我人生的盡頭
我會用笑容去面對那一天

❖ 第十課

10-1

貞　熙：民哲先生，今天是週五晚上，你不約會嗎？

民　哲：啊，是的，我女朋友今天去學習室做志工了。

貞　熙：學習室嗎？啊，你說的是免費教生計困難家庭的孩子的地方吧。我大學的時候也有想過也不要做做看，但沒有自信呢。

民　哲：怎麼沒試試看呢？其實，大學時我也和我女朋友一起做過志工。那時本來去到都像是住在學習室裡一樣，但開始工作之後就抽不出空了。最近正捐款給財團，它們一個月會補助一萬元給缺糧挨餓的孩子。雖然只是小錢，但說是積少成多啊。

貞　熙：噢，這樣嗎？不知怎地，我以為捐款一定要捐更多錢才行，所以連想都沒想過……

民　哲：很容易這樣認為，但在洪水的時候不是也用電話捐了一兩千元的水災震災金嗎？金額大小不是問題，與鄰居一起生活下去的心意更重要不是嗎？

貞　熙：也是，大家都說不管再怎麼身無一物都有東西能分享對吧，我在想要不要從現在開始捐一點小錢。

10-2

理　惠：英秀先生，您在看什麼看得這麼認真？

英　秀：我正在看派遣至國外的志工人力招募相關廣告文案。團體設立的目的

是協助增進韓國與世界各國間的友好，說會將各種領域的人力派遣到國外呢。

理　惠：我本來以為英秀先生畢業後會去就業，但您是計畫要出國嗎？

英　秀：是的，不久前在播放的紀錄片中看到，有很多年輕人參加了救助國際難民的活動。即使晚個一兩年就業，也覺得年輕時應該要做些什麼有意義的事才對。因此最近正在四處調查中。到國外去的話似乎也可以開拓見聞呢。

理　惠：真是個好想法啊。最近世界也變得越來越近，所以真的能切身感受到地球村一詞。但您想要去哪個國家呢？

英　秀：只要是我能幫上忙的地方不管哪裡都好。透過做志工，不僅能幫助到別人，我也能邊學習邊成長的樣子。

10-4-1

買了氣球

> 1
> 「我」為了學習哲學去了德國留學，隔了十幾年才回國。唯一一個哥哥也分家出去，現在回到家裡也只有爸媽住著，我抱著也許能擁有我自己書房也說不定的希望抵達首爾，但父母的家卻已被哥哥夫婦以育兒為藉口回來住下了。

「這是什麼啊？」

小鬼頭的手指正明確地指著我。

「不是這是什麼，應該要問這個人是誰？才對，噗」

嫂子不小心沒能忍住笑意，雖然家人們也是一樣。十年間我僅只去過首爾兩次，一次是媽媽六十歲大壽時，還有一次是哥哥結婚的時候。最後一次去首爾已經是五年前的事了。

「嗨，這東西是妳的姑母喔。」

沮喪氣餒的我無力地回了話。

在回家的飛機上，我試著回想我擁有的東西，如果什麼都沒有的話，不論什麼都能夠重新開始。飛機餐吃到一半，我輕輕擦了擦眼角。三十七歲的年紀，背上不知為何感覺像背了隻駱駝一樣沉重。也許回去跟父母一起變老也不壞吧。兄弟姊妹的話，唯一的哥哥已經結婚分家出去了，所以我能使用的空間應該更多了。也許能像米歇爾一樣擁有寬大且天花板挑高的圓形書房也說不定。到昨天為止都還沒有的期待讓我激動興奮。在完成歸國手續正要離開仁川機場時，這個夢就破滅了。

讓我們一起好好相處吧。

來接機的哥哥啪地拍了我肩膀說了。

我從未認真地思考過十年間產生的許多變化，傻愣愣地望著頭頂開始光禿的哥哥了好一陣子。姪子不是一人，而是兩人，現在快要四歲的二十八個月大的小毛頭，和剛滿百日的嬰兒。養病中的嫂子母親理所當然無法再負擔養育女兒的小孩。某天早上辭掉工作的哥哥，和同事們一起進行創業時，是親家母提供了過半的資金。嫂子正在不分時候都必須出差的外籍製藥公司上班。能扶養孩子的，除了我爸爸和媽媽以外別無他人，把這當成理所當然的事接受了。將孩子託付給爸媽而今進進出出我們家的哥哥和嫂子，一個月後最終收收行李帶來，幾乎是住進了我們家。說是我回來前兩個月才開始的事。本來放有書櫃和書桌的我的房間，現在放了嬰兒床和抽屜櫃，牆壁上花花綠綠地貼了繪有小熊維尼圖案的壁紙。

十年前我吐露出要去德國的決心時，媽媽很早就對我這麼說。哲學是哪個傢伙的哲學啊，嘖嘖，放在自己腳底下的問題都看不到的就是哲學家不是嗎。我緊緊抓著之前曾經是多用途室的房

間門把站著。

「快去洗手吃飯。」

啪啪拍打我的背走過的嫂子說了。

改變的不只有家族的成員。在住了二十七年的首爾，我像是第一次到訪的旅行者一樣，攤開市內公車路線圖，在各個角落徬徨來回。雖然交通票卡或手機等必須要新置辦的東西非常多，但現在已經再也買不到的東西更多。經過展示櫥窗的時候，或在咖啡廳化妝室鏡子前時，總是像打穿我自己似地映照出我自身的模樣。怎樣，沒事嗎？也許我是希望有某個人這樣問我一次也說不定。掏出帶來的所有錢，買了一個街上最常映入眼簾的法國製名牌包。新東西再怎麼穿上身，也會像我腳底下穿著被水弄濕的鞋子般，不論何時都會發出咯吱咯吱的聲音。

雖然尼采曾說過，誰不把一天的三分之二留給自己，誰就是時間的奴隸，但在有忽然就過了六十歲的父母與四歲及百日的姪子兩人的家裡，想作為一個自由人生活真的不可能。吃了早餐兼午餐，下午三點左右離開了家裡。搭上公車參觀市區內，或喀答喀答地走走。也去安陽與比我早三年回來的車前輩見面。車前輩最後放棄了在大學中安定下來，而是開了間紙店。這些嘛，嗯，都沒有用。雖然話是這麼說，但即使如此，

講師的位子也不簡單啊，來送行的車前輩說了。除了車前輩之外，沒有其他要見的人。走了又走這件事，也是凱薩為了戰勝病魔與頭痛而使用的方法。事實上我也曾為頭痛所苦，所以也許沒有比走路更好的治療了吧。也不曾跑步。最重要的是，最大的變化是我現在完全成了無所事事的人。有空閒的人，跟沒有用處的人，我是哪一邊呢？

整個市區內變得像一棵巨大的聖誕樹一樣華麗。不管去到哪裡都人潮擁擠，在茶店找個位子坐下讀書也變得不可能了。我還是一樣無處可去。在世宗文化會館與清溪川起頭的入口處，我看到巨大的發光的塔。「luminarie」，意思是光的慶典。在眾多人潮中彷彿被推擠班停下了腳步。周圍按下相機快門的聲音，像是爆竹般連續不斷爆發出來。當作徒勞無益的事，我試著啪搭走進光的碎片中。

現在對我來說，我需要的不是包包，而是友情與信賴中的對話與休息。用把包包賣掉拿到的錢，我買了一隻鸚鵡。

3

我沒有朋友，也沒有工作，在家裡教姪子與鸚鵡漢斯說話度過時間。然後有一天，前輩打來了電話介紹我工作。

4

於 S 百貨公司文化中心的第一堂講課在 12 月第一個週五，受託進行被定為教養講座「輕鬆學習哲學」課程的人，是車前輩認識的一位大哥，但他因為發生交通事故，因此正在尋找代課者的樣子。對於前輩聯絡我這件事，應該要覺得感謝，還是應該要裝作沒聽到，我也摸不著頭緒。只有一件事可以確定，那就是我並不心動，心情也沒有很好。然而與成為園丁相比，我判斷這件事比較好。

尼采曾有一度想成為專門的園丁。他說這是個既能打發時間，不會引發精神緊張，且能感受到適當疲勞的職業。我雖然也需要這樣的工作，但現在光是在市內無所事事地閒逛都已經讓我疲憊了。尼采只當了三個星期的園丁就放棄了，理由也是因為連彎腰這件事都感到吃力。如果知道這件事的話，媽

409

媽一定會立刻批評說，唉呦，書呆子就都是這樣嘛。彷彿在賣弄討讚的車前輩的聲音，也依樣聽起來很令人尷尬。吞下瞬間的羞恥心，我答應要去講課。與負責人商量後，講座主題變更為「輕鬆讀懂尼采」。為了進行第一堂課而來到江南 S 百貨公司，一來到九樓，就看到講課教室外面雙雙對對正跳著民俗舞蹈的男女。在「塑造身材曲線瑜珈」、「歌劇鑑賞與影像世界」、「不動產投資策略」、「彈潤緊實感肌膚妝容」之類的正規講座目錄中，這次新開設的「輕鬆讀懂尼采」就像庭園中未受照顧的雜草般，說實在的看起來無比寒酸，但值得慶幸的是還有聽講的學生。

從第二次的課程開始，我便再也不對尼采的思想及理想進行講課。不談尼采與叔本華、尼采與華格納，而是講尼采與柯西瑪、尼采與露・莎樂美的軼事。雖然課程氛圍變得好上太多，但依舊有咯吱咯吱嚼著長蟲紅蘋果般的心情，這也沒辦法。難道應該乾脆當園丁比較好嗎？鸚鵡漢斯無語。課程還剩下五週之多。這段時間內降下了大大的初雪，市內各地發生了交通事故，農家的塑料薄膜溫室也嘩啦啦地倒下。那天北岳天空之路 (Bukak Skyway) 從晚上九點起約四小時間，有二十多人被孤立困在八角亭，我那天總是會想起在那裏的人。而我身上什麼事都沒發生。

聽課的學生全都是住在百貨公司附近公寓的主婦。在她們二十人之中，他的顯眼是理所當然的。再加上他又年輕。從第一天起他便坐在講課室最後面的位子，也像其他大部分聽講的人一樣，頭一點一晃地打瞌睡，然後有時兩手會像勺子一樣合起，唰唰地搔抓臉蛋，也許是從瞌睡中清醒的要領吧。課程結束後，那位青年走向我，表示自己今天是代替突然有事的媽媽來聽課的，詢問之後是不是也能繼續來聽呢。如果我回答不行他也繼續來聽的話就好了。我說出「這個嘛…．」來引導接話。他用手掌遮住下巴說了，因為說不能退費媽媽就把我推來了，說我都在玩

是想怎樣。

尼采舉了三個例子，告訴我們有更好的可能性的人物作為例子。第一是主張人類與自然和解，文明必須回歸自然的盧梭型，第二是深思熟慮，透過明智的節制，在生活的各種條件上毫無糾葛地度過的歌德型，以及第三種，人類的所有秩序都是悲劇、日常生活就是分裂本身的叔本華型人物，分為上述這三種。初次見到他的時候，我判斷他屬於尼采說的歌德型人物。他與其他聽課學生有著十年，或更多，有著二十年以上的年齡差，但這對二十七歲的那位青年來說，看起來不構成任何問題。對於媽媽輩的聽課學生們也總是親切以待，深思熟慮地行動，似乎沒有遭遇到任何糾紛的樣子。在他參加課程後，我們班也第一次舉行了聚餐。我似乎是以無意識的慎重在看著他的樣子。

心臟開始以很久前已遺忘的拍子撲通撲通地跳了起來。我邊丟了一顆核桃給漢斯邊問，你知道這種例外的感覺是什麼嗎？

他雖然總是會來上課，但依舊是睡睡醒醒。聖誕夜前夕的週五課程時間，他用粗的簽字筆在左手手掌上畫了閉上的眼睛，在右手手掌上畫了睜開的眼睛，將手舉到耳朵高度，兩手手掌朝著我一手張一手放，那天我們約會了。這段時間我交往過的人，主要是經常讀著書，喜歡穿黑色與灰色衣服，大致上是臉看起來很嚴肅或死板的人。或許我也是那樣子也說不定。第一次約會中得知的事情意外地多，其中雖然有有趣的事，不有趣的事也很多。有趣的事是，他是前任手球選手國家代表，擔任會決定比賽勝敗的重要守門員位置。在講到這段時他彷彿稍微聳了聳肩。奇怪的是，男人們聳肩的模樣大致都很相似的樣子。不過可惜的是，我對於使用球的運動一竅不通，對於手球也沒什麼能講的。最多只說了一句「可能是因為這樣你的手相當威風堂堂呢」。在角逐奧林匹克出賽權的國家大賽中，被敵對選手丟

來的球打到而昏倒，因此輸了比賽，認為這是自己責任的他，結果結束了自己的選手生涯。我所知道的只到這裡，但結果因為那件事的關係，他的眼神看來是認為自己毀掉了自己人生的一部分。他那時還不知道問題是出在別的地方。

我不得不修正我認為他是歌德型人物的判斷。想與他變得親近而努力的人，大部分的情況都是因為無法確信自己是否得到了對方的信賴。確信有信賴存在的人，不會在親密感上放上太大價值。就像尼采的話一般，不傷害到任何人的心情、不想給任何人帶來麻煩這件事，不只是天生的氣質，也許也表示出了有眾多恐懼。我暫時將他修正為厭世的叔本華型人物。第一次的約會中雙方看起來沒有任何問題的樣子。問題很快地，也就是說在我們的第二次約會中發生了。

5

不論是誰，都應該會在一項工作裡有傑出的表現，但我果然好像在教書這件事上沒有天分。姪子看到我打開冰箱門，指著起司問說「這是什麼啊？」我把起司推向姪子，教他說「這個叫做起司喔」。姪子又向我發問了，「起司是什麼啊？」起司是什麼呢？就像突然收到桌子為什麼有四支腳呢？這樣的疑問一樣尷尬。因為，即使向姪子解說起司是以牛奶製作，經過凝固與發酵的過程做出來的東西，這樣說明姪子也不會理解的。我感情豐富地向姪子說了「這個是朋友喔」，然後姪子便帶著滿足的笑容說了「嗯嗯，我朋友」。朋友，這個單字對姪子來說，是理解事物的魔法般的鑰匙。用樂高做的大象或長頸鹿也是朋友，鞋子、香蕉也是朋友，甚至連內褲都是朋友。在屁股處畫有漫畫人物的內褲，若姪子尿在上面時，媽媽就會說，

你又尿在麵包超人上了，快跟他說對不起。然後姪子就會將稍微將嘴唇貼在被尿浸濕的內褲上，對它說「對不起，對不起」。因此我也沒有想太多，告訴姪子起司是朋友。而從我把起司剝成一半，打算放入口中那一刻起，姪子開始恐慌起來。他突然做出一個難以言喻的表情，然後開始爆發出嗚啊啊的哭聲。「朋友被撕成兩半了！」姪子用整個家都聽得到的聲音喊叫。各個房間的房門敞開，爸媽和嫂子，甚至連哥哥都用「這次又發生什麼事了啊？」的臉各自從房間中走出。不知道為什麼，這種時候一定是嫂子在家的日子。我兩手拿著撕成一半的起司，深深低頭坐在餐桌的椅子上。「朋友被撕裂了，爸爸，朋友被撕裂了。」姪子用手指指著我手上拿著的起司，一溜煙地奔向我爸爸鑽進他懷裡。「反正兩個人的水準都一樣」哥哥邊咋舌邊說。「唉呦，妳為什麼什麼都教他說是朋友呢。」嫂子用力地拍打了我的背。我似乎累了。我偶爾去市場買菜回來時，嫂子就會「唉呦，青花魚應該要買眼睛圓滾滾的才對啊」、「唉呦，蕨菜應該要買細細長長、捲曲且乾的才對啊」，說些只要在報紙上看過一次就會知道的東西。媽媽把手放她背上，說因為我不太會過生活，所以只會那樣說話。隱隱約約是站在我這邊的。我經常會感覺到自己彷彿是沒什麼用處的人一樣。雖然我分不太出來是和家人們待在一起時才會這樣，還是在家時就會這樣，不過即使如此，我也是讀書讀了十年以上啊。

姪子用力地踢了裝有漢斯的鳥籠，用意氣洋洋的臉直盯著我看，他似乎自認為漢斯是我的朋友的樣子。哥哥把姪子抱回房間後，客廳又再次安靜下來。我把撕下來的起司放進嘴裡咀嚼。如同嫂嫂說的，我似乎是太無緣無故就說是朋友了。我胸口那根誰都

折不斷的木刺彷彿用力晃動著似地，有許多東西一口氣呼嘯掠過。我悄悄斜眼看了漢斯，再次喃喃自語道，好累啊。托馬斯總是這麼問，那有稍微好一點嗎？什麼？妳把憂鬱說成是累了啊。讓我寫信給這樣的托馬斯的人，是 J，我真奇怪。

那個前國家代表隊的手球守門員青年，有著修長手指的 J，他既不閱讀書，在去結婚會場時似乎也不像會穿黑色衣服的樣子。他已經快二十八歲了。即使如此我還是經常想到想對他說的話。這樣也可以嗎？什麼嘛，這傢伙，為什麼你連句話都不說啊！我像姪子一般對漢斯發火出氣。

我們去看了電影。

12 月的最後一天，跟在大步走著的 J 後面我想著，第二次約會似乎大致上都是去看電影的樣子。如果沒有離開十年沒居住在首爾的話，如果知道在一年的最後一天人們會一夥一夥地做些什麼的話，從一開始我就不會想要去電影院了。J 因為數年間都在運動，所以那天也是第一次在 12 月的最後一天去看電影。座位幾乎都已經賣光了，買不到他想要的「中間靠的走道座位」。在買票時說乾脆地說出要中間靠走道座位的男生，我還是第一次遇到。

在去了趟廁所回來時，劇場內已經熄燈變漆黑了。瞬間我緊抓住他的袖子。除了中間我們兩的位置以外，兩側的其他座位已經坐滿了人。我聽到他大聲地呼出一口氣的聲音。艱辛地坐到位置上後，我感受到背上已經被汗浸濕，也看到他的額頭上泛著汗水。電影正要開始時，他貼上我的耳邊悄聲說道「老師，我，其實不太擅長這種人多的地方。」我本以為是玩笑話。「這樣喔，人也算是多呢」我不是滋味地回了話。甚至在他萎靡地說著「如果您能握住我手的話，我似乎會好一點。」時，還說了「所以說你還真像個選手啊！」這種無聊的話。我看著他緊緊閉上嘴唇的

下巴。以一個討手牽的人來說，他正帶著莫名認真的表情。他慎重地摸了摸扶手，然後緊握住我的手。他的手凹凸不平，出奇地讓人聯想到鱷魚，本想甩開他的手，但我靜靜地待著。因為感受到他不是握住我的手，而像是為了要用力忍耐些什麼而緊抓住的姿勢。電影從四名兄弟姊妹中最小的么妹通過衣櫥發現「納尼亞」王國開始，現在正開始要演到魔女為了佔據王國，開始和獅子戰鬥的橋段。我感覺到從剛剛開始便一直握住我手的 J 呼吸聲漸漸變粗。「還好嗎？……」他沒有回答沒事。他盡可能地壓低姿勢，並明顯地努力想讓姿勢不要看起來冒失，結果最後還是離開了座位。但是，他像忍著痛苦的獅子般大聲吸氣的聲音、為了忍住呻吟而咬緊磨牙的聲音，我都全都聽到了。我沒有跟著他離開，而是繼續坐在位置上。戰鬥開始了。長槍與弓箭傾瀉而下，火柱竄出。魔女與四個孩子互相追趕與被追趕。如果有什麼東西要守護的話，我也能像這樣進行戰鬥嗎？我想起總是在上課時間搖頭晃腦打瞌睡的 J，突然像掙扎般發出巨大的悲鳴聲，從睡夢中醒來這件事。那時候 J 喊了些什麼呢？那膽戰心驚而睜大雙眼，我似乎曾經見過的樣子。我從座位上站起來。因為他不只害怕人群擁擠的地方，如果沒有能安全守護自己的人的話，他大概也無法走到外面去。

在電影院出入口前的空座位上，他他幾乎像是躺著似地把上半身靠著椅子。手腳邊哆嗦地顫抖著，邊緊抓著胸口，呼呼，呼呼呼，急促地吸吐著氣。好奇怪。我好像從很久以前開始就看過這個模樣。只要忍十分鐘，我在心裡暗暗說道。我用我的手握住曾經擋下以時速一百一十公里飛來的球，現在因恐慌障礙而撕心裂肺的他巨大的手。為了讓手更加緊緊相接，我彎曲我的手指，與他的手心內側相握。就像登山者互相救援，一個人人要把另外一個人拉上來時那樣抓住。「……我以為我現在已經都痊癒了。」痛苦褪去

後他說道。又說，老師對不起。我放下了心，因為他沒有說我好像要死了。我沒有放開相握住的手。因為這自然又必要的慾望，不知為何心情上好像應該要稍微哭一下的。

我寫了信給托馬斯，我想寫得短短的，寫關於 J 的事情。但我卻寫了長長的信，在信封上一筆一劃地用力寫下托馬斯這個名字。

6

「要我跟你說電影情節嗎？你不是沒看到最後嗎？」

雖然我討厭嫂子像對待三四歲的小孩一樣對待我，但只要碰到 J 時，我的語氣一定會變成這樣。

「老師，我在書上看過了。」

「你也會讀書之類的？」

「是在漫畫上看的納尼亞傳奇。」

「我家姪子也喜歡看漫畫。」

本來想提馬芬人的，後來沒說。

「說到小孩，你覺得他們有智能嗎？」

「您是在說我嗎？」

他用年紀有什麼錯嗎的臉看著我。

「不是，是那個啦。我是在說，小孩子完全相信有某些讓他們覺得恐怖的事物存在之類的這種事。」

「老師您沒有什麼害怕的東西嗎？」

J 望著我，沒辦法。

「人生都過了一半了，現在沒關係了。我是覺得沒關係。」

「老師您知道嗎，世界上有非常多的恐懼存在著。有害怕鳥的，也有害怕蟾蜍的，有些人會害怕數字 8，也有人恐懼女性生殖器的。也有很多人是害怕紙張的。真的有很多種類的恐懼啊。與這些相比，我的真的不算什麼呢。」

因為接受了很久的治療，J 說的話是不會錯的。他說他去年秋天甚至坐了六個小時的飛機，安全抵達舅舅住的寮國，回來後，他獲得診斷認為已經克服一切了、此後不用再接受治療也行。對有恐慌障礙的人來說，再沒有比飛機這種密閉空間更讓人害怕的了。然而我似乎是在期待 J 說出什麼不一樣的故事，那是什麼呢。

「你知道讓不安和恐懼有什麼不同嗎？」

「您不要問我，直接告訴我不是很好嗎。」

「感到不安時，是因為雖然不確定，但覺得好像馬上要遭遇某種危險，被這種想法壓垮而變得緊張。而恐懼的話，因為害怕的對象很明顯，所以可以避開，只要那個對像消失，恐懼就不會再持續下去。所以可以和連要避開什麼都不知道的不安區分出來。」

「老師，我以為您只懂與尼采相關的東西，原來不是這樣啊。」

「……」

只是把話原封不動地照樣說出來的話，就算是鸚鵡也可以做到這種程度。我一邊希望 J 不要察覺，一邊苦澀地笑了。J 沒有說出我期待聽到的話。

「是說在電影裡出現的那個衣櫃，那種可以連接現實與幻想世界的無人島般　　的東西，人們似乎都希望能擁有一個的樣子。你也有嗎？」

「有那種東西的話會比較好嗎？」

「那並不一定是在被追趕的時候才會出現。」

「您能再唱一次那首歌給我聽嗎？」

「什麼歌？」

「那天從電影院出來在走路的時候，老師不是有唱一首歌給我聽嗎？」

那時，我想見到 J 的笑臉。

「你真的想聽嗎？」

「是的」

喝了酒的話，不想做的事之一就是去想明天早上的事，想做的事之一則是唱歌。我哼唱了歌。「什麼樣的感覺？什麼樣的感覺？沒有家可住，沒有人關心，像顆滾動的石頭般活著？什麼樣的感覺？」

「很好，鮑伯·狄倫。」

「抱歉，我只知道這首歌。」

「老師本來就這樣動不動就哭嗎？」

「你的臉也又變紅了。」

「老師，請不要再盯著我了。」

「那個啊，總有一天，又有什麼來要打你的時候，你會邊想，啊，我又擋下　一球了，邊覺得高興的。」

「您知道怎樣的守門員最厲害嗎？」

「這，是猜謎嗎？」

「不加移動就能擋下球的守門員是最厲害的，因為這代表他的位置選得好。」

「喔，這裡面也有哲學在呢。」

「請不要太擔心我，老師。我不是因為手球才這樣的。」

「……如果說萬一，那個恐懼消失的話，你最想做的事情是什麼？」

「老師您呢？」

「嘛，要不要去吃碗麵之類的啊？我要重新教你怎麼用筷子。」

「那個，老師啊」

「嗯？」

「就算要花些時間，您能稍微等我一下嗎？」

「……？」

然後 J 說了他過世的父親的事。

托馬斯的回信來了。我想起了現在我所擁有的事物中最珍貴的東西。我決定賣掉漢斯。從鳥店中出來時，漢斯突然「吃飯！吃飯！」地大叫。這是漢斯讓我聽到的第一句話語，牠的語氣與不管什麼句子都會一口氣說完的姪子相似。知道漢斯不見的話，那個孩子會說什麼呢。會說朋友飛走了嗎？我用賣掉漢斯拿到的錢買了氣球。

7

我這個也能做，那個也能做，可以和這個人生活，或也可以和那個人生活。然而我選擇了研讀尼采的生活，到現在為止還是一個人。這全都是我的選擇。對於這個選擇，雖然我無法仔細說明，好，那這麼說的話怎麼樣呢。我認識的某個人，從很小的時候起，就總是不停地對所有事物懷有疑問。那所有的疑問轉啊轉啊，最後回歸到吸引他的對象—金屬上。為什麼會產生光呢？為什麼是柔軟的呢？為什麼會冰冷呢？為什麼會堅硬呢？結果，他成了化學家，而埋首於兩百二十個調音器的人成了鋼琴調音師。我所不斷持有的疑問，全都回歸到和人類相關的事物上。認為思考這件事就是人生重要問題的人，絕對無法和尼采斷絕關係。我想透過他們解開吸引著我的問題。一開始，尼采對我來說像是一扇巨大的、接近就會立刻敞開的門一般，帶著希望向我走來。就像相信數字可以支配萬物的伯特蘭·羅素。結果我成了一個，既無法成為化學家或調音師，除了是個窮光蛋外連工作都沒有，看連續劇的時候會在不該笑的地方笑出來，老是挨家人打背的孤獨單身者。

遇見 J 後，我重新想起了很久以前，在眾多哲學家中我選擇尼采的理由。因為在那眾多的哲學家中，只有尼采追求人生的完成，並領悟到不論是誰都必須欣喜地接受人生的困難。即使不是哲學的力量，現在我也認同我的不完全，並想要與其和解。因為我產生了真正想要守護的東西。這樣的話，就不能把箭矢朝向外面，而是要轉向裡面了。

J 開始重新接受治療。1 月 23 日，爸爸自殺那天就在不過三週之後。J 的爸爸在自殺時是 28 歲，那時才快 3 歲的 J，馬上就要 28 歲了。第一次見到他時，雖然他有著高大的身高與塊頭，但看起來卻讓人覺得纖細，也許是因為在父親死掉後，僅在母親或姊姊等女性的保護中，長久以來邊痛苦地想念著男性的援手邊成長的關係也說不定。如果沒有傑出的父親，大部分的男性都很容易陷入必須要由自己做出那種父親的各種思維中。雖然他在態度上也並未肯定父親的人生，但他坦承曾像父親一樣嘗試過自殺，是在遇見我不久前的事情。我發覺，變成死去父親的年紀這件事，對現在的他來說是最大的恐懼原因。「病情是隨著時間進行的」，哈爾波克拉特斯對病的見解似乎有道理。他說所有的病症都有開端，病情漸漸變嚴重時，就會遇到被稱為危機或高潮之類的狀況。就像小說一樣，之後就會迎來令人慶幸的結局，或致命性的結局。因此哈爾波克拉特斯將「病歷」這個概念導入了醫學中。J 所害怕的不是成為死去父親的年紀，說不定是那個病歷不是嗎。

　　與 J 一起搭地鐵、一起去電影院，以及搭電梯等都不是件簡單的事，每到這種時候他就會悄悄地看我的眼神。只要他那天看起來心情好，我就總是會說托馬斯告訴我的蕭士塔高維奇的秘密之類的事給他聽。身為傑出音樂家的蕭士塔高維奇，他的左腦末端刺著看起來像是子彈殘骸的金屬碎片。然而即使疼痛，蕭士塔高維奇仍極為抗拒把碎片除掉。因為那個地方有碎片，所以每每只要頭往左側傾斜，就會有新的旋律充滿腦中，他將這些旋律寫到五線譜上，創作出眾多的名曲。X 光檢查結果也發現，事實上蕭士塔高維奇的頭一動，同時碎片也會隨之移動，因

而壓迫到顳葉的音樂領域。雖然不知道這是幸運還是不幸，不過他既不覺得這種故事有趣，也不知道蕭士塔高維奇是誰。不要害怕這種話，我不知道該怎麼說才好，只能一直皺著臉走著。而且，不安或恐懼之類的事物，或許正支撐著我的、你的生命也說不定不是嗎，這種話我也說不出口。所以，J，我不期望你順利恢復。因為如果恐懼都消失的話，那也有可能不是你真正的人生。即使如此，有時候我們為了健康的人生，是有必要像伊比鳩魯般去認真思考的我們需要些什麼的。

　　他的治療過程看起來既不順利也不輕鬆。為了治療，在他必須進行的繁複義務中，首先是必須填寫每日紀錄紙。舉例來說，主治醫師出了「開車繞市內一圈」的課題時，要記錄下進行時間、與誰一起進行，以及在進行之前預想到的不安感等。還有萬一不安感狀態襲來時，如何從中脫出的方法之類的。進行第一個課題「開車繞市內一圈」時，他在沒有事先預告的情況下，驅車趕到我家巷口，把剛從睡夢中醒來，連戴隱形眼鏡的時間都沒有，戴著笨重的角框眼鏡，襪子也不成雙的我載上副駕駛座。那是下午一點。隨著時間經過，他開始呈現出心臟怦怦跳、後頸僵硬的症狀，且呼吸變得粗重，看起來連好好沿著車道開都不可能。我用食指繞著頭髮打轉，另一隻手邊搓揉著放在口袋裡的氣球。在經過塞車中的島山大路時，他坦言覺得自己的車好像要被後面一台可怕的混泥土攪拌車撞上似地。

我知道他抓著方向盤的手已經被汗弄濕了。那個啊，如果恐懼來襲的話，要預想並接受它啊。而且要去認識它，等待它，然後放下它。並且專心集中在現在你能做到的事上面。接下來邊與恐懼一同度過，邊認同自己忍受恐懼的成果，把這當成是你練習能夠忍

耐不安的機會。然後再次預想恐懼可能來襲，並接受這件事。我快速把我所知道可以克服恐慌的方法一股腦說出。我曾把恐懼轉換想成是離別，我邊寂寞地笑著，邊開玩笑似地補充說出了這些話。所有的學習中都有曲折啊你。……不，也許我只是像生氣的人一樣緊緊閉著嘴也不一定，因為我不知道安慰的方法。在發生尷尬或困難的狀況時，我總是像習慣一樣想著這時候如果是尼采的話會怎麼辦呢。不管是安慰還是給予好意的方法，應該要從年輕的時候就學習的。我領悟到自己過去幾乎沒有訓練這種感覺的機會。為了安慰他，我帶著我能做出的最溫暖的微笑看著他。幸好他沒有數落我老師妳本來就這麼愛哭嗎。在「萬一恐懼狀態來襲時，從中脫出的方法」一欄中，他用大大的字寫下了「請朋友代替自己開車」，雖然這是我之後才看到的了。

那天在分開之前，我在車子裡對 J 說了這些話。J，你既有犯錯的權利，也有請求幫助的權利，有感受憤怒的權利，也有哭的權利，有驚訝的權利，也有改變心意的權利，在沒有侵害到他人權利的前提下，J，你有做讓你自己開心的任何事的權利，也有討厭別人的權利。最後我說了，還有 J，你有開車的權利。

他對這對話表現出有興趣的模樣，對我來說真是太好了。我知道的許多事情中，有時候不是跟尼采學的，似乎是從托馬斯那邊學來的樣子。托馬斯是我的朋友，他的媽媽種了蕨類植物，週日上午十一點在露易絲咖啡廳買早午餐吃後死掉了，而他穿著媽媽留下的毛皮大衣，朋友們對他將過世母親的毛皮大衣穿在身上走動這件事無法理解。我們變得親近，是因為我了解了他的外套，以及他了解了我的恐懼。

有一天托馬斯對我這麼說，買氣球吧。這是身為我的朋友暨主治醫生，日後成為柏林夏麗特醫院神經精神科醫師的托馬斯為我下的治療方法之一。每當感受到不安感靠近時，每當呼吸變得

粗重時，我就深深快速呼吸，呼，呼呼，呼呼呼地吹著氣球調整呼吸。這是為了習慣過度換氣的一種呼吸訓練法，讓呼吸即使開始變粗重，也不會輕易引起恐慌發作。托馬斯總是用混合著綠色與灰色的憂鬱眼瞳直勾勾地看著那樣的我。那是至今我所見過的，看著我的，最焦急且悲傷的眼睛。我吹了數千個的氣球。

8

小寒到來，寒冷達到顛峰，我對 J 問我的問題，也就是如果不安消除後要做什麼，想著想到頭痛。J 要挑戰的課題是搭乘地下鐵 2 號線，如果做到了這件事，他就可以克服恐懼。

9

在離開海德堡之前用船托運的書，隔了四個月才送達。兩個月前該到了卻沒來，本來正要死心了。身體某處被折斷般的疼痛有好一陣子跟著我。看到被我認為像是神囑般的九箱書被堆在客廳地板上時，我才發現，等待這些書抵達的瞬間還更加地迫切且令人懷念。從前熱情與投入彷彿吞蝕掉我一般滿滿充斥著，但現在對似乎無法再次打開這些書的我來說，也許我正害怕著也說不定。幾乎佔據了客廳地板的沉重書籍們正慫恿催促著我。這提醒了我一兩件顯而易見的事情：已經過了兩個月的時間，還有現在我不是待在海德堡而是這裡。想想要講出更多事情。

回到家時，我把裝在玻璃瓶裡帶回的泥土窸窸窣窣地灑到院子裡。太常去旅行的話，即使回到家，也只是把房門帶上鎖住睡覺而已。現在我不再鎖上房門睡覺了。多用途室雖然狹小，但在閱讀書籍或沉思上沒有太大困難，也許我要長久居住的地方就是這裡也說不定。

最後的講課時間，我談了尼采從尼采石當中領悟到的永恆不滅思想。我講解了那時尼采流下的眼淚的意義，並介紹了尼采留下的箴言等，為

七週的講課畫下句點。我和學生們一起在百貨公司的餐廳裡吃了餃子並喝了杯茶。人們稍微談論了一下最後一堂課沒有出席的 J，一位認識 J 母親的聽課學生說 J 現在在寮國，又有另外一位學生說今天上課時間之前，看到 J 在百貨公司一樓挑選領帶。談著很會說玩笑話的 J，我們當中最年輕的 J 等，說得哈哈大笑之後，人們立刻就換了話題。J 沒有聯絡傳來，有些東西雖然不說也能知道，但也有如果不說的話就無法得知的東西。現在會是哪一方呢？每當想到 J 時，我總是會想起虹鱒。

　　1 月 23 日與 1 月 22 日感受到的心情稍微有些不同，不過時間確實地流逝過去。下午三點時有通打錯的電話打來，下午五點過後，黑暗開始以陰暗濃郁的綠色湧入。我坐在餐桌椅子上望著窗戶方向，眼睛習慣黑暗後，我看到斑白的雪花開始落下。聽到貓的叫聲，外送餐點來到巷子裡的摩托車經過。這是與平常時候別無兩樣的平凡星期天晚上。我慢慢站起來，用柴魚片煮了湯，用冷水洗了香菇、大蔥、茼蒿與洋蔥，瀝乾水分。湯頭開始滾起來時，我把火鍋放到餐桌中間，大聲呼喊在孩子們睡覺空檔於房間裡打花牌的爸爸媽媽哥哥嫂嫂。家人們聚集到了餐桌前。今天晚上不想吃火鍋想吃麵疙瘩、如果要煮火鍋的話肉應該要準備得更充足才對吧、沒有燒酒之類的嗎等等，家人們各自你一言我一語地說著話，開始舉起筷子。湯匙筷子在餐桌玻璃上匡噹相碰撞的聲音、咻嚕嚕撈湯來喝的聲音、水倒進玻璃杯裡的聲音等喧鬧地接連下去。……我深深嘆了一口氣。我確信 J 現在也在哪個地方吃著晚飯，那不是希望，而是相信之類的東西。我決定不要再等 J 了。

　　2 月開始了。我開始到位在鐘路的補習班，一週教授三次初級德語。介紹這個工作給我的還是車前輩。「前輩你做就好了啊？」前輩邊說紙店的工作似乎跟他的性向正合適，邊搖了搖頭。紙店的工作正符合性向的人是怎樣的人呢。我第一次請前輩吃飯及喝茶。這段時間，發生了姪子在客廳裡跌倒，頭撞到桌子角的事故，還有親奶奶的祭祀。祭祀的那天，爸爸把祭桌上的燭火點燃，受傷的頭上戴了一層白色的保護用網套，看起來像是包在水果網裡梨子的姪子叫出「哇，是生日！」，邊拍著手邊開始唱起「Happy Birthday to you~ Happy Birthday to you」。爸爸用笑也不是哭也不是的表情說「唉呦這傢伙！」，為了逮住咚咚咚咚在各個房間邊跑來跑去邊唱歌的姪子而臉色發紅。我站在敬著酒的哥哥背後。從小的時候開始，不知為何似乎完全沒有和哥哥手挽著手或牽手之類的身體接觸。年輕的時候各自都在看別人所以才這樣吧，十年後回來一看，想這麼做時似乎是年紀太大了。我裝作不知道，試著挽了一次哥哥的手。哥哥像爸爸一樣正漸漸變老，我應該也像媽媽一樣正在增長年齡。這是祭完祀後，1 月過了、2 月來臨時的事。然而即使只是默默地站著，3 月過了、4 月過了，那似乎還是有些悲傷惆悵。手肘內側慢慢地變溫暖。我想，也許可以告訴哥哥有關 J 的事情也說不定。哥哥轉過頭來看著我，嘻嘻地笑了。「妳以為這樣我就會把你的房間空還給妳嗎？」他用門都沒有的表情說。

　　那天晚上漢斯叫醒了我，有一個消息傳來。

10

　　如同尼采自發性地住在被名為哲學的冰塊覆蓋的高山上，對我來說生活這東西也正是如此。雖然有擺脫得掉的恐懼，也有擺脫

不掉的恐懼，我總是想停留在這裡，這是我的選擇。然而現在我了解到，進入他的庭園是不可能的事。我既找不到真理，也無法跳躍。如同尼采說過的話，不管是怎樣的江水，都不會只因為自己而流量變大變豐富。接受許多支流並繼續流動下去，這將創造出一條江。我領悟到，這並非告訴了我對所謂偉大精神的疑問的解答，而是指示給我方向。這麼說的話，指示我生命方向的偉大藝術家，正算是尼采。我開始對必須要忍耐的生命、必須要耕耘的生命、必須要照料的生命、達到和諧的生命進行思考。對於我們生命中發生的不幸的事情、困境之類的事，尼采不認為這些全是不好且必須要除去的。他說如同照料植物根部一般，我們也必須要照顧自己的不幸與困境。這是尼采透過園丁經驗得出的哲學。

側耳傾聽理性的命令吧。尼采對我這麼說。

我思考了我所擁有的權利。對我來說，我有喊痛的權利，有閱讀書籍的權利，在不侵害到他人的前提下，我有依靠他們的權利，有說出真實的權利，有睡覺的權利。我有反抗托馬斯的安慰與忠告的權利，也有不再說對不起也行的權利，有想念 J 也沒關係的權利。我不再想更多的話不行，而最後，我開始專注地思考起那些如箭矢般向 J 射去，卻返回到我身上的疑問。如果恐懼消失的話，

「我想寫一本書。」

我向 J 這麼說。

「我就知道。」

J 直爽地回答了。

「什麼？」

「我說我以為您正在等著。」

「這段時間，過得如何？」

「我從一百開始，每次減掉三進行倒數。九十七、九十四、九十一……每當產生困難的事情時我就會這麼做。我已經獨自搭地鐵三次了，老師。」

「邊從一百開始減掉三倒數？」

「是的，這真的是很棒的方法。老師您也在讀書讀到頭痛的時候試試看吧。」

「那樣也很好，那個，我們，要不要來吹個氣球啊？」

「像那些人一樣放風箏之類的不好嗎，唉呦為什麼要吹氣球啊好丟臉。」

「呼～啉，來，你也把汽球吹得鼓鼓的試試，呼呼呼～呼。」

「呼～啉，這樣嗎？」

「有一個男生愛上了，呼～呼」

「那個，呼呼，是 Happy Ending 嗎？呼呼～啉。」

「一個，呼呼，女生。」

「已經好久，呼啉，沒吹氣球了，呼～呼啉。」

「他是一個非常害怕高的地方，呼～啉，呼呼呼，的男生，但在他陷入戀愛的期間，呼呼呼呼～啉，進行了非常了不起的攀岩，呼呼。」

「誰啊？呼呼。」

「呼呼啉，我朋友，啉。」

我和 J 站著，看著黃色的氣球與藍色的氣球飛上天空。起風了。攀岩成功的那天，托馬斯全身閃爍著可可棕色的光芒。在我離開海德堡之前，他對我如此忠告：「你的優點在於不受外部世界的影響。在做學問時這是非常大的優點，但是也正是因為這樣，把你放進了孤立活著的命運中，永遠地。」

我所居住過的小小村莊與學校，長久以來是我全部的世界，他處離得遠遠的世界是恐怖未知的世界。現在我像是把綁住一邊腳的繩結輕輕解開一樣，像那黃色氣球與藍色氣球般，我感受到我的一掬靈魂被唰地向上舉起。你不是嗎，托馬斯？在繩結上有兩種神祕的力量。那個力量對某些人來說可能永遠都是凶險的，然而對有些人來說，也可能是吉利的。就像古人的結繩文字一樣

啊。如果我這麼說的話，托馬斯會理解嗎。托馬斯喜歡的路德維希・維根斯坦說過，人類沒有所謂希望的姿態。像發火的人一般行動是簡單的，像高興的人一般行動也是簡單的，像悲傷的人一般行動也是簡單的。但是希望呢？他斷言這是困難的。

如果托馬斯看到現在正吹氣球放飛上天空的 J，他會用什麼來表現呢，而如果又看到站在旁邊的我的話。

「老師又哭了嗎？」

J 用凹凸不平的手撫摸了我的臉頰。

「不要吊兒啷噹，好好站好一次。」

我用兩手抓住 J 的手臂面與他對面站著。J 似乎有些緊張的樣子。尼采在尼采石上哭出來的時候，那不僅只是因為發現的喜悅，也是確信了該理論實際存在作用著的眼淚，是確信的嘆息。如果我的命運是孤立地活下去，那麼正是因為這使我有了獨立性。因為這是只有在內心才會被製造出來的。氣球一再往天空飛去，克服恐懼的路途不是要讓我門去回頭看，而是要向前看，J，這也許是意味著變化也說不定。過去無法自我覺悟的生活，如果有什麼特別的意志的話，那些可能也會像氣球一樣膨脹得圓圓的吧。我的額頭貼上他的下巴，我稍微墊高了後腳跟。

듣기 지문

1과 2항 과제 2

전국 5개 도시 20-30대 기혼 남녀 226쌍을 대상으로 전화 면접을 통해 부부 간의 호칭을 조사한 결과 20-30대 남편들은 아내를 부를 때 누구와 함께 있느냐와는 상관없이 이름으로 부르는 경우가 가장 많은 것으로 나타났습니다. 이러한 결과로 볼 때, 남편들은 상황과 관계없이 연애시절부터 편하게 부르던 호칭을 결혼 후에도 계속 사용하고 있음을 짐작할 수 있습니다. 그러나 '이름' 다음으로는 상황에 따라 다소간의 차이가 있었습니다. 즉, 둘만 있을 경우에는 '자기/자기야'라는 호칭을 사용하는 반면, 부모님이나 자녀와 함께 있을 때에는 아이의 이름을 넣어 '누구 엄마'라는 호칭을 사용하는 것으로 나타났습니다.

20-30대 아내의 경우, 대부분의 상황에서 '오빠'라는 호칭을 가장 많이 사용하였으나, 자녀 앞에서는 '누구 아빠'라는 호칭을 가장 많이 사용하였습니다. 이러한 결과로 미루어 볼 때, 아내는 남편보다 자녀에게 더 많은 신경을 쓰고 있음을 알 수 있습니다. 그리고 아내의 경우도 '오빠' 다음으로는 경우에 따라 달랐는데, 둘만 있을 경우에는 '자기/자기야'라는 호칭을, 부모님과 함께 있을 때는 '누구 아빠'라는 호칭을, 그리고 자녀와 함께 있을 때는 '오빠'라는 호칭을 사용하였습니다. 아내가 남편보다 상황에 따라서 호칭을 다르게 사용하고 있다는 이러한 조사결과는, 여성이 남성보다 사람과 사람 사이의 관계적 측면에 더 신경을 쓴다는 사회적 통념을 보여준다고 할 수 있습니다.

2과 2항 과제 2

피상담자 저는 직장 생활 7년차인 회사원입니다. 요즘 부장님과의 관계 때문에 스트레스를 많이 받고 있습니다. 부장님은 어떤 일이 주어지면 일사천리로 곧바로 해치우는 굉장히 급한 성격입니다. 그러다 보니 아랫사람들은 항상 긴장하고 야단도 자주 맞는 편이에요. 그런데 전 부장님과는 반대 스타일이거든요. 시간은 좀 걸리지만 일을 꼼꼼하게 하는 편이고 아랫사람들의 어려움도 잘 챙겨주는 편이라 부하 직원들이 저를 잘 따릅니다. 그래서 수시로 저에게 도움을 요청하고 그러면 전 하나하나 상담을 잘 해 줍니다. 그러는 절 보고 부장님은 일을 열심히 하지 않는다, 업무 중에 잡담을 한다 하면서 요즘 부쩍 트집을 잡습니다. 말투 속에는 저를 질시하는 듯한 느낌이 많이 있어요. 사실 부장님은 저희 부서의 최고 상사이기 때문에 원만한 관계를 유지하고 싶은데 잘 안 됩니다.

상담원   우선은 상대가 부장이고 상사이기 때문에 부하 직원으로서 원만한 관계를 유지하려
면 첫 번째는 상사의 스타일에 맞추는 것이 제일 좋은 방법입니다. 상사의 일처리나
판단이 마음에 들지 않더라도 그것에 대해 거부감을 보이거나 반발을 하면 그걸 받
아들일 상사는 거의 없습니다. 그러니 업무 방식을 부장님 스타일에 맞춰 부장님이
제일 먼저 처리하고 싶어하는 일을 빨리 끝내세요. 그리고 동료나 아랫사람들에 대
한 조언도 부장님이 보지 않는 곳에서 하거나 식사 시간을 이용해서 하는 게 좋겠습
니다. 상사보다 아랫사람이 다른 직원들에게 인기가 있어 보이는 것은 오히려 마이
너스 요소로 작용하기 쉽거든요. 그리고 부장님 덕분에 업무 처리 능력이 빨라졌다
는 감사성 말을 사석을 이용해서 해 보세요. 상대를 칭찬하고 치켜 세워주는 것을 싫
어할 사람은 아무도 없습니다.

3과 1항 과제 1

아나운서   YBS FM이 가정의 달 특집으로 〈한국인의 일상〉을 살펴보았습니다.
제일 처음 만난 분은 충남에 사시는 서른일곱 살의 이경훈 씨입니다.
리포터   이경훈 씨는 대기업을 다니시다가 귀농하셨다고 들었습니다.
무슨 계기가 있었나요?
이경훈   직장 생활에서 받는 스트레스가 너무 심해서요.
아버지가 하시던 목상일을 하기로 했지요.
리포터   하루 일과를 소개해 주시겠습니까?
이경훈   저는 새벽 4시 반이면 일어납니다. 소젖을 짜서 우유 회사차에 실어 보내면
오전 7시가 되고요. 소들에게 먹이를 주고 저도 아침을 먹은 후에 축사를 청소합니다.
오후가 되면 어린 소들을 돌보고요 아무래도 젖소 일정에 맞춰 하루가 돌아가죠.
리포터   힘든 일은 뭔가요?
이경훈   목장을 확장하느라 빌린 대출금 문제요. 뭐 아직은 대출금 갚느라 형편이 넉넉하지 않
고요. 우유 소비도 예전 같지 않네요.
리포터   가장 큰 보람은 무엇이고 언제 행복하신지 궁금하군요.
이경훈   상황이 좀 힘들긴 하지만 소들이 여물 먹는 모습을 보면 뿌듯해요.
평생 갈 길을 찾았다는 생각이지요. 함께 회사를 그만두고 '험한 길'에 동참해 준 아내
도 저에겐 든든한 지원군이죠. 평생 할 일을 찾았고 자연 속에서 가족과 같이 살며
제 일을 하고 있으니 행복하다고 할 수 있겠죠?

리포터	다음으로 투자 전문가로 활동하시는 42세의 정연세 씨를 만나 보았습니다.
	하루 일과를 말씀해 주시겠습니까?
정연세	네. 보통 5시에 쯤 일어납니다. 신도시에 사니까 시내까지 출퇴근 시간이 1시간 반 쯤
	걸리거든요. 아침은 간단하게 빵과 커피로 때우지요. 보통 8시에 근무가 시작되고요. 퇴근시간이
	있기는 있지만 제 시간에 퇴근하기가 힘들어요. 야근도 자주 합니다.
리포터	퇴근 후에는 가족과 시간을 보낼 수 있나요?
정연세	이렇게 바쁘니 가족들과 지내는 시간은 물론이고 아무리 아파도 병원에 갈 시간조차
	없어요. 일거리를 집에 가져갈 때도 있고 집에 가서도 증권이나 예금 상품에 대해
	공부해 가지고 직접 투자를 하고 있거든요. 사실 요즘 머리가 무겁고 쉽게 피곤해져서
	장시간 업무에 집중하기가 힘듭니다. 병원에 한번 가봐야 하는데...
리포터	아 그러세요? 무엇보다도 건강에 신경을 쓰셔야 겠군요. 바쁜 생활을 하시면서 가장
	크게 느끼는 보람은 무엇이고 언제 행복하신지 궁금합니다.
정연세	생활은 바쁘지만 불어나는 자산을 보면서 행복함을 느껴요. 지금 돈을 벌어서 노후에 가족이 편
	안한 생활을 누리면서 사는 게 제 꿈이니까요.
리포터	다음으로는 일정한 직장을 다니지 않고 아르바이트를 하고 있는 스물여섯 살의 김무상씨를 만나
	보았습니다. 보통 직장인들보다는 자유로운 일과를 보내시겠네요.
김무상	그렇죠. 일어나고 싶은 시간에 일어나는 것이 제 생활의 장점이니까요. 보통 직장인은 아침에 제
	일 바쁘잖아요. 전 주로 낮 시간에는 배달 일을 하는데 출퇴근 시간과는 크게 상관없이 살고 있지
	요.
리포터	생활비는 여유가 있나요?
김무상	저 혼자 먹고 쓸 만큼은 돼요. 좋아하는 영화나 공연은 가격이 싸거나 무료인 집 근처의 영상 자
	료원 같은 데를 이용해요. 사실 식비도요, 혼자 사니까 별로 돈이 안 들어요.
리포터	제일 힘든 일은 뭔가요?
김무상	부모님을 이해시키는 일이지요. 부모님 세대는 정해진 직장 없이 산다는 걸 이해 못하시죠. 그래
	도 전 제 생활에 불만 별로 없어요. 제가 읽고 싶은 책 읽고 밤에 편의점에서 아르바이트 하고 필
	요한 시간에 배달 일을 하면서도 생활이 되니까요.
리포터	계속 시간제 일을 하시면서 사실 생각이십니까?
김무상	네, 저도 잠깐 직장 생활을 해 봤는데요. 정말 제 적성에는 맞지 않더라고요.
	저도 저 나름대로 행복하게 사는 방법을 찾은 거거든요.
	전 제 시간을 제 마음대로 쓰면서 자유롭게 사는 게 좋아요. 그래서 지금 전 행복해요.

4과 1항 과제 2

올해 하반기에 서울시가 청소년 교육 프로그램의 하나로 계획한 '젊은 리더를 위한 시민 강좌'의 첫 주제는 '나는 누구인가'입니다. 오늘은 이 첫 주제의 강사이신 한국대 철학과 김정호 교수님을 특별한 공간에서 색다른 방식으로 만났습니다. 여기는 한국인들이 사이버 공간에서 시시각각으로 자신의 캐릭터를 진화시키고 있는 PC방인데요. 김 교수님은 같은 과 4학년생인 한영수 군과 한국대 교내 PC방에서 롤플레잉 게임인 '리니지'에 참여하여 스승과 제자가 아니라 생사를 걸고 전투를 벌이는 전사가 됐습니다. 다음은 게임을 하고 나서 두 사람이 사이버 공간의 자아 정체성에 대해 나눈 대담의 일부입니다.

김정호   이거 쉽지 않군. 뭐 교수라고 봐주는 것도 없네.

한영수   죄송합니다. 게임은 게임이지요.

김정호   게임에서는 평소의 한 군과 사뭇 다른 모습을 보여주더군.
　　　　예의 바르고 신중하던 성격 이면에 이런 공격성이 숨어 있는 줄은 몰랐어.

한영수   어차피 다른 환경에서 다른 캐릭터로 나섰으니 현실에서 못해보는 역할을 한번 신나게 해보고 싶더라고요. 그런데 때론 어떤 것이 진짜 저의 모습인지 조금 혼란스러울 때도 있습니다.

김정호   그건 한 군이 그래도 현실에 뿌리박고 있다는 증거야. 그런데 사이버 공간에서의 '자아 정체성'은 현실과 달리 아주 임의적이고 우발적으로 조작된 거지. 자기 캐릭터를 쉽게 바꾸거나 심지어 팔아치우기도 하지 않나.
　　　　단 한 번뿐인 현실 공간의 인생까지 그렇게 무책임하게 살려고 하는 사람들이 늘어나지 않을까 걱정이네.

한영수   하지만 현실에서도 사람들은 여러 가지 얼굴을 갖고 살아가지 않나요? 다중(多重)적 자아가 있다고 해서 자기 정체성이 깨지는 것은 아닌 듯합니다. '리니지' 속의 전사, 그리고 현실 세계에서 강의를 듣는 학생, 가족들과 함께 저녁을 먹는 아들…
　　　　조금 혼란스러울 수는 있겠지만 의식의 연속성이 유지된다면 자기 동일성을 유지할 수는 있다고 생각합니다.

4과 2항 과제 1

앵커　시청자 여러분, 화면에 장미가 뜨면 장미꽃 향기가 나고 김치찌개가 뜨면 김치찌개 냄 새가 나는 것, 상상해 보셨습니까? 최근 '미래 과학 연구소'가 미래 사회에 필요한 IT 기술과 그 실현 시기를 예측한 보고서 「IT기술예측 2020」을 발표했는데요, 이 보고서에 의하면 가까운 미래 에 이것이 가능하다고 합니다. 김영수 기자가 보도합니다.

김영수　네, 미래의 과학 기술! 공상 과학 영화 속에서나 볼 수 있었던 세상이 멀지 않았습니다. 2012년 신체 상황 인식 기술이 개발되면 가정 내에서는 가족의 건강 상태를 감지하여 집안의 온도, 습도가 자동으로 조절되고 병원에서는 응급 환자의 신분을 홍채로 인식하여 전국 병원에 저 장된 진료 기록이 확인됩니다. 또한 2012년 가상 현실 시스템 기술이 개발되면 학교에서는 이 기술을 활용하여 개구리 해부 실험 등 실제와 동일한 과학 실험을 할 수 있고 지금은 소실된 문화재를 가상 공간에 복원하여 관람할 수 있게 됩니다. 2014년 입체 영상 기술이 개발되면 외출 전에 미리 어울리는 옷, 가방, 헤어스타일을 3차원 영상으로 살펴볼 수 있습니다. 2015 년에는 후각 전달 기술의 개발로 인터넷을 통해 냄새까지 그대로 전달하여 느낄 수 있게 됩니 다. 또한 국방 분야에서는 2015년 디지털 군복 기술이 개발되면 군인들은 시력, 청력을 향상 시킬 수 있을 뿐만 아니라 색깔도 주변 색에 따라 수시로 바뀌는 군복을 입게 됩니다. 2018년 의료용 마이크로 로봇 기술이 개발되면 마이크로 로봇이 몸 곳곳을 돌아다니며 치료를 하게 됩니다. 영화나 소설 속에서 보던 것이 현실이 되는 것이죠. 그러나 이 보고서에 따르면 현재 우리나라는 네트워크 분야의 기술 수준은 높은 반면 의료, 건축, 국방 분야에서 IT 융합 기술 력이 부족한 것으로 나타났습니다.

5과 1항 과제 2

명품은 사치스럽고 고급스럽다고 사회에서 일반적으로 인정을 받은 재화를 말합니다. 이러한 명품은 과거에는 주로 상류층만이 구매해왔지만 지금은 상류층에 속하지 않는 이들도 상류층을 모방해 명품 구매에 적극적으로 나서고 있는 추세입니다.

이런 고가품을 유난히 애호하는 소비자들을 흔히 '명품족'이라 부르는데, 이는 크게 재력이 있는 계층과 없는 계층으로 나눌 수 있습니다. 부자 중에도 검소한 사람이 많지만 대체로 자신의 성취를 과시하고자 하는 젊은 부자나 갑자기 부자가 된 졸부들이 사치품을 더 선호하는 경향이 있습니다. 이들을 과시형 명품 소비자라고 부릅니다. 이 과시 욕구는 명품 구매의 대표적인 원인이라고 할 수 있지요. 그런데 문제는 경제력도 없으면서 사치품을 구매하는 소비자층입니다.

이들이 이런 고가품을 구매하고자 하는 동기는 다시 세 가지로 나눌 수 있습니다. 첫째, "남들이 다 하는 유행이니까 나도 따라가야 한다"는 동조형, 둘째, "명품은 나를 돋보이게 해 준다"고 생각하는 환상형, 그리고 마지막으로 부유층의 명품 소비를 보면서 사촌이 땅을 사면 배가 아프다는 식의 질시와 나도 그들과 다르지 않다는 평등 의식을 가지고 명품을 소비하는 질시형이 있습니다.

이 뿐만 아니라 고가품을 손에 넣었을 때의 성취감, 사치품 구입을 조장하는 광고나 드라마, 상류층간의 연결망 형성과 유지의 필요성 등도 현재 명품 구매를 부추기는 원인으로 제시될 수 있습니다.

5과 2항 과제 2

청소년들에게 돈의 가치와 철학을 전해 주는 '회계사 아빠가 딸에게 보내는 편지'가 비룡 출판사에서 출간되었습니다. 이 책은 경제이론을 다루는 기존의 청소년 경제서들과 달리 돈을 대하는 바른 자세와 지혜로운 돈 씀씀이에 관하여 이야기해 주고 있습니다. 따라서 청소년들이 돈을 다루는 데 실질적인 도움을 주고, 돈이 가진 여러 가지 속성과 위험성뿐만 아니라 사금융, 국민연금, 내 집 장만, 주식 투자같이 오늘날 큰 이슈가 되고 있는 경제 문제까지 다루고 있어서 청소년들이 현대 사회를 바라보는 시각을 넓힐 수 있으리라 기대됩니다.

6과 1항 과제 2

오늘은 한국, 미국, 일본, 세 나라의 드라마에 나타나는 특성에 대해서 이야기해 보겠습니다.

한국 드라마의 배경에는 '가족'과 '불치병'이 있습니다. 이는 뿌리를 중시하는 한국인의 의식이 반영된 것으로 한국 드라마는 가족 간 갈등을 푸는 것만으로도 이야기 전개가 될 수 있습니다. 한국 드라마에 단골로 등장하는 '불치병'은 한국의 사회상과 연관된다고 할 수 있습니다. 경쟁이 치열해질수록 위안을 받고 싶은 심리가 작용하여 순수한 사랑을 더욱 추구합니다. 현실에서는 이룰 수 없는 사랑을 완성시키기 위해 누군가를 죽게 만드는 것입니다. 그리고 한국 시청자는 감정적인 장면과 대사에서 받는 풍부하고 강렬한 느낌을 좋아하는 듯싶습니다.

그런데 미국 드라마에서는 갑자기 살인사건이나 폭력사건이 일어나고 주인공은 이유도 모른 채 용의자가 됩니다. 이런 '재난'은 왜 일어날까요? 다른 정체성을 가진 민족들이 공감할 수 있는 소재가 필요한데 일반인에게 급작스럽게 들이닥친 재난이 바로 그것입니다. 범죄는 남의 이야기가 아닌 나한테도 일어날 수 있는 일상적 재난이고 행복은 이로 인해 파괴될 수 있다는 것을 말하고 있습니다. 올해 미국 시청자 대상 조사 결과에 의하면 이러한 재난이 해결되는 장면을 보는 것이 가장 만족스럽다고 답했습니다.

일본 드라마는 직장에서의 성장을 다룬 드라마가 많습니다. 일본 드라마의 주인공은 자신의 힘으로 문제를 해결하는 미국식 히어로가 아니고 직장 동료들의 도움을 통해 성장합니다. 한국 드라마의 '불치병'이나 미국 드라마의 '재난'에 해당되는 일본 드라마의 특별한 설정은 주인공의 '특이함'인데요. 자기 마음을 다른 사람이 읽어 버리는 주인공이나, 햇빛을 보면 쓰러지는 주인공, 청소하기를 싫어하는 피아노 천재 등 특이한 주인공이 다른 사람들과 잘 어울려 지내는 과정은 조직에서 소외되길 원하지 않는 일본인들의 정서를 반영한다고도 할 수 있겠습니다. 이렇게 조직 내 충돌을 원하지 않기 때문에 일본 드라마는 인물 간 감정 대립이 크지 않으며 잔잔한 일상을 다룬 장면을 선호합니다.

다음 그림을 함께 봅시다. 이 그림은 단원 김홍도가 200여 년 전에 그린 그림인데요. 공책만한 작은 그림입니다. 오른쪽 위에서 왼쪽 아래로 보라고 말씀드렸지요? 이 그림에 등장하는 사람이 모두 스물 두 명인데, 우선 여기 오른편 위쪽 (가) 부분의 중년 사나이를 보세요. 입을 헤 벌리고 씨름 구경을 하고 있습니다. 재밌으니까 윗몸이 앞으로 쏠렸지요? 그러다 보니 자연스럽게 두 손이 땅에 닿았습니다. 그 옆에 있는 총각은? 아니, 상투를 틀었군요! 총각이 아닙니다. 수염도 안 난 걸 보면 요즘으로 치면 고등학교 1학년이나 2학년 밖에 안 되어 보이지만 장가를 갔어요. 그런데 팔베개를 하고 누웠습니다. 아니, 씨름판에 오자마자 팔베개를 하고 눕는 사람이 있겠습니까? 아, 이거 씨름판이 한참 진행돼서 이제 거의 끝날 때가 다 됐나 보다 하고 생각할 수 있습니다. 재미는 있지만 몸이 힘들어서 누운 거지요. 시간이 꽤 지났음을 보여줍니다.

자, 그럼 이제 (나) 부분에 있는 씨름꾼들을 보죠. 눈부터 바라보니 역시 당사자들의 눈이라 제일 심각해 보입니다. 특히 뒷사람은 눈이 아주 동그래져서 두 눈썹 사이에는 깊은 주름까지 잡혀 있지 않습니까? 앞사람을 보세요. 어금니는 악물었고 광대뼈는 툭 튀어나와 가지고 이번에는 반드시 넘어뜨리고 말겠다는 각오가 대단해 보이지요? 뒷사람이 틀림없이 졌습니다. 앞사람을 보십시오! 두 발을 땅에 굳게 디디고 서서 상대를 들어 올리려고 애쓰는 모습이나 꽉 다문 입술에서 젖 먹던 힘까지 다하는 모습이 뚜렷하게 보입니다. 앞사람은 두 다리가 모두 튼튼하게 땅에 붙어 있는데, 지는 쪽은 한 발이 들리고 다른 한쪽마저 들리려는 순간입니다. 그 오른손이 바나나 같이 길게 그려졌군요. 화가 실력이 부족해 그렇게 그렸을까요? 아니지요, 이 손마저 빠져나가고 있다는 것을 보여주려는 것입니다.

그런데 뒷사람은 왼쪽으로 넘어질까요? 오른쪽으로 넘어질까요? 잘 살펴보시면 알 수 있습니다. 한번 맞춰 보십시오! 제 생각엔 아무래도 오른쪽으로 넘어질 것 같은데요. 그걸 어떻게 알 수 있는가 하면, 오른쪽 아래를 보세요. 구경꾼들이 턱을 치켜들고 눈은 쭉 찢어진 채 입을 떡 벌리고, '어억~' 하는 소리를 내면서 상체가 뒤로 물러나며 또 손으론 땅을 짚었지 않습니까? 우리는 그림 바깥에 있고 이 사람들은 그림 속에서 직접 씨름을 구경하고 있으니까, 아무래도 구경꾼들이 우리보다는 더 잘 알겠죠? 분명 오른쪽으로 넘어집니다. 유도나 씨름에서 한 쪽이 다른 쪽을 어느 한편으로 넘어뜨리려고 할 때 그 상대가 그리로 그렇게 쉽게 넘어가 주지는 않죠. 반대편으로 안 넘어가려고 죽을 힘을 다 하게 됩니다. 그러니까 그 아슬아슬한 순간에 탁, 하고 반대편으로 넘어뜨려서 한 판 경기가 끝나게 되는 겁니다. 화가는 바로 그 순간을 놓치지 않고 이렇게 기막힌 그림을 그려 냈습니다.

7과 1항 과제 2

사회자	안녕하십니까? 연세방송의 김춘추 기잡니다. 우리 한국 사회의 특징을 흔히 '가족주의'라고 이야 기할 만큼 가족은 한국 사람에게 중요합니다. 그렇지만 지난 한 달 동안 실시된 설문 조사의 결과 는 한국인들 스스로가 가족에 대해 예전과 다른 인식을 가지고 있다는 사실을 보여주고 있습니 다. 오늘 이 자리에서는 '가족의 변화'에 대해 윤주현 교수님을 모시고 이야기를 나누어 보도록 하 겠습니다. 안녕하십니까?
윤교수	안녕하십니까?
사회자	최근 '가족의 변화'가 이슈가 되고 있는데요, 윤 교수님은 이러한 변화를 어떻게 보십니까?
윤교수	최근의 흐름을 볼 때 우리에게 가족은 더 이상 안정적인 조직이라고 할 수 없을 것 같아요. 가치 관의 변화에 따라 가족의 성격이 변화되기 시작한 것으로 보아야 할 겁니다. 가족의 1차적 의미 가 '제도'보다는 '관계'로 변하고 있는 것이 아닌가 하는 생각이 듭니다.
사회자	가족에 대한 가치관이 변하기 시작했다는 말씀이시군요. 결혼 기피나 저출산, 이혼 증가 등 최근 의 변화를 '가족의 위기'라고 말하는 사람도 있습니다만…
윤교수	우리가 '가족의 위기'라고 부르는 현상은 전 세계적인 추세입니다. 동거나 무자녀 가구 같은 비전 형적인 가족 형태가 늘어나고 있으니까요. 그런 변화에 대비한 사회적 준비가 안 되어 있기 때문 에 '위기'라고 하는 거지요.
사회자	준비가 안 되어 있다고 하셨습니다만, 최근 실시된 설문 조사의 결과를 보면 시민 들의 의식도 상 당히 달라지고 있는데요. 동거나 공동체 가족까지도 수용하는 걸 보면…
윤교수	그렇지요. 시민들은 이런 변화를 담담하게 받아들이고 있습니다. 이것은 시민들의 의식 변화, 특 히 여성들의 의식 변화에 의한 것이라고 봅니다. 성(性)에 대한 욕구 변화도 부부 간, 부모 자식 간 의 관계 변화에 큰 영향을 주고 있지요.
사회자	그렇군요. 그럼 교수님, 이러한 가족의 변화는 어떤 방향으로 흘러갈 것으로 보십니까?
윤교수	저는 혈연 중심의 집단적 가치보다 한 개인의 인간적 권리가 더욱 중요하게 여겨 지는 시대로 변 하면서 미래의 가족은 결국 개개인의 네트워크 형태가 될 거라고 봅니다.
사회자	그렇다면 결국 가족은 해체된다는 건가요?
윤교수	가족의 완전한 해체는 가능하지도 않고, 바람직하지도 않다고 봅니다. '진화된 형태'의 가족이 새 로 생성되는 것이지요. 다양한 형태로 분화되는 것은 필연적이고요.
사회자	해체가 아닌 진화된 가족 혹은 분화된 가족으로 바뀔 거라는 말씀이시군요. 사회가 변화하고 가 치관도 변화함에 따라 우리 사회의 가족의 형태도 다양해질 것 같습니다. 이러한 변화에 대한 사 회적 준비와 정책적인 대비가 필요할 것으로 생각됩니다.

최근에는 신랑 신부가 동시에 입장하는 결혼식을 자주 볼 수 있습니다. 이에 조금 더 의미를 부여해 양가 부모님이 두 분씩 차례로 입장한 다음 신랑 신부가 입장하는 것도 색다른 이벤트가 될 수 있겠습니다. 하객들에게 양가 부모님을 정식으로 소개하고 결혼식에 참석해주신 것에 대해 감사하는 의미도 될 수 있습니다. 이러한 색다른 입장은 다정하고 화목한 부모님들의 뒤를 이어 더 잘 살겠다는 뜻을 담는 것으로도 의미를 부여할 수 있을 것입니다.

다음으로 요즘 결혼식에서는 신랑 신부가 서로에 대한 사랑의 마음을 담아 쓴 편지를 읽는 이벤트도 볼 수 있습니다. 주례 말씀 외에 각자가 결혼에 임하는 태도나 서로에게 어떤 존재가 되겠다는 진실한 마음'을 편지에 담아 진하도록 합니다. 연애하면서 느꼈던 생각들, 서로에게 어떤 남편과 아내가 될 것이고 어떤 며느리와 사위가 될 것인지를 하객들 앞에서 다짐하는 것은 서로에게 개인적으로 편지를 전하는 것보다 훨씬 특별한 맹세가 될 수 있고, 결혼식 후에도 그 편지는 영원한 사랑의 증표가 될 수 있다고 합니다. 결혼 생활에 임하는 자세를 정리해 '결혼 생활에 대한 생활 수칙' 같은 것을 낭독하는 것도 하객들에게 색다른 재미를 줄 수 있겠지요?

하객 측에서도 색다른 이벤트를 준비할 수 있을 겁니다. 신랑 신부의 하객들 중 한 명이 주례 단상에 나와 축하 메시지를 전하는 것입니다. 이것으로 주례를 대신하는 것도 괜찮을 듯싶습니다. 나이도, 성별도, 지위도 상관없이 신랑 신부에게 가장 애틋한 마음을 갖고 있는 하객들 중 한 명이 편지 형식으로 축하 메시지를 전합니다. 하객들은 지루한 주례사를 듣지 않아도 돼서 좋고 신랑 신부는 하객들이 갖는 기대와 축하를 다시 한 번 되새길 수 있어서 뜻 깊은 순서가 될 수 있습니다.

8과 1항 과제 2

학교나 가정의 체벌이 아동이나 청소년에게 어떤 교육적 효과가 있을까요? 심리학, 교육학 등 여러 분야의 연구를 보면 체벌은 부정적인 영향이 더 크다고 합니다. 체벌은 교사나 부모에 대한 반발심이나 적개심을 유발하고 인격적인 모욕을 느끼게 할 수 있다고 합니다. 또한 체벌은 다른 사람을 통제하기 위해서는 폭력을 사용해도 된다고 생각하게 만들 수 있으며, 정서 발달에 부정적인 영향을 미칠 수 있고, 우울, 소외, 알코올 남용, 자살 등의 가능성을 높인다고 합니다.

그러나 부모가 애정을 가지고 일관성 있게 훈육을 하는 가정에서는 체벌이 있더라도 자녀가 비행이나 문제 행동을 일으키지 않고 오히려 긍정적인 교육 효과가 있다는 연구보고도 있습니다. 이는 체벌 자체보다는 애정과 믿음을 바탕으로 한 상호 관계가 더 중요함을 보여주는 것입니다.

이러한 연구 결과는 최근 학교 현장에서 논란이 되고 있는 교사의 체벌에 대해 시사하는 바가 큽니다. 체벌을 당하는 학생들의 대부분은 교사가 자기에게 애정과 관심을 가지고 자신을 올바르게 교육시키기 위해 체벌을 했다고 생각하지 않습니다. 왜 우리 학생들은 교사를 이렇게밖에 보지 않을까요? 이는 학생들의 잘못만이 아닙니다. 학부모가 자녀들 앞에서 교사에 대해 어떻게 이야기하고 행동했는지, 우리 사회가 교사들을 어떻게 생각하고 대했는지, 그리고 교사들은 학생들에게 어떤 마음과 자세로 임했는지에 대해 우리 모두 깊은 고민과 반성을 해야 합니다.

교사와 학생 그리고 학부모 간에 신뢰가 없는 교육 환경에서는 제대로 교육이 이루어지기 어렵지요. 따라서 체벌에 대한 논의보다도 교사, 학생 그리고 학부모 간에 애정과 신뢰를 회복하는 것이 더 시급합니다. 또한 교사는 자긍심을 갖고 학생들에게 애정과 관심을 보인다면 체벌의 존폐에 대한 논의는 더 이상 필요 없을 것입니다.

김규완	이치범 환경부 장관이 10대 그룹 CEO들을 만나 환경 정책에 관한 협력을 모색합니다. 환경부 장관이 10대 그룹 CEO와 협력에 나서는 것이 이번이 처음인 만큼 많은 국민들의 관심이 몰리고 있는데요. 이치범 환경부 장관을 연결해서 얘기 나눠보겠습니다. 이치범 장관님, 안녕하십니까?
이치범	네, 안녕하십니까?
김규완	우선, 앞서 말씀드린 10대 그룹 CEO와 협력을 모색하게 된 배경이 궁금한데요. 이번 협력으로 친환경 기업 경영과 환경 보존이라는 두 가지 목적을 다 이룰 생각을 하고 계신 것 같네요.
이치범	네, 오늘 환경부에서 10대그룹 핵심 CEO들을 초청해서 간담회를 개최할 예정입니다. 환경 정책에 있어서는 기업과 기업CEO가 주요한 고객입니다. 그래서 이들 고객과 만나서 환경 정책의 품질도 높이고 실행력을 높이고자 간담회를 개최했습니다. 사실 아직도 사회 일각에서는 환경과 경제가 서로 상충되는 개념으로 인식하는 경향이 있죠. 실제로 외국의 예나 이런 것들을 보면 사실 지속 가능 발전이라는 큰 틀에서 보면 환경경영을 통해서 사회적 책임을 다하는 게 기업 경영에도 많은 도움이 된다는 것이 입증되고 있습니다. 그래서 이번 간담회를 계기로 해서 기업 경영과 환경 보존이 같이 상생의 길로 나갈 수 있는 방안을 모색해보고자 합니다.
김규완	알겠습니다. 올해 최악의 황사가 온다고 하죠?
이치범	네.
김규완	이와 관련해서 환경부가 황사 종합 대책을 마련해 놓은 것으로 알고 있는데... 아직 국무 회의에 상정을 못한 것 같아요. 그런데 지난주에도 상정을 하려다가 시간이 늦어져서 못했고 이번 주에도 못했다고 얘기를 들었는데... 이거 자꾸 황사 종합 대책이 자꾸 대통령에게 보고가 늦어지면 환경 정책 시행하는 과정에서 좀 차질이 있을 것 같은데... 어떻습니까?

YONSEI KOREAN 5

10과 2항 과제 1

"우리나라도 도울 사람 많은데 왜 외국까지 도와야 하나요?" 제가 지난 7년간 긴급구호를 하면서 가장 많이 받은 질문입니다. 물론 우리나라에도 도울 사람 많습니다. 그리고 그들을 먼저 돌봐야하는 건 당연한 일입니다. 이를 위해 정부 차원에서는 보건 복지부가, 민간 차원에서는 수백 개의 사회 복지 NGO가 열심히 일하고 있습니다. 제도와 조직의 사각지대에 있는 사람들이라도 우리끼리 힘을 합치면 얼마든지 도울 수 있습니다.

그러나 우리 도움이 필요한 나라 사람들은 천 원, 이천 원에 목숨이 왔다 갔다 합니다. 열대 지방에서 설사병으로 죽어가는 아이는 천 원짜리 링거 한 병이면 살릴 수 있고, 지진으로 무너진 산간 지역 아이들은 2천 원짜리 담요 한 장이면 한겨울의 치명적인 저체온증을 막을 수 있습니다.

또한 이렇게 생각해보면 어떨까요? 1950년 한국 전쟁 직후부터 1990년까지 우리를 원조했던 나라에는 국내에 도울 사람이 한 명도 없어서 40년간이나 한국을 도왔을까요? 분명히 그 나라에도 왜 한국까지 돕느냐는 사람들이 많았을 것입니다. 그러나 우리가 전폭적인 해외원조를 받았으니 경제 규모 세계 10위권인 지금 그 은혜의 빚을 갚아야 한다고는 말하고 싶지 않습니다.

부채감이나 의무감으로 누구를 돕는다는 것은 슬픈 일이기 때문입니다. 우리 이웃이든 다른 나라든 남을 도울 때는 기껍고 즐거운 마음이어야 합니다. 나와 아무 상관없는 아이지만, 설사 같은 시시한 병으로 죽어 갈 때 그 아이를 꼭 살리고 싶다는 간절한 마음도 함께 가야한다고 생각합니다. 세계 오지 여행과 긴급 구호를 하면서 우리나라 사람들의 인정이 대단히 고품질이라는 것을 저는 확실히 알게 되었습니다. 이제 이 고품질 인정이 대한민국을 넘어서 전 세계로 뻗어나갔으면 좋겠습니다. 지금도 아주 잘 하고 있지만 말입니다.

앵커(여) 자신이 남을 도와준 만큼 필요할 때 도움을 받을 수 있다면 얼마나 좋을까요? 인천에 서는 지난해부터 '찾아 쓰는 자원봉사 마일리지 제도'가 실시되고 있는데 시민들의 반응이 뜨겁습니다. 김영수 기자의 보도입니다.

김영수 여기는 인천 시청 조리실입니다. 자원봉사 아주머니들의 음식 만드는 손길이 분주합니다. 독거노인들에게 가져다 줄 찌개와 생선 그리고 밑반찬들이 정성스럽게 만들어지고 있습니다. 봉사 단원이 음식을 들고 찾아간 곳은 81살 장순자 할머니 댁. 병원 봉사 활동과 환경 미화 등 200여 차례의 자원봉사를 하고 있는 할머니이지만 혼자 사는 탓에 정작 제대로 된 음식 해먹기가 쉽지 않습니다. 장순자 할머니를 만나보겠습니다.

장순자 "있는 것 대충 먹어야지, 끼니를 때워야지 그런 생각을 해도 이렇게 해주니까 얼마나 감사한지 몰라요."

김영수 인천시 연수동에 사시는 77살 전진석 할아버지는 지난달 쓰레기를 줍는 봉사 활동을 하다 돌에 걸려 넘어지는 바람에 대퇴골이 골절되는 중상을 입었습니다. 간병인을 둘 형편이 못돼 애를 태웠었는데 인천시의 찾아 쓰는 자원봉사 마일리지 제도로 한시름 놓게 됐습니다. 760시간에 달하는 자원봉사 마일리지 덕분에 자신이 봉사한 만큼 무료로 간병을 받을 수 있게 됐기 때문입니다. 전진석 할아버지를 만나봤습니다.

전진석 "너무 감격스러웠어요. 우리 안사람도 장애급수 2급이고, 딸도 자식 키우고 그래서 부모 자주 찾아올 수 없으니까…"

김영수 현재 인천시에 등록된 자원봉사자 수는 시 인구의 10%가 넘는 26만 명 수준. 인천시가 지난해 전국 최초로 '찾아 쓰는 자원봉사 마일리지 제도'를 시작하면서 시민들 사이에 자원봉사가 크게 번지고 있습니다. 찾아 쓰는 자원봉사 마일리지는 간병, 차량 지원, 도배, 집수리 등 그 종류도 다양합니다. 인천시는 주변에 어려운 사람이 있을 때 자신의 마일리지를 그 사람에게 나눠줄 수 있는 기부제까지 도입하고 있습니다. 인천시는 '찾아 쓰는 자원봉사 마일리지 제도'가 생활 속에서 누구나 쉽게 자원봉사를 할 수 있고 자신이 어려울 때 도움까지 받을 수 있는 제도임을 적극 홍보할 계획입니다. 이상 인천에서 김영수였습니다.

색인 – 문법 색인
– 어휘 색인

문법 색인(1-5과)

어휘 색인(1-5과)

YONSEI KOREAN 5

문법 색인(6-10과)

어휘 색인(6-10과)

지문 출처

Linking Korean
最權威的延世大學韓國語 5 課本

2017年2月初版　　　　　　　　　　　　　　　　　定價：新臺幣800元
有著作權‧翻印必究
Printed in Taiwan.

著　　　者：延世大學韓國語學堂	總　編　輯	胡　金　倫
Yonsei University Korean Language Institute	總　經　理	羅　國　俊
	發　行　人	林　載　爵

出　版　者　聯經出版事業股份有限公司	叢書主編	李　　　芃
地　　　址　台北市基隆路一段180號4樓	文字編輯	高　毓　婷
編輯部地址　台北市基隆路一段180號4樓	內文排版	楊　佩　菱
叢書主編電話　(02)87876242轉226	封面設計	賴　雅　莉
台北聯經書房　台北市新生南路三段94號	錄音後製	純粹錄音後製公司
電　　　話　(02)23620308		
台中分公司　台中市北區崇德路一段198號		
暨門市電話　(04)22312023		
台中電子信箱　e-mail：linking2@ms42.hinet.net		
郵政劃撥帳戶第0100559-3號		
郵撥電話　(02)23620308		
印　刷　者　文聯彩色製版有限公司		
總　經　銷　聯合發行股份有限公司		
發　行　所　新北市新店區寶橋路235巷6弄6號2樓		
電　　　話　(02)29178022		

行政院新聞局出版事業登記證局版臺業字第0130號

本書如有缺頁，破損，倒裝請寄回台北聯經書房更換。　　ISBN　978-957-08-4868-7 (平裝)
聯經網址：www.linkingbooks.com.tw
電子信箱：linking@udngroup.com

國家圖書館出版品預行編目資料

最權威的延世大學韓國語 5 課本/延世大學
韓國語學堂著 . 初版 . 臺北市 . 聯經 . 2017年2月（民105
年）. 472面 . 19×26公分（Linking Korean）
ISBN　978-957-08-4868-7（平裝）

1.韓語　2.讀本

803.28　　　　　　　　　　　　　　105024933